The importance of Living

생활의 발견

생활의 발견 The importance of living

지은이 | 임어당(린위탕)
옮긴이 | 전희직
펴낸이 | 전채호
펴낸곳 | 혜원출판사
등록번호 | 1977. 9. 24 제8-16호

편집 | 장옥희 · 석기은 · 전혜원
본문 디자인 | 김영식
마케팅 | 채규선 · 배재경 · 전용훈
관리 · 총무 | 오민석 · 신주영 · 백종록
출력 | 한결그래픽스
인쇄 · 제본 | 백산인쇄

주소 | 경기도 파주시 교하읍 문발리 출판문화정보산업단지 507-8
전화 · 팩스 | 031)955-7451(영업부) 031)955-7454(편집부) 031)955-7455(FAX)
홈페이지 | www.hyewonbook.co.kr / www.kuldongsan.co.kr

ISBN 978-344-0507-4 03800

The importance of Living

생활의 발견

혜원

＊ 일러두기

1. 저자의 원주(原註) 외에 부가적인 설명이 필요한 곳에는 역자가 역주(譯註)를 덧붙였다. 단 본문에
   는 원주와 역주를 구별 없이 일련번호를 매겨 해당 페이지 하단에 실었다.
2. 중국 지명은 현지음을 표기하고 해당 한자를 중괄호〔〕로 묶어 표기하였으며, 인명은 우리에게 익
   숙한 한자 번체자와 음을 먼저 표기하고 중괄호를 묶어 한자와 중국 현지음을 밝혔다.
   예) 상하이〔上海〕, 쑤저우〔蘇州〕, 항쩌우〔杭州〕
       도연명(陶淵明, 타오위앤밍), 두보(杜甫, 두푸), 공자(孔子, 쿵즈)
3. 이 책은 1990년에 '혜원교양신서 5'로 이미 상재(上梓)된 것을, 내용과 표현을 수정ㆍ보완하여 다
   시 펴냄을 밝힌다.

이 책은 사상과 인생에 대한 나의 경험을 적은 나 개인의 이야기이다.
이 책에서 나는 객관적이라거나 어떤 영원히 변하지 않는
진리를 세우고자 의도하지는 않았다.
사실 나는 철학에 있어 객관성이라는 말을 오히려 경멸하고 있는 사람이다.
다시 말해서 내가 중요시하는 것은,
객관적인 진리보다는 세상 만물을 관찰하고 사고(思考)하는 방법이다.

—**임어당**(林語堂, 린위탕)

서문(序文)

이 책은 사상과 인생에 대한 나의 경험을 적은 나 개인의 이야기이다. 이 책에서 나는 객관적이라거나 어떤 영원히 변하지 않는 진리를 세우고자 의도하지는 않았다. 사실 나는 철학에 있어 객관성이라는 말을 오히려 경멸하는 사람이다. 다시 말해서 내가 중요시하는 것은 객관적인 진리보다는 세상 만물을 관찰하고 사고(思考)하는 방법이다.

나는 서정적(抒情的, lyrical)이라는 말의 뜻을 개성적이고 독특한 의미로써 생각하고 있다. 그러므로 이 책을 '서정철학(抒情哲學)' 이라고 부르고 싶었다. 그러나 너무 지나친 이름이 될 듯싶어서 포기하지 않을 수 없었다. 결국 목표가 너무 높이 있어서 독자들에게 필요 이상의 바람을 가지게 할 염려도 있었고, 내가 가지고 있는 사상의 주요소가 서정적이기보다는 평이하고 산문적(散文的)인데다가 지극히 자연스러워 누구라도 도달할 수 있는 쉬운 것이기 때문이었다. 지나치게 높은 곳을 겨냥하지 않고 이처럼 낮은 곳에 자리 잡아 흙과 한 덩어리가 되어 버린다 해도 그것으로 만족한다. 내 마음은 흙이나 모래 속을 즐거운 마음으로 노니는 것만으로도 커다란 행복을 얻은 듯하다.

사람이란, 지상의 생활에 흠뻑 빠져 있을 때에는 혹시 자신이 날개를 단

신선이 된 것이 아닐까 생각될 만큼 마음이 뿌듯해질 때가 있긴 하지만, 실제로 사람은 땅 위에서 6척만큼도 떨어져 있지 않다.

또한 나는 형식면에서 이 책을 플라톤의 《대화편 對話篇》과 같게 써 볼까 하는 생각도 했었다. 그런 형식은 별 깊은 생각 없이 떠오르는 개인적인 이야기를 하거나, 일상의 생활에서 특별한 의미라도 있을 듯한 것을 끄집어 내거나, 특히 조용하고 훌륭한 사상의 초원을 산책할 때에는 아주 편리한 형식임에는 틀림없다. 하지만 어쩐지 그러한 형식을 사용하기가 나는 싫었다. 그 이유를 나 자신 또한 확실하게 알 수가 없다. 어쩌면 그런 대화체의 문학이 요즘에는 그다지 유행하지 않아서 '독자가 거의 없지 않을까?' 하는 우려에서였는지도 모르겠다.

기왕 책을 쓰는 바에야 많은 사람이 읽어 주기를 바라는 것이 글 쓰는 사람의 바람이 아닐까? 그렇지만 여기서 내가 말하고 있는 대화라는 것은 신문의 인터뷰 기사도 아니며, 여러 개의 짧은 문단으로 나누어진 사설 같은 것도 아니다. 내가 얘기하는 것은 한 개의 문장이 여러 장에 걸쳐 계속 이어지는, 즐겁고 긴 여유로운 담화(談話)를 말하는 것이다. 즉 돌아오는 방법도 여러 가지지만 전혀 예상하지 않았던 곳에서 지름길을 발견하고는 최초의 논점으로 되돌아오는 것을 말한다. 마치 문으로 오지 않고 담을 넘어 집에 먼저 와서는 나중에 도착하는 친구를 깜짝 놀라게 해주는 식이다.

이와 같이 나는 뒷담을 넘어서 집으로 오거나 지름길을 찾아 걷는 일을 좋아한다. 내 친구들은 내가 집으로 되돌아가는 길이나 인근 시골길에 대해 다 알고 있기 때문에 그럴 수 있다고 여길 것이다. 그러나 그렇지 않다.

이 책에 창조적인 점이라곤 없다. 여기에서 다루는 사상은 이미 옛날부터 세계의 사상가들이 몇 번이나 생각하고 발표했던 것들이다. 동양에서 가져온 것은 오래 전부터 동양에선 진부한 진리로 취급되던 것이다. 그렇지만 그것은 내 사상이다. 내 몸을 이루는 한 부분이 되어 버린 것이다. 이런 모든 사상이 내 몸과 밀착되어 있다면 이는 내 마음속의 독창적인 부분과 일맥상통했기 때문이며, 내가 그러한 사상을 접했을 때 그 사상에 본능적으로 찬성을 표시했기 때문이다.

나는 이런 모든 사상을 사상으로써 존경하는 것이지, 그 사상을 발표한 사람의 가치를 존경하지는 않는다. 사실 나는 책을 읽을 때나 쓸 때에는 늘 지름길만을 택해 왔다. 여기에서 인용한 다른 저자들의 대부분은 그리 유명한 사람들이 아니므로 중국 문학을 전공한 교수들조차 그들을 잘 모를 정도이다. 물론 가끔씩은 이름이 알려진 사람도 나오긴 하지만, 내가 그 사람들을 인용한 이유는 그들이 유명해서가 아니다. 그들의 사상을 인정하지 않을 수가 없었기 때문이다.

세상에 널리 알려져 있지 않은 헐값의 고서(古書)를 찾아내서 그 속에 어떤 보물이 있는가를 살펴보는 것이 내 취미이다. 만약 문학 교수들이 내 사상이 어디에서 비롯되었는가를 안다면 나보고 '이런 속물 같으니라구!' 하며 어처구니없어 할 것이다. 그러나 으리으리한 보석상의 진열대 위에 있는 훌륭한 진주를 구경하기보다는 쓰레기더미 속에 숨어 있는 작은 진주를 찾아 내 것으로 만드는 편이 훨씬 더 즐거운 일이다.

나는 깊고 높은 사상을 가진 사람도 아니고, 그렇다고 세상만사를 두루 꿰뚫어보는 지식을 가진 사람도 아니다. 책을 너무 많이 읽으면 옳은 것이 왜 옳고, 그른 것이 왜 그른 것인지의 구분에 혼란이 올 수 있다. 나는 로크나 흄, 버클리의 책을 아직 보지 못했다. 대학에서 철학을 전공한 것도 아니다. 전문적 관점에서 본다면 나의 학문 방법이나 훈련이 엉터리일 것이다. 왜냐하면 나는 철학을 책을 통해 읽지 않고, 인생을 통해 읽은 셈이기 때문이다. 이런 방법은 철학을 공부하는 방법 가운데 변형된 것으로 엄밀히 말하자면 잘못된 방법이다.

여기서 내 철학적 지식의 근거(根據)를 들어보면 다음과 같다. 먼저 우리 집 가정부인 황씨 부인은 중국의 지체 높은 집 출신으로 여자가 갖추어야 할 교양을 두루 섭렵하고 있다. 다음은 입이 아주 거친 쑤저우(蘇州)의 여자 뱃사공, 상하이(上海)의 전차차장, 우리 집 요리사의 아내, 동물원의 새끼사자, 뉴욕 중앙 공원에 있던 다람쥐, 언젠가 내가 탔던 배에서 그럴 듯한 비평을 말한 적이 있는 갑판의 보이, 천문학에 관한 고정 칼럼을 신문에 쓰던 필자(10여 년 전에 죽었음), 신문 판매대 위의 모든 뉴스, 그 밖의 인생에 대해 가지고 있는 우리들의 호기심과 자신의 호기심을 항상 발휘하는 작가라면 누구라도 좋다. 이런 것들을 일일이 헤아리자면 끝이 없다.

이렇게 나는 철학에 있어서 학문적인 훈련을 받아 보지 못했다. 그래서 오히려 천방지축 철학책을 쓰는 일을 꺼리지 않는다. 정통파 철학자라면 어떤 문제든지 간에 말을 어렵게 하는 경향이 있다. 이런 고압적인 자세를 벗어 버리고자 한다면 모든 사물이 간단하고 명확하게 보이게 될 것이다. 이 일이 쉬울지 어려울지는 나중 문제이고, 세상 사람들은 이런 내 태도를 놓고 왈가왈부할 것이다. 내가 쓰는 용어가 정통파 철학자와는 달리 짧다는 둥, 철학이라는 엄숙한 궁전에서는 발소리를 낮추고, 목소리도 낮추어야 하는데 도대체 엄숙한 맛이 없고 경박하다는 둥 이루 다 말할 수 없을 정도일 것이다. 그렇지만 용기(勇氣)처럼 근대 철학자들의 미덕 중에서 구하기 어려운 것이 또 있을까?

나는 항상 철학이라는 성역의 주위를 배회해 왔다. 그리고 거기에서 나는 용기를 얻을 수 있었다. 이 글을 빌어 감히 얘기한다면, 자신이 느끼는 직접적인 판단에 호소하는 한 방법이 있다. 스스로 사상을 생각해서 나름대로의 판단을 거친 다음 어린이처럼 순진무구한 태도로 세상에다 이를 널리 알리는 방법이다. 그러다 보면 세상 어딘가에서 나와 같은 생각을 하던 사람들이 내게 찬성 의사를 보낸다. 이런 과정을 통해 자기의 사상을 만든 사람이라면 다른 저작자 중 누군가가 자기와 꼭 같은 말을 했고, 똑같은 느낌을 가졌으며, 자신보다는 좀 더 알기 쉽게 멋있는 방법으로 이를 표현했다는 것을 느끼고는 깜짝 놀라는 수도 있을 것이다. 이때 비로소 고인(古人)들을 찾게 되는 것이며, 고인은 그가 옳음을 입증하는 것이 되어, 마침내는 영혼이 통하는 마음의 벗으로 영원토록 결합되는 것이다.

이런 이유로 나는 옛 고인들, 특히 중국 고대의 '마음의 벗'들에게 큰 덕을 입고 있다. 그러므로 이 책의 완성에 있어서 옛 벗의 도움이 크다는 말이다. 모두 다정다감한 사람들이므로 나는 그들을 매우 좋아하고 있다. 마찬가지로 그들 역시 나를 좋아하리라 믿는다. 왜냐하면 가장 진실한 의미로 이런 고인들의 마음과 내 마음은 언제나 통하고 있었기 때문이다. 이것이 내가 가장 바람직하다고 믿고 있는 정신적 교유(交遊)의 전형이다. 시간을 뛰어넘어 같은 생각, 똑같은 느낌을 공유하고 서로 의기투합하는 관계를 맺은 것이다.

이 책을 쓰는 데에 있어 나에게 가르침을 주고, 충고해 주고, 힘이 되어 주었던 몇몇의 마음의 벗이 있다. 8세기의 백낙천(白樂天, 바이러티앤), 11세기의 소동파(蘇東坡, 수둥포), 16~17세기의 독특한 사람들, 낭만적이고 말을 잘했던 도적수(屠赤水, 투츠쉐이) 〔원명 도륭(屠隆, 투룽), 호가 적수(赤手, 츠서우). 명나라의 희곡작가〕, 잘 놀고 독창적인 원중랑(袁中郎, 위앤중랑) 〔원명 원굉도(袁宏道, 위앤훙다오), 명나라의 문필가〕, 뜻이 깊고 장중한 이탁오(李卓五, 리줘우) 〔원명 이지(李贄, 리즈), 명나라의 문필가〕, 예민하고 변설적인 장조(張潮, 장챠오) 〔호는 산채(山茱, 산차이), 청나라의 문인〕, 쾌락주의자 이립옹(李笠翁, 리리웡) 〔원명 이어(李漁, 리위), 명말 청초의 문인〕, 유쾌하고 밝고 늙은 쾌락주의자 원매(袁枚, 위앤메이) [호는 간재(簡齋), 청나라의 문인], 헛소리를 잘하며 유머 감각이 뛰어난 흥분파 김성탄(金聖嘆, 친성탄) [옛 이름은 장채(張采, 장차이), 성을 김(金)으로 바꿨음. 명나라 말기의 비평가], 이들 모두가 세상의 인습에 얽매이지 않은 사람들이었다.

판단이 지나치게 독특하고 지나치게 감성적이어서 정통파 학자들에게서는 대접을 받지 못했던 사람들이다. 동시에 유학을 하는 입장에서 본다면 도덕적이기엔 너무 착하고, 착하기엔 너무 도덕적인 사람들이었다. 이러한 사람들이 극히 적었으므로 이들이 출현했다는 사실은 후세를 사는 우리들에게는 한층 가치 있는 일이고, 또 평가에 있어서도 진지해야만 한다. 이들 중 이 책에 언급이 되지 않는 사람도 있겠지만 그 사람의 정신은 항상 이 책 속에서 함께 숨 쉬고 있을 것이다. 아마도 이런 인물들은 곧 중국에서 그 가치를 인정받게 되리라 믿는다.

그리고 이들처럼 이름이 널리 알려져 있지 않지만 아주 좋은 글을 써서 내 마음을 흔들어 놓은 사람들도 있다. 내가 얘기하고자 하는 바를 정확히 꼬집어 주고 있기 때문이다. 이들을 나는 중국의 아미엘 [1821~1881, 스위스의 철학자. 《아미엘의 일기》로 유명함] 이라고 부르고 있다. 즉 말은 잘 안 하지만 했다 하면 센스가 넘치는 사람. 나는 이런 센스를 존경해마지 않는다. 또한 이 세상에 있는 모든 나라와 모든 시대에서 볼 수 있는 '아논(Anons)'의 범주에 집어넣고 싶은 사람도 있다. 이들은 세상에 널리 알려져 있지 않은, 위인들의 아버지들처럼 어떤 영감을 가지게 되면 자기가 가지고 있는 지식보다 훨씬 이상의 것에 대해 이야기한다.

끝으로 지금까지 언급한 위인들 못지않게 훌륭한 사람들이 몇 명 있다. 이들은 마음의 벗이 아니라 내가 스승으로 여기는 사람들로서, 인생과 자연에 대해 깨우침의 경지에 이른 이들이다. 아주 인간적이면서도 신성하고, 그들의 예지는 거칠 것이 없을 뿐만 아니라 인공적인 냄새도 맡을 수가 없다. 장자(莊子, 쫭즈)가 그렇고, 도연명(陶淵明, 타오위앤밍)이 그러하다. 그들 마음의 소박함은 도대체 우리 속물들의 마음으로서는 미칠 수가 없을 정도이다. 때때로 이들의 말을 인용해서 독자들에게 전하려 하는데, 그 고마움을 잊을 수가 없다. 어떤 때에는 내가 생각해낸 나만의 말을 하고 있다는 느낌이 들 경우에도 결국 알고 보면 이들 선인들이 했던 말을 되풀이하는 데에 지나지 않은 것을 뒤늦게 깨닫는 수가 많다. 이들과 오래 사귀면 사귈수록 이들의 생각으로부터 내가 얻은 모든 것에 더욱 가까워지고, 나 자신도 모르게 일치됨을 느낀다. 마치 좋은 집안에 내려오는 부모님의 따뜻한 교훈에 감복되듯이 이렇듯 자연스레 일상 속으로 녹아 버리면 어떤 점이 비슷하다고 말할 수조차 없게 된다.

나는 한 사람의 중국인으로서만이 아닌, 근대를 살아가는 사람으로서 이야기를 펼쳐 가려고 노력했다. 즉 고인의 말을 오늘에 소개하는 것 말고도 나 스스로의 체험을 말하려고 했다. 이런 태도가 옳지만은 않겠지만, 대체로 진지하고 엄숙하려고 노력했다. 그러므로 고인들의 말을 선정한 것은 전적으로 개인적인 의견에 의한 것이다. 뛰어난 특정한 문필가나 철학자의 전체 모습을 여기서 피력하려고 하지 않았다. 이 책을 근거로 해서 고인들의 모습을 판단해서는 안 된다.

이런 이유에서 나는 통상적인 말로 서문을 끝낼 수밖에 없다. 즉 이 책의 가치는(만약 가치가 있다면) 주로 내 마음의 벗인 고인들이 이미 밝힌 사실들에 의한 것이며, 내가 잘못 판단했거나 불완전하게 판단했다면 그것은 전적으로 내 책임이다.

마지막으로 리처드 J. 월쉬(Richard J. Walsh) 부부에게 다음 두 가지에 대해 깊은 감사의 뜻을 전한다. 첫째는 이 책을 쓸 수 있도록 내게 구상을 권

유해 준 것, 둘째로 아주 유용하고 정직한 비판을 아낌없이 주신 것에 대해서이다. 다음으로 이 원고를 인쇄하는 준비 과정과 교정에 대해 협조해 주신 휴 웨이드(Hugh Wade) 씨에게도 고마움을 전하며, 색인을 만들어 주신 릴리언 페퍼(Lillian Pepper) 양에게도 깊은 감사의 뜻을 전한다.

1937년 7월 30일, 뉴욕에서
— **임어당** (林語堂, 린위탕)

차 례

제 1 장
각성(覺醒)

1. 인생이란 무엇인가!

내가 여기서 논하고자 하는 바는 옛날부터 중국에서 내려오는 사물을 관찰하고 생각하는 방법에 대한 것이다. 나만의 관찰 방법과 생각하는 방법을 말하기는 불가능하기 때문이다. 나는 그저 여기에서 중국 사람들 중에서 가장 뛰어나고 총명한 사람들의 눈에 투영되고, 또 그것이 민족의 깨달음과 문학 작품이 되어 나타난 인생관과 자연관에 대해 말하고자 한다.

그것이 어떤 특정 시대에 펼쳐진 여유 있는 생활과 관련이 있는 여유로운 철학이라는 사실을 나는 잘 알고 있다. 하지만 나는 이런 인생관이야말로 원칙적으로 참된 것이며, 사람은 누구라도 껍질 하나만 벗겨 놓으면 모두가 똑같듯이 중국에서 사람을 감동시켰던 철학은 온 세상을 다 감동시킬 수 있을 것이라는 느낌을 갖지 않을 수 없다.

이 자리를 빌어 나는 중국의 시인, 철학가들이 그들의 상식과 현실주의와 감수성으로 가치를 매긴 중국인들만의 인생관을 소개하려고 한다. 그리고 기독교 사회가 아닌 중국 사회에서 느낄 수 있는 어떤 아름다움에 대한 의식, 다시 말해서 인생의 슬픔·아름다움·무서움 등에 대해 이야기하고 싶다. 이런 이교도적인 감수성은, '인간은 동물'이라는 의식을 가지고 있으면서도 결코 인간의 존엄함은 잃지 않는 사람들의 마음일 것이다.

중국의 철학자로 말하자면 꿈을 꾸되 한쪽 눈을 뜨고 있는 사람들이다. 그들은 사랑과 감미로운 역설로 삶을 주시한다. 냉소적인 자세에 정겨운 복종의 정신을 혼합해서 꿈을 꾸다가 다시 잠에 빠지고, 잠에 빠졌다가는 또 깨어나곤 한다. 그러는 동안에도 정신이 들었을 때보다는 잠에 빠져 있을 때보다 살아 있는 세상을 느끼고, 깨어 있을 때에도 인생의 비몽사몽(非夢似夢)의 세계를 느끼려고 노력한다. 그리고 자신들의 생활 주변에서 벌어지는 일이나 기울이는 노력이 덧없음을, 눈을 반은 뜨고 반은 감은 상태에서 쳐다본다. 그렇지만 세상을 헤치고 나가는 현실에 대한 느낌은 끈질기게 간직하고 있다. 어떤 일에 대해서는 꿈같은 것을 가지고 있지 않으므로 그에 따르는 실망을 거의 느끼지 못하고, 커다란 야망도 갖지 않으므로 낙담하는 경우도 거의 없다. 중국의 철학자는 대개 이런 경지에 도달해 있다.

내가 이런 말을 하는 이유는 중국의 문학과 철학을 대략 살펴보면 다음과 같은 결론에 다다를 수 있기 때문이다. 즉 중국인에게 있어 교양의 최고 이상(理想)은 항상 현자(賢者)의 깨달음에 입각해서 대관(大觀, detachment)의 정신을 가지고 인생을 살아가는데 있고, 이런 마음에서 호연지기(浩然之

氣, highmindness)가 생긴다. 이것이 있음으로 해서 사람들은 너그럽게 비꼬는 맛으로 세상을 즐기며, 명예나 부귀, 권력 등의 유혹에서도 벗어나 마침내는 죽음까지도 받아들일 수 있는 것이다. 동시에 이 대관의 정신에서 자유의 존중, 방랑벽, 자존심과 초연함이 생기게 된다. 마침내 중국 사람들로 하여금 삶에 대한 강렬한 환희를 맛보게 하는 것은, 이런 자유로움과 초연함이 마음속에 깃들어 있기 때문이다.

내 철학에 대해 서양 사람들이 찬성하느냐, 반대하느냐 하는 논란은 불필요하다. 서양 사람의 생활을 이해하기 위해서는 태어나면서부터 서양 사람이어야 하고, 그 기초 위에 그들 특유의 육체적·정신적 구조를 그들의 눈을 가지고 보아야 한다. 틀림없는 것은 미국 사람은 중국 사람보다 어느 면에선 신경이 덜 예민하다. 또한 그 반대의 경우도 맞는 이야기일 수밖에 없다. 그것은 중국 사람과 미국 사람은 태어날 때부터 다른 사람들이기 때문이다. 그렇지만 이것은 비교의 차원 문제이다.

일반적으로 미국 사람들은 시끄럽고 복잡한 생활을 하는 것으로 알려져 있다. 하지만 그 생활을 하다 보면 어느 한가한 오후에 큰 나무 그늘에 누워 그냥 편안하게 쉬고 싶다는 희망을 자연스럽게 가질 수 있다. 세상은 '일어나라, 그리고 살아가라.' 라고 외치지만 이런 소리가 나오는 이유는, 사람처럼 살고 싶어 하는 적은 수의 똑똑한 미국 사람이 적어도 하루에 몇 시간만은 꿈을 꾸며 보내기를 원한다는 증거이다. 미국 사람이라고 해서 모두가 바쁘고 시끄럽다는 비난을 받아야 한다는 말은 아니다. 단지 미국 사람이 여기서 내가 말한 소양을 조금이라도 가지고 있는지, 또 그렇게 하려면 미국 사람의 생활방식을 과연 어떻게 꾸미면 되는지 하는 문제일 뿐이다.

미국 사람들은 다른 사람들이 모두 열심히 일을 하고 있을 때에 하릴없이 자기만 빈둥거리며 논다는 느낌을 남들에게 주기 싫을 따름이다. 그러나 내가 알기에는 미국 사람도 틀림없이 동물이다. 어떤 때는 늘어지게 쉬고 싶을 때도 있을 것이고, 모래에 누워 보고도 싶을 것이고, 팔베개를 하고 한쪽 다리를 편안히 구부리고 쉬고 싶기도 할 것이다. 그렇다면 미국 사람 역시 공자(孔子, 쿵즈)[1]가 그의 제자 중에서 특별히 칭찬을 한 안회(顔回, 앤훼이)[2]라는 사람과 별 다름없는 덕(德)을 갖추고 있다고 볼 수도 있을 것이다. 다만 나는 이런 경우에 사람들이 정직했으면 하고 바라고 있다. 자기가 무언가 하고 싶을 때에 그 일을 하며, 마음속에서 '인생은 멋있다.' 라는 외침이 들려올 때는 사무실에 앉아 있기보다는 모래 위에 드러누워 있기에 좋은 때라는 사실을 온 세계에 큰 소리로 알려야 한다는 것이다.

다음으로 우리는 중국 사람들의 철학이나 사는 방법에 대해서 살펴보자. 좋은 뜻이건 아니건 간에 중국 사람의 그것과 비슷한 것은 세상에 없을 것이라 나는 믿는다. 중국 사람은 아주 색다른 방법으로 새로운 인생관을 찾기 때문이다. 대개 한 국민의 문화는 정신에 기인하는 산물임에 틀림없다. 그러므로 서양 세계와는 종족도 틀리고, 역사적 배경도 다른 나라의 국민이 가지고 있는 나름의 사고방식이 있다면 그곳에서 인생문제에 대한 전혀 새로운 해답을 얻기를 기대할 권리가 우리에겐 있다. 나아가 서로 틀린 두 가지의 사고방식을 하나로 모으기 위한 노력이나 인간의 삶 자체의 문제를 다룰 새로운 방법을 찾을 권리가 있는 것이다.

역사상에 나타난 바에 의하면 중국적인 사고방식에는 장점도 있는 반면

---

1. B.C. 551~B.C. 479년, 중국 춘추전국시대의 교육자 · 철학자 · 정치사상가 · 유교의 개조(開祖). 공부자(孔夫子, 쿵푸즈)라고도 한다. 본명은 공구(孔丘, 쿵쳐우), 자는 중니(仲尼, 중니).

2. B.C. 514~B.C. 483년, 자는 자연(子淵, 즈위앤), 안연(顔淵, 앤위앤). 중국 춘추전국시대 말기의 학자로 공자(孔子, 쿵즈)의 제자. 공자의 제자 가운데는 학자 · 정치가 · 웅변가로 뛰어난 사람이 많았으나 안회(顔回, 앤훼이)는 덕(德)의 실천에서 가장 뛰어났다.

단점도 있다. 그 중에는 찬란한 예술이 있는가 하면, 무시해도 될 과학이 있다. 웅대한 상식이 있는가 하면, 아주 저급한 논리도 있었다. 삶에 대한 미세하고 여성적인 수다는 있지만, 학구적인 철학은 없었다.

일반적으로 중국 사람은 실질적이고 계산이 빨라 손해를 보지 않는다는 평가를 받고 있다. 또한 중국 예술을 좋아하는 사람들에 의하면 중국 사람은 감수성이 풍부한 민족성을 가지고 있다고 평가를 받고 있다. 극소수의 사람들은 중국 사람의 민족성이 아주 깊고, 서정적이고, 철학적인 일면을 갖고 있다고 말하기도 한다.

적어도 중국 사람은 매사를 철학적으로 파악하는 사람들로 유명하다. 사실 중국 사람들에게는 뛰어난 철학이 있으며 내세울 만한 대철학자가 있었다. 어느 나라이건 몇 사람의 철학자가 있다는 것은 대단한 일은 아니지만, 온 국민이 사물을 철학적으로 대한다는 것은 무서운 일이다. 아무튼 중국 사람은 실질적이기보다는 철학적인 국민이라고 할 수 있다. 이를 부정한다 하더라도 4천 년이 넘는 세월을 오로지 효율적인 삶을 꾸려야 한다는 심한 압박감으로부터 견뎌온 국민이 중국 사람이라는 사실은 부정할 수 없다.

오랜 동안 삶의 효율적인 수행만을 강조당하다 보면 웬만한 국민은 다 탈진해서 무력하게 될 것이다. 그렇기에 서양에서는 미친 사람의 숫자가 너무 많아서 이들을 병원에 가두지만 중국에서는 반대로 미친 사람이 너무 적어 오히려 이들이 존중되는 이상한 결과가 나타나게 된다. 이 점은 중국 문학을 알기만 한다면 즉시 증명될 수 있다. 바로 이것이 내가 목표로 삼은 점이다. 중국 사람은 느긋하고 밝은 철학을 가지고 있다고 볼 수 있다. 그리고 이런 철학적인 기질을 잘 보여 주고 있는 것이 그들만의 사려 깊고 쾌활한 생활철학이라 할 수 있다.

2 유사과학적 공식(類似科學的公式)

　우리는 위와 같은 생활의 철학을 탄생시킨 중국 사람의 정신적인 조직을 알아보는 일부터 출발해 보자. 그 생활철학이란 다음 몇 가지로 잘라 말할 수 있다. 즉 웅대한 현실주의, 완전치 못한 이상주의, 아주 발달된 유머 감각, 삶과 자연에 대한 아주 높은 수준의 시적(詩的) 예민성이다.

　대체적으로 사람은 현실주의자와 이상주의자 이 두 부류로 나눌 수 있다. 이 두 주의(主義)는 인류 발전의 원동력이라 할 수 있다. 인간성이 진흙이라고 한다면, 이상주의는 진흙의 형태를 자유자재로 바꿀 수 있는 물이라고 할 수 있다. 그렇지만 진흙이 어느 정도 굳어져 있는 것은 물 성분 때문이 아니라 흙의 성분 때문이다. 그렇지 않다면 우리들은 한갓 정령(精靈)으로 사라져 버리지 않겠는가? 이상주의와 현실주의의 힘은 모든 인간 활동, 즉 개인적이고 사회적이고 국가적인 활동 사이에서 서로 밀고 당기는 작용을 한다.

　올바른 의미에서의 발전은 이 두 가지 이념이 적절한 비율로 섞여야만 비로소 이루어질 수 있다. 따라서 이 진흙은 이상적으로 자유자재로 변할 수 있고 손질하기도 쉬워진다. 반쯤은 딱딱하고 반쯤은 물기가 있어 만지기에 어렵지 않고, 또 형태 보존이 어렵게 물기가 많은 것도 아니다. 가장 건전한 국민, 말하자면 영국 사람은 이상주의와 현실주의를 적절하게 섞어서 가지고 있는 예라 할 수 있다.

　흙과 비교해서 말한다면, 진흙이 너무 굳어 있어서 조각가가 작업을 하지 못할 정도도 아니고, 또 너무 물러서 진창이 되어 버린 것도 아니다. 세계 곳곳에는 항상 쉼 없이 혁명의 도가니에 빠져 있는 나라들이 많은데, 그 이유는 적절하게 뒤섞여 하나가 되지 못한 외국 사상의 물이 지나치게 그 나라의 흙 속에 스며들어 진흙이 제 모양을 갖추지 못했기 때문이다.

분명하지 않고 비판적이지 못한 이상주의는 항상 비웃음의 대상이 된다. 이상주의적 요소가 지나치게 많으면, 온 인류에 오히려 위험을 줄 수도 있다. 몽상적인 이상만을 쫓게 되면, 아무 소득이 없는 결과가 되어 버린다. 어느 사회나 민족도 그들 중 이와 같은 몽상적 이상주의자가 많아지면 반드시 혁명이 일어나게 된다. 그것은 인간사회가, 꿈이 많은 부부들이 같은 곳에서 석 달 이상을 살지 못하고 곧 싫증을 느껴 이사를 가야 하는 경우와 비슷하기 때문이다. 이사를 가는 데는 뚜렷이 가고자 하는 곳이 이상적이어서가 아니라 단지 그곳이 자신들이 살지 않았던 곳이므로 막연히 좋아 보인다는 이유로 이를 감행한다.

그렇지만 사람에게는 다행히도 유머를 받아들일 수 있는 능력이 있다. 바로 이 능력 때문에 사람들은 이상을 비판하고 그 이상을 현실세계와 접목시킬 수 있는 것이라고 나는 생각한다. 사람이 꿈을 꾼다는 사실은 꼭 필요한 것임에 틀림없지만, 그 꿈을 스스로 웃으며 볼 수 있다는 것도 필요하지 않을까? 이것이야말로 중요한 능력이며, 이 선천적인 능력을 중국 사람은 많이 가지고 있다.

뒤에서 보다 상세히 얘기하겠지만 유머 감각은 현실에 대한 감각과 현실주의라는 것과 아주 가까운 관계가 있다. 예를 들어 유머를 터뜨렸다 해서 그 결과 이상주의자가 환멸을 느끼는 가혹한 경우가 생길 수도 있지만, 익살꾼으로서 자신이 해야 할 중요한 역할을 수행한 셈이다. 왜냐하면 미리 유머를 발표해 놓으면 이상주의자가 현실이라는 장벽에 머리를 들이받아 큰 충격을 받지 않을 수도 있기 때문이다. 또 머리가 부글부글 끓어오르는 광열자의 긴장을 살며시 풀어 주어 그로 하여금 장수하게 만들어 준다. 환멸이 닥칠 것을 미리 알고 준비하고 있으면 최종적인 고통도 줄어들 것이다. 그러므로 익살꾼의 역할은 죽음에 다다른 환자에게 그가 죽는다는 사실을 부드럽게 알려 주는 사람의 역할과 비슷하다. 익살꾼이 슬며시 말을 해주면 다 죽어가던 환자가 다시 살아날 수도 있다. 어차피 이상주의자에게 환멸이 함께 할 수밖에 없다면 인생이 잔혹하다는 것을 알려 주는 익살꾼보다는 오히려 인생 그 자체가 훨씬 더 잔인하다고 할 수 있다.

나는 인류 발전의 메커니즘과 이의 시대적 변천을 공식적으로 나타내는 방법을 가끔 생각해 보았다. 그 공식은 다음처럼 표시할 수 있을 것 같다.

현실-꿈=짐승
현실+꿈=고민(세상에서 이상주의라고 부르고 있음)
현실+유머=현실주의(보수주의라고도 한다)
꿈-유머=열광
꿈+유머=환상
현실+꿈+유머=지혜

그러므로 지혜, 다시 말해서 가장 높은 사고방식은 우리들의 꿈을 현실에다 접목시켜 그 뿌리를 박게 하는 데에 유머 감각에 의한 완충작용이 필요하다는 것을 보여 준다.

이러한 유사과학적 공식은 초보적인 모험심의 발로(發露)이지만 나아가서 다른 여러 나라의 민족성을 같은 식으로 분석해 보기로 하자. 나는 유사과학적이라는 말을 사용했는데, 그 이유는 모든 인간세상의 일이나 인간의 특성과 관련된 일을 나타내는데 지금까지 이용되었던 낡고 기계적인 공식을 믿을 수 없기 때문이다. 세상에서 벌어지는 여러 가지 일들을 딱딱한 공식에다 대입시키려고 하는 것은 그 자체가 유머 감각이 없을 뿐더러 앞서 말한 지혜가 없음을 나타내는 것이다. 그리고 실제로 세상에서는 이런 일이 행해지고 있다. 과학과 비슷한 일들이 요즈음 세상에 비일비재(非一非再)한 까닭이 바로 여기에 있다.

심리학자들은 사람의 I.Q.[3](Intelligence Quotient, 지능지수) 또는 P.Q.(Performance Quotient, 작업지수)를 잴 수가 있지만, 그 세계란 아주 볼품이 없다. 다시 말해서 전문가들이 자신들의 전공과는 무관한 인간학 연구를 장악해 버린 결과이다. 그렇지만 이런 공식은 어떤 의견이든 자신의 의견을 나타내는 간단한 도표에 불과하며 상품을 광고하는데 과학이라는 신성한 수단을 멋대로 쓰지 않는다면 아무런 피해가 없을 것이다.

다음에 표시한 몇몇 나라의 국민성을 나타내는 공식은 전적으로 내 사견(私見)으로 그 내용에 대한 증명은 불가능하다. 여러 가지 통계적 사실이나 수치에 의거하여 자신의 의견을 증명할 수 있다고 주장하지 않는 한은 어느 누구라도 내 공식에 대해 논쟁을 벌이고, 내용을 바꾸거나 자신의 독자적인 견해를 첨가해도 무방하다.

R은 현실(혹은 현실주의)을 나타내며 D는 꿈(혹은 이상주의), H는 유머 감각을 말한다. 또한 아주 중요한 요소를 하나 추가하자면 감수성[4]을 나타내는 S가 있다. 숫자의 표시는 4는 아주 높음, 3은 높음, 2는 넉넉한 정도, 1은 낮다는 뜻이다.

이런 과정을 거쳐 나는 몇몇 나라의 국민성을 나타내는 유사과학적 수식을 얻을 수 있었다. 인간과 사회는 구성이 틀려짐에 따라 각기 다른 움직임

---

3. 지능 검사가 어떤 면에선 효과가 있다는 견해에 나는 반대하지 않는다. 그러나 그것이 인간의 개성의 척도로써 수학적인 정확성을 가졌다든가 영원한 신뢰의 근거가 된다는 등의 견해에는 반대한다.
4. 프랑스 어로 sensibilit´e라는 뜻으로 이 말을 사용함.

을 보인다. 그것은 마치 황산염(黃酸鹽)과 황화물(黃化物)이, 일산화탄소와 이산화탄소가 서로 다른 작용을 하는 것과 마찬가지이다. 내가 항상 유심히 관찰하는 부분은 사회나 국가가 똑같은 조건 밑에서 어떻게 다른 행동을 하는가이다. 화학물질처럼 유머라이드(humoride)니 하는 식의 신조어를 만들 수는 없으므로 다음의 식으로 표시를 해보자. 예로 '현실주의[5] 3, 이상주의 2, 유머 감각 2, 감수성 1을 더하면 영국 사람이 된다.' 는 식으로 다른 국민을 표시해 보면 이처럼 될 것이다.

$$R_3D_2H_2S_1 = 영국 \ 사람$$
$$R_2D_3H_3S_3 = 프랑스 \ 사람$$
$$R_3D_3H_2S_2 = 미국 \ 사람$$
$$R_3D_4H_1S_2 = 독일 \ 사람$$
$$R_2D_4H_1S_1 = 러시아 \ 사람$$
$$R_2D_3H_1S_1 = 일본 \ 사람$$
$$R_4D_1H_3S_3 = 중국 \ 사람$$

이탈리아 · 스페인 · 인디아나 그 밖의 국민들에 대해서는 내가 많이 알지 못하므로 국민성을 이처럼 공식으로 만들 수는 없다. 그나마 여기에 표시된 공식조차도 확실하지 않으므로 언제든지 내게 비난이 쏟아질 수 있다는 마음의 준비를 단단히 하지 않으면 안 된다는 것도 잘 알고 있다. 아마

---

5. 인간을 진보시키는 중요한 요소로서 논리나 추리력을 상징하는 L을 추가해야 한다는 의견을 제출하는 것은 꽤 타당성이 있는 일이다. L은 사물을 직접적으로 인지하는 감수성과 반대의 작용을 하며 때론 이를 제한하기도 한다. 이런 방식을 시도해 보는 것도 가능하리라 생각한다. 그러나 내 개인적인 생각으로는 인간사의 여러 문제에 대한 논리와 추리력의 역할은 그리 크지 않을 것 같다.

이런 공식은 권위를 인정받기보다는 다른 사람의 화를 돋우기 쉬울 것이다. 앞으로 위의 국민들에 대한 새로운 정보가 입수되고 새로운 느낌을 받게 되면—물론 내 개인의 필요에 의해서이겠지만— 조금씩 공식을 변경해 나갈 것을 약속한다. 아마 현재는 약간의 가치가 있을 뿐이고, 내가 알고 있는 부분과 모르는 부분의 차이를 나타내는 기록 정도일 것이다.

여기에서 좀 더 자세히 살펴보도록 하자. 유머 감각과 감수성 부분에 있어서 중국 사람은 프랑스 사람과 가장 가깝다고 나는 보고 있다. 프랑스 사람들의 저술 방법이나 식사 방법을 보면 틀림없어 보인다. 그러나 프랑스 사람들의 보다 변화무쌍한 기질은 중국 사람들보다 D의 요소를 더 많이 가지고 있기 때문이고, 그것은 추상적인 관념을 더욱 좋아하는 모습으로 나타나고 있다.(문학·예술·정치운동 등에 관한 프랑스 사람의 허다한 선언문을 상기해 보라.) 중국 사람들의 현실주의적 경향은 R4이므로 가장 현실적인 국민이라고 볼 수 있다. 인생에 있어서 어떤 규범이나 이상에 대한 중국 사람의 사고방식은 다른 요소에 의해 흔들림 없이 꾸준하다고 볼 수 있다. D1이라는 수치가 이를 설명해 준다. 중국 사람의 유머 감각과 감수성에 각각 3이라는 후한 점수를 준 이유가 내가 중국 사람과 아주 가까운 입장이어서 그들로부터 받은 인상이 너무 명확했기에 그랬던 것은 아닐까?

중국 사람들이 감수성 풍부한 사람들이라는 것은 증명할 필요도 없는 사실이다. 중국의 산문·시·그림의 모든 역사가 이를 잘 증명해 주고 있다. 일본 사람과 독일 사람은 대체로 유머 감각이 모자란다는 면에서 비슷하다.(그들에게서 받은 일반적인 인상이 그렇다.)

그러나 어느 국민의 어떤 특질에 0점을 주기는 사실 불가능한 일이다. 중국 사람도 이상주의 부문이라고 무조건 0점을 줄 수는 없다. 결국엔 다 정도의 문제가 되어 버린다. '어느 나라 사람은 이런 특질은 갖고 있지 않다.'는 식의 단정은 그 나라 사람들에 대해 깊이 알고 있는 사람으로서는 내릴 수 없는 일이다.

바로 이런 이유로 나는 일본 사람과 독일 사람에게 H0를 주지 못하고 H1을 준 것인데, 내가 보기엔 제대로 매긴 점수라고 생각한다. 그러나 일본과 독일이 과거부터 겪어 왔고, 현재에도 겪고 있는 정치적 어려움은 바로 이 유머 감각의 결핍에 그 이유가 있지 않을까 하고 생각해 본다.

프러시아의 추밀고문관(樞密顧問官)은 자신이 그 직책으로 불리기를 얼마나 바라고 있으며 제복과 훈장을 얼마나 사랑하는가? '논리적 필연(論理的 必然, 때로는 신성한 필연이나 깨끗한 필연으로 불리기도 한다.)'만을 믿게 된다면, 다시 말해 목표를 정하면 그 주위를 탐색하지 않고 단도직입적으로 그 목표에 달하려고 급히 서두는 경향에 빠지게 된다면 사람들은 때때로 전혀 엉뚱한 곳으로 흐르게 되는 경우도 있다. 논리적 필연성을 확신한다는 것은 어떤 일에 대한 신념보다는 그 신념을 행동으로 옮기려는 방법론적인 의미를 지닌다.

일본 사람이 D3라는 높은 이상주의 점수를 받은 이유는 그들이 천황과 국가에 대해 보여 준 광신도적인 충성심 때문이고, 또 이것 때문에 유머 감각의 점수는 H1밖에 되지 못한 것이다.

이상주의라고 하더라도 나라에 따라, 사물에 따라 각기 그 내용이 달라질 것이다. 유머 감각도 실질적으로는 아주 넓은 변화를 내재하고 있듯이 미국의 이상주의와 현실주의 사이에는 묘하게 서로 끌어당기는 관계가 있으므로 둘 다 3이라는 높은 점수를 받게 되었다. 그리고 바로 이것이 미국 사람들의 힘의 근원이 된다. 미국 사람들의 이상주의에 대해서는 그들 스스로 연구하도록 하는 것이 좋을 테지만, 미국 사람들이 항상 어떤 일에든 빠져 있는 것은 틀림이 없다. 그들의 이상주의의 대부분은 귀중한 것이다.

그렇지만 이렇게 말하는 것은 미국 사람들이 높은 이상이나 훌륭한 말에 쉽게 감명받는다는 의미에서이다. 물론 이 중에는 속단도 어느 정도는 포함되어 있다.

미국 사람들이 말하는 유머란, 유럽 쪽에서의 유머와는 약간 다르다. 그러나 내 실제적인 생각은 독자 여러분들도 그렇게 느끼셨겠지만, 미국 사람의 기질 — 즉 해학을 좋아하고 선천적으로 풍부한 상식을 갖고 있는 등의 — 은 미국 사람들이 가지고 있는 최고의 재산이라는 것이다. 앞으로 어떤 위기나 변화가 닥쳐온다고 하더라도 제임스 브라이스[6]가 말한 것처럼 풍부한 상식이 미국 사람들에게는 아주 요긴하게 쓰일 것이다. 바로 이것 때문에 미국 사람은 어떤 위기도 헤쳐나갈 수가 있을 것이다. 그렇지만 나는 미국 사람의 감수성에 대해서는 후하게 점수를 줄 수가 없다.

왜냐하면 미국 사람이 상당히 무딘 반응을 보여 주는 느낌을 여러 가지 일들에서 받았기 때문이다. 이 점에 관해 이러쿵저러쿵 논쟁을 할 까닭은 없다. 이는 결국 말꼬리를 잡고 벌이는 말씨름 이외엔 아무것도 아니다.

영국 사람들은 전체적으로 볼 때 가장 건전한 민족인 것 같다. 내가 영국 사람들에게 주었던 R3D2의 점수와 프랑스 사람들의 R2D3를 대조해 보자. R3D2는 안정을 의미한다.

내가 가장 이상적으로 생각하는 공식은 R3D2H3S2이다. 왜냐하면 지나친 이상주의나 감수성은 전부 바람직하지 못한 일이다. 또 내가 영국 사람들에게 S1을 주었다 해서 이 점수가 얕다고 항의할 사람들이 당사자들 말고 누가 또 있겠는가? 영국 사람들이 예민한 감수성 — 예를 들어 기쁨·행

---

6. James Bryce, 1838~1922년. 영국의 정치가·사학자. 저서에 《미국연방 *The American Commonwealth*》이 있다.

복 · 분노 · 만족 등— 을 가지고 있을까? 항상 부은 듯한 그들의 모습을 본다면 말이다.

이와 같은 공식을 문필가나 시인들에 적용해 보자. 잘 알려진 사람들을 예로 든다면 다음과 같이 될 것 같다.

$$셰익스피어 = R_4D_4H_3S_4^{[7]}$$

$$하이네 = R_3D_3H_4S_3$$

$$셸\ 리 = R_1D_4H_1S_4$$

$$포 = R_3D_4H_1S_4$$

$$이\ 백 = R_1D_3H_2S_4$$

$$두\ 보 = R_3D_3H_2S_4$$

$$소동파 = R_3D_2H_4S_3$$

이것은 단지 즉흥적으로 떠오른 생각일 뿐이다. 그러나 고도의 감수성을 갖고 있지 못하다면 그는 시인이랄 수도 없다. 포는 그의 아주 괴기스럽고 공상적인 재질에도 불구하고 나는 그를 건전한 천재로 느낀다. 그는 '추리'를 좋아했었다.

따라서 중국 사람들에게는 다음과 같은 점수를 매길 수 있다.

$$R_4D_1H_3S_3$$

---

7. 셰익스피어가 S4를 받아야 할지 S3을 받아야 할지 많이 망설였다. 결국 그의 <소네트>가 이 점수를 결정지었다. 어떤 학교 선생도 내가 셰익스피어의 등급을 정하기 위해 노력한 만큼의 전율과 공포를 학생들을 채점하며 느끼진 못했을 것이다.

이 공식에서 높은 감수성을 의미하는 S3를 생각해 보자. 이것 때문에 중국 사람은 꽤 예술가적 자세로 삶과 가까워질 수 있고, 땅 위에서 누리는 삶은 아름다운 것이며, 인생 자체를 사랑해야 한다는 신념이 생기게 된 것이다. 그렇지만 이것 이상의 중요성이 있다. 즉 실제로 중국 사람은 철학에조차도 예술가적인 접근을 하고 있다는 것이다. 중국 철학자들의 견해는 시인들의 견해와 오히려 비슷해서 중국에서는 일반 서양에서 그러하듯 철학이 학문으로 정착한 것이 아니라 시와 결합된 상태로 나타난다.

지금부터 내가 얘기하고자 하는 바를 잘 관찰해 보면, 인생의 희로애락(喜怒愛樂)과 색채의 변화에 대한 중국 사람들의 감수성을 바탕으로 해서 예술적 철학이 생겨날 수 있다는 것이 밝혀진다. 사람의 인생을 비극으로 느끼는 것은, 봄이 사라져 감을 애석하게 받아들이는 것과 비슷한 감정이고, 인생을 부드럽고 묘한 것으로 느끼는 감정은, 어제 피었던 꽃이 오늘 지는 것을 지켜보는 느낌과 비슷한 것이다. 먼저 슬픔과 패배감이 있고, 그 후 나이 든 철학자의 각성과 웃음이 있게 된다.

반면 중국 사람들에게는 강한 현실주의의 표시인 R4 요소가 있다. 이 요소는 인생을 있는 그대로 받아들이는 태도, 즉 손 안에 쥔 새 한 마리가 덤불 속의 두 마리보다 소중하다는 생각을 말한다. 그래서 이 현실주의는 인생을 가장 아름다운 것으로 생각하는 예술가의 믿음을 강화시키고 보충해 주며, 세상을 떠나 은둔하려는 이들의 태도를 구원하기도 한다.

몽상가는 '인생은 일장춘몽이다.' 라고 얘기하고, 현실주의자는 '맞는 말이다. 그러니 이 꿈을 가능한 아름답게 살아보자.' 라고 대답한다. 그러나 눈 뜬 사람의 현실주의는 시인의 현실주의이지, 장사꾼의 현실주의는 아니다. 노(老)철학자의 웃음 또한 고개를 들고 노래를 하며 성공을 목표로 달려가는 젊은이들의 웃음은 아니다. 이 철학자의 웃음은 하얀 수염을 손가락으로 쓰다듬으며 부드럽고 낮은 목소리로 얘기하는 웃음이다. 몽상가는 평화를 사랑한다. 꿈 때문에 싸우지는 않는다. 그는 같은 몽상가들과 함께 합리적이고 더 나은 생활을 하기 위해 노력을 할 것이다. 이렇게 해서 인생의 긴장은 완화되는 것이다.

그렇지만 이런 현실주의 감각의 주된 기능은 생활철학에서 불필요한 것을 모두 배제하는 데에 있다. 그리고 상상의 날개를 달고 아름다운 세계로 날아가는 것은 좋으나 그 세계를 넘어 실재하지 않는 세계로 이끌려 가는 것을 막기 위한 데에 있다.

결국 인생의 지혜란, 불필요한 것을 배제하고 여러 가지 철학적 문제를 감소시키는 데에 있다. 생활의 모든 즐거움은 과학적인 연습이니, 쓸데없는 지식의 추구이니 하는 것에 방해당하지 않는 데에 있다는 말이다. 이처럼 중국의 철학자들에게는 인생의 문제란 아주 사소하고 간단한 문제이다. 이 말은 이들이 이 문제를 더 이상 형이상학적인 총체가 아니고, 삶 바로 그 자체로 느끼고 있다는 얘기가 된다.

중국 사람들은 선천적으로 현실주의를 지니고 있고 논리나 지식 등에 대해서는 깊은 불신감을 품고 있으므로, 그들의 철학은 삶 그 자체와 긴밀히 연관되는 감정적 문제가 되기 때문에 어떤 정해진 틀 속에 이를 적용시키는 것을 좋아하지 않는다. 왜냐하면 왕성한 현실감이 있기 때문이다. 그것은 완전히 동물적인 감각이며, 이성 그 자체만의 추구를 거부하여 난해하고 조급한 철학적 체계를 불가능하게 만드는 분별력이다.

중국에는 유(儒)·불(佛)·선(仙)의 세 종교가 있으나 중국인 특유의 상식에 의해 나름대로의 체계를 갖춘 이 세 종교가 미약하게 되었으며, 행복한 삶의 추구라는 평범한 차원에서 종교들을 다루게끔 평가절하가 되었다. 대개 중국 사람은 깊이 있게 생각하지 않으며, 유일한 관념이나 믿음 또는 철학파 따위를 진심으로 믿지 않는 천성이 있다. 철학의 학파를 추종하는 사람은 철학도밖에 될 수 없다. 그러나 사람은 인생의 학생이자 스승일 수 있는 것이다.

중국의 이와 같은 문화와 철학을 통해 최종적인 결론을 맺을 수 있다. 중국 사람은 서양 사람보다 자연과 어린아이에 가까운 생활을 한다. 그 생활 속에는 본능과 감정이 자유롭게 교류하며, 삶의 지적인 면과 대립 상태에 있다. 육체적인 집착, 자존심, 깊은 지혜와 바보스러울 정도의 쾌활함, 굉장한 궤변, 어린아이의 순진무구함 등이 본능과 감정과 섞여 있다. 그러므로 나는 중국 철학의 특징이 다음 세 가지라고 생각한다. 첫째, 인생이 전부 예술이라고 보는 기질, 둘째, 철학에 있어서 단순함으로 돌아가려는 의식적 기질, 셋째, 삶에 있어서의 이상적인 합리성. 마지막 특징은 이상한 말이긴 하지만, 시인이며 농부이고 방랑자인 사람에 대한 내 존경을 의미한다.

3. 이상(理想)으로서의 자유인

정신면에서 동양과 서양의 혼혈아인 내게 있어 인간의 권위는 짐승과 구별되는 다음과 같은 사실에서 찾을 수 있을 듯하다. 첫째, 사람은 장난스러운 호기심과 지식을 찾는 천재성이 있고, 둘째, 꿈과 고매한 이상주의가 있다.(때론 모호하고 혼란스러우며 잘난 체하는 흠이 있지만 그런 대로 봐줄 만한.) 셋째, 위의 것보다 더 중요한, 사람은 유머 감각으로 자신의 꿈을 고칠 수 있고, 보다 건강한 현실주의로 이상주의를 제한할 수가 있다. 마지막으로 사람은 짐승들처럼 기계적이고 획일적으로 환경에 대응하지 않고 스스로 자기의 반응을 결정하고 자신의 의사로 환경을 바꾸는 능력과 자유를 가지고 있다. 이 마지막 말은 사람의 개성이 기계적인 규칙에 의해 절대로 결정될 수 없다는 것이다.

사람의 마음은 환상적이며, 잡기도, 예측하기도 어려운 것이어서 미친 심리학자나 독신인 경제학자들이 강요하려는 기계적 법칙이나 유물론적 변증법을 그럭저럭 빠져나가는 것이다. 그래서 사람이란 묘하고 재미있으며 변덕스러운 동물이다.

간단히 말해 인간의 존엄함에 대한 내 신념은 인간이 세상에서 가장 위대한 자유인이라는 믿음에 있다. 인간의 존엄성은 인간이 항상 자유인이어야 한다는 전제에 서서 출발해야지, 복종적이고 잘 훈련이 된 조직적인 군인의 관점에서 보아서는 안 된다.

내가 최근에 썼던 《내 나라, 내 민족》에서 늙은 철학자들을 칭찬하려 했다고 보는 것이 독자들의 정확한 인상인 것 같았다. 그러나 이 책을 보고 내가 자유인에 대해 최고의 성의를 기울였다고 생각해 준다면, 그것이 내가 가장 원하는 바이다. 하지만 세상일은 그렇게 간단하지만은 않다. 민주주의와 개인의 자유가 위협받고 있는 현대에서 복종적이며 조직화되고 획일적인 사람으로 전락하지 않으려면 바로 자유인이 되어 자유인의 정신을 갖고 사는 길밖엔 없다. 자유인이야말로 독재에 대항하는 최고의 투사이자 인간의 존엄성과 개인의 자유를 수호하는 챔피언으로 영원히 정복할 수 없는 존재일 것이다. 모든 현대문명은 전적으로 이들에 의지하고 있다.

아마도 조물주는 사람을 창조하실 때에 그가 창조하는 것이 생동감 있는 자유인이라는 사실과 동시에 너무 자유로워 오히려 귀찮을 정도일 것이라는 사실을 알고 있었을 것이다. 그렇지만 자유인다운 기질이야말로 인간이 가진 가장 희망적인 자질이다. 조물주가 만든 자유인은 훌륭한 청년이다.

그는 여전히 분방하고 철없는 사춘기의 나이이며, 그 자신이 실제 자신보다 더 위대하다고 생각하며 장난스럽고 멋대로의 자유로운 생활을 즐기려 한다. 그러나 그 자유인에 대해 조물주는 여전히 희망적이다. 마치 부모가 씩씩하지만 다소 괴팍한 20대 아들에게 기대를 갖듯이, 언젠가는 조물주도 은퇴하고 이 우주의 운영을 괴팍한 그의 아들에게 넘길지도 모른다.

중국 사람의 입장으로 말하자면 나는 문명은 인위적인 것에서 자연적인 것으로, 의식적으로 소박한 사색과 생활로 귀환하지 않는 한 완벽하다고 부를 수 없다. 또 나는 현자의 지식에서 우자(愚者)의 지혜로 이행해 가며 웃는 철학자가 되어 인생의 비극을 희극에 앞서 생각하지 않는 한 그를 현자라고 부르지 않는다. 왜냐하면 우리는 웃기 전에 울어야 할 때가 있기 때문이다. 슬픔으로부터 각성이 나오고, 각성으로부터 철학자의 웃음이 친절함과 관용을 갖추고 생겨나는 것이다.

세상은 아주 엄숙한 것이라고 나는 믿는다. 그리고 너무 엄숙해서 세상에는 현명하고 즐거운 철학이 필요하다. 니체의 말로 표현하자면 중국 사람의 생활철학이야말로 '유쾌한 과학' 이라 부를 수 있을 것이다. 결국 유쾌한 철학이 깊은 철학이다. 서양의 엄숙한 철학은 인생의 존재에 대해서 이해의 시작도 못하고 있다. 내 개인적인 생각이지만 철학의 유일한 기능은 사업가들이 생각하는 것보다 더욱 손쉽고 유쾌하게 인생을 살아가도록 가르치는 것이다.

인생 50이 되면 은퇴할 수도 있는데, 안 하고 있는 장사꾼은 내가 보기엔 철학자는 아니다. 이것은 그냥 일상적인 생각이 아니라 나의 근본적인 관점이다. 인간이 유쾌하고 명랑한 정신을 가질 때에만 세상은 보다 평화롭고 합리적으로 살 만한 곳이 될 수 있다. 요즘 세상에선 삶을 너무 엄숙하게 생각해서 이 세상을 온통 문젯거리로 보고 있다. 그러므로 인생을 진심으로 즐기게 하고, 인간의 기질이 보다 온화하고 평화스럽고, 보다 냉철한 것이 되게 하기 위해서는 어떻게 해야 할까를 생각해 보자.

아마 이것은 한 학파의 철학이라기보다는 중국 사람의 철학이라고 불러야 할 것이다. 이것이야말로 공자(孔子, 쿵즈)보다, 노자(老子, 라오즈)[8]보다도 더 위대한 철학일 것이다. 이 속에는 공자·노자·기타 옛 철학자들의 사상 이상의 것이 있기 때문이다. 이 철학은 그들 사상의 샘물에서 솟아나와 그 모든 사상을 하나로 조화시키고, 그들 지혜의 추상적인 윤곽으로부터 일반 사람들이 다 볼 수 있고, 이해할 수 있는 삶의 기술로 창조해낸 것이다. 중국의 문학·미술·철학 등을 개관하고 나서 나는 다음의 결론에 도달할 수 있었다. 현자의 깨달음과 삶의 즐거움을 존중하는 철학이 중국의 문학·미술·철학 전반에 일관되어 있는 메시지이고 가르침이라는 것이다. 가장 항구적이고 가장 특징적이고 가장 끈기 있는 중국 사상의 후렴인 것이다.

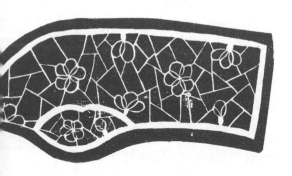

---

8. B.C. 6세기경에 활동한 중국 제자백가 가운데 하나인 도가(道家)의 창시자. 성은 이(李, 리), 이름은 이(耳, 얼), 자는 백양(白陽, 바이양), 또는 담(聃, 단), 도교 경전인 《도덕경(道德經, 다오더징)》의 저자로 알려져 있다. 노자(老子, 라오즈)는 유가에서는 철학자로, 국민들 사이에서는 성인 또는 신으로 신성화되었다. 당(唐, 618~907)에서는 황실의 조상으로 숭배되었다.

제 2 장
인간관에 대하여

1. 기독교도, 그리스 인 그리고 중국인

인간관에는 기독교 전통
의 신학적 인간관, 그리스 사람들의 이교도적 인간관, 중국의 도교·유교적
인간관 등 여러 가지가 있다.(불교의 인간관은 너무 비극적이므로 빼버렸다.) 이
세 가지에 내포되어 있는 우화적인 의미를 천착해 보면 서로 그렇게 큰 차
이가 있는 것은 아니다. 특히 생물학적이고 인류학적인 지식을 많이 가진
현대인이 본다면 그 차이는 더욱 줄어든다. 그러나 원초적 형태에는 차이가
있었다.

전통·정통적 기독교의 견해에 의하면 인간은 에덴의 동산에서 벌거벗

은 채 완벽하고, 순결하며, 바보 같으나 행복한 삶을 누리도록 창조되었다. 그 다음으로 지식과 지혜가 사람에게 생겼으며, 실낙원(失樂園)을 당해 고통스러운 길이 시작된다. 그 고통이란, 남자는 이마에 땀을 흘려가며 일해야 하며, 여자에게는 아이를 낳는 고통이 주어졌다.

사람이란 원래 순결하고 완전했지만 오늘의 불완전함을 설명하기 위해 새로운 요소가 소개되었다. 바로 악마가 그것인데, 사람의 높은 천성이 영혼에 작용하는데 반해 악마는 주로 육체를 통해 작용한다. 기독교 역사에서 '영혼'이라는 말이 언제부터 등장했는지는 모르나 '영혼'은 사람의 기능을 능가하는, 조건이라기보다는 그 이상의 것으로, 하느님의 구원을 받을 영혼이 없는 짐승과 구별 짓는 것이 되었다. 그러나 이 논리는 여기에서 멈춰 버렸다. 악마의 기원을 설명해야 했기 때문이다.

중세 신학자들은 이 문제를 스콜라 철학의 논리로 처리하려다 진퇴양난에 빠지고 말았다. 신이 아닌 악마가 신으로부터 나왔다는 생각도 할 수 없었고, 우주의 태초부터 신이 아닌 악마가 신과 어깨를 나란히 한 영원한 존재라고도 인정할 수가 없었다. 마침내는 궁여지책으로 악마는 타락한 천사임에 틀림없다고 동의했다. 하지만 이런 생각은 악의 기원에 대한 문제를 회피한 것이다.(왜냐하면 타락한 천사를 유혹한 다른 악마가 있어야 했기 때문이다.) 따라서 이 결론은 만족스럽지는 않았지만 달리 뾰족한 방법이 없어 그대로 둔 결론이다. 그러다 보니 이 속에서 영혼과 육체를 나누는 묘한 2분법이 생겨나게 되었다. 이 신화적 개념은 오늘에도 여전히 널리, 그리고 설득력 있게 행세하여 인생과 행복에 대한 철학에 큰 영향을 끼치고 있다.[1] 이어서 속죄라는 것이 나왔는데 지금도 '희생양(犧牲羊)'이라는 개념으로 쓰지만, 옛날로 거슬러 올라가면 구운 고기의 냄새가 좋아서 '제물을 바치지 않으면 인간을 용서하지 않는' 신이라는 개념에까지 도달한다. 이 속죄라는 개념에서 모든 죄를 한꺼번에 용서받을 수 있는 방법이 발견되고 사람이 최초의 완전한 상태로 되돌아갈 수 있는 방법이 발견되었다. 기독교 사상 중에 가장 묘한 것이 이 완전이라는 사상이다. 이런 생각은 고대사회의 쇠퇴기에 생긴 것으로 사후세계를 강조하고, 주된 명제가 행복이나 단순히 살아 있다는 사실 그 자체가 구원(Salvation)의 문제로 확 바뀌었다.

구원 사상은 분명히 부패와 혼란으로 멸망해 가는 현세에서 어떻게 하면 살아 있는 상태로 도피할 수 있는가 하는 내용이다. 따라서 굉장한 중요성이 영생(永生)의 문제에 집중된다.

그런데 이것은 신이 사람이 영생하기를 원치 않았다는 창세기의 내용과 어긋나는 것이다. 창세기를 보면 아담과 이브는 세상 사람들의 생각처럼 지혜의 열매를 따먹어서 쫓겨난 것이 아니라, 신의 명을 두 번째에도 거역하고 생명의 열매를 따먹어 영생을 누릴까 염려해서 쫓겨난 것으로 되어 있다.

주 하느님 가라사대 '보라, 사람은 우리들처럼 선과 악을 알게 되었도다. 그는 손을 뻗어 생명의 나무에 열매까지 따먹어 영원히 살지도 모른다.' 그리하여 주 하느님은 그를 에덴 동산에서 몰아내어 그의 근본인 땅으로 내려보내셨도다.'

'이처럼' 하느님은 사람을 쫓아내고 에덴 동산 동쪽에 천사들을 배치하시고 빙빙 도는 불타는 칼을 놓으셔서 '생명의 나무로 가지 못하도록

---

1. 근대 사상이 진보함에 따라 악마가 제일 먼저 팽개침을 당한 것은 즐거운 일이다. 나는 하느님을 어떤 형태로든 믿고 있는 자유주의적인 기독교도 중에서 실제로 악마가 있다고 믿는 사람은 다섯 명이 되지 않는다고 확신한다. 비유적인 의미가 아니라면 또한 지옥이 실제로 있다고 믿는 생각은 진짜 천당이 있다는 생각보다 먼저 사라지고 있다.

지키셨도다.'

지혜의 나무는 동산의 한가운데쯤 있었지만 생명의 나무는 동쪽 입구 근처에 있었던 모양이다. 우리가 잘 알듯 그곳은 천사들이 사람의 접근을 막기 위해 여전히 파수를 서고 있다.

세상 모든 것을 타락이라고 믿는 생각이 오늘날까지 여전히 있는 것 같다. 즉 삶을 즐기는 것은 죄악이고, 불편한 생활이 미덕이다. 사람은 남의 큰 힘에 의하지 않고는 구원받을 수 없다는 것이다. 죄의 교리는 오늘날에도 여전히 기독교의 근본적 전제이며, 전도사가 선교를 할 때에 그 사람들에게 죄의식과 인간본성의 사악함을 고취시키는 일부터 시작한다.(사실 이런 전제는 선교사들의 소매 속에 담고 있는 기성품(既成品)적인 구원이 필요하게 되려면 절대 필수이다.) 요컨대 자신이 죄인이라는 생각을 가지고 있어야 기독교도로 만들 수 있다는 것이다. 어떤 사람은 다소 거친 어투로 '우리나라의 종교는 편협해서 죄에 대한 생각만 하게 만들기 때문에 웬만한 사람은 교회에 나오려 하지 않는다.' 고 말하는 것을 들었다.

그리스의 이교도적 세상은 나름대로 독특해서 사람에 대한 개념 역시 상당히 다르다. 내게 가장 충격적이었던 것은 기독교가 인간을 신격화시키려고 노력하는 데 반해, 그들은 신을 인격화시키려 한다는 점이었다. 올림포스 산의 신들은 확실히 즐겁고, 호색적이고, 사랑도 하고, 거짓말도 하고, 싸움도 하는 등 그리스 사람과 꼭 같은 신이었다. 사냥을 즐기고, 전차를 타기도 하고, 창도 던지고, 심지어는 결혼도 하고, 불법적인 아이들도 많은 그런 모습을 보여 주고 있다. 신과 인간의 차이라고는 신은 번개를 내리고 천둥을 치게 해서 곡식을 자라게 하는 신력이 있고, 영생하며, 포도주 대신 넥타르라는 음료를 마시는 것뿐이다. 그나마도 재료는 똑같은 과일이다.

사람들은 이런 신들과 친하게 지낼 수 있다는 기분을 느끼며 등에 배낭을 지고 아폴로(태양의 신) 신이나 아테나(학문과 승리의 여신) 여신과 사냥도 하고, 길에서 머큐리(상업과 전달의 신) 신을 만나 우리가 웨스턴 유니언의 배달 소년과 수다를 떨듯 얘기하며, 그 얘기가 재미있으면 머큐리가 '오케이, 그렇지만 난 이 편지를 72번가에 빨리 배달해야 돼.'라고 말할 것 같은 그런 모습을 상상할 수 있다.

그리스 사람은 신이 아니었지만 그리스 신들은 인간이었다. 기독교들의 완벽한 신과는 엄청난 차이가 있지 않은가! 다시 말해 그리스의 신들은 영생의 생명을 지닌 거인족인 사람의 한 종족에 불과한 것이다. 이런 배경에서 데메테르(농업과 풍요의 여신), 프로세피나(4계절의 신), 오르페우스(하프의 명신) 등의 아름다운 이야기가 나온 것이다.

신들에 대한 믿음은 당연한 것이라 소크라테스가 독약을 먹고 죽게 되었을 때에도 신에게 제사를 지내며 빨리 죽게 해주기를 기원할 정도였다. 이런 태도는 공자(孔子, 쿵즈)와 아주 비슷하다. 소크라테스나 공자(孔子, 쿵즈)의 시대엔 반드시 그랬을 것이다. 그러나 현대 그리스 인들의 생각이 어떠한가는 불행히도 알 수가 없다. 고대 그리스 인들의 이교도적 세계는 현대적이 아니었듯, 현대 기독교 세계는 고대 그리스적이 아니다. 그 점이 아주 유감이다.

그리스 사람들은 때로 인생은 끝이 없고 가혹한 운명에도 굴복해야 한다는 생각을 하고 있었다. 한 번 이런 생각을 받아들이면 인간은 현실에 만족하여 행복을 느낄 수 있게 된다. 따라서 고대 그리스 사람은 삶과 우주를 사랑했고, 자연을 과학적으로 이해하려고 노력했을 뿐 아니라 인생의 진·선·미를 밝히는 데도 흥미를 가졌다.

그리스 신화에는 에덴 동산과 같은 '좋았던 시절'은 없었고, 당연히 사람이 타락한 존재라는 우화도 없었다. 그들은 자신들이 큰 불이 난 후 땅에 나타난 데우칼리온과 그의 아내 피라가 땅에서 주워 어깨 뒤로 던진 돌멩이에서 생긴 사람이라고 생각했다. 사람의 질병과 고민에 대한 설명은 더욱 우습다. 모든 질병과 고민은 판도라라는 젊은 여인이 제우스 신에게서 선물로 받은 작은 상자에서 나왔다고 했다. 제우스가 그 상자를 열지 말라 했으나 판도라는 호기심을 못 이겨 이를 열었던 것이다. 고대 그리스 사람들의 공상은 아름다웠다. 그들은 인간의 본성을 있는 그대로 넓게 보았다.

기독교도들은 옛 그리스 사람들이 사람은 죽는다는 '체념'을 가지고 있다고 말할지 모른다. 그렇지만 유한한 생명을 가진 모습이라기에는 너무나 아름다운 것이 인간이고, 그 속에는 이해심과 자유로운 사고력을 발휘할 여지가 있었다. 옛 그리스의 궤변가들 중에는 인간의 본성이 착하다고 하는 사람도 있었고, 악하다는 사람도 있었다. 그러나 근대의 홉스(Hobbes)[2]와 루소[3] 사이처럼 심각한 모순은 없었다.

끝으로 플라톤[4]에 이르러서는 인간은 욕망과 감정 그리고 사상의 혼합체로서, 이상적인 인간의 삶이란, 지혜나 삶에 대한 진정한 이해를 바탕으로 이 세 가지가 조화롭게 어울려 살아가는 상태라고 생각했던 것이다. 플라톤은 '이상'은 영생하지만 개인의 영혼은 그들의 정의나 배움이나 절제, 아름다움을 얼마나 사랑하느냐에 따라 천하게도, 귀하게도 되는 것이라고

---

2. 1588~1679년. 영국의 철학자 · 정치이론가. 초기 자유주의와 절대주의의 중대한 이론적 전제가 되는 개인의 안전과 사회계약에 관한 저서로 유명하다.

3. 1712~1778년. 법철학자 · 정치철학자. 19세기 프랑스의 낭만주의 문학의 선구자 역할을 했던 그가 평생동안 쓴 많은 작품에서 일관되게 주장한 것은 인간 본래의 모습을 회복하자는 것이었다. 《에밀》, 《고독한 산책자의 몽상》, 《고백》, 《대화》 등의 저서로 유명하다.

4. B.C.428/427~B.C.348/347년. 서양 문화의 철학적 기초를 마련한 고대 그리스의 위대한 철학자. 논리학 · 인식론 · 형이상학 등에 걸친 광범위하고 심오한 철학체계를 전개했으며, 특히 그의 모든 사상의 발전에는 윤리적 동기가 바탕을 이루고 있다. 또한 이상이 인도하는 것이면 무엇이든 따라야 한다는 이상주의적 입장을 고수했다. 따라서 플라톤 철학의 핵심은 이상주의적 윤리학이다.

생각했다.

소크라테스는 '페도(소크라테스가 등장하는 플라톤의 《대화》)' 편에서 영혼도 역시 불멸의 독립적 존재라고 주장하고 있다. 즉 '영혼이 혼자 존재하여, 그것이 육체와 분리되어 서로 떨어져 있다면 그것이 죽음이 아니고 무엇이겠는가?'라고 했다. 인간의 영혼불멸에 대한 믿음은 분명히 기독교도, 그리스 사람, 도교·유교의 철학자들에게 공통되는 점이 있다. 소크라테스가 갖고 있던 영혼의 불멸에 대한 믿음은 현대인에겐 아무 의미가 없을 것이다. 왜냐하면 재탄생설처럼 그가 자신의 믿음을 입증시키기 위해 내세웠던 전제들이 현대인에게 받아들여질 수가 없기 때문이다.

중국 사람의 인간관도 사람이 곧 창조주(만물의 영장)라는 생각에 도달했다. 유교에서는 사람만이 하늘과 땅과 동등하다는 천지인삼재(天地人三才)를 주장한다. 그 배경은 정령설(精靈說)이다. 즉 모든 만물에는 생명이 있고 영혼이 깃들어 있다는 생각이다. 바람과 번개는 정령 그 자체이고, 큰 산이나 강에는 이를 지배하는 신령이 있으며, 모든 꽃은 하늘에서 계절에 따른 변화를 관장하는 요정을 가지고 있다.

만화여제(萬花女帝)는 모든 꽃의 여왕으로 그의 생일은 2월 12일로 되어 있다. 버드나무·소나무·여우·거북 등도 아주 나이를 많이 먹으면—수백 년이 넘는—바로 그 사실만으로 불멸을 얻어 정령이 된다. 이런 정령설에 의해 사람도 영혼의 구현된 모습이라고 생각하는 것이다. 영혼은 온 우주의 다른 생명들처럼 남성의 능동적이고 적극적인 양(陽)의 원리와 여성의 수동적이고 소극적인 음(陰)의 원리가 합쳐져서 이루어진다. 하지만 이것은 후세에 밝혀진 양전기, 음전기의 이론이 완벽하게 들어맞은 것에 불과하다. 이 영(靈)이 사람의 몸에 깃들면 백(魄)이라 하고, 허공을 떠돌면 혼(魂)이라 한다.(강력한 개성이나 영을 가진 사람은 백력(魄力)을 가진 사람이라 불린다.) 이 혼(魂)은 죽은 뒤에도 계속 떠돌아다니고, 영은 보통 사람을 해치지 않지만 죽은 자를 묻지 않거나 제물을 바치지 않으면 떠도는 망령이 된다. 이런 이유에서 7월 15일을 '모든 영혼의 날(萬靈祭日)'로 삼은 것이다. 억울한 죽음을 당했을 경우 그 망령은 자신의 죽음을 분하게 여겨 만족할 때까지 화풀이를 한다. 망령이 만족하게 되면 화풀이는 없어지게 된다.

사람이 살아 있는 동안에는 영이 몸 안에 있게 된다. 따라서 정열·욕망, 또는 생명력의 흐름과 같은 것들을 가지고 있다. 좀 더 쉽게 말한다면 정신력을 가지고 있다는 것이다. 이런 힘은 그것만으로는 좋지도 나쁘지도 않은, 다만 인생과 떼려야 뗄 수 없는 관계를 맺고 있을 뿐이다. 모든 사람은 남자건 여자건 간에 정열이나 자연스러운 욕망, 고귀한 야망, 양심을 가지고 있다. 또한 그들은 성(性)·굶주림·공포·분노를 가지고 있을 뿐 아니라 질병과 고통, 죽음을 피할 수 없다. 문화란, 이런 정열과 욕망을 조화롭게 표현하는 것이다. 바로 이것이 유교적인 견해인데, 우리가 주어진 본성과 조화롭게 살아감으로써 제6장 끝에 인용했듯이 인간은 하늘과 땅과 동등한 입장에 설 수 있다고 믿는 것이다.

하지만 불교도들은 중세 기독교도들처럼 인간의 육체적 욕망을 나쁜 것으로 간주한다. 즉 쫓아야 할 골칫거리로 생각한다. 그래서 머리가 너무 좋거나 생각을 깊이 하는 남녀들이 이 사상 때문에 출가를 하는 경우가 있다. 그러나 유교의 양식으로는 이것을 금지하고 있다. 다소 도교적인 노장철학(老莊哲學)에 영향을 받았지만, 짧은 생명에 고통 받는 재자가인(才子佳人)은 인간적인 생각을 가졌거나 천상에서 자신의 직무를 게을리한 탓에 벌을 받아 속세에 떨어진 선녀로 보는 경향이 있다.

인간의 정신은 에너지의 흐름으로 생각된다. 정신이란, 글자 그대로 정(精)의 신(神)으로 정(精)이란 말은 요정(妖精)처럼 쓰이는 말이다. 영어에서 가장 가까운 말을 찾자면 '활력(vitality)'이나 '정신력(nervous energy)' 정도가 될 것이다. 세상에 태어났다면 누구나 어떤 종류든 정열이나 욕망, 활력으로 인생을 출발하는 것이다. 또 이들 정신적 활동은 유년기·청년기·노년기 및 죽음을 각기 다른 주파수로 맞이하고 있다. 공자(孔子, 쿵즈)는 '어릴 때에는 싸움을 조심하고, 젊어서는 색(色)을 조심하고, 늙어서는 소유(所有)를 조심하라.'고 말했다. 이 말은 소년은 싸움을, 청년은 여자를, 노인은 돈을 좋아한다는 말 이상의 아무것도 아니다.

육체적이고 정신적이며 도덕적인 세 가지의 혼합체를 대할 때 중국 사람은 다른 문제들을 대하는 태도와 마찬가지로 인간 자체에 대한 태도를 지닌다. 그것은 '합리적으로 살자.'는 한 마디로 줄일 수 있다. 결국 이런 태도는 어떤 일에든 기대를 크게 걸지도 않고, 그렇다고 거의 걸지 않는 것도 아닌 중간을 의미한다. 사람은 하늘과 땅, 이상주의와 현실주의, 고귀한 사상과 비속한 정열 사이의 중간적 존재이다. 지식에 대한 욕심도 있고, 목마르다는 느낌도 가지며, 훌륭한 사상과 아울러 젓가락으로 돼지고기 요리를 집어먹는 것도 좋아한다. 명언에 감탄하지만, 미인도 버리기 어려운 것이다. 따라서 이 세상은 아무래도 불완전할 수밖에 없다. 물론 나름대로 개선해 볼 수도 있겠지만, 중국 사람들은 완전한 것들, 예를 들어 완전한 평화, 완전한 행복 등 그 어느 것도 그다지 열렬히 추구하지 않는다. 다음의 이야기를 보면 이런 경향을 그대로 볼 수 있다.

어떤 사내가 지옥에 떨어졌다가 환생하기 위한 자리에서 염라대왕에게 말했다.

"만약 대왕께서 저를 인간으로 환생시켜 내보내신다 해도 전 다음 조건이 해결되지 않으면 가지 않겠습니다."

그러자 염라대왕이 물었다.

"그 조건이 대체 무엇이냐?"

"저는 장관의 아들이면서 장래 국가고시 수석 합격자의 아버지로 태어나지 않는다면 싫습니다. 또 집 주위에는 1만 정보의 땅과 고기가 있는 연못과 갖가지 과일나무가 있어야 하며, 착하고 사랑스러운 아내와 예쁜 첩들이 있어야 합니다. 또 천장까지 황금과 진주가 차 있는 방과 곡식이 그득한 창고, 돈이 가득한 가방도 있어야 합니다. 그리고 저는 왕후장상(王侯將相)이 되어 명예와 권위를 누리고 100살까지 장수를 해야 합니다."

그러자 염라대왕이 대답했다.

"그런 자리가 있다면 내가 가지, 널 보낼 줄 알았느냐?"

우리들에겐 이런 인간본성이 있다. 그러므로 합리적인 태도로 인생을 출발하자. 이를 회피할 방법은 없다. 정열이니, 본능이니 하는 것도 좋으니, 나쁘니 따질 필요가 없다. 오히려 그 결과에 사람이 끌려 다닐 수가 있다. 그 길의 중간에 서 있는 것이 좋다. 이런 합리적이고 중용적인 태도에서 용서하는 철학이 생겨난다. 최소한 중용적인 정신을 가지고 사는 교양 있고 관대한 학자라면 법률적이건, 도덕적이건, 정치적이건 간에 가장 일반적인 인간의 실수나 망각은 용서해야 한다.

중국 사람들은 한 걸음 더 나아가 애당초 신 역시 중용적인 존재이므로 인간 역시 중용을 지키며 살아가면 아무것도 필요 없이 편한 삶을 누릴 수 있다는 철학을 가지게 되었다. 당연히 이렇게 사는 사람은 마음의 평화를 누리게 되며, 그렇게 되기만 하면 망령도 무섭지 않게 된다. 하늘에는 순리(順理)를 관장하는 신과 역리(逆理)를 관장하는 신이 각기 있어 사람들은 모두 뿌린 대로 거두게 된다고 믿는다. 포악스런 임금은 비극적인 최후를 맞게 되고, 욕심 많은 구두쇠는 재산을 잃고, 권력을 이용해 골동품을 광 가득 수집한 모리배는(이런 물건을 탐욕스레 모았다는 이야기가 세상에 다 알려진) 그 아들들이 아버지가 천신만고 끝에 모아놓았던 수집품들을 팔아먹고 만다. 좀처럼 드문 일이긴 하나 억눌린 사람들이 외치는 때가 있다. '하늘에는 눈도 없는가(정의는 장님이다)?' 결국 도교나 유교 할 것 없이 철학의 궁극적인 목적은 자연을 완전히 알고, 자연과 동화되는 것이다. 이 사상을 적절히 분류하자면 '합리주의적 자연주의' 정도가 될 것 같다. 이런 자연주의자는 동물적인 만족감으로 인생을 살아간다. 중국의 한 무식한 여자가 다음과 같은 말을 했다.

"누군가가 우리를 낳았고, 또 우리도 누군가를 낳는다. 그것 말고 어떤 일을 할 수 있는가?"

이 말 속에는 엄청난 철학이 깃들어 있다. 이렇게 되면 인생은 그저 생물적인 과정으로 되어 버리며, 불멸에 대한 질문 따위는 아무것도 아닌 게 된다. 이것이 바로 손자의 손을 잡고 과자를 사러 가는 중국 할아버지의 느낌인 것이다. 5년, 길어야 10년이면 나도 무덤으로 들어가 조상들에게로 돌아간다는 정도의 생각이다. 이 세상에서 간절히 바라는 것은 남부끄럽지 않은 아들과 손자를 얻는 일이다. 중국적인 생활방식은 바로 이 한 가지 생각에서 비롯된 것이다.

2. 땅을 떠날 수는 없다

그러다 보니 인간은 열심히 자신의 인생을 살아가야 한다는 평범한 진리를 갖게 된다. 그러면 과연 인간이 사는 곳은 어디인가? 이 지상 말고 우리가 살 수 있는 곳은 없다. 물론 천국에서 살 수도 있겠지만 그건 날개 달린 천사들의 일이고, 우리는 우리가 살아 숨 쉬는 이 땅에 더욱 신경을 써야 한다. 어차피 죽어 없어질 목숨이 아닌가? 우리에게 주어진 삶이라야 길어야 70년, 영혼이 교만하게 생각을 해서 영생을 바란다면 짧은 시간일지 모른다. 영혼이 조금이라도 겸손해하면 이 시간은 나름대로 꽤 긴 시간이다. 알만한 것은 대충 다 알 수 있고, 즐거움도 대충 맛볼 수 있는 기간이다. 인간이 어리석음과 한심함을 얻기에는 3대는 길고도 긴 세월이다. 이 3대에 걸쳐 세상의 습관·도덕·정치의 변천을 지켜볼 수 있었던 현명한 사람이라면 당연히 삶의 마지막 순간에 이르러서는 마음속에서 우러나는 만족감을 '참 재미있는 쇼였어.' 라고 표현하며 죽어야 할 것이다.

우리들 모두는 지상의 것이다. 땅에서 태어나 땅에서 자란다. 다시 말해 과거와 마찬가지로 이 땅을 스쳐지나가는 사람으로 태어나는 것은 절대로 불행한 일이 아니다. 그 땅이 어두운 굴속이라 해도 최선을 다해 가꾸어야 한다. 그러나 굴도 아닌 이 아름다운 땅 위에 태어나서 70년의 삶을 누리면서도 즐겁지 못하다면 이건 감사하는 태도가 아니다. 어떤 때엔 욕심이 지나쳐서 겸손하고 너그러운 땅을 얕볼 수도 있다. 그러나 우리가 영적인 조화를 갖고 싶다면 몸과 정신이 임시나마 속해 있는 땅을 '어머니인 땅' 으로 생각하여 참된 애정과 애착을 가져야만 한다.

그러므로 우리는 땅 위의 생활을 있는 그대로 받아들이는 동물적 믿음만큼이나 동물적인 회의론을 가져야 한다. 그리고 우리들 자신을 흙과 같이 느껴서 추울 때에 봄의 태양을 기다리는 흙과 같은 무던한 참을성을 지닌 소로(Thoreau)[5]의 건강한 마음을 잃지 말아야 한다. 소로는 가장 힘이 들 때에도 '영혼을 찾는' 것이 자신의 일이 아니고 '자신을 찾는' 것이 영혼의 일이라고 생각했다. 그의 행복은 그가 묘사한 대로 산에 사는 다람쥐의 그 것과 비슷했다. 결국 하늘은 실재하지 않지만 땅은 실재한다. 실재하는 땅과 실재하지 않는 하늘 사이에서 태어났다는 것이 인간으로서는 얼마나 행운인가!

어떤 실천적인 철학도 우리에겐 육체가 있다는 깨달음부터 시작된다. 요즘 들어 사람도 동물이라는 말이 솔직히 인정되고 있고, 또 그럴 때가 왔다. 이미 다윈의 진화론에 대한 기본적 원리가 서 있고, 생물학 중에서도 생화학이 큰 발전을 보이고 있는 요즘에는 불가피한 일이다. 우리들의 선생이나 철학자들이 스스로 지성적 학자라는 직업적 긍지를 가졌다는 것은 불행한 일이었다. 제화공이 가죽 자랑을 하듯 그들은 정신을 자랑한다. 정신이라고만 해서는 아득하고 추상적인 느낌을 충분히 살리지 못한다 해서 그들은 '정수(精髓)'니, '영혼'이니, '사상'이니 하는 말을 썼다. 그것도 우리를 놀라게 하려고 대문자로 썼다. 인간의 육체는 이 현학적이라고 하는 기계로 증류되어 영혼이 되었고, 영혼은 나아가 일종의 정수로 집약되었다. 독한 양주도 마실 수 있게 하려면 맹물을 섞어 하나의 패턴을 만들어야 한다는 사실을 잊은 채로 말이다. 그리고 불쌍한 우리 범인(凡人)들은 집약된 영혼의 정수를 마실 수 있다고 생각하고 있다.

이처럼 영혼을 과대하게 강조한 것은 치명적인 결과를 낳았다. 즉 인간으로 하여금 자연적 본능과 싸우도록 한 것이다. 내가 비난하는 것은, 이것 때문에 인간본성에 대한 전반적이고 원만한 견해를 가질 수 없게 되었다는 사실이다.

생물학과 심리학에 대한 그릇된 지식, 감각과 감정, 특히 본능이 어떤 위

---

5. H. D. Thoreau, 미국의 수필가. 《숲 속의 생활》이란 저서가 있다. 자세한 것은 P.165의 주2 참조.

치를 잡고 있느냐를 충분히 알지 못했기에 이런 결과가 생긴 것이다. 인간은 영혼과 육체 두 가지로 이루어졌다. 따라서 이들 둘이 서로 조화를 이루어 하나가 되도록 하는 것이 철학자의 임무여야 한다.

3. 영혼과 육체

철학자들이 인간은 육체가 있다는 사실을 거부하려고 노력하고 있는 것은 명백한 사실이다. 인간의 정신적 결함이나 야만적인 본능과 충동에 싫증이 난 설교자들은 가끔씩 '인간이 천사라면 얼마나 좋을까?' 하고 생각할 것이다. 그러나 도대체 천사란 무엇인가? 우리가 상상하는 천사라면 인간과 똑같은 몸을 가진(두 날개를 빼고) 경우와 그렇지 않은 경우가 있다.

사람들이 천사가 사람과 똑같고 다만 날개만 있다고 생각하는 것은 재미있는 일이다. 가끔씩 나는 천사가 오관(五官)을 갖춘 육체를 가지는 편이 더 낫겠다고 생각한다. 만약 내가 천사가 된다면 여학생과 같은 얼굴을 가진 천사가 되고 싶은데, 피부가 없어서야 여학생 같은 얼굴을 무슨 재주로 가질 수 있는가? 갈증을 못 느낀다면 오렌지나 토마토 주스를 마시고 싶지도 않을 것이고, 배가 고픈 것을 몰라서야 음식을 맛있게 먹을 수도 없다. 그림 도구 없이 어떻게 그림을 그릴 수 있으며, 소리를 듣지 못하고서야 어찌 노래를 할까? 코가 없어선 맑은 아침 공기를 마실 수도 없을 테고, 가렵지도 않다면 가려운 곳을 긁었을 때의 그 만족감을 어떻게 알까? 이런 즐거움을 맛보는 능력을 잃는다면 이루 말할 수 없이 무서운 일이 아닌가! 육체가 있어 이런 육체적 욕구를 만족시키든지, 아니면 순전히 영혼만으로 되어 아무런 만족도 얻을 수 없게 되든지 둘 중 하나이다. 모든 만족에는 욕구가 내재

되어 있다.

'망령이나 천사에게 육체가 없다는 것이 얼마나 무서운 벌인가?' 하고 나는 생각할 때가 있다. 시원한 물을 보아도 담글 발이 없고, 일류 요리를 보아도 맛을 볼 혀가 없고, 아름다운 애인의 얼굴을 보아도 사랑을 느낄 마음이 없다. 우리들이 나중에 망령이 되어 지상에 되돌아와 아이들이 자는 방에 들어가서 자는 모습을 보아도 그들을 토닥거려 줄 손이 없고, 아이들과 비벼댈 뺨이 없고, 그들의 잠꼬대를 들을 귀가 없다면 얼마나 슬픈 일인가!

천사는 육체가 없다는 이론을 지키려는 사람의 변론을 들어보면 그 이론이 얼마나 막연하고 만족스럽지 못한 것임을 알 수 있다. 아마 이들은 다음처럼 말할 것이다. '사실 그래. 하지만 영혼의 세계에선 그런 만족감이 필요가 없어.' 라고. 그러나 '그러면 그 대신 무엇을 얻었습니까?' 라고 묻는다면 그들은 완전히 벙어리가 되어 버릴 것이다. 아니면 '공허와 평화의 고요함' 이라고 말하지 않을까. 다시 '그럼, 그걸로 뭘 얻죠?' 라고 물으면 '노동도, 고통도, 슬픔도 없는 세상' 이라 답할지 모른다. 그런 세상은 노예선의 노예들에게나 솔깃한 얘기일 거라고 나는 믿는다. 이런 부정적인 이상과 행복의 개념은 불교와 가까운 위험한 것으로 그 근원을 추적해 보면 유럽보다는 아시아에서 찾을 수 있다.(이 경우는 소아시아)

이런 공상은 부질없는 것이지만 적어도 감각이 없는 영혼의 개념이 얼마나 용인될 수 없는가를 밝혀 둔다. 현재 우리는 우주 자체가 감각을 지닌 존재라고 생각하는 입장이니 더욱 그렇다. 영혼의 특징은 정지보다는 움직임에 있을 것 같다. 육체가 없는 천사의 기쁨 중 하나는 1초에 핵을 2만~3만 바퀴 도는 양자와 돈다는 그 사실에 있을지도 모른다. 그렇게 도는 데에서 코니아일랜드(뉴욕 항 근처의 피서지)의 관광열차를 타는 것보다 더 짜릿한 쾌감을 느낄 수도 있을 것이다. 틀림없이 센세이션한 일일지 모른다. 혹시 육체가 없는 천사는 빛이나 우주선(線)처럼 1초에 183,000마일을 날아갈지도 모른다. 그래도 그림을 그리거나 창조하는 즐거움을 맛보려면 영적인 그림 도구가 있어야 하고, 천사의 뺨에 바람이 스치려면 공기의 흐름이 있어야 한다. 그렇지 않으면 영혼 그 자체는 하수구의 물처럼 썩어 버리거나 신선한 바람이 불지 않는 숨 막히는 여름 오후를 겪는 사람처럼 끔찍할 것이다. 어떤 형태로든 생명이 있는 곳에는 움직임과 감정이 있어야 하며, 완전한 휴식과 무감각이란 있을 수 없다.

4. 생물학적 인간관

우리들 인간의 육체기능과 정신과정(過程)을 좀 더 깊이 알게 되고, 보다 진실하고 넓은 견해가 생긴다면, '동물'이라는 말이 풍기는 낡은 여운에 대해 조금은 긍정적일 수 있을 것이다. '이해는 곧 용서이다.'라는 속담은 우리의 육체적·정신적 과정에 적용할 수 있는 말이다. 좀 이상하게 보이겠지만 우리 육체의 기능을 보다 잘 이해하게 되면 육체를 경멸하기가 불가능하다는 말은 진실이다.

소화(消化)에 있어 중요한 것은 그 작용이 고상하느냐, 아니냐가 아니라 작용을 이해하는 데에 있다. 그리고 이해하게 되면 지극히 고상한 일처럼 느껴지기도 한다. 땀을 흘리고 찌꺼기를 배설하고 호르몬 분비를 하는 일, 나아가 이보다 더욱 민감한, 정서적이고 지각적인 작용 등 모든 사람의 생물학적인 작용과 기능을 모두 이해할 수만 있다면 고상해 보인다. 그러면 사람은 콩팥을 경멸하기보다는 이해하려 할 것이다.

충치가 생겨도 영혼의 무사를 위해 육체가 대신 부패해 가는 것으로 생각하기보다는 치과의사에게 가서 진찰을 받고 치료를 받으면 된다고 느끼게 된다. 치과의원을 나선 사람은 다시는 자신의 이를 경멸하지 않고, 오히려 지금까지보다 더욱 큰 즐거움으로 사과를 먹고, 고기를 뜯는 등 더욱 이를 존경하게 된다. 아주 뛰어난 형이상학자들은 이를 악마의 것이라 했고, 신 플라톤 학파에서는 이가 하나하나 존재함을 부정했다. 나는 철학자가 치통으로 고생하는 모습이나 낙천적인 시인이 소화불량으로 고생하는 모습을 보면 언제나 은유적인 즐거움을 느낀다. 왜 자신의 고고한 철학적 논리를 지속하고 못하고 이웃집 아주머니나 나처럼 볼을 손으로 누르고 있는 걸까? 또 왜 낙천주의는 소화불량에 걸린 시인에 대해서 그렇게까지 무력할까? 어째서 그는 시를 더 이상 읊지 못할까? 창자가 제대로 움직여서 시인에게 아무런 문제가 없도록 해주고 있는데, 창자의 고마움은 잊어버리고 영혼이 어떠하네 하고 읊는다는 것은 얼마나 배은망덕한 일인가!

사람 몸의 작용의 신비함과 놀라움을 밝혀서 인체를 더욱 존경하게 만든 것은 과학이라 할 수 있다.(만약 무언가 가르쳤다면) 가장 먼저 발생학적으로도 우리가 어디에서 왔는가를 이해하기 시작했고, 동물 중 가장 진화된 존재라는 사실을 나는 알고 있다. 그렇지만 진화의 과정을 설명하기 위해 수백만 년 전에 공룡이 지구상에서 죽어 없어져야 했고, 그런 끔찍한 재난이 연거푸 반복되어 인간이 두 다리로 걷게 되었다는 진화론을 생각해 보자. 인간이 걸어다니게 되기 위해서라고 자기중심적 설명을 안 하더라도 생물학이 인간의 권위를 모독하고 있지 않으며, 인간이 이 지구상의 생물 중 가장 우수한 존재라는 사실에 대해 의문을 품는 사람은 없다. 그러므로 인간의 권위에 대해 주장하고 싶은 사람에게라면 이 사실은 충분한 만족을 줄 것이다.

두 번째로 우리는 인체의 신비와 아름다움에 대해 종전보다 더 감명을 받았다. 인체의 내부 장기의 움직임과 각 기관 사이의 놀라운 상호관계를 알게 되면 다음과 같은 생각이 들지 않을 수 없다. 이런 상호관계는 아주 어려운 것인데, 극히 단순하고 궁극적인 그 무엇에 의해 수행되고 있다는 느낌이 든다. 과학이라도 이런 신비함을 대하면 인체 내부의 화학적 작용을 분명히 알아내어 단순하게 설명하지 못하고, 오히려 더 어려운 것으로 만들어 버린다. 이런 인체 내부의 과정은 일반 사람이 생각하는 것보다 훨씬 어렵고 인체 바깥의 우주 비밀도 이와 마찬가지이다.

생리학자가 과학적으로 이 과정을 분석하면 할수록 놀라움은 점점 더 커진다. 그 놀라움이 너무 커서 아주 용기 있는 생리학자도 때로는 생명의 신비함에 항복해야 할 경우가 생긴다. 알렉시스 캐럴[6] 박사의 예가 바로 그렇다. 그가 쓴 《미지의 존재, 인간》이라는 책에 씌어 있는 박사의 견해에 찬성이냐, 반대냐 하는 것은 나중 일이고, 우선 그 책 속에는 지금까지 설명된 것이 없고 설명할 수 없었던 사실들이 들어 있다는 데엔 동의한다. 그의 지적인 노력을 한번 감상해 보자.

인체의 기관은 분비액과 신경조직에 의한 상호관계를 맺고 있다. 각기의 요소들은 A는 B에, 또 B는 A에 하는 식으로 적응하고 있다. 이 방식은 본질적으로 본다면 목적론적이다. 기계론자나 생명론자의 주장대로 각 조직 속에 우리들이 가진 것과 같은 종류의 지식이 있다면 생리적인 과정은 일정한 목적을 이루기 위해 서로 연합하는 것 같다. 각 조직 속에 궁극적인 목적이 있음은 부정할 수 없다. 각각의 조직은 전체에 대해 지

---

6. 록펠러 연구소의 연구원이자 노벨상 수상자인 알렉시스 캐럴은 세포에 영양 성분을 지속적으로 공급하고 배설물을 계속 제거해 줌으로써 조직 세포를 영원히 살아 있게 만드는 방법을 알아냈다.

금 할 일과 앞으로 해야 할 일이 무엇인지 알고 있는 듯하며 또 그에 따라 움직인다. 조직에 있어서 시간과 공간의 중요성은 정신의 경우와 같지는 않다. 몸은 가까운 것뿐 아니라 먼 것도 감지하며 현재뿐 아니라 미래도 감지한다.[7]

한 가지 예로 창자가 아무런 치료를 받지 않고도 상했던 부위가 저절로 아무는 경우를 보면 얼마나 놀라운 일인가.

상한 창자는 작동하지 않는다. 일시적으로 마비되었다가 창자를 통과하는 찌꺼기들이 배로 들어가지 못하게 막는다. 이와 동시에 창자의 다른 부위나 막이 상처 난 부분으로 이동해서 상처를 덮는다. 외과의사가 상처를 꿰맸다 하더라도 결국 치료가 되는 것은 복막의 표면이 자연스럽게 붙어 버리기 때문이다.[8]

육체가 스스로 이런 능력을 갖고 있는데 왜 이를 경멸하는가? 우리의 육체는 스스로 영양분을 보급하고, 스스로 조절해서, 수리와 가동을 스스로 하는 훌륭한 기계이다. 태어날 때 한 번 장치해 놓으면 훌륭한 괘종시계처럼 신경을 거의 안 써도 4분의 3세기를 간다.

인체는 무선 시각과 무선 청각을 가지고 있으며 세상에서 가장 복잡한 전화 · 전보의 조직보다 더 복잡한 신경조직과 임파선을 가지고 있는 기계이다. 인체는 아주 정교한 신경계에 의해 정보를 보존하는 능력이 있다. 그리 중요하지 않은 정보는 다락에 넣어 두고, 다른 정보는 보다 찾기 쉬운

---

7. 《미지의 존재, 인간 *Man, the Unknown*》 P.197.
8. 《미지의 존재, 인간》 P.200.

책상서랍에 넣어 두는 등 아주 능률적으로 작동한다. 그렇지만 다락에 있는 것이라도 30년쯤 뒤에 필요하다면 눈 깜짝할 사이에 찾아낸다. 인체는 또 브레이크가 완벽한 소리가 나지 않는 자동차처럼 굴러갈 수도 있다. 만약 사고가 나서 유리가 깨지거나 핸들이 부서지면 자동차 스스로 유리의 대용품을 만들어 낸다. 또 핸들을 만들려고 노력할 것이고, 적어도 부러진 핸들의 축을 가지고라도 운전이 가능하도록 만들려고 노력한다. 마치 한쪽 콩팥이 없어지면 나머지 한쪽이 커져서 정상적인 오줌의 양을 걸러 내듯이. 인체는 화씨로 1/10도 정도의 오차 내에서 체온을 조절하고 음식물을 조직에 전달하기 위한 화학물질을 직접 만들어 낸다.

무엇보다도 인체는 생명의 리듬과 시간 감각을 가지고 있다는 것이 가장 절묘하다. 시간 감각은 낮과 밤, 며칠의 감각뿐 아니라 몇십 년 단위의 감각까지 가지고 있다. 유년기 · 청년기 · 성년기를 조절하고, 더 이상 크지 않아야 할 때엔 성장을 중지하며, 아무도 생각 못할 때에 사랑니를 나게 한다.

인체는 이런 모든 일을 아무런 소리도 없이 해치운다. 공장의 소음 따위가 있을 리 없다. 그래서 우리의 위대한 형이상학자들께서 아무런 방해를 안 받으며, 그들의 영혼과 장수에 대해 자유롭게 생각할 수 있는 것이다.

5. 시(詩)와 같은 인생

생물학적 견지에서 보면 인간의 삶은 한 편의 시처럼 읽을 수가 있다. 그 속에는 나름의 리듬과 박동이 있고, 성장과 노화라는 내부적 주기가 있다. 순진무구한 어린 시절 다음에는 사회에 적응하려고 애쓰는 청년기가 있다.

이 청년기에서는 젊은 정열과 어리석음과 이상과 야망이 있다. 그리고 강력한 행동력을 보이는 성년기에 이르게 되는데 경험을 통해 이익을 얻고 사회와 인간본성에 대해 더욱 배우는 시기이다.

중년기에 접어들면 약간은 긴장이 풀려서 과일이 익거나 좋은 술이 발효되듯 성격도 유해진다. 지금까지보다 관대해지고, 보다 냉소적으로 변하며, 동시에 인생을 좀 더 부드러운 시선으로 보게 된다.

마침내 내분비선의 분비가 점점 시들해지는 황혼기가 오게 된다. 만약 이 황혼기에 걸맞은 철학을 발견해서 이에 따라 순응하는 생활을 해나가면 평화와 안정과 여유와 만족이 어울린 시기가 될 것이고, 곧이어 생명은 없어져서 다시는 깨어나지 않는 영원한 잠에 빠지게 된다.

우리들은 인생의 이 아름다운 리듬을 알아야만 한다. 웅장한 교향악단의 연주를 들을 때처럼 그 주제와 일련의 갈등, 마지막 결말에 이르기까지 충분히 맛보아야 한다. 이와 같은 인생의 주기는 모두가 동일하지만, 그 내용이 되는 음악은 각자가 작곡해야 한다. 어떤 경우엔 불협화음이 점점 더 심해져 주 멜로디를 삼켜 버리는 수도 있다. 이 정도가 지나치면 권총자살을 하거나 강에 투신자살을 해서 인생을 마치는 수도 있다. 그러나 이것은 훌륭한 자기수련이 모자라서 원래의 주악상(主樂想)이 무망(無望)한 것으로 느껴져서 저지르는 짓이다. 이런 경우만 없다면 정상적인 삶은 위엄 있는 행진처럼 정상적인 목표를 향해 나아간다. 인생에는 때때로 너무 많은 스타카토와 연속부호가 많다. 그래서 음악의 템포가 막 흔들려 귀에 거슬리는 수도 많다. 우리는 갠지스 강이 서서히 그러나 영원히 바다로 흘러가듯 그런 리듬과 템포를 가지길 바라는 것이다.

아무도 유년기·성년기·노년기를 갖춘 인생의 배열이 잘못되었다고 말할 수는 없다. 하루에는 아침·점심·저녁이 있고, 일 년엔 4계절 그대로가 좋은 것이다. 계절의 순리에 맞춰 산다면 인생에는 선도 악도 없다.

만약 우리가 생물학적 인생관을 가지고 계절에 맞는 인생을 누린다면 주제넘은 바보거나 말도 안 되는 이상주의자가 아닌 한 인생을 한 편의 시(詩)처럼 살 수 있다.

셰익스피어는 인생을 7단계로 나누어 설명하면서 이것을 더욱 알기 쉽게 나타낸 바 있다. 이 밖에도 많은 중국의 문인들도 똑같이 말해왔다. 셰익스피어가 신앙심이 두텁지 않고 종교에 큰 관심을 가지지도 않았다는 사실이 조금은 흥미롭다. 셰익스피어가 인생을 있는 그대로 받아들여 그의 연극에 등장하는 인물들에게 현재 그대로의 모습을 부여했다는 점이 바로 그의 위대함이라고 나는 생각한다. 그는 세상의 일반적 섭리에 대해선 가능한 관여하지 않으려 했다. 셰익스피어는 자연 그 자체였다. 그리고 이 말이야말로 우리가 작가나 사상가에게 할 수 있는 최고의 찬사이다. 그는 그저 살며, 인생을 관찰하다가 죽은 것이다.

제 3 장
인간의 동물적 유산

1. 원숭이의 서사시(敍事詩)

그러나 생물학적 인생관에 의해 우리가 인생의 아름다움과 리듬을 감상할 수 있었다면 동시에 하잘 것없는 인생의 한계도 볼 수 있다. 이런 관찰은 인간이 동물이라는 정확한 모습을 더욱 명확히 보여 주며, 우리들 자신과 인간사의 진행에 대해 더욱 쉽게 이해할 수 있도록 한다.

그 뿌리를 동물이라는 사실에 바탕을 둔 인간본성을 보다 참되고 깊이 이해한다면 관대한 동정심과 냉소주의가 생기게 된다. 우리의 조상이 네안데르탈인, 베이징 원인, 더 올라가면 유인원이라는 것을 상기해 보면, 인간

희극이라고 불리는 인간의 얄팍한 꾀에 감탄하기도 하고, 우리의 죄악과 한계를 비웃을 수 있는 능력이 생긴다. 이것은 클래런스 데이가 쓴 《유인원의 세계 *The simian World*》라는 수필집에 나와 있는 재미있는 생각이다. 이 글을 읽다 보면 우리는 검열관, 홍보 책임자, 국수주의 편집자, 나치 라디오 아나운서, 변호사, 상원의원 등 다른 사람의 생활을 방해하는 바쁜 사람들을 용서할 수 있게 된다. 우리는 그들을 이해하기 시작했으므로 용서할 수 있는 것이다.

이런 면에서 나는 중국의 원숭이의 서사시인 《서유기(西遊記, 시여우지)》[1]의 지혜와 통찰력에 대해 더욱 감탄할 수밖에 없다. 인류 역사의 발전은 이런 관점에서 더욱 잘 이해할 수 있다. 즉 불완전하고 반인반수인 이들 일행이 서방정토(西方淨土)로 순례여행을 하는 모습과 비슷하다. 인간의 앎을 상징하는 손오공, 그보다 조금 떨어지는 인간성의 저팔계, 상식을 상징하는 사오정과 지혜와 성도(聖道)를 나타내는 현장법사, 법사는 이들 기묘한 경호원들의 보호를 받으면서 불경을 구하기 위해 중국을 떠나 인디아로 향한다.

인간 진보의 경로를 보면 결점투성이인 이들 일행이 바보스러움과 심술로 늘 위험에 빠지는 순례의 길과 비슷하다. 실수투성이의 원숭이, 호색적인 돼지 등 저급한 욕심과 불완전한 심성으로 인해 각종 고난을 당할 때마다 법사는 이들을 일깨우기 위해 많은 노력을 기울인다. 인간이 가지고 있는 본능 · 분노 · 복수심 · 조급함 · 호색 · 관용의 결핍, 특히 자부심과 겸손함의 결여 등이 성자가 되기 위함을 목표로 순례하는 이들의 고행길에 뚜렷이 보인다. 파괴성의 증가와 더불어 기술의 발달도 진보한다. 우리는 오

---

1. 구전체로 씌어진 소설로 작가 이름은 기록되어 있지 않았지만 오늘날 루쉰이나 호적 등의 사람들에 의해 명나라의 오승은(吳承恩, 우청언)이 작가라는 설이 나왔다.

늘날 요술을 부리는 손오공처럼 구름 위를 걷기도 하고, 공중에서 회전을 할 수도 있고, 원숭이 다리에서 털을 뽑아 수많은 새끼원숭이를 만들어 적을 괴롭힐 수도 있고, 하늘나라의 문을 두들겨 문지기를 쫓아 버린 뒤 신과 같이 한자리쯤 차지할 수도 있게 되었다.

손오공은 영특하고 자부심도 대단했다. 그는 하늘로 쳐들어갈 만한 마술을 가졌지만, 그곳에서 조용히 살기에는 정신이 건전치 못했고, 평형감각과 절제를 갖추지 못했다. 지상에서 살기에는 무엇보다도 착했지만, 하늘에서 살기에는 선량함이 모자랐다. 손오공에게는 조금 거칠고 장난스럽고 반항적인 성격이 있었다. 손오공이 현장법사와 순례를 떠나기 전에 벌인 난동은 모두 이 성격에 의한 것이다. 결국 말썽 끝에 그는 관음보살의 부드러운 꽃가지를 맞고는 포로가 된다.

손오공과 마찬가지로 인간도 영원히 배반을 한다. 하늘의 관음보살의 꽃가지를 맞기 전까지 인간에게 평화나 겸손함은 존재하지 않을 것이다. 과학에 의해 우주의 한계가 밝혀지지 않는 한 인간은 진정한 겸손의 교훈을 얻을 수 없다. 이 책에서도 손오공은 잡힌 후에도 계속 반역을 한다. 마침내 그는 부처님과 내기를 해서 이후에야 비로소 겸손함이 어떤 것인가를 깨닫게 된다. 그 후 500년 동안 쇠사슬로 바위에 묶여 있다가 현장법사의 순례여행에 동참하게 되는 것이다.

결국 손오공은 인간의 모습이고, 자부심과 실수에도 불구하고 아주 사랑스러운 존재이다. 이처럼 우리들 인간성 역시 모든 약점과 결점에도 불구하고 사랑할 수 있는 것이다.

2. 원숭이와 같은 모습으로

이렇게 되면 인간이 신의 모습을 본떠서 만들어졌다는 성서의 가르침 대신 원숭이 모양을 본떠 만들어졌다는 사실을 알게 된다. 또한 인간과 신과의 거리는 개미와 인간의 차이만큼이나 멀다는 사실도 알 수 있다. 인간이 아주 영악스런 동물이라는 것은 말할 나위 없다. 그러나 인간에게 정신이 있다는 이유로 영악스러움을 지나치게 내세운다. 그러나 생물학자가 나타나 정신에 대해 다음과 같이 가르쳐 주었다.

분명한 사고력에 관한 한 정신이라는 것은 늦게 발달한 것이며, 넓은 뜻으로 말하는 정신작용에 관계하는 신경섬유 조직에는 정신 말고도 일종의 동물적 본능, 즉 야만 본능이 있다. 이것은 정신보다 훨씬 강력하고 인간이 혼자이건 사회생활을 해나가는 중이건 간에 잘못을 저지르는 이유가 바로 여기에서 비롯된다.

여기서 인간이 자랑하는 정신에 대한 실체를 보다 분명히 이해할 수 있다. 정신은 대체적으로 현명하긴 하나 완전하지 못하다. 두개골의 진화를 살펴보면 이는 단지 척추의 연장일 뿐이다. 그러므로 그 기능도 다른 척추와 마찬가지로 근본적으로는 위험을 느끼고, 외부의 환경과 접촉해서 생명을 유지하는 것이지, 사고와의 관계가 깊은 것이 아니다. 사고 작용의 기능은 극히 빈약하다.

밸포어 경은 '인간의 두뇌는 돼지의 코처럼 음식을 찾는 기관일 뿐이다.'라는 한 마디만으로 길이 그 이름을 후세에 남겨야 할 사람이다. 난 이 말을 인간을 몹시 비꼬는 말로 보지 않는다. 오히려 우리들을 너그럽게 이해한 말로 보고 있다.

인간의 불완전함에 대해 우선 발생론적으로 접근해 보자. 불완전? 맞는 말이다. 그러나 신이여, 당신은 인간을 그 정도로밖엔 만들지 못했잖습니까. 그건 아무래도 상관없다. 중요한 것은 옛날 우리의 조상은 헤엄도 치고, 기어다니기도 하고, 타잔처럼 나무 사이를 뛰어다니기도 하고, 거미원숭이처럼 한 팔이나 꼬리로 나무에 매달리기도 했다[2]는 사실이다. 내가 보기엔 그 진화의 각 단계가 놀라울 정도로 완벽한 것 같다. 그런데 우리는 지금 야만은커녕 너무 지나치게 발전을 한 문명을 재조정해야 할 처지에 있다.

인간이 만들어 낸 문명의 발전 모습은 생물을 창조한 하느님조차 무서움을 느낄 정도다. 적어도 자연에 적응하는 점에 대해서는 모든 생물이 놀랄 만큼 완벽하다. 적응하지 못한 것은 자연계에서 없어지고 만다. 그러나 현재 인간은 자연에 적응해야 할 이유가 없다. 오히려 문명이라고 부르는 것에 적응하지 않으면 안 된다. 모든 본능은 원래 좋은 것이고, 건전한 것이었다.

그러나 사회에서는 모든 본능을 야만이라고 부르고 있다. 쥐는 도둑질을 하지만 쥐보고 도덕적이다, 비도덕적이다 얘기할 수는 없다. 안 짖는 개는 없고, 먹이라고 생각되면 사자는 무엇이든지 죽인다고 해서 쥐가 도둑놈이고, 개는 소음만을 만들고, 사자는 살인자라고 말할 수는 없다. 아주 대대적인 가치의 변화인 것이다. 신이 우리를 어떻게 이토록 불완전하게 만들었을까를 곰곰이 생각해 보는 이유가 바로 이 때문이다.

---

2. 그네를 뒤에서 앞으로 밀려 할 때 옛날 꼬리가 달려 있었던 자리가 이상한 기분이 드는 것은 바로 이 이유 때문일지도 모른다. 반사작용이 아직도 있어 이미 없어진 꼬리로 무엇인가 잡으려고 하는 건 아닐까 모르겠다.

3. 생자필멸(生者必滅)에 대하여

인간은 죽어 없어질 육체를 가지고 있다는 사실에서 다음과 같은 중대한 결과가 나온다. 첫째, 우리는 죽는다. 둘째, 위(胃)를 가지고 있다. 셋째, 강인한 근육이 있으며, 호기심에 가득 찬 마음이 있다. 이런 여러 가지 사실들은 인류의 문명에 커다란 영향을 미치는 특징들로써 너무나도 명백한 사실이기에 생각해 보지 않았을 것이다. 그러나 이 결과를 명확히 알고 있지 못하면 인간과 문명을 이해할 수가 없다.

모든 민주주의나 시(詩), 철학은 사람의 지위고하에 상관없이 기껏해야 5~6척의 육체와 50~60년의 수명만을 하느님이 부여해 주었다는 사실에서 출발하는 것 같다. 이런 배합은 아주 편리하다. 인간의 키는 너무 크지도, 그렇다고 너무 작지도 않다. 적어도 나는 5피트 4인치의 내 키에 만족하고 있다. 또 내 생각에는 50년 내지 60년의 세월은 상당히 긴 시간으로 느껴진다. 사실 2~3대에 걸치는 기간이다. 우리가 태어났을 때 이미 세상에는 할아버지가 계셨고, 곧 뒤를 이어 우리가 할아버지가 된다. 그리고 또 어린아이가 태어난다. 그것이면 족하다. 중국의 속담에 '수만 정보의 땅을 가져봐야 잠자는 곳은 5척이면 된다.' 라는 말이 있는데, 세상만사에 대한 철학은 다 이 속에 들어 있다. 왕이라고 해서 더 큰 침대가 필요할까? 그러므로 나는 왕과 마찬가지의 행복함을 누리게 되는 것이다. 아무리 부자라도 70을 넘어 사는 사람은 거의 없다. 그래서 중국에는 '인생 칠십 고래희(人生七十古來稀, 여기에서 70을 고희(古稀)라고 하는 말이 생겼다.)' 라는 말이 있다.

부(富) 역시 마찬가지다. 누구나 자기 몫은 자기가 가지고 태어나는 것, 저당을 잡을 권리는 아무에게도 없다. 따라서 인생을 조금은 가볍게 생각할 만하다. 우리는 이 지구의 영원한 주인이 아니라 그저 지나가는 손님일 뿐이다. 또한 우리 모두는 땅의 주인도 되고, 소작농도 된다. 그런 것은 살아 있는 동안뿐이다. '지주'라는 말은 조금은 잘못된 말이다. 진정으로 집을 가진 사람이란 없을뿐더러 밭을 가진 사람도 없다. 중국의 한 시인은 이렇게 읊었다.

산기슭의 아름다운 황금의 밭이여!
새로운 사람이, 앞선 사람이 뿌린 곡식을 거둔다.
그러나 새로운 사람이여, 좋아하지 말라.
누군가 그대 뒤를 기다리고 있다.

죽음 앞에서 누구나 평등하다는 것은 그리 즐거운 일은 아니다. 죽음이 없다면 세인트 헬레나는 나폴레옹에게 있어 아무런 의미도 없는 것이 되어 그 이후 유럽이 어떻게 변했을지 알 수가 없다. 영웅이나 정복자의 전기도 없었을 테고, 설사 있었다 해도 훨씬 냉혹하게 기록이 되었을 것이다. 우리가 이 세상의 위인들을 용서한 이유는 그들이 고인(故人)이라는 이유에서다. 어떤 장례식에서나 '인류의 평등'이라는 깃발을 앞세워 행렬이 나간다.

다음의 노래는 진시황(秦始皇, 친스황)의 폭정에 시달리던 중국 사람들이 그의 죽음에 대해 노래한 민요인데, 그 속에는 인생의 즐거움이 보인다. 진시황(秦始皇, 친스황)은 만리장성을 세웠고, 비방사상(誹謗思想)을 가진 사람을 사형으로 처단해야 한다고 했으며, 분서갱유(焚書坑儒, 펀수컹루)[3]를 일으켰던 폭군이었다.

---

3. 중국 진(秦)의 시황제(始皇帝, 스황디)가 시행한 학술·사상의 통일방안. '분서갱유'란 서적을 불태우고 학자들을 땅에 묻어 죽인다는 뜻이다.

진시황(秦始皇, 친스황)이 곧 죽으리라!

우리 집 문을 열었고

마루에 주저앉아

내 먹을 고깃국을 다 먹어 버리고

좀 더 달라고 하네.

내 술도 모두 다 마셨네.

왜 마시는지 설명도 없이.

내, 활을 당겨

담벼락에다 처박아 쏴버리리.

사쳐우(沙丘)에 그놈이 도착하기만 하면

거기서 그놈을 죽여 버리리.[4]

　　인생이 희극적이라는 느낌과 시와 철학의 내용이 여기서부터 생기게 된다. 죽음을 인식한 사람은 인생이 희극적이라는 느낌도 알게 되며 그래서 시인도 된다. 셰익스피어는 햄릿으로 하여금 알렉산더 대왕이 죽어 결국 술통의 마개가 되었음을 알게 한 그때부터 심오한 시인이 되었다. 햄릿은 이렇게 독백하고 있다. '알렉산더 대왕은 죽어 땅에 묻혔다. 먼지로 돌아갔고, 먼지는 흙이고, 흙은 진흙을 만든다. 그가 변해 이루어진 진흙으로 맥주통의 마개를 하면 안 되는가?' 셰익스피어가 가장 뛰어난 인생의 희극을 보여 주는 것은 〈리처드 2세〉의 3막 2장에서 리처드 2세로 하여금 묘지와 벌레, 묘비명, 그리고 죽어 없어진 임금의 관자놀이를 감고 있는 왕관을 지배하는 난쟁이에 대해 말하게 하는 장면에서이다. 또는 해골을 보며 이 해

---

4. 중국의 사가(史家)들은 이 민요가 신의 목소리를 통해 민중에게 전해진 것이라고 거꾸로 생각했다. 시제가 미래형으로 되어 있는 이유가 바로 그것이다. 진시황(秦始皇, 친스황)은 사쳐우(沙丘)에서 죽었다.

골도 예전에는 대지주로서 등기권, 소유증명 등을 가진 자였으나 결국 죽어 '완전히 먼지를 뒤집어쓴 해골이' 되고 말았다고 얘기하는 장면에서이다. 중국의 철학은 장자(莊子, 좡즈)의 출현으로 처음으로 깊이와 유머를 더할 수 있었는데 그도 그의 철학의 기초를 해골을 보며 하는 얘기에 두고 있다.

장자(莊子, 좡즈)가 초(楚)나라로 갔을 때 빈 해골을 보았다. 그는 말채 찍으로 해골을 툭툭 치며 물었다.

"그대는 살아생전 즐거움만 찾고 평범하지 못해 이 꼴이 되었는가? 나라를 망치고 벌을 받아 이렇게 되었는가? 아니면 부모와 가족에게 부끄러운 짓을 저질러 이렇게 되었는가? 그것도 아니라면 굶어 죽었는가? 아니면 천수를 다 누리고 죽어 묻혀 이리 되었는가?"

이렇게 말하고 장자(莊子, 좡즈)는 해골을 베고 잠이 들었다…….

장자(莊子, 좡즈)의 부인이 죽어 혜자(惠子, 훼이즈)가 문상을 가니 장자(莊子, 좡즈)는 땅바닥에 주저앉아 흙으로 만든 쟁반을 두드리며 노래를 하고 있었다. 혜자(惠子, 훼이즈)가 이를 보고 물었다.

"이 사람은 자네와 평생을 살며 자식을 낳지 않았나? 이제 늙어서 돌아갔는데 어찌 울지를 않는가? 그건 그렇다 치고, 쟁반을 두드리며 노래를 한다는 건 좀 지나친 일 아닌가?"

그러자 장자(莊子, 좡즈)가 대답했다.

"자네가 잘못 안 거야. 그녀가 처음 죽었다면 내가 어찌 슬퍼서 울지 않겠는가? 허나 회상해 보면 애초 그녀에게는 삶이 없었지. 삶만 없는 것이 아니라 형체도 없고, 또한 영혼도 없지 않나. 혼란스러움 속에서 영혼을 형성하고, 영혼이 변해 형체가 생기고, 형체가 변해서 삶이 생기는 것일세. 이제 또다시 변해서 죽어지고 만 것이네. 이는 사계절의 변화와 마찬가지 아닌가. 그녀의 육체가 커다란 대지에 누워 편안히 쉬고 있는데 내가 울면서 소리를 치고 울부짖는다면 되겠는가? 이는 사물의 이치를 잘못 이해하는 행동일세. 그래서 바로 내가 울기를 그친 걸세."

시도, 철학도 생자필멸(生者必滅)을 깨닫게 되고, 시간의 덧없음을 알게 되는 데에서 출발하는 것이다. 이와 같은 인생의 덧없음이 모든 중국 시의 배경이 될 뿐 아니라 서구의 시에서도 대다수가 그렇다. 인생은 한낱 꿈이고, 해 저무는 때에 노를 저어 배를 띄우는 것에 지나지 않는다. 꽃도 피었다 지고, 달도 차면 기우는 법이며, 사람도 태어났다가 나이가 들면 뒤에 올 사람들에게 자리를 비워 주고 죽어간다. 세상이 덧없음을 깨닫는 순간 인간은 철학적인 자세를 갖추게 된다. 장자(莊子, 쫭즈)는 한때 자신이 나비가 된 꿈을 꾼 적이 있다고 얘기했다. 꿈속에서 그는 날개를 퍼덕거린 듯한 느낌을 가졌고, 그 당시 모든 상황이 생시 같았다. 그러나 깨고 보니 그는 여전히 장자(莊子, 쫭즈)였고, 장자(莊子, 쫭즈)가 세상에 존재하는 것이다. 그래서 그는 장자(莊子, 쫭즈)가 나비가 된 꿈을 꾼 것이 정말인지, 나비가 장자(莊子, 쫭즈)가 된 꿈이 정말인지 당황하게 되었다. 인생은 실제로 꿈이다. 영원한 시간의 강을 따라 내려가는 나그네에 불과하다. 어디에선가 배에 올랐다가 뒤에서 배를 타려는 사람에게 자리를 내주고 다시 배에서 내리는 나그네인 것이다. 인생이 한갓 꿈이라거나 그냥 스쳐가는 여행이라거나 혹은 자신들이 있는지조차 모른 채 진행되는 연극이란 느낌을 가질 수 없다면, 문학작품의 절반은 없어질 것이다. 그래서 중국의 학자인 유달생(劉達生, 리우다성)은 그의 친구에게 편지를 썼다.

이 세상에서 우리가 가장 원하는 일은 관리가 되는 것이고, 가장 업신 여기는 일은 연극배우가 되는 일이다. 그러나 내 생각엔 이런 생각이야 말로 가장 바보스런 일이다. 나는 배우들이 자신들이 실제 인물이 아니라는 생각으로 무대 위에서 웃고, 울고, 싸우며 연기하는 모습을 본 적이 있다. 그러나 현실은 그들이 연기하는 옛 사람이 아닌 바로 연기를 하는 배우들 그 자신인 것이다. 그들에게도 가족이 있어 그 가족을 먹여 살리기 위해 연기를 하는 것이다. 배우들 중에서는 관복을 입고, 모자를 쓰고, 관리의 연기를 하며, 자신이 진짜 관리라고 생각하는 사람이 많다. 그들은 배우로서 자신이 맡은 역할에 충실해서 동작 하나하나에까지 자신이 그 사람인 것처럼 생각하며 연기한다. 누구 하나 예외 없이 가족을 먹여 살리기 위한 방편으로 그 일을 하지만, 그 순간만은 이런 사실을 잊어버린다. 아, 세상에는 자신의 장기와 오관, 즉 본능과 감정이 모조리 연극에 집중되어 자신이 배우라는 사실을 까맣게 잊고 자신의 역할, 대사 악센트에 자신을 일치시키려는 사람들이 얼마나 많은가!

4. 위(胃)를 가진 것에 대하여

인간이 동물이라는 명제를 설명해 주는 가장 중요한 것이 사람에게는 바닥이 없는 위(胃)라는 굴을 가지고 있다는 사실이다. 이 사실이 우리의 모든 문명을 다채롭게 만드는 것이다. 중국의 쾌락주의자 이립옹(李笠翁, 리리웡)은 생활의 제반기술을 논한 그의 책 중 《음식물편》의 서문에서 인간이 위를 가지고 있음에 대해 다음과 같이 말하고 있다.

사람 몸의 모든 기관은 다 나름대로의 기능이 있다. 그러나 두 기관만은 전혀 필요가 없는 것이 있으니 바로 입과 위이다. 이 두 곳이 계속해서 인류가 겪어야 할 걱정거리와 문제의 원천이 되는 것이다. 입과 위 때문에 살아가는 일이 복잡하게 되었고, 그 때문에 인간사에 간교함과 거짓과 부정직함이 생기게 되었다. 또 이런 것이 생김으로 해서 형법이 생겨났고, 임금이 자비만으로는 이들을 다스릴 수 없게 되었으며, 부모는 사랑을 발휘할 수 없고, 하느님조차도 그의 뜻과 어긋나는 행동을 할 수밖엔 없게 된다. 이런 일은 조물주가 사람의 몸을 만들 때에 선견지명이 부족한 탓에 생긴 일이고, 사람에게 이 두 기관이 있기에 일어난 일이다. 식물은 이것 없이도 살아가며, 바위나 흙은 아무런 자양분이 없이도 존재한다.

그런데 왜 사람은 이 쓸데없는 두 기관이 있어야만 살 수 있을까? 꼭 필요한 것이라면 물고기나 조개가 물속에서 영양분을 얻고, 귀뚜라미나 매미가 이슬에서 영양을 섭취하듯 그렇게 만들지 못했단 말인가. 이런 것들은 모두 이슬과 물을 먹고 크며, 힘을 얻고, 헤엄을 치며, 날기도, 노래하지도 않는가? 이렇게만 된다면 사람이 사는데 어려움이 없었을 테고, 슬픔도 없어졌을 것이다. 게다가 조물주는 이 두 기관 외에도 대단한 식욕과 가지가지 욕망도 주었다. 그래서 위는 마치 차지 않는 바다나 계곡처럼 바닥이 없는 굴이 되어 버렸다. 이 두 기관을 위해 다른 모든 기관들이 일평생 일하지 않으면 안 되는 것이다. 나는 이 문제를 여러 번 생각해 보았지만 결국 조물주를 욕하지 않을 수 없다. 물론 조물주도 자신이 실수했음을 느끼고 있겠지만, 이미 엎지른 물이 되었음을 후회하고 있을 것이다. 인간에 있어서 법률이나 제도를 만들 때에 아주 조심해야 한다는 것은 얼마나 중요한 일인가!

가득 채워야 할 바닥이 없는 굴이 있기에 어쩔 수 없는 일이다. 인간에게 위가 있다는 사실은 아무리 생각해 봐도 인류의 역사를 다채롭게 한다. 공자(孔子, 쿵즈)는 인간본성을 대범하게 보고, 인간의 욕망을 두 가지로 압축시켰다.

　영양과 번식, 즉 쉽게 말해 먹고, 마시고, 이성을 아는 것이다. 그러나 성(性)의 유혹을 벗어난 사람은 많았지만 어떤 성인도 먹는 것을 벗어난 사람은 없었다. 금욕적인 생활을 하는 수도자가 있긴 하지만 제아무리 정신력이 뛰어난 사람도 4~5시간씩 먹을 것을 잊고 있을 수는 없다. 항상 몇 시간마다 한 번씩 떠오르는 생각은 '밥 먹을 때 안 됐나?' 이다. 적어도 하루에 세 번, 어떤 경우는 네다섯 번도 생각이 난다. 제아무리 중요한 국제회의에서도 점심을 먹으려면 회의를 중단해야 한다. 대여섯 시간씩 계속되거나 점심시간과 겹쳐 진행되는 대관식이라면 사람들에게 욕을 먹을 것이다. 우리 모두 위가 있기 때문에 할아버지에 대한 경의를 여러 사람 앞에서 표하려 한다면 기껏해야 생신상을 차려 드리는 것밖엔 달리 할 일이 없다.

　거기에는 이유가 있다. 식사하는 자리에서 만나는 친구들과는 평화가 있다. 고급 요리나 훌륭한 음식은 과열된 논쟁이나 견해차를 쉽게 풀어 주기 때문이다. 아무리 친한 사이라도 배고플 때 같이 모아놓으면 틀림없이 싸움으로 끝을 맺게 될 것이다. 좋은 음식의 효과는 몇 시간만 가는 게 아니고, 몇 주, 몇 달이 가는 수도 있다. 3~4개월 전 훌륭한 식사를 대접해 준 사람의 책에 대해 안 좋은 평을 쓰려면 다소 머뭇거리게 된다. 인간본성에 대해 깊은 통찰력을 가진 중국 사람들 사이에서 모든 다툼이 재판소에서 해결되지 않고, 식탁에서 해결되는 이유가 바로 이것이다. 나아가 중국 사람은 다툼을 식탁에서 해결할 뿐 아니라 다툼의 예방까지도 식탁에서 한다. 중국에서는 식사 대접으로 남들의 환심을 산다. 사실 이 식사 대접이야말로 정치계에서 성공의 안내자이다. 누군가가 통계를 내보았다면 틀림없이 식사 대접 횟수와 진급의 속도는 정비례한다는 사실을 발견할 수 있을 것이다.

그러나 우리 모두 이렇게 생겼으니 달리 방법이 없지 않는가? 이런 현상이 중국에만 있다고는 생각지 않는다. 미국의 장관이라도 집에서 근사한 식사 대접을 대여섯 차례 받은 친구로부터 개인적인 청탁이 들어오면 어떻게 할 것인가? 미국 사람도 중국 사람만큼이나 인간적이라고 나는 믿는다.

한 가지 다른 점은 미국 사람은 인간본성에 대한 통찰력이 없거나 그들의 정치생활에다 이에 따른 논리적이고 조직적인 것을 조화시키지 못한다는 점이다. 미국의 정계에도 중국의 생활방법과 비슷한 점이 많을 것으로 내가 예상하는 이유가, 인간이란 알고 보면 다 같은 존재이기 때문이다. 다만 미국에서 관행처럼 널리 퍼진 일에 내가 주의를 기울이지 못했기 때문이다.

나는 언젠가 다음과 같은 말을 들은 적이 있다. 공직에 출마한 사람이 그 지역 유권자들을 야외로 초대해서 아이들에게 아이스크림이나 음료수를 주어서 어머니들의 환심을 산다. 이런 공개적인 대접을 받고 난 후 사람들은 '그는 아주 유쾌하고 좋은 친구야.' 라는 말들을 하게 되고, 이것이 퍼져 나간다. 중세 유럽의 영주나 귀족들이 결혼식이나 생일날 영지에 사는 사람들을 불러 향연을 베푸는 것과 거의 비슷한 형태인 것이다.

음식의 문제는 우리 생활에 가장 기본적인 영향을 미치며 혁명 · 전쟁 · 애국심 · 국제적 이해에까지 지대한 영향력을 행사한다. 프랑스 혁명의 원인은 무엇일까? 루소나 볼테르[5], 디데로 때문일까? 아니다. 먹을 것 때문

---

5. 1694~1778년, 프랑스의 작가 · 사상가. 계몽주의 시대를 대표하는 인물이다.

이었다. 러시아 혁명과 구소련의 등장은 또 왜인가? 역시 먹을 것 때문이었다.

나폴레옹은 현명하게도 '군대는 위(胃)를 가지고 싸운다.' 는 명언을 남기면서 전쟁에 미치는 음식의 영향을 밝혔다. 뱃속에 평화가 없는 마당에 입으로만 평화를 외쳐봐야 무슨 소용이 있을까? 이것은 개인뿐 아니라 국가에도 그대로 적용된다. 국민들이 배가 고프면 어떤 제국이나 강력한 정권도 무너지고 만다. 배가 고픈데 어느 국민이 일을 하려고 하고, 군인이 싸움을 하려고 하고, 가수가 노래를 하려고 하며, 심지어 어느 대통령이 나라를 다스리려고 하겠는가? 집에 가서 맛있는 음식을 먹을 수 있다는 기대가 없다면 어떤 가장이 땀 흘려 일하겠는가? 그래서 '사람의 마음과 통하는 길은 위(胃)에 있다.' 는 명언이 생겼다.

배가 부르면 정신이 평온해지고 편안해져서 여자도 눈에 들어오고, 감식안도 생기는 법이다. 보통 부인들은 자신의 새 옷이나 신발·화장품·소파에 대해 남편이 무관심하면 불평을 한다. 그러나 맛있는 스테이크를 남편이 못 알아본다고 해서 화를 내는 부인이 있는가? 애국심도 결국 어린 시절 맛있게 먹었던 것에 대한 사랑일 뿐이다.

내가 어디선가 얘기한 적이 있지만 엉클 샘(미국의 별칭)에 대한 충성심은 결국 도넛과 햄과 스위트 포테이토에 대한 것이 아닐까? 국제적 이해를 예로 든다 해도 '이탈리아' 하면 무솔리니보다 마카로니가 먼저 생각난다. 물론 이런 경우는 무솔리니 정권에 반감을 가진 사람의 얘기겠지만 인류 간의 동포애도 느낄 수 있는 공통점은 죽음이고, 또 그만큼 음식도 공통점이 될 수 있다.

훌륭한 식사를 하면 중국 사람은 마냥 황홀해진다. 중국 사람은 뱃속에 맛있는 음식이 차 있기만 하면 인생은 아름다운 것이라고 외쳐댄다. 이렇게 풍요로운 위에서 정신적인 행복이 빛나는 것이다. 중국 사람은 본능에 의지하는데 이 본능은 배만 부르면 만사가 평안하다고 속삭인다. 본능에 충실한 생활과 그것을 긍정적으로 보는 철학을 중국 사람을 위해 내가 주장하는 이유가 바로 이것이다. 중국 사람의 행복관은 '따뜻하고 배가 부르고, 잠자리에 예쁜 여자' 만 있으면 된다. 저녁을 잘 먹고 잠들 때까지의 상태를 말하는 경우이다.

그러므로 이런 철학을 가진 중국 사람은 먹는데 체면을 차리는 일이 없고, 소리를 내며 입맛을 돋우는 일쯤은 보통이다.

중국 사람은 맛있는 수프를 한입 가득 넣으면 진심으로 맛있어 한다. 서양식 식사 예법으로 본다면 큰 실례이겠지만. 그렇지만 내 생각엔 수프를 소리 내지 않고 마시고, 음식을 조용히 먹어야 한다는 등의 서양식 식사 예법은 먹는 일의 즐거움을 묵살함은 물론, 요리법의 발전을 가로막는 가장 큰 장애물인 것 같다.

왜 서양 사람들은 식탁에서 목소리를 낮추어 얘기하며 심각한 얼굴로 점잔을 빼고 있을까? 닭고기를 손에 들고 뜯어먹는 그 맛을 그들은 모를 것이다. 배가 고파서 죽을 지경이면서도 그걸 한 마디도 내뱉지 못하고 포크와 나이프를 들고 맛있는 듯한 표정으로 식사를 해야 하는 그 고충, 닭고기가 맛있는 경우에 이런 짓은 죄일 것이다.

식사 예법 때문에 어린아이가 맛있는 음식을 보고 입맛을 다시지 못한다면 그 아이는 인생에서 슬픈 첫걸음을 내디딘 것이 된다. 절대 과장이 아니다. 감정을 표현하지 않는 것이 버릇이 되면 감정을 느낄 수도 없게 되는 것이다. 나중에는 소화불량에 우울증, 신경쇠약 등 정신질환까지 생기게 된다.

프랑스 사람들처럼 웨이터가 맛있는 송아지 고기를 가져오면 '아!' 하고 감탄을 하고 한입 먹어본 후엔 '음' 하고 동물적인 소리를 내는 것이 좋다. 식사를 즐기는 데 부끄러운 것이 뭐 있겠는가. 정상적이고 건강한 식욕을 가졌다는 것이 뭐 부끄러운 일인가.

중국 사람은 다르다. 그들은 비록 식사 예법은 안 좋다 하더라도 맛있는 음식을 즐기는 사람들이다.

중국에서 식물학이나 동물학이 발전하지 못한 원인은 학자들이 물고기를 보면 냉정하게 관찰해야 하는데 우선 어떻게 요리하면 맛있을까를 먼저 생각했기 때문이다.

나는 또 중국의 외과의사를 믿지 못하는데 혹시 그가 내 결석을 찾으려고 간을 절개해 놓고는 결석 찾는 일을 깜빡 잊고 내 간을 프라이팬에 넣고 튀기지 않을까 하는 걱정에서이다.

또 중국 사람은 고슴도치를 보면 요리법과 독성을 없애는 방법부터 생각한다. 중국 사람에 있어 유일한, 실제적이고 중요한 문제는 중독이 되지 않는 일뿐이다. 고슴도치의 고기 맛이 그들에게는 중요한 일이지, 고슴도치의 가시는 전혀 관심 밖의 일이다. 왜 가시가 일어서며, 피부에 어떻게 붙어 있는가, 적을 보았을 때 가시를 일으키는 힘은 무엇인가 따위는 중국 사람들에게는 전혀 관심의 대상이 아니다.

모든 동·식물에 대해서도 이런 자세이니 그들의 사물을 보는 관점은 어떻게 이것들을 인간이 즐길 수 있느냐에 있지, 그들의 본질이 무엇인가 하는 문제가 아닌 것이다.

우리가 관심을 가지는 것은 새의 울음소리, 꽃의 색, 난초의 잎 모양, 닭고기의 조직 등이다. 동양은 필히 서양에서 동·식물학의 학문적인 것을 배워야만 한다. 그러나 서양에서는 동양으로부터 어떻게 나무·꽃·고기·새와 짐승을 즐기며, 이들 각기 다른 종류의 모습들을 감상하여 인간의 감정들과 통합하느냐 하는 방법 등을 배워야 한다.

그래서 인간생활의 몇 안 되는 확고한 기쁨의 하나가 음식이 되는 것이다. 배고픔의 본능은 다행스럽게도 성욕 등의 다른 본능보다 금기나 사회적 규제에 걸리는 일이 비교적 적다. 먹는 것에 관해서 무슨 도덕적 문제가 일어나겠는가? 성에 대한 본능과는 달리 음식에 관해서는 점잔을 부릴 일도 적다. 철학자 · 시인 · 장사꾼 · 예술가가 한 식탁에 앉아 다른 사람들 앞에서 부끄럼 없이 주어진 기능을 다할 수 있다는 것이 얼마나 행복한 일인가. 어떤 야만족은 먹는다는 사실을 너무 부끄러운 행동으로 여겨서 혼자가 아니면 식사를 하지 못한다고 한다.

성의 본능은 나중에 다룰 것이고, 여기서 말하는 식욕은 구속력이 적어서 여러 가지 도착(倒錯) 증세나 정신이상인 범죄 등을 만들어 낼 확률이 적다. 식욕과 성욕이 의미하는 바가 사회적으로 다르다는 것은 사실이다. 그리고 이것은 지극히 당연한 일이다. 식욕은 우리들의 심리적인 생활을 복잡하게 만드는 것이 아니고, 인간에게 주어진 은혜로운 본능이다. 왜냐하면 가장 솔직해질 수 있는 본능은 이것밖엔 없으니까. 최악의 경우라도 기껏해야 위에 고장이 나거나 간경화증이 생겨 스스로 자기 무덤을 제 이빨로 파는 것뿐, 그나마 이 경우도 소수에 불과하다. 또 이런 경우를 당했다 해도 중국 사람은 부끄러워하지 않는다.

같은 이유에서 음식으로 인한 사회적인 범죄는 성의 경우보다 훨씬 적다. 법조문에조차 간통 · 이혼 · 성폭행 등에 대해서는 많은 부분이 할애되었지만, 불법적이고, 비도덕적으로 음식을 먹었다고 벌을 주는 조문은 비교적 적다. 최악의 경우라도 남편이 음식을 찾아 냉장고를 뒤졌다 해서 교수형에 처하는 법은 없다. 이런 일이 자주 생겨나면 재판관은 오히려 동정심이 생길 것이다. 모든 사람은 먹어야 산다는 절대명제를 놓고 보면 그럴 수도 있다. 사람의 마음 또한 굶주린 사람을 보면 도와주고 싶어지지만 수도중인 수녀를 보면 그런 마음이 일어나지 않는 법이다.

세상 사람들은 성의 문제에 대해 모르는 만큼 먹는 것에 대해서 모르지는 않다. 만주인들은 딸을 시집보내기 전에 성의 기교뿐 아니라 요리법까지 가르치는데 다른 나라에선 어떻게 하는지 모르겠다. 음식의 문제는 지식의 양지(陽地) 쪽에서 다뤄지지만 성의 문제는 여전히 신화나 미신 속에 가려져 있다.

이와는 달리 인간에게 모래주머니니, 모이주머니니, 반추위니 하는 기관이 없다는 것은 불행한 일이다. 만일 이런 기관이 있었다면 사회는 상상도 못하게 변화되었을 것이다. 인종이 전혀 달라졌을지도 모른다. 모래주머니니, 반추위니 하는 기관이 있었다면 아마 인간은 닭이나 양처럼 평화롭고 순한 존재가 되었을 것이다. 부리가 생겨서 미의 기준이 바뀌었을지도 모르고, 쥐 같은 이빨이 있을지도 모르는 일이다. 풍요로운 자연에서 열매나 풀만 먹고도 살 수 있다면, 지금처럼 적의 살에 이를 박는 호전적인 동물이 되지는 않았을 것이다.

자연의 시각으로 보면 음식물과 기질 사이에는 밀접한 관계가 있다. 초식동물은 천성적으로 평화롭고, 육식동물은 싸움꾼들이다. 자연은 싸움이 필요하지 않은 곳에 싸움을 좋아하는 기질을 만들지 않는다. 수탉은 서로 싸움질을 하지만 먹이 때문이 아니라 암탉 때문에 싸운다. 인간의 남성사회에서 이런 종류의 싸움이 여전히 있지만, 요즘 유럽에서 볼 수 있는 통조림 수출을 놓고 벌이는 싸움과는 양상이 판이한 것이다.

원숭이가 같은 원숭이를 먹는지는 모르겠으나 인류학적으로 보더라도 사람은 사람을 잡아먹었다는 증거가 명백하다. 그들은 우리의 육식적 기질 면에서의 조상이다. 따라서 오늘날에도 인간들이 어떤 면에서 서로를 잡아

먹는다 해서 뭐 이상할 게 있겠는가? ―개인적이거나 사회적 혹은 국제적
으로라도 식인종에 대해서 주시해야 할 것은, 그들이 죽인다고 하는 선악
의 관계를 알고 있다는 것이다. 사람을 죽인다는 것은 바람직한 것이 아니
지만 불가피한 것으로, 죽어 있는 적의 맛있는 뱃살, 갈비 등을 먹으며 살
인에서 어떤 의미를 찾으려고 한다. 식인종과 개화된 사람의 차이는 식인
종은 적을 죽여 먹어 버리는 것이지만 후자는 적을 죽인 후 땅에 묻고 그
위에 십자가를 세운 후 영혼을 위해 기도해 주는 정도의 차이이다. 그래서
인간의 자만심과 조급함에 어리석음이 더해지는 것이다.

우리들 인간이 용서받을 수 있는 불완전함을 지닌 완성의 과정 위에 있
다는 것을 나는 잘 안다. 인간이 모래주머니의 기질을 가지지 않는 한 진정
으로 개화되었다고 할 수는 없다.

현재의 인간은 육식과 초식동물 양쪽 성격을 다 가지고 있다. 초식동물
적인 사람은 일생을 통해 자신의 일을 생각하지만 육식동물적인 사람은 다
른 사람을 괴롭혀서 먹고 살아간다.

나는 10년 전에 약 4개월간 정치에 입문한 적이 있었는데 내게 육식동물
적 특징이 없다는 것을 알고는 그만두었다. 비록 스테이크는 좋아하지만.
세상 사람들의 반은 자기 일을 하느라 일생을 바치고, 나머지 절반은 다른
사람에게 일을 시키거나 아무 일도 못하게 막느라고 일생을 바친다. 육식
동물적 특징이라면 권투 · 통나무 굴리기 · 줄다리기를 좋아하고, 사람을
배신하고, 앞지르고, 추월하는 일에 커다란 기쁨을 느끼는 경우가 될 수 있
겠다.

물론 흥미도 있고 능력도 있어 그리하겠지만, 전혀 거들떠볼 필요도 없
는 일로 나는 생각한다. 그러나 이것은 모두 본능의 문제이다.

권투선수의 본능을 지니고 태어난 사람은 그 본능을 즐기며 만족하지만,

반대로 자신의 일을 하고 주제를 파악하는 창조적 재능은 그리 발달되지 못한 것 같다.

홀륭하고 조용한 초식동물적 교수들은 다른 사람과의 경쟁에서 이기고자 하는 마음이 없는 것 같기에 난 진정으로 이들을 존경한다. 사실 세상의 창조적 예술가들은 다른 사람에게 신경 쓰기보다는 자신의 일에 신경을 쓰고 있다는 점에서 초식동물적 부류에 속한다. 인류의 참된 진화는 육식 인간에 대항하여 초식동물적 인류(Homo Sapiens)를 늘려나가는 것이다. 지금 이 순간도 우리의 통치자는 육식동물적인 사람이다. 강력한 근육을 신봉하는 세상에서는 그렇게 될 수밖에는 없다.

5. 강력한 근육을 가지고 있다는 것에 대하여

인간이 동물이며 죽어 없어질 육체를 가지고 있다는 사실에서 인간은 살해당할 수도 있다는 사실이 생겨난다. 물론 보통사람은 살인을 싫어하지만, 인간에겐 지식과 지혜를 원하는 신성한 욕구가 있다. 그러나 지식에는 견해차가 생기며 논쟁이 생기게 된다. 영생의 세계에서는 이 논쟁이 영원히 계속될 것이다. 논쟁 당사자 어느 쪽도 자신이 잘못되었다고 인정하지 않기 때문이다. 인간세계에서는 상황이 다르다. 싸우는 상대방과는 불편한 관계에 빠지게 되고, 상대가 거슬리면 거슬릴수록 더욱 날카로운 논쟁을 펴 상대를 당황하게 만든다. 상대방을 죽여야만 논쟁은 끝나는 것이다. A가 B를 죽였다면 A가 옳은 것이고, B가 A를 죽였다면 B가 옳은 것이다. 이 방법은 상기할 필요도 없는 옛날 미개인 시절부터 정착되어 온 논쟁의 해결방법이다. 동물세계에선 항상 사자가 옳다.

이런 사실은 현재에도 그대로 받아들여지는 기본적인 사실이다. 갈릴레오가 지구가 둥글고 태양계에 속해 있다는 사실을 발견했지만 이를 곧 철회했다. 왜냐하면 그에게는 살해되거나 고통을 받을 수 있는 육체가 있었기 때문이다. 만약 갈릴레오에게 유한한 생명의 육체가 없었다면, 그의 학설에 대한 논쟁은 지칠 정도로 계속되었을 것이고, 그럼에도 그를 설득시켜 학설을 철회시킬 수 없었을 것이다. 그가 잘못된 학설을 주장했다고 번복하게 만드는 데에는 교수형이나 화형을 거론할 필요도 없이 고문이나 감옥만 얘기하더라도 가능한 일이었다. 당시의 사제들과 귀족들은 갈릴레오에게 그들의 힘을 보여 주려고 했다. 그러나 갈릴레오는 자신의 잘못을 시인했고, 이런 결과는 당시 사제들에게 자신들의 신념이 옳다는 것을 더욱 확인시켜 준 계기가 되었다. 문제는 이것으로 간단하게 끝이 났다.

싸움을 마무리 짓는 데에는 아주 편하고 간단하며 효율적인 방법이 있다. 종교전쟁 · 십자군전쟁 · 종교재판 · 화형 등을 앞세워 성공한 기독교의 전파, 아프리카에 대한 백인의 부담감의 실현으로 에티오피아를 침공한 무솔리니 등은 다 육식동물적 논리에 의거한 분쟁의 해결법이다. 만약 이탈리아 사람들이 보다 좋은 무기와 사격술로 더욱 많은 사람을 죽였다면 무솔리니가 에티오피아에 문명을 전한 것이고, 그 반대라면 하일레 셀라시에 (에티오피아의 왕)가 이탈리아에 문명을 전한 것이 된다.

사람에게는 논쟁을 무시하는 고귀한 사자의 기질이 있다. 군인을 찬양하는 이유가 바로 여기서 비롯된다. 군인은 불평분자들을 재빨리 없애기 때문이다. 자기가 옳다고 믿는, 논쟁을 좋아하는 사람의 입을 막는 가장 빠른 방법은 그의 목을 매다는 일이다.

사람은 자신의 신념을 남에게 강요할 힘이 없을 때 말을 한다. 반대로 힘있는 자는 말이 거의 없다. 그들은 논쟁을 경멸한다. 어쨌든 사람은 다른 사람들에게 영향력을 행사하려고 말을 하는데 남에게 영향력을 행사할 수 있고 조종할 수 있다면 말할 필요가 어디 있겠는가? 이런 맥락에서 보면 만주사변이나 에티오피아 전쟁에 대해 국제연맹이 떠들어댄 것은 실망스러운 일이 아닐 수 없다. 다 공허한 일이었다. 반면에 힘에 의해 논쟁을 종식시키는 방법은 거기에 유머 감각이 없는 한 일본인이 반일감정을 품었던 중국인을 폭탄과 기관총으로 제압할 수 있다고 믿었던 모순을 일으킬 수도 있다. 바로 이것 때문에 나는 인간이 이성적 동물이라는 말에 동의하는데 주저하게 된다.

　나는 국제연맹이 훌륭한 현대 언어학교라고 생각해 왔다. 특히 현대어의 통역에 있어서, 뛰어난 연사에게 완벽한 영어 연설을 시켜 청중들이 연설의 내용을 알고 나면 아주 유창하고 완벽한 통역자가 나와 프랑스 어로 이를 옮긴다. 그러므로 국제연맹은 베를리츠 어학교 — 현대 어학과 연설 등을 가르치는 곳이다 — 보다 훨씬 뛰어난 강습소가 되는 것이다.

　내 친구 한 명은 실제로 6개월간 국제연맹회의에 참석한 후엔 그를 괴롭히던 발음상의 문제가 깨끗이 해결되었다고 내게 말했다. 그러나 놀라운 것은 의견교환을 목적으로 하는—사실 떠드는 것 이외에 다른 목적도 없겠지만—국제연맹 내에서도 큰 발언권과 작은 발원권의 구별이 있다는 점이다. 큰 주먹을 가진 사람은 많은 발언권을, 작은 주먹을 가진 쪽은 적은 발언권을 가진다는 것이다. 이것만 보아도 국제연맹은 거짓까지는 아니라도 바보들의 집단이라고 할 수 있다. 주먹이 작은 사람은 말도 정확하게 할 수 없다니……. 주먹이 큰 사람이 연설도 잘한다고 믿는 것은 우리가 얘기한 동물적 유산이라고 생각하지 않을 수 없다.(여기서 야수적(beute)이라는 말을 쓰고 싶지는 않지만 가장 적절한 말인 듯한 생각이 든다.)

　물론 요점은 인간은 투쟁 본능과 마찬가지로 말하려는 본능도 가지고 태어났다는 사실이다. 혀의 역사는 주먹이나 힘센 팔만큼이나 길다. 말할 수 있는 능력이 사람과 짐승을 구별해 주는 것이고, 말과 힘의 혼합이 바로 인간의 특징 아닐까? 국제연맹이니, 미국 상원이니, 기타 회의 등에서 사람에게 말을 할 수 있는 기회를 주는 모임들이 지속되는 이유가 여기에 있는 듯하다.

인간은 누가 옳은지를 알기 위해서 계속 말을 해야 한다. 말이 많다는 것은 천사의 특징이다. 논쟁에서 힘이 센 쪽이 당황해서 마침내 화를 낼 때까지 말하는 것이 인간의 특질인데, 중국 속담에 '당혹감은 분노를 일으킨다.' 라는 말이 있다. 이처럼 힘센 쪽이 화가 나면 책상을 두드리고 상대편의 목덜미를 잡아 주먹을 휘두른 다음 배심원인 청중들을 돌아보며 묻는다. "내가 옳소, 아니면 잘못이오?"라고. 보통 찻집 같은 데서 볼 수 있듯 청중은 "당신이 옳아요."라고 대답할 테고, 인간들만이 이렇게 일을 마무리한다.

천사들은 말로서 논쟁을 끝내지만 짐승들은 근육과 발톱으로 논쟁을 끝낸다. 사람의 경우 두 경우가 혼합된 형태로 마무리를 한다.

천사는 정의를 믿고, 짐승은 힘을 믿지만 인간은 힘이 정의라고 믿는다. 두 경우에서 말하는 본능, 즉 누가 옳은지를 찾으려는 노력은 힘의 본능보다는 고상한 본능이다. 언젠가 인류를 구원해 줄, 말하는 본능—힘에 의하지 않은—만을 취하도록 우리는 노력해야만 한다. 현재로선 앞서 얘기했던 찻집에서의 상황 정도에 만족할 수밖에 없다. 논쟁을 어디서 해결하든 결국엔 떠들다가 마지막엔 주먹으로 해결하는 인간적인 특징이 나올 수밖엔 없다.

나는 찻집에서 볼 수 있을 듯한 이런 광경을 두 차례 목격했다. 그리고 가장 흥미로운 일은 제3의 본능인 염치라는 것이 두 경우에 다 있었다는 점이다.

1931년에 겪었던 일이다. 우리들이 같이 찻집에 앉아 있었는데 서로 논쟁을 벌이고 있는 패거리가 있었다. 우리는 이 논쟁의 판관으로 임명되었고, 둘 중 힘이 세어 보이는 쪽이 먼저 나서서 이웃에 대해 '참을 만큼 참았다'며 자신의 정당함을 호소했다. 땅의 경작에 관한 문제였는데, 이웃사람의 밭을 경작하겠다는 자신의 욕심이 절대로 이기적인 것이 아니라고 역설을 하는 것이었다. 그런데 재미있게도 우리가 이에 대해 토론을 하고 있는 동안 그는 살짝 빠져나가서 훔친 땅에 울타리를 쳐 놓고는 되돌아와서 우리더러 현장엘 가 보고 자신이 잘못했는가를 판결해 달라는 것이었다. 그래서 현장엘 가 보니 울타리가 서쪽으로 점점 움직이고 있는 것이었다. 울타리가 그때까지도 계속 움직이고 있었다.

"내가 옳습니까, 아닙니까?"

우리는 약간 미안한 감이 들긴 했지만 단호히 대답했다.

"당신이 잘못했어."

그러자 힘이 세어 보이는 그 친구가 여러 사람 앞에서 모욕을 받았느니, 자신의 염치가 상했다느니, 명예훼손이라느니 하며 펄펄 뛰는 것이었다. 같이 못 어울리겠다는 듯이 욕설을 해대고, 발로 먼지를 일으키며 화를 내며 가버렸다. 자신이 모욕을 당했다고 느낀 듯이 말이다. 염치라는 제3의 본능이 일을 복잡하게 만든다고 내가 얘기하는 이유가 여기에 있다. 그 이후 사적인 다툼을 과학적으로 해결해 준다는 찻집의 명성은 상당 부분 손상을 입었다.

다음은 1936년에 있었던 일로 논쟁의 판결을 맡아 달라는 요청을 받았다. 여기서도 힘이 세어 보이는 사람이 사실을 다 말할 테니 공정한 판결을 바란다는 것이었다. 나는 '정의'라는 말을 듣는 순간 오싹해지는 기분이 들었다. 어쨌든 그의 말을 믿기로 했다. 약간은 답답했고, 재판관으로서의 우리 능력이 의심스럽기도 했지만 공평무사하고 유능하다는 명성에 걸맞은 재판을 하리라 결심하고는 그의 면전에 대고 '당신이 잘못했다.'고 선고를 했다. 그도 역시 겸손한 자신이 모욕을 당했다고 느낀 모양이었다. 그는 자기와 싸우던 상대방을 끌고 밖으로 나가서는 그를 살해하고 다시 들어와서 묻는 것이었다.

"내가 잘했소, 못했소?"

"당신이 맞습니다."

우리는 입을 모아 대답하며 허리를 숙여 인사까지 했다. 여기에도 만족을 못했던지 그는 다시 물었다.

"이러면 내가 당신들과 어울릴 수 있겠소?"

우린 보통 찻집의 청중들처럼 대답할 수밖에 없었다.

"물론 어울릴 수 있죠."

그렇지만 살인자에게 겸손을 기대할 수 있는 것인가.

이것이 예수가 탄생된 지 1936년이 지난 시점에서의 인류 문명이다. 법이나 정의의 진화는 인간이 야만스러웠을 역사의 초창기에 이미 그런 상황을 거쳤을 것임에 틀림없다. 이런 찻집에서의 판정 모습부터 재판관의 판정에서 피고가 모욕을 당했다고 따지지 않는 정식 재판으로 발전하기까지는 얼마의 시간이 걸렸을까? 찻집의 상태에서 이후 우리는 수십 년 동안 진보를 해왔다. 그동안 인간은 진보의 과정에 있었다고 생각하겠지만 인간의 실체와 본성을 인간보다 더욱 잘 알고 계신 신은 별 진보가 없으리라는 사실을 예견하고 있었을 것이다. 신은 인간이 애초부터 잘못되어 있었고, 아직도 반밖에 개화되지 못한 상태라는 것을 알고 있음에 틀림없다.

현재 옛날 찻집의 그 명성은 사라진 지 오래되었다. 우리는 정글 속의 동물들처럼 서로 머리채를 잡고 서로 물어뜯는 상태로 빠져들어 가고 있다. 하지만 난 아직 포기하지 않았다. 염치라거나 부끄러움이라 불리는 것들과 말하는 본능에 결국 기대를 할 수밖에 없다. 내가 보기에는 요즘 인간들에게는 진정한 부끄러움이란 거의 없는 것 같다. 그러나 이제부터 수치심을 가진 것처럼 하고, 계속 말을 하며 살기로 하자. 계속 말하다 보면 어느 날엔가는 천사들의 그런 축복을 우리도 받을 수 있지 않겠는가.

6. 정신을 가지고 있다는 것에 대하여

인간의 정신은 조물주가 창조한 것 중에 가장 고귀한 것일지도 모른다고 사람들은 말한다. 특히 이런 말은 앨버트 아인슈타인이나 에디슨, 또는 다른 많은 발명가, 물리학자들의 정신적인 능력에 대해 언급하자면 누구나가 그렇다고 느낄 것이다. 별 목적도 없고, 변덕스러우며, 분명하지 않은 호기심을 가지고 있는 원숭이에 비하면 우리는 우리가 태어난 우주를 이해할 수 있는 고귀하고 빛나는 지능을 갖고 있다는 사실에 동의할 수밖에 없다.

보통사람의 정신은 그러나 고귀하다기보다는 매력적이라고 보는 편이 좋다. 만약 평범한 정신이 고귀하다면 인간이 사는 동안 죄도, 약점도, 실수도 없는 완벽한 이성적 존재로 살 수 있기 때문이다. 그렇지만 그렇게 된다면 세상이 얼마나 맥빠진 것이 될까! 그러면 인간은 다른 피조물처럼 매력 없는 것이 되어 버린다. 죄를 짓지 않는 성인은 관심 밖의 일로 보는 인본주의자가 바로 나다. 그러나 인간에겐 비합리적이라거나 모순, 바보스러움은 물론 소란함과 휴일을 즐기고 편견을 갖는 등의 매력적인 요소가 많이 있다.

만약 인간의 두뇌가 완벽하다면 정초에 새 결심을 할 필요가 없다. 인간 생활의 아름다움은 12월 마지막 날 그 해 연초에 결심했던 일을 얼마나 이루었는지 돌이켜보며 30%쯤이나 달성했나, 못 이룬 바는 어떤 것인가? 하며 반성하는 데에 있다. 마지막까지 다 이룰 수 있는 계획이라면 이미 재미가 없다. 전쟁에 나가면서 포로를 몇 명이나 잡을 것이고, 어떻게 이길 것인가를 이미 예측하고 있는 장군이 그 전쟁에 흥미를 느끼겠는가. 만약 소설 속에 등장하는 인물들의 마음의 움직임과 그에 따른 결과를 이미 알고 있다면 그 소설을 읽을 사람은 없다. 소설을 읽는다는 것은 순간순간 전혀 예측치 못하던 인물의 심리상태의 변화와 그 흐름을 쫓는 것인데 말이다. 항상 엄격하고 용서가 없는 아버지에게 인간으로서의 흥미를 못 느끼듯이 반대로 항상 나쁜 짓만 하는 남편도 독자를 재미없게 한다.

한 작곡가가 있는데 누구도, 심지어는 절세미인도 그에게 오페라를 작곡하도록 이끌지 못했다고 하자. 그러나 그의 라이벌이 그 일을 한다는 말을 듣게 되면 즉시 그 일에 정진할 것이다. 신문에 글을 싣기를 한사코 거절하던 과학자도 라이벌 과학자의 글에서 철자법이 틀린 정도만 봐도 자신이 세운 규칙을 잊어버리고 즉시 이에 대해 신문에 투고를 할 것이다. 이런 일들에서 우리는 '인간'의 정신을 대할 수가 있다.

사람의 정신은 비합리성, 깊은 편견, 우유부단함, 예측불가능 등의 특징이 있기에 매력적이다. 만약 이 진리를 배운 바 없다면 인간심리를 오래 연구해 봐야 별 소득이 없다. 다시 말해 인간의 마음에는 원숭이와 같은, 목적도 없고, 변덕스러운 특질이 깃들어 있다는 말이다.

인간정신의 진화에 대해 생각해 보자. 우리의 정신은 원래 위험을 느끼고 생명을 지키기 위한 기관이었다. 이런 정신이 수학 공식에서 틀린 부분을 지적해내고 논리를 따지게 되었다는 것은 우연에 지나지 않는다고 생각한다. 나는 그런 목적을 위해 정신이 만들어지지는 않았다는 것을 확신한다. 정신은 처음 음식 냄새를 맡기 위해 만들어졌지만, 그 후에 추상적인 수학공식의 냄새도 맡을 수 있다면 더욱 좋은 일이다. 내 생각엔 사람의 두뇌는 다른 짐승도 마찬가지지만 문어나 불가사리의 촉수와 같은 것으로 생각한다. 이 촉수는 진실을 느끼고 그것을 얻기 위해 있는 것이다. 오늘날도 우리는 진리를 생각한다(thinking)기보다 진리를 느낀다(feeling)는 표현을 많이 쓴다.

두뇌는 다른 감각기관과 마찬가지로 더듬이로 구성된다. 이 더듬이가 어떻게 해서 진리를 느끼는가는 눈이 어떻게 빛을 느끼느냐와 마찬가지로 여전히 미스터리로 남아 있다. 두뇌가 여타 감각기관에서 독립해서 소위 '추상적 사고'에 빠지게 되면 윌리엄 제임스(William James)가 말했듯 느껴서 아는 현실에서 개념만의 현실로 뛰어들게 되어 무기력해지고, 비인간화되어 마침내 타락하고 만다.

우리는 정신의 본기능이 사고(思考)에 있다고 잘못 생각하며 일을 하지만 우리가 사고라는 말의 뜻을 개정하지 않는 한 이 잘못된 생각은 철학에 있어 심각한 오류를 범하게 만든다. 철학자가 서재에서 나와 시장의 사람들을 보며 환멸을 느끼는 이유가 바로 이 잘못된 오해 때문이다. 마치 사고가 우리 일상생활과 상당히 깊은 관계가 있다고 믿는 것처럼.

고(故) 제임스 하비 로빈슨(James Harvey Robinson)[6]은 그의 《정신의 발달과정 The Mind in the Making》이라는 책에서 인간의 정신이 동물적 정신, 야만적 정신, 소아적 정신, 정통 문명적 정신의 네 단계로 구분되며, 현재 계속 진화가 이루어지고 있다고 밝혔다. 나아가 보다 비판적인 정신을 계발

---

6. 20세기 초에 활동한 미국의 사회학자, 교수.

하지 못하면 현재의 인류문명은 지속되지 못할 것이라고 경고했다.

과학적인 사고방식으로 보면 이 의견에 동의하고 싶지만, 다시 생각해 보면 과연 이런 단계적 분류가 가능한지, 그리고 기대할 수 있는지 의심이 간다. 나는 현재처럼 매력적으로 비합리적인 인간정신이 훨씬 더 좋다. 인간이 모두 완벽한 이성적 존재가 되어 있는 세상은 생각만 해도 싫어진다. 그러면 내가 과학적 진리를 믿지 않는 건가? 아니다. 난 다만 성인과 같은 모습을 믿지 않는 것이다. 그러면 나는 반주지주의자(反主知主義者)일까? 글쎄다. 그럴 수도 있고, 아닐 수도 있다. 나는 단지 인생과 사랑에 빠져 있을 뿐이다. 그리고 그러다 보니 지식을 깊이 믿지 않게 되었다.

다음과 같은 세계를 상상해 보자. 신문에는 살인기사가 전혀 안 실리고, 사람들은 전지전능하고, 불도 난 적이 없고, 이혼도 없고, 합창단의 처녀와 정을 통하는 목사도 없고, 사랑 때문에 왕위를 포기하는 사람도 없는 사회. 또 누구나 자기가 열 살 때 세웠던 계획을 변경하지 않고 그대로 진행시키는 그런 사회. 그러면 인간생활에 행복이란 사라진다. 인생의 모든 흥분과 불확실성은 존재하지 않게 된다. 죄도, 실수도, 약점도, 편견도, 심지어 놀라움마저 사라져 버려 이 세상에는 문학이라는 것도 없어지게 될 것이다.

이렇게 되면 구경꾼이 이미 우승자를 다 알고 있는 경마처럼 재미없어진다. 장애물 경마에서 말이 넘어지는 것이 재미를 더해 주듯이 인간의 불확실성도 인생을 다채롭게 해준다. 인간이 완벽하게 이성적인 존재가 된다면 사람들은 완전한 지혜를 키우기보다는 꼭두각시로 전락할 것이고, 정신은 이런 충동들을 미터기처럼 단순히 기록할 뿐이다. 그렇게 되면 상황은 비인간적으로 되어 버린다. 비인간적인 것은 무엇이든지 나쁘다.

독자 여러분들은 내가 열심히 인간의 약점을 변호하며 악덕을 미덕이라고 우긴다고 생각할지 모르지만 그건 아니다. 우리가 완벽히 이성적인 정신의 발달을 통해 정확하게 행동한다는 것은 생활의 즐거움과 다채로움을 잃게 만드는 일이라는 것이다.

그리고 남편과 아내가 일생을 도덕의 표본처럼 지낸다는 것처럼 재미없는 일은 없다. 물론 완벽하게 이성적인 사람들만 사는 세상은 생존하기엔 가장 좋을 것이지만 이 생존이라는 것이 과연 우리가 취할 만한 가치가 있을까? 잘 정돈된 사회를 만든다는 것은 좋은 일이다. 하지만 너무나 정돈된 사회는 사람을 숨 막히게 할 것이다.

개미를 예로 들어 보자. 아마 개미는 이 세상에서 합리적이라는 사실에 관한 한 가장 완벽에 가까운 피조물일 것이다. 의심할 여지없이 개미는 완벽한 사회주의 국가를 유지해 왔으며, 앞으로도 그러할 것이다. 합리적인 행동만 따지자면 인간은 개미에게 1위 자리를 주고 2위로 내려가야 한다.(그나마 받을 자격이 있는지 모르겠지만.) 개미는 열심히 일하고, 진실하고, 저축심이 강하며, 구두쇠적인 곤충이다. 그들은 사회적으로 조직되어 왔으며, 개인적으로 잘 훈련이 되어 있어 나라를 위해 하루 열네 시간씩 노동을 해도 불평하지 않는다. 그들에게는 의무감만 있지, 권리의식은 없다. 또한 참을성이 강하고, 질서를 잘 지키며, 정중하고, 용감하며, 무엇보다도 자기 훈련을 한다. 인간은 자기훈련이 빈약한 표본으로는 박물관에 전시할 가치조차 없다.

복도에 위인들의 조상(彫像)을 전시해 놓은 기념관을 구경해 보라. 그들의 생애에 있어 합리적인 행동이란 거의 찾아볼 수 없을 것이다. 클레오파트라와 사랑에 빠져 여자 때문에 제위를 거의 잊어버린(안토니오는 몽땅 잊어버렸다.) 위대한 율리우스 시저. 시나이 산정에서 홧김에 신과 함께 40일이나 걸려 새겨놓은 석판을 깨뜨려 버린 모세. 그는 당시 신을 무시하고 황금송아지를 숭배하던 이스라엘 사람과 비교해도 하등 더 이성적일 게 없다. 신을 버렸다 믿었다 하며 마지막에는 시편을 남기고 신을 다시 믿는 다윗 왕. 지혜의 상징이라는 솔로몬 왕, 그도 아들에 대해서는 속수무책이었다. 집을 찾아온 손님에게 없다고 해놓고 그가 가려고 문을 넘어서면 자신이 있음을 알리려고 2층에서 노래를 불렀던 공자(孔子, 쿵즈). 겟세마네 동산에서는 눈물을 흘렸지만 십자가 위에는 의심을 남긴 예수. 죽으며 부인에게 두 번째로 좋은 침대를 남긴 셰익스피어. 밀턴은 17세인 부인과 살 수 없게 되자 이혼에 관한 글을 썼고, 이 글이 공격을 받자 다시 언론의 자유를 옹호하는 〈아레오파기티카〉를 썼다. ……19세의 아들을 참석시킨 자리에서 아내와 결혼식을 올린 괴테, 이외에도 무수히 많은 예가 있다.

세계를 지배하는 것이 이성이 아니고 정열이라는 건 당연한 사실이 아닐까? 이들 위인들에게 사랑스러운 인간성을 부여한 것은 합리성이 아니고 오히려 그것이 없어서가 아닐까? 중국에서 자손들이 펴낸 조상들의 전기 (傳記)나 부고 등은 도저히 읽어낼 수가 없을 정도로 재미없고, 현실감도 없다. 왜냐하면 그 글에 따르자면 그들의 조상들은 완전히 인격적인 존재로 되어 있기 때문이다.

중국 사람에 대해 논한 내 책에 대해 혹평을 하는 중국 사람들은 그 이유를 중국인을 너무 인간적으로 묘사했으며, 동시에 중국인의 장점뿐 아니라 단점도 밝혔기 때문이라고 한다. 중국 사람들에게는 내가 중국을 유교적 성인들만 사는 천국처럼 묘사하고, 평화와 이성의 황금기로 묘사하면 그것이 조국을 보다 잘 선전하는 것으로 알고 있다. 그러나 전기 중 가장 잘 읽힐 수 있는 것은 위인들이 우리들의 특징과 비슷한 면을 중점적으로 조명한 전기이다. 전기에 비합리적인 행동을 잘 기록하면 바로 그 내용은 우리의 현실과 일치하는 것이다.

건전한 정신이 훌륭하다는 것을 보여 주는 완벽한 예가 영국 사람들이다. 영국 사람들은 논리적인 면은 부족하지만 위험을 감지하고 목숨을 보존하는 훌륭한 더듬이를 머리에 가지고 있다. 그들의 국가적 행동이나 이성의 역사에서 논리를 찾기란 거의 불가능하다. 그들의 대학·헌법·성공회 등은 모두 조각조각을 짜맞춰 이루어진 것이며, 역사적 성장의 과정에서 얻어진 것이다. 강력한 대영제국도 다른 사람의 의견을 전혀 알아채지 못하는 둔감함과 영국의 방법만이 최선이라는 고집으로 이루어진 것이다. 만약 영국 사람들이 합리적인 사고를 가지게 되고, 자신이 최고라는 의식을 잃게 되는 순간 대영제국은 무너지고 말 것이다. 영국 사람은 아무 의미도 없다. 국왕은 국민들에게서 언론의 자유, 행동의 자유, 심지어 왕위까지도 구속당하고 있다. 엘리자베스 왕조에서는 나라의 이익을 위해 해적을 키웠고, 이들을 격려하기까지 했다. 어느 때에는 걸맞은 동맹국과 함께 걸맞은 적에 대해 걸맞은 전쟁을 적당히 해왔다. 그러고는 그렇지 않다고 얘기를 한다. 논리로 그런 일을 할 수 있다고 생각하는가? 그들은 바로 더듬이로 이런 일들을 해나간 것이다.

영국 사람들은 런던의 안개와 크리켓에 의해 불그레한 얼굴을 하고 있다. 건강한 피부는 사고의 중요한 부분이 된다. 즉 일생을 통해 자신들이 걸어야 할 길을 영국 사람은 건강한 피부로 생각하듯 중국 사람들은 위대한 창자를 가지고 생각을 한다. 중국 사람들 역시 그 사실을 알고 있어서 학자들은 '한 배 가득한 사상, 한 배 가득한 학식, 분노' 등을 가지고 있다고 말들을 한다. 중국의 연인들은 서로 떨어져 편지를 나눌 때 '슬픔이 가득 차 창자가 백 토막으로 되는 듯하다.'고 쓴다. 또 글의 맨 마지막에는 '창자가 끊어졌다.'라고도 한다. 중국의 학자가 자신의 사상을 정리해서 아직 글로 발표하지 않은 경우 그는 '복안(腹案)' 되어 있다는 말을 쓴다. 모든 사상을 뱃속에서 정리했다는 말이다.

이 모든 말들은 과학적인 입증이 가능한 일이며, 현대 심리학자들이 중국 사상의 구조나 정서적 특질을 더욱 잘 알게 된다면 더욱 그러하다. 그러나 중국 사람들에게 과학적 증거는 필요가 없다. 단지 그들은 느끼는 것이다. 중국 음악의 정서를 감상하려면 모든 노래가 가수의 배에서 소리가 나온다는 사실을 이해해야 한다. 그렇게만 되면 중국 음악의 깊은 정서를 느낄 수가 있다.

우리는 인간정신이 인간관계 이외의 문제—즉 우주라든가—를 다룰 때 그 능력을 과소평가해서는 안 된다. 인간이 과학을 정복하리라는 점에 대해선 나는 낙관적으로 본다. 하지만 인간사를 다루는 데 있어서 비판정신을 계발한다든지, 번뇌를 넘어서는 깨우침이나 평온의 상태에까지 이른다는 점에 대해서는 다소 비판적이다. 개개인으로 본 인류는 아주 높은 경지에 이르렀겠지만 사회집단으로 본 인류는 여전히 원시적인 정열과 본능에 사로잡혀 가끔씩 집단적 히스테리나 광란에 빠지곤 한다.

우리는 인간의 결점을 알고 있다. 그러므로 인간의 약점을 이용해서 또 다른 세계대전을 일으키려는 비겁한 사람을 미워할 충분한 이유가 있다. 이들은 그렇지 않아도 세상에 가득 찬 미움을 더욱 확산시킨다. 이들은 거만함과 사리사욕을 찬양한다. 또 그들은 인종적 편견과 동물적 본능에 호소하여 젊은이들을 훈련해서 살인을 독려하며, 전쟁을 고귀한 것이라고 오도한다. 이들은 인간의 마음이 이미 동물적 본능에 사로잡혀 있다는 사실을 모르는 듯 선동을 통해 그 본능을 일깨우려 한다. 이들의 마음이 아무리 약삭빠르고 세상일에 통달한 듯해도 어쩔 수 없는 짐승의 마음이다. 우아하고 지혜로운 정신은 우리 마음속의 짐승 같고, 악마 같은 본능과 얽혀 있다. 바로 인간이 가지고 있는 동물적 유산인. 그나마 언제 폭발할지 모르는 위태로운 상태로 동물적 유산을 잡아매고 있으며, 언제라도 기회만 있으면 이 악마적인 본능은 튀어나오고 말 것이다. 그렇게 되면 신을 찬미하는 노래가 울리는 가운데 저거노트[7]의 수레는 우리의 위를 밟고 지나갈 것이다.

정신분석학자들은 환자를 치료할 때 환자들의 과거를 회상하게 하고, 그들의 삶을 객관적으로 보도록 하는 방법을 종종 사용한다. 인간도 과거의 모습을 잘 알 수 있다면 주제파악도 훨씬 쉬웠을 것이다. 인간이 동물적 유산을 가졌으며, 짐승에 가깝다는 사실을 알았다면 짐승 같은 행동은 훨씬 줄지 않겠는가? 《이솝 우화》나 초서의 《새들의 의회》, 스위프트의 《걸리버 여행기》, 아나톨 프랑스의 《펭귄의 섬》 등의 동물을 등장시킨 우화를 읽어보면 동물적 유산이 우리들에게 내재해 있음을 알게 된다. 이런 동물의 우화는 이솝 시대에도 맞는 얘기지만 서기 4,000년이 되더라도 역시 마찬가지일 것이다.

어떻게 우리는 이런 상황을 수습할 것인가? 비판적인 정신은 너무 희박하고 냉정해서 혼자 생각한다면 거의 쓸모가 없을 것이다. 오직 합리적인 정신이 가득하고, 빛나며, 정서적이고, 정열에 가득 찬 속성을 띄었을 때에 우리는 옛날의 그 야만스런 상태로 돌아가지 않을 수 있다. 인간의 생활을 본능과 조화시켰을 때 우리는 구원될 수 있다. 내 생각엔 감각과 정서를 훈련하는 것이 사상을 갈고 닦는 것보다 더 중요한 것 같다.

---

7. 인도(India)의 신으로 그의 수레에 치면 극락에 가게 된다는 설화가 있다.

제 4 장
인간적이라는 것에 대하여

1. 인간의 권위

앞 장에서는 인간이 동물 세계로부터 받은 인간의 유산과 문명에 끼친 그 결과에 대해 이야기했다. 그러나 그 정도로는 불완전하다. 인간본성과 권위에 대해 잘 살펴보았다 하기엔 무언가 빠진 것이 있다. 인간의 권위―바로 이것이다. 우리가 이 말의 의미를 헷갈리거나 놓치지 않기 위해서는 권위가 무엇으로 이루어졌는지, 이 권위의 의미를 강조하지 않으면 안 된다. 왜냐하면 20세기에 들어 특히 현재와 앞으로도 권위를 잃을 위험이 다분하기 때문이다.

'인간이 동물이라고 한다면 동물 중에는 가장 놀라운 존재라고 생각하지 않는가?' 맞는 말이다. 인간만이 문명을 만들어 냈다. 이 사실은 얼렁뚱땅 넘어갈 것이 아니다. 인간보다 생김이 예쁘거나 뛰어난 신체기능을 갖춘 짐승은 많다. 말은 생김새가 뛰어나고, 사자는 힘이 좋고, 개는 충성심과 발달한 코를 가졌으며, 높이 날아 더 먼 곳을 보는 독수리, 부지런함과 자기훈련에 충실한 개미, 참을성 많은 소가 있다. 그리고 나는 이보다는 원숭이가 더욱 좋다. 원숭이는 호기심과 영리함을 갖고 있기 때문이다. 그럼에도 나는 사람인 편이 더욱 좋다. 비록 개미가 인간보다 뛰어난 이성과 잘 훈련된 속성을 가지고 있다 해도, 또 스페인보다 훨씬 안정된 사회를 이루고 있다 해도 개미나라에 도서관이나 박물관이 있다는 얘길 들은 적이 없지 않은가? 개미나 코끼리가 거대한 망원경을 발명해서 새로운 별을 찾아내거나 물개가 잠망경을 만들고, 비버가 파나마 운하를 뚫었다면 언제든지 그들이 모든 피조물 중 최고라고 나는 말하겠다. 그런 점에서 인간은 자부심을 가져야 한다. 그러나 무엇에 대해 자부심을 가져야 하는지에 대해 확실히 알고 난 후에 그래야 한다. 즉 인간권위의 정수(精髓)를 이해해야 한다.

이 인간의 권위는 책 첫머리에서 내가 암시했듯 중국 문학에서 갈채를 받고 있는 자유인의 4가지 특징으로 구성되어 있다. 첫째, 유희적인 호기심, 둘째, 꿈꾸는 능력, 셋째, 그 꿈을 수정하는 유머 감각, 마지막으로 행동의 자유분방함이다. 이 네 가지의 중국적인 생각을 모으면 미국의 개인주의가 된다.

중국 문학에서 자유인의 묘사만큼 개인주의자를 보다 더 잘 그려내기란 불가능하다. 따라서 미국 개인주의를 대표하는 문학가인 월트 휘트먼[1]이 자신을 '위대한 한가로운 사람'이라고 부르는 것도 결코 우연이 아니다.

2. 유희적인 호기심—인류 문명의 태동

인간은 떠돌아다니다가 어떻게 문명을 세울 수 있었을까? 결국 그렇게 되리라는 사실을 알리는 최초의 표시는 무엇이며, 지성의 발전을 알리는 표시는 또 무엇이었을까? 물론 이 질문에 대한 답은 의심할 여지없이 인간의 유희적 호기심이다. 손으로 만지고, 무언가 찾아보려고 안팎을 뒤집는 최초의 노력이 그것이다.

원숭이는 한가할 때 옆의 원숭이의 눈꺼풀을 뒤집고, 귓바퀴를 만지는 등의 행동을 취한다. 먹을 것을 찾든지 아니면 그저 뒤집기 위해 뒤집는지는 잘 모르겠지만, 동물원에서 원숭이들의 노는 모습을 보라. 그 속에서 앨버트 아인슈타인이나 아이작 뉴턴이 나올지도 모르는 일이다. 사람의 손이 장난스레 무언가 찾는 동작을 할 때 그 손은 단순한 손이 아니다. 거기엔 과학적 진실이 있다. 인류의 문명은 두 발로 서게 되며, 두 손이 자유로워진 데서부터 시작된다. 고양이가 앞발을 들고 걸을 때 느껴지는 유희적 호기심을 보더라도 인간은 원숭이로부터 진화했다고 할 수 있는 것처럼 고양이로부터 진화했다고도 말할 수 있다. 다만 원숭이가 고양이보다는 손가락을 자유자재로 움직일 수 있다는 점을 제외하면 말이다.

나는 생물학 전문가는 아니지만 인류문명이 손의 해방에서부터 시작되었다고 주장할 만한 몇 가지 근거가 있다. 다른 사람이 이미 관찰한 사실인지는 모르겠지만, 먼저 손의 해방은 도구의 사용을 불러일으켰다. 또 염치를 가지게 했고, 여성을 종속적으로 만들었고, 이어서 언어의 발전과 궁극

---

1. 1819~1892년, 롱아일랜드 출신의 시인. 시집 《풀잎 Leaves of Grass》으로 유명하다.

적으로 유희적 호기심과 탐험 본능을 크게 늘리는 결과를 가져왔다.

덩치가 커다란 유인원이 나무에서 내려올 때에 몸이 무거워서 그랬겠지만 비비처럼 네 발로 내려오거나 아니면 막 두 발로 걷는 방법을 배운 오랑우탄처럼 내려오는 두 가지 방법이 있을 것이다. 그러나 인간의 조상이 네 발을 쓰는 원숭이라고는 생각되지 않는다. 왜냐하면 이 원숭이의 앞발은 너무 할 일이 많기 때문이다. 반면 오랑우탄처럼 부분적이긴 하나 두 발로 직립해서 손이 해방되었다면 이 사실이 모든 문명에 얼마나 중요한 요소가 되었겠는가! 그때부터 유인원은 입 대신 손으로 과일을 주울 수 있는 방법을 터득했을 것이다. 그러나 이것은 기초적인 일이다. 높은 절벽 위의 굴속에서 살면서 그는 절벽 꼭대기로 돌들을 모아놓았다가 적이 나타나면 돌을 굴려 보내야 했다. 이것이 인간이 사용한 최초의 도구였다. 목적이 있건 없건 간에 유인원들이 손에 무언가를 잡고 이리저리 살펴보며 장난치는 모습을 그려 보자. 이 장난을 통해서 그들은 뾰족한 모서리를 가진 것이 둥근 것보다 남을 죽이는 데 훨씬 좋다는 사실을 우연히 발견하게 된다. 단순히 사물을 돌려 본다는 사실, 예를 들어 귓바퀴의 앞쪽뿐 아니라 뒤도 본다는 사실은 사물을 전체적으로 인식하는 힘을 가지게 되었다는 것과 머릿속에 기억하고 있는 사물의 숫자도 늘어났다는 것을 의미한다.

나는 다른 동물에게는 없는 인간의 성에 대한 수치심의 기원이 바로 이 직립(直立)에 있다고 믿는다. 하느님도 미리 계획하지 않았을 이 새로운 자세로 인하여 원래는 뒤쪽에 있어야 하는 신체의 일부분이 몸의 정중앙으로 오게 된 것이다. 이런 사태는 주로 여성에게 영향을 미쳐서 유산(流産)이 잦아지고 생리가 불순해졌다. 해부학적으로 보아 인간의 근육은 네 발로 생활하기에 좋게끔 설계되어 있다. 일례로 임신 중인 어미돼지의 뱃속에 들어 있는 새끼돼지는 빨래가 빨랫줄에 무게를 적당히 분산시키며 걸려 있듯이 어미의 척추에 매달려 있다. 그러나 곧바로 서 있어야 하는 임산부는 빨랫줄을 수직으로 매어 놓고 빨래를 걸어놓은 후 그 상체 그대로 있으라고 하는 것과 마찬가지이다. 우리의 배 근육은 직립하는 데에는 불편하게 되어 있다. 만약 처음부터 직립을 염두에 두고 설계되었다면 배 근육은 어깨쯤에 근사하게 붙어 있었어야 하며, 그랬다면 모든 일이 해결되었을 것이다. 자궁과 난소에 대해 해부학적 지식이 있는 사람이라면, 이 두 곳이 형편없는 악조건에서의 경우 그 정도의 문제만 야기한다는 데에 감탄을 아끼지 않을 것이다. 생리의 신비는 아직 만족할 만큼 밝혀지지 않았지만, 난자가 주기적으로 바뀐다는 정도는 알고 있다. 그러나 우리는 이를 위해 여자들이 그토록 오랜 기간을 고통 속에서 시달려야 하는 이유가 바로 직립에 있다는 사실을 인정해야만 한다.

이 사실은 여성의 종속화를 유도했고, 아마도 인간사회를 오늘날과 같은 특징을 지닌 것으로 발전시켰을 것이다. 내 생각엔 여자의 조상들이 네 발로 걸어다녔다면 이처럼 남편에게 예속되는 일은 없었을 것이라 생각한다. 두 사람이 동등한 관계를 유지했을 것이다. 한편 그때 이미 인간들은 호기심 많고 놀기 좋아하는 존재가 되어 있었다. 성적인 본능도 점점 새로운 표현양식을 찾아내게 되었다. 키스는 완전히 즐거운 것만이 아니었고, 그리 성공적이랄 수도 없었다. 침팬지가 딱딱하고 튀어나온 입으로 키스를 하는 모습을 보면 알 수 있다. 그러나 손이 새롭고 감각적이며 부드러운 동작을 개발해 냈다. 툭툭 두드리고, 간질이거나 껴안는 동작이 서로의 몸에서 이를 찾아내는 과정에서 생겨난 것이다. 의심할 여지도 없이 우리 조상들의 몸에 이가 없었더라면 오늘날의 이 서정시들은 나오지도 못했을 것이다. 새로운 동작은 성적 본능을 발전시키는 데 큰 공헌을 한 것이다.

그 반대로 직립한 임신부는 오랜 동안 슬프고 무기력한 상태를 겪어야 했다. 사람이 아직 직립하는 데에 완벽히 적응하지 못했던 초기에 임신부가 짐을 지고 나르기란 힘들었으리라고 생각한다. 특히 다리와 발꿈치가 직립에 맞도록 개량되고, 앞쪽의 짐과 균형을 맞추기 위해 골반이 뒤쪽으로 물러나기 전까지는 더욱 그랬을 것 같다. 그래서 빙하기(氷河期)에 살던 어머니들은 아픈 척추를 쉬기 위해 남들이 안 보는 곳에선 창피한 얼굴을 하고 네 발로 기었으리라. 이외에도 여성 특유의 불편함과 문제 때문에 여성들은 다른 전략과 성희를 생각해냈고, 그때부터 독립심을 차츰 잃어가게 되었다. 그래서 임신 중에도 가벼운 애무를 받아야 했다. 직립한 상태에서는 갓난아이가 걸음마를 배우기가 어렵다. 갓 태어난 송아지나 코끼리는 태어나자마자 걷기 시작하나 사람은 걸음마를 하는 데에만 1~2년이 걸린다. 또 어머니 말고 누가 아이들을 자연스럽게 돌볼 수가 있겠는가?[2] 인간은 그로부터 새로운 발전을 이루게 되었다. 성(性)이라는 의미를 넓게 해석하여 인간의 일상생활에 다채로운 색을 부여하게 된 것이다. 여성은 의식(意識)이 생겨나 끊임없이 암컷이 아닌 여성의 지위를 차지하게 되었다. ─ 암호랑이보다는 흑인 여자로, 암사자에서 공작부인으로─이런 개화된 의식으로부터 남자와 여자의 분화(分化)가 생기게 되었고, 틀림없이 가슴과 얼굴의 털을 뽑는 데서부터 시작했겠지만, 여자가 먼저 치장을 하게 되었다. 일반 동물들은 수컷이 훨씬 더 화려하지만, 이 모든 것이 다 살아남기 위한 전략이었다.

이런 생존을 위한 전략을 동물계에선 잘 볼 수 있다. 호랑이는 공격하고, 거북이는 숨고, 말은 도망치고 하는 식으로 여자다운 사랑, 아름다움, 우아함 등은 다 생존의 전술로써 가치가 있다. 힘으로는 남자를 당할 수 없었으

---

2. 부모의 보호를 받는 기간은 점점 길어졌다. 미개인의 경우 6~7세만 되면 아이가 독립을 하지만 문명사회에서는 사는 방법을 배우기 위해서는 25년이 걸린다. 그나마도 새로 다시 배워야 하지만.

므로 남자를 유혹하고, 비위를 맞춰 주는 것이 좋을 것이라는 사실을 깨닫게 된 여자의 특성이 지금도 문명의 성격으로 나타나고 있다. 여자는 공격을 배우기보다 유혹을 배웠고, 힘에 의해서가 아니라 부드러운 수단으로 목적을 달성하려 했다. 바로 이 부드러움이 문명이다. 그러므로 내 생각엔 인류문명은 여자로부터 시작된 것이다.

그리고 오늘날 언어라고 표시하는 말의 발달에도 여자는 남자보다 더 큰 역할을 담당했다. 말하고자 하는 본능은 여자 쪽이 관계가 깊기 때문에 인간이 언어를 형성하는데 훨씬 더 공헌했다고 믿는 것이다. 초기의 인간은 내 상상으로는 무뚝뚝하고 말이 없었을 것 같다. 인간의 언어는 수컷 유인원이 동굴을 떠나 사냥을 하러 간 사이 근처의 암컷들이 모여 누구는 누구보다 낫네, 못하네 하며 떠들다가 생겨난 것 아닐까? 그 이외의 경우는 상상이 가질 않는다. 물론 손이 해방되어서 손으로 먹이를 먹게 되다 보니 턱이 덜 발달하게 되고, 크기도 작아지게 되었을 것이니 자연히 언어의 발달에 손의 역할도 중요한 셈이 된다.

그러나 내가 주장했듯, 직립하게 되면서 생겨난 가장 큰 변화는 손이 해방된 사실이고, 원숭이들이 서로 이를 잡아주는 행동에서 볼 수 있듯이 어떤 물건이든 뒤집어도 보고 관찰도 할 수 있는 계기가 주어졌다는 사실이다. 이 잡기 놀이에서부터 지식에 대한 자유로운 요구의 발달이 이루어진 것이다. 오늘날 인간의 발전은 이의 변형된 형태인 무언가 사회에 해가 되는 것을 찾는 데에서 이루어진다. 원숭이는 그저 즐기려고 이를 잡는 것이다. 인간의 학문과 지식의 특징도 이와 같다. 그 자체로서 재미있고 소일삼아 그의 본질이 무엇인가를 알아보려는, 또 이런 것을 알아보았자 우리의 위에 음식이 들어오는 것도 아닌 것을 하는(중국 사람인 내가 여기서 자가당착에 빠진다면, 빠진다는 사실이 바로 중국 사람다운 행복이다.) 이 점이 특히 인간적이고 인간의 권위에 지대한 공헌을 한 것이라고 생각한다.

지식이나 지식을 찾는 행위는 모두 놀이이다. 어느 면이건 훌륭한 과학자나 발명가의 경우는 틀림없이 그렇다. 탐구심에 불타는 천문학자는 몇억 마일이나 떨어진 별에 대해 관심을 가지고 있다. 그러나 그 별은 인간의 생활에 직접적으로 영향을 미치는 일은 없을 것이다. 거의 모든 동물은 특히 젊었을 때에는 놀고 싶어 하는 본능이 있다. 그러나 이 유희 본능이 상당히 발전된 동물은 인간뿐이다.

내가 검열관이나 우리의 생각을 조종하려는 정부 형태를 싫어하는 이유가 바로 이것이다. 이들이 의식적이건 아니건 간에 인간의 지적 능력을 모욕하고 있다는 생각을 안 가질 수가 없다. 사상의 자유가 인간 최고의 행위라면 이 자유를 억압하는 것은 저급한 행위일 것이다.

옛날 에우리피데스[3]는 노예를 사상이나 의견 제출의 자유가 없는 사람이라고 정의했다. 그러므로 전제정치란, 에우리피데스의 노예를 대량 생산하는 공장이다. 실례는 동서양을 불문하고, 시대를 불문하고 어디에서나 볼 수 있다. 형태가 어떻든 전제정치는 지적인 퇴화를 의미한다. 생각이 짧은 정치가나 사제들은 믿음과 사상의 통일이 평화와 질서를 보장한다고 생각할 수도 있다. 그러나 역사에서도 보듯이 이런 생각은 인간 특성을 말살하는 것 이외엔 아무것도 아니었다. 그들은 그저 인간의 정신이 이런 획일성을 견뎌내겠지, 즉 좋든 싫든 이 책을 읽으라면 읽고, 이 노래를 들으라면 듣겠지 하는 홍보 담당자들의 얘기와 같은 단순한 믿음을 가지고 있다.

---

3. Euripides, B. C. 484?~B. C. 406?년. 고대 그리스의 3대 비극 작가 가운데 아이스킬로스와 소포클레스에 뒤이은 인물. B.C. 455년 극작가로서 극단(劇壇)에 데뷔하였고, 그 작품 총수는 92편이라고 전한다. 오늘날 그의 이름으로 전하는 작품의 총수는 19편인데, 그 중 《레소스 Rhesos》는 일반적으로 그의 작품이 아니라고 간주된다. 그 나머지 18편 중에는 유일하게 완전히 전해지는 사티로스극(劇) 《키클롭스 Cyclops》도 포함된다.

모든 전제정치는 선전으로 문학을 망치고, 정치로 예술을 혼란시키며, 살아 있는 통치자를 숭배하게 해서 종교를 엉망으로 만들려고 하였다.

하지만 절대로 있을 수 없는 일이다. 만약 사상을 단속하는 사람이 인간 본성과 어긋나는 것을 계속한다면 그는 몰락의 씨앗을 뿌리는 꼴이 되어 버린다. 맹자(孟子, 멍즈)는 말했다. '임금이 신하를 하찮은 풀잎처럼 여긴 다면 신하도 임금을 도둑으로 여길 것이다.' 사상의 자유를 빼앗아 가는 짓보다 더 큰 강도질은 없다. 사상의 자유를 빼앗기면 직립하면서 얻은 모든 경험은 쓸데없는 것이 되어 인간은 적어도 3만 년쯤 전의 네 발로 생활하던 시절로 되돌아가게 된다. 지식과 도덕, 종교적인 믿음만큼 귀중하고 인간적이며 친근한 것은 없다. 따라서 이들을 누군가가 빼앗는다면 그에 대한 증오가 커가는 것은 당연한 일이다. 그러나 이런 단견(短見)적인 잘못을 전제군주들은 범하고 있다. 그들은 항상 지식적으로 뒷걸음치고 있기 때문에 그렇다. 그러나 인간본성 중의 반발심과 양심에 깃들어 있는 정복되지 않는 자유는 언제나 전제군주에 대항하여 튀어올라서 결국은 복수를 하게 된다.

3. 꿈에 대하여

불만은 신성한 것이라고들 한다. 나는 불만이 극히 인간적인 것임에 틀림없다고 확신한다. 침팬지 말고 슬픈 표정을 짓는 동물을 본 적이 없으므로 원숭이는 동물 중 최초의 불평가였다. 슬픈 표정을 짓는 동물을 보면 난 그 동물이 철학자가 아닌가 하고 생각한다. 슬픔과 사고는 비슷한 차원의 일이니까. 소는 생각한다거나 어떤 철학을 가지고 있지는 않아 보인다. 항상 만족스런 표정을 하고 있으니. 코끼리도 나름대로의 분노를 가지고 있 겠지만 계속해서 코를 흔들고 있는 동안에 그 분노와 불만이 다 없어져 버 리는 듯 보인다. 생활에 싫증을 나타낼 수 있는 동물은 원숭이뿐이다. 얼마 나 위대한가?

아마 모든 철학은 싫증에서 파생되는 것인지도 모른다. 어쨌든 이상에 대해 때론 슬퍼하고, 허무해하며 간절히 바라는 마음을 갖는 것은 인간의 특징이다. 세상을 살면서 인간은 다른 세상을 꿈꾸는 경향과 그렇게 할 수 있는 능력을 가지고 있다. 원숭이와 인간의 차이는, 원숭이는 그저 싫증만 내지만, 인간은 싫증에다가 상상력이 합쳐진 상태의 감정을 유지할 수 있 다는 점이다.

우리는 누구나 옛날 상태에서 벗어나길 원하며, 무언가 되고자 하는 욕 망이 있으며, 꿈이 있다. 말단 졸병은 하사관이, 하사관은 위관이, 위관은 영관급이 되었으면 하고 바란다. 대령쯤 되었다고 해도 본인은 그저 별것 아니라고 생각한다. 그저 동료와 같이 일하는 데 불과하다고 생각을 할 것 이고, 사실 또 그렇기도 하다. "대단히 훌륭합니다."라고 아주 위대한 사람 에게 세상에서 칭송했다 하자. 이때 진정으로 훌륭한 사람이라면 "훌륭할 게 뭐 있나요?"라고 대답할 것이다. 그러니까 세상은 다른 식탁에서 주문 해서 먹고 있는 음식이 더욱 맛있어 보이는 일류 식당과 같은 것이다.

현존하는 중국의 한 교수는 이렇게 사람의 욕심에 대해 설파했다. '책은 내가 쓴 책이 더 좋아 보이지만, 마누라는 남의 마누라가 더 예뻐 보인다.' 이걸 보면 세상에 완벽한 만족은 없다. 사람은 누구나 어떤 사람이 되고자 한다. 단 그 어떤 사람이 자기 자신이 아닐 때에만.

이런 인간의 특질은 상상력과 꿈꿀 수 있는 능력에서 생겨난다. 꿈이 클 수록 실망도 큰 법이다. 상상력이 풍부한 아이가 항상 더 친하기 어려운 아이라는 이유도 여기에 있다. 그 아이는 시무룩해 있는 경우가 만족한 경우보다 훨씬 더 많다. 이혼도 역시 상상력이 풍부한 사람이 그렇지 않은 사람보다 훨씬 많이 한다. 인류는 전체적으로 보아 상상력 때문에 진보한다.

인간에겐 포부라는 것이 있다. 포부는 보통 고상한 덕목으로 알려져 있으니 이를 가지고 있다는 것은 좋은 일이다. 나라건 개인이건 간에 다 나름대로의 꿈이 있고, 적게는 이 꿈에 의해 행동한다. 어떤 꿈은 좀 더 클 수도 있다. 마치 같은 집에 사는 아이라도 꿈이 많은 아이와 적은 아이가 있듯이, 나도 사실은 꿈이 많은 아이를 솔직히 말해 더 좋아한다. 보통 꿈이 많은 아이는 슬픔도 많다지만 그는 남보다 더 큰 기쁨과 전율과 극치를 맛볼 수 있다.

라디오가 공중에서 전파를 수신하듯 인간도 사상을 수신할 수 있는 구조가 있다. 감수성(感受惶)이 예민한 세트는 가냘픈 소리까지도 감수한다. 좀처럼 듣기 힘든 미약한 소리라고 해서 좋은 음악이 아닌 것이라고 단정할 수 있을까?

어린 날의 꿈은 우리가 생각하듯 그렇게 막연하고 허황된 것만은 아니다. 어떤 경우엔 일생 동안 내내 우리 속에 자리 잡고 있을 수도 있다. 나더러 어떤 작가든 되라고 한다면 나는 안데르센이 되겠다고 말하는 이유가 바로 거기에 있다. 인어(人漁) 이야기를 쓰기도 하고, 실제로 인어가 되어 보기도 하여, 나이가 들면 물 위로 나가 보리라 생각도 하는, 말하자면 인간이 느낄 수 있는 가장 아름다운 기쁨을 만끽하고 싶다.

아이는 냇가에 있거나 다락방에 있거나 항상 실제적인 꿈을 꾼다. 토머스 에디슨이 그랬고, 스티븐슨도 그랬다. 이렇듯 마법의 세계와도 같은 꿈 속에서 우리가 본 적이 없었던 가장 훌륭하고 아름다운 비단이 짜인 것이다. 어린이는 모두 동경심을 가지고 있다. 밤에 꿈을 꾸며 잠에 빠졌다가 아침에 일어나 보면 모든 꿈이 이루어져 있기를 기대하며 살아간다. 꿈은 자신만의 것이니 아무에게도 말하지 않고 간직하고 있다. 바로 여기서 자아(自我)의 형성이 이루어진다. 아이들의 꿈 중에는 다른 꿈보다 또렷이 나타나는 꿈이 있다. 반면 희미했던 꿈은 커가면서 잊혀진다. 사람은 사는 동안 어린 시절의 꿈을 남들에게 얘기하며 지내다가 '어떤 때는 말도 배우기 전에 죽는' 수도 있다.

민족에게도 역시 꿈이 있다. 이 꿈의 기억은 몇 대, 혹은 몇 세기 동안 이어지기도 한다. 그 가운데는 고상한 꿈도 있고, 비열한 꿈도 있다. 다른 민족보다 더 큰 땅을 가지고 있으면서도 남을 정복하려는 꿈은 흉물스러운 꿈으로, 이런 꿈을 가진 민족은 평화로운 꿈을 가진 민족보다 근심 걱정이 많을 수밖에 없다. 그렇지만 더 나은 세상, 평화로운 세상, 불의가 판치지 않는 정의로운 세상을 원하는 고귀한 꿈도 있다. 사악한 꿈은 좋은 꿈을 없애려 들기 때문에 양자 간에는 틀림없이 싸움이 일게 된다. 사람들은 단지 영토니 돈이니 하는 속물적 가치에 대해서만이 아니라 꿈을 위해서도 싸움을 한다. 이렇게 되면 꿈은 실제가 되는 것이고, 실생활에서 그 힘을 발휘하게 된다. 땅에 뿌려진 씨앗이 햇빛을 찾아 땅을 뚫고 나오듯 사람의 꿈은 실제로 나타날 때까지는 사람에게 평화로움을 누리도록 내버려 두지 않는다. 꿈은 아주 현실적인 것이다.

혼란스럽고 현실에 뿌리내리지 못한 꿈은 위험하다. 왜냐하면 꿈은 도피를 의미하기도 하므로 몽상가는 가끔씩 어딘지도 모른 채 현실을 도피하려고 하기 때문이다. 파랑새는 여전히 낭만주의자의 환상이다. 사람의 속성에도 현재와는 무언가 다른 미래를 추구하는 일면이 있어 무언가 변화를 주기만 하면 무섭게 거기에 빨려 들어가고 만다. 전쟁은 그런 면에서 아주 매력적이다. 평범한 면서기에게도 제복을 입고 돈이 들지 않는 여행을 할 기회가 주어지기 때문이다. 또 이런 전쟁이 오래 계속되면 병사는 빨리 전쟁이 끝나 고향에 돌아가 넥타이를 매고 지내고 싶은 생각을 하게 된다. 그러니까 전쟁을 피하려면 여러 나라는 정부적 차원에서 20세부터 45세까지의 국민들을 징병제도처럼 불러 모아 적어도 10년에 한 번씩 유럽에 보내 박람회를 구경시킨다든지 다른 행사를 가지도록 하는 게 좋다. 이런 식의 흥분 요소가 인간본성에는 필수적이기 때문이다. 일부 나라에서 전쟁에 대비해 쓰는 국방예산은 국민 모두를 해변으로 여행 보낼 수 있을 정도이다. 물론 국방비는 꼭 필요하고, 여행은 사치스러운 것이라고 논쟁을 걸어오는 사람도 있겠지만 나는 오히려 전쟁이 더 사치스럽다고 생각한다.

또 유토피아를 꿈꾸거나 영생불사를 원하는 꿈도 있다. 이 영생(永生)의 꿈은 동서고금을 막론하고 추구되어온 것으로 인간적인 꿈이다. 그러나 이 꿈 역시 유토피아를 원하는 꿈과 마찬가지로 허황되기 그지없는 것으로 막상 그 꿈이 실현되면 어떻게 하겠다는 생각을 가진 사람은 거의 없다. 이 영생의 꿈은 그 반대인 자살의 심리와 통하는 부분이 많다. 둘 다 자신이 처한 현실이 만족스럽지 못하다고 생각하는 점에서는 말이다. 왜 현실에 만족치 못하는 걸까? 아지랑이 아롱거리는 봄날 교외로 산책을 나갔다가 이런 질문을 받는다면 무어라 대답할 수 있을까?

유토피아의 꿈 역시 마찬가지다. 이상주의란 어떤 세상이 되었건 그 세상의 질서가 오늘의 질서와 같지 않은 그런 세상을 바라는 정신의 표현에 불과하다. 이상적 자유주의자라는 사람은 사실 자신의 나라와 그 사회가 세상에서 가장 나쁘다고 생각하는 사람들이다. 그는 아직도 옆 식탁의 음식이 제 것보다 맛있다고 믿는 사람이다.

「뉴욕 타임스」의 토픽을 쓰던 사람의 얘기인데, 이 자유주의자들은 러시아의 드니퍼 댐만이 유일한 댐이고, 민주주의 국가에서는 이런 댐을 만든

적이 없다고 믿는 사람들이라는 것이다. 지하철도 구소련에만 있는 걸로 믿고 있고, 한편 파시스트 독재국가의 언론에서는 자국민만이 인류 중 가장 예민하고 옳으며, 힘이 있는 정부를 만들었다고 말한다. 여기에 유토피아를 꿈꾸는 자유주의자이건 파시스트 선전 책임자건 마찬가지의 위험이 있는 것이다. 그리고 이를 고치기 위해 필요한 약으로 유머 감각만큼 효과적인 것은 없다.

4. 유머 감각에 대하여

유머의 중요성이 지금까지 충분히 인식되어 왔을까? 혹은 이의 사용으로 인해서 인간생활의 특징과 질이 변화했다는 사실, 즉 정치, 학문, 생활에서 유머가 차지하는 위치가 잘 이해되었을까는 의심스러운 일이다. 유머는 물리적이 아니고 화학적인 기능을 갖고 있어서 인간 사상과 경험의 구조를 변화시킨다. 국민생활에 있어서 유머의 중요성은 말할 필요도 없다.

웃을 수 없었기에 빌헬름 황제는 제국을 잃었다. 미국 사람들은 독일 사람들이 웃을 줄 몰랐기 때문에 수십억 달러를 날렸다고 말한다. 빌헬름 황제도 사적인 상황에선 웃기도 했겠지만, 공적인 모습은 항상 누구에겐가 화를 내는 듯한 무서운 얼굴을 하고 있었다. 그의 웃음의 질과 웃는 대상—승리의 웃음, 성공의 웃음, 우월감의 웃음 등처럼—에 따라 그의 일생의 행·불행이 결정된 것이다. 황제가 웃을 때와 웃을 대상에 대해 몰랐기에 독일은 패전국이 되었다. 그의 야망이 웃음에 의해 제압되지 못했던 것이다. 독재정권이 좋지 않은 가장 나쁜 이유가 바로 이것이다. 민주주의 국가의 대통령은 웃을 수 있지만, 독재자들은 입을 한 일 자로 굳게 다물고 무슨 결의에 찬 듯 턱을 내밀고는 이 세상의 모든 어려움을 다 짊어진 듯한 표정으로 지낸다는 것이다.

미국의 루스벨트 대통령은 대중 앞에서 자주 웃는데, 이것은 본인은 물론 대통령의 웃음을 보고 싶어 하는 국민들에게도 좋은 일이었다. 그러나 유럽의 어느 독재자에게서 웃음을 볼 수 있는가? 그들의 국민들도 그가 웃기를 바라고 있을까? 아니면 그들은 자신의 권위를 지키려고 항상 겁주는 듯한 엄숙한 얼굴을 하고 있는 건가? 내가 히틀러에 관해 읽었던 것 중 가장 인상 깊은 내용은 그의 사생활이 지극히 자연스러운 일반인의 생활과 똑같다는 점이다. 그 이후 나는 그를 다시 보게 되었다. 그러나 독재자가 항상 화난 듯 엄숙한 얼굴을 하고 있어야 한다면 그 문제는 독재주의에 있는 것이 아닐까? 그 전체적인 분위기가 잘못된 탓이다.

독재자의 웃음에 대해 왈가왈부하는 것이 시간낭비를 뜻하지는 않는다. 통치자가 웃음을 모른다는 것은 아주 심각한 상황을 일으킨다. 그들의 손에 모든 총기가 있기 때문이다. 반대로 우리들 자신에게 비추어 보아도 정치에 유머 감각은 대단히 중요하다. 유머 감각이 매우 뛰어난 통치자가 다스리는 세계가 있다고 가정해 보면, 예를 들어 세계에서 가장 뛰어난 유머리스트 5~6명을 국제회의에 보내서 그들에게 완벽한 전권을 맡긴다고 치자. 그러면 이 세상은 구원받을 것이다.

유머에는 필수적으로 뛰어난 감각과 합리적인 정신 등 온갖 세상의 모순과 바보스러움을 찾아내는 뛰어난 힘이 내재되어 있다. 이들을 대표로 파견한 나라는 가장 건전하고 정상적인 정신 상태를 가진 통치자의 지배를 받는 것이 된다.

버나드 쇼는 아일랜드 대표로, G. K. 체스터턴은 죽었으니 P. G. 워드하우스나 앨더스 헉슬리가 영국 대표로, 윌 로저스는 죽었지만 살아 있다면 훌륭한 미국 대표가 될 수 있을 것이다. 이탈리아나 프랑스, 독일, 러시아에서도 누가 되었든 참가하긴 할 것이다. 전쟁이 나기 직전 이들을 모아 국제회의를 열어 보자. 이들이 유럽에서 전쟁을 일으키려 한다고 상상할 수 있겠는가? 유머 감각이 있는 한 불가능한 일이다. 전쟁을 선포한다면 이미 그 사람은 심각하고 반쯤은 정신이 나간 상태일 것이다. 그들은 절대로 자기가 옳고 신도 자기편이라고 생각하고 있다. 그러나 그들보다 뛰어난 상식을 가지고 있는 유머리스트들은 그렇게 생각지 않는다.

버나드 쇼는 아일랜드의 잘못이라 할 것이고, 베를린의 만화가도 자신들이 잘못했다고 말할 것이다. 또 어떤 이는 자리에 앉아 인류에게 정중히 사과를 해서 우리로 하여금 어떤 나라도 다른 나라보다 자신들이 더 낫다고 생각하는 것이 얼마나 바보스러운지를 깨닫게 해줄 것이다. 이런데 어떻게 유머란 이름을 달고 전쟁을 하겠는가?

인간을 위해 전쟁을 시작한 사람은 누구일까? 온갖 세상의 야심가, 모사가, 거만한 사람, 과잉 애국심에 불타는 사람, 인류에 봉사하고픈 사람, 세상에서 큰 경력을 쌓아 선명한 인상을 남기고 싶어 하는 사람, 광장에 세운 동상에서 청동 말을 타고 시대를 굽어보고픈 사람, 이들이 바로 그 사람들이다. 묘하게도 이들은 용기가 없고, 유머리스트의 자질이나 깊이도 없는 사람들이다. 유머리스트들이 더 넓은 정신활동을 통해 숲을 보고 있을 때 이들은 사소한 나무에 매달리는 사람들이다. 그러나 실제로는 속닥거리거나 적당히 겁먹은 얼굴을 하고, 조심성 있게 행동할 수 없는 외교관은 자격이 없다. 그러나 꼭 이런 유머리스트들이 참가하는 세계를 구원하는 국제회의를 열 필요는 없다. 유럽이 전쟁 일보 직전의 상태에서 어떤 국제회의가 있다면 앞서 얘기한 외교관의 자격을 훌륭히 갖추고 있는, 인류를 위해 봉사하겠다는 사명감에 불타는 외교관을 파견해도 무방하다. 아침저녁으로 매일 10분씩 미키 마우스 영화를 상영할 수만 있다면 전쟁은 일어나지 않을 것이다.

이것이 바로 인간의 사상을 변화시키는 유머의 화학적 기능이라고 생각한다. 바로 이 기능이 문화의 근본에 침투해서 인간세상에서 앞으로 다가올 '중용의 시대'를 여는 열쇠라고 생각한다. '중용의 시대'보다 더 이상적인 것이 인간성 범위 내에서 있으리라고는 생각지 않는다. 지금의 인간보다 더 위대하고 뛰어난 인간의 새로운 종족이 태어나지 않는 한 위의 것이 가장 중요할 수밖에 없다. 어떤 점에서나 인간이 바라는 이상적 세상은 합리적인 것도 아니고, 완벽한 것도 아닐 수 있다. 다만 인간이 불완전하다는 사실을 스스로 인정하며 싸움이 이성적으로 해결되는 사회라면 족하다. 솔직히 이 정도가 우리가 바랄 수 있는 최상이고, 그런 사회가 이루어지길 기대하는 소박한 소망이 우리가 가진 가장 고귀한 꿈이다. 그러기 위해서는 즐거운 철학, 사고의 단순함 등이 있어야 하는데 이것이 바로 유머의 특질이며, 유머를 통해서 얻을 수 있는 것이다.

현대와는 많은 차이가 있는 이런 세상을 상상하기란 쉽지 않을 것이다. 대체적으로 우리의 인생은 너무 복잡하고, 학문은 너무 심각하고, 우리의 생각은 너무 함축적이기 때문이다. 바로 이런 복잡함과 심각함이 요즘 세상을 불행하게 만들고 있다.

우리는 인생과 생각을 단순하게 만드는 것이야말로 문화와 문명에 대한 가장 높고 건전한 이상임을 인정해야 한다. 또한 문명이 단순함을 잃고 복잡하게 전개된다면 갖가지 문제가 생기고 퇴락해 갈 것이라는 사실도 인정해야 한다. 그렇지 않으면 인간은 자신들이 만들어 놓은 이상 · 사고 · 야망 · 사회적 제도의 노예가 되고 말 것이다. 이런 부담을 가지고 있는 인류는 그러나 부담을 극복할 수 있는 그 무엇도 갖고 있지 않아 보인다.

그러한 가운데 다행스러운 일은 이런 부담을 뛰어넘을 수 있는 웃음을 가지고 있다는 점이다. 이것이 바로 유머리스트의 고유한 힘이다. 유머리스트들은 이상이나 사고 등을 당구 챔피언이 당구공을 다루듯 능숙하게 다룰 수 있다. 그 안에는 숙련의 결과 얻어진 편안함과 경쾌함이 있다. 그의 이상을 경쾌하게 처리할 줄 아는 사람만이 그 이상의 주인이며, 그런 사람만이 이상의 노예가 되지 않는 사람이다. 진지함은 노력의 표현에 지나지 않는다. 노력이란 아직 숙달된 상태에 이르지 않았다는 증거이다. 진지한 문필가 역시 벼락부자와 마찬가지로 어딘지 어색하고 불편해한다. 왜냐하면 자기의 사상이 꼭 남의 것처럼 편안하게 느껴지지 않기 때문이다.

역설적으로 얘기해서 단순성은 사상의 깊이를 외부에 나타내는 상징이다. 내게 있어 글을 쓰고 공부하는 가운데 가장 어려웠던 일이 이 단순성을 체득하는 것이었다. 사상을 명확히 표현하기란 어려운 일이다. 그렇게 하려면 먼저 단순성이 가능해야 한다.

어떤 소설가가 한 가지 사실에 고심하고 있다면 반대로 그 사실도 소설가 때문에 고생하고 있는 것이다. 갓 학위를 받은 젊은 교수의 강의보다 연륜이 있는 노교수의 강의가 훨씬 간단명료하게 사실을 이해시키는 걸 봐도 위의 내 얘기에 수긍이 갈 것이다. 젊은 교수가 너무 전문적인 용어를 사용하지만 않는다면 그는 얼마든지 남들로부터 촉망받는 훌륭한 교수가 될 수 있다. 전문성에서 단순성으로, 전문가에서 일반적인 사색가로 이행하는 과정은 근본적 지식의 흡수과정이며, 인체의 신진대사 과정과 비교할 만하다. 아무리 뛰어난 학자라도 지식을 자신의 것으로 소화시켜 자신의 인생관으로 확립할 때까지는 단순한 말로 이를 표현할 수가 없다. 열심히 지식을 얻고자 노력하는 가운데, 틈틈이 휴식의 시간을 가지며, 그때마다 '내가 지금 무얼 하고 있지?' 라는 자문을 하게 될 것이다. 단순하게 되었다는 사실에는 소화와 성숙이라는 가정이 앞서 있다.

점점 나이가 듦에 따라 사상은 명확해지고 그리 중요하지 않거나 잘못된 의문은 사라져서 우리를 편안하게 한다. 이상은 점차로 확실하게 모습을 드러내며 이어지는 일련의 생각들이 어느 날 갑자기 떠오른 단순한 깨달음으로 정리되어, 마침내 지혜라고 불리는 진실의 경지에 도달하게 되는 것이다. 그 단계에 이르면 힘들다는 느낌은 사라지고, 진리의 깨달음이 점점 가까이 다가와 독자는 '진리란 단순한 것이며, 깨달음의 길은 아주 자연스러운 것이다.' 라는 큰 기쁨을 얻게 된다.

사상과 그 표현방법의 자연스러움은 중국의 시인이나 비평가들에 의해 칭송되었으며, 점점 성숙해지는 발전의 과정을 의미하는 데 취해졌다. 소동파(蘇東坡, 수둥포)의 산문이 점점 원숙한 경지에 이르렀음을 표현하는 데에 '점점 자연스러워지고 있다.' 라는 말을 쓴다. 젊은 시절 즐겨 쓰던, 과장되고, 현학적이며, 일종의 과시적인 장난기 등이 없어져 가고 있다는 뜻이다.

유머 감각이 사고의 단순성을 불러일으키는 것은 자연스러운 일이다. 일반적으로 사상가들이 이상에 매달리는 데 반해 유머리스트들은 사실에 보다 근접한 태도를 보인다. 사상가들의 사상이 복잡해지는 이유가 바로 이것이다. 유머리스트들은 현실과 이상의 모순을 재빨리 집어내는 상식과 재치가 빛나는 사람이다.

현실과의 지속적인 접촉을 통해서 유머리스트들에게는 밝고 탄력 있는, 뛰어난 감각이 생기게 된다. 사람 또한 재치가 생기고 밝아짐에 따라 현명해지며, 모든 것이 단순해지고 명확해진다. 생활과 사고의 단순성을 그 특징으로 하는 건전하고 합리적인 정신은 유머적인 사고방식이 널리 퍼질 때에만 얻을 수 있다고 내가 믿는 이유가 바로 이 때문이다.

5. 우유부단함과 무분별함에 대하여

오늘날 자유인은 인간으로서 최고의 위치를 군인에게 빼앗기고 있는 듯이 보인다. 우유부단하며, 무분별하고, 예측이 불가능할 정도로 변덕스러운 자유인의 특질 대신 합리적이고, 잘 훈련되어 있으며, 통일된 애국자적 집단으로 보이는 군인의 특질이 각광을 받고 있다.

이들은 모든 국민이 같은 믿음을 가질 수 있고, 같은 음식을 좋아할 것이라는 생각을 제약을 통해 실현하려고 한다.

인간의 권위에는 상반된 두 가지의 견해가 있다. 한 가지는 자유인으로서의 그것이요, 다른 하나는 군인으로서의 것이다. 전자는 자유와 개성을 갖춘 사람을 최고로 보는 견해이고, 후자는 개인적인 신념이나 판단은 일체 없고, 다만 국가나 통치자에 대한 충성심에 가득 찬 사람을 최고로 보는 견해이다.

이 의견들은 둘 다 나름대로 옳은 점이 있다. 전자는 상식의 관점에서, 후자는 논리적인 면에서 보면 그렇다. 가장 이상적인 시민은 애국심에 불타는 꼭두각시여야 한다는 주장을 논리적으로 뒷받침하는 일은 그리 어렵지 않다. 애국심에 불타서 나라를 부강하게 하는 일, 다른 나라를 침략하는 일 등에 절대적 충성심을 보이는 사람들이 바로 꼭두각시라고 할 수 있다. 사실 논리는 아주 단순하고 순수해서 바보들을 속이기는 쉬운 일이다. 못 믿겠지만 이런 생각과 행동이 소위 문명국가라는 일부 유럽에서 통용이 되고 있다.

이상적인 시민에는 두 가지 계층이 있다. 먼저 A급은 나라나 통치자의 눈으로 보자면 보다 바람직한 계층으로 전쟁터에 나가게 되면 이 전쟁에 참가하게 해준 은혜를 신에게 감사드리며, 자기가 하는 일이 아주 정당하고 유쾌한 일로 생각하는 부류다. B급은 충분히 개화되지 못한 계층으로 불평을 일으키는 부류이다.

내 개인적인 생각으로 마음속에 떠오르는 불평, 즉 반발심이야말로 인간의 권위를 나타내는 유일한 상징인 것 같다. 다시 말해 지금보다 더 개화된 세계에서도 인간의 권위를 찾을 수 있는 유일한 빛이요, 희망인 것이다.

어떤 논리로도 나는 자유인의 편이다. 그 이유는 사람은 원숭이로부터 진화했지, 소로부터 진화한 것은 아니기 때문이다. 이기적인 생각이지만 사실 나는 소의 유순함과 부드러움을 좋아한다. 풀밭으로 끌고 가도 따라오고, 도살장에 끌려가도 자신의 주인을 위해서라면 묵묵히 따라가는 그런 기질 말이다. 그러나 나는 인류를 사랑하기에 인간이 소처럼 되지 않았으면 하는 생각도 동시에 갖고 있다. 소가 반항하며 인간이 너무 건방지다고 느껴서 지금까지처럼 기계적으로 움직이지 않고 회의적이 된다면 나는 소의 행동을 인간적이라고 부르겠다. 독재주의를 나쁘다고 생각하는 것은 생물학적인 이유에서이다. 독재자와 소는 잘 어울리지만, 독재자와 원숭이는 그렇지 않다.

사실 나는 1920년대에 들어서면서부터 서구 문명에 대한 존경심이 저하되었다. 과거에는 중국 문명을 부끄럽게 여겼고, 서구 문명을 존경했다. 중국 문명은 시민권이라든지, 헌법이라든지 하는 것을 용납하지 않았기 때문이었다. 그래서 나는 공화정이든 군주제든 간에 헌법에 의한 통치체제를 갖추는 것이 인류의 문화에 진일보를 가져온 것으로 생각했다. 그러나 지금 서구 문명의 중심지인 이곳에서 인간의 권리와 개인의 자유, 심지어 중국에 있던 우리들도 계속 누려왔던 상식에 의거한 개인적 신앙의 자유까지 압박받는 모습을 보니 헌법에 의한 정부는 더 이상 내가 바라던 정부 형태가 아닌 게 되어 버렸다. 이 제도에서는 중세 봉건사회보다 더 많은 에우리피데스적 노예들이 존재하게 되었다.

사실 나는 이 모습을 보며 얼마나 기쁘고 만족스러웠는지 모른다. 이제 내가 중국 사람들이 오래 전부터 이상으로 여겨왔던, 세상에 거칠 것 없는 자유로움, 방랑, 자유인의 홀가분함 등을 이 자리에서 자랑하는 일보다 쉬운 일이 어디 있겠는가? 내가 제시한 카드와 상대될 만한 카드가 서구에 있을까? 개인의 자유와 시민권의 교리가 엄숙하고 뿌리 깊은 신념이자 본능이라는 사실을 보여 줄 무엇이 있을까? 이 신념이나 본능이야말로 군인을 존경하는 풍조가 지나간 후, 사상의 추를 제자리로 돌려놓을 수 있는 힘이 된다. 그것을 한 번 내가 볼 수 있었다면.

유럽에 있어 개인적 자유의 전통이 어떻게 잊혀지고, 또 어떻게 잘못된 방향으로 흘러가는지를 알기는 쉬운 일이다. 그 이유는 두 가지이다. 첫째는 집단주의를 향해 흘러가는 현 경제의 움직임이고, 둘째는 빅토리아 왕조 중기의 기계적 관찰론이 남긴 유산이다. 사회적 · 정치적 · 경제적으로 집단주의가 일어나고 있는 요즘에 있어 인간은 자연스레 반발심을 잊어버리고, 개인의 권위와 관계되는 권리마저 잃고 있는 듯이 보인다. 모든 삶의 사고를 압도하는 경제문제와 경제사상이 득세한 판에서는 인간은 당연히 인간적이고 개인적인 지식과 인생에 관해 점점 무지해지고, 무관심해진다. 이것은 당연한 결과이다. 위궤양에 걸린 사람이 종일 위만 생각하고 있듯이, 경제적 문제가 심각한 사회에서 경제 말고 무엇이 관심의 대상이 되겠는가.

인간은 인간다운 행동을 하기 때문에 인간인 것이다. 그러나 오늘날의 인간은 맹목적으로 물질을 숭상하고, 경제법칙에 복종하는 꼭두각시로 전락해 버렸다. 우리는 인간을 더 이상 인간으로 보지 않고 있다. 그저 기계의 한 부속품처럼 생각하고 있다. 인간에 '소시민 계급' 이니, '노동자' 니,

'자본가'니 하는 상표를 붙이면, 그를 완벽히 이해하는 것이 되어 이 분류에 따라 동지도 되고, 적도 된다고 믿는 것이다.

우리 인간은 이제 개인도, 사람도 아니고 그저 계층일 뿐이다. 너무 지나치게 단순화한 게 아닐까? 이상적인 자유인은 어디에도 없고, 그런 소양을 갖추고 있는 사람조차도 찾아볼 길이 없다. 인간 대신 계급의 일원으로 존재하며, 사상과 개인적 편견이나 성질 대신 이념이니 계급사상이니 하는 것들이 생겼다. 개인 대신 마르크스적 변증법이 그 자리를 차지해서 결국 인간은 개미처럼 되기 위해서 낄낄거리며 열심히 달려가고 있는 셈이다.

물론 내가 여기서 주장하는 바가 고전적인 민주주의에 입각한 개인주의를 얘기하는 것 이외에 아무것도 아니라는 사실을 잘 알고 있다. 그렇지만 마르크스주의자들도 마르크스가 100년 전의 헤겔 논리학과 빅토리아 왕조 중기 영국 고전 경제학파의 산물이라는 사실을 알아야 한다. 오늘날 이 사상들만큼 고루한 것도 없다. ─중국의 인간주의자 시선으로 본다 해도 아주 엉터리고 진실이 없고 상식을 무시한 이론이다.

기계가 자연을 정복했다고 뽐내고 있을 때 인간을 기계의 일종으로 보는 이런 인간관이 생겨났음을 우리는 쉽게 알 수 있다. 기계론이 도용된 논리가 그대로 인간사회에 적용되었고, 따라서 '자연법칙'이라는 거창한 이름은 인간문제를 연구하는 사람들에게 요망되는 사항이 되었다.

환경은 인간보다 위대하며 인간의 개성을 등식으로 전락시켜 버리는 학설이 생겼다. 훌륭한 경제학일지는 몰라도 훌륭한 생물학은 아니다. 생물학은 외부의 자극에 반응을 하는 데에 주위 환경 못지않게 당사자의 반응력도 중요한 요소라고 한다. 마치 훌륭한 의사가 환자의 기질과 개인적 적응력이 질병을 이기는 데에 필요하다고 진단하는 것과 마찬가지이다. 의사들은 오늘날 각 개인의 수많은 신비에 대해 점점 많이 알게 되었다. 논리와 진단에 의하면, 죽어야 할 많은 환자들이 예상을 뒤엎고 살아나서 의사를 놀라게 한다. 똑같은 병에 걸린 두 사람의 환자에게 똑같은 처방을 내리는 의사라면 이 세상에서 없어져야 한다. 역시 각 개인 특유의 능력과 사물에 대한 태도, 우유부단함과 무분별함 등을 고려하지 않는 사회적 철학자라면 없어져야 마땅하다.

나는 경제학을 잘 모르지만 경제학 역시 나를 잘 모른다. 경제학이 여전히 안간힘을 쓰면서도 과학으로 자리 잡지 못하는 이유가 이 때문이다. 경제학이 상품에 대한 연구를 그만두고 인간의 동기에 대해 관심을 돌리지 않는 한 경제학은 과학이 아니라는 슬픈 운명을 가지고 있다. 또 이쪽에 관심을 가진다 해도 역시 과학이 아니다. 통계적 평균에 의해 인간이 동기를 밝혀낸다 해도 기껏해야 유사과학일 뿐이다. 왜냐하면 인간정신이란 무엇인가를 알아내는 방법까지는 만들어 내지 못했기 때문이다.

경제 전문가라 해도 서로 상반된 견해를 갖고 있는 것이 보통이다. 한 사람이 영국의 금본위제를 철회하지 않는 한 영국은 멸망할 것이라고 얘기했다면, 다른 전문가는 그 반대로 얘기한다. 사람들이 언제 물건을 사기 시작할 것이고, 언제 팔지는 제아무리 전문가라도 합리적으로 예견할 수 없다. 증권시장에서 투기가 가능한 이유도 바로 이 때문이다. 아무리 온 세상의 정보를 수집한다 해도 금·은의 가격이 일기예보 나오듯 과학적으로 계산되지는 않는다. 왜냐하면 그 가격을 형성하는 데에는 인간적인 요인이 있기 때문이다.

많이 팔면 일부에서는 사고, 그 반대의 경우도 있다. 바로 이것이 내가 말한 반발심과 인간의 불확실성이다. 물론 물건을 계속해서 파는 사람의 눈으로 보면 그 물건을 사가는 사람은 가격변동의 조짐도 모르는 바보일 것이다. 반대도 역시 마찬가지이다. 누가 바보인지는 시간만이 알고 있을 뿐이다. 이것은 인간이 우유부단하고 무분별하다는 사실을 보여 주는 한 예에 불과하다. 그러나 이 사실은 실제적인 상거래뿐 아니라 역사의 과정을 형성하는 데에도 적용되는 진실이다. 또한 도덕 · 관습, 그리고 사회적 개혁에 대한 인간의 반응에도 역시 적용되는 진리이다.

6. 개인주의에 대하여

　오늘날 사람은 거대한 사회적 변화에 많건 적건 위협받고 있는 민주주의 사회에 살고 있거나, 점점 민주주의적 이상을 향해 접근하고 있는 공산주의 사회에서 살고 있거나, 아니면 독재정치 밑에서 살아가고 있다. 어느 경우라도 인간의 개인생활은 시간의 흐름에 의해 형태가 이루어진 모습으로 남겠지만 여전히 개성은 갖고 있다.

　철학은 시작뿐 아니라 끝도 개인에서 이루어진다. 개인이야말로 생명의 최종적 사실이기 때문이다. 인간은 그 자체가 목적이지, 인간정신이 다른 무엇을 창조하는 수단은 아니다. 대영제국처럼 거대한 제국도, 잉글랜드 한 촌구석의 사람도 행복한 생활을 하기 위해 존재하는 것이다. 그러나 촌에 있는 사람이 대영제국을 위해 산다고 말한다면 잘못된 철학이다. 가장 뛰어난 사회철학도 그런 나라에서 살면 좀 더 나은 행복한 생활을 할 것이라는 정도로밖엔 객관적인 이론을 전개할 수 없다. 만약 문명의 최종 목표가 개인생활의 행복이라는 사실을 부정하는 사회철학자가 있다면 틀림없이 병들고 평형감각을 잃은 마음의 소유자일 것이다.

　문화에 대해 말한다면 문화의 형태는 그 문화를 만들어 낸 사람의 타입에 달려 있다고 나는 생각한다. 미국 사람 중에서 가장 현명하고 고원(高遠)

한 사람들 중의 하나인 월트 휘트먼이 그의 《민주적 전망 *Democratic Vistas*》이라는 에세이에서 문명의 최종 목표가 '개성의 원리' 즉 '개성주의'에 있다고 주장한 것도 바로 이 생각을 뒷받침해 준다.

　풍성하며 빛나고, 또한 다양한 개성주의 말고 현대문명 — 종교·예술·학문 등—이 의존하고 있는 것이 또 있겠는가? 오늘 민주주의가 다른 주의보다 뛰어난 까닭이 무엇이겠는가? 그 까닭은 오직 민주주의만이 개성주의의 세상을 설립하기 위해 대자연의 규모에 맞춰 정당한 행동을 하기 때문이다. 문학과 음악과 미학 등이 중요한 이유는 무엇일까? 그 이유는 이것들이 그 나라의 사람들에게 개성이 무엇인가를 알 수 있는 재료와 가정을 주며 여러 가지 방법으로 재료와 가정에 힘을 부여하기 때문이다.

최종적 사실로써 개성에 대해 휘트먼은 다음처럼 말하고 있다.

　사람이 가장 건실할 때 의식이 있고, 떠오르는 독립된 사상이 있다. 아무에게도 의존하지 않고 우뚝 솟아나 조용하고 별처럼 영원히 빛나는 생각이 떠오른다. 이것이 본체론(本體論)의 사상이다. —네 것은 너를 위해 있고, 네가 누구든 간에 내 것은 나를 위해 있다. 말로 할 수 없는 기적 중의 기적이며, 모든 지상의 꿈 중에서 가장 정신적이고 공허한 듯하면서도 가장 굳건한 기초이고 모든 사실의 입구가 된다.
　경건한 황홀감에 취하고, 심원한 천지의 경이감 속에 있으면(중요한 이유는 바로 그 중앙에 있기 때문이다.) 신념이니, 전통이니 하는 따위는 다 무너져 쓸모없게 되어 버린다. 참된 환상이 빛나는 곳에 자아의 의식이 존재하고, 광채를 발한다.

대표적인 미국의 철학자인 그가 열렬히 주장한 것 중에 더욱더 인용하고
픈 것들이 무수하지만, 다음처럼 요약해 보자.

마지막으로 결론을 요약하자면(결론이 없다면 모든 사물은 다 쓸모없어지
고 파멸하고 만다.) 아주 간단해진다. 가장 궁극적이고 확실히 의지할 수
있는 것은 인간성뿐이며, 미신적인 바탕이 없는 그 자체만이 정상적으
로 완성된 자질에 있다는 것이다.
민주주의의 목적이란 많은 변화와 비웃음을 극복하고, 논쟁의 실패를
극복하여 다음과 같은 이론을 밝히는 데 있다. 가장 건전하고 올바른 자
유 속에서 훈련받은 사람이 법칙이 될 것이다. 꼭 그렇게 되어야만 한다.

결국 우리는 환경이 아닌 환경에 대응하는 자세를 주시해야 한다. 프랑
스 · 독일 · 영국 · 미국 등은 모두 같은 기계문명에 살고 있지만 그들의 생
활방식과 즐기는 법은 다르고, 정치적인 문제를 해결하는 방법도 다르다.
사람은 같은 상황에서도 서로 다른 생활을 할 수 있다는 사실을 알면서도
기계의 힘에 의해 누구나 같은 생활을 어쩔 수 없이 해야 한다고 느낀다면
정말 어리석은 얘기이다. 같은 때에 살았고, 같은 날 죽은 두 사람의 부고
란을 보고 비교해 보더라도 이들은 전혀 다른 생활을 해왔음이 분명하다.
결국 같은 환경에 처했다 해도 같은 생활을 하지 않는다는 증거가 되는
것이다. 어떤 사람은 자기의 일에 충실하며 살았고, 또 어떤 사람은 욕망의
화신이 되어 살다가 그 욕망으로 인해 죽음을 당하는 등 인간의 생이란 고
도로 발달된 산업사회에서도 이렇게 다르다. 이처럼 다양한 인생을 사람마

다 생활하는 것이 인생을 살아가게 하는 풍미인 것이다.

사람의 일에는 정치든 사회혁명이든 간에 결정론(決定論)은 있을 수 없다. 인간적 요소가 새로운 학설과 제도를 만들어 낸 사람의 이론을 뒤집어 놓는다. 신랑과 신부의 됨됨이가 결혼과 이혼이라는 전통보다 더 중요한 것이며, 법률을 제정하고 수호하는 사람이 법률 그 자체보다 더 중요하다.

그러나 개인이 중요하다는 사실은 개인의 생활이 문명의 최종 목표이기 때문만은 아니다. 사회·정치생활, 나아가 국제관계까지도 국가를 구성하는 각 개인의 자질과 성격에 달려 있다. 그러므로 한 나라의 정치나 진보 정도 등을 결정하는 것은 국민의 기질이다. 루소라 해서 프랑스 혁명의 진전과정과 나폴레옹의 출현을 미리 알 수는 없었다. 칼 마르크스 역시 사회주의 이론의 발전과 스탈린의 출현에 대해 미리 알기는 어려웠을 것이다.

프랑스 혁명은 자유·평등·박애의 슬로건에 의해 진행된 것이 아니라 그 혁명에 관여한 각 개인의 개성에 의해 이루어진 것이다. 마르크스의 사회주의 혁명 이론도 그 진로에 대해서는 틀림없는 실패였다. 그의 이론에 의한다면, 사회주의 혁명은 노동자 계급으로 대표되는 프롤레타리아가 존재하는 영국이나 미국 혹은 독일에서 일어나야 했다. 그렇지만 실제로는 노동자 계급이 거의 없는 러시아와 같은 농업국가에서 최초로 실험되었던 것이다. 칼 마르크스는 영국과 미국 사람의 인간적 요소를 고려하지 않은 것이다. 즉 일하는 방식과 문제를 해결하는 방식을 고려하지 않은 것이다.

이론과 슬로건을 믿지 않는 영국 사람의 특성, 필요하다면 서서히 움직이지만 결국 자신의 진로를 발견해내고, 개인의 자유를 사랑하는 앵글로색슨 족의 기질, 자존심이 강하고 질서 의식이 뛰어난 국민성 등은 영국과 미국에서 사건을 진행시키는 데 독일의 변증법학자의 논리보다 훨씬 더 큰 힘을 행사했던 것이다.

이와 같이 국가 대사의 조절이나 이의 사회 · 정치적 발전은 개인을 지배하고 있는 사상에 기초를 두고 있다. 이런 민족의 기질—우리가 '민족성'이라는 추상적 개념으로 부르고 있는—은 국가를 구성하는 모든 국민 각 개인의 총합체이다. 이 민족성을 중세신학에서 말하던 '영혼' 처럼 신화적인 뜻으로 생각한다면 큰 잘못이다. 민족성이란 단지 일을 처리해 나가는 자세와 방법인 것이다. 이것은 국가의 '운명' 처럼 추상적인 것이 아니라 행동을 통해서 나타나는 것이다. 국가가 심각한 위기에 처했을 때 국가가 최종적으로 행동할 내용을 결정하는 것은 취사선택의 문제이고, 좋아하고 싫어하고의 문제이다.

옛날 학파의 역사가들은 헤겔[4]처럼 나라의 역사는 사상의 발전이며, 일종의 기계적인 필요에 의해 나아간다고 생각했다. 그러나 좀 더 절묘하고 현실적인 역사관은 대부분 기회에 의한 것으로 해석한다. 위기에 처할 때마다 국가는 선택을 했다. 그리고 그때마다 국민들 사이에서는 상반된 정열 간의 싸움이 일어나게 된다. 그 중 한쪽이 우세하면 선택은 그쪽으로 기울게 마련이다. 이런 위기에서 볼 수 있는 '민족성' 이란 다름 아닌 어떤 쪽을 좀 더 가지고 싶다든지, 이만하면 되었다든지 하는 의사를 표시하는 국민의 결의인 것이다. 이런 선택은 사상의 흐름이란 도덕적 감정요소, 사회적 편견 등에 그 기초를 두고 있다.

최근 영국에서 있었던 왕위의 박탈과 같은 헌정적 위기를 통해 우리는 움직이는 국민의 특성을 명확히 볼 수 있었다. 찬성과 반대 의견이 분분했고, 감정의 변화가 혼란스러웠으며, 서로 자기가 옳다고 믿는 요인 간의 상

---

4. Georg Wilhelm Friedrich Hegel, 1770~1831년. 독일의 철학자. 그의 첫 번째 저서 《정신현상학》은 헤겔의 가장 훌륭하고 어려운 책으로, 인간정신이 어떻게 단순한 의식에서 자기의식 · 이성 · 정신 · 종교를 거쳐 절대지(絕對知)로 상승하는가를 기술하고 있다.

호 갈등이 심했다. 왕자에 대한 개인적 충성심, 이혼을 반대하는 영국 국교의 편견, 영국 사람들의 왕에 대한 정통적 관념 등 많은 요소가 어우러져 일을 진행시킨 것이다. 이런 여러 요소들 중에서 어느 한쪽이 다른 쪽보다 조금이라도 더 강했다면 그 결과를 전혀 예측할 수 없었을 것이다.

그러므로 현대사에 나타나는 모든 사건들은 국가를 이루고 있는 각 개인의 사상과 감정과 성품에 의해 결정된 문제이다. 이런 움직임 속에서 내가 볼 수 있는 사실이라곤 사람의 자유분방하고 무분별하여 예측할 수 없는 선택 이외엔 아무것도 없다.

이런 점에서 유교는 세계평화의 문제를 인간의 개인생활의 배양과 연결지었다. 송대(宋代) 이래 유학자들은 어린이들이 최초로 배워야 할 사항을 다음과 같이 전했다.

예부터 명확한 덕의 조화를 세상에 알리고자 하는 사람은 나라를 다스린다. 나라를 다스리고자 하면 집안을 먼저 다스리고, 집을 다스리고자 하면 몸을 먼저 닦는다. 또 그 몸을 닦고자 하면 마음을 먼저 바로잡아야 하며, 마음을 바로잡고자 하면 뜻을 성실하게 가져야 한다. 뜻을 성실히 가지고자 하면 사물을 이해해야 하며, 사물을 이해하고자 하면 사물에 대한 지식을 탐구해야 한다. 사물에 대한 지식이 얻어지면 사물이 이해되고, ……임금으로부터 평민에 이르기까지 개인생활을 갈고 닦음이 근본이다. 이 근본이 무너지면 그 결과는 제대로 이루어질 수 없다. 덩치가 작은 나무의 가지와 열매가 우람하고 튼튼할 수 없듯이 세상만사에는 원인이 있으면 결과가 있고, 인간사에도 시작이 있으면 그 끝이 있는 법이다. 앞뒤를 제대로 아는 것이 지혜의 시작인 것이다.

제 5 장
인생을 가장 잘 즐길 수 있는 사람

1. 자신의 발견 ─ 장자(莊子, 쫭즈)

현대사회에 철학자가 있
다고 한다면 아마 세상에서 가장 영광스런 대접을 받든가 아니면 가장 무
시당할 것이다. 철학자라는 말은 단순한 사회적 존칭일 뿐이다. 까다롭거
나 미묘한 사람은 누구나 철학자이다. 또는 현실에 무관심한 사람도 철학
자라고 불린다. 후자의 경우라면 다소 수긍이 가기는 한다.

셰익스피어가 그의 〈당신 뜻대로〉라는 희곡에서 터치스톤으로 하여금
"양치기여, 그대는 어떤 철학이 있는가?"라고 말했는데 이런 의미라면 후
자와 가깝다. 이런 의미에서 철학은 누구나 약간은 가지고 있는 인생전반

에 관한 평범하고 거친 생각에 불과하다. 현실을 겉에 드러난 것만으로 판단하지 않거나 신문 내용을 그대로 믿지 않는 사람이라면 어느 정도는 철학자라 할 수 있다. 그는 속지 않는 사람이기 때문이다.

철학에는 항상 냉철한 맛이 있게 마련이다. 철학자는 화가가 풍경을 바라보듯이 베일이나 안개를 통해 인생을 바라본다. 그렇게 되면 세속적인 맛은 다소 사라지지만, 쉽게 찾을 수 없는 의미를 잘 파악할 수가 있다. 중국의 철학자나 화가들은 이렇게 생각했다. 그래서 철학자는 일상생활에 정신없이 바쁘고, 성공을 믿어 의심치 않으며, 이해득실을 따지는 완전한 현실주의자의 반대 개념으로 받아들여졌다. 회의할 줄 모르는 사람은 어찌해볼 방법이 없다. 공자(孔子, 쿵즈)는 '무얼 하지? 무얼 하지? 라고 말하지 않는 사람에겐 나도 무얼 해야 할지 알 수가 없다.'고 말했는데 이는 공자(孔子, 쿵즈)의 말 중에서 내가 발견할 수 있는 극소수의 의식적인 재치 중의 하나이다.

이 장에서 나는 중국 철학자들의 생활설계에 관한 의견들을 밝히고 싶다. 생각이 다른 것만큼 동의할 수 있는 부분도 있다. ―인간은 현명해야 하며, 행복한 생활을 누리는데 있어 주저해서는 안 된다는, 보다 적극적으로 보이는 맹자(孟子, 멍즈)의 철학과 보다 노련한 평화주의자 같은 노자(老子, 라오즈)의 철학도 '중용의 철학'에 함께 포용된다. 이 중용이야말로 중국 사람들 공통의 믿음인 것이다. 움직이는 것과 움직이지 않는 것, 이 두 가지 상극의 만남은 불완전한 세상에 만족한다는 모습으로 나타난다. 여기에서 즐겁고 현명한 생활철학이 생겨나며, 마침내 중국에서 가장 위대한 시인이며, 가장 조화로운 인간성을 가진 도연명(陶淵明, 타오위앤밍)의 생활에서 그 전형을 볼 수 있게 된다.

모든 중국의 철학자들이 무의식적으로 중요하다고 인정한 문제는 어떻게 인생을 즐기며, 누가 가장 인생을 즐길 수 있는가 하는 것이었다. 이것은 이루지 못할 일을 애써 이루려 하는 완벽주의도 아니다. 다만 애달픈 인생을 있는 그대로 바라보며, 일하고, 참으며, 행복한 삶을 누리기 위해 생활을 어떻게 설계해야 하는지의 문제이다.

첫 번째 질문은 '우리는 누구인가?' 이다. 대답하기 거의 불가능한 질문이지만, 일상생활에 얽매여 바쁘게 돌아가는 우리의 모습이 전부는 아니라는 데에 누구나 동의한다. 그저 생활을 꾸려나가다 보면 무언가 잃고 살아갈 것이라는 점만은 틀림없다.

누구나 무엇을 찾으려고 들을 뛰어다니는 모습을 보면 현명한 사람은 '저 사람은 무얼 찾고 있을까?' 하는 질문을 우리 모두에게 던질 수 있다. 어떤 사람은 시계, 또 다른 사람은 다이아몬드 반지 등 여러 가지 답이 나올 것이다. 모두 정답을 맞히지 못하고 마침내 현명한 사람이 '내가 말해 드리리다. 저 사람은 무언가 중요한 것을 잃어버린 거요.' 라고 답을 한다면 그가 틀렸다고 말할 사람은 아무도 없다.

우리들은 사는 데에 바빠서 진정한 자기(自己)를 잊고 사는 수가 있다. 마치 벌레를 잡으려는 사마귀가 자신을 노리는 새의 위협을 못 느끼듯이. 이 내용은 장자(莊子, 좡즈)의 다음 일화에 잘 나타나 있다.

장자(莊子, 좡즈)가 조릉이라는 숲에서 이리저리 돌아다니다 남쪽에서 날아온 이상한 새를 보았다. 날개가 7자나 되었고, 눈이 족히 한 치는 되어 보이는 새였다. 그 새는 장자(莊子, 좡즈)의 머리를 넘어 밤나무에 앉으려 했다.

"도대체 어떤 새이기에 그 큰 날개로 멀리 날지도 못하고, 그 큰 눈으로 잘 보지도 못하는지."

장자(莊子, 좡즈)가 외쳤다.

그래서 그는 소매를 걷고 화살을 메겨 그 새를 맞히려 했다. 이때 보니까 그늘에서 쉬고 있는 매미는 사마귀가 자기를 잡으려 하는 줄도 모르고 있었다. 또 그 큰 새는 사마귀를 잡으려고 장자(莊子, 좡즈)가 자신에게 활을 쏘려고 하는 사실을 알지 못하고 있었다.

"아! 만물은 서로 남을 다치게 하려고 하는구나. 이익은 손해가 얽혀 있도다."

장자(莊子, 좡즈)가 소리쳤다.

여기서 그는 느낀 바가 있어 활을 거두고 집으로 돌아왔는데, 숲을 지키는 사람이 장자(莊子, 좡즈)를 쫓아와 그가 무슨 일로 그곳엘 왔었는지를 따지는 것이었다.

이후 3개월간 장자(莊子, 좡즈)가 집 밖을 나가지 않자 제자인 인차(藺且, 린치에)가 물었다.

"선생님, 왜 오랫동안 외출을 안 하시는지요?"

그러자 장자(莊子, 좡즈)가 대답했다.

"내 외적인 모습만 지키느라 진정한 자기를 잊고 있었고, 진흙탕을 보느라고 깨끗한 물이 있음을 모르고 있었다. 또한 선생님이 나에게 이르기를 '세상에 나가면 세상 법칙대로 살라.'고 가르침을 주셨는데 조릉엘 갔다가 나는 내 진정한 자신을 잃어버렸다. 그 이상한 새도 자신의 본성을 잃어버렸고, 숲을 지키는 사람은 나를 도둑으로 생각했다. 그래서 밖에 나가지 않는 것이다."

장자(莊子, 좡즈)는, 맹자(孟子, 멍즈)가 공자(孔子, 쿵즈)의 뛰어난 사도였듯이 노자(老子, 라오즈)의 뛰어난 사도로, 두 스승이 동시대를 살았듯이 맹자

(孟子, 멍즈)와 장자(莊子, 쫭즈)도 동시대를 살았다. 이들 두 사람은 인간들은 무언가 잃어 가고 있고, 철학의 사명은 이 잃어버린 무엇을 찾아 회복시키는 데 있다는 사실에 일치한다. 이 경우 맹자(孟子, 멍즈)는 '어린아이의 마음'을 찾아야 한다고 말했다. 맹자(孟子, 멍즈)는 '위대한 사람이란 어린아이의 마음을 잃지 않는 사람이다.'라고 말했다. 맹자(孟子, 멍즈)는 문명이라는 인위적인 생활이 인간이 태어나면서부터 가지고 있는 순수한 마음에 악영향을 끼쳐 마치 나무를 마구 베어 산림을 버려 놓는 것과 마찬가지로 생각했다.

우산(牛山, 녀우산)의 숲은 한때는 아름다웠다. 그러나 큰 도시 근처에 있어 마구 도끼질을 당했으니 그 아름다움을 지킬 수 있겠는가? 낮과 밤이 휴식을 주고, 비와 이슬이 영양을 주어 새로운 생명이 계속 솟아오르지만 소와 양 떼가 이를 다 뜯어먹어 마침내 벌거숭이가 되어 버렸다. 사람이 산의 헐벗음을 보고 원래 그 산에는 나무가 없었다고 추측하지만 산의 진실한 모습이 그러했겠는가? 사람의 마음에 사랑과 정의로움이 없었겠는가. 하지만 나무꾼이 도끼로 마구 나무를 찍어내듯이 계속 이마음 또한 깎아 먹으면 남아 있을 수 있겠는가. 사람을 보살펴 주는 밤과 낮이 있고, 영양을 주는 새벽의 공기가 있다 해도 대낮의 생활 때문에 신선한 새벽 공기는 점점 옅어져 간다. 밤과 새벽에 얻어지는 휴식과 치료로는 인간정신의 황폐화를 회복시키기 어렵고, 따라서 사람은 짐승처럼 변할 것이다. 사람들이 짐승처럼 행동하는 모습을 보고 단지 진정한 성격이 없다고 말하지만 그것이 사람의 본성이란 말인가?

2. 정(情)・지(智)・용(勇) ── 맹자(孟子, 멍즈)

인생을 즐길 수 있는 가장 이상적인 성격은 따뜻하고, 걱정이 없으며, 겁이 없는 마음이다. 맹자(孟子, 멍즈)는 이 세 가지를 위대한 사람이 가져야할 덕(德)으로 꼽는데 바로 '인(仁)・지(智)・용(勇)'이 그것이다.

나는 여기서 인(仁)을 빼고 정(情)을 넣어 세 가지 덕으로 생각하고 싶다. 다행히도 영어의 정열(Passion)이 중국어의 정(情)과 비슷한 뜻으로 쓰이고 있다. 둘 다 보다 좁은 의미인 '성적 정열(Sexual Passion)'이란 말에서 나왔지만 이 말에는 보다 큰 중요성이 있다. 장조(張潮, 장차오)가 말했듯이 '정이 있는 사람은 이성(理性)을 항상 사랑하지만 이성을 사랑한다 해서 정이 있다고 할 수는 없다.' 또 '정은 재(才)가 세상의 지붕을 칠하고 있을 때 밑바닥을 버티고 있다.'

만약 정이 없다면 우리는 인생을 시작할 수가 없다. 인생의 정기(精氣), 별의 밤낮, 음악의 곡조, 꽃의 즐거움, 여성의 매력 등 이 모두가 정인 것이다. 우리가 인생을 즐겁게 보낼 수 있도록 내적인 따뜻함과 풍부한 활력을 불어넣어 주는 것이 바로 정이다.

중국 문학가들이 쓰는 정이라는 말은 영어의 정열(Passion)보다 부드럽고, 과격한 정열적 의미가 적은 감상(Sentiment)이라는 말이 더 어울릴지도 모른다. 또는 초기 낭만주의자들이 불렀던 따뜻하고, 관대하며, 예술적인 감성(Sensibility)이라는 말을 써야 할까? 조금은 이상스럽게 생각되는데 서양의 철학자들 중에서 정의 의미를 중국 사람이 느낄 수 있는 표현으로 쓴 사람은 에머슨[1], 아미엘[2], 주베르[3], 볼테르[4]를 빼곤 거의 없다. 이것은 민족 기질의 차이로 중국 사람은 사람의 영혼을 빨아들이고 비극을 만들어 내는, 서구문학에서 볼 수 있는 웅장하고 위압적인 정열을 가지고 있지 않은 건 아닐까? 때문에 중국에서는 고대 그리스적 비극이 발전하지 못한 게 아닐까? 중국의 비극 주인공들은 위기가 닥치면 울면서 연인을 적에게 넘기거나 초나라의 항우처럼 애인의 가슴에 칼을 꽂고 자기도 따라 죽는 모습으로 나타난다. 서구의 독자들에겐 탐탁지 않게 보이는 결말이다. 그러나 중국 사람의 생활은 중국 문학과 꼭 같다. 운명과 싸우다가 싸움을 포기하고 비극이 '여운' 처럼 다가온다.

당나라 현종의 경우처럼 여러 가지 회상과 추억들이 홍수처럼 쏟아져 반란군을 진정시키려고 총애하는 양귀비를 죽이고 그녀와의 추억을 떠올리며 울고 마는 것이다. 이런 비극적인 모습은 그가 왕위에서 쫓겨나 이리저리 방랑하던 어느 비 오는 날, 언덕 위에서 들려오는 소 방울 소리를 들으며 양귀비 생각에 〈우림령곡(雨霖鈴曲, 위린링취)〉을 지어 노래하는 데에서 그 절정에 이른다. 중국 철학자들은 욕망(오욕칠정, 五慾七情)의 칠정에 해당하는 정)은 경멸했지만, 정열이나 감상(Sentiment)은 경멸하지 않았다. 오히려 이를 일상생활의 기본으로 생각하고 '부부간의 정이야말로 모든 인간 생활의 기본' 이라고 말하고 있다.

이런 정열이니 감상이니 하는 것은 우리가 부모를 골라 태어날 수 없듯이 따뜻하건 차건 간에 나면서부터 약간은 가지고 있다. 그렇지만 마음속까지 차가움을 가지고 태어나는 아이는 없고, 다만 살아가는 과정에서 어린

---

1. Ralph Waldo Emerson, 1803~1882년. 미국의 강연가 · 시인 · 수필가.

2. Henri Frederic Amiel, 1821~1881년. 스위스의 작가. 1847년부터 쓰기 시작하여 죽을 때까지 계속 기록한 자아 분석의 걸작 《내면의 일기 *Journal intime*》로 유명하다.

3. 프랑스 문학의 모럴리스트 작가들 중 한 사람으로 19세기를 대표하는 모럴리스트이다.

4. 1694~1778년. 프랑스의 작가 · 사상가. 계몽주의 시대를 대표하는 인물이다. 비판 능력과 재치 및 풍자 같은 프랑스 정서 특유의 자질들을 구현한 작품과 활동으로 유럽 문명의 진로에 상당한 영향을 끼쳤다.

이의 마음을 잃게 되어 그렇게 되는 것이다. 나이가 들어서는 이 감상적인 본성이 주위의 삭막한 환경과 이를 잘 살리려는 본인의 노력 부족으로 죽어 없어지고, 얼어 버리게 되어 마침내는 아예 그런 마음은 없었던 것처럼 보이게 된다.

세상 경험을 쌓아 가는 동안 우리는 본성에 영향을 주는 많은 폭력과 만나게 된다. 이 만남으로 인해 자신을 둔감하게 만들고, 인위적으로 만들며, 때론 냉정하고 잔인하게 만드는 방법을 배운다. 마침내 인생 경험을 많이 했다고 느낄 때쯤이면 신경은 더욱 무뎌지고 마비되는데 이런 현상은 정치와 장사의 세계에서 더욱 심하다. 그 결과 모든 사람을 밀어내 버리고 최전방으로 나가려는 '전진주의자'가 생겨난다. 어쩌면 강철 같은 신념의 사나이가 나타날지도 모르겠다. ―가슴속의 감상적인 모습은 거의 찾을 수 없고, 단지 바보스럽고 이상적인 감상 정도로만 생각하는 사람― 내가 생각하기엔 정열이나 감상이 있는 사람은 아주 바보스럽거나 어처구니없는 일을 저지를 수도 있으나 그것이 없는 사람은 만화 속에나 나오는 우스꽝스러운 모습을 하고 있을 것이다.

알퐁스 도데의 '사포'와 비교한다면 그런 사람은 그저 벌레이고, 기계이며, 꼭두각시인 것이다. 사포의 죄란 도대체 무엇인가? 죄를 지었다 해도 그토록 남을 열렬히 사랑할 수 있다면 용서를 받을 수 있다. 현대에 유행하는 신파극의 세계에서 그녀는 나타났지만 성공한 백만장자보다 훨씬 뛰어난 사랑을 가지고 있다. 정열이나 감상 때문에 우리가 벌을 받아야 할 과오를 저지른다면 어쩔 수 없는 일이다. 그러나 세상에는 죄가 있는 어머니가 그 죄로 인해 어떤 경우엔 보다 훌륭한 사랑의 판단을 하는 수도 있다. 또 나이가 든 후에 엄격하고 매서운 생활을 해왔던 사람이 '가족들과 보다 행복하게 살 것을……' 하며 후회하는 모습도 종종 볼 수 있다.

어떤 친구가 내게 말해 준 다음과 같은 말을 생각해 보라. 80여 세가 되는 할머니가 자기 인생을 회고하며 이렇게 말했다고 한다.

"이 나이가 되어서 옛날 내가 죄짓던 때를 생각하면 지금도 나 자신을 용서할 수 없단다."

그러나 세상은 냉혹하기 때문에 따뜻하고 관대하며 감상적인 사람은 간교한 사람에게 속기 마련이다. 관대한 사람은 적이나 친구에게 너무 너그럽다 보니 실수를 할 수도 있다. 이런 사람은 비통한 시를 써 가지고 환멸스러워하며 집으로 돌아오기도 한다. 위대한 다인(茶人) 장대(張岱, 장다이)는 온갖 재산을 다 쓰고도 친구나 친척에게 배반당한 뒤, 내가 지금까지 읽은 시 중 가장 슬프다고 생각하는 12편의 시를 남겼다. 그러나 이 시인은 아무리 어려운 생활 속에서도 너그러움을 잊지 않았던 것 같다.

그러나 세상을 살아가려면 관대함은 철학에 의해 보호받아야 한다. 세상은 너무 가혹해서 따스함만 가지고는 부족하기 때문이다. 그래서 정열이 지혜와 용기와 결합되어야 하는 것이다. 내가 보기에 지혜와 용기는 같은 것 같다. 용기는 인생을 이해하는 데에서 생겨나기 때문이다. 아무튼 우리에게 용기를 주지 못하는 지혜는 가치가 없다. 지혜는 우리의 바보 같은 생각이나 생활에서 비롯된 야망을 거절할 수 있는 용기를 만들어 준다.

세상에는 수많은 망집(妄執)이 있는데 중국의 불교도들은 이를 크게 나누어 명성과 부귀로 구분했다.

옛날 어떤 중국의 임금이 남부지방을 여행하다 바다에 떠 있는 수백 척의 배를 보았다. 그는 옆의 신하에게 그 수많은 배의 사람들이 무얼 하고 있는지 물었다. 그 신하는 자기 눈엔 두 척의 배만이 보인다고 말하며 한 척은 '명성'이요, 나머지는 '부귀'라고 대답했다.

교양이 있다면 부귀의 유혹은 이길 수 있지만 명성의 유혹은 아주 위대한 사람 이외에는 이기기가 어렵다. 또 한 가지 일화가 있다.

  옛날 어떤 스님이 이 두 가지 욕심에 대해 학승들에게 강의를 했다.
  "돈에 대한 욕심은 버리기가 쉽지만 명예에 대한 욕심은 그렇지 않다. 노학자나 수도자들도 대중 앞에선 자신의 의견을 펼쳐 명성을 얻기 바라지, 이렇게 나처럼 산 속의 조그만 절에서 단촐하게 사람을 가르치려 하지는 않는다."
  이 말을 들은 학승 하나가 말했다.
  "맞습니다. 스승님, 스승님이야말로 그 명예욕을 이기신 유일한 분이십니다."
  이 말을 들은 스님은 미소를 지었다.

  내가 관찰한 바에 따르면 불교에서 분류하는 세상의 욕심은 불완전해 보인다. 내 생각엔 명성, 부귀에다가 권력을 더 추가해야 할 것 같다. 미국에는 이 세 가지를 하나로 묶은 '성공'이란 말이 있다. 그러나 세상 사람들이 다 알고 있듯 성공에 대한 욕망은 단지 실패에 대한 공포를 다른 말로 표시한 것에 지나지 않는 것이며, 이 공포가 생활을 지배하고 있다.
  돈과 명예를 얻은 많은 사람들이 다른 사람을 지배하고자 애쓰는 모습을 볼 수가 있다. 그런 사람들은 자신의 나라를 위해 봉사하는데 일생을 바치는 사람이기는 하다. 그렇지만 그 대가는 가끔 상당히 묵직할 수도 있다.
  어떤 현인(賢人)에게 군중에게 모자를 벗어 답례하며 하루에 연설을 일곱 번씩 하는 대통령이 되어 나라를 다스려 달라고 부탁했다고 치자. 당연히 거절할 것이다. 제임스 브라이스는 미국의 민주정부 제도가 미국에서 최고의 사람을 대통령으로 뽑는 제도는 아니라고 말했다. 나는 대통령 선거 캠페인의 그 정력적인 내용이 일반 미국의 현인들을 경악시키기에 충분하다고 믿는다. 일단 명성이나 권력을 손에 넣기만 하면 곧 다른 우발적인 욕망에 사로잡히게 되듯 끝이 없는 것이다. 그는 곧 사회를 개혁하려 할 것이고, 다른 사람의 도덕성을 높이기 시작할 것이고, 교회를 보호하기 시작할 것이고, 이루 헤아릴 수 없는 일들이 잇따라 벌어지게 된다.(얼마나 어처구니없는가.) 그래서 보통은 남들의 생활을 방해하게 된다. 이런 모든 생각이 그 자리에 앉기 전엔 들지 않았었다는 사실은 전혀 모른 채로 노동문제·실업·세금문제와 같은 중요한 문제들이 대통령을 물러난 지 2주만 되면 얼마나 완벽하게 잊혀지던가! 그러나 이런 권력욕의 뒤를 이은 욕심들도 잘만 되면 나름대로 바쁘고 행복한 생활을 누릴 수 있어 자신이 무언가 일을 하고 있고, 또 의미 있는 존재가 되었다는 환상에 빠져 헤어나지 못하게 할 수도 있다.

이것 말고도 강력하고 전반적인 또 다른 망집이 있으니 바로 체면이다. 있는 그대로를 내보인다는 것은 매우 커다란 용기가 필요하다. 그리그의 철학자 데모크리토스[5]는 인류를 신에 대한 두려움과 죽음에 대한 두려움으로부터 해방시켰다지만 이웃에 대한 두려움만은 그리하지 못했다. 앞서 말한 두 가지 두려움을 극복한 사람도 사람에 대한 두려움까지 이겨낸 사람은 거의 없다. 의식적이건 무의식적이건 간에 인간은 인생이라는 무대 위에 선 배우에 불과한 것이고, 자신의 모습과 일부분을 관객들에게 보여

---

5. Demokritos, B.C. 460년경~370년경. 그리스의 철학자. 원자론 발전에 중요한 역할을 했다. 생애에 관해 알려져 있는 것은 대부분 믿을 수 없는 전설뿐이다. 트라키아의 아브데라에서 부유한 시민으로 살면서, 동방의 여러 곳을 여행하고 장수를 누린 듯하다. 디오게네스 라에르티오스에 따르면, 그는 지식의 거의 모든 분야를 다루는 73권의 책을 썼다고 하나 오늘날 남아 있는 것은 대부분 윤리학에 관한 글의 일부인 수백 편의 단편뿐이다.

인정을 받아야 하는 존재이다.

이 연극적 재능은 모방의 재능과 함께 우리가 원숭이로부터 받은 뛰어난 재능 중의 하나이다. 이런 쇼맨십으로부터 얻어지는 이익은 의심할 여지없이 있게 마련이다. 가장 눈에 띄는 존재가 가장 많은 박수를 받게 되어 있다. 박수가 크면 클수록 무대 뒤에서 겪는 마음고생도 따라 커진다. 그러나 이것도 사람이 살아가는 한 방법이므로 관중들이 좋아하는 모습으로 자신의 역할을 했다고 비난받을 이유는 없다.

다만 배우가―즉 역할이―자신을 대신하므로 자신의 참모습이 없어진다는 것은 있을 수 있다. 명성도 있고, 지위도 높은 사람이 웃음과 자신 본래의 모습을 지키는 경우는 거의 보기 어렵다. 만약 그런 사람이 있다면 그는 자신이 연기를 할 때 스스로 연기하고 있음을 알고 있으며, 지위나 명성 같은 인위적인 환상에 빠지지 않는 사람인 동시에 이런 환상이 자신에게 다가오면 관대한 웃음으로 받아들이는 사람이다. 또한 자신들이 다른 사람들과 조금도 다름이 없다는 사실을 알고 있는 사람이다. 이런 류의 사람이야말로 개인생활을 아주 단순하게 하는 위대한 정신을 지닌 사람이다. 단순함이 위대한 이유는, 그들이 이런 환상을 즐기지 않기 때문이다. 결국 자신의 업적이 대단하다고 생각하는 지방의 하급관리나 보석이나 뽐내는 사교계의 여자, 자신이 불멸의 대가라도 된 것으로 생각해서 단순하고 인간적이었던 종래의 생활을 던져 버리는 설된 작가만큼 불쌍한 사람은 없다.

연극적 본능이 너무 깊어서 우리는 종종 무대 밖에 우리가 살아야 할 진짜 생활이 있다는 사실을 잊곤 한다. 그래서 열심히 땀 흘려 일을 하며 세상을 살더라도 우리 자신의 본능에 따라 자신을 위해 살지 않고 사회의 인정을 받기 위해 살아간다면 중국의 속담처럼 '다른 처녀 시집가는 데 바느질하고 있는 노처녀' 꼴이 되고 만다.

3. 냉소 · 어리석음 · 위장 — 노자(老子, 라오즈)

역설적이지만 노자(老子, 라오즈)의 비뚤어진 '노회(老獪)철학'은 평화 · 관용 · 단순함 · 만족 등의 최고 경지를 나타낸다. 이 속에는 지혜 · 위장의 이익 · 약자의 힘 · 복잡함의 단순성 등이 언급되어 있다. 중국 예술이 나무꾼이나 어부의 생활을 찬양하지만 이런 사상의 뒷받침 없이는 불가능했을 것이다.

중국 사람의 평화주의 밑바닥에는 눈앞의 손해는 기꺼이 감수하며 시간을 기다리고, 모든 사물은 자연의 법칙에 의해 작용과 반작용이 이루어지므로 누구도 계속 이익을 볼 수는 없고, 바보라 해서 늘 바보는 아니라는 신념이 깔려 있다.

> 가장 위대한 지혜는 어리석음과 같고,
> 가장 뛰어난 웅변은 말을 더듬는 것과 마찬가지이다.
> 움직이면 추위를 이길 수 있고,
> 조용히 있으면 더위를 이긴다.
> 맑고 조용한 것이 이 세상 최고의 덕이니라.

이런 자연의 길을 알게 되면 이 세상에서 아귀다툼할 일은 아무것도 없다는 사실을 알게 된다. 노자(老子, 라오즈)의 말에 의하면 현자는 '싸우지 않으므로 세상 누구도 싸우려고 하지 않는 사람'이라고 한다. 또 '끝이 좋은 폭력을 쓰는 사람이 있다면 나는 그를 스승으로 삼겠다.'고도 했다. 현대인이라면 '비밀경찰의 도움 없이 독재를 하는 사람이 있다면 기꺼이 그

의 부하가 되겠다.' 라고 덧붙이겠지만. 그래서 노자(老子, 라오즈)는 이렇게
말했다. '세상에서 도(道)가 행해지지 않으면 말은 싸움터에 나가고, 행해
진다면 쟁기를 끌 것이다.'

가장 뛰어난 용사는 마구 뛰어나가지 않고,
가장 잘 싸우는 전사는 화를 내지 않는다.
가장 위대한 정복자는 싸우지 않고 이기며,
사람을 잘 부리는 자는 자신을 낮출 줄 안다.
이것을 싸우지 않는 힘이라 하며,
사람을 잘 부리는 능력이라 한다.
또한 이것이 옛날 도덕의 최고인 하늘과 친구가 된다 한다.

작용과 반작용은 폭력에 또 다른 폭력을 낳는다.

도(道)를 목적으로 임금을 돕는 사람은 무력으로 남을 정복치 않는다.
이런 일을 행하면 반발이 있어
군대가 있는 곳엔 가시덤불이 자란다.
그래서 명장은 목적을 달성하면 곧 멈추고
더 이상의 이익을 찾지 않는다.
자신이 이룬 바를 자랑하지 않고,
자신이 이룬 바를 과장하지 않으며,
영광으로 여기지 않는다.
목적을 달성하되 폭력에 의하지 않는다.
번성할 때가 있으면 쇠퇴할 때가 있음을 알기 때문이다.

도에 어긋나게 행동한다면

곧 멸망을 면치 못한다.

만약 베르사유 회의에 노자(老子, 라오즈)를 초청했다면 오늘날 히틀러[6] 같은 인물은 없었을 것이다. 히틀러는 그가 기적적으로 권력을 잡았으므로 자신과 자신의 일은 신의 축복을 받았다고 주장한다.

중국 사람의 평화주의는 인간주의자의 그것이 아니라 노회한 철학자의 그것으로 전 우주적인 사랑이 아닌 확실하고 절묘한 지혜에 기초를 둔 것이다.

움츠리게 만들려면 먼저 펴주어야 하고

약하게 하려면 강하게 하는 일부터 시작해야 한다.

빼앗으려면 먼저 주어야 한다.

이것을 미명(微明)이라 하며

부드러움이 단단함을 이기며, 약함이 강함을 이긴다.

물고기는 물속 깊은 곳에서 나오지 않아야 하며,

가장 날카로운 무기는 아무도 볼 수 없어야 한다.

약한 자의 힘과 평화와 승리, 자신을 낮춤으로 얻는 이익 등에 대해 노자(老子, 라오즈)보다 더 효과적인 설교를 한 사람은 지금까지 없다. 약자의 힘을 상징하는 것은 언제나 물이었다. 왜냐하면 이 물은 조용히 한 방울씩 떨

---

6. Adolf Hitler, 1889~1945. 독일의 정치가이고, 나치스의 당수로 1943년 수백만 명의 무고한 유태인들을 학살함. 1939년 제2차 세계대전을 일으킴.

어져 바위에 구멍을 내고 항상 낮은 곳으로 내려가려고 하기 때문이다.

큰 강이나 바다가 수많은 지류보다 위대한 까닭은 그들이 지류보다 낮은 곳에 자리하고 있기 때문이다.

카이사르[7]는 작은 마을에서라도 일인자가 되고 싶다 했으나 노자(老子, 라오즈)는 이와 반대로 '세상에서 일인자는 절대 되지 말라.'고 말한다. 너무 뛰어나면 위험하다는 생각은 장자(莊子, 쫭즈)에게서도 나타나는데 그는 공자(孔子, 쿵즈)의 현학적인 자세를 풍자로 나타냈다.

장자(莊子, 쫭즈)의 글에는 공자(孔子, 쿵즈)를 비방하는 구절이 많은데, 장자(莊子, 쫭즈)가 그 글을 쓸 때는 이미 공자(孔子, 쿵즈)는 죽은 뒤고, 그 당시 중국에는 명예훼손죄 같은 것은 없었기 때문이다.

공자(孔子, 쿵즈)가 초소왕(楚昭王, 추자오왕)의 초청을 받아 가다가 진(陳)나라, 채(蔡)나라 사이에서 미움을 받아 일주일간 음식을 먹지 못했다. 그때 대공 임(任)이 위문을 가서 다음처럼 얘기했다.

"거의 죽을 지경이 아니십니까. 선생님?"

"사실이 그렇네."

공자(孔子, 쿵즈)가 대답했다.

"죽는 게 두려우십니까?"

"그렇다네."

---

7. Gaius Julius Caesar, B.C. 100~B.C. 44년. 로마의 유명한 장군, 정치가. 갈리아를 정복했으며, B.C. 49~
B.C.46년의 내전에서 승리해 딕타토르(독재관)가 된 뒤 일련의 정치적·사회적 개혁을 추진하다가 귀족
들에게 암살당했다.

"그러시다면 제가 얘기를 하나 해드리죠."

임공이 말했다.

"동해에는 의태(意怠)라는 새가 있습니다. 그 새는 잘 날지도 못하는 무능한 새 같아 보였습니다. 그러나 이 새는 다른 새들과 같이 날되 나가기도 물러서기도 첫째로 하지 않습니다. 먹을 때에도 처음부터 시작하지 않고 남들이 남긴 것을 먹습니다. 그래서 그는 평화롭게 살며 바깥의 누구도 그를 해치려 하지 않습니다. 곧은 나무는 먼저 베어지고, 달콤한 샘물은 먼저 말라 버립니다. 선생님도 자신의 지식으로 남들을 바보로 만들고, 남들보다 높이 군림하려 하신 것 아닙니까? 그러니 문제가 생길 수밖에요."

"맞네."

공자(孔子, 쿵즈)가 대답했다. 그리고 친구들과 헤어지고 제자들을 돌려보낸 후 숲으로 들어가 가죽으로 옷을 해 입고 도토리와 밤으로 연명하였다. 그 후 짐승과 새와 같이 생활하니 그들도 진심으로 공자(孔子, 쿵즈)를 따르게 되었다.

노자(老子, 라오즈)의 사상을 몇 줄로 요약한다면 이렇게 될 것 같다.

'바보의 지혜와 완만함의 우아, 바보스러움의 절묘함과 자신을 낮춤으로써의 이익.'

기독교들에게는 이 말이 예수가 행한 '산상수훈(山上垂訓)'처럼 들릴 것이다. 그리고 예수의 그 설교처럼 크게 감동을 받지 않을 것이다. 이 예수의 설교에다가 노자(老子, 라오즈)는 '바보들에게 축복이 있을지니 세상에서 가장 행복한 사람이니라.' 라는 구절을 하나 더 추가한 것뿐이다. '노자(老子, 라오즈)의 가장 위대한 지혜는 어리석음과 같고, 가장 뛰어난 웅변은 말을 더듬는 것과 마찬가지다.'라는 가르침에 비겨 장자(莊子, 좡즈)는 '지식을 벗어나라.'고 말하고 있다.

8세기 경 문필가인 유종원(柳宗元, 리우종위앤)[8]은 집 근처의 산을 '위쳐우〔愚丘〕'라 불렀고, 근처의 냇물을 '위시〔愚溪〕'라고 불렀다.

18세기 정판교(鄭板橋, 정반챠오)는 '어리석기도 어렵고 현명하기도 어렵지만 현명함을 얻은 후 어리석은 경지로 들어서기는 정말 어렵다.'는 말을 하기도 했다. 중국 문학에서는 바보를 찬양하는 구절이 무수히 많다. 가장 현명한 사람은 가장 바보스러운 얼굴을 하고 있는 사람이다.

그래서 중국 사람의 교양에서 묘한 현상을 볼 수 있다. 그것은 자기 자신을 의심하는 고도의 지성과 또한 철저한 자기위장을 인생의 싸움에서 최선의 무기로 사용하는 지성이다. 장자(莊子, 좡즈)의 '지식을 벗어나라'는 가르침은 바보를 찬양하는 것에 지나지 않는다. 중국의 문학이나 그림에도 자주 등장하지만 다 떨어진 누더기를 걸친 반미치광이 같은 중이 인간 최고의 지혜와 품위를 가진 인물로 묘사되며, 그 과정에서 낭만적이고 종교적인 색채를 띠게 되어 시적인 환상계로 사람들을 끌어들인다.

우인(愚人)에게 덕망이 있다는 것은 틀림없는 사실이다. 동서양을 막론하고 지나치게 깔끔하게 처세를 하는 사람은 미움을 받게 마련이다. 원중랑(袁中郎, 위앤중랑)이 자신과 형제들이 왜 아주 바보스러워 보이는 4명의 하인을 충복으로 부리고 있는지에 대해 글을 쓴 적이 있다. 이 글에서 그는 누구든 자기 주위를 한 번 돌아보면 알 수 있다고 말한다. 주위에는 너무 똑똑하기 때문에 믿기 어려운 사람이 있고, 오히려 믿을 수 있는 사람은 어딘가 어수룩하고 헐렁헐렁한 사람들이라는 것이다. 똑똑한 사람을 존경할

---

8. 773~819년. 중국 당대의 문학가·철학자.

수 있을지 모르나 좋아할 수는 없다. 따라서 하인이 바보라야 우리 마음이 편하며, 무언가 조심하고 지켜야 할 필요가 없어지게 되는 것이라고 말하고 있다. 머리가 좋은 남자는 지나치게 영리한 아가씨를 아내로 맞으려 하지 않고, 똑똑한 여자 역시 마찬가지이다.

중국의 역사에는 정말로 미쳤든, 미친 체했든 간에 사람들에게 인기가 있고 사랑받았던 유명한 우인(愚人)들이 많이 있다. 송대의 화가인 미불(米芾, 미페이, 혹은 미광인(米狂人, 미쾅런)이라고도 불린다)도 그런 미친 사람 중의 하나이다. 그는 광인이라는 별칭을, 자신이 '장인'이라고 부르던 이상한 바위에 예복을 걸치고 절을 한데서 얻게 되었다. 미불과 원대(元代)의 화가인 예운림(倪雲林, 니윈린)은 일종의 결벽증(潔癖症)이 있었다. 또 시인이자 중이었던 한산(寒山, 한산)도 유명하다. 그는 봉두난발에 맨발로 각 절을 돌아다니며 잡일을 해주고, 찌꺼기들을 얻어먹으며 절이나 부엌의 벽에 불멸의 명시를 남겨 놓았다. 중국 사람의 상상력을 사로잡는 가장 위대한 미치광이는 제전(濟顚, 지디앤), 혹은 제광인(濟狂人, 지쾅런)이다. 제공(濟公, 지궁) 혹은 제대인으로도 불리는 이 중의 얘기는 계속 전해 내려오며, 새로운 것이 추가되어 《돈 키호테》의 3배 분량은 될 정도로 늘어났고, 오늘날도 계속 전해지고 있다. 그는 마술·영약·해괴함·니취(泥醉)의 세계에 살며 같은 날 수백 리 떨어진 두 도시에 나타나는 등 완전히 종횡무진 세상을 누비고 다녔다.

오늘날에도 그를 기리는 사당이 캉저우(抗州)의 서호(西湖, 시후) 부근 호포사(虎飽寺, 후바오스)에 서 있다. 이외에도 수많은 사람이 있지만 이 부류의 사람들 중 김성탄(金聖嘆, 친성탄)[9]이 있다. 그는 자신이 태어날 때 마을에 있던 공자(孔子, 쿵즈) 묘에서 신비한 탄식 소리가 들렸다 해서 스스로 이름을 성스러운 탄식을 의미하는 성탄(聖嘆)으로 지은 사람이다.

4. 중용(中庸)의 철학 —자사(子思, 즈스)

근심 없고 거칠 것 없는 생활을 표방하는 철학은 인간에게 번잡한 일상사를 멀리 하라고 지나치게 경고를 해 인간의 움직이고자 하는 욕망을 억누르는 경향이 있다. 그렇지만 현대인이 냉소적인 이 철학과 접했다 해서 손해 볼 일은 아무것도 없다. 오히려 사람을 앞으로만 몰아붙이는 철학이 해를 끼치면 끼쳤을 것이다. 사람에게는 어떤 철학이든 이에 반발하려는 심리적 충동이 있다. 그래서 이런 냉소적인 철학이 중국에 널리 퍼져 있음에도 중국 사람은 세상에서 가장 부지런한 민족의 하나가 되었다. 대다수 사람들이 철학자가 아니기에 냉소적일 수는 없었을 것이다.

내가 알고 있는 한 냉소적인 철학이 대중적으로 유행을 할 것 같지는 않다. 노자(老子, 라오즈)와 장자(莊子, 좡즈)가 수천 년 동안 모든 예술이나 생활에 영향을 끼쳐 왔지만, 아직도 부귀·명예·권력욕의 화신이 되어 나라를 위해 무엇인가 봉사하겠다는 생각에 사로잡힌 사람들이 많다는 것이 그 증거이다. 또 이래야만 세상이 밝고 무리 없이 움직일 수 있다. 노자(老子, 라오즈)나 장자(莊子, 좡즈)의 철학은 중국 사람의 생활 리듬을 완화시켜 주는 것에 지나지 않으며, 천재지변이나 정치적 위기를 당하게 되면 결국 작

---

9. 중국 명말(明末) 청초(淸初)의 문학비평가. 이름은 인서(人瑞, 런뤠이). 성탄은 호(號). 본명은 장채(張采, 장차이)였으나 양자로 가서 개명했다. 1661년 학생운동에 연루되어 처형당했다. 그는 당시 통용되던 상식을 뛰어넘어 자신의 안목으로 여러 책에 대해 독창적인 평론을 했다. 그는 중국 문학의 걸작으로 〈장자 莊子〉·〈이소 離騷〉·〈사기 史記〉·〈두시 杜詩〉·〈수호전〉·〈서상기 西廂記〉를 꼽아 이것에 '재자서' (才子書)라는 이름을 붙였다. 명대의 이지(李贄, 이즈) 이래로 통속문화의 가치를 인정하는 일부 문학론을 한층 발전시켰다. 소설은 작가의 상상력에 의한 구성이 가치를 결정한다는 등의 그의 주장은 근대적인 비평의 싹이라 할 수 있으나, 이를 계승한 평론가가 나오지 못했다.

용과 반작용의 법칙이 중국 사람을 지배하게 되는 것이다.

그러나 이와 같이 자연을 즐기는 철학과 반대되는 철학도 중국 사람에게 큰 영향을 미치고 있다. 자연적 신사의 철학과 상반되는 사회적 신사의 철학이다. 도가(道家)에 대한 상대 개념으로 유가(儒家)가 있는데 이 양자의 차이는 인생을 부정적으로 보는 것과 긍정적으로 보는 것의 차이이다.

그러나 이런 대조는 중국뿐 아니라 전 세계 어디에나 있는 것이다. 사람은 다 태어날 때부터 도가와 유가의 성질을 반씩 가지고 있다. 사람이 도가의 철학에 충실하려면 속세를 떠나 심산유곡이나 바닷가에 살며 원시적인 생활을 해야 한다. 항상 자연과 함께 호흡하며 동화가 되어 '산은 언제나 푸르고 물은 쉼 없이 계속 흐르는도다. 다 그대로가 좋은 것이다.' 하며 살아갈 것이고, 이런 세계에서 완벽한 평화를 느낄 것이다. 그렇지만 이 철학은 인간세상을 완전히 떠날 것을 가르치는 불쌍한 철학이다.

중국에는 이름하여 인간주의라는, 이 자연주의보다 더 위대한 철학이 있다. 중국 사상의 최고 이상형은 그 자신의 본질과 행복한 생활을 누리기 위해서는 인간사회를 떠나지 않고 그 속에서 사는 것을 의미한다. 사회를 떠나 산 속에 숨는 것은 아직도 환경에 지배를 받고 있는 2류라는 얘기가 된다. 그래서 '위대한 은자는 도시에 숨는다.' 라는 말이 있다. 그는 자신의 주위 환경에 구애받지 않는 완벽한 주인이기 때문이다. 그래서 인간사회에 내려와 고기도 먹고, 술도 마시며, 여자와 즐기면서도 거리낌이 없는 중이야말로 고승(高僧)이라는 것이다. 그러므로 두 가지 철학이 합쳐서 하나가 될 수 있다. 도가와 유가의 사상은 대칭적인 양극단이므로 이 둘 사이에는 중간 단계가 있기 마련이다.

가장 훌륭한 냉소철학자는 반(半)냉소철학자라는 말이 성립된다. 결국 인생에 있어 가장 최고의 타입은 공자(孔子, 쿵즈)의 손자인 자사(子思, 즈스)가

주장한 편안하고 합리적인 생활을 누리는 사람이다. 이 중용의 철학보다
더 인생에 깊은 의미를 던져 준 철학은 동서양 어디에도 없다. 편안한 합리
주의, 즉 반은 숨고 반은 나타난 중용철학 속에서는 작용과 반작용의 미묘
한 조화와 균형을 볼 수 있다.

　반은 일하고 반은 쉬고, 집세를 못 낼 정도로 가난하지도 않고 그렇다고
일을 안 해도 되거나 친구를 돕기 위해 돈이 조금만 더 있었으면 하고 바라
지 않아도 될 만큼 부자도 아니고, 책을 읽어도 전문가는 되지 않으며, 신문
에 투고를 해도 어떤 때엔 실리고 어떤 때엔 안 실리는 이런 정도의 삶. 간
단히 말해서 중국 사람들이 발견했던 중류계급의 가장 건전한 생활철학이
다. 이 이상은 이밀암(李密菴, 리미안)의 〈중용가(中庸歌, 중용거)〉에 잘 나타나
있다.

　　세상 일 중에선 중용이 최고,
　　떠도는 이 세상에서
　　참으로 여러 가지 맛이 나누나.
　　지금까지 맛본 적이 없었던
　　인생의 중용은 최고의 기쁨
　　나를 아주 편안하게 한다.
　　하늘과 땅 사이 그 넓은 세상
　　도시와 시골의 가운데에 살며
　　시내와 언덕 사이에 농장을 갖고
　　밤쯤 학자에, 반쯤 지주
　　일도 절반, 놀이도 절반
　　집은 너무 호화롭지도, 초라하지도 않고

반쯤 장식하고, 반쯤은 그대로

입은 옷도 반쯤 새 옷, 반쯤 낡고

음식도 적당히

하인도 반쯤 얼간이

아내의 머리도 알맞을 정도

이러니 나는 반은 부처, 반은 노자(老子, 라오즈)

몸도 반은 하늘에 있고, 반은 속세에 남고

아이들 걱정도 하고 있지만,

죽어 염라대왕에게 고할 말 걱정도 반

술도 반쯤 취하고

꽃도 반쯤 피었을 때가 제일이고

배도 돛을 반쯤 올리면 최고

말고삐도 반쯤 당기면 가장 좋은 것

돈도 너무 많으면 걱정, 너무 없으면 고생스럽고

인생이란 반은 달콤하고 반은 쓴 것

반반씩 섞인 맛이 가장 제일이지.

여기서 우리는 도교의 냉소주의와 유교의 적극론이 합쳐서 중용의 철학
이 생겼음을 알 수 있다. 인간은 원래 눈에 보이는 땅에서 태어나 볼 수 없
는 하늘로 돌아가므로 이런 철학은 미래지향적 서양 사람에게는 불만스러
울 것이다. 하지만 이 철학은 가장 인간적이라는 점에서 최고의 철학이다.
대서양 횡단 비행에 성공한 린드버그[10]도 사실은 대서양 횡단 도중 한가운

---

10. Charles Augustus Lindbergh, 1902~1974년. 미국의 비행기 조종사. 항공 역사상 가장 유명한 사람 가운
데 한 사람이며, 1927년 5월 20~21일에 뉴욕에서 파리까지 최초의 대서양 횡단 무착륙 단독 비행을 했다.

데에서 그대로 서 있는 편이 더욱 행복하지 않았을까?

이 세상에는 위인·탐험가·영웅·대통령도 필요하기는 하다. 그러나 누구보다도 행복한 사람은 최소한 빚 안 지고 살며, 인류에 커다란 공헌은 못했지만 나름대로 하고 있고, 사회적인 명성도 그리 대단하지는 않으나 조금은 알려진 그런 사람일 것이다. 어쨌든 우리는 인생을 누려야만 한다. 그러기 위해서는 철학을 하늘에서 땅으로 끌어내리지 않으면 안 된다.

5. 인생을 사랑하는 사람 — 도연명(陶淵明, 타오위앤밍)

본 바와 같이 우리는 긍정적인 견해와 부정적인 견해를 융합한 중용의 철학을 만들어 내는 데 성공했다. 이 중용의 철학이 작용과 반작용의 중간에 위치해 너무 바쁘지도 않고 그렇다고 생활의 책임까지 회피할 정도로 빠르게 진행되지도 않으므로 가장 건전하고 행복한 인생의 철학이라는 것이다. 한 가지 또 중요한 사실은 이 두 가지 철학의 혼합으로 모든 지식과 교육의 목표인 조화된 개성을 만들 수 있다는 것이다. 이 조화된 개성으로 인해 우리는 인생을 사랑하며, 기쁨을 느끼고 누릴 수 있게 되는 것이다.

인생을 사랑한다는 것을 설명하기는 내겐 좀 어려운 일이다. 차라리 일화나 진정한 인생의 애호자의 이야기를 하는 편이 쉬울지도 모르겠다. 이러다 보니 자연스레 중국이 낳은 최고의 시인이며, 중국 문화의 가장 조화로운 화신인 도연명(陶淵明, 타오위앤밍)[11]이 떠오른다. 그가 전 중국 문학을 통틀어 가장 조화 있고 원만한 특성을 지닌 사람이라는 데에 이론을 제기

---

11. 이름은 도잠(陶潛, 타오치앤, 호가 연명(淵明). 365~427년. 중국의 대표적 시인. 도연명(陶淵明, 타오위앤밍)의 작품으로 가장 특색 있고 후세까지도 중시되는 것은 5언시이다.

할 사람은 아무도 없다. 큰 벼슬을 지낸 적도 없고, 뛰어난 업적이나 권력을 잡은 적도 없고 그저 몇 편의 시와 산문이 있는 정도이지만 오늘날까지 빛나는 존재이며, 후대의 많은 시인묵객들에게 가장 고귀한 인간성의 표본을 보여 주고 있다. 생활 역시 시처럼 단순해서 보다 화려하고 복잡한 걸 좋아하는 사람들에게 외경심을 주고 있다. 오늘에 그가 차지하는 위치는 인생을 사랑하는 사람의 바로 그 모습이다. 그는 세속적인 욕망에 반발은 했지만 회피하지 않았고, 감각적인 생활과도 조화를 이루었기 때문이다.

중국에서는 약 200년간 문학적 낭만주의와 도가적인 유유자적한 생활을 지향하는 반(反)유교적인 풍조가 지속된 적이 있었다. 그 결과 이 두 철학이 결합해서 도연명(陶淵明, 타오위앤밍)과 같은 조화된 인간을 탄생시킨 것이다. 도연명(陶淵明, 타오위앤밍)의 사상에는 유교적인 긍정적 인생관이 경직되어 있지 않고, 도가적인 냉소철학관과 혼합되어 있으며 이 냉소적인 면도 너무 지나쳐서 고고한 인상을 풍기지 않는 인간적인 지혜가 들어 있다.

도연명(陶淵明, 타오위앤밍)은 특이한 중국 사람의 교양을 대표하고 있다. 육체적인 사랑도 지나치지 않게 절제하며, 또 그렇다고 금욕주의자도 아니며, 관능적인 아름다움과 고고한 정신적 향기까지 잘 어우러져 있다. 가장 이상적인 철학자는 여성의 모든 아름다움을 잘 알지만 무례하지 않고, 인생을 아주 사랑하지만 절제할 줄 알고, 세속적인 성공, 실패가 다 부질없음을 알아 초연하지만 그렇다고 속세를 무시하거나 적대시하지 않는 사람이다. 도연명(陶淵明, 타오위앤밍)의 인생은 그의 시처럼 자연스럽고 꾸밈이 없었다.

도연명(陶淵明, 타오위앤밍)은 4세기 말 뛰어난 학자이자 관리인 사람의 손자로 태어났다. 그의 할아버지는 게으름을 아주 싫어해서 아침에 일어나 벽돌을 다른 곳에 옮겼다가 저녁에 다시 제자리로 갖다 놓는 등 부지런한 생활을 했다. 젊어서 도연명(陶淵明, 타오위앤밍)은 부모를 봉양하려고 말단 관리로 취직을 했었으나, 곧 사직하고 고향에 돌아와 농부와 같은 생활을 하다 병이 들었다. 어느 날 그는 친척과 친구들에게 "이 땅을 지키려면 내가 음유시인이 되어 돈을 좀 벌어야 하지 않을까?"라고 말했다.

어떤 친구가 이 말을 듣고 그를 펑저(彭澤)의 태수로 추천하여 자리를 만들어 주었다. 그는 술을 워낙 좋아해서 공전(公田)에는 모두 술의 원료인 누룩을 심으라고 명령을 했다가 아내가 불평하므로 6분의 1에다가는 벼를 심도록 했다. 그러다가 정부의 사자(使者)가 온다는 기별이 오자 그의 부하가 사자를 맞을 때엔 의관을 단정히 해야 한다고 말했다. 그러자 도연명(陶淵明, 타오위앤밍)은 탄식하며 '쌀 다섯 가마 때문에 마음에 없는 짓을 할 수는 없다.'라고 말했다. 그리고 사직하고 나오며, 그 유명한 〈귀거래사(歸去來辭, 궤이취라이츠)〉를 지었다.

그 후 여러 번 관직의 권유도 거절하고는 농사를 지르며 살아갔다. 그가 가난했듯이 가난한 사람들과 어울려 살았지만 자식들이 보통 노동자들과 마찬가지로 일을 해야 한다는 사실엔 안쓰러움을 표시하는 부정(父情)도 있었다. 그가 펑저(彭澤)의 태수 시절 집안일을 도우라고 한 소년을 집에 보낸 적이 있는데 이때 아들에게 보낸 편지엔 '이 아이에게 잘해 주어라. 그도 누군가의 귀한 아들이야.'라고 썼다 한다.

그의 유일한 약점은 술을 좋아한다는 것이었다. 손님이 거의 없어 혼자 있는 시간이 많았지만 술만 있다면 누구와도 함께 자리를 하곤 했다. 또 그가 주인일 경우 자기가 먼저 취하면 '난 취해서 잠을 자야겠으니 자네들은 모두 가게나.'라고 말했다고 한다. 그는 현악기인 금(琴)을 하나 가지고 있었으나 줄이 하나도 없었다. 이 악기는 예부터 전해오는 악기로 마음이 아주 평온할 때 천천히 타며 흥취를 즐기는 것이다. 잔치가 끝났거나 음악적 흥취가 도도히 오르면 그는 줄 없는 이 악기를 가지곤 장난을 했다. '이미 금의 흥취를 다 얻었는데 줄의 소리를 더 듣는다 해서 무어 더 좋을 일 있겠는가.'

가난하고 단순하며 사교적이 아니어서 그는 남과 사귀기를 꺼려했다. 도연명(陶淵明, 타오위앤밍)의 추종자였던 당시 쟝저우〔江州〕 태수 왕홍(王弘, 왕홍)은 그와 친하고 싶었지만 도대체 만나기가 어려웠다. 도연명(陶淵明, 타오위앤밍)은 솔직히 이렇게 말했다. "내가 늘 집에 있는 이유는 몸이 불편해서이고, 남들을 잘 만나지 않는 것은 천성이 비사교적이라 그렇네. 그것이 높은 평판의 칭송을 받자고 하는 것은 절대로 아니야." 왕홍(王弘, 왕홍)은 그를 만나려고 친구들과 계획을 짰다. 그래서 한 친구가 도연명(陶淵明, 타오위앤밍)을 술자리에 초청을 하고 우연히 왕홍(王弘, 왕홍)을 만나게끔 계획했다.

도연명(陶淵明, 타오위앤밍)이 그 초대에 응해 가던 도중 술상이 잘 차려져 있는 정자를 지나치게 되었다. 술에 끌린 그는 그대로 그곳에 눌러앉았고 자연스레 왕홍(王弘, 왕홍)은 그를 만날 수 있었다. 오후 내내 도연명(陶淵明, 타오위앤밍)과 이야기를 하는 등 자기의 뜻이 이루어졌던 왕홍(王弘, 왕홍)은 도연명(陶淵明, 타오위앤밍)이 맨발인 것을 보고 신을 하나 만들어 주겠다고 했다. 그러나 신은 만들었지만 전해주려 해도 만날 길이 없어 그저 숲 주위만 맴돌고 기다리는 방법밖엔 달리 길이 없었다. 친구들이 술을 거를 때엔 도연명(陶淵明, 타오위앤밍)이 쓰고 있던 두건으로 걸렀고, 이 일이 끝나면 그는 다시 두건을 머리에 썼다 한다.

도연명(陶淵明, 타오위앤밍)의 집 근처에 있는 여산(盧山, 루산)에는 유명한 선종(禪宗)의 지도자들과 학자들이 모인 백련사(白蓮社, 바이리앤서)란 단체가 있었다. 하루는 그곳의 지도자인 혜원대사(慧遠大師, 훼이위앤다스)가 도연명(陶淵明, 타오위앤밍)을 이 모임에 집어넣고자 초청장을 보냈다. 그는 술만 마실 수 있게 허락한다면 좋다며 여기에 참석하러 갔다가 이름을 쓸 차례가 되자 눈썹을 찡그리며 그냥 돌아와 버렸다. 이 모임은 당시 유명한 시인이었던 사령운(謝靈運, 시에링윈)도 가입하려다 못했던 모임이었다. 그러나 혜원대사는 여전히 도연명(陶淵明, 타오위앤밍)과 친교를 맺으며 다른 도가의 친구와 함께 도연명(陶淵明, 타오위앤밍)을 술자리에 초대했다. 셋이 모이자 혜원은 불교를, 육수정(陸修靜, 루시우칭)은 도교를, 도연명(陶淵明, 타오위앤밍)은 유교를 대표하는 것이 되어 토론과 함께 술자리는 무르익어 갔다. 원래 혜원대사는 산책하면서 호계교(虎溪橋, 후시챠오)를 건너지 않는 규칙을 엄수해 왔다. 그러나 이날은 도연명(陶淵明, 타오위앤밍)을 전송하며 재미있는 얘기에 빠져 자신도 모르게 이 다리를 건너고 말았다. 나중에 이를 안 세 사람은 크게 웃었다. 지금도 호계지소도(虎溪之笑圖, 후시즈샤오투)라 하여, 중국 그림의 주제가 되고 있는 이 모습은 근심 없고 현명한 정신을 가진 세 종교의 대표자들이 유머 감각에 의해 한데 뭉치는 상징으로 전해진다.

그는 이렇게 근심 없고 슬픔 없는 평범한 농부처럼 세상을 살다 죽었다. 그가 남긴 몇 편 안 되는 시나 산문을 보면 완벽한 자연스러움과 구속당하지 않는 자유로움에 도달한 조화 있는 삶을 볼 수가 있다. 405년 11월 어느 날 펑저(彭澤) 태수직을 그만두며 썼던 이 〈귀거래사〉에는 인생에 대한 위대한 사랑이 표현되어 있다.

고향으로 돌아가리. 내 밭과 뜰에 잡초 가득하리니.
내 영혼이 육체의 종이 되었다고 헛된 후회와 슬퍼만 하고 있으랴.

지나간 일은 어쩔 수 없는 것, 미래는 쫓아가도 늦지 않았다.
어제는 틀렸더라도 오늘은 내가 옳음이로다.

가볍게 떠서 배는 지나가고 바람은 산뜻하게 옷깃을 스치는구나.
나그네에게 길을 묻지만 새벽 희미함이 애석하구나.

내 옛집 지붕이 보여 걸음을 빨리하여 달려갔더니
하인들이 반갑게 인사를 하고 문 옆엔 사랑스런 아이들이 있구나.

정원의 사잇길은 거칠었지만 소나무와 국화는 여전하구나.
어린 아들 손을 잡고 방에 들어서니 술이 가득 한 병이 있구나.

병을 잡아당겨 홀로 한 잔을 마시니 뜰의 나뭇가지 흔들림이 즐겁고,
남창에 기대어 내 한 몸 움직일 크기의 방이지만 얼마나 만족스러운가.

매일 산책하니 정원이 낯익어지나 아무도 내 집 문을 두드리는 이 없고,
지팡이에 의지해 평화를 얻고 가끔씩 푸른 하늘을 우러러본다.

구름은 한가롭게 산을 넘어가고, 새들은 지친 날개로 고향을 생각하누나.
어둠이 내려 집에 가야 하지만 나는 여전히 외로운 소나무를 쓰다듬누나.

고향으로 돌아가리. 홀로 사는 법을 배우고,
세상과 나는 어울리지 않으니, 무엇을 세상에서 더 찾을 것인가.

가족들과 나누는 대화가 흡족하고, 음악이 있고 책이 있으니 더욱 흡족하구나.

농부가 다가와 봄이 뜰 이곳저곳에 왔으니 나가 함께 밭을 갈자고 한다.

어떤 이는 포장한 수레에, 또 어떤 이는 작은 배에 몸을 실어서,

조용하고 남모르는 연못을 찾고, 때론 가파른 산을 오른다.

나무는 행복감으로 더욱 푸르고 샘물은 퐁퐁 솟아오른다.

계절에 맞춰 만물은 사라지고 내 인생도 이처럼 흘러가누나.

이 썩어 없어질 육체가 얼마나 남아 있겠는가.

어찌 인생을 그대로 보내지 않고 심부름하는 사동들처럼 바삐 이리저리 쏘다니는가.

부귀와 권력을 원한 바 없고 하늘로부터 받은 바 없으니,

맑은 아침에 홀로 거닐며 지팡이 꽂아두고 밭에서 잡초도 뽑을 것이로다.

시냇가 옆에서 시라도 읊고, 동고(東皐)에 올라 마음껏 외치고,

죽고 사는 모든 것이 만족스럽고, 한 점 의심 품은 바 없고, 하늘의 뜻에 따라 살아가리라.

도연명(陶淵明, 타오위앤밍)은 '은자'로 생각할 수도 있지만 그는 절대로 은자는 아니었다. 그가 피하고자 했던 것은 정치였지, 인생 그 자체는 아니었던 것이다. 만약 그가 논리학자였다면 그는 인생까지도 피해서 불교의 스님이라도 되었을 것이다. 그는 위대한 인생에 대한 사랑이 있었기에 생

활에서도 도피를 하진 않았다. 그는 자신의 가족을 떠나거나 주위의 나무, 숲 등 사랑하는 환경을 떠나기엔 긍정적이며, 합리적인 사상을 갖고 있는 사람이었다. 이 조화가 잘된 인생관에서 중국 최고의 시가 생긴 것이다. 그는 그가 태어나고 살아온 세상을 피하기보다는 맑은 아침 홀로 산책을 하거나 지팡이를 꽂고 밭에서 잡초를 뽑는 쪽을 선택했다. 도연명(陶淵明, 타오위앤밍)은 단지 자신의 농토와 가족에게로 돌아간 것이다. 그의 목적은 조화였지, 배반은 아니었다.

제 6 장
인생의 향연

1. 행복의 문제

인생의 즐거움이란 여러 가지가 있다. 우리들 자신의 즐거움, 가정생활, 나무·꽃·구름 같은 자연, 시나 문학의 즐거움, 우정, 사랑 등 많지만 이 모두 정신의 교류에 의한 것이다. 이 가운데 좋은 음식이나 우정, 산책 등의 즐거움처럼 분명한 것도 있고, 예술의 즐거움처럼 잴 수 없는 것도 있게 마련이다. 이 두 가지 즐거움을 전자는 물질적이고, 후자는 정신적이라고 부를 수는 없다. 왜냐하면 나는 이런 분류를 믿지 않고, 이렇게 분류를 하려면 먼저 당황스러워지기 때문이다.

내가 한 가족이 소풍온 모습을 보고서 어디까지가 물질적인 즐거움이고, 어디까지가 정신적인 즐거움이라고 말할 수 있겠는가? 음식을 먹는 즐거움과 경치를 감상하는 즐거움을 딱 잘라 구별할 수 있을까? 전축으로 음악을 듣는 즐거움이 파이프 담배를 즐기는 즐거움보다 더 질이 높은 즐거움이라고 단언할 수 있는가? 그래서 나는 이런 즐거움을 구별한다는 데에 납득이 가질 않는다. 그렇게 한다는 자체가 도대체 못마땅하다. 이런 생각은 정신과 육체를 명확히 구분하며, 인간의 참 즐거움을 보다 직접적으로 연구하지 않은 잘못된 철학에서 나온 것이 아닐까? 아니면 내가 너무 비약적인 가정으로 답을 구하려 하는 것일까? 아니면 논점을 잘못 찾은 건가?

나는 지금까지 늘 인생의 목표는 인생을 진정으로 즐기는 데에 있다고 가정해왔다. 사실이 그러니까 할 수 없다. 나는 목표니 목적이니 하는 말을 쓰기를 망설인다. 즐기는 것이 인생의 목적이고 목표라는 말에는 의식적인 목적의 뜻보다는 자연스런 인생에 대한 태도와 같은 냄새를 느낄 수 있다. 하지만 원래 '목적'이란 단어는 연구라든가 노력이라든가 하는 의미를 강하게 가지고 있다. 이 세상에 태어난 사람에게 중요한 것은, 사는 동안 무언가를 얻어야겠다는 목적이 무엇인지보다는 50~60년이라는 주어진 시간 동안 무엇을 하며 인생을 보낼 것이냐가 아닐까? 만약 대답이 인생을 최고의 행복을 찾을 수 있도록 설계해야 한다고 나왔다면 이 문제는 '주말을 무얼 하고 보내지?' 하는 문제처럼 간단하고 실제적인 것이다.

이와 반대로 인생의 목적이 무엇인가를 열심히 연구하는 철학자들은 처음부터 '인생에는 목적이 있어야 한다.'는 가정하에 출발한 것이다. 이런 문제는 주로 서구의 철학자들이 많이 제기하는데, 틀림없이 신학의 영향을 받아서 그럴 것이다. 우리는 디자인이니 목적이니 하는 말을 수없이 쓰고 있는데 결국 이에 대한 대답이나 결론이 없는 걸 보면 결국 이런 명제는 다 부질없고 불필요한 것 아닐까? 만약 그런 게 우리 인생에 있다면 그토록 못 찾을 리가 없지 않겠는가?

문제는 두 가지이다. 하나는 신이 인간을 위해 만들어 놓은 신적인 목적이요, 또 하나는 인간이 인간 자신을 위해 만들어 놓은 인간적 목적이다. 전자에 관한 한 나는 끼어들고 싶지 않다. 왜냐하면 사람의 얕은 지식으로 신의 지식을 헤아린다는 것은 불가능하며, 사실 '신이 어떤 생각을 할 것이다.'라는 내용도 결국엔 우리 인간의 머리에서 나온 얘기에 불과하기 때문이다. 결국 이러다 보면 신은 우리 인간처럼 국수주의자가 되어 버리고 만다. 누구나 자신은 신에 의해 선택되고, 신이 함께 한다고 생각을 하게 된다. 만약 나치에게 완장이 없었다면 독일 사람은 신을 생각지 않았을 것이다. 그들 생각엔 항상 신은 우리와 함께 있을 뿐, 남들과 같이 있다는 생각은 하지 않았다. 그러나 이런 생각은 독일 사람만 한 것은 아니다.

두 번째 문제를 보자. 여기서도 논점은 '목적은 무엇이어야 하느냐?' 이지, '무엇이냐?'는 아니다. 그래야만 문제가 실제적이다. 그렇지 않으면 형이상학적 존재론이 되고 만다. 이런 명제하에선 많은 사람이 자신의 개념과 자를 가지고 가치를 판단하게 된다. 이에 대한 논쟁이 그치질 않는 것은 서로 각기 다른 가치관과 자를 가지고 있기 때문이다.

나는 철학자이기보다는 실제적인 편이 더 좋다. 인생에 어떤 목적이 항상 필요하다고는 생각지 않는다. 월트 휘트먼의 말처럼 '나는 지금 내 모습이면 족하다.'는 생각을 갖고 있다. 살아 있으면 족한 것이고, 앞으로도 몇십 년은 살 수 있을 테고, 이것이 바로 인생 아닌가. 이렇게 생각하면 문제는 너무 간단하다. 답이 두 가지로 나올 염려도 없다. 인생을 즐기는 것 말고 다른 인생의 목적이 또 있겠는가?

이교도 철학자들에게는 가장 커다란 문제인 행복의 문제를 기독교 사상가들이 무시하고 있다는 것은 이상한 일이다. 신학적 정신을 가진 사람에게 가장 큰 문제는 인간의 행복이 아니고 보다 비극적인 구원(救援)이라는 단어이다.

나는 중국에 있을 때 '국민적 구원'이라는 말을 너무 많이 들어서 이 말에 저항감을 가지고 있다. 이 말을 들으면, 마치 곧 침몰될 배의 선실에 앉아 있는 기분이고, 살아나려면 어떻게 해야 할까를 생각하는 기분이 든다. 신학에서 너무나 구원에만 신경을 썼기에, 우리가 죽어 천당엔 가면 거기 무엇이 있고, 우리가 무얼 하는가를 물어보면 노랫소리가 들리고 흰 옷을 입은 천사가 있다는 식의 공허한 대답만을 할 뿐이다.

적어도 마호메트[1]는 천국이란, 술이 가득하고 온갖 과일과 흑발에 큰 눈을 가진 소녀가 있는 곳이라고 설명해서 우리 같은 필부(匹夫)도 대강 상상을 할 수 있게는 해주었다. 천국이 보다 생생하고 확실하지 않다면 모든 속세에서의 생각을 잊어버리고 천국엘 가야 할 이유가 어디 있는가? 누구 말처럼 '오늘 달걀 한 개가 내일 암탉 한 마리보다 낫다.'는데…….

최소한 우리가 휴가계획을 세울 때 휴가 갈 곳에서 생길 수 있는 문제를 미리 고려하고 검토하는 법이다. 그 예상되는 문제를 알 수 없다면 그곳은 후보지에서 탈락하는 것이다. 천국엘 가서도 계속 진보하고 노력해야 하는가? 인간은 이미 완벽한 존재인데 더 이상 무엇으로 진보해 간단 말인가? 아니면 그저 천국에 가면 놀고먹으며 지내는 걸까? 그렇다면 이 세상에서

---

1. Muhammad, 이슬람교의 창시자. 역사상 위대하고 영속적인 영향을 끼친 인물로 그의 영향은 다음 3가지로 볼 수 있다. 첫째, 이슬람교는 세계의 약 5억 명의 사람들이 계속해서 믿는 산 신앙이기 때문에 그 종교적 영향력을 들 수 있다. 둘째, 그가 시작한 운동은 20년이 채 못 되어서 비잔틴 제국과 페르시아의 사산 왕조를 뒤흔들고 새로운 문명을 수립했으므로 역사적 영향력이 컸다. 셋째, 이슬람은 종교인 동시에 사회조직체계이기 때문에 정치적·사회적 영향력이 지대했다. 그밖에는 생애의 여러 면에 대한 마호메트의 행동기록(하디스)은 신자가 준수해야 할 규범이 되었기 때문에, 그의 인격이 후세 이슬람교도의 일상생활과 사물에 대한 견해에 강한 영향을 미친 것도 중요하다.

천국에서 살 준비를 위해 미리 놀고먹는 연습을 해야 한다.

만약 인간이 우주관을 가져야 한다면 우리 자신을 잊어야 하며, 이 우주관이 오직 인간의 삶에만 관계가 있다고 생각하지는 말자. 조금 더 범위를 넓혀 돌·나무·짐승 같은 모든 자연의 피조물들의 목적까지 우주관에 집어넣기로 하자. 모든 사람에는 나름대로 의도(意圖, 이 말은 내가 믿지 않는 목표니 목적이니 하는 말과는 다른 말이다.)가 있게 마련이다. 다시 말해서 세상만물은 일정한 패턴이 있으며, 최종적인 결론은 없다 하더라도 이 전 우주에 관한 일종의 의견 정도는 얻을 수 있어 우주 내에서 우리의 위치를 잡을 수 있지 않겠는가 하는 말이다. 인간은 자연에서 살다가 죽으면 자연으로 돌아간다. 그러므로 이 생각은 설득력이 있을 수 있다. 인간에겐 자신의 위치가 있으며 주위 자연과 어울려 조화롭게 살아간다면 인생 그 자체에 대한 이성적이고 쓸만한 관(觀)을 얻을 수 있다.

2. 인간의 행복은 관능적이다

모든 인간의 행복은 생물학적 행복이다. 아주 정확히 과학적이다. 혹 오해의 여지가 있을까 봐 이 자리에서 정확히 그 뜻을 밝혀야 한다면, 인간의 행복은 관능적인 것이라는 말이다. 유심론(唯心論)의 추종자들은 틀림없이 오해를 할 것이다. 원래 유심론자와 유물론자(唯物論者)들은 같은 차원의 말로 대화하지 않고, 같은 단어에 대해서도 서로 의미하는 바가 틀리므로 항상 오해가 있기 마련이다. 우리도 역시 유심론자들의 주장처럼 '행복은 정신적이다.' 라는 말을 허겁지겁 급한 대로 행복의 정의로 받아들여야 하는가? 이들의 주장을 일단 받아들여 보자. 그리고 정신이란 신체 모든 기관의 완벽한 기능이 발휘되는 상태라는 주장을 펼친다면, 결국 행복이란 뛰어난 소화 능력과 다를 바가 없다.

내가 여기서 행복이란 그저 먹고 자고 하는 기관의 원활한 움직임에 있다고 주장한다면 나는 나름대로 쌓아왔던 명성과 평판을 다 잃고 만다. 그리고 신입생에 대해 '제군들은 성서를 읽는 것과 배설하는 것 두 가지는 꼭 지켜야 한다.'라고 훈시를 한 멋쟁이 대학총장의 등 뒤에 숨어 버려야 할 것이다. 이 얼마나 현명하고 따뜻한 사람인가! 소화가 잘 되면 사람은 행복하고, 잘 안 되면 불행하다. 이것이 전부다.

행복을 논할 때 추상적인 생각에 빠지지 않도록 주의를 하며, 진정으로 행복한 때란 어느 때인가에 대해 분석해 보기로 하자. 흔히 세상에서 말하는 행복이란 소극적인 경우일 때가 대부분이다. 즉 슬픔 · 고통 · 아픔 등이 전혀 없는 상태를 의미한다. 하지만 행복은 적극적인 경우가 뚜렷하다고 본다. 바로 기쁨이라는 경우이다. 나는 밤에 숙면을 하고 아침에 일어나 신선한 새벽공기를 마시며 폐호흡을 한다. 이때 나는 행복을 느낀다. 의자에 앉아 파이프 담배를 입에 물고 있을 때, 여름날 한적한 시골을 여행할 때 나는 행복을 느낀다. 특히 목이 마르다고 생각이 들었을 때 시원한 샘물을 찾을 수 있다면 더욱 그렇다. 맛있게 저녁을 먹고 마음에 맞는 친구들과 빙 둘러앉아 담소를 나눌 때도 행복을 느낀다.

아이들이 조잘대는 소리를 들을 때나 그들의 통통한 다리를 볼 때마다 내가 그들의 육체를 사랑하는지 정신을 사랑하는지 잘 모를 때가 있다. 따라서 정신적 기쁨과 육체적 기쁨을 따로 생각하기란 참 어려운 일이다. 육체적인 사랑이 없이 진정으로 이성을 사랑할 수 있는 사람이 있겠는가? 또 사랑하는 여성의 웃음 · 몸매 · 사물을 대하는 태도와 같은 매력적 부분을 분석하고 관찰하는 일이 쉬운 일일까? 어떤 여자건 좋은 옷을 입으면 그만큼 행복해 한다. 립스틱을 칠하고 화장을 하면서 여자들은 어느 정도 마음이 들뜰 것이다. 이 사실은 화장하는 당사자에게는 틀림없는 일이지만, 유심론자의 눈으로 본다면 이해하기 어려운 일이다.

인간의 육체는 썩어 없어지게 되므로 사실 정신과 육체를 분리해서 생각한다는 것은 조금 무리가 아닐 수 없다. 그래서 정신의 아름다움이 가장 잘 나타나는 경지에 육체적 관능 없이 도달하기란 어려운 일이다. 사람의 감각에서 도덕성을 찾는 것은 우스운 일이다. 인생에서 긍정적인 기쁨을 제대로 받아들이지 못하는 이유는 감수성의 감소와 사용 방법을 잊어버리게 되기 때문이다.

더 이상 논쟁을 말기로 하자. 동서양의 인생을 사랑한 사람의 실례를 들어 그들이 어떤 데에서 행복을 느끼고 있는가를 찾는 것이 필요할 것 같다. 동시에 그 행복이 얼마나 감각적이었나를 찾아야 할 것이다. 다음은 소로[2]가 귀뚜라미의 울음소리를 들으며 얻은 고도의 미적 기쁨을 기록한 구절이다.

먼저 귀뚜라미 우는 소리를 들어 보자. 귀뚜라미는 보통 돌과 친하다. 독창이라면 더욱 흥미롭다. 그 소리는 느긋함을 생각케 한다. 그러나 시간을 의식한 후 영원함을 얻은 사람이나 세상의 분주함에 시달린 사람의 귀에만 그렇게 들린다. 그렇지만 그 소리는 시간을 초월하고 있으므로

---

2. Henry David Thoreau, 1817~1862년. 미국의 수필가, 시인, 실천적 철학자. 소로는 미국 작가 중에서 가장 중국적인 인생관을 가지고 있다. 나는 그의 글을 읽으면서 마음이 통하는 것을 느꼈다. 내가 그의 작품을 알게 된 것은 불과 몇 달 전인데, 그때의 기쁨은 아직도 남아 있다. 소로의 시구 몇 구절을 번역해 놓으면 누구라도 중국 사람이 쓴 글이라고 믿을 것이라고 나는 확신한다. 《월든 : 숲 속의 생활 Walden : Life in the Woods》(1854)에서 다룬 초절주의 원칙대로 살면서 평론 《시민의 반항 Civil Disobedience》(1849)에서 주장한 대로 시민의 자유를 열렬히 옹호한 것으로 유명하다.

느긋함이라는 느낌보다는 성숙한 지혜가 연상된다. 이 지혜는 또 봄의 영감(靈感)과 여름의 열정을 넘어 가을의 냉철함과 성숙함을 가지고 있다. 새들에게 말한다. "너희들은 충동으로 우는구나, 어린아이같이. 자연이 너희 입을 빌려 얘기하지만 우리에겐 무르익은 지혜가 있고, 계절 따위는 아무 상관이 없어. 우리는 자연의 자장가를 부르는 거란다." 그래서 그들은 풀 밑에서 영원히 노래한다. 그들이 있는 곳이 바로 천국이니까 구태여 천국을 찾아 옮길 필요가 없다. 언제나 그렇다. 5월이든 11월이든. 그들의 노래에는 산문의 안정감이 있고, 뛰어난 지혜가 있다. 술이 아니고 이슬을 마신다. 교미기가 지나가면 없어지는 사랑의 노래가 아니다. 오직 신을 찬양하고 자신을 즐기는 영원한 노래이다. 그들의 선율은 변함없는 진리이다. 편안한 마음일 때 그 노래를 들으라.

휘트먼의 감각이 그의 정신세계에 얼마나 공헌을 했으며, 또 그가 이런 감각을 얼마나 중요하게 생각했는가를 다음 문장에서 알 수 있다.

아침부터 온종일 눈보라가 몰아치고 있다. 눈보라 속에서 두 시간 동안 똑같은 숲과 길을 걸어다녔다. 바람도 없는데 소나무가 낮은 소리로 속살거린다. 아주 분명히, 폭포 소리처럼, 잦아들었다가 이어졌다. 계속 소리가 난다. 미묘한 감각의 기쁨. 상록수에도, 월계수에도 눈은 내리는 대로 쌓인다. 여러 가지 잎에 수북이 쌓여 흰 빛으로 부풀고 에메랄드 빛 둘레가 또렷이 나타난다. ─울창한 소나무의 꼿꼿한 동체의─눈과 섞여 송진 냄새가 풍겨 나온다.(눈에도 향기가 있다. 물론 찾아냈을 경우이지만. 때에 따라 틀리고 장소에 따라 틀리다. 한낮과 한밤중이 틀리고, 바람이 불때와 불지 않을 때가 틀리고.)

한낮과 한밤중의 향기, 여름과 겨울의 향기를 구별할 수 있는 사람이 몇이나 될까? 도시에서 사는 것이 시골서 사는 것보다 대체로 행복하지 않다면, 그 이유는 도시의 콘크리트와 아스팔트의 단조로움 때문에 감각이 선명하지 않기 때문이다.

행복한 시간에 대한 그 한계와 특징, 누릴 수 있는 능력 등의 규정은 중국과 미국이라 해서 큰 차이가 있는 것이 아니다. 한 중국학자가 쓴 〈행복한 순간 33절〉을 번역하기에 앞서 이와 비교하기 위해 휘트먼의 다른 구절을 소개하기로 한다. 아마도 비슷한 느낌을 받을 수 있을 것이다.

맑게 갠 어느 날, 산소가 가득한 신선한 산들바람이 인다. 나를 감싸 녹이는 건강하고 말없는 아름다운 기적들—나무 · 풀 · 물 · 햇빛 · 첫서리 등—중 오늘 내가 가장 열심히 보는 것은 하늘이다. 아주 미묘하고 투명한 청색으로 가을엔 더욱 푸름을 더하고, 오직 구름만이 조용히 의미를 지닌 듯 하늘을 오간다. 아침나절(7시에서 11시까지)에는 맑고 생생한 푸른 잎, 그러나 낮이 되면 점점 빛은 엷어지고 회색빛을 두세 시간 띠고 있다. 그 후 해질 때쯤이면 창백해진다. 이어서 큰 나무 서 있는 언덕 너머로 노을진 하늘을 본다. 불꽃이 쏟아지며 물 위에 은색 파문을 남기는 엷은 노랑과 빨강의 호화로운 쇼, 투명한 그림자, 빛살, 생생한 색 등 그림으로 그려낼 수 없는 것뿐이다.

무엇 때문인지 잘 모르겠지만 나는 가을을 경이에 찬 시간으로 보낼 수 있었다. 아마 하늘을 보았기 때문일 게다.(가끔씩 나는 하늘을 보아왔지만 이 순간엔 전혀 하늘을 보지 못한 것 같다는 기분이 들었다.) 완벽할 정도로 행복한 때였다고 말하면 안 될까? 바이런[3]은 죽기 직전 친구에게 자신의 일생 중 행복했던 적이 세 번 있었다고 얘기했다. 이와 비슷한 왕의 종

(鍾)에 대한 전설이 독일에도 있다. 숲 속에서 나무 사이로 석양을 보며 나는 바이런과 독일의 전설을 떠올렸다. 이 생각들은 내가 행복한 한때를 맞고 있다는 느낌을 갖게 해주었다.(그러나 이렇게 행복한 순간을 기록에 남긴 적이 없었던 듯하다. 기록을 남기느라 그 순간의 행복함을 깨뜨리기가 싫어서 그저 자신을 분위기에 맡긴 채 고요한 극치감에 젖어 둥둥 떠다니는 것이다.)

행복이란 도대체 무엇인가? 내가 느꼈던 이런 한순간인가? 아니면 이 비슷한 무엇일까? 아주 미묘해서 단지 순간에 사라지는 영롱한 빛깔인가? 잘 모르겠다. 하지만 그러므로 자신을 의혹의 즐거움에 빠뜨릴 수가 있다. 하느님, 그 푸르고 깊은 하늘에서 나를 고쳐 줄 약을 내리셨습니까? (최근 3년 동안 저는 육체적 고통과 정신적 고민에 시달리고 있습니다.) 하느님께서는 공기를 통해 제 눈에 보이도록 현묘하고 신비한 약을 주신 것입니까?

3. 김성탄(金聖嘆, 친성탄)의 행복한 순간 33칠

여기서 우리는 한 중국 사람이 쓴 '행복한 순간'에 관한 글을 감상하고 살펴보기로 하자. 17세기의 위대한 인상파(印象派), 비평가인 김성탄(金聖嘆, 친성탄)이 바로 그 사람이다. 그는 중국의 유명한 희곡 〈서상기(西廂記,

---

3. George Gordon Byron 6th Baron Byron, 1778~1824년. 영국의 낭만파 시인, 풍자가. 시 작품과 특이한 개성으로 유럽인들의 상상력을 사로잡았다. 대표작으로 《차일드 해럴드의 여행 *Childe Harold's Pilgrimage*》(1812~18) 과 《돈 주안 *Don Juan*》(1819~24)이 있다. 그리스의 독립을 위해 투쟁하다가 열병과 출혈로 사망했다.

시샹지》를 평가하면서 33가지의 행복한 때를 열거하고 있다. 이 글은 그가 친구와 함께 비로 인해 열흘간 절에서 묵으며 함께 만들어 낸 것이다. 여기 나오는 33절은 그의 정신은 감각과 떼려야 뗄 수 없는 관계를 맺고 있다는 생각을 잘 나타내 주고 있다.

──.[4] 6월 어느 더운 날, 해는 중천에 있고, 바람 한 점, 구름 한 점 없어 온 집안이 화덕인 듯하고, 새 또한 날지 않는다. 땀은 시냇물처럼 줄줄 흘러내리고, 점심을 받아 놓고도 먹고 싶은 생각이 조금도 들지 않는다. 그래서 자리를 땅바닥에 펴고 누워도 축축한 습기만 차고, 파리는 코에 앉아 가려고 하지 않는다. 녹초가 되어 어찌할 바를 모르고 있을 때 우레와 함께 천군만마(千軍萬馬)가 돌진하듯 먹구름이 하늘을 덮는다. 이윽고 비가 내리자 땀이 멈추고, 끈적거리는 땅도 없어지고, 파리 떼도 어디론가 날아가 버린다. 나는 점심 또한 먹을 수 있고……. 이게 행복 아니겠는가?

──. 10년 동안 못 만났던 친구가 해거름에 찾아온다. 문을 열고 그를 맞은 후 그동안 무얼 했는지, 어떻게 왔는지 묻기도 전에 먼저 아내에게 "술 좀 사다 주시오." 하고 외친다. 아내는 기꺼이 금비녀를 뽑아 이로 술을 사 오니 족히 사흘을 계속 마실 수 있다. 이게 행복 아니겠는가?

──. 빈 방에 홀로 앉아 있는데 베갯머리에 쥐가 나타나서 나를 귀찮게 한다. 무얼 쏠고 있나, 혹시 내 책은 아닌가 생각을 하며 짜증스러울 때 아주 무서운 얼굴을 한 고양이가 나타난다. 꼬리를 흔들며 눈을 부릅뜨고……. 숨을 멈추고 보고 있으려니 쥐는 어디로 갔는지 조용하기만 하

---

4. 17~18조가 되는 법조문을 쓸 때에도 ─. 二. 三. 四……로 하지 않고, ─. ─. ─……로 쓰는 것은 중국 사람들의 관습이다.

다. 이게 행복 아니겠는가?

ㅡ. 서재 앞에 있는 해당화와 박태기나무를 뽑고 그 자리에 파초 스무 그루를 심는다. 이게 행복 아니겠는가?

ㅡ. 봄날 밤, 낭만적인 친구들과 술을 마신다. 이때 술이 취해 그만 마시기도 그렇고, 더 마시자니 또 그럴 때 심부름하는 아이가 이를 알아차리고 폭죽 꾸러미를 가지고 온다. 자리에서 일어나 불을 붙이면 황 냄새가 코를 자극하고 머리로 들어가 온몸이 편안해짐을 느낄 때, 이게 행복 아니겠는가?

ㅡ. 길을 가다가 두 사람이 싸우는 모습을 본다. 서로 철천지원수 같은 인상으로 마주 서 있지만 어르기만 하면서 말싸움만 하고 있다. 주먹을 들었다 놓았다 하면서도 말투는 서로 공손하게 존댓말을 쓰고 있어 싸움이 도대체 끝날 것 같아 보이지도 않는다. 이때 무시무시한 거한이 나타나 다 꺼지라고 소리를 지르면 싸움은 흐지부지 끝나 버린다. 이게 행복 아니겠는가?

ㅡ. 항아리에서 물이 넘치듯 아이들이 옛글을 줄줄 외우는 소리를 들을 때, 이게 행복 아니겠는가?

ㅡ. 식사 후에 심심풀이로 가게에 가서 재미있는 조그만 물건을 하나 고른다. 에누리를 해보지만 점원 아이는 안 된다고 할 때 내 주머니에서 그 에누리하는 것만큼의 가치가 있는, 그만한 다른 물건을 꺼내어 점원 아이에게 준다. 그 아이는 절을 하고 웃으며 말한다. "참 너그럽기도 하십니다." 이게 행복 아니겠는가?

ㅡ. 식사 후 심심해서 옛날 가방을 뒤져 본다. 그러다 우연히 오래된 차용증서를 발견한다. 그들 중 몇몇은 살아 있지만 몇몇은 죽어 그 돈을 받기가 거의 어렵다. 남모르게 그것들을 한데 모아 불에 태운다. 그러면

서 연기가 사라질 때까지 지켜보고 있다. 이게 행복 아니겠는가?

一. 여름날 맨머리에 맨발로 들에 나간 젊은이가 수차를 돌리며 민요를 흥얼거리는 걸 양산을 쓴 채 듣고 있다. 물은 불에 녹은 은이나 눈처럼 거품과 함께 끌려 올라온다. 이게 행복 아니겠는가?

一. 아침에 눈을 떠서 동네에서 제일 지독히 굴던 사람이 죽었다는 소식을 들었을 때, 이게 행복 아니겠는가?

一. 여름날 아침, 일찍 눈을 뜨니 사람들이 물받이 홈통으로 쓰려고 큰 대나무를 톱질하고 있다. 이게 행복 아니겠는가?

一. 한 달 동안이나 계속 장마라 아침이 되어도 술 취한 사람이나 병자마냥 자리에서 일어나기도 싫다. 이때 밖에서 장마가 끝났음을 알리는 듯 새소리가 들려 창을 열고 밖을 보니 밖에는 찬란한 햇빛, 푸르른 나무들……. 이게 행복 아니겠는가?

一. 밤중에 갑자기 누군가 나를 생각하고 있다는 기분이 든다. 아침에 그 친구를 찾아가니 남향받이 책상에서 무언가 읽고 있다. 나를 보며 은근하게 고개를 끄덕거리며 "마침 잘 왔네. 이것 좀 읽어 보게." 하며 읽던 걸 준다. 오랫동안 서로 이야기를 나누며 즐겁게 웃다가 배가 고픔을 느낄 때, 그 친구가 "자네 배고프지 않나?"라고 말한다. 이게 행복 아니겠는가?

一. 집을 짓겠다는 생각도 별로 없었는데 우연히 돈이 생겨서 집을 짓게 된다. 자질구레하고 귀찮은 일들에 짜증도 나지만—특히 돈을 조금이라도 아끼기 위해—집이 다 지어져 일꾼들을 돌려보내고, 정리를 끝낸 후 친구들을 불러 모여 앉아 이야기를 나눈다. 이게 행복 아니겠는가?

一. 겨울 밤, 술을 마시다가 갑자기 선뜻함을 느껴 창문을 연다. 함박 눈이 이미 네댓 치는 쌓여 있고, 눈은 계속 내리고 있다. 이게 행복 아니겠는가?

一. 중이 되고 싶었지만 그렇게 되면 고기를 먹지 못한다 해서 망설이고 있었다. 그런데 중이 고기를 먹어도 좋다는 허가가 공식적으로 나왔다고 하자. 그러면 한여름, 대야에 더운 물을 받아놓고 잘 드는 면도칼로 머리를 깎는다. 이게 행복 아니겠는가?

一. 잘 드는 칼로 한여름 복중에 빨간 쟁반 위에 잘 익은 수박을 자른다. 이게 행복 아니겠는가?

一. 사타구니에 습진이 생겨 문을 닫아걸고 김을 쏘이거나 따뜻한 물로 씻는다. 이게 행복 아니겠는가?

一. 가방에서 우연히 옛 친구의 편지를 발견했을 때, 이게 행복 아니겠는가?

一. 가난한 선비가 돈을 빌리러 찾아와서는 얘길 하지 못하고 다른 얘기만 한다. 마음을 헤아려 단둘이 있을 수 있는 곳으로 가서 얼마나 필요한가 물어본 후 돈을 빌려 준다. 그리고 "일이 끝났으니 그냥 가려나? 나와 술 한잔 하지?"라고 말한다. 이게 행복 아니겠는가?

一. 작은 배에 타고 있는데 바람은 시원히 불지만, 그 배는 돛이 없다. 이때 큰 배가 바람처럼 다가온다. 그 배 가까이 가서 갈고리로 끈을 매려는데 뜻밖에도 쉽게 되었다. 큰 배에 내 배를 묶고 두보(杜甫, 두푸)의 '녹색은 꿀벌에 부드러움을 주고, 노랑은 내게 귤이 있음을 말해 주누나.'라는 시구를 음송하며 유쾌히 웃는다. 이게 행복 아니겠는가?

一. 친구와 함께 살 집을 찾았으나 잘 나타나지 않았다. 누군가 그리 크지도 않고 방이 열 개 남짓하며, 앞에는 시냇물, 뒤에는 나무숲이 둘러싼 적당한 집을 소개해 준다. 집에 가 보니 넓은 빈 터가 있고, 창도 예닐

곱 개나 있다. 속으로 중얼거린다. "이제 야채와 참외 걱정은 안 해도 되겠군." 이게 행복 아니겠는가?

一. 나그네가 집으로 돌아온다. 눈에 익은 성문과 여자, 아이들이 강둑에서 고향 사투리 쓰는 소리를 듣는다. 이게 행복 아니겠는가?

一. 귀한 옛 자기그릇이 살짝 깨어지면 다시 붙이기 어렵다. 이리저리 궁리를 하지만 신경질만 더 난다. 그러다가 부엌으로 내가서 허드레 그릇으로 써 눈앞에 보이지 않도록 하라고 이른다. 이게 행복 아니겠는가?

一. 나는 성인이 아니니 죄를 안 짓는다고 말할 수 없다. 밤중에 어떤 죄를 짓고 아침에 일어나 꺼림칙해 한다. 이때 갑자기 '죄를 감추지 않음이 곧 회개이다.'라는 불교의 가르침이 떠오른다. 그래서 내가 잘못한 바를 내 주위의 사람들에게 털어놓았을 때, 이게 행복 아니겠는가?

一. 크기가 사방 한 자(尺)는 되어 보이는 큰 글씨를 쓰는 모습을 곁에서 지켜볼 때, 이게 행복 아니겠는가?

一. 창문을 열고 벌을 쫓아 버릴 때, 이게 행복 아니겠는가?

一. 관리가 북을 쳐서 시간을 알릴 때, 이게 행복 아니겠는가?

一. 다른 사람이 날리던 연줄이 끊어졌음을 볼 때, 이게 행복 아니겠는가?

一. 들판의 풀밭에 불이 나는 모습을 볼 때, 이게 행복 아니겠는가?

一. 남에게 진 빚을 다 갚았을 때, 이게 행복 아니겠는가?

一. 《규염객전(虬髥客戰, 쳐우란커촨)》[5]을 읽을 때, 이게 행복 아니겠는가?

---

5. '규염객'이라는 영웅의 이야기. 도망쳐 나온 한 쌍의 연인들을 데리고 먼 곳으로 가서 가정을 만들어 준 후 사라져 버린 사람의 이야기이다.

일생에 세 번밖에 행복한 때가 없었다니 바이런이여, 얼마나 불쌍한가! 그의 정신은 병들었거나 불균형적이었고, 그렇지 않으면 그가 살던 시대에 유행했던 세계고(世界苦)에 영향을 받았을 것이다. 그 영향만 없었다면 적어도 서른 번은 행복을 느꼈다고 바이런은 고백했을 것이다.

그렇다면 이 세상은 감각과 관능적 즐거움을 깨달을 수 있는 교양을 통해 즐기도록 만들어진 인생의 잔치가 아니겠는가? 이 놀라운 세상을 보지 않으려 하고, 인간들을 감각적인 측면에서 벗어나도록 만든 것은 유심론자들의 소행이 아닐까?

보다 고상한 철학은 우리가 육체라고 부르는 모든 감각기관을 재평가해서 위치를 올려 주어야 한다. 덜 고상해 보이는 육체를 경시하고, 감각을 무서워하는 풍조를 몰아내는 데 가장 먼저 노력해야 한다. 유심론자들이 모든 육체적 작용을 경멸하고 실제적인 것을 추상화시키는 모습을 우리는 더 이상 두고 보기만 해서는 안 된다. 인도의 고행자들처럼 모든 즐거움을 포기할 생각이 없다면 있는 그대로의 모습을 우리는 바라보아야 한다. 왜냐하면 있는 그대로를 인정하는 철학만이 진정한 행복으로 우리를 인도하고, 그런 철학만이 건전하며 바람직한 것이기 때문이다.

4. 유물론의 오해

김성탄(金聖嘆, 친성탄)의 행복한 때를 적은 글을 읽은 사람이라면 인간의 행복은 정신적 즐거움과 육체적인 즐거움이 떼려야 뗄 수 없는 관계로 결합되어 있다는 믿음을 가질 수 있다. 정신적인 즐거움은 육체를 통해 느껴질 때에만 진실한 것이다. 나는 거기에 도덕적 즐거움도 포함시키고 싶다.

어떤 종류의 교리를 펼치려면 누구나 옛날 에피쿠리안이나 스토아학파처럼 오해를 받게 마련이다. 마르쿠스 아우렐리우스[6]의 정신 속에 담긴 원천적인 친절함을 세상 사람들은 모르고 넘어갔고, 에피쿠리안들의 지혜와 절제의 사상이 얼마나 단순한 쾌락을 추구한다고 비난받아 왔던가! 이 모든 이유는 이기적이고 사회적 책임감이 없는 자기만의 민족을 추구하는 잘못된 유물론의 결함일 것이다. 이런 잘못된 평가는 다 무식의 소치이다. 자신이 무슨 말을 하고 있는지도 잘 모르는 사람들의 평가이다. 이런 사람들은 인간의 사랑을 논리로 따지려 한다. 동포를 사랑한다는 것은 어떤 주의나 지적인 믿음의 차원에서 다룰 것은 아니다. 다만 따뜻하고 애정 어린 감정에서 우러나는 자연발생적인 것이다.

참된 사랑이란, 자연스러운 것으로서 대자연과 호흡하며, 건전한 마음에서 우러나오는 것이다. 진정으로 나무를 사랑하는 사람은 동물이나 사람에게 가혹하게 대하지 않는다. 인생관과 동포에 대한 사랑, 자연에 대한 깊은 이해심을 갖춘 완벽하고 건강한 정신 안에서 친절함이 생겨나는 건 당연하다. 삶이 만든 종교나 철학이 친절할 것을 강요한다고 되는 일은 아니다. 왜냐하면 그 정신을 가지면 자신의 감각으로 영양을 얻고, 생활이나 처세기술 따위는 넘어선 상태이므로 참된 도덕적 · 정신적 건강을 얻을 수 있기 때문이다. 친절의 샘물이 더 많이 솟아나오도록 구멍을 크게 판다 해서 우리더러 이타주의(利他主義)를 강요한다고 말할 사람은 없다.

유물론은 오늘날까지 심각한 오해를 받아 왔다. 이 사실을 밝히려면 자칭 '어쩌면 세계에서 유일할지도 모르는—유물론자'인 조지 산타야나(George Santayana)[7]의 말을 들어볼 필요가 있다. 그렇지만 그는 우리 모두

---

6. Caesar Marcus Aurelius Antoninus Augustus, 121~180년. 로마의 황제(161~180 재위). 스토아 철학이 담긴 《명상록》의 저자로 잘 알려져 있다. 오랫동안 서양에서 로마 제국의 황금시대를 상징해 온 인물이다.

가 잘 알고 있듯 가장 따스한 마음을 가지고 있다고 평가받고 있다. 그의 말에 의하면 유물론에 대한 오해는 이를 보는 시각이 외부에 있기 때문이라 한다.

우리는 우리가 가지고 있는 전통적인 믿음과 맞지 않는 몇 가지를 유물론에서 찾아내 혹평한 것이다. 그러나 우리가 몰랐던 신앙이나 종교, 국가들을 잘 알려면 그 세계에 뛰어들어야만 한다. 우리가 전체를 제대로 파악하고 있지 못한 유물론에는 기쁨과 약동이 있고 건강한 감각이 있다. 참된 유물론자는 데모크리토스처럼 항상 웃는 철학자이다. 오히려 지성이 둔해져서 웃을 줄 모르게 된 상태에 이른 우리가 억지 유신론에 흥미를 느끼면서도 이기적인 물질적 생활을 하고 있다.

유물론적 신앙을 가지고 태어나서 중간에 기독교의 세례를 받아 그 신앙이 변하게 되지 않는 진실한 유물론자란 저 웃는 철학자 데모크리토스 같은 사람이다. 아주 아름답고 신비한 모습으로 나타나는 그의 기쁨은 생물박물관 관람자가 느낄 수 있는 기쁨과 같다. 나비표본도 있고, 홍학과 조개, 그리고 고릴라에 이르기까지. 틀림없이 이 모든 생물들의 삶에는 어려움이 있었겠지만 이들은 곧 극복했고, 그들의 생활은 얼마나 신비했을까. 또 모든 우주의 작용은 얼마나 재미있었을 것이며, 이들이 꿈꾸며 찾던 정열들은 얼마나 어리석고 불가피했을까?

이런 마음이 바로 유물론이 경직된 마음에 불어 넣어 주는 정서이며,

---

7. Jorge Augustin Nicolas Ruiz de Santayana, 1863~1952년. 스페인 태생 미국의 철학자 · 시인 · 인문주의자. 하버드 교수를 역임했다. 미학 · 사변철학 · 문학비평 분야에 중요한 공헌을 했다. 1912년부터 유럽, 특히 프랑스와 이탈리아에서 거주했다. 주요 저서로 《미감 *The Sense of Beauty*》(1896), 《시와 종교의 해석 *Interpretations of Poetry and Religion*》(1900), 《이성의 삶 *The Life of Reason*》(1905~1906) 등이 있다.

능동적이고, 기쁨에 가득 차 있는 우주적이고 개인의 환상을 뒤틀림 없이 바라보는 순진한 마음인 것이다.

유물론적인 윤리학은 생물의 진정한 고통에 절대로 둔감하지 않았다. 오히려 다른 자선제도처럼 사람의 의지가 꺾이지 않도록 하며 꺾였을 경우 좌절하거나 고통받지 않도록 애써 주는 것이다. 사람의 슬픔을 무시하는 것은 오히려 절대적인 낙천론을 가진 신을 찬미하는 찬송가를 부르며 신의 수레를 끄는 자들이다.

인간이 온 우주의 궁극적 목적이요, 최고 단계라고 믿는 데에서 생겨난 악덕이나, 단순한 허영심과 자기 속임수에서 비롯된 모든 죄악에 대해서는 웃음이 최선의 명약이다. 웃음은 또 동정심이나 동포애 등이 없는 사람들에게는 필요하지 않다는 절묘한 이점을 가지고 있다. 즉 돈 키호테가 실수를 연발하고 재난을 당하지만 그 영웅의 진의까지 의심하는 사람이라면 결코 웃지를 못한다. 그의 열정은 칭찬할 만하다. 그러나 세상을 개혁하려면 먼저 그 세상을 잘 알아야 하지 않을까? 그리고 행복을 얻으려면 이성에 바탕을 두고 생각하지 않으면 안 된다.

그렇다면 지금까지 우리가 자랑해 왔고, 감각적인 생활보다 위에 놓았던 정신적 생활이란 무엇인가? 불행히도 현대 생물학은 정신을 신경섬유와 신경과 분비물로 장치된 것이라 하여 그것의 위치를 원칙적 면에서 평가하려는 경향이 있다. 나는 낙천주의가 분비물이라고 믿는다. 높여 생각해도 이런 분비물에 의해 가능해지는 신경의 한 상태라고밖엔 믿지 않는다.

어디서 정신생활이 비롯되며, 어디에서 영양을 얻고, 어디에 있는 것일까? 철학자들은 오래 전부터 모든 인간의 지식은 감각의 경험으로 이루어진다고 지적해 왔다. 감각 없이 어떤 지식을 얻을 수 있겠는가?

천재와 바보의 차이는 누가 더 선명한 영상을 보고, 이를 기록하고, 필요할 때 쉽게 찾아 쓸 수 있느냐에 달린 것이다. 책을 통해 얻은 지식을 인생에 적용시키려면, 사고(思考)만으로는 부족하다. 나름대로 느껴야 한다. 사물을 그대로 감지하고, 인생의 모든 일에 대한 정확한 인상을 모으고, 일부분이 아닌 전체로서 인간본성을 보아야 한다. 인생을 느끼고 경험을 얻는 데에 우리의 모든 감각은 협조하고 있다. 우리가 지적인 따스함을 가질 수 있는 것은 다 이 모든 감각기관의 협조 때문이다. 지적인 따스함이란 나무의 녹색처럼 우리가 살아 있다는 증거이다.

우리는 사람의 인생을 이 따스함이 있나 없나를 추적해봄으로써 알 수 있다. 마치 반쯤 죽은 나무의 생사를 알기 위해 나무의 섬유질을 습윤도와 강도를 알아보듯이 말이다.

5. 정신적 기쁨이란?

여기서는 보다 최고의 기쁨이라는 정신적 기쁨이 지식보다는 감각과 어떻게 연결되어 있나를 살펴보기로 하자. 도대체 고급 기쁨과 저급을 어떻게 구별할까? 혹시 똑같은 감각에 뿌리를 내리고 있는 같은 내용을 달리 표현한 건 아닐까? 고급 기쁨이라는 문학·미술·음악 등을 통한 기쁨을 살펴보면 볼수록 지식은 감각보다 큰 역할을 맡고 있지 못하다는 사실을 깨닫게 된다.

우리가 풍경화나 초상화를 보고서 그 실제 모델을 보고 싶다는 생각이 들지 않는다면 그 그림이 잘된 건가? 마찬가지로 문학작품에 나타난 주위 환경이나 인물의 묘사가 그 상황이나 인물을 한 번 보았으면 하고 생각이

들게 하지 못한다면 어쩔 것인가? 인간을 인생에서 떼어 내어 냉정하게 분석했다면 이미 그것은 문학이 아닌 것이다. 책 속에 인간적인 진실이 담겨 있어야 훌륭한 문학작품이라고 우리는 생각한다.

다른 경우를 보더라도 시는 감정으로 채색된 진실이며, 음악은 말이 없는 정서이고, 종교는 환상으로 표현된 진실인 것이다. 그림이 색채감과 시각에 기초를 두고 있듯 시는 운율과 리듬에다 정서적 진실 위에 기초하고 있다. 음악은 순수한 정서로 지적인 노력 없이는 이해하기가 불가능한 언어를 배제하고 있다. 음악은 우리에게 소 방울 소리부터 어시장, 전쟁터, 나아가 꽃의 아름다움과 물결의 끊임없는 찰싹거림까지 소리로 나타내 들려준다. 그러나 음악이 철학적 사상을 표현하려 한다면 이미 그 음악은 퇴폐해져 버리고 만다.

종교의 타락도 너무 이론에 얽매여 이루어지는 것 아닐까? 산타야나의 말처럼 종교의 타락은 진행과정 중 지나친 이성의 강조 때문이다. '종교는 불행히도 오래 전 이론을 갖춘 맹신이 되려고 환상을 통한 지혜의 표출을 중단했다.' 종교의 타락은 신념의 창출, 교리의 해석 등 이론적 작업에 너무 치중해서 생겨났다. 신앙이란 믿음이지, 그 속에서 합리성을 찾고 정의를 찾는다면 종교로서 엄숙함을 잃게 된다.

그래서 종교는 최악의 아집과 편협함, 이기적인 경향과 결합하게 된 것이다. 따라서 종교는 신과 자신의 개인적 거래만을 조장시키고 남들보다 먼저 자신이 복을 받겠다는 이기적인 기복신앙으로 전락해 버리고 만다. 열심히 교회에 나가는 할머니들 중 굉장한 욕심쟁이가 있는 것도 다 이 때문이다. 결국 자기만이 진리를 찾았다는 자기 정당성의 주장이 종교의 기본이 되는 감정들을 쫓아 버리게 된다.

미술·시·종교의 존재 이유가 신선한 인생관, 정서적 풍부함과 인생에 활력을 주는 것 이외에 있다고는 생각지 않는다. 나이가 들어감에 따라 인간의 감각은 점점 둔해지고 우리의 감정은 고통·불의를 보고 의분을 느끼는 강도가 약해지며 우리의 인생관도 수많은 선입견에 의해 찌그러지게 되기 때문이다. 다행히 이런 날카로운 감수성과 훌륭한 감정 등을 잃지 않는 훌륭한 몇 명의 시인과 예술가가 있다. 이들은 우리의 도덕적 양심이어야 하고, 찌그러진 인생관을 바로잡아 주는 거울이어야 하며, 시들어 버린 신경을 되살려 주어야 할 의무가 있다. 예술은 우리의 메말라 버린 감정과 생기를 잃은 사고, 자연스럽지 못한 생활에 대한 풍자이자 경고이어야 한다. 이해 없는 지식, 사랑이 없는 아름다움, 정열이 없는 진실, 자비로움이 없는 정의가 설치는 이 세상은 얼마나 끔찍한가!

정신적인 활동이라고 지칭되는 철학이 인생에 대한 감각을 잃게 된다면 위험성은 더욱 커진다. 정신적인 기쁨에는 긴 수학공식을 풀고 난 후의 기쁨이나 우주의 운행을 알게 된 기쁨 등이 포함된다. 우주의 질서를 알았다는 기쁨은 아마 모든 정신적 즐거움 가운데 가장 순수한 것이리라. 그러나 나는 이 기쁨과 맛있는 식사 한 끼의 즐거움을 바꾸고픈 생각이 전혀 없다.

첫째로 우리는 정신적 부산물인 변덕이 있어 변하기 쉬운 데다 생명을 유지하게 만드는 다른 작용처럼 꼭 필요한 것은 아니기 때문이다. 이 정도의 지적 기쁨이라면 크로스워드 퍼즐을 다 풀었을 때의 기쁨과 별 차이가 없다.

둘째는 이때 철학자들은 대개 자신을 속이고 완벽이라는 추상적 개념에 사로잡혀 진실을 외면하고 논리에만 매달리게 되기 때문이다. 마치 우리가 별을 그릴 때 오각형 모양으로 그리듯 공식으로의 환원, 인공적인 형태화, 지나친 단순화의 양상을 보이게 된다. 이것도 지나치지만 않다면 무방하지만 인간은 삼라만상 속에 들어 있는 획일적인 원리 따위는 모르더라도 얼마든지 세상을 즐겁게 살 수 있다. 나는 수학자보다는 발랄한 처녀와 이야기하는 것을 더 좋아한다. 그녀의 말은 보다 구체적이고 웃음은 활력이 넘쳐 그녀와 이야기하는 가운데 나는 본성에 관해 더욱 많이 알 수 있다. 나는 돼지고기가 한 편의 시보다 더 좋고, 바삭바삭하게 잘 구워진 고기만 있다면 번잡스러운 철학은 능히 포기해 버리는 유물론자이다.

생활을 사색의 위에 놓고 살아야 숨 막히는 철학의 세계에서 벗어나 어린아이 같은 진실한 통찰력에 신선함과 자연스러움을 더할 수 있다. 진정한 철학자라면 어린이를 보거나 심지어 철창에 갇힌 새끼사자를 보더라도 부끄러움을 느낄 것이다. 발톱·근육·부드러운 털, 쫑긋거리는 귀 등 얼마나 완벽하게 만들어져 있는가! 철학자들은 하느님이 주신 완벽함이 사람의 손에 의해 불완전한 것으로 되어 버리는 데 부끄러워해야 하며, 안경을 쓰고 식욕을 잃은, 그래서 인생의 재미를 제대로 느끼지 못하는 자신을 부끄러워해야 한다. 이런 철학자들에게서 무엇을 얻을 수 있을까? 그들이 말하는 것 가운데 중요한 사항은 하나도 없다. 철학이 즐겁게 시와 손을 잡고 자연과 인간본성에 대해 진실한 모습을 보여 주었다고 할 때에야 그나마 필요한 것이 될 수 있다.

어떤 인생철학도 주어진 우리의 본능과 조화를 이루어야 한다. 지나치게 이상을 추구하는 철학자는 곧 자연에 의해 그 허구가 밝혀지고 만다. 중국의 유교철학에 따르면 인간의 권위는 자연의 법칙을 따라 살며 하늘과 땅과 같은 존재가 되었을 때 그 최고점에 달한다고 한다. 다음은 공자(孔子, 쿵즈)의 손자인 자사(子思, 즈스)가 쓴 중용의 한 구절이다.

하늘이 주신 것을 성(性)이라 하고, 성을 따르는 바를 도(道)라 한다. 도를 키우는 것을 교(敎)라 한다. 희로애락(喜怒哀樂)에 움직이지 않음을 중

(中)이라 하고, 그들이 적당히 표현되면 화(和)라 한다. 중(中)은 천하의 기본이요, 화(和)는 도에 이르는 길이다. 중화를 얻으면 천지가 자리를 잡고 세상만물이 영양을 얻어 자라게 된다.

성(誠)으로부터 명(明)에 도달하면 성(性)이라 하고, 명(明)으로부터 성(誠)에 이르면 교(教)라 한다. 성(誠)이 있으면 명(明)해지고, 명(明)이 있으면 성(誠)을 찾을 수 있다. 세상에서 성(誠)을 다하는 자만이 성(性)을 얻을 수 있다. 자신의 성(性)을 채워야만 다른 사람들의 성(性)에 도달할 수 있고, 다른 사람들의 성(性)을 채워야 만물의 성(性)에 이르게 된다. 만물의 성(性)에 이르면 온 세상의 화육(化育)을 도울 수 있고, 그렇게 되면 천지(天地)에 참(參)할 수 있다.

제 7 장
한가로움의 중요성

1. 인간은 유일하게 일하는 동물이다

인생의 향연은 우리 앞에 펼쳐졌고, 오직 남은 문제는 우리의 식욕이다. 사람을 가장 난감하게 만드는 문제는 일을 해야 한다는 생각과 그 자신이 스스로 부과했거나 문명이 그에게 부과한 일의 양이다.

다른 만물은 빈둥거리지만 사람은 일을 한다. 왜냐하면 문명의 발전에 따라 생활은 점점 복잡해지고 의무·책임·공포·구속·야망 등 자연에 의해 생긴 것이 아닌 인간사회에서 야기된 문제들이 잇따라 생기게 된다.

책상 앞에 앉아 있으려니 창문으로 교회 십자가에 앉아 있는 비둘기가 보인다. 비둘기는 점심 걱정을 하지 않는다. 내 점심은 비둘기의 점심보다 훨씬 복잡하며, 이 점심을 위해 수많은 사람들이 생산 · 운반 · 판매에 노력을 들였다. 인간이 먹을 것을 구하는 일은 이래서 다른 짐승보다 더 어려운 이유이다. 만약 밀림의 야수를 도시에 풀어 놓아 인간생활의 바쁜 모습을 보여 준다면 틀림없이 그 짐승은 인간사회에 대해 회의적이고 난감한 기분을 갖게 될 것이다.

그 짐승이 가장 먼저 한 생각은 인간만이 일을 하는 유일한 동물이라는 것일 거다. 몇몇 쟁기를 쓰는 말이나 소를 제외하곤 집안에 있는 동물들도 일을 하지 않는다. 개도 대부분 낮잠 자는 데에 시간을 보내며, 고양이는 자신이 가축이라는 사실도 모르는 듯 이쪽저쪽 심지어 남의 집 담도 넘어 다닌다. 그러고 보면 울안에 갇혀 사육되면서도 음식 하나 얻어먹지 못하고 문명과 복잡한 사회의 강요에 의해 자기 먹을 것을 걱정하는 악착스런 본성은 인간만이 갖고 있는 것이 된다. 인간성은 틀림없이 좋은 것이다. 지식을 얻어 즐거움을 알고, 대화를 나누고, 상상의 자유, 연극관람의 기쁨도 누릴 수 있으니까 말이다. 그렇지만 인간생활은 너무 복잡하고 사람의 일 중 90%가 직접적이든 간접적이든 먹고 사는 일과 관련되어 있다는 근본적인 문제에 부딪히게 된다.

문명이란 주로 먹을 걸 찾는 일이고, 발전이란 먹을 것 찾기가 점점 어려워지는 현상을 말한다. 사람이 먹는 문제로 곤란을 당하지 않는다면 그토록 일을 열심히 하지 않아도 될 것이다. 위험한 일은 우리가 지나치게 문명화되어 식생활 문제가 어려워짐에 따라 먹어야 하는 문제에 너무 힘을 쏟게 되어 식욕이 없어졌다는 데에 있다. 밀림의 짐승이 보든 철학자가 보든 마찬가지일 것이다.

도시의 빌딩 숲과 지붕을 볼 때마다 나는 겁이 난다. 길거리를 내려다보아도 온통 회색 아니면 빛바랜 붉은 벽돌담, 똑같은 모양의 작고 지저분한 유리창들과 우유가 한 병쯤 나와 있거나 꽃이 시든 거의 비슷한 베란다, 고개를 들어 보아도 몇 마일씩 계속 우중충한 지붕과 건물, 급수탑들뿐이다. 사람이 거기 살고 있는 것이다. 한 가족당 유리창이 1개일까, 2개일까? 무슨 일을 하여 먹고 살아갈까? 어지러워진다. 창문들 뒤에선 비둘기가 제 집을 찾아가듯 부부가 잠을 자고, 아침에 일어나 커피를 마시고, 남편이 밖으로 나가 빵을 벌어오는 동안 아내는 집안 청소를 하고, 오후가 되면 문밖으로 나가 이웃집 여자와 잡담을 나누고, 바깥 공기도 마시고, 밤이 되면 지쳐서 잠자리에 들고……. 이렇게 사는 것이다!

물론 좀 더 넓은 집을 쓰며 돈 걱정도 덜하며 사는 사람들도 있다. 하지만 그렇다고 해서 이들의 살림에 걱정이 없는 것은 아니다. 더욱 행복해졌다고도 할 수 없다. 비교적 그 수가 많지는 않겠지만 바람난 남편을 기다리며 밤을 새우는 여자도 있을 테고, 울적함을 못 이겨 밤거리를 산책하는 부부도 있을 것이다. 기분전환이 바로 이것이다. 그들에게 필요한 것은 단조롭고 획일화된 벽돌담과 반짝거리는 마룻바닥을 떠나 기분을 바꾸는 일이다. 물론 이를 위해 나체 쇼를 구경하러 가기도 한다. 하지만 이들의 생활에서는 이루 헤아릴 수 없이 수많은 병들, 예를 들어 신경쇠약·각종 궤양·간장 이상·고혈압·동맥경화 등이 생겨난다. 이런 병들을 죽 늘어놓아 봐야 아무 소용이 없다. 행복의 문제는 전적으로 이런 집에 살고 있는 사람들의 자질과 성격에 달려 있다. 물론 이들 중 행복감을 느끼며 살고 있는 사람도 있겠지만, 대개 이들은 앞서 얘기했던 일을 더욱 많이 해야 하는 사람들보다 덜 행복한 편이다. 보다 지겹고 짜증스러워할 것이다. 그러나 그들은 자동차가 있고, 혹 시골에 별장이 하나쯤 있을지도 모른다. 바로 시골집이 그들의 구원인 것이다. 시골 사람들은 도시로 진출하기 위해 일을 하고, 도시로 나와선 또 시골로 돌아가기 위해 돈을 모은다.

도시의 거리를 산책해 보라. 미용실과 꽃가게와 선박회사가 있는 큰 길, 뒤편에는 약국 · 식품점 · 이발소 · 세탁소 · 싸구려 식당들이 즐비하다. 큰 도시에서 한 시간쯤 더 돌아다녀봐야 좀 더 많은 가게들을 볼 수 있다는 것 외에는 다를 것이 없다. 이 많은 사람들은 다 어떻게 살아갈까, 왜 이곳에 왔을까? 간단하다. 세탁소 주인은 이발사와 식당주인의 옷을 다려 주고, 이발사는 세탁소 주인과 식당주인의 머리를 깎아 주고, 식당주인은 그들의 식사를 나르고……. 바로 이것이 문명이다. 놀랍지 않은가? 이들이 평생 동안 10블록을 벗어나지 못하고 두리번거리며 살아가리라는 것을 장담할 수 있다. 다행히도 이들에겐 영화가 있어 새들의 울음소리도 들을 수 있고, 그들을 터키 · 이집트 · 히말라야에까지 데리고 간다. 또 그들이 볼 수 없는 폭풍 · 난파선 · 대관식 · 개미 · 송충이 · 들쥐 · 지네와 도마뱀의 싸움 · 모래 · 구름 등 모든 것을 보여 준다.

현명한 인간이여, 무섭도록 현명한 인간이여! 도대체 인간이 무엇이길래 호호백발이 될 때까지 먹고 살기에 바빠 놀 줄도 모른 채 일하고 걱정하니, 불쌍하구나.

2. 중국 사람의 여가론(餘暇論)

중국 사람들이 대단히 여유 있는 사람들로 알려져 있듯, 미국 사람들은 위대한 행동가로 알려져 있다. 그리고 이들은 서로 상대방의 그런 면을 존경하고 있다. 이런 면이 국민성이라고 불리는 것이다. 동 · 서양이 서로 만나게 될지는 모르겠지만 분명한 사실은 차츰 가까워지고 있으며, 현대 문

명이 퍼져 나가듯 앞으로 가면 갈수록 더 가까워질 것이다. 이 기계문명이
중국에 상륙했다는 사실을 부정하지는 않는다. 그렇지만 문제는 중국의 정
통적인 인생철학과 기술에 의한 현대문명을 잘 통합해서 이른바 살아가는
방법을 어떻게 만드느냐이다. 특히 이 문제는 누구도 예측할 수 없겠지만,
동양철학의 영향하에 살고 있는 동양 사람의 경우 더욱 심각하다.

좌우간 기계문명은 인간들에게는 덜 일하고 많이 쉬어도 될 만큼의 시간
적 여유를 만들어 주었다. 이 모두는 환경의 문제이며, 싫으나 좋으나 여가
가 생긴 인간은 이 여가를 어떻게 즐겨야 하는가? 싫든 좋든 그 방법을 찾
아야만 한다. 다음 세기를 예측할 수 있는 사람은 아무도 없다. 앞으로 30
년쯤 뒤의 인간생활을 예언한다면 아주 용감한 사람이 될 것이다. 이렇게
발전이 계속되다 보면 언젠가 인간이 그 문명에 지쳐 버릴 때가 올 것이고,
그렇게 되면 인간들은 자신들이 그동안 이룩한 물질적 업적을 뒤돌아보게
된다. 질병이 없어지고, 가난이 사라지며, 먹을 것이 풍성해지는 등의 물질
적인 생활의 향상이 이루어진다면 인간은 오늘날처럼 그렇게 바쁘지는 않
을 것이다. 오히려 이런 새로운 환경 때문에 인간이 더욱 게을러질지도 모
르겠다.

이런 문제와는 달리 주관적인 요인도 객관적인 요인만큼 중요하다. 철학
은 인간의 외관뿐 아니라 성격까지도 변화시킨다. 이 기계문명에 어떻게
대항하느냐는 그 사람이 어떤 사람이냐에 달려 있다. 생물학에선 이 차이
를 자극에 대한 감수성의 차이나 반응 속도의 차이 등으로 말하기도 한다.
현재 기계문명이 번창하고 있는 서양 각국에서도 이 문명에 대한 반응은
그 나라의 국민성에 따라 결정되었다. 중국의 경우는 프랑스와 비슷하다.
두 나라의 국민성이 비슷하니까.

미국은 현재 이 기계문명이 가장 발달한 나라로 손꼽히고 있으며, 세계

는 점점 미국식 생활방식과 규범에 의해 지배될 것이라고 생각된다. 그러나 나는 미국 사람의 기질이 어떻게 변화할지 아무도 모르므로 이 의견에는 반대이다. 반 와이크 브룩스(Van Wyck Brooks, 1936년 《The Floweing of New England》라는 책을 냈음)가 책에서 얘기했듯이 뉴잉글랜드(미국 동북부 6주, 미국 문명의 발상지) 시대의 문화가 다시 부활할지도 모르는 일이다. 한때 찬란했던 뉴잉글랜드 시대의 문화가 미국의 문화가 아니라고 말할 사람은 아무도 없고, 월트 휘트먼이 그의 〈민주적 전망〉에서 예언한 것처럼 자유로운 남성과 완전한 어머니의 탄생은 단지 약간의 휴식이 필요할 뿐이다. 만약 19세기 말엽의 골드 러쉬(Gold Rush, 서부지방의 사금을 찾아 서부로 국민들의 대이동이 있었다.) 때문에 가지가 잘린 뉴잉글랜드 시대의 문화가 다시 살아난다면 제2의 휘트먼, 제2의 소로가 다시 생겨나지 말란 법도 없다. 그렇게 되면 미국 사람의 기질은 지금과는 판이하게 바뀌어 저 에머슨이나 소로와 같은 기질과 비슷하게 되지 않을까?

내가 아는 한 교양(敎養)이란 여가의 산물이다. 따라서 교양의 아름다움은 여유로움의 아름다움이다. 중국 사람들은 서두르지 않는 현명한 사람을 가장 교양 있는 사람으로 평가한다. 바쁘다는 것과 현명하다는 것의 사이에는 많은 철학적 모순이 있는 것처럼 보인다. 따라서 가장 현명한 사람은 가장 여유 있게 한가한 사람이 된다. 이 자리에서 나는 중국에서 행해졌던 여유 있는 생활을 위한 방법과 기술을 설명하자는 것이 아니다. 다만 그 속에 들어 있는 철학, 근심 없고 때론 시적이기까지 한 그들의 기질에 대해 이야기하고자 한다. 어디에서 세속적인 출세를 우습게 여기는 중국 사람의 기질이 생겨났을까?

먼저 18세기의 비교적 무명작가인 서백향(舒白香, 수바이샹)이 말한 여가론을 밝혀 보자. 그는 '시간은 여유 있을 때 쓸 데가 있다.'고 주장했다. '시간의 여유란 아무것도 놓여 있지 않은 마루와 같다.' 모든 직장 여성들은 방을 세 내면 온갖 가구와 생필품들을 들여놓아 발 디딜 틈도 없게 만들어 놓는다. 월급이 오르면 좀 더 큰 방으로 이사를 하고, 그렇게 되면 남는 부분이 다소 생기게 된다. 방에 친숙하게 되는 것은 바로 이 남은 공간 때문이며, 여가가 있어야 우리 인생도 견딜 만한 것이다. 나는 뉴욕의 파크 에비뉴에 사는 한 부잣집 마나님이 자신의 생활을 방해받지 않으려고 주위의 땅을 모조리 사들여 그냥 공지로 놀리고 있다는 말을 들었을 때, 그 부인을 이해할 수 있었다. 그 이상 현명하게 돈을 쓸 수 있는 방법을 그녀는 모르고 있었을 테니까 말이다.

이와 관련된 내 경험을 말해 보면, 뉴욕에 살면서 난 마천루(摩天樓)가 아름답다고 생각해 본 적이 없었다. 그러나 시카고엘 가서 건물 앞에 넓은 뜰이 있고, 반 마일 정도의 공지가 건물 주위에 있는 것을 보고 '마천루도 아름답고 웅대할 수도 있구나.' 하는 생각을 하게 되었다. 시카고는 이런 점에서 뉴욕보다 행복하다. 건물이 드문드문 있으니 전망도 좋고, 인생도 이처럼 정신적 생활을 자유롭게 바라볼 수 있어야 한다. 우리에게는 정신적인 앞뜰이 없다.

3. 여유 있는 생활의 예찬

중국 사람들의 여유를 사랑하는 마음은 여러 가지 요인이 결합되어 생겨났다. 먼저 기질에서 출발하여 문학적 예찬을 받았고, 철학으로 정당성을 부여받았다. 다시 말해서 기질적으로 생활을 아낄 줄 알았고, 낭만주의를 바탕으로 문학적으로 성장했으며, 주로 도교에 의해 그 타당성을 인정받은 것이다. 여기서 분명히 얘기해 둘 것은 여유 있는 생활의 예찬이 결코 일부 부유층을 위한 것만은 아니라는 사실이다. 오히려 스스로 한적한 생활을 찾아나선 가난하고 청렴한 선비들을 위한 것이다. 매우 청렴한 스승이 가난한 선비들을 가르치고 있다고 상상해 보라. 틀림없이 스승은 그 중국 고대의 시나 문장 속에서 만족감과 기쁨까지도 느낄 수 있을 것이다.

입신양명에 실패하고 초야에 묻힘이 좋겠다고 생각한 선비들이 남겨놓은 그 시문들이 과거에 떨어진 후배 선비들을 얼마나 위로했을까? 또한 '시장이 반찬'이라는 속담은 가족들을 배불리 먹이지 못하는 많은 가장들에게 얼마나 많은 위안을 주었을까. 현대 중국의 프롤레타리아 문학가들이 소동파(蘇東坡, 수둥포)와 도연명(陶淵明, 타오위앤밍)을 유한 지식계급의 상징이라고 매도하지만, 이런 오해가 있을 수 있을까? '강물 위엔 맑은 바람, 언덕 위엔 밝은 달'이라고 읊은 소동파(蘇東坡, 수둥포)나 '이슬이 옷깃을 적시고 닭이 뽕나무 위에서 운다.'라고 한 도연명(陶淵明, 타오위앤밍)을 어떻게 비난할 수 있단 말인가? 그렇다면 강물·바람·달빛 등이 일부 부유층의 독점물이란 말 아닌가? 이들은 단지 농촌생활의 기록자가 아니라 실제 농부였던 것이다.

이런 점에서 한적한 생활을 예찬한다는 것은 아주 민주적이다. 주머니에 돈도 별로 없이 다만 낭만적인 감상과 미감만을 지닌 채 여행을 떠났던 워즈워스나 콜리지 등을 상상해 보라. 옛날에는 여행하는 데 큰 돈이 필요하지 않던 시절이 있었고, 현대에도 부자만이 여행을 하는 것은 아니다. 여유를 즐기는 데는 확실히 사치를 즐기는 데보다 돈이 덜 든다. 오히려 여가를 즐기는 데엔 예술가적 기질이 필요하지, 돈은 그리 필요하지가 않다.

중국의 낭만주의자들은 대개 높은 감수성과 방랑벽이 있어 실제 가진 것은 별로 없으나 정서는 풍부했다. 공통적으로 관료적인 생활을 거부하고 정신이 육체에 예속되는 것을 거부하는 그들의 태도에서 인생에 대한 사랑을 엿볼 수 있다. 여유 있는 삶이 부자·권력자들의 전유물이라는 말은 거리가 먼 얘기고 중국에서는 호연지기(浩然之氣)를 의미한다. 이 생각은 서양의 자유인의 품위와 비슷한 것으로 다른 사람에게 잘보이려고 하기엔 자존심이 강하고, 세속적 성공을 원하기엔 너무 현명한 사람들이다. 호연지기는 인생을 크게 보는 데에서 시작되며, 필연적으로 인생관과 관련이 있다. 이것은 인생에서 갖게 되는 야망, 바보짓, 부귀영화의 추구와 같은 것들을 꿰뚫어볼 수 있는 힘에서 생기게 된다. 이를 가진 사람은 한적한 생활을 훌륭히 즐길 수 있으며, 성공 등을 무시해 버리는 사람들이다.

이런 류에 속하는 도연명(陶淵明, 타오위앤밍)·소동파(蘇東坡, 수둥포)·백낙천(白樂天, 바이러티앤)·원중랑(袁中郎, 위앤중랑) 등의 문인들은 모두 벼슬을 지냈으나 그 권태롭고 짜증스러운 공직생활을 곧 벗어나 자녀와 함께 숨어사는 생활을 한 현자들이다. 원중랑(袁中郎, 위앤중랑) 같은 이는 상사에게 일곱 번이나 사표를 제출해서 마침내는 1년간의 짜증스런 공직생활을 떠나 거리낌 없고 자연스런 생활을 할 수 있었다.

조금 지나치다 할 정도로 여유 있는 삶을 예찬한 시가 있는데 백옥찬(白玉蟾, 바이위찬)이라는 시인이 자신의 서재를 '나재당(懶齋堂, 게으름의 전당)'이라고 명명하고 쓴 글이다.

너무 게을러서 노자(老子, 라오즈)를 읽지 않는다. 왜냐하면 도(道)는 책 속에는 없기에.

게을러서 경전을 읽지 않는다. 경전이 도보다 깊지 않으니.

조의 정수는 비고(虛), 맑고(淸), 차가운 것(冷). 온종일 바보처럼 살면 곧 빈 것 아니겠는가.

게을러서 시도 읽지 않는다. 읽기를 그치면 시가 달아나 버리니.

게을러서 금(琴)도 잡지 않는다. 노래가 줄 위에서 죽어 버리니.

게을러서 술도 안 마신다. 이미 세상사가 다 술 밖에 있으니.

게을러서 바둑도 두지 않는다. 이기고 지는 것이 다 밖에 있으니.

게을러서 경치도 보지 않는다. 마음속에 이미 그림이 있으니.

게을러서 바람과 달도 쐬지 않는다. 신선이 이미 마음속에 있으니.

게을러서 세상일에 관여하지 않는다. 마음속에 집이 있고 재산이 있으니.

게을러서 계절의 변화를 보지 않는다. 마음속에 하늘의 움직임이 있으니.

소나무도 썩을 것이요, 바위도 깨질 것이나, 나는 언제나 나.

이 집을 나재당이라 불러 적당하지 않겠는가?

그러므로 여유 있는 예찬은 항상 고요한 생활, 근심 없는 마음, 자연을 마음껏 즐기는 것과 관계가 있다. 시인이나 학자들은 재미있는 별호가 있었으니 '강호객인(江湖客人)' 두보(杜甫, 두푸)라든지, '동파거사(東坡居士)' 소동파(蘇東坡, 수동포), '무호일인(霧湖逸人)'이라든지 하는 것이 그렇다.

여유 있는 생활을 즐기는 데엔 돈이 전혀 필요 없다. 오히려 이런 생활은 부자보다 돈을 우습게 보는 사람들이 갖는 즐거움이다. 또 단순한 생활, 돈 버는 일에 염증이 난 사람들의 내적인 마음의 부유함에서 오는 것이다. 한번 즐기리라 마음먹으면 어디에서나 즐거움은 찾을 수 있다. 만일 이 세상의 일들을 즐길 수가 없다면 그 이유는 인생을 충분히 사랑하지 않거나 일상적인 생존에 자신을 온전히 맡겼기 때문일 것이다. 노자(老子, 라오즈)는 생활을 적대시했다고 욕을 먹지만 이는 잘못이다. 오히려 그는 너무 인간을 사랑했기에 잡다한 속세를 떠나라고 가르친 것이다.

사랑이 있으면 질투가 있기 마련이다. 생활을 지극히 사랑하려면 한가한 순간을 남에게 빼앗기지 않으려는 질투심이 있어야 한다. 그리고 언제나 방랑자의 특징인 자존심과 품위를 가져야 한다. 낚시질을 할 때도 일을 할 때처럼 신성해야 한다. 마치 영국 사람들이 스포츠를 종교시 하듯이, 과학자가 연구를 하고 있을 때 누군가 방해를 하면 짜증이 나듯이, 골프장에서 누군가가 주식시장에 대한 얘기를 한다면 역시 짜증나는 일이다. 동시에 그는 장사꾼이 대목을 놓친 것을 애석해 하듯 봄이 다 가는데도 제대로 여행 한 번 못해 본 것에 대해 안타까워한다.

4. 이 지상이 곧 천국이다

우리의 인생이 유한하다는 사실을 알게 되면 열렬한 생활의 사랑에는 다소 슬픈 시적 가락이 더해진다. 이상한 얘기 같지만 인간은 언젠가 죽는다는 슬픈 깨달음은 오히려 중국학자들로 하여금 인생을 보다 예리하고 강력하게 사랑하도록 만들었다. 우리에게 주어진 시간이 유한하다면 시간이 계속되는 한은 더욱 열심히 즐겨야만 한다는 생각이 들게 되기 때문이다. 쓸데없이 영생을 찾는다면 이 지상의 즐거움은 사라져 버리고 만다.

아서 케이스 경은 마치 중국 사람처럼 다음과 같이 말하고 있다. "이 지상이 유일한 천국이다. 사람들이 이 사실을 나처럼 믿기만 한다면 이 세상을 보다 천국으로 만들려고 노력할 것이다."

소동파(蘇東坡, 수동포)는 '인생이란 흔적 없이 지나가는 봄날의 꿈과 같다.'라고 말했고, 그랬기 때문에 그는 인생을 더욱 열심히 사랑했다. 중국 문학을 대하면 항상 이런 인생무상, 생명의 유한함과 같은 감상에 젖는다. 그들은 즐겁게 지내는 동안에도 이런 감상을 바탕에 깔고 있는 것이다. 곧

보름달이 환한데 꽃이 피어 있는 모습을 보며 '달도 차면 기울고, 꽃은 피면 지고 만다.' 라고 읊었다.

이백(李白, 리바이)의 유명한 시구인 '인생은 꿈과 같으니, 이렇게 즐길 수 있는 것이 몇 번이나 되겠는가?' 라고 읊은 곳은 한 '춘야도리원(春夜桃李園, 춘예타오리위앤)' 에서의 연회석상에서였다.

왕희지(王羲之, 왕시즈)가 유명한 〈난정기(蘭亭記, 라팅지)〉를 쓴 것도 유명하게 된 친구들과 모인 자리에서였는데, 이 글에는 인생무상의 감상이 전형적으로 나타나 있다.

영화(永和, 융허) 9년(서기 353년) 늦은 봄, 회계산 기슭의 난정에 우리들이 모였다.

유명한 사람도 다 모였고, 노소가 모두 함께 자리했다. 이곳은 높은 산과 험한 고개, 빽빽한 나무숲과 큰 대나무가 있다. 맑은 시냇물과 격류가 좌우로 흐르고 있다. 나란히 앉아 시냇물에 술잔을 띄워 서로 술을 마신다. 악기도 없지만 서로 노래하며 술 마시고 얘기를 나눈다. 오늘은 하늘도 맑고, 공기는 시원하고, 바람도 서늘하게 불어온다. 위에 우주를 이고 발아래 잡사를 놓아 온 풍경을 눈에 담아 마음내키는 대로 눈과 귀가 즐거움을 누리니 즐겁기 한량없다.

한자리에 모여 인생을 논하는데, 어떤 사람은 자리에 앉아 부담 없이 자기 생각을 이야기하고, 또 어떤 이는 감정을 못 이겨 육체를 벗어난 딴 세상 이야기를 하고 있다. 모두 자기 끌리는 대로 때론 시끄러운 사람도 있고, 가만히 남의 얘길 듣기만 하기도 하며, 즐거움에 젖어 우리들 나이가 들었음을 잊고 있다.

그러다 만족감 뒤에 냉정함이 와서 분위기가 바뀌자 우리의 꿈과 희망도 바뀌어 후회가 솟아오른다. 빛나는 눈에 지금까지의 즐거움은 다만 지나간 것이 되어 버렸고, 후회스런 기억만이 떠오른다. 길든 짧든 인생은 빈손으로 돌아가는 것. 옛 사람의 말처럼 살고 죽는 것이 다 위대하니 어찌 슬프지 않겠는가.

이따금 옛 사람의 기쁨과 후회를 책을 통해 읽으며, 그들 역시 우리와 마찬가지임을 깨닫는다. 그리고 슬픔과 연민의 감정에 사로잡혀 분명한 인생을 살고 싶어진다. 죽음과 삶이 같지 않음은 분명한 진실이고, 장수와 요절이 같지 않음도 틀림없다. 우리가 옛 것을 슬퍼하듯이 다음 사람 역시 우리를 보고 슬퍼하겠지. 그래서 나는 여기 모인 우리들의 얘기를 적으니 시대가 바뀌고 환경이 바뀌더라도 그들이 느끼는 행복과 후회는 역시 마찬가지이리라. 이 글을 읽고 후세 사람들은 무엇을 느낄까?[1]

생자필멸, 즉 촛불이 꺼지듯 우리들 생명도 꺼지고 만다는 믿음은 아주 좋은 일이라고 생각한다. 이 믿음을 가지면 약간 침착해지고 약간 슬퍼지며 우리들 대부분이 시인이 된다. 그렇지만 이런 믿음이 있기에 사람들은 삶의 경의도 굳히고, 진실하고 감수성 있게 인생을 살며 우리의 한계도 인정하는 여유까지 갖게 된다. 또 이런 믿음은 평화를 주는데 진정한 마음의 평화는 최악의 상태를 받아들였을 때 비로소 생겨난다.

중국의 시인이나 일반 사람들은 생활을 즐기면서도 항상 즐거움은 영원히 계속되지 않는다는 잠재의식을 갖고 있었다. 일장춘몽이라는 말은 이교도들에게 묘한 정신력을 준다. 이교도들은 송나라 산수화처럼 안개가 끼어

---

1. 이 〈난정기(蘭亭記, 라팅지)〉의 원고는 오늘날에는 오히려 서법(書法)의 교과서로 되어 있다. 왜냐하면 이 글을 쓴 왕희지(王羲之, 왕시즈)가 중국에서는 서성(書聖)으로 추앙을 받기 때문이다. 처음 썼던 것을 세 번이나 고치려고 했기에 현재 보존되는 원고에는 지운 자리, 더 넣은 자리 등이 그대로 표시가 되어 있다.

공기에서 물이 떨어질 듯한 모습으로 인생을 바라본다.

인간은 죽는다는 명제로 인해 간단해진다. 인간이 지상에 살고 있는 시간은 한정되어 있다. 70을 넘기기도 어려운 인생이다. 그러므로 주어진 상황하에서 최상의 행복을 누릴 수 있도록 인생을 설계해야 한다. 바로 이것이 유교의 배경이다. 유교는 본래 굉장히 현실적인 경향이 짙다. 인간이 동물이고 하등동물에서 점점 진화했다는 사실을 믿는다면 인간 역시 다른 동물들처럼 가장 정상적인 본능이 충족되었을 때 가장 큰 만족을 느낀다는 생각을 쉽게 할 수 있다. 이렇게 되면 본능에 충실한 감각적인 인생이야말로 모든 즐거움에 적용될 수 있는 것이다.

그러면 우리는 유물론자인가? 중국 사람들에게는 아주 어려운 문제다. 물질적이고 현실적인 정신으로는 육체와 정신의 차이를 구별하기가 쉽지 않다. 물론 중국 사람들은 동물적 편안함을 찾지만 이 안락함은 감각의 문제로, 정신과 육체를 구별하는 것은 그들이 얻은 지식에 의해서이다. 하지만 감각에는 앞에서도 말했듯 정신적인 것과 육체적인 것이 있다. 음악은 인간이 가진 예술 가운에 가장 정신적 예술이지만 청각이 없이는 얻을 수 없다.

중국 사람들은 맛에 대한 감각이 음을 알아듣는 감각보다 정신적으로 낮은 이유를 모르고 있다. 이러한 두 가지 측면을 고려하고 사랑하는 애인을 생각해 보자. 그의 정신과 육체를 따로 사랑하기란 불가능한 일이다. 우리가 한 여자를 사랑한다고 하면 그녀의 몸짓·웃음·표정을 사랑하는 것이다. 그러나 이런 것들이 육체적인지 정신적인지 누가 대답할 수 있겠는가?

이런 현실적인 인생관은 중국 사람의 인간주의와 행동, 사고방식에 큰 도움을 받고 있다. 중국 사람은 진리를 찾기보다는 생활의 지식을 찾고 있는 셈이다. 형이상학적인 사고방법은 살아가는 데에 불필요한 책상물림 같은 것으로 밀어놓고 인생 자체에 대해 다음 같은 유일한 문제에 자문한다. 즉 '어떻게 살아갈 것인가?' 따라서 서양 철학은 중국 사람에게는 시간 낭비로밖에 보이지 않는다. 지식에 이르는 방법으로써 논리와 지식의 가능성을 간단한 인식론에 사로잡힌 서양 철학자들은 인생 그 자체를 안다는 문제에 대해 잊고 있다. 말하자면 결혼해서 아이를 낳을 생각도 없이 사랑을 하며, 싸움도 안 하면서 행진만 하는 영국 군대들처럼 아주 바보스러운 짓이다. 그 가운데서도 독일 철학자들이 대표적인데, 진리를 열렬히 짝사랑만 했지, 결혼신청은 한 번도 해본 적이 없다.

5. 행운이란 무엇인가?

여유 있는 생활을 창조해 내는 데에 끼친 도교의 특별한 공헌은 바로 인생에는 행운도 불운도 없다는 사상이다. 위대한 도교의 가르침은 행위보다는 무위(無爲), 성취보다는 성실을, 움직임보다는 조용함에 있다. 그러나 마음이 조용하려면 운수의 변화에 방해를 받지 않아야 한다. 유명한 도학자인 열자(列子, 리에즈)는 새옹지마(塞翁之馬)의 얘기를 만들어 냈다.

틀림없이 이런 철학이 사람들로 하여금 약간의 불운을 견딜 수 있게 해준다. 행운은 항상 불운을 동반하고 나타난다는 생각을 하게 되면 말이다. 인생에는 메달처럼 두 가지 면이 있다. 조용한 것을 찾고 번잡스러운 것을 싫어하며, 세속적인 성공을 우습게 여기는 철학은 다 여기에서 출발한다. 이 철학은 '아무런 말이 없는 사람은 아무런 일이 생길 게 없다.'고 가르친다.

성공은 실패의 어머니라는 생각을 하게 되면 성공을 누가 그렇게 바랄 것인가. 성공하면 할수록 실패에 대한 두려움은 커지게 되고, 일단 꿈이 깨지게 되면 오히려 편안한 피신감이 들게 된다. 도교적 입장으로 본다면 교육받은 사람이란 성공을 성공으로, 실패를 실패로 그대로 받아들이지 않는 사람을 말한다. 그렇지 못한 사람은 그저 눈에 보이는 성공이나 실패를 그대로 진실로 인정해 버리는 사람으로 교육받지 못함을 의미한다.

불교와 도교의 차이점은 이래서 분명해진다. 즉 불교는 아무것도 원치 말라는 무욕(無欲)의 교리이고, 도교는 아무것도 다른 사람의 원함의 대상이 되지 말라는 교리이다. 사람들로부터 아무런 원함을 받을 게 없는 사람이야말로 걱정근심 없는 행복한 사람이다. 위대한 도학자의 한 사람인 장자는 너무 뛰어나지 말 것이며, 너무 유능하지 말 것, 너무 남에게 도움이 되지 말 것을 경고하고 있다. 돼지는 살이 찌면 잡힐 것이고, 아름다운 새는 그 아름다움 때문에 사냥꾼의 표적이 된다. 장자(莊子, 쫭즈)는 도굴꾼의 일화를 들어 이를 설명한다. 미련스럽게 입에다 진주를 물고 죽었기 때문에 그는 죽어서도 머리가 깨지고 턱뼈가 깨지는 고통을 또 한 번 당하는 것이다.

결론은 분명하다. 왜 인간들은 좀 여유로운 생활을 하지 못하는 걸까?

6. 미국 사람의 세 가지 악덕

중국 사람과 미국 사람의 철학에는 큰 차이가 있다. 인생이란 우리의 정신을 육체의 노예로 만들만큼 고심할 가치가 있는 것일까? 중국의 여유 있는 생활철학은 이를 부정한다. 내가 본 광고 중 가장 미국적 특징을 잘 나타내는 것은 어떤 기계회사 광고였는데, '이 정도라고 하는 것은 불충분하다.'라는 문구이다. 100%의 효율을 기대한다는 것은 좀 꺼림칙한 기분을 준다. 미국 사람의 문제는 거의 완벽에 가까운 경우에도 이를 좀 더 개선하려는 생각에 있다.

미국 사람의 3대 악덕이라면 능률의 숭상, 정확성의 추구, 성공에 대한 욕망을 들 수 있다. 바로 이것 때문에 오늘날 미국이 불행하고 신경질적이 되어 버린 것이다. 이 때문에 미국 사람들은 여유 있는 오후를 즐길 수가 없다.

우리들은 이 세상의 종말이 없다고 믿으며, 어떤 일을 완수하는 것 못지않게 자연스럽게 내버려 두는 미학도 있다는 신념을 가져야 한다. 편지를 받자마자 답장을 한 결과가 답장을 아예 안 한 경우보다 항상 나은 것은 아니다. 중요한 약속을 잊는 수도 있겠지만 불쾌한 약속에 빠지게 될 수도 있다.

대개 편지는 한 석 달쯤 처박아 두었다가 꺼내 보면 시큰둥한 게 보통이다. 편지를 자주 쓴다는 것은 시간의 낭비라 할 수도 있다. 편지를 너무 많이 쓰다 보면 소설가는 판매사원으로, 대학교수는 유능한 회사중역으로 전락하고 만다. 이런 점에서 나는 소로가 우체국을 자주 들락거리는 미국 사람을 비판한 것에 이해가 간다.

그렇지만 내가 여기서 일을 신속하게 끝내는 능률에 대해 시비를 거는 것은 아니다. 나는 미국제 수통마개를 중국제보다 더 애용한다. 튼튼하고 잘 맞아 믿을 수 있기 때문이다. 그런데 인간은 능률적이어야 하고, 관리가 되어 권력을 휘둘러야 한다고 주장하는 일부의 견해와, 바보스러운 사람들 때문에 세상은 유지된다는 일부의 견해가 서로 팽팽히 맞서 충돌하는 모습을 자주 본다. 문제는 어느 쪽이 더 현명한가이다. 일을 잘 마무리해 주는 기능적인 면에 대해서 비난하는 것이 아니다. 다만 이 능률이 바로 여가를 훔쳐 가며, 그릇된 완벽주의를 불러일으켜 우리의 신경을 쇠약하게 만드는 주범이라는 데 대해서 문제를 제기하는 것이다.

미국의 신문 편집자는 자사의 신문에 오자가 안 나오도록 신경을 짜내지만 중국의 편집자는 독자들이 오자를 발견해서 자기만족을 느끼도록 내버려 두는 현명함을 가지고 있다.

 미국 사람이 산에 터널을 뚫는다면 양쪽에서 동시에 파 들어가 가운데에서 정확히 만날 것이다. 그러나 중국 사람은 아마 만나지 않고 각기 다른 굴을 팔 것이다. 하지만 그까짓 굴이 하나면 어떻고 둘이면 어떤가. 사고 없이 무사히 파서 기차가 무사히 지나가면 되는 것 아니겠는가? 그러나 중국 사람들도 충분한 시간만 주어진다면 정확하게 일을 끝낼 수 있는 사람이다. 설계도 천천히, 측량도 천천히, 계획에 따라 일을 완성시킬 수 있다.

 현대 산업사회에서는 이런 여유가 허용되지 않는다. 인간을 시간의 노예로 만들어 인간이 시계 그 자체가 되게 만들어 버리는 나쁜 습관을 창조했다. 아마 이런 상황은 중국에서도 곧 일어날 것이다. 한 20만 명쯤 되는 직공이 있는 공장에서 2만 명쯤 되는 노동자들이 아침에 지각할세라 정문으로 밀려드는 모습을 상상해 보라. 짜릿할 정도의 기쁨을 느낄 수도 있다. 그렇지만 바로 이것이 인생을 비참하게 만드는 요소로, 어떤 사람이 다섯 시에 중요한 약속을 했다면 그 사람은 오후 내내 아무런 일도 손에 잡히질 않는다. 모든 미국의 성인들은 학생들처럼 시간을 사용한다. 세 시엔 이 일, 다섯 시엔 저 일, 여섯 시 반이면 옷을 갈아입고, 여섯 시 오십 분에 차에 올라 일곱 시에 손님을 만나고……. 세상 살만한 가치가 있을까?

 이렇게 미국 사람들은 슬픈 상태에 이르고 말았다. 모든 생활이 내일, 다음 주, 혹은 다음날을 위해 예약이 되어 있다. 하지만 중국에서는 3주일 후의 약속은 의미가 없다. 중국 사람이 초대장을 받으면 다행히도 참석 여부를 밝혀야만 하는 예의나 의무는 없다. 다만 갈 경우 '출(出)', 못 갈 경우 '결(缺), 다사(多謝)'라고 써도 무방하지만 대개 '밍바이(明白)—알았음' 라고 대답하면 그만이다. 초대 사실을 알았다는 것이지, 참석하겠다는 얘기는 아닌 것이다.

'미국 사람이나 유럽 쪽 친구들이 상하이(上海)를 떠난다면 이렇게 말할 것이다. '몇 월 며칠 몇 시에 어디서 무슨 회의 참석하고, 며칠엔 몇 시 기차를 타고…….' 만약 사형집행일을 그렇게 정확히 알려 준다면 어찌될까? 가고 싶을 때에 떠나고, 가고 싶을 때에 도착하는 자유로운 천하의 주인처럼 살 수는 없을까?

그러나 미국 사람들이 중국의 여유 있는 생활철학을 받아들이지 못하는 이유는 무엇보다도 출세욕과 행동을 존재보다 우위에 두는 사고방식 때문이다. 세계적으로 유명한 예술품에는 품위가 있어야 한다. 그러나 불행히도 품위는 하루아침에 생기는 것이 아니다. 술의 향기처럼 시간이 지나야 하고 오래 기다려야 한다. 늙은 사람들이 젊은이들의 존경을 받으려고 열심히 움직이는 모습은 동양 사람들 눈에는 우스꽝스러워 보인다. 마치 오래된 절에서 재즈가 방송되는 것처럼. 나이가 먹은 것으로 충분하지 않은가? 꼭 무언가 일을 해야만 하는가? 중년에 들어서서도 여유 있는 생활을 못한다면 보기 안 좋은데, 노년에까지 일을 해야 한다면 인간본성에 어긋나는 죄악 아닌가?

품위란, 무언가 오래된 느낌을 주며, 중년의 사람 이마에 있는 주름살과 같다. 이 주름살은 곧 그 사람의 품위를 나타내는 상징으로 새 차가 나오면 작년에 샀던 차를 치워 버리고, 새 차를 사는 그런 식의 생활로서는 얻기가 어려운 것이다. 우리 모두 옛 절, 옛 가구, 옛 그림은 좋아하면서도 노인의 아름다움은 잊고 있다. 이런 노년의 아름다움을 감상하는 것이 인생에는 꼭 필요하다. 아름다움이란 내가 보기엔 늙고(老), 무르익었으며(熟), 잘 훈제된(燻) 것이다.

가끔씩 나는 예언자 같은 환상에 빠질 때가 있다. 언젠가 그때가 오면 맨해튼의 모든 사람들이 천천히 걸어다니고 미국의 출세 지상주의자들이 동양의 은둔생활을 하는 모습이 보이는 듯하다.

미국의 신사들이 스커트를 입고 슬리퍼를 끌며 주머니에 손을 넣고 어슬렁거리며 생각에 잠겨 있는 모습. 경찰은 건널목에서 어슬렁대며 사람들에게 무어라 제지도 않고, 운전수끼리도 서로 스쳐가며 집안 안부도 서로 물어보기도 할 것이고, 어떤 경우는 책을 옆에 끼고 생각에 잠긴 학자의 모습도 보일 것이고, 오렌지주스 한 잔을 놓고 한 시간씩 마실 수도 있고, 술도 천천히 이야기를 나누며 즐길 것이다. 병원의 환자 접수부도 없어지고, '비상순찰대'도 없어지고, 환자는 의사와 인생의 철학을 주고받을 것이다. 기차는 천천히 운행하며 승객들은 가끔씩 하늘을 보고 날아가는 기러기의 숫자를 셀 것이다. 이런 시대가 맨해튼에 올 희망이 전혀 보이지 않음이 슬픈 일이다. 좀 더 여유 있는 생활을 즐길 수 있는 오후가 있어야만 할 텐데.

제 8 장
가정의 즐거움

1. 생물학적으로 접근하면

　　　　　　　　어떤 문명이든 그 문명의 최
종적 목표는 어떤 타입의 남편, 아내, 아버지, 어머니를 만들어 내느냐에
달려 있다고 나는 생각했다. 아주 간단한 이 점을 무시한다면 모든 문명,
즉 예술 · 철학 · 문학 등과 물질적 생활 등은 무의미한 것이 되어 버린다.
　중국 문명과 서구 문명을 애써 비교해 보려는 중국 사람들에게 위의 말
을 들려주어 진정을 시킬 수 있었다. 내 자신이 먼저 효력을 보았기 때문이
다. 중국 학생은 서양의 학문과 생활을 중국에서 배우건 외국에 나가 배우
건 어쩔 수 없이 의학 · 지리학 · 천문학 등과 고층건물, 차고 등 현란한 서

구 문명에 빠지고 만다. 혹은 문명에 빠지거나 혹은 중국에 그런 문명이 없음을 부끄러워할 것이다. 그러다 보면 자기모순에 빠져 극단적인 중국 문화의 옹호론자가 되어 버리기도 한다. 속과는 다르게 고층건물과 차도 등을 비난하겠지만, 그들도 천연색 필름과 카메라를 욕하지는 않는다. 그렇다면 너무 감상적(感傷的)이다. 따라서 동양과 서양 문화의 다른 점을 냉정하게 판단할 수가 없게 된다.

이런 열등감을 다스리기 위해 앞서 말한 진정제가 필요한 것이다. 그런 진정제를 일단 복용하면 문화나 문명에 불필요한 모든 것을 배제하고, 모든 사람을 평등한 위치에서 보게 되므로 묘한 균등화의 효과를 거둘 수 있다. 인간의 90%는 남편이고 아내이며, 100% 부모가 있으므로 태어났고, 결혼과 가정이 인간생활에 가장 큰 요소인 한 보다 나은 남편, 아내, 부모를 창조해 내는 문명이야말로 가장 행복한 인간생활을 약속하는 보다 고급의 문명이 된다.

주위에 있는 남성과 여성의 자질문제는 그들의 업적보다 훨씬 근본적이므로 어떤 여성이든 좋은 남편을 만날 수 있게 해준 문명이라면 당연히 감사해야 한다. 하지만 이런 문제는 상대적인 것이고, 사실 좋은 남편과 아내는 언제 어디서나 쉽게 찾을 수 있다. 이런 점으로 본다면 우생학(優生學)이 가장 좋은 학문일 수도 있다. 우생학을 따르면 좋은 남편과 아내를 만드는 데 힘이 덜 들 테니까. 반대로 가정을 경시하고 무시하는 문명이라면 틀림없이 결과가 좋을 수가 없다.

내가 생물다워지고 있다는 사실을 나도 잘 알고 있다. 나는 생물학적이다. 하지만 다른 사람들도 마찬가지이다. 그러므로 '생물학적으로 살자.'는 말은 새삼스러울 것도 없다. 사람이라면 누구나 좋든 싫든 이렇게 살아가니까. 사람은 누구나 의식적이든 아니든 간에 생물로서 행복하고, 생물로서 분노하고, 야심을 가지며, 평화를 사랑하는 것이다. 생물학적인 입장에서 보면 사람은 갓 태어나서 엄마 젖을 빠는 아기이고, 커서 어른이 되면 또 아기를 낳는 운명을 피할 수 없게 되어 있다. 자기를 영속시키기 위해 후손을 퍼뜨리지 않는 식물도 있듯 사람들 중에서도 부모가 되길 거부하는 사람도 있으나 그 역시 어떤 사람이건 부모가 있기에 존재하고 있다. 여기에서 우리는 다음과 같은 아주 기본적인 결론에 도달하게 된다. 인생의 가장 원초적 관계는 남녀와 그 아이의 관계이며, 따라서 이 관계를 다루지 않는 인생철학이란 철학으로 부를 가치도 없다.

그렇지만 남녀의 관계만으로 문제가 다 해결되지는 않는다. 오히려 아이를 낳는다는 사실에 집중이 되어야 한다. 어떤 문명도 남녀가 아이를 낳는 기능을 없앤다면 용서받을 수 없다. 아주 심각히 다루어야 할 문제이다. 요즘에는 결혼을 안 하려 하거나 했더라도 아이를 갖지 않는 부부들도 많다. 하지만 내 생각엔 부부가 자식도 하나 남기지 않고 세상을 떠난다는 것은 가장 큰 죄악이다. 아이를 갖지 않는 이유가 신체적인 문제에 있다면, 그 신체에 이상이 있는 것이다. 생활난 때문이라면 생활비를 너무 많이 쓰기 때문일 것이고, 이런 식으로 너무 높은 목표가 잘못일 수도 있고, 그릇된 개인주의 철학도, 사회조직과 기능도 문제가 될 수 있다.

앞으로 생물학이 더욱 발전해서 인간의 생물적 특징이 더 잘 밝혀진다면, 21세기의 남녀들은 내 말이 진리라고 여기는 때가 올 것이다. 나는 19세기가 자연과학의 비교론이 지배하는 세기였다면, 21세기는 생물학의 세기가 될 것이라고 확신한다. 인간이 자신을 가장 잘 이해하고, 천부적인 본능을 거스르지 않는 것이 좋다는 생각을 하게 되면 내가 말한 이 간단한 지혜는 훨씬 높이 평가받을 수 있다. 스위스의 심리학자 융 박사는 돈 많은 여자 환자들에게 시골에 가서 닭이나 치고, 아이도 기르며 농사짓고 살라고 처방을 내린다는데, 여기서도 점점 늘어가고 있는 생물학적인 방법을 보게 된다. 이 여자 환자들의 치료가 어려운 이유는 그들이 생물적인 기능을 다하고 있지 않다거나, 생물학적 기능 자체가 내세울 수 없을 만큼 저급한 것이라는 데 있다.

유사 이래 아무도 남자와 여자가 같이 살라고 가르쳐 준 적은 없지만, 남자가 여자 없이 산 적 또한 없다. 아마도 여자가 없으면 세상에 나올 수 없다는 사실을 보다 절실히 깨달으면 여자를 가볍게 여길 수가 없을 것이다. 죽을 때까지 남자의 주위에는 어머니가, 아내가, 딸이 항상 있게 된다. 결혼을 안 했더라도 워즈워스처럼 누이의 도움을 받아야 하거나, 허버트 스펜서[1]처럼 가정부의 도움이라도 받아야 한다. 누이와 원만한 관계를 이루지 못했다면 아무리 훌륭한 철학이라도 워즈워스의 마음을 구원할 수는 없었을 것이다.

여자와 잘 지내지도 못하며, 비뚤어진 도덕관념으로 살아가는 남자에게서는 일종의 슬픔마저 느낄 수 있다. 오스카 와일드[2]는 '남자는 여자와 함께 살 수 없다. 그러나 여자 없이도 살 수 없다.'라고 했지 않은가?

그러고 보면 인도 힌두교의 인류창조설 이래 오늘에까지 사람의 생각은 그대로 머물러 있는 것이 아닌가? 힌두교 창조설에 의하면 하느님이 여자를 꽃의 아름다움, 새의 노랫소리, 무지개의 영롱한 빛, 미풍의 부드러움, 파도의 물결, 양의 순박함, 여우의 간교함, 구름의 제멋대로임, 소나기의

---

1. Herbert Spencer, 1820~1903년. 영국의 사회학자 · 철학자. 일찍이 진화론을 주장하고 지식의 종합을 통해 많은 영향을 끼쳤으며 사회보다 개인이, 종교보다 과학이 우월함을 주장했다. 명저 《종합 철학체계 The Synthetic Philosophy》가 있다.
2. Oscar Fingal O' Flahertie Wills Wilde, 1854~1900년. 아일랜드의 시인 · 극작가. 희극으로 《윈더미어 부인의 부채 Lady Windermere's Fan》(1892) · 《진지함의 중요성 The Importance of Being Earnest》(1895) 등이 있고, 소설로는 《행복한 왕자 외(外) The Happy Prince and Other Tales》(1888), 《도리언 그레이의 초상 The Picture of Dorian Gray》이 유명하다.

변덕을 넣어 만드셨다고 한다. 이런 아내를 얻은 힌두교 최초의 아담은 처음 며칠 동안은 즐겁게 세상에서 놀았다. 그러나 며칠 후 이 아담은 하느님에게 여자를 없애 달라고 청원했다. 또 이 부탁을 하느님이 들어주신 며칠 후 외롭고 심심하다며 여자를 되돌려 달라고 부탁했다. 이렇게 네 번을 없앴다 찾았다 한 끝에 하느님은 아담에게 싫건 좋건 불평하지 말고 함께 살 것을 명해 오늘에 이른 것이다. 오늘날의 모습과 무엇이 다를 게 있는가?

2. 독신주의는 문명의 기형아(畸形兒)

위와 같이 간단하고 자연스러운 생물학적 입장을 따르게 되면, 두 가지의 모순이 생기게 된다. 첫째로 개인주의와 가정 사이의 모순, 둘째, 차가운 지적 철학과 보다 인간적인 본능적 철학 사이의 모순이다. 개인주의와 지나친 이성(理性)의 추구는 가정생활이 좋다는 사실을 모르게 만들고 있다. 이 두 가지 중 후자는 전자보다 더욱 위험하다. 개인주의의 추종자는 그래도 논리적이고 총기가 있으니 그런대로 봐 줄 수가 있지만 인간의 따스한 심정보다 차가운 두뇌를 신봉하는 사람은 용서할 수가 없다. 가족들이 모여 사는 즐거움을 대신할 다른 구성단체를 찾을 수 있을지 모르겠지만 부부, 부모로서의 본능을 잊고서는 불가능하다.

인간은 혼자 살면서 행복할 수는 없는 것이니 자기 주변의 보다 큰 집단에 속해 살아가지 않으면 안 된다. 인간의 자아(自我)는 그 육체의 크기에 비례하는 것이 아니다. 그 사람이 정신적·사회적 활동을 해나가는 데에 따라 생겨나는 자아가 더욱 큰 것이다. 그러나 어느 시대, 어느 나라에 있어서도 '보다 큰 자아'의 크기가 그 시대와 나라가 차지하고 있는 크기만 큰 되지는 않는다. 인간의 생활 중 의미가 있는 것은, 살고 있는 나라보다는 훨씬 작은, 친구나 주변 환경에 의해 결정되는 소사회에 관한 것들이기 쉽다.

어떤 사람들에게는 이런 사회단위가 학교일 수도 있고, 교구(敎區)·회사·자선단체일 수도 있다. 또 이런 단위들이 가정이라는 가장 기본적인 단위를 무시할 수도 있다. 종교에 미쳐 가정을 포기하고, 일에 빠져 가정을 등한시하는 경우를 우리는 쉽게 볼 수 있다. 그러나 이 모든 사회단위 중 가장 자연스럽고, 본능을 만족시켜 주며, 의미가 큰 단위는 가정이다. 사람은 출생부터 사망까지 거의가 가정에 속해 있으며, 또 그런 것이 당연한 일이 아닌가? 또 이 가정에는 핏줄이라는, 앞서 얘기한 보다 큰 자아를 확실하고 진실한 것으로 만들어 주는 요소가 있다. 가정생활을 잘하지 못하는 사람은 다른 사회생활도 잘할 수가 없다. 공자(孔子, 쿵즈)는 이렇게 말한다.

"제자(弟子)는 집에 들어와서는 효도하며, 밖에 나가서는 공손하고, 삼가며, 믿음이 있으며, 널리 사람을 사랑하고 어짊과 가까이 한다. 그리고 힘이 남으면 글을 깨우치고 익힌다."

이런 가정에서의 집단생활의 중요성은 일단 접어놓고, 남자가 자신에게 충실하고 개성을 최대한 발휘하려면 훌륭한 이성(異性)을 만나 그로부터 조화를 얻어야 한다.

남자보다는 여자가 생물적 감각이 더욱 예민하므로 여자가 이 말을 더욱 잘 이해할 수 있을 것이다. 모든 처녀들은 마음속에 결혼식에 입을 옷과 식장에 대한 꿈을 꾸고 있다. 여자에게는 사람의 힘으로 어쩔 수 없는 모성본능이 강하게 자리 잡고 있다. 원래 자연의 순리에 의하면 여자는 아내의 역할보다 어머니의 역할을 훨씬 잘 할 수 있는 정신적이고 도덕적인 자질을 선천적으로 갖추고 있다. 예를 들어 여자들의 현실감각, 판단력, 아주 세심한 참을성, 약자에 대한 사랑, 동물에 대한 극단적 선호, 개인적이며 감상적인 성격 등이 모성본능을 이루고 있는 것이다. 이런 본능을 도외시하고 여자를 행복하게 할 수 있는 철학이란 아무 곳에도 없다. 이런 본능은 그 사람의 교육 여하에 상관없이 어릴 때부터 이미 싹터서 어른이 되면 점점 강해지게 된다.

반대로 남자의 부성본능은 30세 이전에는 거의 나타나지 않는다. 25세 된 남자가 자신이 아버지가 될 수 있음을 믿으려 할까? 그저 예쁜 여자와 사랑하며, 어쩌다 아기가 태어나도 여자는 그 아기를 키우느라 고심하고 있지만, 남자는 거의 의식하지 못하고 있다. 그러다가 자식이 대여섯 살쯤 되어 손잡고 이곳저곳 다니다 보면 자식에 대한 사랑이 본능적으로 생기는 것이다.

하지만 여자는 어머니가 되었다는 사실, 아니 될 것이라는 사실만으로도 정신적 · 육체적 변화가 오게 된다. 그 변화는 여자의 성질과 버릇에도 영향을 미쳐 임신을 한 여자가 아기 낳을 때를 기다리는 동안에 특히 잘 나타난다. 인생의 목적이나 사명 등에 대한 회의는 사라지고, 세상에서 자신이 꼭 필요하다는 생각을 하게 되며, 또 그 역할을 완수할 뿐이다. 왕후장상 집 고명딸이라도 자신의 아기가 아프면 며칠이고 밤잠을 자지 않고 아기를 간호한다.

이와 달리 부성본능은 자연계에서는 설계되지 않은 모양이다. 대체로 남자는 수오리나 수기러기처럼 수컷으로서의 책임을 다할 뿐 자식에 대해서도 크게 관심을 갖지 않는다. 그렇기 때문에 여자는 살아가는 데에 중추적 역할을 맡지 못했을 때 심리적으로 가장 괴로움을 느끼게 된다. 그런데 미국에서는 훌륭한 많은 여자들이 아무런 결함도 없이 독신으로 지내는 것을 묵인하고 있으니 여자에 대해 얼마나 자유로운 문명사회인가? 더 이상 말할 필요가 없다.

미국 사람들의 결혼관이 이렇게 비정상적인 까닭은 여자의 모성본능과 남자의 부성본능 사이의 모순에서 그 이유를 찾아볼 수 있다. 미국 청년들에게서 흔히 볼 수 있는 '정서적 미숙(未熟)' 현상은 생물학적 견지에서만 설명될 수 있다. 즉 지나칠 정도로 청춘을 즐기게 된 사회제도하에서 자라난 청년은 여성의 모성본능을 존경하고, 또 이에 따라 자연스레 생겨나는 억제마저 없어지게 된다. 여자가 생리적으로 여자의 구실을 하려 할 때에 숙연한 마음을 갖지 않는다면 모든 건 끝나고 만다. 하지만 자연은 묘한 것이어서 여자가 어머니가 되려 할 때엔 엄숙해지게 된다. 가난한 집 아이들은 어려운 자신의 환경에 의해 자신들의 가족에 어떤 책임을 느끼게끔 교육을 받고 있어 오히려 문제가 없다. 부유층 아이들이 대부분 청춘을 즐기려고만 하는 부류로, 그렇게 되면 그 청년은 정서적·사회적으로 무능력자가 되어 버리는 것이다.

결국 우리에게 남은 문제는 '어떻게 하면 행복하게 살 수 있을까?'이다. 눈에 보이는 출세보다 더 위에 자리한 인간본성의 깊은 곳에 놓여 있는 올바른 출구를 찾지 못하면 누구라도 행복한 생활을 누릴 수가 없다. '개인적 경험' 정도로 나타나는 하나의 이상으로써의 독신주의에는 개인주의적 성향과 어리석은 주지주의(主知主義)적 성향이 짙다. 스스로 쓸데없는 주지주의자가 되려는 독신주의 여성들은 세속적 출세와 업적에 너무 집착하는 것이 아닐까? 가정을 떠나서만 행복을 느낄 수 있고, 지적·예술적이고 직업적인 기쁨을 얻을 수 있다고 생각하는 것 아닐까?

내 생각은 이와 반대다. 가정생활에 만족하지 않고, 경력이나 업적 등에 집착, 결혼하지 않고 아이를 갖지 않는 사람들이 많은데 이들의 그 우스운 개인주의적 모습은 어리석어 보인다. 이런 심리는 노처녀가 호랑이 등에 있는 채찍자국을 보고 서커스 단장에게 호랑이를 때리지 말라고 항의하는 것과 마찬가지이다. 그들은 호랑이가 당치도 않은 종족에 모성본능을 발휘한 것으로 채찍 몇 차례에 호랑이가 탈이나 나지 않을까 하는 착각에 빠져 있는 것이다. 이런 여자들은 인생의 한 곳을 만져보고는 그것이 그럴 듯하게 보이도록 애쓰고 있는 것이다.

정치적 · 문학적 · 예술적 업적을 이룩한 사람에게는 빛바랜 지적인 자기만족에 그치고 말지만, 자식이 쑥쑥 자라는 모습을 보는 아버지의 기쁨에는 이루 말로 표현할 수 없는 진실이 담겨 있다. 훌륭한 소설가 · 예술가 중에 늙어서까지 자신의 업적에 만족하는 사람이 몇이나 될까? 게다가 많은 사람들은 그들의 업적을 늙어 위안이 되는 정도나 그저 생활방편이겠거니 하고 치부해 버리기까지 한다.

평생 독신으로 지내면서 노년에 이르기까지 18권에 달하는 《종합철학》을 쓴 허버트 스펜서는 그 책을 만져 보며 손자가 있었다면 기꺼이 손자와 책을 바꾸리라 생각했다. 평생 그를 돌봐 준 현명한 가정부 엘리아는 그 책과 있었을지도 모르는 그의 자식들을 바꾼다는 생각을 안 했을까? 하기야 설탕의 대용품이니 버터의 대용품이니 하는 것들은 보잘것없기는 하나 그런 대로 봐 줄 수 있지만, 자식의 대용품 운운한다는 것은 언어도단이다. 훌륭한 업적을 남기고 인류를 위해 좋은 일을 많이 한 록펠러[3]도 그의 마음 속에는 도덕적인 만족감을 가지고 있었을 것이다. 그러나 이런 만족감은 골프 시합 중 아깝게 1타 차이로 지게 되면, 그 순간 없어져 버릴 것인지도 모른다. 하지만 그가 록펠러 2세에 대해 느낀 만족감은 그런 류의 것이 아니다.

---

3. John Davison Rockefeller. 1839~1937년. 미국의 실업가 · 자선사업가.

좀 다른 눈으로 보면 행복이란 자기에게 알맞은 일, 자신이 푹 파묻힐 수 있는 일을 찾는 데 있다. 하지만 세상의 직업인 중 자신의 일에 만족하고 있는 사람이 90%가 될까? 이 세상에는 '일이 좋다.'는 자만심에 차 있는 말들이 들리지만, 이 말은 반쯤 접어 두고 들어야 한다. 누구도 '가정을 좋아한다.'라고 떠들고 다니지는 않는다. 당연한 일이다. 보통 사업가들은 중국 여자가 아기를 낳는 심정으로 직장엘 나간다. 다른 사람들이 다 하니까 나도 한다는 마음으로……. '일이 좋다.'라고 말을 하지만, 엘리베이터 안내나 전화교환수, 치과의사들의 경우는 거짓말이고, 편집자나 주식 중개인들의 경우는 과장이다. 그저 북극탐험가나 발명가의 경우에나 그렇다고 조금은 인정할 수 있지 않을까? 내 생각으론 자신의 일이 자신과 딱 맞아떨어지기를 바라는 것은 우리의 희망사항일 뿐이다.

아무리 같은 말이라도 일에 대한 사랑과 어린애에 대한 사랑은 엄청나게 다르다. 대부분의 사람들이 자신에게 알맞은 일을 찾아 이곳저곳 떠돌아다니지만 어린애를 키우는 어머니가 평생 이 애, 저 애를 키우려고 떠돌아다니던가? 정치가도 정치를 떠날 수 있고, 권투선수도 링을 버리며, 편집자도 잡지를 떠나가기도 하지만, 어머니가 모성본능을 버리고 떠날 수가 있을까? 아니다. 어머니는 자신이 꼭 필요한 존재라는 사실을 잘 알고 있다. 어머니는 인생에서 자신의 위치를 잘 알고 있으며, 누구도 이 일을 대신해 줄 사람은 없다는 사실도 잘 알고 있다. 이런 확신은 내가 아니면 독일을 구원할 수 없다고 외치는 히틀러의 확신보다 훨씬 높고 깊은 것이다.

남자건 여자건 이 세상에서 자신이 차지하고 있는 위치를 알고 있다는 만족감보다 더 큰 행복은 없다. 세상의 5% 정도의 사람은 자신의 일에 만족하고 살지 모르지만 대부분 모든 부모들은 자식을 키우는 데에서 가장 깊고 근본적인 인생의 의미를 찾고 있다. 그러므로 자연의 순리에 따른다면 여자들은 다른 어떤 일보다도 어머니로서의 일에 충실함으로써 가장 큰 행복을 느낄 수 있지 않을까? 결혼처럼 여자에게 좋은 직업은 없다는 것은 틀림없는 사실이다.

여성 독자들은 내 이야기를 잘 이해했으리라. 그리고 가정의 큰 책임은 여자에게 있다는 사실을 잘 알고 있는 데에도 이렇게 잔소리를 늘어놓는 나에 대해 짜증을 내고 있을 것이다. 다 미리 짐작했던 일이고, 바로 이 글의 주제이기도 하다. 따라서 지금부터의 문제는 누가 더 여자에게 친절한가이다. 왜냐하면 우리는 여기서 사회적 업적 측면에서 본 여성의 행복이 아닌 한 인간으로서의 깊이와 관계되는 여성의 행복에 대해 논하기 때문이다.

직업에 대해 적성이 맞는다, 능력이 있다는 식으로 얘기를 한다 해도 마찬가지이다. 여자 은행장이라고 어머니로서의 여성 역할만큼 일에서도 같은 깊이의 역할을 수행할 수 있을까? 무능한 과장, 무능한 관리, 무능한 은행가는 있을 수 있지만, 무능한 어머니는 있을 수 없다.

여자들은 날 때부터 모성적이며 이런 사실을 자신들도 잘 알고 있고 또 그러기를 바라고 있다. 현재 미국의 여대생들이 가끔은 여자로서의 정도(正道)를 벗어난 희망을 말하기도 하지만, 대부분 결혼하겠다고 말하는 것을 보면 그들에게는 인생을 건강하고 즐겁게 바라보는 힘이 있다는 것을 알 수 있다. 내가 생각하는 이상적인 여자라면 화장품과 수학을 동시에 사랑하는 여자이며, 남녀 평등론자보다는 여자다운 여자이다. 그들에게 화장품을 안겨준 뒤 공자(孔子, 쿵즈)의 말처럼 행하게 하고, 힘이 남으면 수학을 배우게 하라.

내가 여기서 말하려고 하는 점이 평범한 남녀의 이상에 대해서라는 사실을 이해했으면 한다. 세상에는 특출한 능력을 지닌 여자도 있다. 이런 사람들의 창조능력은 인류사회의 참된 발전의 원동력이 된다. 그러나 평범한 여자들에게 결혼이란 가장 이상적인 직업이며, 여자가 아이를 낳고 집안일을 하기를 남자가 원한다면, 동시에 이와 마찬가지로 남자 역시 예술이니, 철학이니 따위는 생각지 말고 어떤 일이든 자신의 일을 열심히 해서 가족의 밥을 벌어와야 한다고 나는 생각한다.

자식을 낳아 병에 걸리지 않게 돌봐 주어야 하며, 아이가 착하게, 빗나가지 않도록 키워야 하는데, 남자들이 아이를 낳는 일은 불가능한 일이며, 목욕을 시키는 일 또한 능숙하지 못한 일이므로 남자가 하기 어려우니 여자의 도움을 받을 수밖에 없다. 평범한 남녀의 일 중에 아이를 낳는 여자의 일과 그 아이를 위해 밥을 벌어오는 남자의 일 중 어느 것이 더 고귀한 일인지는 알 수 없다.

남편이 백화점의 수위를 하고 있는데 그 아내가 집에서 설거지하기를 싫어할까? 전에는 남자들이 백화점의 판매사원까지 했지만 여자들에게 밀려 수위밖엔 할 수 없게 되었다. 자신의 일을 귀한 것으로 생각하면 사회에서도 그를 받아들인다. 어떤 일이든 생계의 수단에는 귀천이 없는 것이다.

백화점에서 손님의 모자를 받는 여자와 집에서 양말을 꿰매는 여자와의 일의 차이는 아무것도 없다. 다만 집에서 양말을 꿰매는 여자에겐 그 일을 기꺼이 하게 만드는 운명 같은 남자가 있다는 차이밖에는. 물론 그런 일을 시키는 남자가 그럴 만한 가치가 있다면 더 이상 바랄 것이 없다. 여기서 남편의 양말은 꿰맬 가치가 없다고 팽개쳐 버리는 것은 쓸데없는 비관론이다. 남자가 그럴 정도로 무가치한 존재는 아니기 때문이다.

요약해서 말하자면 가정 본래의 임무인 자식을 길러 가르쳐야 할 중요하고도 신성한 일을 여자들이 하기엔 너무 저급하다고 생각한다면, 건전한 사회생활을 한다고 볼 수 없다. 또 가정과 어머니의 중요성을 인정하지 않는 형편없는 수준의 가정이 아니고선 이런 일은 있을 수 없다.

3. 성(性)의 매력

많이 나아지긴 했지만, 미국에서도 여자들은 아직도 권리와 사회적 인정을 받아야 할 만큼 받지 못하고 있다. 이런 내 생각이 잘못된 것이길 바라는 한편, 여자들의 권리신장으로 인해 여자에 대한 존경심이 줄어드는 일이 없기를 바란다. 여성을 존중한다는 것이 여자로 하여금 돈을 맘껏 쓰게 하고, 자유롭게 여행할 수 있도록 하며, 직업을 가지고, 투표권을 행사할 수 있게 한다는 사실과 항상 일치하지는 않는다. 중국 사람으로서 그 전통을 버리지 못한 경우에서도 미국의 여자들을 보면 그리 중요하지 않은 일은 앞서 있지만 막상 필요한 일에 대해서는 중국 여자들이나 마찬가지 수준에 있다는 생각을 하게 된다. 중국보다 미국의 여자들이 더 존경을 받는다고 단언하기엔 무언가 부족하다.

미국 여자들의 참된 주권은 여전히 전통적인 왕좌인 가정에서 비롯되는 것으로 가족을 지키는 행복한 천사로서 가정의 통솔자 위치에 있어야 제자리를 찾은 셈이다. 부엌과 응접실을 조용히 왔다갔다하는 모습이야말로 수호천사의 모습이다. 가정이니까 이런 빛이 나는 것이지, 직장에서 이런 빛을 기대할 수는 없다. 또 어울리지도 않을 것이다.

사무용 유니폼보다 홈드레스가 훨씬 매력 있고, 상냥해 보인다는 말을 하려는 것이 아니다. 그렇다고 내 추측만도 아니다. 우리가 꼭 짚고 넘어가야 할 사실은 가정에 있는 여자만이 물을 만난 물고기 같다는 점이다. 여자가 유니폼을 입고 있으면, 남자들은 직장 동료로서 그에게 시비를 가리려고 한다. 하지만 홈드레스를 입혀 근무시간 중 잠깐이라도 사무실을 왔다 갔다하게 해보라. 하지만 틀림없이 남자들은 그에게 경쟁의식을 느끼지 않고 압도되어 감탄하며 말도 제대로 못 붙일 것이다. 정해진 범위 내에서 여자는 남자보다 우수한 인력이 되기도 한다. 그러나 친구 결혼식에 참가했다가 차라도 한 잔 마시는 사적인 분위기가 되면, 여자는 즉시 본성을 되찾아 동료나 상사의 헤어스타일이나 화장품 등에 대해 얘기를 한다. 사무실에서의 여자는 정중하지만, 일단 문을 나서면 본성을 드러낸다.

남자로서 애써 꾸며 말할 필요도 없지만 한마디 한다면, 공공생활에 여자가 참여한 이후 분위기가 부드럽고 우아하게 변화한 것은 여자에게도 다행한 일이다. 사무실에서도 말을 가려서 하게 되고, 책상도 깨끗해지고, 분위기도 화려해졌다. 선천적인 성적 매력이나, 남자가 그것을 찾는 마음은 마찬가지이나 미국의 남자들은 다른 나라의 남자들보다 행복한 편이다. 미국 여자들은 적어도 중국 여자들보다 남자의 시선을 끌고 호감을 가지도록 노력하기 때문이다. 그러다 보니 서구사회는 지나치게 성적인 면을 생각해서 오히려 여자 그 자체를 경시하는 경향이 있다는 생각을 하게 된다.

중국 여자들도 서구 여자들만큼 머리를 손질하는 시간이 길다. 하지만 화장하는 데에는 서구 여자들을 따를 수가 없다. 다이어트를 하고, 운동을 하며, 마사지, 나아가 살 빼는 방법을 찾으려고 신문을 세밀히 훑어보는 일 등은 중국에서는 상상할 수 없는 일이다. 게다가 허릿살을 빼려고 침대에서 다리를 오므렸다 폈다 하는 것은 더욱 그렇다. 중국 여자라면 생각도 않을 나이에 그들은 머리를 염색하고 주름살을 없애려 한다. 화장도구나 화장품의 종류도 상대가 안 될 만큼 다양하다.

내가 보기엔 미국 여자들이 중국 여자들보다 더 많은 시간과 돈이 있기 때문이지, 다른 이유는 없는 것 같다. 그들은 남자에게 잘 보이려고 옷을 입고, 자신을 위해 옷을 벗고, 자신을 위해 옷을 입는다. 중국 여자들이 그렇게 못하는 이유는 단지 화장품이 미국 여자들보다 적기 때문 아닐까? 이성의 눈길을 끌기 위한 노력은 어디나 마찬가지이다. 얼마 전까지만 해도 중국 여자들은 남자를 즐겁게 하려고 전족을 했었다. 이제는 하이힐을 신어 할 수 없지만, 중국 여자들도 곧 남편을 즐겁게 하기 위해 침대에서 다리를 폈다 오므렸다 하는 운동을 아침에 10분쯤은 할 것이라고 추측할 수 있다. 어쨌든 분명한 사실은 현대 미국 여자들은 자신의 육체적 매력에 온 신경을 쓰고, 성적 매력이 무엇인지를 잘 알 뿐만 아니라, 오히려 옷을 입고 남성을 끄는 데에만 온 신경을 쏟고 있다는 것이다. 거리에서, 공원에서 만나는 미국 여자들은 중국 여자보다 훌륭한 몸매에 좋은 옷을 입고 있다. 다 열심히 노력한 결과이며, 남자의 입장에서는 흐뭇하겠지만 그들의 신경이 얼마나 피로할까 짐작이 간다. 여기서 말한 성적 매력은 모성적 아름다움이나 여자 자체의 아름다움과 비교되는 말이다. 이 성적 매력이란 말은 현대적 연애와 결혼의 특징을 나타내는 현대적 용어이다.

예술로 인해 인간이 성을 의식한 것은 틀림없는 사실이다. 처음은 예술로 출발했지만 결국은 여자의 육체를 영리목적으로 생각하게 되었다. 나는 미국의 여자들이 자신의 몸을 영리적 목적으로 사용하는 이유를 이해할 수가 없다. 동양 사람의 사고방식으로는 이 경우 여자를 존경할 수가 없게 된다. 예술가는 이를 미(美)라 부르고, 사람들은 예술이라 한다. 오직 PD나 매니저들만이 성적 매력이라고 솔직하게 부른다. 이 가운데에서 재미를 보는 것은 남자들뿐이다. 여자들이 무대에서 가슴을 드러내고 거의 벗은 상태로 육체를 과시할 때 남자들은 모닝코트에 실크해트를 쓰고 이를 구경한다. 이것이 남자가 지배하는 사회의 전형적인 모습이다. 만약 여자가 지배하는 사회라면 여자는 치마를 벗지 않고, 남자가 바지를 벗을 것이다.

예술가들은 남자의 육체를 해부학적으로 연구하지만 어쨌든 남자를 벗겨 봐야 별 돈벌이가 안 되는 모양이다. 극장이란 곳이 사람을 나체로 있게 하는 곳이긴 하지만 남자를 괴롭히려고 여자를 벗기지, 여자를 괴롭히려고 남자를 벗기지는 않는다.

예술과 도덕을 동시에 추구하는 무대에서도 여자는 예술적인 면을, 남자는 도덕적인 면을 맡게 된다. 심지어 예술적인 무용에서도 남자 배우는 관객을 웃기려는 면만 고수한다. 돈을 벌려고 광고를 내면 자연히 테마가 떠오르고 이 테마를 껍데기만 바꿔 무대에 올린다. 그러므로 요즘의 남자 배우가 예술적이고 싶다면 잡지를 한 권 사서 광고란만 훑어보면 끝이다. 여자의 경우는 예술적이어야 하겠다는 생각이 지배적이라 은연중에 성적 교리를 받아들임으로써 자신을 짓누르고 그 매력의 발산을 위한 마사지, 다이어트 등 갖은 고통을 다 감수한다. 더욱 생각이 모자라 보이는 여자의 경우에는 남자를 붙잡아 놓는 유일한 방법은 성적 매력뿐이라고 생각한다.

하지만 이렇게 성적 매력만을 지나치게 강조하는 것은 여성의 자질과 본성에 대한 어리석은 생각이라고 나는 본다. 이런 생각은 연애와 결혼의 격을 떨어뜨린다. 따라서 연애관이나 결혼관 역시 불완전하고 잘못되게 만든다. 이 경우 여자는 가정의 지휘자가 아니라, 단지 남자의 상대역일 뿐이다. 그러니 여자는 아내인 동시에 어머니이기도 하다. 성적 역할을 너무 강조하면 어머니의 역할이 무시된다. 내 생각엔 어머니가 되는 것이야말로 여자로선 최고이며, 스스로 어머니가 되겠다는 생각을 포기한 여자는 자신의 존엄함과 진실을 잃고 장난감으로 전락할 위험이 크다고 본다.

아이가 없는 아내는 그저 첩(妾)에 지나지 않으며, 첩이라도 아이가 있으면 아내와 마찬가지라고 말하고 싶다. 법적인 문제가 아니다. 아이만 있다면 첩이라도 고귀해지지만 정실부인이라도 아이가 없으면 그저 아내일 뿐이지, 어머니는 아닌 것이다. 그런데 요즘 여자들은 자신의 몸매를 위해 피임을 하는 사람들이 많다고 한다.

사랑의 본능이 인생을 풍성하게 만드는 것은 사실이다. 그러나 도가 지나치면 여자에게 이익될 것이 전혀 없다. 성적 매력을 가꾸는 일은 여자들이 신경 쓰는 일이지만, 이를 지나치게 강조하다 보면 불공평한 경우가 생겨난다. 왜냐하면 지나치게 아름다움과 젊음을 추구하다 보면 중년부인의 나이가 되어 늘어나는 백발에 대해 승산 없는 싸움을 해야 하기 때문이다. 한 중국의 시인은 이렇게 읊었다. '청춘의 샘물은 허망한 한 조각 꿈이요, 태양을 멈추게 하여 흘러가는 청춘을 붙잡을 수는 없다.' 세월과 싸움을 한다는 게 얼마나 무의미한 것인가. 싸움 없이 세월을 받아들일 수 있는 것은 유머 감각뿐이다. 그렇게 되면 백발도 아름다운 모습으로 비치지 않겠는가? 주두(朱杜, 쭈두)는 다음과 같이 읊었다.

나이가 드니 백발이 생기는데
뽑아도 뽑아도 더 나오네.
흘러가는 세월을 한탄하면 무엇 하나?
백발은 또 그대로의 흥취가 있지 않나.

백 번 옳은 말이다. 이렇게 인정하지 않는 미국식 사고방식은 어딘가 억지스럽고 불공평하다. 훌륭한 챔피언도 젊은 도전자에게 언젠가 자리를 물려줘야 하고, 경주마도 나이가 먹으면 은퇴를 하는데, 하물며 늙은 여자가 젊은 여자를 상대로 싸움을 해봐야 결과는 뻔한 것이 아니겠는가. 그러니 미국식 사고방식은 특히 중년 여자들에게는 불공평한 것이다. 여자에게는 성(性) 이외에 더욱 중요한 것이 있으므로 더욱 그러하다. 여자에게 구애나 구혼을 할 때 최초엔 성적 매력에서 시작하겠지만, 성년 남녀라면 그럴 나이는 지났다고 봐야 한다.

인간은 모든 동물 중에서 가장 색정적인 동물이다. 그러나 색욕 이외에 부모로서의 욕구가 있다. 이 두 가지는 다른 동물들에게서도 찾을 수 있지만, 인간의 경우 미술·영화·연극 등을 통해 색정적인 욕구가 어버이로서의 욕구를 누르게 되면 위험한 상태가 된다. 그렇게 되면 가정은 무의미하고 존재 가치가 사라지게 되며, 여기에 개인주의까지 가세하면 더욱 어려운 상황이 된다. 이런 사고방식으로는 결혼 자체가 의미가 없다.

이런 사회에서의 여자는 모두 남자의 상대로서만 존재, 어머니로서의 자리는 잃어버린 기괴한 여성이 된다. 이 경우 바람직한 여성은 가장 섹시한 여성과 같은 의미로 통하게 된다. 아기 침대 옆에 있는 여자처럼 아름다운 모습을 찾아볼 수 없게 된다. 갓난아이를 업고, 조금 큰 아이는 손을 잡고 걸어가는 여자의 모습처럼 진실하고 숭고해 보이는 모습은 없다.

내가 쓸데없이 모성만을 강조해서 골치 아프게 만들었는지 모른다. 하지만 원래 중국 사람은 콤플렉스 따위와는 무관한 사람들이니까 상관이 없다. 중국 사람에게 오이디푸스 콤플렉스[4]나 엘렉트라 콤플렉스[5] 따위를 늘어놓아 봤자 코웃음거리밖엔 안 되기 때문이다. 분명히 밝히지만 내가 주장하는 여성론은 중국 전래 가정의 이상형에서 유래한 것이지, 심리적이고 학술적인 모성론에서 나온 것은 아니다.

---

4. Oedipus complex. 정신분석이론에서 이성 부모에 대한 성적 접촉 욕구나 동성 부모에 대한 경쟁의식을 가리키는 말.
5. Electra Complex. 여자아이가 아버지에게 애정을 품으면서 어머니를 경쟁자로 인식하고 질투하거나 적대시하는 경향.

4. 중국 가정의 이상(理想)

나는 늘 창세기(創世記)는 다시 씌어져야 한다고 생각하는 사람이다. 중국의 〈홍루몽(紅樓夢, 홍러우멍)〉[6]을 보면 아주 감정이 풍부한 가보옥(賈寶玉, 쟈바오위)이라는 귀공자가 주인공으로 나온다. 그는 여자 친구를 좋아해 예쁜 사촌누이들과도 친하게 지내지만 자신의 나이가 어림을 한탄한다. 그는 "여자는 물로 만들어졌고 남자는 흙으로 만들어졌다."라고 말하는데 이 말은 자기가 좋아하는 여자들은 모두 깨끗하고 영리한데, 자신이나 남자 친구들은 다 못생기고 둔하다는 생각에서 한 말이다. 만일 창세기를 가보옥(賈寶玉, 쟈바오위)이라는 소년이 썼거나 창세기의 저자가 이 소년의 생각을 이해했다면 창세기의 내용은 달라졌을 것이다.

창세기에는 하느님이 흙으로 사람 모양을 빚어 코에 숨을 불어넣어 인간을 만들었다 한다. 이것이 아담이다. 그런데 흙만으로 만들었다면 곧 부서지고 만다. 그래서 하느님은 물에 흙을 섞어 잘 반죽하여 부서지지 않도록 만드셨다. 바로 이 아담의 몸속에 들어간 물이 이브라고 볼 수 있다. 즉 이브라는 물을 몸 안에 얻음으로써 비로소 아담은 완전한 인간이 된 것이다. 이 이야기는 결혼을 상징적으로 나타낸다고 생각할 수 있다. 물은 흙 속에 스며들어 그 모습을 나타내고, 흙은 물을 품어서 물에다 자신의 유기물을 제공하면서 함께 살아가는 것이다.

---

6. *Dream of the Red Chamber.* 중국 청대(淸代, 1644~1911/12)의 조점(曹霑, 1715~63, 차오잔)이 쓴 소설로 중국 소설 중 가장 위대한 작품으로 일컬어진다. 이 소설은 사실주의와 로맨스, 심리적 동기부여와 운명, 일상생활과 초자연적인 사건이 함께 섞여 있다. 치밀하게 구성된 작품이라기보다 여러 일화를 나열한 형태를 취하고 있는 이 소설은 친척이 많은 가씨(賈氏) 가문의 몰락을 그렸다.

이런 비슷한 흙과 물의 이야기가 중국에 있다. 원나라의 유명한 화가이자 서예가인 조맹부(趙孟頫, 자오멍푸)와 역시 궁정화가였던 그의 아내 관부인(管婦人)과의 이야기가 그것이다. 남편 조맹부(趙孟頫, 자오멍푸)는 나이가 들자 아내에 대한 사랑이 식어 첩을 얻으려고 한다. 이때 관부인은 다음과 같은 한 편의 시를 지어 남편에게 바쳤다. 이 시를 읽은 조맹부(趙孟頫, 자오멍푸)는 감동을 받아 첩을 얻으려던 생각을 바꿨다고 한다.

> 님과 내가
> 이렇게 다투는 것은
> 불꽃같은 정욕(情慾)이 있기 때문에!
> 한 줌의 흙으로
> 님과 내 모습을 만들고
> 다시 부수고
> 또 물을 추겨 잘 반죽해서
> 다시 한 번
> 님과 내 모습을 만들어 보아요.
> 그러면 내 흙 속에 님 계시고
> 님의 흙 속에 나 있겠죠.
> 아무것도 우리 사이 가를 수 없고
> 살아선 한 이불 속에서 자고
> 죽어선 한 무덤에 같이 묻히리.

모두 알듯이 중국 사회와 중국 사람의 생활은 가족을 그 기본으로 한다. 이 가족제도가 중국 사람의 생활 형태를 결정하며, 다채롭게 만들고 있다.

이런 가정의 이상적 역할은 어디에서 유래한 것인지 아무도 말해준 적이 없다. 아마 중국에서는 당연한 사실일 테니까. 또 외국 학자들은 이 문제를 연구할 자격이 없다고 생각해서 그럴 것이다. 공자(孔子, 쿵즈)는 가족제도가 모든 사회, 경제적 생활의 근본이라는 생각 위에서 철학을 펼친 인물이라 알려졌다. 그는 모든 인간관계의 기본이 부부 사이의 도(道), 섬기고 삼가는 도, 조상에 대한 성묘 및 숭배사상에 있다고 말한다.

중국 사람의 조상숭배는 일부 학자들에게는 종교로 불릴 만큼 대단하고 나 역시 이 의견에 동의한다. 하지만 조상숭배에는 초자연적인 요소는 배격하므로 종교라 하기에 다소 미흡하다. 이 점만 뺀다면 다른 종교와 거의 비슷하다. 조상숭배의 의식은 종교적 모습을 갖추는데, 모든 종교가 자신을 상징하는 외형적인 모습을 갖추므로 당연한 일로 볼 수 있다.

조상을 모시는 자그마한 나무 위패를 존중한 중국 사람의 마음과 우표에 국왕의 얼굴을 넣는 영국 사람의 마음 중 어느 쪽이 더 종교적이냐 하는 논쟁은 무의미하다. 조상의 혼백은 신이라기보다는 인간으로 취급되어 그 사람의 생전에 받았던 존경과 대접을 사후에도 그대로 받아야 마땅하다고 중국 사람은 생각한다. 따라서 살아 있는 후손이 조상을 공경하며, 무슨 기원을 하거나 부탁하는 일은 없으며, 흔히 있는 존경하는 자와 받는 자 사이의 이해관계도 없다. 또 이런 의식은 그저 정해진 날에 온 가족이 모여 생전의 고인에 대한 회상과 존경을 다시 새겨보는 것으로, 살아 있을 때의 생일잔치나 어버이날 정도의 의미밖엔 없다.

기독교에서는 조상의 위패에 절하거나 마을 제사에 신자들이 참석해서는 안 된다고 얘기한다. 그 이유는 모세의 10계명 중의 하나인 '나 이외의 우상을 섬기기 말라.'는 계율에 위배되는 행위이기 때문이다. 이야말로 기독교 선교사들의 이해부족에 불과하다. 중국 사람은 서양 사람들처럼 무릎을 잘 꿇지 않는 사람이 아니다. 그들은 임금 앞은 물론 지방의 수령이나 신년 초에 부모 앞에서도 무릎을 꿇는다. 그런 그들이 조상의 위패 앞에 무릎을 꿇었다 해서 기독교를 배반했다고 말할 수는 없다. 오히려 기독교의 그릇된 가르침 때문에 중국의 신자들은 지역사회에서 고립되어 어렵게 살아간다.

자기 가족에 대한 조상숭배의 관념이나 의무감이 높아지면 대개 종교적 자세가 된다는 것도 사실이다. 17세기 최고의 유학자인 안원(顔元, 앤위앤)의 예가 바로 그렇다. 그는 노년에 이르러서도 자식이 없자 소식이 끊긴 지 몇 년이나 지난 동생을 찾아 동생의 자식이라도 볼 수 있지 않을까 하는 생각에 전국 여행을 시작한다. 공자(孔子, 쿵즈)의 말씀을 가르치는 데에 온 생애를 보냈던 그였지만, 지식보다는 행동 쪽을 따라 기독교에서 말하는 '소명(召命)'과 같은 기분으로 동생을 찾아나섰다. 그 당시 중국은 명나라가 망해가는 과정이라 여행의 어려움은 이루 말할 수도 없었고, 그가 동생을 찾는 유일한 방법이라고는 가는 곳마다 성벽에 벽보를 붙이는 일만이 유일한 길이었다. 이렇게 그는 온 중국을 헤매다가 몇 년 만에 동생의 아들을 만날 수 있었다. 이미 동생은 죽었지만 그는 자신의 목적을 이루었다. 바로 가문을 이을 후손을 찾은 것이다.

공자(孔子, 쿵즈)가 효도와 조상숭배의 도를 왜 그토록 강조했는가는 알 수 없지만 존 C. H. 오(吳) 박사는 그의 논문7에서 공자(孔子, 쿵즈)가 아버지를 못 보고 세상에 태어났기 때문이라고 주장했다. 즉 평생 가정의 즐거움을 모른 사람이 'Home Sweet Home'이라는 노래를 만든 심리와 마찬가지라는 얘기다. 공자(孔子, 쿵즈)가 어린 시절 아버지가 계셨더라면 부성관념

---

7. 영문 「천하월간(天下月刊)」 상하이, 제1권 제1호에 실린 〈The real Confucius〉

(父性觀念)이 그렇게 낭만적으로 유교에 나타나지는 않았을 것이다. 또 공자(孔子, 쿵즈)가 어른이 된 후까지 아버지가 살아 있었다면 그와 같은 절대적 효도의 주장은 있을 수 없었을 것이다. 아버지의 여러 가지 결점도 알수 있게 되었을 테니 말이다. 어쨌든 공자(孔子, 쿵즈)는 서자(庶子)로 태어나 아버지의 이름도 알지 못한 채 성장했다. 어머니가 돌아가시자 공자(孔子, 쿵즈)는 시신을 다섯 남편을 섬기는 여자들이 묻히는 곳에 매장했다.(빈정거리는 마음에서 그랬을 것이다.) 그러다 후에 누구에게선가 아버지의 무덤이 있는 곳을 알게 되어 그때에야 합장을 했다 한다.

이런 명쾌한 추리는 일단 가치를 인정할 필요는 있다. 하지만 조맹부(趙孟頫, 자오멍푸)를 들지 않더라도 중국 문화를 살펴보기만 하면 중국 사람들의 생활에 가족의 이상이 꼭 필요하다는 사실을 알 수 있다. 중국 문학은 개인적인 시각이 아니고, 가족 단위의 시각에서 출발한다. 거기에다가 내가 주장한, 자유롭게 떠돌아다님을 최고로 치는 인생관을 배경으로 하고, 모든 도덕과 정치의 궁극적인 목적을 인간 본능의 만족에 두는 철학으로그 받침을 삼고 있는 것이다.

가족제도의 이상은 어쩔 수 없이 개인주의적 이상과는 반대일 수밖에 없다. 어떤 사람도 완벽히 고립된 생활을 할 수는 없으므로 이런 개인주의적 이상은 현실감이 부족하다. 남의 아버지도 아니고, 아들도, 남편도, 친구도 아닌 사람이 있다면 그는 누구일까? 그저 형이상학적이고 추상적인 존재에 불과한 것이다. 중국 사람은 만사를 생물학적으로 보기 때문에 인간에 대해서도 역시 마찬가지다. 따라서 가족은 인간생활의 자연스런 기초 단위인 것이고, 결혼 역시 가족의 일이지 개인의 일은 아니게 된다.

나는 전에 썼던 《내 나라, 내 민족》[8]이란 책에서 이런 가족 지상주의의 폐단을 지적한 적이 있다. 이런 주의는 이기주의 형태로 변형되어 국가적인 손해를 일으킬 수 있기 때문이다. 하지만 이런 손해는 비단 중국에만 있다기보다 서양의 개인주의, 국가 지상주의에서도 나타날 수 있다. 모두 인간성 자체의 문제이기 때문이다. 중국에서 사람은 모든 나라보다 소중하지만 가족보다 더 소중한 개인은 없다. 가족이 없이 사람이 참된 존재일 수가 없다.

국가 제일주의의 폐단은 근대 유럽에서 찾아볼 수 있다. 이런 제도하에서 국가는 괴물로 둔갑하기 일쑤다. 개인의 언론 자유, 종교적 양심과 신앙의 자유, 각 개인의 행복까지도 국가 제일이라는 이념에 파묻혀 버린다. 이런 전체주의의 모습은 파시즘과 공산주의에 잘 나타나 있다. 공산당 선언에 의하면 어버이의 자식에 대한 보호본능을 없애고, 가정의 따뜻함과 사랑 따위는 부르주아적 근성이라고 매도하여 없어져야 한다고 주장한다. 마르크스[9]가 생물학적으로 얼마나 확신을 가졌는지 모르겠으나 내가 보기에 그는 경제학자로서는 천재이더라도 상식에는 백치인 사람으로 보인다. 미국의 학생이 수백만 년의 관성을 가지고 있는 인간적 본능을 없애는 데 5천 년이면 족하다고 생각하지 않을 것이다. 그런데 이 이론이 단지 논리정연한 한 가지로 서구 지식층을 휩쓸었다는 사실은 우습기까지 하다.

뉴욕 타임즈 토픽란 필자의 말을 빌리자면 '미치광이 논리'에 불과하다. 인간을 기계적인 법칙에 따라 계급투쟁을 벌이는 존재로 생각한다는 것은 정신 나간 소리고, 또 이 방식대로 하자면 믿음과 행동의 자유를 빼앗기게

---

8. 임어당(林語堂, 린위탕)은 수많은 영문 저서 가운데 1935년에 씌어진 첫 번째의 책 《내 나라, 내 민족 *My Country and People*》은 출판 즉시 대성공을 거둔 책이다. 이 책은 여러 언어로 번역되었고, 중국에 관한 권위 있는 교과서로 인정받고 있다.

9. Karl Heinrich Marx. 1818~1883년. 독일의 사회학자 · 경제학자 · 정치이론가. '마르크스주의(공산주의)'의 창시자로서 프리드리히 엥겔스와 함께 《공산당선언 *Manifest der Kommunistischen Partei*》 (1848) · 《자본론 *Das Kapital*》(1867, 1885, 1894)을 집필했다.

됨은 너무나 당연한 일이다. 그렇게 된다면 개인주의는 가족제도에서보다도 더욱 빈약해진다. 중국에서는 서구의 국가 지상주의에 반해서 사람을 개인으로 생각지 않고, 가족의 한 구성원으로서, 가족이라는 테두리를 만드는 결정적 한 요소로 보는 가족 관념이 있다. 이것이 내가 말하고자 하는 '유전설(流轉設)'이다. 인류적 차원에서 보면 각 종족의 생명의 흐름이지만, 사람이 직접 사물을 느끼고 관찰하는 것은 가족이라는 보다 작은 생명의 흐름 속에서이다. 이 설에 따르자면 인간의 일생은 '가족의 나무'라는 큰 나무의 뿌리에서 영향을 보급받는 한 가지나 마디에 불과한 것이다. 가지는 줄기에 붙어 점점 뻗어나가고 가지가 커짐에 따라 나무 자체가 더욱 커지는 것이다. 이 과정에서 우리는 본체를 더욱 크게 하기 위한 가지가 되고자 노력하는 것이다.

이런 점에서 가족 의식과 가족의 명예는 중국 사람에게는 유일한 단체 의식일 수 있다. 다른 팀보다 더욱 좋게, 보다 나은 인생의 경기를 펼치기 위해 모든 사족은 최선을 다하는 것이다. 게으른 자식은 물론 온 가족의 수치이다. 마치 패스를 제대로 못하는 쿼터백과 마찬가지이다. 그리고 과거에 장원급제한 자식은 터치다운을 성공시킨 러닝 백과 마찬가지이다. 이로 인해 영광은 자신의 영광이기에 앞서 가문의 영광이다. 장원이 아니더라도 진사만 된다면, 온 가족과 친척, 심지어 같은 동네사람들에게까지도 그 은혜가 미치는 것이다. 몇백 년이 지난 뒤에도 사람들은 어느 대에서 장원 급제한 조상이 있었다고 자랑을 한다. 장원을 했건 진사가 되었건 되기만 하면 집으로 돌아와 조상님 영전에 명예로운 첩지를 바치고는 온 동네가 잔치 기분에 빠지게 된다. 요즈음의 대학졸업식 장면은 이에 비교하면 참 싱겁기 짝이 없는 노릇이다.

가족생활의 모습에는 아주 깊은 변화와 명암이 엇갈려 있다. 인간은 어린 시절부터 죽을 때까지 가족 속에서 산다. 태어나서는 가족의 도움을 받으며 자란다. 그러다 장년이 되면 가족을 도우며 살아야 하고, 늙으면 다시 도움을 받는다. 이때가 되면 순종과 존경까지 받게 된다. 여기에 여자가 끼어들면 더욱 그림이 화려해진다. 이 그림 속에 여자들은 단지 꽃이나 장식품으로 존재하는 것이 아니라 가족의 나무를 이루는 한 부분으로 나무의 생명을 유지시키는 데 지대한 힘을 발휘한다.

즉 가족의 나무는 시집 온 며느리의 자질과 핏줄에 의해 성하기도, 쇠하기도 한다. 나무를 접붙이려는 사람이 좋은 나무를 고르는 것처럼 현명한 가장은 좋은 핏줄을 가진 며느리를 고르는 데 애를 쓴다. 누구나 다 인정하는 사실이지만 남자의 일생, 특히 가정생활은 부인에 의해 좌우되며, 가족 전체의 성격 역시 어머니에 의해 결정된다. 손자의 건강·교육 등 중국에서 특히 중요시하는 일들은 모두 며느리의 건강과 그가 받았던 가정교육에 의해 결정된다.

이처럼 눈에 보이지 않는 우생학적인 제도가 작용해서 유전을 중시하며, 혈통과 가문을 따지게 된다. 여기서도 가장 중요한 것은 며느리 될 여자의 가정교육이다.(서양 사람들이 좋은 집안에서 여자를 고르는 것과 마찬가지이다.) 딸이 시집가서 흉을 안 잡히게 하려고 교육을 시키는 것이 딸 가진 부모의 가장 큰 일이었다.

중국의 가족제도를 보고 있자면 '유전설'은 영원히 죽지 않는 생명을 지닌 듯하다. 손자들이 책가방을 들고 학교에 가는 모습을 바라보며, 할아버지는 손자의 몸과 마음속에 자신이 다시 녹아 있는 듯한 기분을 느낀다. 또 손자의 머리를 쓰다듬고 뺨을 만지면서 바로 자신의 머리고 뺨이라고 느낄 것이다. 자신의 생명은 나무의 한 가지일 뿐이고, 혈통을 이루는 한 요소라는 생각을 하면 죽음도 기꺼이 맞을 수 있다. 그래서 중국의 부모들은 생전에 자식들을 훌륭한 집과 혼인시키는 것에 가장 큰 신경을 쓴다. 자신들의 묏자리나 관보다도 더 신경을 쓴다. 왜냐하면 자식들이 선택한 배우자들을 평가하려면 살아 있는 눈으로 보아야 하기 때문이다. 그 결과가 만족스럽다면 죽어도 눈을 감을 수 있는 것이다.

이런 인생관은 사물에 대한 깊은 관찰력을 제공해 준다. 인간의 생명이 자신에게서 그치는 것이 아니라고 느끼기 때문이다. 축구 경기에서 한 선수가 빠졌다고 해서 게임이 중단되지는 않는다. 다만 이렇게 생각하면 인간의 성공이니 출세니 하는 따위는 조금은 복잡해지게 된다. 중국 사람의 생활에 대한 이상은 조상님께 부끄럽지 않는 생활에 있고, 자신에게 허물이 되는 자식을 안 만드는 데에 있다. 중국의 관리들은 관직을 떠나며 다음과 같은 말을 많이 한다.

자식이 있으니 만사가 흡족하고
관직을 떠나니 몸이 날아갈 듯하다.

중국 사람은 가족의 명예를 지키지 못하고 가족의 재산을 지키지 못하는 창피스런 자식을 두는 것을 가장 큰 불운이라고 여긴다. 백만장자 아버지도 방탕한 아들이 있으면 끝장이고, 반대로 가난한 과부라도 착한 아들 하나만 있으면 모든 고통을 견뎌낸다.

중국의 역사를 보면 온갖 고통과 박해를 견디며 자식을 키워, 그 자식이 가정을 이루고, 크게 이름을 떨치게 하는 과부들의 모습이 숱하게 나타난다. 가까운 예로 장개석(蔣介石, 장제스)[10]이 그렇다. 그는 어려서부터 홀어

---

10. 1887~1975년. 타이완(臺灣)의 군인·정치가. 1928~1949년 중국국민당 정부의 주석을 지냈고, 1949년 이후에는 타이완의 국민정부 주석을 지냈다.

머니 밑에서 자라며 마을에서도 놀림을 받았다. 하지만 그의 어머니는 이를 견뎌냈고, 그 결과 오늘의 그와 같은 훌륭한 아들을 키운 것이다. 세상에서 과부들이 홀아비보다 자식의 성격교육이나 도덕교육에 성공하는 걸 보면 아이들의 교육에 아버지가 꼭 필요한가 하는 생각을 갖게 만든다. 과부는 마지막에 가장 크게 웃는다.

인생을 가족 중심으로 해석하게 되면 모든 생활이 생물학적인 의미를 지니게 되어 참으로 만족스럽게 된다. 공자(孔子, 쿵즈)도 그렇게 생각했듯 남을 다스리고자 하는 사람의 궁극적 이상 역시 생물학적이다.

어짊〔仁〕을 이룩하면
늙어선 화평(和平)을 즐기고, 젊어선 정절(情節)을 배워
집안에 한을 품은 여자〔怨女〕가 없고, 집 밖에 바람쟁이 남자〔曠夫〕가 없다.

결국 이것이 공자(孔子, 쿵즈)의 가르침이며, 대경(大慶)이라는 '인간 본능의 충족'의 의미인 인본주의 철학이 된다. 공자(孔子, 쿵즈)는 모든 본능의 충족이 이루어지기를 바란 사람이다. 그래야만 인간은 만족스런 생활 속에서 정신적 평화를 가질 수 있고, 그 평화만이 참된 평화이기 때문이다. 또 인간성에 깊이 뿌리를 내린 평화이기에 가장 완벽한 정치는 무정치(無政治)라는 이상을 실현하는 것이다.

5. 노년을 우아하게 즐기려면

내가 보기엔 중국의 가족제도는 유년과 노인에 대한 특별 배려가 있고, 이를 기초로 해서 설계되어 있는 듯하다. 그 이유는 유년기와 노년기가 결국 인생의 반을 차지하는 까닭으로 그들이 만족한 생활을 한다는 것은 매우 중요한 일이라 생각하기 때문이다. 아이들은 능력이 없으므로 자기 몸 지키기가 어렵지만, 그 대신 노인들처럼 물질적인 풍요가 있어야만 편안한 생활을 하는 것이 아니다.

아이들은 물질적 부족을 거의 느끼지 않는다. 가난한 집 아이라도 부잣집 아이만큼 행복하고 즐겁게 살아간다. 맨발로 다니더라도 재미로 하는 일이기에 전혀 문제가 없다. 하지만 노인이 맨발로 다닌다면 문제는 심각하다.

아이들에게는 생명력이 있고 활력이 넘치고 있어 어떤 때엔 슬픈 경우도 있겠지만, 곧 잊어버리고 노인들처럼 돈 걱정을 하는 일은 아예 없다. 돈 많은 과부는 사채놀이를 하지만 아이들은 장난감 초를 사려고 경품권을 모은다. 이 두 가지 중 어느 것이 더 재미있는지 얘기할 수는 없다.

아이들은 어른들처럼 고정관념이나 편견이 없으니 사탕도 이것저것 아무거나 먹고, 닥치는 대로 장난을 한다. 종교적 편견도 없을 뿐 아니라 생각이나 느낌이 전통에 구속받는 경우도 없다. 그러나 노인들은 기호도 일정하고 의심도 있으므로 더욱 가족들에게 신세를 지지 않을 수 없다.

노인을 존경하는 마음은 이미 중국의 원시적 감정 속에 들어 있었다. 서양의 경우 기사도 정신이나 여성에 대한 친절과 같은 의미이다. 맹자(孟子, 멍즈)가 한 말을 보면 이 감정이 잘 나타나 있다.

맨발의 노인이 짐을 지고 길 가는 모습을 본다면
그 정치는 이미 끝장이 난 것이다.

　맹자(孟子, 멍즈)는 세상에서 가장 힘없는 사람을 과부, 홀아비, 고아, 자식 없는 노인의 넷으로 표현했다. 앞의 둘은 세상의 모든 남녀를 결혼하게 만드는 정치를 하면 없앨 수 있다. 고아에 대해서 맹자(孟子, 멍즈)가 무슨 말을 했는지 찾아볼 수는 없다. 하지만 옛날부터 고아원은 양로연금과 함께 언제든지 있어 왔다. 이 두 가지는 그러나 어쩔 수 없는 가정의 불쌍한 대용품일 수밖에 없다.

　어차피 사랑은 내리사랑이니 아이들에 대해서는 크게 걱정을 할 필요가 없지만, 물이 위로 흐르게 하려면 많은 노력이 필요하듯 노부모를 모시려면 많은 수양이 필요하다. 인간은 본능적으로 아이들을 사랑하게 되지만 수양을 통해서만 어버이를 사랑할 수 있다. 그래서 노인을 존경하고 사랑하라는 가르침은 일반적인 교리가 되었고, 몇몇 학자의 말처럼 노부모를 공경할 만한 자격을 갖추는 것이야말로 일반사회의 희망사항이 된 것이다. 나이가 50이 넘은 고관이 70이 넘은 노부모를 서울로 모셔 와서 조석으로 문안을 드리지 못한다면 친구는 물론 주위 모든 사람들에게 손가락질을 받는다. 이 유감스러움은 고향에 늦게 돌아와 부모의 임종을 지키지 못한 사람이 읊은 다음의 시에 잘 나타나 있다.

　나무는 조용히 있으려 하나 바람이 그치지 않고〔樹欲靜風不止〕
　자식이 부모를 모시려 하나 이미 세상을 떠나셨도다.〔子欲養親不待〕

이 세상을 한 편의 시로 생각한다면 황혼기는 가장 행복한 때라고 볼 수 있다. 죽음을 무서워해 오래 살려고 애쓰는 대신, 오히려 말년을 기다리며 일생 중 가장 편안하고 좋은 시기로 맞을 수 있다.

동양 사람과 서양사람 생활의 절대적인 차이는 나이를 생각하는 동양 사람의 생활 이외에는 거의 찾을 수가 없는 듯하다. 그러나 이 차이는 뚜렷하게 나타난다. 이에 비해 성(性)·여자·일·게임·성공 등에 대한 차이는 상대적 문제이지 절대적인 차이는 아니다. 나이에 대해 상반된 동서양의 차이는 남의 나이를 묻거나 자기 나이를 밝히는 태도에 그대로 나타나 있다.

중국에서는 공무로 사람을 부르면 먼저 이름을 물은 뒤 바로 나이를 묻는다. 이때 상대가 "스물세 살입니다."라고 어딘가 멋쩍게 대답하면 오히려 묻는 사람이 앞길이 창창하다느니, 곧 나이가 들면 노인이 될 것이라느니 하며 위로를 해준다. 또 상대가 서른다섯이니 서른아홉이니 하고 대답하면 즉시 상대를 존경하는 태도로 "아, 그러십니까?" 하고 대답한다. 상대방의 나이가 많으면 많을수록 질문하는 사람의 태도는 공손해지고 정중해진다. 노인들이 중국에 가서 살고 싶어 하는 이유가 바로 이것이다.

중국에서는 거지라도 머리카락이 하얗게 센 거지는 대접을 받는다. 중년이 되면 누구나 50세 생일이 돌아오기를 기다린다. 혹 돈 많은 상인이나 높은 관리들 중에서는 40세 생일도 거창하게 차리지만, 어쨌든 반세기점인 50세 생일은 누구에게나 즐거운 일이다. 환갑은 50세보다, 고희는 환갑보다 더욱 행복하고 위대한 나이다.

만약 중국에서 미수(米壽, 80세)의 생일상을 받은 사람이 있다면 그는 하늘의 은총을 받았다 해서 큰 존경을 받는다. 흰 수염은 할아버지의 특권이다. 50세가 되지도 않았거나 손주를 보지도 못한 사람이 수염을 기르면 남에게 손가락질을 받는다. 그러다 보니 젊은 사람들도 노인들의 태도와 권위·식견을 본받아 실제보다 나이 들어 보이도록 노력을 한다.

내가 아는 한 중국의 소설가는 학교를 갓 졸업한 20대 초반 정도의 나이임에도 잡지에 '청년은 무엇을 읽고, 무엇을 읽어서는 안 되는가?' 라는 충고의 글을 기고한 것을 보았다.

중국에서 노인을 존경하는 것이 일반적인 풍조이니 나이 들어 보이려고 애쓰는 마음을 이해할 수 있을 것이다. 가장 먼저 말을 할 수 있다는 것은 노인의 특권이다. 젊은이는 그동안 노인의 말을 명심해 듣고 있어야 한다. 중국 속담엔 '젊은이는 귀는 있지만 입은 없다.' 라는 말이 있다. 30세 된 사람이 얘기하면 20세 된 사람은 듣고 있어야 하고, 이 30세 된 사람은 40세 된 사람이 얘기하면 들어야 한다. 사람은 누구나 자기가 한 말을 남들이 들어주기를 바라는 마음을 가지고 있다. 그러니 이런 기회가 노인에 집중된다는 것은 참으로 공평한 일이다. 누구나 늙기 때문이다.

나는 서양 사람들의 생활과 나이에 대한 생각을 잘 알고 있는 편이지만, 그래도 깜짝 놀랄 경우가 많다. 손주를 10여 명 둔 어떤 백발의 할머니와 얘기를 하다 그녀가 첫 손자를 볼 때를 회상하며 "나도 할머니가 되었다고 생각을 하니 참 한심해집디다." 라는 얘기를 듣는 순간 참으로 당황하지 않을 수 없었다. 미국 사람들이 늙었다는 얘기를 들으면 싫어한다지만 그것도 50세 전후해서 한창 일할 나이 때 얘기지, 나이가 70이 넘어서도 어떻게 얘기하다 화제가 나이 쪽으로 돌아가면 황급히 화제를 돌리는 모습을 보면 놀랄 수밖에 없다.

엘리베이터나 차를 탈 때, 노인들에게 먼저 타시라고 권하면서 "나이 드신 분이 먼저 타셔야죠." 하는 말이 자꾸 목을 넘어오려고 해서 이를 참느라 고생한 적이 한두 번이 아니다. 한 번은 그예 이 말을 참지 못하고 멋있고 위엄 있는 노신사에게 그랬더니 그 신사는 옆에 있는 부인에게 "나보다 젊다고 생각하는 걸 보니 저 젊은 양반도 대단한 양반이야."라고 말하는 것이 아닌가. 참으로 당황스럽고도 어이없는 일이었다.

처녀나 중년 부인이 나이를 말하지 않으려는 것은 이해가 간다. 젊음을 유지하려는 마음은 극히 자연스러운 것이기 때문이다. 중국에서도 여자 나이가 스무 살이 넘어서 약혼조차 못하고 있다면 나이를 말하길 꺼려하는 수가 있다. 세월은 사정없이 흘러가는데 무엇엔가 뒤떨어지고 있다는 생각을 갖기 때문이다. 마치 밤늦게 문 닫힌 공원에 혼자 남아 있는 듯한 기분일 것이다. 그래서 여자의 나이 중 가장 긴 나이가 스물아홉 살이라고 한다. 이 스물아홉은 3년, 4년 아니 5년까지도 그대로 스물아홉인 경우가 많다. 그렇지만 이런 경우는 그렇다 치고, 자기 나이를 말하지 않으려는 걸 보면 이해하기가 어렵다. 나이가 들었다는 소리를 듣지 않으면서 무슨 현명한 사람 행세를 하려고 할까? 또 젊은 사람이 인생과 결혼, 모든 세상의 참된 지식을 얼마나 알겠는가?

서양의 모든 생활방식이 젊음을 중시해서 나이 밝히기를 꺼린다는 것은 이해할 수 있다. 그러나 아주 유능하고 숙련된 여비서가 단지 나이가 마흔 다섯 살이라 해서 쓸모없는 사람이라 생각한다고 해보자. 자신의 직업 때문에 나이를 숨겨야 한다면 인생 그 자체나 젊음이란 것이 무의미한 것밖에는 되지 않는다.

틀림없이 이 모든 일은 직장생활의 결과이다. 여자는 나이가 들었을 경우 사무실에서보다 집에 있을 때 더욱 존경을 받는다. 그러나 미국 사람들이 일에 대한 집착이나 세속적인 성공·출세욕을 버리기 전에는 어쩔 수 없는 노릇이다. 미국의 아버지가 인생의 이상적인 주거지로 사무실보다는 집을 택하고, 자기를 대신할 자식이 있다는 것에 대해 중국 아버지가 느끼 듯 자랑과 기쁨을 느낄 때에만 50세 생일을 기다리고 노년기를 기다리게 되는 것이 아닐까?

정정하고 활동적인 미국의 노인들이 자신을 젊다고 남들에게 말하며, 또 남들로부터 젊다는 소리를 듣는 경우, 이 젊다는 의미는 건강하다는 의미이겠지만, 내가 보기에는 언어의 불행으로 보인다. 늙어서도 건강하다는 사실은 인생의 최대 행복이다. 그렇지만 노인에게 '건강하고 젊다.' 라는 말을 쓰면 단지 언어적인 문제임에도 불구하고 노경이 어딘가 억지스러워 보이고 신비함이 사라져 보인다.

많은 경험을 한 인생을 부드러운 목소리로 얘기하는, 건강하고 지혜로운 홍안백발(紅顏白髮)의 노인처럼 훌륭해 보이는 모습은 없다. 중국에서는 그래서 노인을 그리면 홍안백발의 노인으로 그린다. 중국의 복록수신(福祿壽神)의 그림을 보라. 긴 이마에 붉은 얼굴, 흰 수염에 미소 짓고 있는 모습. 가슴까지 흘러내리는 수염을 평화스럽게 쓰다듬는 모습에서 여러 가지를 느낄 수 있다. 존경을 받으니 품위가 있고, 누구도 그 위치를 믿어 의심하지 않으니 유유자적하고, 대중의 슬픔을 아는 지혜가 있으니 인자해 보이는 것이다.

늙어서도 활동을 정력적으로 하는 사람들을 우리는 노익장(老益壯)이라고 칭송한다. 아마 영국의 로이드 조지[11] 같은 사람은 '묵은 생강' 이라고 불러야 할 것이다. 늙을수록 더욱 신랄해지니 말이다.

미국에서는 흰 수염을 기른 노인은 찾아보기 어렵다. 있다는 얘기는 들었지만 서로 합의라도 한 듯 내 눈엔 보이지 않는다. 딱 한 번 뉴저지 주에서 이만하면 존경할 만하다고 생각되는 노인을 만난 적이 있었다. 이렇게 수염 기른 노인을 찾을 수 없게 된 이유는 안전 면도기 때문인지도 모르겠

---

11. Lloyd George. 1863~1975년. 영국의 정치가. 자유당수, 수상을 역임했음.

다. 중국의 산이 무식한 백성들에 의해 민둥산이 되었듯 면도기는 미국 노인의 턱을 맨송맨송하게 만들어 버렸다.

미국 사람들이 여기에 눈을 떠서 식목의 계획을 세운다면 그래도 미국에는 아직도 개발할 보고가 남아 있다. 보기에도 좋고 청량제도 되는 아름다움과 지혜의 보고가 얼마든지 있다. 미국에는 수염을 휘날리는 노인도 없고, 염소수염을 길렀던 엉클 샘조차도 없다. 모든 수염을 밀어 버리고는 맨송맨송한 턱을 내밀며, 로이드 안경 속에서 눈을 날카롭게 치켜 떠 봐야 쓸모없는 앳된 사미승 같은 모습일 뿐이다.

미국 노인들의 바쁘고 활동적인 생활의 추구는 바보스러울 정도의 개인주의에 의한 산물이라는 사실을 의심할 수 없다. 바로 그것이 그들의 자부심이고 자립의 의지이며, 자식에게 의지하지 않으려는 마음이다.

그런데 미국의 헌법에는 인권에 대한 조항이 많은데 왜 자식에게 의지할 권리는 주장하지 않았는지 모르겠다. 젊어서 아이들 때문에 고생을 했고, 혹시 아프기라도 하면 밤을 새워 간호하며 1세기의 4분의 1을 뒷바라지하느라 애썼는데, 늙은 뒤에 그 자식들로부터 공경을 받고 사랑을 받을 권리가 없단 말인가? 개인과 개인의 긍지 때문에 가정생활을 제대로 해나갈 수가 없단 말인가? 가정의 개체가 어려서는 보호를 받고, 나이가 들어서는 자식을 기르며, 부모를 모시고, 또 노인이 되어서 자식에게 봉양을 받는 것으로 되어 있지 않은가? 가족 구성원 간의 상부상조를 기초로 한 인생관을 가진 중국 사람들에게 자립이란 별 의미가 없다. 그러므로 자식에게 기댄다는 것은 전혀 부끄러움이 아니고, 오히려 그럴 자식이 있다는 게 자랑일 정도이다. 중국 사람의 사는 재미란 바로 이것밖에 없다.

서양에서는 노인들이 자식들을 생각해서 자식들의 사생활에 간섭하지 않으려고 식당이 딸린 호텔 같은 곳에서 생활하려 한다. 그러나 노인은 간섭할 권리가 있고, 그러기 싫어도 권리만은 가지고 있어야 한다. 인간의 생활, 특히 가정생활에서 인간은 자제심을 배우기 때문이다.

아이들이 어릴 때에는 부모가 어느 정도는 간섭을 하게 된다. 간섭을 잃게 되면 문제가 생긴다는 것은 행동주의 심리학자들에 의해 이미 밝혀진 사실이다. 부모가 늙어서 능력이 없어졌을 때, 그 한없는 사랑을 베풀었던 부모와 함께 살지 않는다면 도대체 누구와 함께 살겠단 말인가? 사람은 자제심을 가져야 한다. 그렇지 않으면 결혼까지도 위협받는다. 호텔의 종업원들이 아무리 친절하더라도 자식들이 부모에게 쏟는 존경과 봉사, 효도를 따를 수 있을까?

부모에 대한 효도를 강조하는 것은 은혜에 보답한다는 정신에서 비롯된다. 친구에게 진 빚은 헤아릴 수가 있지만 부모에게 진 빚은 한도액이 없다. 중국인의 글을 보면 기저귀 빠는 이야기가 자주 나오는데, 우리들 자신이 부모가 되어 보면 아주 절실한 말이다. 그러니 늙으신 부모가 자식들이 차려 준 맛있는 음식을 먹는다는 것은 당연한 일 아닌가? 효도를 잘한다는 것은 어려운 일이다. 그러나 호텔 종업원과 자식을 비교한다는 것은 이 신성한 의무를 모독하는 것이다. 다음의 글은 자식이 부모를 모시는 법에 대하여 쓴 도석석(屠錫石, 투시스)의 글인데, 학교의 도덕책에도 실려 있을 정도로 유명한 글이다.

여름에는 곁에 서서 부채질을 해서 더위는 물론 파리·모기까지 쫓아야 한다. 겨울에는 따뜻한 잠자리를 준비하고, 늘 방을 따스하게 해야 한다. 창문이나 문에 구멍이나 틈이 생겨 바람이 들어오지 않는지 살펴보아 부모를 안락하게 해드려야 한다. 열 살이 넘으면 부모님보다 먼저 일어나 손발을 씻고, 부모님 방에 들어가 인사를 드린다. 만약 부모님이 일어나 계시면 들어갈 때와 나올 때 두 번 절을 해야 한다. 밤에는 잠자리를 펴드리고 잠이 드실 때까지 곁을 떠나지 않으며, 잠이 드신 후 머리맡의 휘장을 쳐 드리고 물러나온다.

이러니 중국에서 노인이 되고 싶지 않은 사람이 누가 있겠는가?

중국의 프롤레타리아 작가들은 이 모습을 봉건적이라고 비웃지만, 거기에는 중국의 노신사들로 하여금 요즘의 사회를 개탄케 만드는 매력이 숨어 있다. 제 명대로 살기만 하면 누구나 노인이 된다. 사람이 개념만의 세계에서 살며, 말 그대로 독립해서 살 수 있다고 믿는 개인주의를 벗어난다면, '인생의 황금기는 노년기이지 지나가 버린 청년기에 있는 것이 아니다.' 라는 생각을 기초로 해서 인생을 다시 꾸며야 한다는 데에 동의할 것이다. 그렇지 못하면 자신이 시간이라는 무시무시한 길 위에서 자신도 깨닫지 못한 채 위태로운 경주를 하고 있는 셈이다. 언제나 자신보다 앞선 주자의 환영에 위협당하며, 영원히 이길 수 없는 경주를 하게 될 것이다.

인간은 누구나 늙을 것이고, 이 사실을 인정하지 않는 것은 자신을 속이는 일이다. 억지로 자연에 반항하지 말고, 우아한 노년을 맞는 게 좋다. 인생의 오케스트라는 평화와 조용함, 안락과 만족으로 끝나야지 깨진 심벌즈나 찢어진 북의 소리로 끝나서는 안 되는 것이다.

제 9 장
생활의 즐거움

1. 침대에 누워서

어차피 나는 거리의 철학자가 될 운명을 타고난 것 같다. 철학이란, 일반적인 생각으로 보면 간단한 사물을 어렵게 만드는 학문 같지만, 내 생각엔 어려운 사실을 간단하게 만드는 것이다. 유물론이니, 인간주의니, 초월론, 다원론 등 수많은 기다란 이름과 주의가 있겠지만, 어떤 것이든 내 철학보다 깊은 것이라고는 생각지 않는다. 결국 인생이란 먹고, 자고, 사람을 만나고, 웃고, 울고 하는 일을 하다 보면 끝나기 마련인데, 공연히 이 단순한 현상을 학술적인 헛소리로 꾸민다는 것은 교수들이 자신들의 공허함과 의식의 빈곤을 감추기 위한 잔재주일 뿐이다. 그러다 보니 철학은 배우면 배울수록 인간사를 더욱 어렵게 만든다는 소리를 듣게 되었다. 철학자가 이룩한 업적이라고는 철학에 대해서 얘기하면 할수록 사람들을 더욱 혼란에 빠뜨린 것 말고는 없다.

세계에서 중요하고 위대한 과학적 · 철학적 발견의 90퍼센트는 실제 과학자나 철학자가 새우처럼 몸을 구부리고 잠든 새벽녘에 이루어졌으리라고 나는 생각한다. 그런데도 침대에 누워 있는 방법에 대한 중요성을 알고 있는 사람이 없다.

세상에는 낮잠을 자는 삶도 있고, 밤에 잠을 자는 사람도 있다. 여기서 말하는 '잔다'는 말은 육체는 물론 정신적으로도 잔다는 사실을 의미한다. 이 양자는 때때로 일치하기도 한다. 침대에서 잠을 자는 것은 인생의 큰 즐거움의 하나이고, 이 사실을 인정하는 사람은 솔직한 사람이다. 반대로 침대에서 자는 것을 예찬하지 않는 사람은 거짓말쟁이고, 실제는 낮에 육체적 · 정신적인 잠을 줄곧 자고 있는 사람들이다. 낮잠을 즐기는 사람들은 도학자거나 유치원 선생, 아니면 《이솝 우화》를 즐겨 읽는 사람들이다. 그러나 의식적으로 침대에 눕는 방법을 배우겠다는 사람은 교훈이라곤 전혀 없는 《이상한 나라의 앨리스》와 같은 책을 읽는 솔직한 사람들이다.

그렇다면 침대에서 자는 육체적 · 정신적 의의는 무엇일까? 육체적으로 말하자면 침대에서 휴식과 안정에 가장 걸맞은 자세를 취하면 외부와 단절된 혼자만의 세계를 누릴 수 있다. 위대한 예술가이기도 한 공자(孔子, 쿵즈)는 침불시(寢不尸)라 하여 시체처럼 몸을 쭉 펴지 않고 모로 누워 몸을 쪼그리고 잤다. 나 역시 잠자리에서 다리를 오므리고 자는 것에 큰 즐거움을 느낀다. 심미적 즐거움을 최대한 누리고 정신력을 움직이고 싶다면 팔 하나라도 잘 놓아야 한다. 가장 바람직한 자세는 온몸을 펴고 자는 것보다 한 팔이든 두 팔이든 팔을 머리 위에다 돌려놓고, 큰 베개에 머리를 30도 정도

눕히는 자세라 생각한다. 이 자세라면 시인은 불후의 명작을 쓸 수 있고, 철학자는 인간의 생각을 새로 바꿀 수 있고, 과학자는 뛰어난 발명을 할 수 있을 것이다.

홀로 있으며 명상하는 가치를 아는 사람의 수가 얼마나 적은지 놀랄 정도이다. 와상술(臥床術)은 단순히 하루의 긴장을 풀어 주는 육체적 휴식 이상의 의미가 있다. 하루를 보내며 당신이 만났던 사람들, 예를 들어 인터뷰를 했었거나 늘 농담만 하는 사람, 사사건건 충고만을 해서 천국에 모든 사람을 보내려고 하는 도덕가 등으로부터 당신이 받았던 온갖 귀찮음을 털어버리는 안식 이상의 것이다. 와상술을 잘 익혀 놓으면 정신의 정화제 역할을 할 수 있다.

하루종일 바쁘게 뛰어다니는 사업가가 언제나 하루 1시간만 눈을 뜬 채 침대에 누워 있다면 그의 재산은 두 배로 늘어날 수 있는데 그걸 모르고 있다. 아침에 조금 늦게 일어나면 좀 어떤가. 담배를 피워 물고 그날 할 일을 계획하는 여유를 즐기는 것. 목을 조이는 넥타이, 와이셔츠, 발을 갑갑하게 하는 구두도 없이 파자마만 입은 채 침대 위에서 느긋하게 해방감을 만끽하노라면 더욱 참된 사업에 대한 생각도 떠오를 것이고, 기발한 아이디어도 솟아나는 것이다. 사람은 발이 편해야 머리가 편하고, 머리가 편해야 생각이 잘 나는 것이다. 이렇게 편안한 상태에서 생각을 해야 잘못도 금방 깨닫게 되고 그날의 일정도 정리가 잘 된다. 괜히 아홉 시 정각에 출근해 부하직원을 날카로운 눈초리로 쏘아보며 감시하기보다는 느긋하게 자신의 정리를 마친 후 열 시쯤 사무실에 나가는 편이 훨씬 좋지 않을까?

이렇게 자리에 한 시간쯤 누워 있는 것은 작가나 사상가, 과학자들에게는 더욱 효과가 있다. 소설을 쓰려고 온종일 책상에서 끙끙대기보다는 이런 자세로 있는 게 훨씬 좋은 생각을 떠오르게 하는 효과가 있을 것이다.

왜냐하면 그때야말로 귀찮은 전화나 방문자나 잡다한 일로부터 해방되는 시간이기 때문이다. 확실한 스크린을 통해 인생을 바라보면, 현실은 시적인 환상 세계 속에서 아름답게 펼쳐져 있다. 그 모습은 훌륭한 그림보다 훨씬 더 현실을 초월한 현실로 비치게 된다.

침대에 있게 되면 과연 어떤 일이 일어날까? 우선 근육은 쉬게 되고, 혈액 순환은 더욱 잘 되고, 호흡은 침착해져 모든 신경이 안정되어 있는 육체적 평온함이 이루어진다. 따라서 어떤 주의나 사상에도 정신적인 집중이 잘 이루어진다. 모든 감각도 예민해져 있으므로 좋은 음악은 누워서 듣는 편이 좋다.

이립옹(李笠翁, 리리웡)은 〈양류(楊柳, 양려우)〉라는 글에서 '새벽 새가 지저귀는 소리는 누워서 들어야 한다.'라고 말했다. 눈을 뜨자 새 소리가 들려온다. 얼마나 황홀한가. 대개는 도시에서도 새 소리를 아침에 들을 수 있는데 사람들이 무심히 흘려 버리고 있다. 다음의 글은 내가 상하이〔上海〕에서 아침에 들었던 소리를 듣고 적어 본 것이다.

숙면 끝에 다섯 시에 눈을 뜨고 온갖 화려한 소리의 잔치를 맞았다. 내 잠을 깨운 소리는 가락과 박자가 한데 어우러진 공장의 기계 소리였다. 잠시 후에 말발굽 소리가 들려왔다. 말 탄 병사가 순찰을 도는 모양이다. 이 조용한 새벽에 들려오는 말발굽 소리는 내게 브람스의 교향곡보다 더 큰 기쁨을 준다. 곧이어 무슨 새인지 모르겠지만 새 소리가 들렸다. 정확한 이름을 몰라 안타깝지만 어쨌든 새 소리를 들으니 기쁜 일이다.

그 밖에도 여러 가지 소리가 들린다. 밤새 길거리를 쏘다니던 외국 청년이 어떤 집 문을 두드리고 있다. 청소부가 큰 빗자루로 골목길을 쓸고 있고, 오리가 외마디 소리를 지르고 날아가는 소리가 들린다. 여섯 시 이

십오 분이 되니 상하이→항저우(杭州) 간 열차가 도착하는 소리가 들리고, 그때에야 옆방의 아이들이 일어나며 부스럭거린다. 사람들이 깨어 움직이기 시작하고, 소리도 점점 서로 어울려 크게 들린다. 창문 여는 소리, 문 열쇠 여는 소리, 가벼운 기침 소리, 그릇 부딪히는 소리, 갑자기 아이가 '엄마' 하고 부르는 소리가 들린다.

이것이 내가 그날 들었던 자연의 음악회였다.

그 해 봄 내내 내 귀를 즐겁게 해준 것은 영어로 quail 또는 partridge라고 불리는 새의 울음 소리였다. 수컷이 암컷을 부르는 소리는 do, mi ː re− ː −, ti의 네 음절이었는데 세 번째 re를 두세 박자 끌다가 마지막 ti를 스타카토로 처리한다. 남부지방의 산중에서 늘 들었는데 새벽에 내 방에서 20야드쯤 떨어진 나무에서 수놈이 울면 곧 이에 답하듯 암놈의 소리가 저쪽에서 들리곤 했다. 들을 만한 제일 아름다운 순간이다. 곧이어 약간 변조되어 빠른 속도로 울음이 들리는데 새도 점점 가슴이 뛰는지 마지막 스타카토는 생략되기 일쑤다. 이 새의 노래만큼 아름다운 소리는 없는 것 같다. 물론 이 소리에 뻐꾸기니 비둘기니 다른 새들의 울음소리도 다 섞여 있겠지만. 앞서 말한 이립옹(李笠翁, 리리웡)의 말을 따르자면 참새는 잠꾸러기다. 모든 새들은 해가 있을 때엔 사람들의 표적이 되어 쫓겨 다니느라 목소리를 자랑할 시간이 새벽밖에는 없다. 사람들이 일어나기 전이라야 마음 놓고 울 수 있는 것이다. 그러나 참새는 사람들과 친해서 아무 때나 울 수 있다. 그러므로 아침에 일찍 일어나지 않아도 좋으니 당연히 잠꾸러기 아니겠는가? 이것이 바로 그의 설(說)이다.

2. 의자에 앉는 것에 대하여

나는 주위에서 의자에 털썩 기대앉기로 소문이 난 사람이니 의자에 앉는 철학에 대해 말해 보기로 하자. 나처럼 기대앉는 사람도 많은데 유독 나만 그런 것처럼 소문이 나 있으니 참, 나만 늘어지는 사람 같아 보인다. 하지만 이건 절대로 과장이다. 나 말고도 이렇게 앉는 사람은 얼마든지 있다. 아마 그 이유는 전에 「Analects Fortnightly」라는 잡지를 낼 때, 그 잡지에 담배 유해론을 반박하는 글을 계속 기고했기 때문일 것이다. 광고까지는 안 냈더라도 계속 그런 글을 쓰다 보니 사람들은 나를 의자에 길게 기대앉아 담배나 꼬나물고 있는 사람으로 생각했나 보다. 나는 그런 생각이 전혀 사실 무근이라고 항의했지만, 오히려 나의 그런 소문은 계속 퍼져 나를 내가 가장 싫어하는 유한(有閑) 인텔리쯤으로 몰아붙이고 말았다. 2년 후 좀 부드러운 논조를 가진 잡지를 창간하게 되자 사태는 더욱 악화되었다.

대체로 중국 사람의 논문이 딱딱하고, 열두어 살 난 아이들의 글에도 '애국'이니 '견인불발(堅忍不拔)의 정신'이니 하는 제목이 나오던 30년대의 상황의 결과지만, 난 그래도 그런 문체가 싫어, 좀 더 친근한 글을 퍼뜨린다면 산문(散文)이 유학의 딱딱한 틀을 벗어나지 않을까 해서 시작했던 일이었다. 그런데 나는 아무 생각 없이 '친근한 글'이라는 말을 '유한적 글'이라고 표현해 버리고 말았다. 그러자 기다렸다는 듯이 공산주의 쪽에서 비난이 쏟아졌고, 그 결과 '온 국민이 이 민족적 굴욕의 시대에 살고 있는 지금' 중국의 문필가 중 가장 유한적이라는, 결코 용서받을 수 없는 놈이라는 낙인이 찍히게 된 것이다.

사실 난 친구의 응접실에서도 소파에 축 늘어져서 기대앉기를 잘한다.

하지만 그건 다른 친구도 마찬가지다. 원래 안락의자의 용도가 무엇인가? 현대의 신사숙녀들이 언제 어디서나 꼿꼿이 절도 있게 앉아 있어야 한다면 응접실에 안락의자는 왜 갖다 놓을까? 모두 딱딱한 나무의자에 앉아 부인들은 발이 땅에도 닿지 않게 하고 있어야 하지 않을까?

의자에 늘어지게 기대앉는 데에도 철학이 있다. '위엄'이라는 말을 잘 살펴보면 옛날 사람과 요즘 사람들의 의자에 앉는 의미의 차이를 느낄 수 있다. 옛날 사람들은 위엄을 보이려고 꼿꼿이 의자에 앉았지만 요즘은 편하려고 의자에 앉는다. 철학적으로 반대되는 개념이 여기서 생긴다. 불과 반세기 전만 해도 편안함과 쾌적함은 죄악이었다. 몸을 편히 갖는 것도 위엄이 떨어지는 일로 생각했다. 헉슬리[1]는 그의 〈안락론(安樂論)〉에서 이 점을 밝히고 있다. 그는 지금까지 안락의자의 출현을 막았던 것은 봉건주의라 했는데, 바로 반세기 전까지 중국에 퍼져 있던 생각과 비슷한 것이다. 하지만 요즘은 친구라고 한다면 그의 방에서 두 다리를 책상 위에 걸친다고 해서 큰 문제는 없다. 무례하기보다 오히려 친함의 표시로 받아들이기도 한다. 하긴 전통적인 교육을 받는 덕망 있는 어른 앞에서 이런다면 좀 곤란할 것이라는 생각도 해보지만…….

풍습과 건축, 실내장식 사이에는 생각했던 것보다 훨씬 더 밀접한 관계가 있다. 서양 여성들은 헉슬리도 지적했듯, 자기의 나체를 보지 않으려고 목욕을 거의 하지 않았다. 이런 도덕관념 때문에 현대식 흰 에나멜을 입힌

---

1. Aldous Leonard Huxley, 1894~1963년. 영국의 소설가 ·비평가. 다방면에 해박한 지식과 번뜩이는 재치로 유명하다. 그의 작품은 우아한 문체, 위트, 신랄한 풍자가 두드러진다. 헉슬리는 유명한 생물학자인 T. H. 헉슬리의 손자이며, 전기 작가이며 문인인 레너드 헉슬리의 셋째 아들이다. 주요 작품으로는 《크롬 옐로 Crome Yellow》(1921), 《어릿광대 춤 Antic Hay》(1923), 《하찮은 이야기 Those Barren Leaves》(1925), 《연애 대위법 Point Counter Point》(1928), 《멋진 신세계 Brave New World》(1932), 《가자에서 눈이 멀어 Eyeless in Gazza》(1936), 《루의 악마 The Devils of Loudun》(1952) 등이 있다.

철제 목욕탕이 이제야 나오게 된 것이다. 이처럼 옛날 중국 가구를 보면 사람을 편하게 하는 구석이 전혀 없는데, 바로 안락을 죄악시하는 유교적 전통 때문이었다. 중국의 의자는 나무로 만들어 반드시 꼿꼿이 앉아 있어야만 되도록 만들어져 있다. 그 자세만이 유일하게 인정된, 앉는 자세였으니까. 심지어 임금이라도 지금의 나라면 5분도 못 앉아 있을 의자에 꼿꼿이 앉아 정치를 했다.

이런 점에서 영국의 국왕도 불편하긴 마찬가지일 것이다. 클레오파트라가 노예들이 메고 다니는 긴 의자에 비스듬히 기대앉을 수 있었던 것은 공자(孔子, 쿵즈)를 몰랐기 때문이다. 만약 공자(孔子, 쿵즈)가 이를 보았다면 제자의 한 사람인 원양(原壤, 위앤랑)이 삐딱하게 앉아 있는 모습을 보고 혼냈듯이 지팡이로 종아리를 때렸을 것이다. 유교의 사회에선 남녀 모두 공적인 자리에선 아주 완벽할 정도로 단정한 자세를 취해야만 되었다. 조금이라도 다리를 벌리면 당장 무례한 놈이라고 지적을 받았을 것이다. 특히 윗사람을 만날 때엔 존경을 표시하느라 의자 끝에 조심해서 비스듬히 걸터앉아야 했다. 바로 이것이 존경과 교양을 나타내는 표시였다.

이처럼 유교와 중국 건축의 자유롭지 못함에는 밀접한 관계가 있지만 더 이상 거론하지 않기로 하자.

18세기 말부터 19세기 초에 걸쳐 낭만주의가 전개됨에 따라 사람은 손발을 자유롭게 움직이게 되었다. 인생에 대한 진실한 태도가 일기 시작했다. 하지만 이 모든 진보가 낭만주의의 덕망은 아니다. 인간의 심리에 대한 이해가 진보했기 때문이다. 연극을 부도덕시하고, 셰익스피어를 미개인으로 보던 풍조는 사라지고, 부인들의 목욕 가운, 청결한 목욕탕, 편안한 의자 등의 발전이 이루어진 것이다. 그러므로 훨씬 솔직하고 친근감이 가는 생활양식이 이루어졌다. 그러니 소파에 편안히 기대고 있는 내 태도와 부드러운 문체를 중국의 글에 집어넣으려는 내 태도는 상당한 관계가 있다.

편안함의 추구가 죄가 아니라면, 친구의 응접실에서 안락의자에 편히 앉는다는 것은 주인을 더욱 편하게 만드는 것임이 사실이다. 손님이 편하게 앉으면 주인은 손님을 대접하는 데에 딱딱한 부담을 느끼지 않아도 되니까 말이다. 손님들 모두 편히 앉지 않고 꼿꼿한 자세를 취하고 있다면 그 파티를 주최한 여주인이 얼마나 당황할 것인가. 나는 탁자에 발을 올려놓고 자세를 자연스럽게 함으로써 여주인의 당혹감을 없애 주는 동시에 나 이외의 다른 손님들이 가장하고 있는 위엄의 가면을 벗겨 버린다.

나는 그러다 보니 가장 편하게 의자에 앉는 방법을 찾아내게 되었다. 간단히 말해서 의자가 낮을수록 편안해진다. 여러분들은 모두 무심코 의자에 앉았다가 그 의자의 편안함에 감탄했던 경험이 있을 것이다. 사실 내가 이 방법을 찾기 전까지만 해도 나는 실내 장식가들이 사람 몸에 편한 의자나 가구를 설계할 때 어떤 공식이 있어 그에 따라 작업하는 줄 알았었다. 하지만 알고 난 후엔 간단했다. 집에 있는 의자의 다리를 2~3인치만 잘라 보라. 훨씬 편할 것이다. 또 2~3인치만 잘라 보라. 더 편해질 것이다. 이런 식으로 하다 보면 결국 침대 위에 누워 있는 것이 제일 편하다는 결론에 도달하게 된다.

우리가 앉은 의자가 높다 해서 다리를 자를 수 없는 경우에는 어디엔가 다리를 올려놓고 쉴 수 있는 대(臺)가 필요하다. 즉 엉덩이와 다리의 높이를 최대한 가까이 만들어야 한다. 나는 책상서랍을 뽑아 그 위에 발을 올려놓는 방법을 자주 애용한다. 기타 방법은 여러 분들의 상상에 맡겨도 무방할 것 같다.

임어당(林語堂, 린위탕)이라는 사람은 잠자지 않는 하루 16시간은 늘 의자에 늘어지게 기대 있는 사람이라는 비난을 받지 않기 위해서 나는 하루에

서너 시간씩 타이프라이터 앞에 앉아 있을 수도 있다는 사실을 밝혀 둔다. 하루 종일 근육을 쉬게 해야 하며, 또 그것이 가장 건강한 자세라는 말은 오히려 내 참뜻과는 거리가 먼 얘기다. 인생은 긴장과 이완, 일하는 것과 노는 것의 연장이다. 남자의 머리는 여자의 몸처럼 한 달을 기준으로 바뀌게 된다. 누군가의 말처럼 자전거의 체인을 너무 빡빡하게 조이면 오히려 더욱 못 달리는 것처럼 사람도 마찬가지이다. 결국 모든 게 습관의 문제이고, 적응력의 문제이다. 다다미 위에서 무릎을 꿇고 생활하던 일본 사람을 의자에 앉혀 보라. 틀림없이 온몸에 경련이 일어날 것이다. 하루종일 허리를 꼿꼿이 펴고 일에 시달렸다가 저녁에 소파에 몸을 던져 편안한 자세를 취하는 것이 바로 생활의 지혜인 것이다.

부인들에게 한 마디만 하자. "만약 앞에 다리를 올려놓고 쉴 만한 것이 없으시다면 소파 위에 다리를 걸치고 앉으십시오. 그때처럼 부인이 매력적인 때가 없습니다."라고.

3. 청담(淸談)에 대하여

'친구와 나누는 하룻밤의 청담(淸淡)은 10년 동안의 독서보다 낫다.' 이 말은 옛 중국의 학자가 친구와 청담을 나눈 후 감회를 말한 것이다. 오늘날엔 야담(夜談)이란 말을 밤에 친구와 즐겁게 나눈 이야기를 의미하는 데에 사용한다.(이미 지난 과거의 밤 이야기도 좋고 미래라도 상관없다.) 영국에서는 Weekend Omnibus 총서류로 'A Night's talk' 니 'A night's talk Mountain' 이니 하는 제목의 책이 서너 권 나와 있다. 친한 친구와 밤새 청담을 나누는 인생 최고의 즐거움을 늘 맛볼 수 있는 것은 아니다. 이립옹(李笠翁, 리리웡)의 말대로 현명하면서 말 잘하는 사람은 드물고, 말 잘하는 사람치고 현명한 사람도 없다. 그러니 현명한 동시에 말도 잘하는 사람을 우연히 만난 기쁨은 천문학자가 새 별을 발견한 기쁨과 비길 만큼 커다란 것이다.

세상이 하도 바삐 돌아가다 보니 벽난로에 모여 앉아 이야기를 나누는 모습이 점점 사라져 간다고 현대인은 한탄을 한다. 그렇지만 바삐 돌아가는 분주함보다 더욱 이런 모습을 없애는 주범은 벽난로를 설치할 수 없는 아파트의 증가이고, 자동차의 보급이 아닌가 생각된다. 참된 청담은 느긋한 마음으로 편안함과 유머, 재치 있는 화술을 즐길 줄 아는 사람들 사이에서만 가능하다. 사람이 그저 말을 하는 것과 청담을 나누는 것에는 차이가 있다. 중국말로는 설화(說話, Speaking)와 담화(談話, Conversation)라고 차이를 두고 있는데, 담화는 설화보다 가벼운 마음으로 느긋하게 하는 대화이며, 사무적인 냄새가 훨씬 적다. 쉽게 얘기해서 무역통신과 친구로부터 온 편지의 차이이다. 일과 관계 있는 얘기라면 누구와도 할 수 있지만, 밤새워 청담을 나눌 사람은 그리 흔하지 못하다. 그런 사람을 발견했을 때의 기쁨은 앞서 얘기했듯 즐거운 것이고, 더구나 그 사람의 목소리와 행동까지 즐길 수 있다는 즐거움도 동시에 즐길 수 있다. 우리는 이런 사람을 옛 이야기를 회고하는 친구들 중에서, 밤 기차의 끽연실에서, 혹은 여관에서도 발견하는 수가 있다. 그 입에서는 재미있는 이야기, 즉 독재자나 반역자를 매도하는 말부터 호랑이·여우 이야기까지 나올 것이다. 어떤 경우엔 우리가 모르고 있던 다른 나라의 정치사태까지 전달해 주는 높은 지식을 가진 사람도 있을 것이다. 이러한 청담은 평생토록 잊지 못하는 법이다.

청담을 나누기에 가장 좋은 때는 물론 밤이다. 해가 있을 때엔 왠지 어색하기 때문이다. 그러나 장소는 어디라도 무방하다. 문학이나 철학 같은 얘기는 18세기식 살롱에서 할 수도 있고, 오후의 지는 해를 받으며 농장의 빈

술통 위에서 할 수도 있다.

　이런 광경을 상상해 보라. 바람이 불고 비가 내리는 밤, 강에 배를 타고 강 양쪽 기슭의 흔들리는 불빛을 보며 사공이 들려주는 이야기를 취한 듯 듣고 있는 모습. 사실 청담의 묘미는 환경, 곧 말을 하는 장소·시간이나 상대자가 바뀌는 데에 있다. 집안에 앉아 얘기를 나누면서도 차꽃이 피어 있던 남쪽의 밤을 회상할 수도 있고, 길에 앉아 나무로 불을 때며 얘기하던 모습을 그릴 수도 있고, 같이 역 대합실에서 기차를 기다리던 아침의 모습을 회상할 수도 있다. 그때의 모습은 그때 나누었던 이야기와 함께 언제까지 머리에서 잊혀지지 않는다. 인생이란 '달도 차면 기울고, 꽃도 피면 시들며, 좋은 친구는 만나기 어려운' 것이니 우리가 이런 즐거움에 좀 빠져 있기로서니 하늘이 질투는 하지 않을 것이다.

　기분 좋은 청담은 정겨운 에세이와 비슷하다. 그 얘기의 스타일이나 내용이 에세이의 그것과 비슷하다. 여우가 사람을 홀리는 얘기, 파리의 얘기, 영국인의 묘한 습관, 동서양 문화의 차이점, 센 강변의 헌 책방, 양장점의 음탕한 여자 재단사, 정치가와 장군의 에피소드 등 모두가 청담의 재료이자, 에세이의 재료이기도 하다. 하지만 청담과 에세이의 비슷한 점은 스타일에 있다. 이야기를 하다 보면 자기 나라의 안 좋은 모습이나 혼란에 대한 이야기로부터 세계적으로 팽배해 있는 정치 풍조라든지, 문명에 대한 비판 등 심각한 부분이 나오기도 하겠지만, 막상 그 말을 하는 사람이나 에세이를 쓰는 사람의 상태는 지극히 한적하고 친근감 있게 자신의 의견을 피력하는 것이다. 왜냐하면 제아무리 현상에 대한 분노가 크더라도 입가에 미소를 띠고 붓 끝에 웃음을 띠고 얘기하는 것 이외에 우리에게 주어진 방법이 없기 때문이다. 자기 속마음을 털어놓고 핏대를 올려가며 흥분을 할 수 있는 기회란 아주 친한 친구 두세 명이 모였을 때 외에는 없다. 이런 이야기를 즐기려면 없었으면 하고 바라는 자들은 빼놓고 진심이 통하는 친구들끼리 모여야만 가능하다.

참된 청담과 의례적인 의견 교환의 차이는 친근한 맛을 주는 에세이와 성명서의 차이와 같다. 하긴 정치적 성명서에도 멋들어지고 품위가 있는 것도 있긴 하지만, 즉 민주주의에 대한 사랑, 봉사의 열의, 평화를 추구하며 복지를 도모하는 마음 등 권력이나 돈의 냄새를 풍기지 않는 성명서들은 그 정치가의 고귀한 품위라고 할 수 있으나, 그래도 성장을 한 귀부인을 보듯 쉽게 접근하기는 어렵다. 하지만 좋은 에세이를 읽으면 수수한 옷을 입고 냇물에서 빨래를 하는 시골 처녀의 모습을 보는 듯한 느낌이 든다. 모습은 화려하지 않지만 나름대로 애교가 있고, 친근한 느낌을 받는다. 바로 이 멋이 서양 여자들의 홈웨어가 노리는 부드러운 매력이고, 자연스런 아름다움이다. 친근함에서 비롯된 이 부드러운 매력이 바로 청담과 에세이의 공통 요소이다.

그러므로 청담의 바른 태도는 친근함과 무관심이다. 모여 있는 사람들 모두 자신의 위치를 떠나 옷차림이나 말투에 신경을 쓰지 않고, 누가 방귀를 뀌든 하품을 하든 신경 쓰지 않는다. 이야기를 어떤 방향으로 몰고 가겠다고 의도하지도 않는다. 이렇게 서로 즐겁게 만나야 즐거운 이야기를 나눌 수 있는 것이다. 사람은 손발이 자유롭고 몸이 편해야 가슴도 편히 쉴 수 있다.

　　사방 어디를 봐도 친한 친구뿐
　　눈에 거슬리는 놈은 아무도 없다.

바로 그것이다.

이상이 여유와 청담과의 관계이며, 청담과 산문의 융성쇠퇴의 함수이기도 하다. 원래 나는 한 나라의 산문(散文)은 담화가 예술적인 수준에까지 이르러야 비로소 생긴다고 믿고 있다. 이런 사실은 중국과 고대 그리스를 살펴보면 쉽게 알 수 있다. 공자(孔子, 쿵즈)가 나온 후 수세기 동안 중국의 사상은 활발해져 소위 '구가학파(九家學派)'가 생겨나는데, 이런 요인으로써 담론을 일삼았던 당시의 시대적 교양을 높이는 데 지대한 공헌을 한 학자 계급의 출현밖에는 들 것이 없다. 내 이론을 뒷받침해 주는 것에 수천 명의 학자를 식객으로 거느렸던 다섯 명의 호기로운 대지주의 예, 그 중에서도 맹상군(孟嘗君, 멍창쥔)이라는 제(齊)나라의 귀족이 있다. 그는 3천 명의 학자를 식객으로 거느리고 있었다 한다. 이런 집에서 매일 시끄러운 담론이 오고갔음은 분명한 일이다.

당시 학자들의 담론은 오늘날 《열자(列子, 리에즈)》[2], 《회남자(淮南子, 화이난즈)》[3], 《전국책(戰國策, 잔궈처)》[4], 《여람(呂覽, 뤼란)》, 즉 《여씨춘추(呂氏春秋, 뤼스춘쳐우)》[5] 등에 나와 있다. 이들 중 마지막의 《여씨춘추》는 틀림없이 여씨집 식객이 썼겠지만 여씨의 이름으로 출간된 것이다.(영국 16~17세기

---

2. 중국 도가 경전의 하나. 《충허지덕진경 沖虛至德眞經》이라고도 한다. 전국시대 사상가 열자가 쓴 책으로 전해진다. 《한서 漢書》예문지(藝文志)에 8편으로 기록되어 있으나, 이미 망실되었다. 현재 전하는 《열자》8편은 진(晉)나라 장담(張湛, 장잔)이 쓴 것이다.

3. 중국의 고전. B.C. 2세기에 회남왕(淮南王, 려우안) 유안(劉安, 리우안)이 그의 빈객(賓客)들과 함께 지었다. 원래는 내편(內篇) 21편과 외편(外篇) 33편이었으나, 현존본은 내편 21편만이 전한다. 형이상학 · 우주론 · 국가정치 · 행위규범에 대한 내용을 다루었다.

4. 중국에서 각 제후국들이 패권을 다투던 시기(B.C. 475~221)의 역사를 다룬 고대의 역사서.

5. 중국 진(秦)나라의 재상 여불위(呂不韋, 뤼부웨이, ?~ B.C. 235)가 선진(先秦)시대의 여러 학설과 사실(史實) · 설화를 모아 편찬한 책. 26권. 진나라 장양왕(莊襄王, 좌샹왕)의 즉위에 공을 세우고 시황제(始皇帝, 스황디) 초기까지 재상으로 재임했던 여불위가 식객 3,000명에게 저술을 맡겨 편찬했다고 하는데, 일종의 백과전서라 할 수 있다. 후대의 가필도 약간 포함되어 있다. 《십이기 十二紀》, 《팔람 八覽》, 《육론 六論》으로 구성되어 있다. 《십이기》의 춘하추동(春夏秋冬)에서 '여씨춘추'라는 명칭이 생겼으며, 《팔람》에서 이름을 따 '여람(呂覽)'이라고도 한다. 《십이기》는 4계절의 순환과 만물의 변화, 인사(人事)의 치란(治亂) · 흥망 · 길흉의 관계를 기록하고 있다.

저작 후원자와 비슷하다.) 이 책에서 주목할 것은 '잘 살아라. 그렇지 않으면 안 사느니만 못하다.'라는 생활철학이다. 이미 당시 그 문제가 실려 있다는 사실이다.

또 당시에는 궤변가라는, 다시 말해 유세객(遊說客)이라는 계급이 있어 전쟁을 하고 있는 여러 나라의 초청으로 세 치 혀를 가지고 외교 문제를 해결하는 부류도 있었다. 이 직업적 유세객들은 재치 있는 비유와 기지, 임기응변, 설득력 등 뛰어난 재질을 가지고 있어 이들의 청담을 모아놓은 《전국책(戰國策, 잔궈처)》을 보면 이들의 재간에 감탄하지 않을 수 없다. 이런 자유롭고 냉소적인 분위기에서 냉소주의의 대표자 '양주(楊朱, 양주)', 뛰어난 현실주의자 '한비자(韓非子, 한페이즈)'(그래도 그는 마키아벨리보다는 온건하다.), 기지가 뛰어난 외교가 '안자(晏子, 앤즈)' 등 뛰어난 철학자들이 탄생되었다.

이 시대의 끝 무렵인 B.C. 3세기 경의 생활상이 얼마나 고도의 문화생활을 누리고 있었는지 이원(李園, 리위앤)이라는 초(楚)나라의 학자가 예술적 재주가 뛰어난 그의 여동생을 돈 많은 패트런에게 소개하는 사화를 보면 잘 알 수 있다. 결국 그 패트런은 그녀 때문에 초왕의 신임을 받았지만, 바로 그로 인해 진시황(秦始皇, 친스황)에게 침략을 당해 초나라는 망하게 된다.

옛날 초나라에 춘신군(春申君, 춘선쥔)이라는 재상의 밑에 이원이라는 부하가 있었다. 이원에게는 여환이라는 누이동생이 있었는데 하루는 그가 오빠에게 이렇게 말했다.

"지금의 임금께는 세자가 없으시다죠? 저를 춘신군께 소개해 주시면 제가 그를 통해 임금을 뵐 수 있지 않을까요?"

그런 후 우선 춘신군을 만나기 위한 계책을 다음과 같이 일러 주었다.

"내일 춘신군을 만나시면 집에 귀한 손님이 오셔서 먼저 돌아가야겠노라고 말씀을 하십시오. 틀림없이 누구냐고 물으시겠지요? 그러면 '노(魯)나라의 재상이 동생의 소문을 듣고 사자를 보내 동생을 청하려고 하여 그 사자가 집에 와 있습니다.'라고 아뢰십시오. 또 그러면 동생이 누구냐고 물으실 겁니다. 오빠는 제가 금(琴)도 잘 타고, 서예도 뛰어나고, 경전도 하나쯤은 통달했다고 말씀하시면 틀림없이 한 번 보시겠다 말씀하실 겁니다."

다음날 이원은 재상을 만나 누이동생이 가르쳐 준 대로 재상께 아뢰었다. 과연 재상은 동생을 이정(李亭)으로 청했고, 이원은 동생을 그곳에 안내를 했다. 큰 연회가 벌어졌고, 여환은 그곳에서 금을 연주했다. 그 노래가 채 끝나기도 전에 춘신군은 여환이 마음에 들어 그곳에서 자고 가라고 청하게 되었다……'

당시엔 남과 대화를 할 수 있을 만큼 글을 읽고, 쓰고, 악기를 연주할 정도의 교양을 가진 유한계급의 숙녀들이 많았다. 이들 숙녀들은 사교계에서 그 경묘하고 우아한 모습과 교양으로 문학적 동기를 자극해서 바로 여기에서 산문의 시작이 이루어진 것이다.

일반적으로 대화술과 산문의 기술은 비교적 늦게 발달되었다. 인간의 감정을 섬세하고 절묘하게 만들어야 위의 두 가지는 가능하고, 또 여유로운 생활에서만 이런 감정이 생겨나기 때문이다. 오늘날 공산주의자의 눈으로 본다면 한적함을 즐기는 유한계급은 죄악이겠지만 공산주의나 사회주의의 진정한 목표는 이런 여가를 온 국민에게 보급하겠다는 것 아닌가? 그러니 한가함을 즐기는 것이 반혁명적이고 죄악이 될까? 오히려 문화 자체의 발전은 여가를 어떻게 지혜롭게 활용하는가에 달려 있는 것이다. 청담은 그

하나의 양식일 뿐이다. 종일 바쁘게 돌아다니다 밤에 집에 오면 그냥 곯아떨어지는 사업가가 문화에 무슨 공헌을 할 수 있단 말인가?

이 여가라는 것이 가끔씩은 강제로 주어지기도 하지만, 구한다 해서 구해지는 것은 아니다. 훌륭한 문학작품 중 강제적 여가에 의해 생겨난 것들이 많다. 앞길이 창창한 젊은 작가가 사교 모임에나 참석하고 시사적인 글줄이나 쓰며 힘을 낭비한다면 그를 살릴 수 있는 유일한 방법은 그를 감옥에 집어넣는 일밖엔 없다. '문왕(文王, 원왕)⁶'이 인생의 변화를 논한 철학의 고전인 《역경 (易經, 이징)》을 쓴 것이나 사마천(司馬遷, 스마치앤)⁷이 《사기(史記, 스지)》⁸를 쓴 것도 모두 감옥에서였다는 사실을 명심하라. 예술가들의 정계 진출이 비관적일 때에 명작이 나오는 수가 많다. 몽고가 중국을 다스리던 때에 위대한 원대(元代)의 화가나 희곡작가가 배출되었고, 청나라 초기에 석도(石濤, 스타오)나 팔대산인(八大山人, 바다산런) 같은 위대한 화가가 나왔다. 이민족의 지배라는 치욕을 씻고자 예술에 전심전력하다 보니 그런 결과가 생긴 것이다. 석도는 중국이 낳은 최고의 거장이지만, 그 이름이 세계에 그리 널리 퍼지지 못한 이유는 우연히 그렇게 되었기도 했겠지만 청조에 반대하는 예술가를 인정하지 않으려는 통치자의 의도 때문이기도 하다. 또 많은 문인들이 과거에 떨어지자 더 이상 관로(官路)에의 진출을 꾀하지 않고, 자신의 정열을 창작에 쏟아 불후의 명작을 탄생시키기도 했다. 《수호전(水滸傳, 슈이후좐)》⁹을 쓴 시내암(施耐庵, 스나이안)¹⁰이나 《요재지이(聊齋志異, 랴오자이즈이)》¹¹를 쓴 포송령(蒲松齡, 파오송링)¹² 등이 그렇다.

---

6. B.C. 12세기 중국 주(周, B.C. 1111~256/255)의 창건자인 무왕(武王)의 아버지.

7. B.C. 145경 중국 룽먼(龍門)~B.C. 85경, 중국의 천문관, 역관(曆官), 최초의 위대한 역사가.

8. 중국 최초의 기전체(紀傳體) 통사(通史). 전한시대(前漢時代) 사마천(司馬遷, 스마치앤)이 편찬했다. 원래 명칭은 《태사공서 太史公書》로 총 130편이다. 황제(黃帝) 때부터 전한의 무제(武帝) 천한연간(天漢年間, B.C. 100~97)에 이르기까지 약 3,000여 년의 역사를 서술했다.

시내암(施耐庵, 스나이안)이 쓴 수호전의 서문에 청담의 즐거움을 나타낸 유쾌한 구절이 있다.

친구가 모두 모이면 16명인데, 이들이 모두 모이기란 좀체 힘든 일이다. 그러나 비가 오거나 바람이 심하게 불지 않는다면 한 사람이라도 내 집엘 찾아온다. 보통 6,7명쯤 모이지만, 누구도 오자마자 생각에 빠지는 사람은 없다.

술 마시고 싶으면 마시고, 싫으면 그만이다. 우리들의 즐거움은 술에 있는 것이 아니라 나누는 담화에 있기 때문이다. 우리는 궁중의 이야기나 정치 이야기도 하지 않는다. 어울리지도 않고 멀리 떨어진 이곳에는 소문도 들리는 바가 거의 없기 때문이다. 그런 소문을 놓고 왈가왈부한다는 것은 힘의 낭비에 지나지 않는다.

또 우리는 다른 사람의 잘못에 대해 이야기하지도 않는다. 또 비방도 하지 않는다. 남을 놀려 주려고 얘기를 하는 것은 아니다. 그러므로 아무도 놀라지 않는다. 우리는 우리들이 하는 이야기를 남들이 알아주었으면 하고 바라기는 하지만, 그렇게 되지는 않는다. 왜냐하면 우리는 사람의 마음속 깊이 들어 있는 것을 얘기하기 때문에 바쁜 세상 사람들이 귀

---

9. 중국 명대(明代) 초기의 장편소설. 《충의수호전 忠義水滸傳》이라고도 한다. 봉건사회 농민반란을 소재로 했는데, 지배계급의 부패와 억압받는 백성들의 모습을 폭로하여 반란을 일으킬 수밖에 없었던 민중의 실태를 보여 준다. 이 작품에는 임충(林冲, 린충) · 노지심(魯智深, 루즈선) · 무송(武松, 우송) 등 의협심과 개성이 강한 주인공들이 많이 등장한다.

10. 1296(?)~1370(?)년. 중국 원말명초(元末明初)의 소설가. 《수호전》의 저자.

11. 고전문학 장르인 문언체(文言體) 소설을 되살려 1679년에 완성된 이 단편집은 기이하고 초자연적인 이야기 431편을 모은 책으로 당 · 송대의 오래된 전기(傳奇)의 형식과 주제를 자유롭게 차용하여, 고전적 작풍으로 씌어진 소설이다.

12. 1640~1715년. 중국의 소설가. 일부 학자들은 당시의 불행한 결혼생활을 사실적으로 묘사한 백화소설(白話小說) 《성세인연전 醒世因緣傳》도 그의 작품이라고 주장한다.

를 기울일 턱이 없다.

시내암(施耐庵, 스나이안)은 바로 이런 마음으로 대작을 썼고, 또 그들이 한가로움을 즐길 수 있었기에 가능한 일이었다.

고대 그리스의 산문 발달도 이런 한가로운 배경에서 이루어졌다. 그것은 플라톤13의 《대화편 對話篇》이라는 책의 제목에서도 알 수 있다. 《향연편 饗宴篇》에서는 그리스 학자들이 땅에 누워 술과 과일과 미동(美童)의 보살핌을 받으며 대화를 나눈다. 그들의 사상이 아주 맑고 깨끗하며 문체가 가볍고 절묘한 것은 바로 화술의 훈련이 되어 있기 때문이다. 학술적인 현대 작가들의 그 현학적이고 교만한 문체와 얼마나 대조가 되는가? 옛 그리스 사람들은 철학을 가볍게 다룰 줄 아는 방법을 터득하고 있었음이 틀림없다. 그들의 매력적인 청담을 나누는 분위기, 이 분위기를 유지하기 위한 그들의 노력 등은 《페드로스》의 서문을 보면 훌륭하게 묘사되어 있다. 그것을 읽어 보면 그리스의 산문이 융성한 까닭을 잘 알 수 있다.

플라톤의 《공화국 共和國》만 보더라도 그렇다. 아마 요즘 작가들이라면 첫머리를 이렇게 시작했을 것이다. '그 발전의 연속적 단계를 통해 고찰한 인류문명은 이종(異宗)으로부터 동종으로 향하는 역학적 운동이다.' 그러나 플라톤은 그렇지 않다. '어제 나는 아리스토의 아들인 글로코와 함께 여신을 참배하려고 피레우스로 내려갔다. 그러고는 시민들이 어떻게 제례를 지내는가 알고 싶었다. 이번 제전은 첫 제전이었으니까……'

'위대한 비극작가는 동시에 위대한 희극작가이기도 해야 하는가?' 라는 명제를 토론하던 그리스 사람들의 분위기와 가장 사색이 왕성하고 저작이

---

13. Platon. B.C. 428/427~B.C. 348/347년. 서양 문화의 철학적 기초를 마련한 고대 그리스의 위대한 철학자이다.

활발했던 고대 중국의 분위기는 비슷한 구석이 많다. 《향연편》에 나와 있는 그대로다. 진지함과 동시에 유쾌함이 있었고, 밝고 훈훈한 대화가 오갔던 것이다. 소크라테스[14]의 술 마시는 모습을 보며 사람들은 빈정거리지만 당사자는 아랑곳하지 않는다. 자작(自酌)을 하고 있으니 다른 사람에게 수고를 끼칠 필요도 없다. 모든 사람이 잠이 들 때까지 이런 담소는 그치지 않고, 마침내 혼자 남게 되자 소크라테스는 목욕을 하러 리세움으로 간다. 그러고는 언제나 그랬듯이 신선한 기분으로 또 하루를 보낸다. 이런 환담이 있는 분위기에서 그리스 철학은 탄생했다.

교양 있는 담화에는 분위기를 가볍게 하기 위해서라도 여자의 참가가 꼭 필요하다. 가끔씩 싱거운 소리도 나오고, 가벼운 이야기도 해야 곧 싫증이 나지 않고, 철학도 인생과 더욱 밀접한 관계를 가지게 된다. 생활에 대한 이해가 이루어진 문화를 가진 나라의 사교 모임에는 항상 여자가 환영받는 존재였다. 페리클레스 시대의 그리스가 그러했고, 18세기 프랑스의 살롱도 그랬다. 남녀칠세부동석(男女七世不同席)이었던 중국에도 대화술이 발달했던 금(金), 송(宋), 명(明)대에는 사도온(謝道韞, 시에다오윈), 조운(朝雲, 자오윈), 유여시(柳如是, 리루스) 등의 재치 있는 여인들이 나타났다. 남자들이 자기 부인은 남들 앞에 내보이지 않으려 하면서도 재치 있고 유능한 여자들을 자기들의 모임에 끌어들이려고 했다. 중국 문학의 역사는 결국 직업적인 창녀의 생활과 깊은 관련을 가지고 있다. 담화의 모임에 여자다운 매력을 조금이라도 갖추길 원하는 건 누구나 마찬가지였다. 나는 얼마 전에 한 독일 부인을 만나 다섯 시부터 열한 시까지 얘기를 나눈 적도 있었고, 미국

---

14. Socrates. B.C. 470경~B.C. 399년. 고대 그리스의 철학자. B.C. 5세기 후반에 활동했으며 서구 문화의 철학적 기초를 마련한 고대 그리스의 위대한 세 인물인 소크라테스 · 플라톤 · 아리스토텔레스 가운데서 첫째 인물이다.

여자나 영국 여자도 만난 적이 있었다. 그 자리에서 나는 그들의 경제학에 대한 지식에 감탄을 하고 말았다. 비록 마르크스나 엥겔스를 함께 토론하지는 못하더라도 이야기를 들어줄 수 있고, 조용하고 사려 깊은 여자가 몇 명만 있다면 담화 자리는 더욱 유쾌한 자리가 된다. 차라리 바보 같은 얼굴을 한 남자들과 얘기하기보다는 그 편이 훨씬 더 즐겁다고 생각한다.

4. 차(茶)와 친구와의 사귐에 대하여

인간의 문화를 행복이라는 관점에서 볼 때 담배 · 술 · 차의 발명은 인류 역사상 최고의 발명이라 아니할 수 없다. 우리들이 한가롭게 친구들과 모여 청담을 나누는데 이들처럼 필요한 것은 없기 때문이다. 이 세 가지에는 몇 가지 공통점이 있다. 첫째, 사교에 꼭 필요하고, 둘째, 식사처럼 즐겼다고 배가 부르는 것이 아니므로 식사와 식사 사이에 즐길 수 있고, 셋째, 무엇보다 코를 통한 후각으로 즐길 수 있다는 점이다. 문화에 끼친 이 세 가지의 영향은 자못 커 기차에도 식당차 옆에 끽연실이 붙어 있고, 어딜 가도 음식점과 함께 술집 · 찻집이 있다. 영국과 중국에서는 차를 마시는 것이 제도화되어 있다.

담배 · 술 · 차를 진심으로 즐기는 분위기는 여유 있는 사교 분위기에서만 발전한다. 천성적으로 친구 사귀기를 좋아하는 여유 있는 사고방식을 가진 사람만이 세 가지를 즐길 수 있는 것이다. 이것을 즐기려면 눈 오는 날 밤의 경치를 즐기듯 옆에 누군가가 있어야 한다. 중국의 예술가들이 주장하듯 어떤 상황을 즐기려면 그에 걸맞은 상대와 상황이 이루어져야 한다. 예를 들어 무슨 꽃은 누구와 즐기면 더욱 좋고, 빗방울 소리는 한적한 산사의 툇마루에 누워 듣는 게 어울리듯이 사물에는 제각기 독특한 분위기가 있는 것이기 때문에 어울릴 수 있는 상대를 발견하지 못하면, 흥취는 깨어지고 만다. 그러니 생활을 운운하는 예술가가 생활을 즐기려 한다면 우선 맘에 맞는 친구를 찾는 일부터 시작해야 할 것이다. 그리고 그렇게 찾은 친구와의 우정을 지키는데 온갖 노력을 기울여야 한다. 마치 아내가 남편의 사랑을 계속 간직하기 위해 노력을 하고, 바둑의 고수가 적수만 있다면 천 리 길도 마다않고 찾아가는 그런 정성이 필요하다.

이렇게 분위기는 중요하므로 학자의 서재와 친구를 맞는 응접실과는 구별을 할 줄 알아야 하고, 그 후에 무엇이든 시작하는 것이 옳은 방법이다. 공부와 사색을 즐기는 친구와 말을 타러 간다면 음악에 문외한과 음악회 구경을 가는 것과 다를 바가 없다. 그래서 중국의 어떤 문인은 다음과 같이 글을 썼다.

꽃을 즐기려면 너그러운 친구가 있어야 한다. 환락가로 가희(歌姬)를 보러 가려면 또 거기에 알맞은 화통한 친구가 있어야 한다. 높은 산에 오를 때는 낭만적인 친구와 함께여야 하고, 뱃놀이에는 배포가 큰 친구가 있어야 한다. 달을 볼 때는 냉철한 이성을 가진 친구가 좋으며, 눈을 기다리려면 아름다운 친구를 얻어야 한다. 술자리에는 풍류를 알고 재치 있는 친구가 필요하다.

이렇게 경우에 따라 즐길 수 있는 친구를 찾은 후에는 환경을 찾아야 한다. 집을 호화롭게 꾸미는 것도 좋지만, 그것보다는 전원 한가운데 집을 지어 논둑을 걸을 수도 있고, 시원한 나무 그늘에 누울 수도 있는 것이 더욱 중요하다. 집이라야 특별히 갖출 것이 있겠는가? 이 정도면 족하다. '방은 대여섯 개쯤 있고, 밭도 한두 이랑이면 족하고, 연못이 세숫대야만 해도 좋다. 벽도 어깨 높이만큼만 두르고, 방도 손바닥만 하더라도 괜찮다. 중요한 것은 따뜻하게 이불을 덮고 자며 나물 반찬만의 식사라도 맛있게 먹은 후 한가함을 즐기면 호연지기(浩然之氣)가 온 방을 감돈다. 서재 앞에는 오동나무 몇 그루, 뒤에는 푸른 대나무 몇 그루, 북쪽에 창이 있어 봄과 겨울에는 문을 닫고, 여름·가을에는 창문을 열어 시원한 바람을 방에 들인다. 오동나무는 봄과 겨울에는 잎이 떨어져 햇빛을 가리지 않고, 여름·가을에는 그늘을 만들어 주니 이만하면 되지 않겠는가? 아니면 또 다른 문인이 말한 것처럼 '기둥 몇 개로 오두막을 짓고 무궁화로 생울타리를 하고, 작은 정자를 지어 풀로 지붕을 덮는다. 세 이랑에는 대나무, 꽃, 과일나무를 심고 두 이랑은 채소밭으로 쓴다. 방의 벽은 맨 벽에 아무런 가구도 없다. 다만 정자에다 허름한 침상 두어 개를 놓는다. 나무에 물을 주고, 농사짓는 아이를 하나 데리고 외로우면 책과 검(劍)을 벗삼아 이를 이기고, 친구가 올지 모르니 금(琴) 하나와 바둑판 하나만 준비하면 된다.' 이 정도면 충분하다.

친구가 찾아왔다 해서 특별히 대접하지도 않고, 늘 먹던 대로 음식을 내오고, 다른 사람의 흉허물을 얘기하지도 않는, 이런 마음에 맞는 분위기이면 우리의 모든 감각은 다 만족스러워진다. 바로 이때가 술을 마시고, 담배를 피울 수 있는 때이다. 이때가 되면 인간과 자연이 하나로 동화되어 온몸이 민감한 감각기관으로 변해 마치 우리 자신이 대가가 연주하려고 하는 바이올린 그 자체가 된 듯한 느낌이 든다. 세상의 온갖 물질적인 일들이나 세속적인 번뇌를 벗어나 그 순간순간 다가오는 느낌에 온몸을 맡겨 우주의 광대무변함까지 생각이 이르게 된다.

이렇게 자신은 물론 동석한 친구들까지도 의기가 통하며, 영혼의 교류가 이루어질 듯할 때 비로소 차를 마시는 것이다. 술을 마시면 시끄러워지지만 차는 한가롭고 조용한 분위기를 위해 생긴 것이다.

차의 성분에는 우리를 명상에 잠기게 하는 그 무엇이 있다. 어린아이들이 곁에서 울고 있을 때나 높은 톤으로 재잘대는 여자들, 정치에 대해 열띤 토론을 하는 사람들이 있을 때 차를 마신다는 것은 비 오는 날이나 구름이 잔뜩 낀 날 차를 마시는 것과 마찬가지로 재미가 적다. 산의 새벽 기운이 여전히 남아 있고, 이슬의 향기가 아직도 풀잎 끝에 매달려 있는 이른 새벽에 조용히 마시는 한 잔의 차는 이 모든 아름다움과 향기를 우리 몸에 불어넣어 주는 듯하다.

도교의 철학자들은 자연으로 돌아가라고 외치며, 이 우주는 음과 양 두 가지 힘에 의해 유지된다고 했지만 이슬이야말로 음과 양이 부딪혀 생긴 결정체인 것이다. 이슬은 맑고 순수한 천사의 양식이요, 사람이 이를 계속 마시면 늙지 않고 죽지 않는다는 말이 중국에 전한다. 디 퀸시가 '차는 영원히 지성인들이 사랑하는 음료가 될 것이다.'라고 한 말은 옳은 말이다. 중국에서는 차를 은거하고 있는 높은 덕을 갖춘 사람과 연결 지어 생각했다. 이처럼 차는 이 세상에서 깨끗하고 맑음의 상징이다. 차를 따고 말리고 타는 모든 과정에서 가장 중요한 일은 청결이며, 만약 기름기가 묻은 손이 잔이나 차에 닿게 되면 모두 헛수고가 되어 버린다. 따라서 차를 즐기는 데에는 물욕 없는 소박한 분위기가 요구된다. 가희들의 즐거움은 술에 있는 것이요, 차로서는 가무를 즐기는 사람은 없다. 그러나 차 마시는 자리에 같이 있고 싶을 정도의 가희(歌姬)라면 그는 중국의 시인 묵객들의 사랑을 받을 자격이 있게 된다.

소동파(蘇東坡, 수둥포)는 일찍이 차를 아름다운 처녀에 비유했다. 후대의 비평가요 《자천소품(煮泉小品, 주첸샤오핀)》의 저자인 전예형(田藝衡, 티앤이형)은 차를 여자에 비유하려면 마고선녀(麻故仙女) 정도는 되어야 하며, 아름답고 마음이 통하는 가인(佳人)으로 깊은 규방 속에서 생활하는, 자연을 더럽히지 않는 여자라야 한다고 말해 소동파(蘇東坡, 수둥포)의 말을 더욱 보충했다. 내 생각에도 차는 속세의 시끄러움을 잊기 위해 마시는 것이지, 미의미식(美衣美食)하려고 마시는 것은 아닌 것 같다.

《다록(茶錄, 차루)》[15]에 의하면 '차를 즐기는 정수는 색과 향기와 풍미를 즐기는 것이고 차를 만들 때 가장 중요한 원칙은 청순(淸純)·건조 및 청결에 있다.'라고 되어 있다. 이런 특징들을 잘 감상하려면 필히 조용함이라는 요소가 필요하다.

차를 마시는 데에는 손님이 적어야 한다. 손님이 많으면 시끄러워지고, 그렇게 되면 차 맛이 떨어진다. 혼자 차를 마시면 이속(離俗)이요, 둘이 마시면 한적(閑適)이요, 서넛이 마시면 유쾌(愉快)요, 대여섯 명이 마시면 저속(低俗)이 되며, 일곱·여덟이 넘으면 박애(博愛, 비꼬는 말로)가 된다. 또 《다소(茶疏, 차수)》의 저자는 이렇게 말했다. '큰 병에서 몇 번씩 차를 따라서 단숨에 마셔 버린다든지, 다시 차를 데운다든지, 맛이 진한 차를 요구하는 등의 짓은 심하게 노동을 한 뒤 배를 채우려고 차를 마시는 농사꾼이나 공장 직공들이 하는 짓이다. 그렇게 마시면 차의 진정한 풍미를 즐길 수 없다.'

위와 같은 이유로 중국의 문인들은 차를 달이는 본인이 몸과 마음을 깨끗이 해야 한다고 다도를 주장했지만, 혼자 차를 만드는 일을 감당하기엔 벅차므로 다동(茶童)을 두 사람 정도 가르쳐서 그 일을 맡기는 것이 좋다고 말한다. 차는 부엌에서 좀 떨어진 방에서 달이거나 차 전용으로 되어 있는 화덕을 사용한다. 다동은 주인 눈앞에서 차를 끓이도록 가르치고, 아침마

---

15. 차에 관한 고전은 육우(陸羽, 루위, ?~804)의 《다경 茶經》이다. 이 밖에 유명한 것으로는 채양(蔡襄, 차이 샹, 1012~1067)의 《다록 茶錄》, 허차서(許次紓, 쉬츠수)의 《다소 茶疏》, 전예형(田藝衡, 티앤이형, 1570년 경)의 《자천소품 煮泉小品》, 문룡(聞龍, 원룽, 1592년경)의 《다전 茶箋》 등이 있다.

다 찻잔을 닦게 하되 절대로 행주질을 하면 안 된다. 손이나 손톱도 깨끗이 하게 하며 항상 매사에 청결을 제일로 가르쳐야 한다. 다동이 둘이어야 하는 이유는 손님이 세 명쯤 오면 화덕 하나에 물 끓이는 솥 하나면 되지만, 손님이 대여섯 명이 되면 두 개씩은 있어야 하기 때문이다. 그러나 진정으로 다도를 체득한 사람이라면 직접 차를 넣는 것을 기쁨으로 생각한다. 일본의 다도처럼 지나친 예의를 강조하지 않는다면 그것 자체로서도 침착함과 고고한 기쁨을 맛볼 수 있다. 수박씨를 먹을 때 이빨로 깨뜨리는 즐거움이 먹는 즐거움의 반을 차지하듯, 차를 직접 타는 것은 차를 마시는 즐거움의 반을 차지한다.

화덕은 보통 창가에 설치하며, 연료는 최상급의 백탄을 쓴다. 불에 부채질을 하며 김이 피어오르는 모습을 보노라면 무언가 엄숙한 기분이 든다. 차를 준비하는 순서를 알아보자. 먼저 작은 찻병 하나와 찻잔(커피잔보다 약간 작다)을 쟁반 위에 놓는다. 다음에는 차가 들어 있는 단지를 쟁반 옆에 놓아둔다. 그러는 동안에도 손님들과 이야기를 나누지만 할 일을 잊을 만큼 떠들어서는 안 된다. 물이 칙칙 소리를 내고 끓기 시작하면 불 옆을 떠나지 말고 계속 힘 있게 부채질을 한다. 솥뚜껑을 열고 보아서 밑바닥에 조그마한 물방울이 생기면 뚜껑을 닫는다. 이 작은 물방울을 전문가들은 고기눈(魚目)이니 게거품(蟹泡)이니 하는데, 이게 생기면 일불(一佛)이다.

이때부터 신경을 써야 한다. 삼불(三拂)에 이르기 직전, 즉 물이 파도처럼 끓어오르기 시작하자마자 솥을 내리고 병에 물을 담는다. 그리고 적당량의 찻잎을 넣어 찻잔에 따른다. 이렇게 처음 끓인 차는 푸지앤(福建) 지방에서 잘 마시는 철관음(鐵觀音, 티에관인)처럼 아주 진하다. 병에는 네댓 잔만큼 물을 넣고 찻잎을 3분의 1정도 넣는다. 찻잎이 많으니까 금방 마셔야 한다. 이것이 일차전(一次煎)이다. 일차전이 끝나면 다시 물을 끓여 이차전(二次

煎)을 준비한다. 사실 이 이차전이 가장 풍미가 좋다고 한다. 일차전은 13세의 소녀에 비유하고, 이차전은 16세의 꽃 같은 처녀에 비하며, 삼차전은 무르익은 성인 여자로 비유한다. 전문가들은 같은 잎으로 삼차전까지 내어 마시지는 않지만, 현실적으로 사람들은 무르익은 성인 여자와 동거하려 애를 쓴다.

이상은 내 고향인 푸지앤(福建)성 지방에서 보았던 차 끓이는 법을 적은 것인데, 중국에서는 비교적 좀 큰 찻병을 사용하는 등 차이가 조금 있다. 차의 이상적인 색은 연한 금색이며, 영국 홍차처럼 어두운 붉은색이 아니다.

지금 한 이 이야기는 다도의 전문가들이 마시는 방법이지, 가게에서 손님에게 내놓는 차 이야기는 아니다. 일반적인 경우거나 손님이 차를 말〔斗〕로 마시는 듯한 경우에는 이렇게 할 수가 없다. 《다소(茶疏, 차수)》의 저자인 허차서(許次紓, 쉬츠수)가 다음처럼 말한 이유도 바로 이것 때문이다.

손님이 계속 들어오는 큰 잔치에서는 주인은 그저 손님과 술잔이나 나누는 정도이다. 처음 보는 사람이거나 그저 약간 아는 정도의 사람에게는 일반적인 차를 대접한다. 마음이 통하는 친구 몇이 찾아와서 서로 이야기가 통하고 기분이 좋아졌을 때에만 다동에게 물을 끓이고 차 준비를 하라고 시킨다.

진정으로 차를 사랑하는 사람은 차 도구를 만지기만 해도 뿌듯한 행복감을 느낀다. 채양(蔡襄, 차이샹)처럼 늙어 차를 못 마시게 되었을 때에도 버릇대로 손수 차를 끓이는 것을 낙으로 삼은 사람도 있고, 주온복(周溫復, 저우원푸) 같은 학자는 매일 여섯 번씩 정해진 시간에 차를 마셨으며, 심지어는 죽을 때 찻병을 관에 넣어 달라고 부탁한 사람도 있다.

다도에는 다음 몇 가지의 주의사항이 있다. 첫째로 차는 다른 냄새가 배기 쉬우므로 될 수 있는 한 깨끗이 다루어야 하며, 술이나 향, 기타 냄새 나는 물건이나 이 물건들을 가진 다른 사람과 떨어뜨려 놓아야 한다. 둘째로 차는 차고 건조한 곳에 보관해야 한다. 장마철에는 그때그때 쓸 만큼만 갈라서 작은 항아리에 보관한다. 이 항아리는 백납(白蠟)제가 좋다. 일단 큰 항아리에 보관해 놓은 것은 자꾸 뚜껑을 열지 않는 것이 좋다. 항아리에 넣어 둔 차에 곰팡이가 피었을 때에는 찻잎이 누렇게 되거나 퇴색하는 것을 막기 위해 약한 불을 쪼일 것. 셋째, 좋은 차를 마시려면 좋은 물이 있어야 한다. 산의 샘물이 제일 좋고, 강물이 두 번째, 우물물이 세 번째이다. 수돗물도 지하수라면 무방하다. 넷째, 진기한 찻잔을 감상하려면 조용한 친구들과 함께 할 것. 그것도 수가 너무 많으면 곤란하다. 다섯째, 보통 차의 색은 연한 금색이며, 어두운 홍색의 차는 우유나 레몬, 박하 등 차의 쓴 맛을 없앨 수 있는 것을 타서 마실 것. 여섯째, 최고급 차에는 뒷맛이 있다. 차의 성분이 침샘에 닿아 나오는 맛으로, 마시고 30초쯤 지나면 생겨난다. 일곱째, 차는 싱싱한 것을 넣어서 즉시 마실 것. 언제나 맛있는 차를 마시려면 찻병에 차를 오랫동안 넣어 두지 않는 것이 좋다. 여덟째, 차를 달이는 물은 금방 떠 온 물로 할 것. 아홉째, 차에는 일체 다른 것을 넣지 않아야 한다. 단 특별히 좋아하는 향료가 있다면 조금은 넣어도 무방하다. 열 번째로 차에서 느낄 수 있는 최고의 향기는 어린애의 살결에서 풍기는 것과 같이 미묘한 향기이다.

차에 대한 훌륭한 평론서인 《다소(茶疏, 차수)》에는 매사를 즐기기에 적당한 때와 분위기를 규정하기 좋아하는 중국 사람의 습관에 대해 다음과 같이 말하고 있다.

차를 마시기 적당한 때

마음이나 손이 한가할 때
시(詩)를 읽고 피곤할 때
머리가 복잡할 때
귀를 기울여 노래를 듣고 있을 때
노래가 끝났을 때
쉬는 날 집에 있을 때
금을 타며 그림을 감상할 때
창으로 향한 책상에 앉아 있을 때
멋있는 친구나 예쁜 첩이 옆에 있을 때
친구를 방문하고 집에 돌아왔을 때
하늘이 맑고 바람이 없을 때
소나기가 가볍게 내릴 때
작은 나무다리 밑의 곱게 칠한 배 안에 앉아 있을 때
높이 자란 대나무 밭 속에 있을 때
파티가 끝나고 손님이 돌아간 후에
아이들 학교에 보내고 난 뒤
한적한 산 속 절에 있을 때
유명한 샘물과 기이한 바위 곁에 있을 때

차를 마셔서는 안 될 때

일을 할 때

연극 구경을 할 때

편지를 읽을 때

비가 많이 오거나 눈이 내릴 때

손님이 많이 오거나 눈이 내릴 때

서류를 검토할 때

바쁜 때

위에 말한 때와 반대될 때

피해야 할 것

나쁜 물

볼품없는 조악한 기구들

놋숟가락

놋으로 만든 솥

나무로 된 물통

장작(연기가 나므로)

연한 숯

덜렁대는 머슴

변덕스런 여종

불결한 행주

모든 종류의 향(香)과 약

멀리해야 할 것들과 장소

습기 찬 방
부엌
시끄러운 한길
우는 어린아이
과격한 사람들
싸움 잘하는 머슴
뜨거운 방

5. 담배와 향(香)에 대하여

세상 사람은 담배 피우는 사람과 안 피우는 사람 둘로 나눌 수 있다. 담배 피우는 끽연가(喫煙家)가 금연가(禁煙家)들에게 육체적인 피해를 준다면 금연가들은 정신적인 피해를 끽연가에게 끼친다. 물론 남이 담배를 피우건 말건 상관 않는 금연가도 있고, 부인들은 남편이 잠자리에서 담배를 피워도 참을 수 있다. 이것은 결혼생활이 잘 진행되어 가고 있다는 증거이기도 하다. 하지만 금연가들은 인간 최대의 행복 중 하나를 잃고 있음에도 불구하고 그들이 훨씬 도덕적이니, 의지가 강하니 하는 억측이 무성하다.

끽연이 도덕적으로 약점일 수도 있다는 것은 틀림없지만, 오히려 우리들도 도덕적인 결함이 없는 사람들은 경계해야 한다. 그런 사람들은 대개 실수라고는 조금도 없고, 기계적인 생활을 하며, 이성이 감정을 늘 지배하고 있다. 나 역시 이성적인 사람을 좋아하지만, 완벽한 이성인은 질색이다. 그래서 재떨이가 없는 집엘 가면 불안해서 견딜 수가 없다. 방은 언제나 깨끗하고, 가구도 흐트러짐이 없고, 사람들은 첫날 밤 새색시마냥 단정하기만 해서 도대체 인간미가 없어 보인다. 그러니 자연히 나도 손님티를 내게 되어 불쾌한 기분이 되어 버린다.

이처럼 장서라고는 전혀 없고, 시적 흥취도 없는 근엄한 도덕가들에게 끽연의 도덕적이고 정서적 이익을 즐기라고 해봐야 헛수고이다. 우리들 애연가들이 그들로부터 공격을 받는 것은 도덕적인 부분이지, 예술적인 부분은 아니다. 그러니 여기서는 애연가들이 가지고 있는 보다 더 높은 도덕을 변호해야겠다.

파이프를 물고 있는 사람을 나는 참 좋아한다. 파이프를 물고 있을 때에는 보통 때보다 밝고, 사교적이고, 거리 없는 행동을 하며, 말에도 재치가 있는 경우가 많다. 내가 그렇게 느끼듯 그도 내게 호의적이라는 기분이 든다. 다음과 같은 말에 난 전적으로 동감한다. '파이프는 철학자의 입술에서 지혜를 끌어내며 우둔한 자의 입을 다물게 한다. 파이프는 생각이 깊고, 어질며, 꾸밈없는 대화를 만들어 낸다.'

담배 피우는 사람의 손톱은 지저분하지만 마음만 따뜻하다면 그것은 문제도 되지 않는다. 앞서 얘기한 생각이 깊고, 어질며, 꾸밈없는 대화는 흔한 일이 아니니 누구라도 이를 얻으려고 어떤 희생도 감수한다. 가장 중요한 것은 파이프를 입에 문 사람은 최고의 도덕적 가치인 행복을 느끼고 있다는 사실이다. W. 매긴(Maggin)은 '담배 피우는 사람치고 자살한 사람은 없다.' 라고 말했다. 파이프를 물고 있는 사람은 절대로 부인과 싸우지 않는다. 파이프를 물고 어떻게 마음대로 말을 할 수 있겠는가? 그런 재주가 있는 사람은 아무도 없다. 담배를 피우는 사람이 화가 나게 되면 자연히 담배에 불을 붙여 피워 물고 인상을 쓰게 된다. 하지만 그것도 오래 가지 않는 것이, 화를 풀어 버리는 돌파구를 이미 찾았는데, 자기가 화났다는 것을 알리려고 계속 인상을 쓰고 있겠는가? 담배의 연기는 기분을 좋게 만들며, 마음을 가라앉혀 주므로 연기를 내뿜으면 그와 함께 화도 뿜어 버리는 것이 된다. 현명한 부인이라면 남편이 화가 났을 때 재빨리 담배에 불을 붙여 남편의 입에 물려주는 것을 잊지 않는다. 이 방법은 항상 100% 성공이다. 부인이 이 방법을 잊는 수는 있지만 담배가 실패하는 경우는 없다.

끽연의 예술적 · 문학적 가치는 애연가들이 잠깐 담배를 끊었을 때 잃은 것이 무엇이었나 생각해 보면 그대로 알 수가 있다. 애연가라면 누구라도 한 번쯤은 니코틴교(敎)에 대한 충성을 포기하려고 하지만 잠시 후엔 양심에 찔려 다시 충성을 맹세하고 만다. 나도 바보스럽게 3주일간 금연을 한 적이 있지만, 올바른 길로 가라고 꾸짖는 양심에 못이겨 다시 담배를 피우게 되었다. 이후로 나는 절대로 사도(邪道)를 걷지 않겠다는 결심과 함께 나이가 들면 절제를 부르짖는 부인들에게 잡히겠지만, 그런 불행이 닥치면 내가 어떤 짓을 하든 책임을 질 수가 없다. 나는 최소한도의 의지나 도덕심이 남아 있는 한 담배를 피울 것이다. 전혀 담배를 끊으려고 했던 적이 없었던 듯이 말이다. 담배라는 유익한 발명품이 제공해 준 정신적 · 도덕적 기쁨을 부정하는 것보다 더 부도덕한 일이 있을까? 영국의 위대한 생화학자 할데인(Haldane)은 '끽연은 인류문화에 깊은 생물학적 영향을 미친 4대 발명의 하나이다.' 라고 말했다.

담배를 끊었던 3주간이야말로 내 마음속에 자리 잡은 양식(良識)과 정신을 깨우쳐 주는 그 무엇에 대해 커다란 잘못을 저지른 기간이었다. 참으로 창피하기 한량없다. 이제 와서 자연스레 회상을 할 수도 있겠지만, 그토록 부도덕적인 생각을 그토록 오랫동안 내가 어떻게 할 수 있었는지 이해가 가지 않는다. 그 당시의 내 율리시즈적 심리상태를 조이스처럼 분석하면 호머[16]의 서사시나 수백 페이지에 달하는 산문이 될 수도 있을 것이다. 금연을 통해 무엇을 얻으려 했었는지 싱겁기 짝이 없다. 그저 자기가 하고 싶은 일을 의지에 의해 하지 않았다는 얕은 즐거움 때문은 아니었을까? 달리 설명할 말이 없다. 그저 나는 사람들이 육체를 단련하듯 자신에게 도덕적 시련을 부과한 것뿐이다. 하지만 이런 도덕적 시련은 사회에 아무런 이익이 안 되는 운동을 위한 운동과 마찬가지이다. 다만 감정의 사치였을 뿐 아무것도 아니다.

처음 3일간은 소화기관의 윗부분 어딘가 기운이 없는 듯한 기분이 들어 껌도 씹어 보고, 좋은 복건차도 마셔 보고, 라임 향 정제도 먹어 보았다. 이런 무력감은 3일이 지나니 없어졌다. 하지만 이 증상은 내가 가장 경멸해 마지않는 육체적인 문제였다. 담배를 끊는다는 것을 그저 육체적인 문제로만 생각하는 사람들은 그 의미를 모르는 사람들이다. 끽연의 정신적 역할을 모르는 사람은 이 문제에 관여할 자격이 없다. 3일이 지나면서부터 내게는 2단계인 정신적인 갈등이 시작되었다. 이렇게 되자 비로소 나는 끽연가에게도 두 가지 부류가 있다고 깨닫게 되었다. 그 중 한 부류는 끽연가라고 얘기할 가치도 없는 사람이고, 2단계란 생각할 수도 없는 사람들이다.

사람들이 아주 쉽게 담배를 끊었다고 말하는 것을 보는데, 이들은 다 쓴 칫솔을 버리듯 담배를 버리는 모습으로 보아 진정으로 담배를 피울 줄 몰랐다는 얘기가 된다. 그들은 의지가 강하다는 칭찬을 받지만 사실은 평생 참된 끽연가가 못 되었다는 사실을 인정하는 것이다. 그런 사람들에게는 담배 피운다는 것이 아침에 세수하고, 이를 닦듯 완벽한 습관도 아니고, 정

---

16. Homeros, B.C. 9세기 또는 B.C. 8세기 경에 활동한 고대 그리스의 시인. 서사시의 걸작 《일리아스 Iliad》, 《오디세이아 Odyssey》의 저자로 추정된다. 그리스 인들이 이 2편의 서사시에다 호메로스라는 이름을 결부시켰다는 사실 말고는, 그에 대해서 알려진 것이 거의 없다.

신적 만족을 주는 것도 아닌 순전히 육체적이고 동물적인 습관일 뿐이다. 이런 사람들이 셸리의 〈종달새〉나 쇼팽의 〈녹턴〉에 취해 황홀한 무아지경에 이를 수 있을까? 절제를 부르짖는 부인들과 함께 《이솝 우화》나 읽는 편이 훨씬 어울릴 것이다.

진정한 애연가들에게서, 《이솝 우화》나 읽을 남자들이나 절제회 여자들이 알지 못하는 정신적 행복감과 공상의 날개, 싱싱하고 풍부한 창조심 등을 왜 금연이라는 비겁한 방법으로 억제하려 하는가? 금연을 주장하고, 실제로 단행하는 사람들에게서 사회적이고 정치적인, 나아가 도덕적이거나 경제적인 이유를 찾을 수 있을까? 벽난로 앞에서 친구들과 정담을 나누고, 고서를 읽으며 따뜻한 인정을 느끼는데 담배처럼 어울리는 것이 있을까? 이런 일을 하며 담배를 찾는 것은 도덕적으로도 정당하고 당연한 일이다. 오히려 담배 대신 껌을 찾는 일이 비도덕적이다. 담배를 피우지 않아 저질러진 죄악 몇 가지를 소개해 보자.

B라는 친구가 헤어진 지 3년 만에 베이징〔北京〕에서 상하이〔上海〕로 날 찾아왔다. 그 친구와 만나면 늘 밤늦도록 담배를 피우면서 정치와 철학과 역사를 토론하곤 했었다. 그날도 그 친구가 베이징〔北京〕에서 알게 된 교수·시인 등의 이야기를 하며 분위기가 무르익었다. 그런데 그 당시 나는 담배를 끊기로 작정하고 있을 때였다. 대화가 진전됨에 따라 그 친구는 유유히 담배를 피우며 기분 좋게 얘기를 했지만, 난 그의 말이 신기하고 재미있으면 있을수록 안절부절 못하고 서성거렸다. 그 친구에게 내가 지금 금연 중이고, 그 결심을 깨서는 안 된다고 피력하자 어쩐지 분위기가 서먹서먹해졌다. 원래 대화란 것이 양쪽이 허심탄회하게 속을 털어놓아야 하는데 어쩐지 내 쪽에서 벽을 쌓은 것 같은 기분을 그 친구는 느꼈던지 결국 흐지부지 대화가 끝나고 그 친구는 돌아갔다. 결국 그 얄량한 내 의지력이 승리

한 것이다. 하지만 가슴속에는 불쾌함과 불행함만이 남았다. 며칠 후 그 친구는 돌아가는 길에 내게 편지를 부쳐 왔다. 그 편지 중에서 그 친구는 내게 종전의 발랄함이나 쾌활함을 찾을 수 없으니 어찌된 일이냐고 걱정을 하며, 상하이〔上海〕에서의 생활에 문제가 있는 것 아니냐는 것이었다. 나는 오늘까지도 그날 밤 담배를 피우지 않은 내 자신을 용서할 수가 없다.

이번 얘기도 그 무렵의 일이다. 하루는 지식인들의 클럽 모임에 참가하게 되었다. 그 모임은 항상 몽롱한 담배연기에 휩싸여 진행되었는데, 훌륭한 식사가 끝나고 발표자 한 사람이 자신의 논문을 발표하는 형식으로 되어 있었다. 그날의 발표자는 C라는 친구였는데, 제목이 〈종교와 혁명〉으로 기발하고 신랄한 내용의 비평이었다. 여기저기서 내용에 대한 비평이 일며 열띤 분위기가 되어 가는데 도대체 내가 보기에는 다 공허한 장난으로밖에 안 비치는 것이었다. 시인 H는 계속해서 붕어가 입을 벌리듯 도넛을 연기로 만들어 내며 생각에 잠긴 듯 기분 좋은 얼굴을 하고 있었다. 담배를 피우지 않는 사람은 나 하나로 마치 나 혼자만 버림받은 듯한 느낌이 드는 것이었다. 점점 금연의 쓸데없음이 생각나기 시작했다. 그리고 내가 왜 담배를 끊었던가 생각을 해보니 내 자신이 생각하기에도 수긍할 만한 이유가 없었다.

이 일이 있은 후 양심이 자꾸 나를 괴롭히기 시작했다. 상상할 줄 모르는 생각이 무슨 소용이 있는가? 담배도 피우지 못하는 빈곤한 반쪽자리 상상력의 날개로 어찌 날 수가 있겠는가? 며칠 뒤 나는 내심 다시 니코틴교의 신도가 될 것을 결심하고 한 젊은 부인과 만나게 되었다. 비밀스런 이야기를 해야 될 사정이었는데, 방 안엔 우리 둘 이외에는 아무도 없었다. 그 젊은 부인은 책상다리를 하고 무릎 위에 한쪽 팔을 올려놓고 몸을 약간 앞으로 수그린 자세로 가장 맵시 있게 담배를 피우고 있었다. 무슨 생각에 잠겨 있는 듯한 표정도 참 보기 좋았다. 그 부인이 담배를 내게 권하자 나는 기다렸다는 듯이 한 개를 빼어 물었다. 그것만으로도 나는 도덕적 타락의 발작으로부터 풀려났다는 느낌이 들었다.

집에 오자마자 곧 아이에게 담배를 한 갑 사오라고 시켰다. 내 책상 오른쪽 위에는 자국이 있는데, 항상 내가 피우던 담배를 올려놓아 생긴 흠집이다. 보통 2인치 두께의 책상을 뚫는데 7~8년쯤 걸린다. 금연이라는 수치스런 결심을 한 이래 더 이상 책상이 타지는 않았었다. 하지만 볼 때마다 마음 한구석이 찝찝했던 것도 사실이다. 그러니 그 자리 위에 다시 피우던 담배를 올려놓는다는 즐거움은 이루 말할 수 없었다. 그 책상을 마저 뚫기 위해 담배는 연기를 피워 올리며 잘 타고 있었다.

중국 문학에는 술의 예찬은 많으나 담배의 예찬이 비교적 적은 편이다. 아마도 끽연이 습관화된 것이 16세기 포르투갈 선원에 의해 담배가 본격적으로 들어온 이후의 일이기 때문일 것이다. 16세기 이후의 문헌을 보더라도 담배를 예찬한 구절은 거의 없고, 있다 하더라도 하찮은 몇 구절밖에 없는 형편이다. 담배 예찬은 아무래도 영국의 대학생에게서 수입해 들어야 할까 보다. 하지만 중국 사람들이 차나 음식을 즐기는 자세만 보더라도 냄새에 대해 상당히 민감했던 것은 틀림없는 사실이다. 담배가 없었던 시절에 그들은 향을 피우는 방법을 알고 있었고, 또 중국 문학에서는 향은 차나 술과 같이 대접을 받았다. 중국이 그 영역을 인도차이나에까지 넓혔던 한(漢)대에서부터 향은 남부 여러 나라에서 중국에 올리는 주요 공물의 하나였다. 그리고 그 향은 궁정이나 고관대작의 집에서나 사용하던 귀한 물건이었다. 생활에 대한 책에는 반드시 향의 종류, 성질, 피우는 법 등이 여러 장에 걸쳐서 실려 있기 마련이었다. 도적수(屠赤水, 투츠쉐이)가 쓴 《고반여사(考槃餘事, 카오판위스)》에도 향의 즐거움을 논한 글이 나와 있다.

향을 피우게 되면 여러 가지 이점이 있다. 은거하는 고결한 학자들이 진리와 종교를 논할 때 향을 한 자루 태우면 영혼이 맑아지고 마음이 상쾌해진다. 깊은 밤 사경에 달은 밝고 서늘한 밤공기가 와 닿아 스스로 속세를 떠나 있다고 느낄 때면 향은 사람의 마음을 자유롭게 해주어 저절로 한가한 휘파람 소리가 흘러나온다. 밝은 창 옆에서 옛 글씨를 감상하거나, 파리를 쫓으며 옛 시를 읽고 있거나, 깊은 밤 등불 밑에서 책에 빠져 있을 때에 향은 졸음을 쫓아내는 구실을 한다. 그래서 향을 구반웨〔古半月〕라 부른다. 빨간 잠옷을 입은 여자가 행로에 손을 걸치고 서 있을 때 남자가 살며시 다가가 여자의 손을 잡고 사랑의 이야기를 나눌 때 향은 남자의 마음에 불을 일으키며 사랑을 북돋워 준다. 그래서 향을 구주칭〔古助情〕이라고도 부르는 것이다. 또 비 오는 날 오후 낮잠에서 일어나 창문을 닫고 글씨를 쓰며 차를 한 잔 음미하고 있을 때, 향로가 차츰 달아오르며, 은은한 향기가 온 방을 휩싸고 감돈다.

또 깊은 밤 술에 깨어 일어나 보면 하늘에는 만월이 휘영청 빛을 발하고 있다. 손을 올려 금을 타고 사람 없는 누대에 올라 먼 산을 바라보며 길게 소리친다. 이때 향에서는 실오라기 같은 연기가 올라 문가에 친 발 위에 머물고 있다. 아주 절묘한 정경 아닌가? 향은 또 악취를 없애고 습기를 없애는 효용이 있으며, 사람 사는 곳 어디서나 꼭 필요한 물건이다.

최상질의 향은 '쟈난〔伽南〕'인데 산 속에 은거해 사는 사람들에게는 구하기가 대단히 어렵다. 그 다음으로 '선샹무〔沈香木〕'가 있는데, 세 가지 종류가 있다. 1등급은 향이 너무 세어 자극적인 흠이 있고, 3등급은 너무 말라서 연기가 많이 나므로 2등급 정도가 가격도 적당하고, 향기도 가장 적당한 최우수품이라 할 수 있다. 차를 끓이고 난 후에 그 숯불을 향로에 넣어 훈향할 수도 있다. 아주 흡족해져 있을 때이므로 그때의 기분은 신선이라도 된 듯이 좋기만 하다. 그런데 요즘은 진정한 향기로 향을 선택하기보다 괜히 이국적인 이름만 좋아하는 경향이 있다. 선샹무〔沈香木〕의 향기를 능가할 것은 없으며, 그 향기는 말로 표현하기 어려울 정도의 상큼함을 준다.

부자로 알려진 시인 모벽강(冒辟疆, 마오피쟝)은 재치 있는 그의 애첩과의 생활을 그린 《영매암억어(影梅庵憶語, 잉메이안이위)》에서 향을 즐기는 모습을 기록해 놓았다.

애첩과 나는 조용한 침실에 앉아 유명한 향을 피워 보며, 품평을 자주 하였다. 이른바 궁샹〔宮香〕은 너무 냄새가 선정적이고 선샹무〔沈香木〕가 가장 일반적이다. 사람들은 흔히 선샹무〔沈香木〕를 불 위에 직접 올려놓는 경우가 많으나 그렇게 되면 나무가 금방 타서 향기도 곧 없어지고 만다. 이같이 하면 향기도 향기지만 연기가 너무 많이 나서 질식할 정도가 되어 버린다. 헝거선〔橫隔沈〕은 선샹무〔沈香木〕의 일종으로 단단하고 섬유가 가로로 되어 있고 무늬 역시 가로무늬이다. 또 선샹〔沈香〕의 일종에 펑라이샹〔蓬萊香〕이 있다. 이 향은 버섯처럼 원뿔 모양을 하고 있다.

우리 집엔 이 모든 향들이 다 있는데 내 애첩은 연기가 나지 않도록 하기 위해 불 위에 고운 모래를 놓고 그 위에다 향을 피웠다. 그 오묘하고 깊은 향기는 마치 훈풍을 타고 온 쟈난〔伽南〕의 향기와 같고, 이슬 머금은 장미꽃 냄새와 같고, 많이 문지른 호박(琥珀) 냄새처럼 온 방안을 감싼다. 이렇게 향기가 침상에까지 퍼지면 여인의 살 냄새와 함께 어울려 꿈속에서까지 달콤하고 취한 듯한 기분이 든다.

6. 술을 즐기는 법에 대하여

사실 나는 술을 못 마시니 술에 대한 얘기는 할 자격이 없다. 주량이래야 쌀로 빚은 사오싱지우〔紹興酒〕석 잔이요, 맥주는 한 잔이면 취한다. 이것은 선천적인 자질의 문제지만, 술과 차와 담배를 항상 어울려 즐기는 것 같지는 않다. 말술을 마시는 친구 중에도 담배는 입에 못 대는 친구가 있고, 나처럼 눈만 뜨면 담배를 물고 살면서도 술은 전혀 못 하는 사람이 있는 걸 보면 말이다. 어쨌든 이립옹(李笠翁, 리리웡)은 차를 즐기는 사람은 술을 좋아하지 않고, 술을 많이 마시는 사람은 차를 좋아하지 않는다고 말했다. 그역시 차에 대해서는 전문가임을 자처했지만, 술꾼이라고 자처해 본 적은 없었다고 고백했다. 나로서는 술을 못 한다고 고백한 문인을 찾게 되면 큰 위안을 받는다. 여기저기 문헌을 찾아보니, 나와 이립옹(李笠翁, 리리웡)은 물론이고 원매(袁枚, 위앤메이), 왕어양(王漁洋, 왕위양), 원중랑(袁中郎, 위앤중랑) 등의 문인들을 같은 부류로 찾을 수 있었다. 하지만 이들은 술을 마시지 않더라도 도도한 취흥은 알고 있는 사람들이다.

비록 내가 술을 논할 자격이 없다 하더라도 술에 대한 이야기를 안 할 수가 없다. 왜냐하면 술처럼 문학에 지대한 공헌을 했고, 담배와 더불어 인간의 창조력에 큰 도움을 주어 영원한 명작을 낳게 한 것이 없기 때문이다. 술 마시는 즐거움, 즉 중국 문학에 자주 나타나는 약간 취기가 오른 상태를 의미하는 미훈(微薰)의 경지는 내가 항상 신비하고 궁금하게 생각했었다. 그러다가 상하이〔上海〕의 한 미인이 술에 얼큰히 취한 상태에서 미훈의 경지를 설명하는 모습을 본 순간 '이것이구나!' 하고 깨닫게 되었다. 그녀는 "사람은 반쯤 얼큰히 취하면 말이 많아지지요. 하지만 그럴 때가 저는 제일 행복해요."라고 미훈의 덕을 설명하는 것이었다. 술이 얼큰히 취하면 사람들은 대개 기분이 의기양양해지고 모든 어려움도 다 뛰어넘을 자신이 생기며, 감수성은 더욱 예민해져 실제와 상상의 중간쯤에 자리 잡고 있는 창조력이 왕성하게 발휘되는 것이다. 동시에 그 상태가 되면 창조력에는 필수불가결한 자신감과 해방감이 생기는 것이다. 이런 기분은 특히 예술 분야에 있어서 잘 나타나고 있다.

유럽의 독재자들이 술을 마시지 않기에 그런 위험한 행태가 가능하다는 지적은 참으로 날카로운 통찰력을 엿볼 수 있다. 나는 36년 7월호 「하퍼스」지에서 찰스 W. 퍼거슨 씨가 쓴 〈독재자는 모두 술을 마시지 않는다〉라는 글을 읽었다. 그런데 이처럼 훌륭하고 짜임새가 있는 글을 본 적이 없다. 사상도 놀라운 것이며, 문장도 훌륭해 여기에 전부 인용하고 싶지만 그럴 수는 없으므로 그 중 일부분만 발췌하여 소개한다.

스탈린, 히틀러, 무솔리니는 모두 근검절제의 전형이다. 현대의 전제 정치자들, 즉 현 인류의 통치자들은 앞만 바라보며 매진하는 야망 있는 젊은이들이 본받을 만한 인물들이다. 이 정도라면 누구나 훌륭한 사위나 남편이 될 만한 사람들이다. 전도사들의 도덕적인 품행을 그대로 보여 준다. ……히틀러는 고기를 안 먹고, 술도, 담배도 하지 않을 뿐 아니라 더욱 고상한 금욕의 미덕까지도 가지고 있다. ……무솔리니는 엄청나게 먹긴 하지만, 술은 한 방울도 마시지 않는다. 어쩌다 포도주나 한 잔 가량 마시는 정도였다. 그러나 그렇게 마시는 술이 약소민족을 정복한다는 문제에는 전혀 영향을 미치지 못함은 물론이다. 스탈린도 방이 셋 있는 아파트에서 아주 검소한 생활을 했다. 남의 눈을 끌지 않는 수수한 옷에 간단한 식사를 했으며, 술은 마치 감정사처럼 브랜디를 조금씩 마셨다.

하지만 문제는 독선적이고 자신에게 엄격한 이런 소수의 사람들에게 우리가 지배를 당하고 있지 않느냐는 것이다. 나아가 이들에게 술을 먹여서 의식을 잃게 만들지 못하면 온 세계가 그들의 지배를 받아야 하지 않을까? 숙취가 무엇인지 아는 사람이라면 누구도 위험한 독재자가 될 수 없다. 일단 숙취를 경험하면 자신이 전지전능하다는 생각을 버리게 되고, 부하들에게 창피함을 느끼게 되어 자신의 자만심에 깊은 영향을 끼치게 될 것이다.

퍼거슨 씨는 이런 지도자들만이 모인 국제적인 칵테일 파티를 생각해 보는데, 이 파티의 주목적은 이들 지도자들에게 가급적 빨리 술을 먹여 화를 돋우게 만드는 데에 있다. 그러면 다음날 아침에는 이들이 어제까지의 완벽할 정도로 근엄했던 초인의 모습은 사라지고 보통 인간이 되어 세상과 뒤섞여 싸우며 살아가야겠다는 결심을 할지도 모른다.

나는 독재자들의 비인간성 때문에 그들을 싫어한다. 비인간적인 종교는 종교가 아니고, 비인간적인 정치는 바보 같은 정치이다. 비인간적인 생활 방식은 짐승과 마찬가지이니 모든 비인간적인 것은 나쁠 수밖에 없다. 우리는 온갖 도덕을 진열해 놓은 진열장이기보다는 따뜻하고 호감이 가며 분별이 있는 사람이길 원한다.

중국 사람은 차에 있어서 서양 사람의 선생이 될 수는 있지만 술에는 그렇지 못하다. 중국 사람이 미국의 술집에 들어가 그 다양한 상표의 가지가지 술들을 보면 눈이 휘둥그레질 것이다. 중국에는 약으로 쓰이는 포도주나 고량주가 있기는 하나 거의 사오싱지우(紹興酒)이다. 중국 사람들에게 음식의 종류에 따라 술을 선택하는 치밀한 접대법은 없다. 그저 사오싱지우(紹

興酒)뿐이라 그 원산지인 사오싱〔紹興〕지방에서는 딸을 낳으면 술을 한 항아리 빚어 놓는다. 그리고 딸이 결혼하게 되면 20년은 묵었을 그 술 단지를 폐백시 예물로 지참해 간다. 원래 화다오〔花雕〕라는 본명도 그러한 데서 유래한 이름으로 단지 꽃 모양의 장식을 일컫는 말이었다.

중국에는 술의 종류가 적은 대신 술을 마시는 데 어울리는 분위기와 마시는 시간에 대해서는 상당히 까다롭다. 술을 마시겠다는 기본적인 생각은 나쁜 것이 아니지만, 술과 차를 중국에서는 이렇게 비교를 한다. '술은 말 탄 기사이고, 차는 숨어 사는 은자와 같다. 술은 좋은 친구를 위해 있고, 차는 덕이 있는 사람을 위해 있다.'

어떤 문인은 다음과 같이 쓰고 있다. '술을 마시고 취하는 데에도 때와 장소가 있다. 꽃의 빛과 향기를 동시에 즐기려면 낮에 꽃을 보며 술을 마실 것. 생각을 정리하려면 밤에 눈을 보며 마실 것. 성공을 축하하는 자리에선 기쁜 노래를 부르며 마실 것. 송별연의 경우는 슬픈 감정의 노래를 부르면서 마실 것. 선비는 취하면 행실을 바로 해야 하며, 장수는 기를 올리는 씩씩한 태도로 술을 마셔야 한다. 누대 위에서는 여름이 시원하니 여름이 좋고, 배 위에서는 높은 하늘과 자유로운 기분을 즐기기 위해 가을이 좋다. 이상이 기분과 분위기에 걸맞은 바른 음주법이고, 이 법칙을 깨면 흥취도 사라진다.'

또 어떤 문인은 이렇게 말한다. '공석에서는 조용하고 여유 있게 마실 것. 허물없는 자리에선 품위를 지키면서도 유쾌하게 마시고, 몸이 아프면 조금만 마시고, 슬픈 사람은 취하도록 마시며, 봄에는 뜰에서, 여름에는 교외에서, 가을에는 배에서, 겨울에는 집안에서, 밤에는 달빛 아래서 마셔야 한다.'

중국 사람들의 술 마시는 태도와 술을 보는 시각에는 이해가 안 되는 부분도 있고, 비난받을 점도 있지만, 반면에 칭찬을 받아 마땅한 부분도 있다. 이 가운데 비난받을 부분은 술자리에서 사람들에게 억지로 주량 이상을 마시게 하며 좋아하는 습관이다. 이런 습관은 서양에서는 없는 것으로 알고 있다. 혼자 마시건 여럿이서 마시건 간에 술의 양보다는 술의 참가치를 즐기는 것이 애주가가 취해야 할 태도다. 하긴 술을 계속 권하는 것도 좌석이 탁 풀어져 유쾌해짐에 따라 생기고, 이것 때문에 전체 분위기가 시끌시끌해지고, 요란해져서 흥을 돋우는 것도 사실이긴 하다. 자신의 존재를 잊고서 손님은 손님대로, 주인은 주인대로 한데 어울려 주객의 분간이 잘 되지 않는 상태가 된다. 사실 이런 모습은 보기만 해도 흐뭇하다. 하지만 이런 좌석은 서로 주량을 겨루는 술 마시기 대회로 전락해서 서로 상대방을 굴복시키려는 호기만이 판을 치게 된다. 누군가는 어떤 사람이 술을 몰래 버리지는 않는지 감시하기도 하는, 결국 이런 자리의 즐거움은 겨룬다는 그 자체뿐 아무 의미가 없다.

중국 사람들이 술을 마시며 떠드는 점에서는 놀라울 정도이다. 마치 운동 경기장의 응원석에 앉아 있는 듯하다. 이렇듯 율동과 가락과 장단이 있는 떠들썩한 소리는 어떻게 생겨났을까? 바로 거췐[割拳, 손가락 수 알아맞히기]에서 비롯된 것이다.

이 놀이는 상대방과 자기편이 동시에 손가락을 내밀며 양쪽이 내민 손가락의 숫자를 알아맞히는 것인데, 중국어로 1, 2, 3, 4와 같은 수는 시적인 음절이 많아 동시에 이를 외치면 나름대로 가락이 생긴다. 예를 들어 칠성(七星)이니, 팔준(八駿)이니, 팔선도해(八仙渡海)니 하는 수와 연관된 시어로 수를 대표해 부르게 된다. 동시에 손가락을 내밀며 외쳐야 하니 장단도 맞아 들어 가고, 승부가 날 때까지 계속해야 하니 음악적인 가락이 생길 수밖에 없다. 또 중간중간에 시작을 알리는 소리도 곁들여지니 더욱 그렇다.

여기서 진 편은 잔이 크든 적든 철철 넘치게 술을 따라 석 잔을 건배해야 한다. 손가락의 합계를 맞추는 것은 단순한 감각만으로 되는 것은 아니고, 나름대로 상대편의 습관이나 수를 바꾸는 순서 등을 관찰하는 판단력도 있어야 한다. 이 놀이의 재미는 참여한 사람들의 호흡과 속도에 좌우된다.

여기에서 우리는 중국 술자리의 참된 개념을 안 셈이다. 그래야만 자리의 시간, 요리의 가짓 수, 서비스 방법 등을 이해할 수 있게 된다. 중국 사람은 연회에 그저 먹기 위해 참석하는 것이 아니고, 즐기기 위해 참석한다. 요리가 나오는 중간마다 대화도 하고, 수수께끼 놀이도 하고, 시를 짓기도 하는 등 즐기기 위해 오는 것이다. 5분 내지 10분 간격으로 새로운 요리가 들어오지만 손님들은 요리보다는 그 중간에 즐기는 놀이나 대화를 단락 짓기 위해 요리를 기다리는 것 같다. 이렇게 식사를 하면 두 가지 이점이 있다. 하나는 떠들며 웃다 보면 몸속의 알코올이 밖으로 배출되는 효과가 있다. 다음으로 연회 시간이 길어지다 보니 먼저 먹은 것이 다 소화가 되어 새로운 음식이 나오면 나올수록 더 배가 고파지는 효과이다. 적어도 중국에서는 식사 시간에 조용히 있으면 악덕이 된다. 중국 사람들이 라틴 족과 같은 쾌활함을 가지고 있지 않으며, 퉁명스럽고 잘 감정을 드러내지 않는다는 선입견을 가진 외국 사람은 필히 중국 사람들이 식사하는 모습을 볼 필요가 있다. 그때야말로 중국 사람들의 천성이 여실히 드러나는 때이며, 도덕적으로도 완벽한 경지에 이르는 때이다. 중국 사람이 식사하면서 즐겁지 못하다면 언제 즐겁겠는가?

중국 사람들은 수수께끼를 잘 내기로 유명하지만 술자리에서의 수수께끼 놀이는 잘 알려진 것 같지 않아 보인다. 틀리면 벌주를 주는 게임이 여러 가지가 있다. 어떤 중국 소설은 식탁에 오르는 요리의 이름과 시 짓는 놀이를 의무적으로 기록해 놓고 있는데, 이것만 서술하는데도 한 장(章)이다 들 정도이다.

제일 간단한 놀이가 서푸[射覆]이다. 이 놀이는 한 단어의 끝 자와 다른 단어의 첫 자가 같을 때, 이 같은 자를 숨기고 앞 단어의 앞 자와 뒷 단어의 뒷 자만을 연결한 말을 만들어 부르면서 숨어 있는 같은 자를 찾는 놀이이다. 영어로 예를 들자면 drum은 humdrum과 drumstick에 공통적으로 들어간다. 여기서 문제를 humstick으로 내어 숨어 있는 drumstick을 찾는 놀이이다. 또 a-starch하면 acorn과 cornstarch의 corn을 찾는 것이다. 이 놀이를 보다 재미있게 즐기려면 corn이란 답을 알아낸 사람이 그대로 말을 하는 것이 아니라 pop-er와 같이 슬쩍 바꿔 다시 문제를 내는 것이다.(pop-er는 popcorn과 corner이다.) 이렇게 되면 처음 문제를 낸 사람은 답이 맞았음을 알지만, 나머지 사람들은 여전히 모르는 채 힌트로 받아들이게 된다. 쌍방이 각기 문제를 내어 동시에 해결하는 방식도 있다. 고어나 어려운 자를 써서 자신의 학식을 과시하려는 경우가 학자들 간의 놀이에서 종종 보인다. 셰익스피어가 지은 희곡의 등장인물 이름을 사용하듯이.

문학적인 놀이는 이외에도 많다. 학자들 간에는 흔히 시 이어짓기 놀이가 많이 사용된다. 한 사람이 운(韻)을 대면 돌아가며 7언 절구(七言絶句)를 짓는 형태인데, 운은 1, 3, 5, 7행에 두고 한 사람이 한 행은 상대방의 대구를, 또 한 행은 운을 맞추는 것으로 하여 진행한다. 이 놀이의 재미는 즉흥적인 시구가 나오다 보니 나중에 절구가 완성되면 말이 엉망진창이 되어버려 모두 박장대소하는 재미와 즉시 구를 지어야 하는 짜릿한 긴장감에 있다. 이 밖에도 사서오경(四書五經)을 모두 외우고 있는 사람들이 모였을 때엔 자리의 가장 어른이 예를 들어 '우는 소녀'니 '행복한 소녀'니 하고 제목을 내면 그 제목을 설명하는 문구를 찾아내는 놀이도 있다. 이 경우에는 민요나 당시(唐詩)의 일절도 자주 쓰인다. 혹은 유명한 노래의 제목을 대곤 그를 설명하는 약이나 꽃 이름을 대게 하기도 한다. 영어의 예를 들자면 Queen Anne's Lace니 Fox-glove니 하는 이름이 있지 않는가. 이런 문제와 대답이 가능하려면 꽃이나 약, 나무 등에 시적인 이름이 붙어 있어야 가능하다. 영어의 성(姓)도 민요의 이름을 알아맞히는 데 유용하게 쓰일 수도 있다. Rockfeller 같으면 'Sit down, You're Rocking the boat'를, Whitehead는 'Silver Threads Among the Gold' 같은 노래를 쉽게 연상할 수 있다. 이런 연상의 재미는 모든 참가자의 능력과 상상력에 달려 있다. 대학생들은 교수들의 이름으로 장난을 하기도 한다.

좀 더 준비를 갖추면 더욱 용의주도한 놀이를 즐길 수 있다. 《난몽(蘭夢, 란멍)》이라는 소설에는 이런 놀이가 나온다. 종이를 준비해서 각기 세 그룹으로 나눈 다음 한쪽에는 사람을, 또 한쪽에는 장소를, 마지막에는 행동을 기록한다. 예를 들면 다음과 같다.

신사가/ 큰길에서/ 승마를 한다.

스님이/ 절에서/ 불공을 드린다.

부인이/ 안방에서/ 수를 놓는다.

백정이/ 골목에서/ 싸움을 한다.

창녀가/ 창녀촌에서/ 손님을 끈다.

거지가/ 공동묘지에서/ 잠을 잔다.

이처럼 적어 놓고 각기 한 그룹에서 한 장씩 쪽지를 꺼내어 이를 맞춰보라. '스님이 안방에서 승마를 한다.' 라든지 '부인이 공동묘지에서 손님을 끈다.' 라든지 한결같이 신문 사회면 톱 기사감이 나오게 된다. 각자 이런 장면을 주제로 5언시 한 편을 짓고, 마지막 행은 《시경(詩經, 스징)》에서 따와 시를 완성하는 것이다.

그러다 보니 중국 사람들의 식사 시간이 두어 시간은 우습게 지나간다는 것은 당연한 일이다. 먹는 것보다 떠들고 노는 즐거움을 더 찾기 때문이다. 따라서 적당히 얼큰히 취하는 사람이 최고의 주당이다. 도연명(陶淵明, 타오 위앤밍)처럼 줄이 없는 금을 타는 정서가 주당에겐 필요하고 술을 마시지 못한다 해도 이런 정서는 즐길 수가 있다. '글을 몰라도 시심(詩心)이 있고, 기도 한 마디 못해도 신심(信心)이 있으며, 술을 못 마셔도 취흥을 알고, 바위를 몰라도 그림은 볼 줄 아는' 이런 사람이야말로 시인·성자·애주가·화가와 같은 반열에 설 수 있는 사람들이다.

7. 음식과 약에 대하여

집이라는 말은 넓게 해석하면 생활의 모든 것을 포함하듯이 음식도 우리에게 영양을 주는 모든 것을 포함한다고 볼 수 있다. 인간 역시 동물이므로 먹어야 한다. 인간의 목숨은 신의 손에 달린 것이 아니라, 요리사의 손에 달려 있다고 보아도 무방하다. 그래서 중국의 신사는 요리사를 소중하게 여긴다. 생활의 즐거움은 거의 어떤 요리를 먹느냐에 달려 있다.

서양에서도 마찬가지겠지만, 중국에서는 유모를 중요시하여 늘 친절하게 대접해 왔다. 젖먹이의 모든 것은 유모의 기분이나 생활에 직결되어 있기 때문이다. 환히 개인 아침 잠자리에서 과연 무엇이 참 기쁨일까를 생각해 보라. 단연코 제일 먼저 음식을 꼽을 것이다. 그러니 그 사람이 현명한지 아닌지를 알아보려면 집에서 먹는 음식을 살펴보면 된다.

요즘의 도시생활은 너무 속도가 빨라져서 요리나 음식 문제에 종전처럼 많은 시간을 할애할 수 없게 되었다. 주부인 동시에 신문기자인 한 부인이 남편에게 통조림과 만두만을 식사로 준비한다 해도 남편은 불평을 할 계제가 아니다. 하지만 인간이 일하기 위해 먹는다면, 이런 생활은 참으로 바보스럽기 짝이 없는 일이다. 남에게 잘해 주는 걸 배우기 이전에 자신에게 잘해 주는 법을 배워야 한다. 신문기자인 그 부인이 사회의 비리를 파헤쳐 사회를 개선하는데 큰 기여를 했다 한들 가스 불을 틀어놓고 바삐 먹어대는 10분간의 식사라면 이게 무슨 모순이란 말인가? 공자(孔子, 쿵즈)는 요리를 못한다 해서 부인과 이혼했었는데, 이런 여자라면 더욱 당장에 이혼을 당하고 말 것이다.

공자(孔子, 쿵즈) 쪽에서 먼저 이혼을 제기했는지, 그 부인이 이 까다로운 남편에 염증이 나서 도망갔는지는 잘 모르겠으나 어쨌든 공자(孔子, 쿵즈)는 '쌀은 눈처럼 희어야 하고, 고기는 아주 잘게 다져야 한다.'고 주장했다. 부인이 고기에 알맞은 양념을 하지 않았든지, 네모반듯하게 고기를 썰지 않았다든지, 고기의 빛이 좋지 못하면 손도 대지 않았다고 한다. 그래도 부인은 참고 넘어갔던 모양이었다. 그러다 하루는 집에 준비했던 싱싱한 음식이 떨어져 부인은 아들인 이(鯉, 리)를 시켜 가게에서 술과 얼린 고기를 사오도록 했다. 그러나 공자(孔子, 쿵즈)는 집에서 빚은 술이 아니면 마시지 않고, 가게에서 사온 고기는 먹지 않는다는 것이 아닌가? 결국 이렇게 되면 부인이 보따리를 싸는 방법밖엔 무엇이 있을까? 물론 공자(孔子, 쿵즈) 부인의 심리는 완전히 내 추측이긴 하지만, 공자가 부인에게 요구했던 까다로운 주문은 《논어(論語, 론위)》의 '향당(鄕黨) 제10편'에 나와 있다.

중국 사람은 음식이 곧 영양이라는 생각을 했으므로 음식물과 약을 구별하지 않는다. 몸에 좋은 것은 약인 동시에 음식이기도 하다. 현대 의학에선 식이요법을 치료의 수단으로 즐겨 사용하지만, 이 방법이 정착한 것은 불과 1세기도 되지 않은 일이다. 나아가 요즘 의사를 중국에 보내 식이요법을 더욱 공부하게 한다면 아마 약의 숫자도 훨씬 줄어들 것이다.

중국의 6세기 경 의학자인 손사막(孫思邈, 순스먀오)은 이렇게 말하고 있다. '참된 의사는 먼저 병의 원인을 밝히고, 원인이 밝혀지면 식이요법부터 쓴다. 그래도 안 될 때에만 투약을 한다.' 1330년 경 원대의 궁정에 전속되어 있던 요리사가 쓴 책이 있는데, 음식은 원래 양생(養生)의 차원에서 다루어야 한다며, 서론에 주의사항을 적고 있다. 이 책은 오늘날 중국에 내려오는 음식물에 대한 가장 오래된 책이다.

건강을 조심하는 사람은 먹는 것을 조절하고, 걱정을 없애며, 욕심을 버리고, 감정을 누르며, 몸을 충실히 하며, 말을 적게 하고, 대범해야 하며, 장기의 섭생에 주력하여야 한다.

신경을 쓰고 마음을 괴롭히는 일이 없다면 병이 날 이유가 없다. 그러니 몸과 마음을 튼튼히 하고자 하면 배가 고플 때에만 먹되 많이 먹지 말고, 목이 마를 때에만 물을 마시되 한 번에 마셔서는 안 된다. 무엇이든 여러 번에 걸쳐 조금씩 먹어야 하며, 한꺼번에 먹으면 좋지 않다. 배가 너무 부르면 폐에 안 좋고, 배가 고프면 사람의 활동에 안 좋다.

중국의 요리 중 가장 비싼 것의 필수적인 요소는 무색·무취·무미 세 가지이다. 상어 지느러미, 제비집 등이 그러한데, 전부 아교 같은 상태로 되어 있다. 이들은 우선 가장 비싸기 때문에 맛이 있다고 봐야 할 것이다.

8. 서양의 몇 가지 별난 풍습

동양 문명과 서양 문명의 가장 큰 차이는 동양에서는 제 손을 잡고 인사를 하지만 서양에선 남의 손을 잡고 인사를 하는 것이다. 내가 보기에는 이 악수는 희한한 서양의 풍습 중 가장 안 좋은 것 같다. 그래도 나는 스스로 개화되었다고 생각해서 서양의 미술이나 미제 스타킹, 프랑스의 향수 등을 감상할 수 있다고 자부하는데, 그토록 진화한 서양 사람들이 왜 악수라는 야만적 습관은 버리지 않는지 의문이다.

모자를 쓰고 넥타이를 매는 풍습도 역시 우스운 풍습으로 이에 반대하는 사람도 틀림없이 있으니 악수에 반대하는 사람도 있을 것이다. 하지만 그런 반대는 별것 아닌 일을 크게 확대시키는 일로 세상에선 간주하고 있어 별 효과가 없는 듯하다. 하지만 나는 원래 사소한 일에 더욱 흥미를 가지는 사람이다. 게다가 나는 중국 사람이므로 서양 습관에 대해 반발하는 것은 당연하다. 지금도 나는 헤어질 때에도 두 손을 잡고 인사를 한다.

악수의 습관은 모자를 벗는 습관과 함께 유럽의 야만적인 시대의 유산이다. 이런 풍습들은 중세의 강도 같은 제후나 기사들의 습관에서 비롯되었다. 그들은 평화를 나타내기 위해 투구를 들어올리고 쇠장갑을 벗어 보였다. 그것이 요즘처럼 투구와 쇠장갑이 없어진 때에도 그대로 통용되고 있는 것이다. 하지만 요즘도 가끔씩 결투가 있는 걸 보면 야만적 풍습은 앞으로도 계속될 전망이다.

나는 위생상의 이유뿐 아니라 다른 이유에서도 이 습관을 반대한다. 악수에는 미묘한 감정에 따른 차별이 존재한다. 기발한 미국의 대학생이라면 '악수의 시간과 움직임에 관한 연구'라는 제목으로 졸업논문을 쓸 수도 있을 것이다. 손을 잡는 악력, 지속시간, 손의 땀 정도, 당사자들의 감정 변화에서부터 성별이나 신장의 차이,(이건 틀림없이 차별이다.) 직업 등을 그럴 듯하게 엮어서 연구하면 될 것이다. 여기에다 몇 가지 통계와 도표까지 곁들이면 상당히 깊이 있고 권위 있는 박사의 학위논문까지도 가능할 것 같다.

우선 위생상 반대하는 이유부터 생각해 보자. 상하이[上海]에 있는 외국 사람들은 중국의 동전은 세균의 온상이라고 만지지 않으려고 하면서 길에서는 아무나 만나기만 하면 손을 잡는다. 만약 길에서 만난 사람이 그들이 그토록 싫어하는 동전을 만지고서도 손을 안 씻고 악수를 했을지 누가 아는가? 이보다 더 한심한 경우는 결핵환자의 경우이다. 기침이 나면 손으로 입을 가리는데 그 손으로 악수를 할 테니 얼마나 비위생적인가? 말도 안 되는 소리다. 이런 면에서 중국의 두 손을 모으고 인사하는 풍습은 위생적이라고 하지 않을 수 없다. 중국의 이런 풍습이 어떤 기원에서 비롯되었는지는 모르겠으나 위생적인 것만은 틀림없다.

다음으로는 심미적이고 낭만적인 입장에서의 반대론이다. 먼저 악수를 청하면 그건 이미 당신이 모든 주도권을 상대방에게 맡긴 꼴이다. 세게 손을 잡든지, 쥐고 흔들든지 모두 상대편 마음에 있다. 손은 인체 중 가장 감각이 예민한 부위의 하나이니 얼마든지 힘의 조정이 가능하다. 예를 들어 YMCA의 서기인 동시에 손힘이 센 야구선수라면(사실 두 가지를 다 겸하고 있는 사람이 상당히 많다.) 당신은 웃어야 할까, 울어야 할까? 이런 악수는 상대방의 독단적인 태도와 함께 "넌 이제 꼼짝 못해. 그러니 다음번에는 극장표를 한 장 가져와야 해." 하는 식의 위협까지 담겨 있는 것처럼 보인다. 난 이런 경우를 당하면 늘 지갑을 꺼내 돈을 지불한다.

자세히 보면 손을 잡는 모습에도 여러 종류가 있다. 그냥 무심하게 덥석 잡는 악수도 있고, 무서워서 도망가듯이 하는 악수도 있다. 이 중 가장 재미있는 것은 매니큐어 바른 손톱만 과시하듯 손끝으로만 살짝 악수를 하는 여자의 악수이다. 이처럼 악수에는 모든 인간관계가 들어 있다. 그 사람이 어떤 성격의 사람인지는 악수하는 모습을 보면 알 수 있다고 말한 소설가도 있다. 악수를 통해 상대방이 나를 어떻게 생각하는가를 따지는 일 따위는 딱 질색이다.

악수만큼이나 모자 벗는 습관 또한 쓸데없어 보인다. 이 습관에는 무의미한 예의가 수반된다. 부인은 예배를 보거나 실내의 티파티에서는 모자를 꼭 써야 한다. 교회 안에서 왜 모자를 써야 하는지는 잘 모르겠으나, 남자는 벗고 여자는 쓰라는 성 바울의 가르침에 너무 맹종하는 건 아닐까? 그렇다면 서양에서 이미 없어졌다는 동양적 남존여비 사상이 그 원인일까? 남자는 부인과 한 엘리베이터를 타면 모자를 벗어야 한다. 그러나 엘리베이터라 해야 그저 복도의 연속일 뿐인데, 복도에서는 안 벗던 모자를 왜 엘리베이터에선 벗어야 할까? 우습기 그지없는 풍습이다. 또 자동차에서는 모자를 안 벗으면서 엘리베이터에서 왜 모자를 벗어야 할까?

이것이 모두 우리가 사는 이 세상의 미친 짓이다. 그러나 놀라운 일도 아니다. 요즘의 국제관계를 위시해 교육제도에 이르기까지 인간의 바보스러운 면만 보이지 않는가? 인간은 라디오를 발명하고 전화를 발명할 만큼 영리하지만, 전쟁을 막을 만큼 현명하지는 못하다. 앞으로도 영원히 그럴 것이다. 그러니 그보다 훨씬 사소한 문제에 비친 바보스러움을 고치려 하기보다는 그저 구경하며, 웃는 것으로 족하다.

9. 양복의 비인간성

양복은 온 세상 사람들의 공용 옷이고 외교관들의 공식 복장으로 보편화되어 있다. 하지만 나는 아직도 옛날 중국식 옷이 더 좋다. 친구들 중에서는 왜 아직도 중국옷을 고집하느냐고 묻는 사람도 있지만, 이런 사람을 친구라고 생각해야 할까? 차라리 왜 두 다리로 서 있느냐고 묻는 편이 낫겠다. 세계에서 유일한, 인간적인 옷을 입고 집안을 돌아다니는 사람더러 숨이 꽉 막히는 셔츠와 조끼·혁대·넥타이·양말 등으로 차려입으라고 할 이유가 있을까? 양복을 보면 잘 맞추어진 군함이나 성능 좋은 디젤 엔진을 연상시켜 주는 장점 이외엔 별로 좋은 면을 찾을 수 없다. 심미적으로도, 도덕적이거나 위생적인 면에서도, 하다못해 경제적인 측면에서도 양복은 칭찬받을 구석이 없다. 그저 정치적인 면에서나 좀 나을까?

이런 내 태도는 그저 중국 철학을 좀 안다는 몸짓에 불과한 것일까? 절대로 그렇지 않다. 이런 내 생각은 중국의 의식 있는 인사들 모두의 공감을 얻고 있는 것이다. 중국의 신사들은 모두 중국옷을 입는다. 은행가건 학자건 성공한 사람들은 처음엔 양복을 입었다가도 어느 정도 위치에 도달하면 중국옷으로 갈아입는다. 그들이 다시 내 나라의 옷으로 돌아가는 이유는 자기 자신에 대해 확신을 가지게 되었고, 서툰 영어나 정신적 열등감에 빠져 더 이상 고민할 필요가 없어졌기 때문이다. 상하이〔上海〕에 있는 유괴범들도 양복 입은 사람들을 납치할 생각은 하지 않는다. 그러면 양복을 입은 중국 사람들은 과연 어떤 사람들일까? 대학생이나 월급쟁이, 일자리를 찾아다니는 실업자, 국민당의 청년당원, 벼락부자, 바보, 멍청이들뿐이다. 하긴 중국에도 양복을 입고 선글라스를 쓰며, 이름까지도 헨리 칭이라고 쓰는 사람도 있긴 하다. 하지만 이들이 가령 막강한 군대의 힘을 가지고 있다 하더라도 임금은 될 수 없다. 중국 사람들은 그를 무서워하는 하겠지만, 자신들의 임금이 양복을 입고 선글라스를 썼다면 그를 임금으로 인정하겠는가? 그가 자신을 헨리라고 부르는 한 그는 영국의 부두에선 어울릴지 몰라도 임금은 어림없는 일이다.

중국 옷과 양복의 철학적 차이는 양복은 몸을 나타내려고 하는데 반해 중국 옷은 이를 숨기려 하는 점에 있다. 사람의 몸은 원래 원숭이의 몸과 비슷하므로 가급적 감추는 것이 좋다. 허리에다 천만 하나 두른 간디의 모습을 생각해 보라. 양복을 입고 산다는 건 미적 감각이 없는 사람들만이 할 수 있는 짓이다. 완벽한 인간의 육체란 없다고 누구나 얘기한다. 이 말이 믿기지 않으면 해수욕장에 가 보면 알 수 있다. 그러나 양복은 자신의 허리 사이즈가 몇 인치인지 세상에 널리 알리고 있다. 무엇 때문에 그걸 알리고 다닐까? 허리가 굵든 가늘든 그건 개인적 문제가 아닌가?

양복은 20세부터 40세까지의 젊은 여성과 아직 자연 그대로의 몸을 가지고 있는 어린이들에게 어울리는 옷이라고 생각하는 이유도 바로 이것이다. 하지만 그렇다고 이들이 사람들 앞에 자신의 몸을 드러내라는 말은 아니다. 20~30대의 야회복을 입은 귀부인은 말할 수 없을 만큼 매력적이지만, 40이 넘어 지나치게 잘 먹고 잘 자서 흉하게 살이 찐 여자가 오페라 박스에 앉아 있는 모습을 본다는 것은 서양인의 모습치고는 영 보기 싫은 모습이다. 중국 옷은 양복보다 이런 극단적인 차이가 적다. 마치 죽음 앞에 생전의 권위 · 재산 등이 아무 의미도 없듯이 중국 옷은 포용적이다. 그래서 훨씬 민주적이다.

이제는 심미적 차원을 떠나 위생적이고 상식적인 면에서 살펴보기로 하자. 정상적인 사람이라면 교황지배 시대나 월터 롤리 경 시대의 유물인 옷깃 건강에 좋다고들 말할 수 없을 것이다. 여자들의 경우는 요즘에는 과거의 옷깃으로부터 해방되어 목의 자유를 누리게 되었지만, 이와는 반대로 남자들의 목은 아직도 내놓기에 흉해서 감춰야겠다고 서양의 유식한 사람들은 생각하고 있는 듯하다. 이 결과 여름에는 바람이 안 통해서 땀띠가 나고 겨울엔 추워 얼어 버리는 사태가 발생해서 계절에 따른 올바른 사고를 불가능하게 하고 말았다.

옷깃 그 아래쪽은 인간의 상식이 최대로 무시된 슬픈 역사이다. 네온사인과 디젤 엔진을 발명할 만큼 영리한 서양 사람들이 왜 머리만 자유롭게 하며 나머지는 그렇게 붙들어 매어 놓았는지 도대체 이유를 모르겠다. 바람 통할 곳이라고는 하나도 없는 꽉 끼는 바지, 제대로 몸을 구부릴 수도 없게 하는 조끼, 몸의 부피에 따라 달라져야 하는데도 천편일률적으로 똑같은 멜빵과 혁대 등등 일일이 말할 수 없이 많다.

이 중에서도 제일 불합리한 것이 조끼이다. 사람의 자연스러운 자세를 연구한 사람이라면 사람의 앞쪽과 뒤쪽이 꼿꼿이 서 있을 때를 제외하고는 길이가 같지 않다는 사실을 잘 알 수 있다. 하지만 조끼는 앞쪽과 뒤쪽이 꼭 같다는 가정에서 출발을 했기에 조끼를 입은 사람은 항상 몸을 꼿꼿이 세우고 있어야지 그렇지 않으면 허리가 다 드러나고 만다. 살찐 사람의 경우는 여지없이 조끼의 아래쪽이 둥그렇게 튀어나오게 된다. 그 틈으로 바지와 혁대의 모습이 비치게 되고 이것처럼 괴기스러운 옷이 또 있을까? 나체주의가 이런 지나칠 정도로 몸을 싸매는 풍습에 반발해서 생겨난 것도 무리가 아니다.

사람이 아직도 네 발로 기어다닌다면 허리띠는 말의 안장을 조이듯 몸을 졸라 매기 위해 필요할지도 모른다. 그런데 사람은 이미 직립해서 살아가는데, 허리띠가 여전히 존재한다는 것은 우습기 그지없는 이야기이다. 해부학적으로도 인체의 배 근육은 네 발 생활에 맞게끔 설계되어 있다. 그런데 두 발로 서다 보니 여자들은 다른 짐승들이 겪지 않는 유산이나 조산 등의 위협을 받게 되었고, 남자들의 허리띠는 중력으로 인해 밑으로 흘러내릴 수밖에 없게 되었다. 이 흘러내림을 방지하자니 꽉 졸라매야 하고, 또 그러나 보니 자연스런 창자의 움직임을 방해하게 된다. 이 문제는 재고해 보아야 하지 않을까?

서양 사람들이 남을 조금은 생각할 수 있을 만큼 여유 있는 진보를 이룩한다면 좀 더 상식적인 복장을 갖출 수 있으리라 생각한다. 서양의 부인복은 많이 상식적이고 간소화되었지만, 신사복은 여전히 보수적이고 과거에 집착하다 보니 이제 그 대가를 치르고 있는 식이다. 결국에는 사람의 모습에 알맞은 옷을 찾게 되겠지만, 그때가 몇 세기 뒤가 될지는 모를 일이다. 아마도 그때가 되면 혁대니 멜빵이니 하는 것은 다 사라질 것이다. 어깨에 볼륨을 넣는다든지, 옷깃을 뒤로 넘긴다든지 하는 옷은 쓸데없어지고, 몸에 맞고 편안한 전혀 다른 실내복의 재킷 같은 차림이 나타나게 될 것이다. 또 남자 옷과 여자 옷의 차이는 단지 남자는 바지를, 여자는 치마를 입는 것 이외엔 없게 될 것이다. 이렇게 되면 셔츠에 일대 혁명이 일어나 지금처럼 속에 입은 것이 아니라 좀 진한 색으로 해서 겉옷으로 입게 될 것이다. 재료는 철에 따라 가벼운 실크로부터 무거운 울에 이르기까지 다양해지며, 모양 또한 보기 좋게 디자인될 것이다. 그리고 요즘 우리가 날씨가 몹시 추우면 코트를 입듯이, 재킷 또한 예의상 입는 것이 아니라, 보온의 필요에 의해 결정되리라 믿는다. 또 허리띠와 멜빵이 없어지다 보니 위아래가 붙어 있는 옷이 유행할지도 모른다. 요즘의 여자 옷처럼 뒤집어쓰듯 입는 옷으로 허리의 선을 나타내기 위해 약간 허리를 파면 될 것이다.

허리띠나 멜빵은 지금의 체제에서도 얼마든지 없앨 수 있다. 옷을 어깨에 힘을 받게끔 만들면 되는데, 바지도 지금처럼 꼭 붙게 하지 않고 헐렁하게 만드는 방안도 연구해 볼 필요가 있다. 조끼를 없애려면 아동복처럼 셔츠와 바지가 붙게 만들면 되고, 개선하려면 조끼의 허리 뒤쪽에 끈으로 바지와 연결시키면 된다. 이때엔 바지와 조끼의 천이 같아야 하겠다. 그리고 단추를 앞에 넷, 뒤에 둘쯤 조끼의 속에 달아 바지를 붙잡아 맨다면 조끼가 위에 덮이게 되어 요즘의 모양과 조금도 다르지 않는 모양이 될 수도 있다. 오늘날의 옷차림이 미래에도 계속 유지되리라고 생각지는 않지만, 위아래가 붙은 옷을 보다 보기 좋게, 편하게 만드는 데에 디자이너들이 신경을 써야 할 것이다.

날씨의 변화에 대처하는 데도 중국 옷은 양복보다 훨씬 융통성이 있다. 양복이라면 날씨가 차건 덥건 간에 똑같은 양식이지만 중국 옷은 그렇지 않다. 중국의 어머니들은 아이가 재채기를 한 번 하면 긴 옷을 한 벌 더 입히면 그뿐이다. 두 번 하면 두 벌 입히고…… 서양에선 어림도 없다. 아이가 세 번 재채기를 하면 의사에게 보이는 것이 고작이다. 중국 사람들을 결핵과 폐렴으로부터 보호하는 것은 의사의 약이 아니라, 솜을 넣어 만든 겉옷이라고 나는 생각한다.

10. 집과 실내장식에 대하여

'집'이란 말에는 모든 생활의 조건, 즉 집이 지니고 있는 환경적 조건까지도 포함되어 있다. 누구나 그러하듯 집을 고를 때 내부 시설만 보고 고르기보다는 경치가 어떤가를 먼저 살피게 되기 때문이다. 나는 상하이〔上海〕에 사는 부자를 몇 명 알고 있는데, 그들은 자신의 좁은 땅을 자랑이라도 하려는 듯 담 안에 손바닥만 한 연못도 파놓고, 개미가 기어올라가도 3분이면 될 동산도 만들어 놓고 있다. 이들은 서민들이 교외의 산기슭에 오두막을 짓고 살면서 산이나 호수, 시냇물을 자기 집 뜰로 삼고 있다는 사실을 모른다. 경치가 좋은 산중에 집을 짓고 살면 구태여 담을 둘러 그 경치를 집 안에서 즐기려고 할 필요가 없다. 집을 나와 한 걸음만 옮기면 산 위의 흰 구름, 폭포 소리, 새 우는 소리의 자연 교향악, 이 모든 것이 그대로 자신의 것이기 때문이다. 이런 사람이 진정한 부자이다. 도시에 사는 백만장자도 하늘에 떠 있는 구름을 보겠지만, 자연의 풍경과 어우러지지 않는 상태에서 어찌 청산의 구름을 보는 듯한 즐거움이겠는가? 오로지 건물의 배경으로만 하늘을 보게 될 따름이다.

중국 사람은 집과 뜰을 자연의 일부로 여겨 자연과 조화되는 한 요소로 생각한다. 모든 인공적인 흔적은 눈에 띄지 않게 하고, 작은 담장은 나무로 덮어 버리거나 아예 쌓지 않는다. 벽돌을 쌓아 네모반듯하게 만든 건물이 공장이라면 이해가 간다. 어차피 공장은 능률이 제일로 되어 있으니까. 하지만 그런 집은 끔찍하다. 중국 사람은 다음과 같은 집을 가장 이상적으로 생각했다.

대문 안에 보도가 있고, 이 보도는 휘어져 있어야 한다. 이 보도의 휘어진 모퉁이에 담이 있고, 담 너머에 평평한 땅이 있다. 평평한 대지의 양쪽 약간 높은 곳엔 꽃이 있되 꽃은 발랄하게 피어야 한다. 꽃 뒤에는 야트막한 담이 있고, 옆에는 반드시 노송이 서 있어야 한다. 노송 밑에는 반드시 기암(奇巖)이 있어야 하고, 바위 저편에는 간소한 정자가 있어야 한다. 정자 뒤에는 낮은 참대밭이 있고, 참대밭이 끝나면 비로소 집이 있되 조용하고 한적해야 한다.

집 한쪽에는 여러 갈래 소로가 있고, 이 소로가 합쳐지는 곳에 매력적인 다리가 있어야 한다. 다리를 건너면 쭉 뻗은 나무숲이 있고, 숲 그늘엔 푸른 풀이 자라야 한다. 풀밭 오른쪽에 연못이, 작은 연못의 수원(水源)은 샘이다. 샘 오른쪽에 산이 있는데, 깊은 산의 맛을 줄 수 있어야 한다. 산기슭에는 서재가 있으며, 반듯한 서재의 한 모퉁이에 넓은 야채밭이 있고, 그 밭에 춤추는 황새 한 마리 있어야 한다. 황새가 손님의 방문을 알리되 그 손님이 야비한 사람이면 안 된다. 손님이 오면 술이 나오고, 절대로 술을 거절해선 안 된다. 술잔이 오고가면 취하게 되고, 취한 손님은 집으로 돌아갈 것을 걱정해선 안 된다.

집의 매력은 개성으로 결정된다. 이립옹(李笠翁, 리리웡)은 그의 《한정우기(閑情愚寄, 시앤칭위치)》에서 집과 실내장식에 대해 여러 장에 걸쳐 서술했다. 그 서문에서 집은 친근함과 개성이 있어야 한다고 주장했다. 내 생각으로는 친근함보다 개성이 더 중요한 것 같다. 왜냐하면 아무리 잘 꾸며진 집이건 아니건 간에 주인이 기거하는 사랑채에 가면 누구나 친근함을 느낄수 있기 때문이다. 이립옹(李笠翁, 리리웡)도 이렇게 말하고 있다.

사람은 옷을 벗고 살 수 없듯, 집이 없이 살 수는 없다. 여름엔 시원하고 겨울엔 따뜻해야 하는 옷과 마찬가지로 집도 그렇다. 길이가 몇 자씩되는 대들보를 잇고, 높이가 수십 척이 되는 기둥을 가진 집은 위압감을주지만, 겨울에는 별 소용이 없다. 그런 집엘 들어가면 공간이 너무 넓어소름이 끼칠 정도인데 너무 커서 몸에 맞지 않는 털 코트를 입은 느낌이든다.

반면 낮은 벽에 간신히 무릎 하나 들어갈 작은 집은 주인의 겸손과 절약의 미덕을 보여 주며 살기에 편하지만, 손님을 맞을 수가 없는 흠이 있다. 가난한 선비의 집에 들어갔을 때 답답하고 무거운 느낌이 드는 것이바로 이 때문이다. ……관리들의 집은 너무 크고 우람하지 않아야 한다.집은 사는 사람과 어울려야 하기 때문이다. 풍경화에는 다음과 같은 요령이 있어야 한다. '산이 10척이면 나무는 1척, 1치의 말[馬]에 콩알만한 사람을 그릴 것' 산이 10척인데 2~3척 되는 나무를 그린다거나, 말이 1치인데 좁쌀만 하게 사람을 그린다면 균형이 맞질 않는다. 관리의키가 10척쯤 된다면, 20~30척 높이의 기둥이 있는 집이 어울리겠지만,

그렇지 못하면 집이 클수록 사람은 더욱 작고 말라 보이게 마련이다. 그러니 집을 약간 작게 해서 사람을 크게 보이는 방법이 좋지 않을까?

고관대작이나 부자들이 돈을 많이 들여 집을 지으며 '정자는 어떤 것을 본떠서 짓고, 지붕은 어디, 처마는 어디, 하고 주문하는 것을 본 적이 있다. 이렇게 집이 완성되면 주인은 손님들에게 창문은 어디, 복도는 어디를 본떠서 지었다고 자랑을 한다. 얼마나 어리석음을 보여 주는 짓인가?

집을 짓는 데 사치와 낭비는 절대 금물이다. 서민은 물론 왕후장상도 검소한 미덕을 보여야 한다. 집의 중요함은 화려함에 있지 않고 탈속에 있으며, 정교함에 있지 않고 신선하고 우아함에 있다. 자신의 부를 자랑하려는 사람은 부를 사랑해서가 아니라 창의력이 없기 때문이다. 무엇이든 남에게 과시하지 말아야 함도 이 때문이다.

간단하고 우아하며 독창적인 옷과 복잡하고 화려하나 평범한 옷이 있다 하자. 어느 쪽 옷을 택하겠는가? 비단과 모피가 좋다는 것을 누가 모르겠는가? 하지만 독창적인 무명옷을 고르는 이유는 한 번도 그런 옷을 본 일이 없기 때문이다.

이립옹(李笠翁, 리리웡)이 그의 책에서 자세히 설명한 집의 설계와 실내장식의 요점을 설명해 보기로 하자. 그는 지붕이 있는 집·창·미닫이·등불·의자·장식장·침대·여행용 가방에 이르기까지 참신한 의견을 제시하고 있다. 이 가운데 몇 가지는 중국의 전통이 되어 있는 것도 있다. '지에즈위앤지앤(芥子園箋)'이라 하는 편지지나 창, 칸막이 등의 새로운 안이 요즘에도 팔리고 있다. 생활 기술에 대한 그의 저서는 그리 유명하지 않지만, 현재 초등학생용 그림교본인 《개자원화전(芥子園畵傳, 지에즈위앤화촨)》도 그의 작품이고 《십종목(十種目, 스중무)》도 그가 쓴 것이다. 그는 극작가, 음악가, 쾌락주의자인 동시에 의상 디자이너요, 미용 전문가이며, 아마추어 발명가이기도 한 진정한 의미의 천재였다.

그는 침대에 대해서 깊은 관심이 있어 새 집에 이사를 가면 항상 침대를 제일 먼저 살펴본다고 얘기했다. 중국의 침대는 휘장을 두르고 칸막이가 되어 있는 커다란 캐비닛 같은 모양으로 침대 자체가 작은 방처럼 사용되었다. 침대 주위에는 기둥이 있고, 책이나 찻병, 신발, 양말 등을 넣어 두는 장이나 서랍이 기둥에 붙어 있었다. 이립옹(李笠翁, 리리웡)은 침대에서도 꽃을 즐기기 위해 작은 나무장을 만들어 수를 놓은 휘장 앞에다 놓아두었다. 그리고 나무장을 흐릿하게 보이게 하려고 비단으로 된 헝겊으로 둘러쌌다. 그러고는 어떤 꽃이든 계절에 맞는 꽃을 즐겼던 것이다.

내 몸은 이미 인간의 몸이 아니다. 꽃 속에서 춤을 추고, 잠을 자며, 꿀을 빠는 한 마리 나비이다. 선계(仙界)를 거닐며 살아가는 신선이다. 일찍이 나는 잠결에 매화의 향기를 맡은 바가 있었다. 무어라 말할 수 없는 그 향기는 마치 내 몸속에서 솟아나는 듯 목구멍에도, 뺨에도, 입에서도 스며 나왔다. 몸도 가벼워진 듯하고, 속세를 떠난 기분이었다. 잠에서 깨어 나는 아내에게 이렇게 말했다. "이렇게 사는 우리는 어떤 인간일까? 이런 즐거운 기분만을 느끼며 살다가는 하늘이 주신 즐거움을 모두 탕진하는 건 아닐까?"라고. 그러자 아내가 이렇게 대답했다. "우리가 늘 가난하고 당신이 출세를 못 하는 것이 바로 이 때문이 아닐까요? 당신 말씀이 옳아요."[17]

---

17. 본시 중국에서는 인간이 태어나면서 받은 즐거움은 그 양이 정해져 있다고 믿어왔다. 그래서 어느 한쪽에서 그 즐거움을 지나치게 써버리면 다른 쪽에서 느낄 즐거움이 줄어들어 전체 양을 맞춘다고 생각했다.

이립옹(李笠翁, 리리웡))의 발명품 중에서 가장 뛰어난 것은 창에 관한 새로운 고안일 것이다. 그는 '부채꼴창(호수 위의 유람선에 쓰이고 있다.)'과 '산수도창(山水圖窓)'과 '매화창(梅花窓)'을 발명했다. 이 중 부채꼴창은 옛날 중국에서 부채에 그림이나 글을 써서 액자에 넣어 보관했던 풍습에 기인한 것으로 유람선에 부채 모양의 창을 내면 유람선에서 밖을 내다보는 사람이나 유람선을 바라보는 사람이나 모두 부채에 그려진 그림을 감상하는 기분이 들게 된다. 창의 본래 기능은 창을 통해 경치를 구경하는 데에 있다. 그러니 창은 좋은 경치를 가장 잘 구경할 수 있게 설계되어야 한다. 이립옹(李笠翁, 리리웡)의 말처럼 '바깥의 경치를 빌려오는' 것이다. 이런 자연을 실내로 끌어들이는 방법에 대해 그는 이렇게 말하고 있다.

배 안에 앉아서 밖을 보자면 모든 밖의 경치가 부채꼴창에 비쳐 한 폭의 산수화처럼 보일 것이다. 이 그림은 시간이 지남에 따라 그 모습이 수시로 변한다. 배의 삿대질 한 번에 풍경이 바뀌고, 서 있을 때도 바람이 한 번 불면 흥취가 달라진다. 이렇게 우리는 하루에도 수백, 수천 가지 산수화를 부채꼴창을 통해 즐길 수 있다……

또한 나는 '산수도창(山水圖窓)'도 만들었다. 일명 '무심화(無心畵)'라고 알려진 이 창을 만들게 된 경위를 밝혀 보겠다. 내 서재인 푸바이쉔〔浮白軒, 술을 마신다는 뜻〕의 뒤에는 높이 10척, 폭이 7척 정도의 인공 산이 있다. 이 산은 붉은 절벽과 푸른 물, 숲과 대나무, 새와 폭포, 풀로 만든 집과 귤나무 등 산에서 흔히 볼 수 있는 풍경이 그대로 들어 있다. 이를 만들게 된 이유는 어느 흙 만지는 사람이 내 이름이 립옹(笠翁, 리웡), 즉 '삿갓 쓴 노인'이라는 데서, 낚싯대를 드리우고 바위에 앉아 있는 모습을 점토로 만들어 주면서부터였다.

여기서 우리는 이런 생각을 하게 되었다. 바위가 있으면 물이 있어야 하고, 물이 있으면 산이 필요하고, 산이 있다 보면 속세를 떠나 낚시를 즐기는 노인이 살 집도 있어야 한다고. 최초는 내 상상으로 시작했다가 이런 모습을 갖추게 된 것이다. 계속 이 모습을 보다 보니 작은 산이지만, 그 속에 온갖 삼라만상이 다 들어 있다는 기분이 들게 되었다. 마치 겨자씨를 보며, 수미산(須彌山)과 같다고 생각하는 불교의 가르침과 같은 것이다. 어느 날 나는 어떤 영감이 떠올라 '이 산은 그림이 될 수 있고, 곧 창이 될 수 있다. 다만 포장을 하는 종이 값만 있다면.' 이라고 중얼거렸다. 그래서 어린 종을 불러다 창의 위아래를 종이로 붙이고 경치를 볼 수 있는 부분만 남겨 놓았다. 그러니 집 뒤의 산이 그림이 되는 것이다. 산은 이미 훌륭한 그림 속의 산이 되어 버린 것이다. 내가 참을 수 없어 큰소리로 웃으니 그 소리를 듣고 아내와 아이들이 뛰어왔다가 그걸 보고 같이 웃음을 터뜨렸다. 산수도창의 유래는 바로 이렇다.

이립옹(李笠翁, 리리웡)의 여러 가지 발명 중 보온의자에 대해서 얘기해 보기로 하자. 이 보온의자는 보통 나무로 만든 긴 의자 위에 높이 2~3척의 기둥을 세운 뒤 널빤지로 이를 싸고 양 정면에 문을 만든다. 그리고 사람이 들어가서는 문을 닫으면 앉아 있는 부분은 널빤지와 문으로 꽉 막히게 되고, 등 뒤까지도 의자에 앉기만 하면 널빤지가 둘러싸게 된다. 그리고 널빤지에 부착한 대에 뜨거운 재나 연기가 나지 않게 잘 피운 숯을 담은 서랍을 매달아 둔다. 따뜻하고 쾌적한 이 작업장을 보온하는 데 하루 숯 네 조각이면 족하다고 그는 말하고 있다. 게다가 여행을 할 때에도 튼튼한 장대를 양 옆에 붙이면 훌륭한 가마가 된다고 했다. 그러면 발도 얼지 않고, 가지고 가는 음식이나 술도 항상 따뜻하게 할 수 있다. 또 여름용으로 긴 의자에 꼭 맞는 욕조를 설치해서 시원하게 보낼 수 있는 욕조의자를 발명하기도 했다.

서양 사람들은 높이도 조절할 수 있고 변형시켜 다른 것으로 쓸 수도 있는 침대나 이발용 의자는 만들면서도 조립식 테이블이나 골동품을 생각지도 못한 것 같다. 이런 조립식 테이블로 중국에는 '연궤(宴机, 앤지)'가 있다. 원리는 서양에서 아이들이 하는 나무 조각 맞추기와 비슷하다. 다 맞추면 정사각형이 되는 나무 조각들을 흩뜨려 놓고 다른 모양을 만드는 이 놀이처럼 연궤는 여섯 부분으로 나뉘어져 있다. 이 부품을 조립하는 데에 따라 정사각형, 직사각형, T자형 등 여러 가지 모양의 책상이 되며 뚜껑을 다른 위치에 놓게 되면 약 40종으로 변형이 가능하다.[18] 이것과 똑같은 조립식 책상이지만 조금 더 복잡한 것이 '첩궤(楪机, 디에지)'이다. 연궤에 삼각형 조각과 대각선 부품이 더 있다는 점에서 조금 복잡하다. 연궤가 주로 식탁용이나 마작놀이용 책상으로 설계된 데 비해 첩궤는 꽃을 놓거나 골동품을 진열하는 용도까지 염두에 두고 설계가 되었다. 이 첩궤는 13쪽의 부품으로 다이아몬드 형의 책상도 만들 수 있고, 주부가 머리를 쓰기에 따라 더욱 종류가 다양해진다.[19]

동·서양을 막론하고 어느 주부나 집의 내부를 바꿔 보려고 생각한다. 그래서 조립식 꽃병이나 다탁 등을 쓰게 되면 얼마든지 변화를 줄 수 있게 된다. 중국의 이와 같은 테이블이 만들어 내는 스타일이 현대적이라고 생각하는 이유인 것은 현대 가구가 선의 단순화를 강조하기 때문이다. 모든 예술의 본령은 여러 형태를 단순화시켜 선으로 모으는 데 있지 않을까? 가

---

18. 최초로 조립식 책상을 만든 사람은 골동품과 고가구의 수집가인 원대의 애호가 예운림(倪雲林, 니윈린)이거나 남송의 황백석(黃白石, 황바이스), 둘 중 하나이다. 근대에 이르러 선풍경(宣豊慶, 쉔펑칭)이 75가지 조립법을 가진 신형을 창안했는데, 그 도해가 지금도 남아 있다.

19. 첩궤는 명말의 각산(閣山, 거산)이라는 사람이 발명한 것으로 62가지의 조립법의 도해는 생활기술에 관한 중국의 여러 가지 책에 실려 있다.

구의 배치를 바꿀 수 있는 가장 간단한 방법은 두 쪽으로 갈라진 원형 테이블이나 대각선으로 갈라진 사각형 테이블을 사면 된다. 그래서 붙인 채로 쓰다가 따로 떼어서 반쪽씩 벽에 붙여 쓰면 삼각형, 반원형 등 다양한 모양과 용도로 쓸 수 있다. 작은 아파트에 T형이나 U형으로 테이블을 배치하고, 파티를 여는 모습은 얼마나 재미있겠는가?

중국의 쟝수성〔江蘇省〕 창러〔常熱〕에서 발견된 단단한 나무로 만든 조립식 책상과 똑같은 모양의 책상이 오늘날도 만들어져 팔리고 있다. 서양에도 조립식 책상은 많지만, 이 책상의 특징은 접으면 조그만 가방에 들어갈 정도이다.

중국 사람은 실내장식을 할 때, 간소함과 공간의 아름다움을 살리는 데 주력하고 있는 것 같다. 잘 꾸며진 방에는 몇 개의 마호가니로 만든 가구가 있는데, 대개 간단한 조각과 함께 잘 닦여져 윤이 나며, 뾰족한 모서리는 닳아서 둥그렇게 되어 있다. 가구를 닦는 일은 힘이 드니 잘 닦여 윤이 난다는 것은 그만큼 가치가 있는 것으로 평가된다. 서랍이 없는 긴 판자 테이블을 벽 앞에 놓고 그 위에 꽃병을 놓는다. 방 안의 다른 쪽엔 높이가 다른 골동품 받침대나 꽃병 받침대를 놓고, 울퉁불퉁한 나무의 뿌리로 다리를 만든 의자가 두서너 개 있고, 책상이나 장식장을 한쪽에 놓는다. 다른 높이의 가구들이 한데 어울리니 현대적인 효과가 난다. 벽에는 기껏해야 족자가 한두 개 걸려 있는데 그것도 품위 있고 우아한 글씨거나 여백의 아름다움이 강조된 산수화일 경우가 대부분이다. 그 화면처럼 중국의 방은 '비어 있으되 영혼이 깃든' 것이 아니면 안 된다. 중국 집의 가장 뚜렷한 설계상 특징은 안뜰에 돌을 깔지 않는다는 것이다. 이는 스페인의 수도원처럼 평화와 고요함과 편안한 휴식을 상징한다.

제 10 장
자연의 즐거움

1. 낙원은 사라졌는가?

지상의 무수한 생물들 가운데 자연에 대한 나름대로의 태도를 지니고 있는 것이라고는 인간이란 생물밖에 없다. 인간의 지혜는 우주에 의심을 가지고 그 비밀을 캐어 그 의의를 발견하려는 데에서 시작되었다. 우주에 대한 호기심에는 과학적인 것도 있고, 도덕적인 것도 있다. 과학자는 지구의 구조나 대기의 성분, 별들의 운행 등에 관심을 가질 것이다. 이런 과학적 자세는 도덕적인 것과 어느 정도 관련이 있기는 하지만, 그 자체로서도 무언가 알고 연구한다는 순수한 욕망이다. 그렇지만 도덕적 자세에는 여러 가지가 있다. 자연과 잘 어울리는 것도 있고, 정복과 피정복, 지배와 이용으로 나타나는 것도 있으며, 아주 불경스러운 모욕도 있다. 이 마지막의 모욕이란 태도는 어떤 문명, 그 중에서도 한 종교에 의해 생겨난 것으로 아주 기괴한 것이다. 그것은 다름 아닌 《실낙원(失樂園)》이라는, 만들어 낸 이야기에서 비롯된 것으로 이상스럽게도 이 창작은 원시적인 전설로 지금도 믿는 사람이 많다.

이 실낙원에 대해 문제를 제기하는 사람이 아직까지 없었다는 것은 이상한 일이다. 그 말을 따르자면 에덴 동산은 아름답고, 이 세상은 추하다는 이야기 아닌가? 아담과 이브가 죄를 지은 후 꽃이 피질 않았던가? 그저 한 사람의 잘못 때문에 신은 사과나무를 벌해서 열매를 맺지 못하도록 했단 말인가? 그래서 새가 더 이상 울지 않고 있다는 것인가? 호수와 마을을 감싸는 뿌연 안개를 지금은 볼 수 없단 말인가? 도대체 누가 낙원이 없어졌느니, 우리 인간이 더럽고 어지러운 세상에 살고 있느니 떠들어댄단 말인가? 참으로 신의 뜻을 어기고 있는 존재가 우리 인간 아닐까?

이런 배은망덕하고 파렴치한 인간의 우화를 소개해 보자.

옛날에 한 사나이가 있었다. 하루는 그가 신을 찾아가 이 세상은 도저히 살 만한 곳이 못 되니 천국에서 살게 해달라고 부탁을 했다. 그 말을 들은 신은 하늘에 걸린 달을 가리키며, "저 달을 즐긴다는 것이 좋지 않으냐?"고 물었다. 그러자 그 사나이는 "저런 건 보기도 싫습니다."라고 대답을 했다. 그러자 이번에는 "하늘과 맞닿은 저 아름다운 능선을 자랑하는 산은 어떤가?" 하고 물었다. 역시 그 사나이는 "지겹습니다."고 했다. 그래도 너그러운 신은 화를 꾹 참고는 수족관엘 데리고 가서 아름다운 열대어를 보여 주며 "이건 어떤가?" 하고 물었다. 역시 사나이는 "재미없다."고 대답을 했다. 이처럼 참을성이 강한 신도 나무도, 안개도, 자극이 강한 히말라야의 모습까지도 다 싫고 오직 천국에만 들어가 살겠다고 주장해대는 그 사내에

게 화가 나지 않을 수 없었다. 그래서 이렇게 말했다. "이런 배은망덕한 놈
아, 이 지구가 싫다면 지옥에나 떨어져라. 그곳에 가면 산도, 달도, 나무도
아무것도 볼 수 없을 테니 평생 거기에서나 살아라." 그러고는 이 사내를
도시 한복판에 있는 아파트로 떨어뜨려 버렸다. 이 사내의 이름이 바로 기
독교도인 것이다.

　이 사내를 무엇으로 만족시킬 수 있을까? 또 그들이 찾는 천국이 과연 있
는 것일까? 아마 그 사내는 천국에서 일주일만 지내고 나면 싫증을 내고
말 것이다. 그러면 신은 또 무엇으로 이들을 즐겁게 해주어야 할까? 천문
학자의 말을 빌리면, 온 우주에서 인간이 살 수 있는 곳은 이 지구뿐이라
한다. 바로 이 지구만이 유일한 천국인 것이다. 사람들이 꿈꾸는 천국도 결
국은 얼마간의 공간을 차지한 곳이지 않겠는가. 허공에 떠 있지 않는 한 창
공의 어딘가에 있지 않으면 안 된다. 그러니 인간이 살기에 가장 좋은 곳은
지구밖에 없다는 결론이 나온다. 물론 천국에도 달이 있을 것이고, 아름다
움이나 밝음 또한 무수히 많을 것이다. 이 세상의 달도 그렇게 아름다운데
무수히 떠 있는 달의 아름다움은 비할 데 없을 것이다. 그러나 한 개의 달
에 만족하지 못하는 사람은 한 다스의 달이 있더라도 역시 만족하지 못한
다. 천국에는 4계절이 아니라 6계절쯤 될지도 모른다. 낮과 밤도 지금처럼
바뀌지 않을지도 모른다. 하지만 그게 어떻단 말인가? 지구의 네 계절도
제대로 즐길 줄 모르는 사람이 계절이 여섯인들 무슨 소용이 있을까? 이런
나를 보고 남들은 정신병자가 아니면 큰 깨달음을 얻은 철학자로 생각할지
모르겠다. 하지만 나는 불교니 기독교니 하는 종교의 꽁무니를 쫓아다니느
라 육체적인 관능이나 행복을 포기해 버리고 공간도 없는 그저 영혼만의
천국을 찾을 생각은 전혀 없다.

　나는 이 지구에서의 생활에 만족을 할 수 있으니, 지구 아닌 다른 별에서

산다 해도 만족을 얻을 자신이 있다. 이 지구에서의 생활이 아주 단조롭고 건조한 것이라고 누가 감히 얘기할 수 있겠는가? 때에 따라 꽃이 피고, 새가 울며, 철따라 각기 다른 과일을 맛볼 수 있는 이 지구에서 만족과 기쁨을 느끼지 못할 바에야 차라리 자살해 버리는 편이 나을 것이다. 그리고 있지도 않은 천국에 더 이상 연연할 필요가 없다. 천국은 신의 것이지 인간의 것이 아니다.

현실 세계가 보여 주고 있듯이 자연의 경치·음악·향기·맛 등은 인간의 시각·청각·후각·미각과 절묘한 교감이 이루어지고 있다. 이런 자연이 베푼 잔치에 우리가 초청될지도 모르고, 그렇지 못할지도 모른다. 아무래도 상관없는 일이다. 중국 사람은 어쨌든 잔치에 초청된 사람들의 태도를 가지고 있다. 눈앞에 떡 벌어진 잔칫상이 놓여 있는데, 자신이 초대를 받지 않았다 해서 이를 구경만 하고 있다는 것은 말도 안 되는 일이다. 초대의 여부는 형이상학적 철학자들이나 알아볼 일이고, 우린 그저 음식을 잘 먹으면 되는 것이다. 배고픔은 항상 건강한 상식(常識)을 동반하고 있다.

이 지구는 얼마나 아름다운가! 뜨거운 낮이 있으면, 곧 시원한 밤이 뒤를 따라오고, 바쁜 아침의 앞에는 조용한 여명이 있다. 또 여름과 겨울의 변화가 있다. 둘만 해도 감지덕지인데, 또 봄과 가을까지 4계절이 있지 않은가? 셋째로 울창한 수풀과 나무가 있다. 여름엔 시원한 그늘을 주고 겨울엔 따뜻한 햇볕을 가로막지 않아 그대로 즐길 수 있다. 넷째로 달이 지나감에 따라 꽃이 피고 열매가 열린다. 다섯째, 안개 낀 흐린 날이 있는가 하면 맑게 갠 날이 있다. 여섯째, 봄비와 여름 소나기, 가을의 바람과 겨울의 눈이 있다. 일곱째, 꾀꼬리·카나리아·비둘기·공작의 각기 다른 울음소리……. 이보다 좋은 것이 또 있을까? 여덟째, 동물원을 가득 메운 온갖 동물들. 전혀 생각지도 못했던 동물까지도 있다. 아홉째, 수족관을 비롯해서 강과 바다를 누비고 있는 온갖 물고기들. 이 또한 즐거움이다. 열 번째로, 거대한 세쿼이아 나무의 줄기, 불을 토하는 화산, 장엄한 산꼭대기, 고요한 호수……. 이보다 더 좋은 것이 어디 있겠는가?

각자 입맛에 맞는 메뉴를 찾기란 끝이 없는 일이다. 우선 잔치에 참여하여 인생의 단조로움을 한탄하지 않는 것이 가장 현명한 방법이다.

2. 달관(達觀)에 대하여

대자연은 항상 그 자체가 요양소이다. 특히 과대망상증 환자에게는 특효가 있다. 인간이 자신이 있어야 할 적소(適所)에 있어야 함은 분명한데, 자연과 어우러져 살기만 하면 그곳이 바로 적소이다. 중국에서는 산수화에 사람의 모습을 거의 알아보기 힘들만큼 작게 그리는데, 그 이유도 바로 이 때문이다. 눈 내린 후 산을 바라보는 풍경을 그린 중국의 풍경화에서 사람의 모습을 찾기란 더욱 어렵다. 한쪽 소나무 아래 아주 작게, 그것도 대충 그려져 있다. 가끔씩 자신들이 얼마나 미약한 존재인가를 느껴 보는 것은 인간에게 중요한 일이다.

옛날 어느 여름날, 산마루에 누워 가만히 아래를 보니 한 백 리쯤 떨어진 난징(南京)에서 개미만 한 두 인물이 서로 자신이 애국자라고 싸우는 모습이 보인다. 세상 모든 일이 우습게만 보이는 것이다. 중국에서 등산을 마음속 온갖 번민을 없애주는 정화제로 생각하는 것도 충분히 이해가 간다.

인간은 걸핏하면 자신이 아주 미미한 존재라는 사실을 잊어버린다. 한 백 층쯤 되는 건물을 보면 틀림없이 인간은 자만심을 가지게 된다. 이 자만심을 고치는 방법은 인간이 별 볼일 없어 하는 산과 나란히 세워 보는 일이다. 제아무리 높은 건물이라도 우스워 보이는 산보다 높을 수도, 거대할 수도 없다. 바다는 끝이 없는 듯함이 좋고, 산은 그 웅장함이 좋다.

중국의 황산(黃山, 황산)을 예로 들자면 한 덩어리 화강암으로 된 산봉우리의 높이가 1천 피트가 넘는다. 이 모습은 중국 화가들에게 영감을 일으켜 즐겨 암석을 그리게 만들었는데, 실제로 중국의 화가들 중에는 '황산파'라는 유파가 있기도 하다.

한편 자연의 웅장함을 생각하면 인간의 마음 또한 그만큼 커질 수도 있다. 자연의 풍경을 영화의 한 장면쯤으로 생각하고, 산과 숲을 정원이라 생각하며, 파도 소리는 음악회에서 들리는 노랫소리 정도로 생각한다면 바로 이때가 달관의 경지에 도달한 순간이 되는 것이다. 중국 낭만파 초기의 한 사람인 완적(阮籍, 롼지)의 말처럼 '천지를 집으로 삼고 사는 대인(大人)'이 될 수 있는 것이다.

내가 지금까지 본 것 가운데 가장 장관(壯觀)은 인도양 위에서 본 풍경이었다. 대자연은 100마일쯤의 넓이와 3마일쯤의 높이를 가진 무대 위에서 참으로 장엄하고 웅대한 예술을 연출했다. 무려 30분간이나 커다랗고 요란한 사자가 떼를 지어 저녁의 하늘을 누비고 있었다. 사자들은 갈기를 휘날리며, 용은 등을 꿈틀거리며 서로 엉켜 한바탕 싸움을 치렀다. 곧이어 흰옷을 입은 병사들과 잿빛 옷의 병사들이 장교의 지휘하에 맞붙어서 뭉쳤다, 흩어졌다를 되풀이하는 것이었다. 이때 무대의 조명이 바뀌며, 흰 옷은 오렌지빛의 옷으로, 잿빛은 자주색이 되더니 더욱 조명이 어두워지며 자줏빛 병사가 오렌지빛 병사를 다 삼켜, 마지막 5분간 암흑과 공포가 감돌더니 끝나는 것이었다. 나는 이런 구경을 공짜로 즐길 수 있는 행운을 얻은 것이다.

산에는 또 산 나름의 정적이 있다. 이 정적 또한 과대망상의 좋은 치료약이다. 산과 숲 모두 조용하고 웅장하다. 만상을 품은 듯한 명산의 품에 안기면 엄마 품에 안긴 젖먹이가 되어 버린 느낌을 받는다. 나는 기독교의 안수기도도 믿지 않고, 성황당의 효험도 믿지 않는다. 그러나 자연은 뼈가 부서지고 종기가 난 병을 제외한 인간의 부질없는 욕망이나 이기주의, 과대망상증, 우울증 등 정신적 질환에는 효과가 있다. 특히 여러 형태의 도덕적인 불안 증세에는 뛰어난 효능이 있다.

3. 두 중국 부인

자연을 즐긴다는 것은 일종의 기술이어서 그 사람의 기분과 성격에 좌우되는 경우가 많다. 그래서 그 정확한 내용에 대해 말하기가 어렵다. 모든 자연의 누림은 자연 발생적이고, 예술적 감흥에 의해 이루어져야 하므로 이런 나무는 이렇게 감상하고, 이맘때쯤이면 또 이걸 염두에 두고 하는 식으로 각기 규칙을 세워 자연을 즐긴다는 것은 불가능하다. 조금이라도 분별이 있는 사람이라면 배우지 않아도 다 알 수가 있는 것이다. 부부간의 성애(性愛)를 조사한 보고서에서 어떤 것은 해도 좋고 어떤 것은 안 되고, 어떤 기술은 재미있고, 또 어떤 것은 재미가 없다고 규칙에 의해 규정할 수 없다고 말한 것은 참으로 옳은 말이다. 자연을 즐기는 것도 이와 마찬가지이다.

자연을 가까이하는 가장 좋은 방법은 예술적 기질을 가진 사람의 일생을 연구하는 것일지도 모른다. 대자연을 보고 느끼는 감회, 전에 본 경치에 대한 회상, 어딘가 떠나고 싶다는 생각 등은 모두 생각지도 못했던 순간에 머리에 떠오른다. 바로 이런, 불현듯 생각이 잘 떠오르고, 잘 발휘되는 사람이 예술적인 기질이 있는 사람이다. 정치인들이나 언론인들의 자서전에는 일반적인 회상이 많이 씌어 있지만 문인들의 자서전은 아주 즐거웠던 하룻밤의 추억이나 친구와 함께 지냈던 어느 해 여름 등이 주로 기록되어 있을 것이다. 그런 면에서 키플링[1]이나 체스터턴[2]의 자서전은 영 맘에 들지를 않는다. 온통 사람의 얘기뿐이지, 꽃·새·풀·나무와 같은 자연은 왜 하나도 언급되지 않았을까?

중국의 문인들은 적어도 그렇지 않다. 호수에 배를 띄우고 지낸 즐거웠던 하룻밤의 기억을 친구에게 편지로 알리기도 하고, 자서전에 그날의 전말을 기록하기도 한다. 그 가운데 몇몇은 자신의 결혼생활을 회상하며, 자세히 기록한 사람도 있다.

그런 작품으로는 모벽강(冒辟疆, 마오피챵)의 《영매암억어(影梅庵憶語, 잉메이안이위)》, 심복(沈復, 친푸)의 《부생육기(浮生六記, 푸성루지)》 장탄(蔣坦, 쟝탄)의 《추등쇄억(秋燈瑣憶, 쳐우덩쉬이)》 등이 유명하다. 이중 앞의 것 두 가지는 부인이 죽은 후 쓴 책이고, 마지막 것은 장탄(蔣坦, 쟝탄)이 나이가 들어 부인이 살아 있을 때에 쓴 글이다.

우선 부인인 추부(秋芙, 쳐우푸)를 모델로 쓴 장탄(蔣坦, 쟝탄)의 《추등쇄억(秋燈瑣憶, 쳐우덩쉬이)》의 일부분을 뽑아 소개하고, 다음은 운(芸, 윈)을 주인공으로 한 《부생육기(浮生六記, 푸성루지)》의 한 부분을 소개하기로 하자. 이 두 사람 모두 특별한 교육을 받은 것도 아니요, 뛰어난 시인도 아니었지만 모두 심성이 올바른 여인들이었다. 그러나 그런 것은 문제가 아니다. 중요

---

1. Joseph Rudyard Kipling, 1865~1936년. 영국의 소설가 ·단편작가 ·시인. 대표작으로 《음매 음매, 검은 양 *Baa Baa, Black Sheep*》(1888), 《꺼져버린 불빛 *The Light That Failed*》(1890), 《정글북 *The Jungle Books*》(1894, 1895), 《푸크 언덕의 요정 *Puck of Pook's Hill*》(1906) 등이 있다.
2. Chesterton, Gilbert Keith, 1874~1936년. 영국의 언론인 ·소설가. 대표작으로 《브라운 신부의 천진함 *The Innocence of Father Brown*》(1911)이 있다.

한 것은 불후의 명작을 써야겠다고 다짐하기보다는 흥에 겹고 정취가 있는 순간의 자신의 마음을 순수하게 나타내기 위해 글을 쓰거나, 자연을 즐기는 위한 방편으로 시작(詩作)을 하는 것이 좋다는 것이다.

1) 추부(秋芙, 쳐우푸)

추부(秋芙, 쳐우푸)는 내게 이런 말을 자주했다. "인간의 수명은 백 년이 되지 않습니다. 그나마 그 반은 잠자고 꿈꾸며 지나가고, 나머지의 반은 병과 슬픔으로 지나가고, 나머지의 또 반은 갓난아기와 노인의 시절입니다. 그러니 남는 것은 1~2할밖에 되지 않습니다. 더구나 저처럼 약한 사람은 백 년도 무리일 것입니다."

한가위 달 밝은 밤 추부(秋芙, 쳐우푸)는 여종에게 금(琴)을 안기우고 서호(西湖, 시후)에 배를 띄웠다. 나는 그때 시시(西溪)에서 돌아오던 길이었는데, 집에 와 보니 추부(秋芙, 쳐우푸)가 뱃놀이를 갔다는 것 아닌가. 급히 수박을 서너 덩이 사들고 뒤따라갔다. 우리는 수디(蘇堤)의 두 번째 다리에서 만날 수 있었다. 추부(秋芙, 쳐우푸)는 그때 〈추원곡(秋怨曲, 쳐우위앤취)〉이라는 슬픈 노래를 연주하고 있었다. 나는 겉옷 자락을 걷고 조용히 앉아 귀를 기울였다. 주위의 산은 노을에 잠기고, 별빛과 달빛이 물 위에 비치며 바람 소린 듯, 풍경 소린 듯 풍악이 은은히 울려왔다. 노래가 끝나갈 무렵 우리를 실은 배는 근기원의 남쪽 둑에 도착했다. 아는 여승이 있는지라 백운암을 찾았다. 한참 얘기를 나누는 동안 여승들이 새로 딴 연실로 국을 끓여 내왔다. 그 빛깔과 향기가 비할 수 없이 훌륭한 것으로 내 속을 시원하게 만들어 주었다. 잠시 후 다시 배를 저어 돤쟈챠오(段家橋) 옆에 이르러 대나무 자리를 펴고 앉아 둘이서 대화를 나누었다. 저 멀리 저잣거리의 시끄러움이 파리가 윙윙거리듯 귀찮게 들렸다.

이윽고 별이 하나씩 나오고, 호수는 백색 일색으로 바뀌었다. 성루의 4경을 알리는 소리에 금(琴)을 싣고 다시 배를 저어 집으로 돌아왔다.

추부(秋芙, 쳐우푸)가 심은 파초의 잎이 자라 밭 저편에서 푸른 그늘을 던지고 있다. 베개에 기대앉아 가을비 소리를 듣자니 문득 가슴이 서늘해지는 기분이 든다. 나는 어느 날, 파초 잎에 장난삼아 세 줄의 시를 썼다.

누가 이리 많이 파초를 심었나?
아침에도 소슬하고
저녁에도 소슬하구나.

다음 날 그 잎의 뒷면에 이런 세 줄의 시가 적혀 있는 것을 보았다.

쓸쓸하고 울적한 님이시여,
파초를 심은 마음
파초를 원망할까요.

여자의 글씨인 것으로 보아 추부(秋芙, 쳐우푸)의 장난임이 분명했다. 그렇지만 나는 그 속에서 무엇인가를 알 수 있었다.

어느 날 밤, 창 밖에서는 비바람 소리가 들리고 누운 자리에는 선기가 감돌고 있었다. 추부(秋芙, 쳐우푸)는 잠옷으로 갈아입으려던 참이었고, 나는 그리다만 〈백화도첩(百花圖帖, 바이화투티에)〉을 그리려 하고 있었다. 그때 시든 낙엽이 창을 통해 방 안에 내려앉는 소리가 들렸다. 추부(秋芙, 쳐우푸)는 이를 보고 시를 읊었다.

어제는 오늘보다 좋은 날이었구나.

올해는 작년보다 늙어가는 이내 몸.

나는 그를 달래며 말했다. "누구나 다 백 살까지 살지는 못하잖아? 우리가 이런 낙엽 때문에 울 겨를이 없지 않을까?" 그리고 나는 한숨을 쉬며 붓을 한옆으로 밀어 놓았다. 밤이 깊어 가자 추부(秋芙, 쳐우푸)는 무언가 마시고 싶어 했다. 살펴보니 아궁이의 불은 꺼진 지 오래고, 여종들도 잠든 지 오래다. 그래서 나는 방에 있던 작은 등잔을 가지고 연실을 한 잔 끓여 주었다. 추부(秋芙, 쳐우푸)는 지난 10년 동안 내내 가슴앓이를 해왔다. 늦은 가을에는 베개를 높이 하지 않으면 잠이 깊이 들지 못할 정도였다. 그래도 올해는 많이 좋아져서 밤늦도록 이야기도 나누곤 한다.

눈이 날리는 바탕에 매화가 피어 있는 옷을 추부(秋芙, 쳐우푸)에게 만들어 주었다. 조금 떨어져 그 옷을 입은 추부(秋芙, 쳐우푸)를 보니 인간 세계에 홀로 내려온 매화선자(梅花仙子) 같아 보인다. 어느 늦은 봄 추부(秋芙, 쳐우푸)가 그 옷을 입고 녹색 소매를 펄럭이는 걸 보고 나비는 계절을 잊은 듯 그 주위를 춤을 추며 날아다니는 것이었다.

작년엔 제비가 예년보다 늦게 돌아왔다. 이미 복숭아꽃이 만발하기 시작한 때였다. 어느 날 제비집에서 진흙이 떨어지기에 보았더니 진흙이 아니라 제비새끼였다.

추부(秋芙, 쳐우푸)는 고양이한테라도 잡아먹힐까 봐 제비집에 넣어 주고 대나무 장대로 제비집을 받쳐 주었다. 올해도 작년과 똑같은 제비 떼가 집 주위를 날고 있다. 제비들도 작년에 그를 구해 준 사람을 기억하고 있을까? 추부(秋芙, 쳐우푸)는 장기를 좋아하나 썩 잘 두지는 못한다. 밤마다 장기로 내기를 하자고 해서 새벽까지 계속되는 수도 있다. 나는 장난으로 "하면 내가 언제나 이기는데 오늘밤엔 내게 무얼 줄 거지?" 하고 말했다. 그랬더니 추부(秋芙, 쳐우푸)가 "제가 이길지 어찌 알아요. 이 옥으로 만든 노리개를 걸겠어요." 한다. 한 20수쯤 지나니 도저히 추부(秋芙, 쳐우푸)가 이길 전망이 보이지 않는다. 그러자 추부(秋芙, 쳐우푸)는 옛날 양귀비가 당현종에게 했듯 고양이 새끼를 장기판 위에 집어 던졌다. "양귀비 흉내를 내는 거야?" 내가 물었지만 추부(秋芙, 쳐우푸)는 아무 대답도 없다. 그저 은촛대의 불빛이 추부(秋芙, 쳐우푸)의 불그레한 빰을 비추고 있을 뿐이었다. 이후 우리는 다시 내기 장기를 두지 않았다.

동구 밖 샘가에 바위 위로 가지를 뻗은 차나무가 몇 그루 있다. 꽃필 무렵에는 노랑꽃이 계단을 온통 덮고, 향기가 퍼져 마치 선경에 온 듯한 느낌이다. 나는 그 나무 밑에서 차를 자주 끓였다. 꽃이 너무 좋기에 추부(秋芙, 쳐우푸)는 꽃을 꺾어 머리에 꽂았다. 어떤 때에는 나뭇가지가 추부(秋芙, 쳐우푸)의 곱게 빗은 머리를 헝클 때도 있었다. 나는 샘물로 그녀의 머리를 가지런히 빗겨 주었다. 돌아올 때에는 꽃을 몇 가지 꺾어 마차에 꽂아 온 마을 사람들에게 신선한 가을의 향기를 선사하며 달렸다.

《부생육기(浮生六記, 푸성루지)》를 보면 어느 이름 없는 화가와 아내 운(芸, 윈)이라 하는 여인의 결혼생활에 대한 회상이 있다. 둘 모두 소박한 예술가의 기질을 가진 사람들로 그들은 찾아오는 행복을 놓치지 않는 사람들이다. 이들의 대화는 소박하고 꾸밈이 없다. 내 생각에는 왠지 이 운(芸, 윈)이라는 여인이 중국 문학에 등장하는 모든 여인 중 가장 아름다운 여인이라고 여겨진다. 두 사람의 살림은 비참한 정도였으나, 그들의 생활은 언제나 명랑함이 가득했다. 자연을 즐긴다는 것이 이 두 사람에게 얼마나 중요한 경험이었는지를 알아보는 것은 재미있는 일이다. 지금부터 이야기하고자 하는 3장은 명절인 7월 칠석과 7월 보름을 보낸 이야기와 쑤저우(蘇州)에서 지낸 한여름의 기록이다.

2) 운(芸, 윈)

그해(1780년) 칠석날 밤에 사당에서 직녀성에 참배하려고 운(芸, 윈)은 향과 양초와 수박을 준비했다. 나는 이 세상을 언제까지나 부부로 살길 바란다는 도장을 두 개 새겼다. 이 도장은 우리 둘이 주고받는 편지에 쓰기 위한 것으로, 나는 붉은 것, 운(芸, 윈)은 흰 것을 가졌다. 그날 밤 달은 빛나고 저 아래 개울의 물결은 비단처럼 반짝이고 있었다. 우리는 가벼운 비단옷을 걸치고 손에는 부채를 들고 강이 내려다보이는 창가에 나란히 걸터앉았다. 운(芸, 윈)이 이렇게 말했다. "저 달은 세상 어디에서나 똑같겠죠? 우리처럼 진정으로 사랑하며 저 달을 보는 사람이 또 있을까요?" 나는 이렇게 대답했다. "물론 저녁에 바람을 쐬며 달을 보는 사람도 많을 테고, 집 깊숙이 들어앉아서 구름을 바라보며 시흥에 잠겨 있을 부인도 많겠지. 하지만 우리처럼 부부가 함께 달을 보고 있으면서 구름 이야기를 할 사람이 있을까?" 이윽고 촛불이 꺼지고 달도 졌기에 우린 과일을 들고 집으로 돌아왔다.

7월 보름은 귀절(鬼節)이라 한다. 운(芸, 윈)은 간단히 음식을 장만해서 달을 벗삼아 둘이서 한잔할 생각이었는데, 밤이 되니 갑자기 검은 구름이 달을 덮고 말았다. 운(芸, 윈)은 눈썹을 찌푸리며 안타깝다는 듯 "우리 둘을 백발이 될 때까지 부부로 함께 살게 하실 생각이시라면 하늘은 틀림없이 다시 달을 보여 주실 거예요."라고 말했다. 나도 역시 낙심하고 있었다. 그때 강 저편을 보니 수많은 촛불처럼 반딧불이 반짝거리며 버드나무 사이를 날아다니고 있었다.

이때부터 우리는 글 이어짓기 놀이를 시작했다. 서로 두 줄씩 글을 지어서 앞 사람의 글을 이어가는 놀이인데, 길어질수록 영 글이 우습고 엉뚱한 내용이 되었다. 이쯤 되면 운(芸, 윈)은 내 가슴에 얼굴에 눈물까지 흘릴 정도로 즐거워하며 안기는데, 운(芸, 윈)의 머리에 꽂은 재스민의 향기가 코를 찌른다. 이때 나는 운(芸, 윈)의 어깨를 두드리며 이렇게 농담을 건넨다. "난 재스민이 그저 머리 장식용인 줄 알았는데, 향기가 여자의 머리 냄새와 분 냄새에 섞이니 이렇게 좋구나. 포서우간[佛手柑]은 상대도 안 되겠는 걸?" 그러자 운(芸, 윈)이 생긋 웃음을 머금고 이렇게 말했다. "포서우간은 향 중에서도 군자입니다. 향기가 코에 맡아질까 말까 할 정도예요. 하지만 재스민은 아첨쟁이 소인배와 같아요." 내가 다시 이렇게 물었다. "그럼 왜 당신은 재스민 꽃을 꽂고 있지?" 운(芸, 윈)은 대답했다. "저는 군자가 소인을 사랑하는 것이 좋아요."

이런 말을 주고받다 보니 깊은 밤이 되었다. 하늘에는 이미 구름이 달을 벗어나 있어 우리의 마음은 한없이 기뻤다. 그래서 창가에서 술을 마시고 있는데 석 잔도 다 마시기 전에 무언가 다리 밑으로 떨어지는 것 같은 소리가 들렸다. 무얼까 하고 창문을 내다보아도 물가에서 퍼덕이는 오리 소리 말고는 아무것도 들리지 않았다. 정자 옆에서 빠져 죽은 물귀신이 있다는 얘긴 알고 있었지만 운(芸, 윈)이 겁쟁이라 아무 말도 않고 있었는데, 운(芸, 윈)이 한숨을 쉬며 "도대체 무슨 소리일까요?" 하며 온몸을 떤다. 나 역시 떨리기에 창문을 닫고 술병도 방 안으로 들여놓았다. 등잔불도 작아지며 휘장이 어둠 속에서 흔들리고 있었다. 불을 끄고 자리에 누웠지만 운(芸, 윈)의 몸에선 열이 펄펄 끓고 있었다. 우리 둘은 그 뒤 20일을 함께 앓았다. 행운의 잔이 넘치면 재앙이 온다는 옛말이 맞다. 그리고 이 일은 우리가 함께 늙도록 부부로 살 수 없다는 징조이기도 했다.

이 책은 자연에 대한 넘칠 듯한 사랑을 보여 주며 매력적인 미문으로 되어 있지만, 다음에 인용하는 장 역시 그런 느낌을 갖게 하기에 충분한 글이다.

창미샹[倉米巷]으로 이사를 와서 우리 둘만의 안방을 빈샹거[賓香閣]라 이름 지었다. 이는 운(芸, 원)의 이름과 아내를 항상 손님처럼 공경하리라 생각하고 지은 이름이었다. 그러나 그 집은 담이 높고 뜰이 좁아 마음에 드는 곳은 아니었다. 집 뒤에는 서재로 들어가는 다른 채가 있었고, 그 창문으로 이미 황폐해진 육 씨댁 정원이 보였다. 암만해도 운은 저번 창랑팅[滄浪亭] 시절의 아름다운 경치를 못 잊는 듯했다.

그 무렵 다리의 동쪽이자 항구의 북쪽에는 농사를 짓는 노파가 살고 있었다. 오두막 둘레에는 채소밭이 있고, 버들가지로 엮은 사립문이 달려 있었다. 문 밖은 300평은 됨직한 연못이 있었고, 연못의 둘레는 나무로 사방이 뒤덮인 황무지가 있었다. ……오두막의 서쪽에는 깨진 기와와 벽돌을 쌓아 놓은 돌산이 있어 그 위에 올라가면 사방이 다 잘 보였다. 그 주위는 온통 들풀로 싸인 들판이었다. 언젠가 채소를 팔러 왔던 할머니에게서 그 오두막 얘기를 들은 이후 운(芸, 원)은 계속 그곳을 생각하고 있는 듯했다.

다음날 내가 그곳을 찾아가 보았더니 그 오두막집은 두 칸짜리였는데, 이를 4등분해서 쓰고 있었다. 미닫이 창이며, 그 대나무 침상이며 살기에 좋은 집으로 보였다. 우리가 그곳에서 여름을 보내기로 하자 유일한 이웃인 노파 부부는 연못에서 잡은 물고기와 채소를 가지고 찾아오곤 했다. 돈을 주려 했지만 막무가내로 받으려 하지 않자 운(芸, 원)은 그 부부에게 신발을 한 켤레씩 만들어 주었다. 그들도 그것은 어쩔 수 없이 받았다. 그때가 7월이었는데 한여름의 산들바람이 연못을 스치고, 매미는 종일 시끄럽게 울어대고 있었다. 이웃의 노인이 낚시를 만들어 주어 우리는 나무 그늘에 앉아 함께 낚시를 즐기곤 했다. 해질녘이면 돌산에 올라 노을을 보기도 하고, 흥이 겨울 땐 시를 짓기도 했다. 이런 시를 지은 적도 있었다.

짐승 같은 구름은 지는 해를 삼키고,
활 같은 달은 흐르는 별도 쏘는구나.
〔獸雲呑落日 弓月彈流星〕

잠시 후 달그림자가 연못 위에 어리고, 벌레가 사방에서 울기 시작했다. 우리는 대나무 침대를 밖으로 끌어내 앉기도 하고, 눕기도 하였다. 이때 노파가 술상이 다 차려졌음을 알려오니 달빛을 받으며 간단히 잔치를 여는 것이다. 목욕을 하고, 여름 신발을 끌며 부채를 가지고 침대에 앉거나 누워 노인들이 들려주는 옛날이야기를 듣기도 했다. 밤이 늦어 집안에 들어가면 온몸에 선기가 돌아 도회지에서 살던 일을 잊을 정도였다.

하루는 정원사를 불러 울타리 밑에 국화를 심게 했다. 9월이 되어 꽃이 필 때쯤 운(芸, 원)과 함께 다시 열흘을 그곳에서 지냈는데, 어머니께서도 그곳을 찾아오셨다. 국화를 축하하는 잔치가 벌어져 모두 국화 그늘에서 게를 먹으며 하루를 보냈다. 운(芸, 원)도 역시 이곳에서 사는 것이 아주 마음에 든다고 좋아했다. "나중에 꼭 이곳에 우리 집을 지어요. 땅을 조금 사서 채소도 심고, 수박도 심구요. 당신은 그림을 그리고, 나는 수를 놓아 살면 술을 마시고 맛있는 음식을 먹으며 시를 지을 수 있는 돈이야 나오겠지요. 이렇게 소박한 옷을 입고, 검소하게 살아간다면 다른 곳을 찾지 않아도 행복하지 않을까요?" 나도 이 말에 진정으로 찬성을 했다. 그러나 집 지을 땅은 여전히 그대로 있는데, 내 마음을 알아 같이 집을 지을 사람은 이미 고인이 되었다. 이것이 바로 인생이란 말인가?

4. 바위와 나무에 대하여

요즘 사람들은 도대체 무얼 하려고 그러는지 알 수가 없다. 사각형으로 반듯반듯하게 집을 죽 지어놓고는 나무도 심지 않고 길을 낸다. 직선이 아닌 길이 없고, 예스러운 집은 이미 눈을 씻고 찾아도 찾을 수가 없다. 도시 한복판에 뜰이 있는 집이라면 만화 속에서나 나올 정도이다.

우리들은 생활에서 아주 성공적으로 자연을 몰아냈다. 지붕도 없는 집에 살고, 집이란 오로지 쓰임새 이외의 것은 전혀 고려되지도 않는다. 쉽게 말해서 나무 조각 쌓기 장난처럼 집을 짓고 산다. 쉽게 싫증을 내는 아이가 집짓기 놀이하듯 완성하지 않고 내버려 둔 것 같은 모습이다. 나무마저도 개화되어선지 가로수라도 심을라치면 먼저 번호표를 달아야 하고, 가지도 다 쳐버리고, 소독약을 뿌려대며 사람이 원하는 모습으로 나무를 만들려고 한다.

원형이나 별 모양으로 꽃을 심기도 하는데, 조금이라도 줄이 틀리면 꼭 행진하는 사관생도들의 맞지 않는 발을 본 듯이 당황해하며 가위를 댄다. 프랑스의 베르사유 궁전에는 원뿔 모양으로 다듬어진 나무들이 일정한 도형을 이루며 때로는 원형으로, 아니면 직선으로 가지런히 심어져 있다. 인간이 그토록 원하는 영광이나 권력이 다 이런 것인가? 유니폼을 입은 병사들처럼 나무를 다루는 인간의 능력이 결국 이런 것인가? 그 나무 중 어느 하나라도 모양이 일그러지면 균형이 깨어진 것으로 생각하고 인간의 권위가 무시되었다고 간주해서 그대로 그 나무를 손질하는 것이다.

그래서 요즘에는 집안에 자연을 들이자는 움직임이 일고 있다. 하지만 아파트에서 사는 주제에 무슨 예술적 재주가 있다고 어찌해 볼 수가 있겠는가? 다 잘못되고 있다. 높은 빌딩과 환히 불이 켜진 창문 정도나 구경할 수 있을까? 이런 광경을 보면 인간은 자신들이 얼마나 하잘 것 없는 존재인가를 잊어버리고 문명의 힘을 더욱 맹신하게 된다. 그러니 이런 문제는 도저히 해결이 불가능한 것으로 생각해서 포기해 버리는 수밖에 없다.

우선 우리는 땅을 되찾아야 한다. 이유가 어쨌든 인간으로부터 땅을 빼앗아가는 문명은 잘못된 문명이다. 만약 앞으로 다가올 새로운 문명사회에서 한 사람당 1에이커 땅을 가져야 한다고 가정한다면 그 사회에서는 무엇이든 할 수 있게 된다. 나무도 내 것이요, 돌도 내 것이다. 땅을 고르는 데에는 잘 자란 나무가 있느냐가 가장 중요한 요소일 것이다. 나무가 없는 땅이라면 대나무나 버드나무처럼 빨리 자라는 나무를 심을 것이고, 나무가 자라면 저절로 새가 모여들 테니 새를 새장에 가둬 둘 필요가 없다. 또 개구리나 도마뱀, 거미도 살 수 있게 될 것이다. 그러면 아이들은 표본상자 속의 자연이 아닌 자연 그 자체를 배울 수 있다. 적어도 새끼가 알을 깨고 나오는 모습을 관찰할 수 있게 될 것이다. 미국의 건전한 중류 가정의 아이들이 통상적으로 알고 있는 성에 대한 무지한 생각이 사라질 것이다. 이것들을 관찰하다가 진흙강아지가 되는 기분은 또한 어떤가?

바위에 대해 가지는 중국 사람의 감정에 대한 앞의 이야기는 기초적인 암시에 불과하기 때문에 일반적인 중국 사람의 선호로 보기에는 불충분하다. 중국에서 바위는 웅대함과 강건함, 영생불멸의 상징이다. 또한 바위에는 속세를 떠난 은거 기인의 탈속한 멋이 있고, 다 나름대로 세월이 곁들여 있다. 중국 사람은 오래된 것을 좋아하는 기질이 있다. 특히 예술적으로 보면 바위는 사람에게 '위(危)' 한 느낌을 준다. 정확히 번역하기 어렵지만 '위'는 '험(險)'과 통하는 매력적인 자태를 보인다.

이런 수백 척씩 되는 바위를 보려고 매일 산에 갈 수는 없다 보니 집안에 바위를 갖다 놓을 필요가 생긴다. 서양 사람들의 사고방식으론 이해가 어렵겠지만 험산준령을 본뜬 바위를 집안에 재현하는 중국의 습관은 역시 '위(危)'를 집에서 즐기려는 생각에서 비롯된 것이다. 이걸 이해 못한다 해서 서양 사람들을 탓할 수는 없다. 서양에서 행해지고 있는 돌의 세공이나 인공 석굴의 조성 등은 모두 자연의 멋과 맛을 살리고 있지 못하다. 그저 돌을 시멘트와 섞어놓은 시멘트 덩어리에 불과하기 때문이다. 예술적으로 축산을 하려면 그림의 구성과 대조가 되어야 한다. 송대의 화가 미불(米芾, 미페이)의 벼루에 관한 글이나, 역시 송대의 문인인 두관(杜綰, 두완)이 《운림석보(雲林石譜, 윈린스푸)》라는 책을 통해 축산에 쓰이는 전국 각지의 돌 수백 종에 대해 그 성질과 용도에 대해 설명한 걸 보면 그 당시에도 이미 조산술(造山術)이 발달되었음을 알 수 있다.

큰 봉우리나 바위의 감상과 더불어 다른 입장에서 정원석을 감상하는 방법이 발견되었고, 이에는 바위의 색, 촉감, 겉모양 무늬, 심지어 두들겼을 때의 소리까지도 중요한 결정 요인이 되었다. 벼루와 도장의 재료를 최상급으로 구하려는 그 당시 도락이 이런 풍조를 더욱 성행하게 했다. 벼루와 낙관용 도장은 당시 중국 문인의 일상생활과 밀접한 관계에 있었는데 우아함·촉감·밝기·색의 농담(濃淡)에 주력하여 선택을 했다.

집이나 정원에 쓰이는 석재의 효용을 완전하게 이해하려면 중국의 서도까지 살펴보아야 한다. 서도는 추상적인 리듬과 공간의 구성 그리고 선이 그 생명이다. 좋은 돌은 초연하고 웅장함을 보여 주어야 하지만 가장 중요한 것은 선(線)이 아름다워야 하기 때문이다. 선이라 해서 직선처럼 인위적이고 각이 진 선을 의미하는 것이 아니라 자연 그대로의 기묘한 선을 말한다.

노자(老子, 라오즈)는 그의 《도덕경(道德經, 다오더징)》에서 아무것도 새기지 않은 바위라는 말을 항상 강조하고 있다. 최상의 예술품은 인공의 흔적이 없이 자연스러워야 하고, 바위에 망치나 끌을 댄 흔적이 없듯 그대로의 모습이어야 한다. 불규칙적이고, 박자와 움직임과 그 표정을 암시하는 선의 아름다움, 바로 여기에 감상의 초점이 있다. 중국의 부자들이 울퉁불퉁한 나무뿌리로 만든 책상을 쓰는 이유도 이것이다. 그래서 중국 정원석은 대부분 자연 그대로의 모습이다. 이중에는 높이가 15피트나 되는 위엄 있는 것도 있고, 구멍이 여러 개 있는 작고 보잘 것 없는 것도 있다. 어떤 문인은 돌에 난 구멍이 너무 똑바른 경우 잔돌을 집어넣어 일부러 구멍 크기를 조절한다고 말한다. 상하이[上海]나 쑤저우[蘇州] 지방에선 대개 태호(太湖)에서 난 돌을 쓴다. 이 돌에는 오래된 물결의 흔적이 남아 있는데 대개 호수 밑바닥에서 돌을 파낸다. 그 돌의 선이 마음에 들지 않으면 정으로 다듬어서 다시 호수 바닥에 던져두었다가 1~2년쯤 지난 후 물결이 정의 자국을 지워 버리면 꺼내서 쓴다.

나무에 대해 느끼는 감정은 바위에 대한 것보다는 훨씬 보편타당하다. 근처에 나무가 없는 집은 벌거벗은 사람 같다. 나무는 자라지만 집은 그대로이니 자라는 나무가 그대로인 집보다 아름다울 것은 당연한 이치이다.

편리함을 위해서 벽은 수직으로 세우고, 방과 마루는 수평으로 놓지만 각기 다른 곳에 있는 마루의 높이를 꼭 같이 맞추란 법은 없다. 그런데 왠지 직선과 정사각형으로 놓아지는 경향이 있다. 이런 단조로운 직선과 사각형을 커버하는 게 바로 나무이다. 또 집에다 우리가 녹색 칠을 하지는 않지만 자연은 나무를 녹색으로 칠하고 있다.

인공적인 것에 대한 최고의 지혜는 그 인위적인 것을 감추는 데 있는데 어쩐 일인지 우리는 자꾸 그 인위적인 것을 남들에게 과시하려고만 한다. 이런 면에서 나는 청대의 대석학인 '완원(阮元, 롼위앤)'에 대해 깊은 감사를 드린다. 그는 서호(西湖, 시후)를 관장하는 현감으로 있을 때 서호(西湖, 시후)에 작은 섬을 하나 만들었다. 그러고는 이 섬에 정자건, 비석이건 사람이 만든 것은 아무것도 세우지 못하게 했다.

오늘날 완공돈(阮公墩, 롼궁둔)이라 불리는 그 섬은 호심에 위치하고 있는데 지름이 약 백 야드쯤 되며 수면보다 겨우 한 자 정도밖에 솟아 있지 않다. 주위에는 온통 버드나무가 자라서 안개가 낀 날 호숫가에서 이 섬을 바라보면 물에서 솟아올라 호수의 단조로움을 깨뜨리고 있는 듯하다. 자연과 완벽한 조화를 이루고 있는 것이다. 그런데 그 옆에 미국 유학을 갔다 온 유학생이 귀국 기념으로 등대 모양의 비석을 세워 놓은 것이 있다. 그 비를 볼 때마다 화가 치밀어 나는 이렇게 다짐한 바가 있다. 만약 내가 산적 두목이 되어 서호(西湖, 시후)를 점령한다면 가장 먼저 대포로 그 비를 부셔 버리는 일부터 할 것이라고.

많은 종류의 나무 중 화가나 시인의 예술적 감흥을 자극하는 선을 가지고 있는 나무가 있다 한다. 나무라면 모두 아름답지만 그 중 특히 힘이나 품위를 갖춘 나무가 있다는 말이다. 평범한 감람나무는 소나무의 기품이 없고, 버드나무는 우아하긴 하나 장엄하고 신비한 맛이 적다. 그러다 보니 소수의 나무들만이 시인묵객의 환영을 받는데, 그 가운데 대표적인 것이 소나무와 매화·대나무·버드나무 들이다. 소나무는 기품으로, 매화는 낭만적인 품위로, 대나무는 선이 맑고 포근함으로, 버드나무는 예쁜 여인을 연상하게 하기 때문에 사랑을 받는다.

이 가운데 소나무(松, 송)에서 받는 감흥은 가장 뛰어나 시적인 면을 제일 많이 불러일으킨다. 소나무는 다른 나무에는 없는 높고 단정한 품위가 있고, 때때로 웅장함을 자랑하는 것도 있다. 중국의 예술가들은 노송의 아름다움을 특히 예찬한다. 버드나무에서 소나무의 기품을 찾는 일은 통속적인 연애시인에게서 호머의 웅대한 시를 찾는 것과 마찬가지이다. 여러 가지 세상의 아름다움 가운데 소나무는 고색창연하고 푸른 아름다움을 갖고 있어 여러 나무 중에서도 존경을 받는 것이다. 소나무는 마치 헐렁한 겉옷을 걸치고 지팡이를 짚고 서 있는 은거 기인의 모습과 같다.

이립옹(李笠翁, 리리웡)이 복숭아나무로 둘러싸인 과수원에 앉아 있어도 푸른 소나무가 없다면 절세가인들 속에 앉아 있더라도 존경할 노선비가 없음과 같다고 한 이야기는 절대로 지나친 말이 아니다. 중국에서 노송이 더 대접을 받는 이유도 이 때문이다. 늙으면 늙을수록 더 운치가 있고 품위를 가지기 때문이다.

소나무와 함께 같은 흥취를 자아내는 나무에 실삼나무가 있다. 학명이 Selaginela Involvens라는 이 나무는 가지가 구부러져 고리 모양이며, 멋들어지게 늘어져 있다. 하늘을 향해 곧게 뻗어 있는 가지는 청춘의 상징인 듯하고, 아래로 늘어진 가지는 청년을 다독거리는 할아버지의 모습 같다.

소나무를 즐기는 데엔 항상 바위와 그 밑을 거닐고 있는 사람이 따라다닌다. 중국의 그림을 보면 항상 그렇다. 소나무 밑에 서면 사람은 장중하고 성숙함을 느끼는 동시에 그 고고함에 어떤 만족감까지 얻는다. 노자(老子, 라오즈)의 '자연은 말이 없다.'는 말처럼 노송은 말없이 여유 있게 서서 이런 생각을 할 것이다. '이 밑에 늘 오던 아이가 어른이 되었다가 지금은 백발이 되었겠지.' 온갖 풍상을 다 겪고 묵묵히 서 있는 소나무를 보면 신비함과 엄숙함이 느껴진다.

매화(梅, 메이)는 가지의 선이 낭만적일 뿐 아니라 맑고 고상한 향기 때문에 더욱 사랑을 받는다. 중국에서 소나무와 대·매화를 겨울과 조화시켜 '세한 3우(歲寒三友, 쉐이한산여우)' 라고 부르는 것은 흥미로운 일이다. 소나무와 대는 상록수인데, 매화는 늦은 겨울이나 초봄에 피는 꽃이기 때문이다. 매화는 한겨울에 보는 맑고 고고함의 상징이다. 마치 속세를 떠난 사람처럼 날이 차면 찰수록 그 기품이 더해진다. 송대의 은거 시인인 임화정(林和靖, 린허징)은 '매화는 내 아내요, 학(鶴, 허)은 아들' 이라고 했다. 서호(西湖, 시후)의 한가운데에 있는 그의 무덤의 아래에는 그의 아들인 학의 무덤이 있어 후대 많은 문인들의 순례지가 되고 있다. 그가 남긴 다음 7언 절구에는 매화의 향기와 모습이 잘 묘사되어 있다.

'안샹푸둥웨황훈[暗香浮動月黃昏]'

이 일곱 자 속에 매화의 아름다움의 정수가 있으니 어느 한 자 뺄 수가 없다고 모든 문인들은 입을 모은다.

대(竹, 주)는 줄기와 잎의 우아함으로 사랑을 받고 있다. 특히 학자에게 더욱 사랑을 받는다. 대나무의 아름다움은 따스하고 조용한 기쁨이며, 다정하게 웃음 짓는 모습이다. 몸체가 가냘프고 드문드문 가지가 돋은 모습이 대나무를 즐기는 최고의 즐거움이다. 그래서 실제건 그림에서건 대나무는 두세 그루로도 사랑을 받는다. 매화가 몇 가지만으로도 그림이 되듯 대나무도 두세 그루만 있으면 그림이 된다. 대나무는 거친 바위와 묘한 조화를 이루어 그림에는 바위가 함께 그려진 것이 많다.

버드나무[柳, 려우]는 아무 곳에서나 잘 자란다. 특히 개천가에서 잘 자란다. 이것은 여자의 나무로 '장조(張潮, 장차오)' 같은 사람은 버드나무를 사람의 마음을 가장 절실하게 울리는 네 가지 가운데 하나라고 말하기도 했다. 여자의 허리를 '세류요(細柳腰, 시려우야오)' 라 하며, 춤추는 여자는 긴 옷을 펄럭이며 버드나무의 움직임을 닮아 보려고 애를 쓴다. 버드나무는 아무 데에서나 잘 자라는 특징 때문에 중국 전역에 걸쳐 자라고 있는데, 버드나무에 바람이 지나갈 때의 모습을 '유랑(柳浪, 려우랑)' 이라고 한다. 실제로도 꾀꼬리가 이 가지에 잘 앉았으니 꾀꼬리와 버드나무는 그림에서도 아주 단짝이다. 매미도 흔하게 등장하기도 한다. 서호십경(西湖十景, 시후스징) 중 '버드나무의 흔들림을 보며 꾀꼬리 소리를 듣는다.[柳浪聞鶯]' 는 것이 바로 이 모습이다.

이외에도 환영을 받는 나무도 많다. 예를 들어 오동(梧桐, 우퉁)나무는 껍데기가 매끈하고 쉽게 파여 시인들이 작은 칼로 시를 새기기 쉽다 해서 사랑을 받기도 하고, 바위나 고목에 붙어 구불구불 자라는 덩굴도 사랑을 받기도 한다. 쑤저우[蘇州] 근교의 태호에는 각기 이름을 가진 실삼나무가 네 그루 있다. '청(淸, 칭)' 이라는 나무는 줄기가 길고 곧게 솟았으며 잎은 맨 위에 우산처럼 퍼져 있고, '희(稀, 시)' 는 땅 위로 지그재그로 갈지(之) 자 모양을 만들고 있고, '고(古, 구)' 는 잎이 별로 없고 뭉툭하며 절반은 말라서 손가락같이 되어 있으며, 마지막 '기(奇, 치)' 는 계속 나사모양으로 올라가고 있다.

나무를 즐기는데 중요한 점은 나무만을 즐기는 것이 아니라 바위·구름·새·인간 등의 다른 자연물과 관계를 맺는 데에 있다. '장조(張潮, 장차오)' 는 다음과 같이 말했다. "꽃은 나비를 모으기 위해 심고, 바위는 구름을 부르려고 쌓으며, 소나무는 바람을 부르려 심고, 파초는 비를 기다리기 위

해 심으며, 버드나무는 매미를 기다려 심는다." 사람은 나무와 함께 새 소
리를 즐기고 바위와 함께 귀뚜라미 소리를 즐긴다. 중국에서는 소리가 낭
만적인 개구리·매미·귀뚜라미를 개나 고양이보다 더 사랑한다. 모든 가
축이나 가금(家禽) 중에서 학만이 소나무나 매화와 같은 대접을 받는 것이
학은 은둔의 상징이기 때문이다. 한적한 연못가에 하얀 몸을 하고 평화스
럽게 노니는 모습을 보며 중국 사람은 학이 되고 싶다고 생각한다.

  이런 동물이 편안해야 사람도 행복해진다고 믿은 시인의 자연과의 융화
는 정판교(鄭板橋, 정반챠오, 1693~1765)가 그의 동생에게 새를 새장에 넣어
기르지 말라고 한 편지에 잘 나타나 있다.

  새를 새장에 넣어 기르지 말라고 한 내 말은 내가 새를 좋아하지 않는
다는 얘기가 절대 아니다. 새를 사랑하는 방법이 있기 때문이다. 새를 기
르려면 먼저 집 주위에 수백 그루의 나무를 심어 새가 집안의 나무그늘
사이로 잘 보이도록 해야 함이 최선이다. 그러면 새벽에 잠이 깨어 그냥
누워 있어도 새들이 지저귀는 천사의 소리를 즐길 수가 있다. 자리에서
일어나 세수를 하고 밥을 먹고 차를 마실 때에도 새가 날아다니는 모습
을 볼 수 있다. 새를 새장 안에 넣고 보는 것과는 비교도 안 되는 즐거움
이다. 생활에 있어 즐거움이란 우주를 공원으로 생각하고 호수를 연못
쯤으로 생각하는 데에서 생겨난다. 그러니 모든 생물은 다 자연스럽게
살아가도록 해야 한다. 그것을 보고 즐기는 기쁨은 또 얼마나 큰가? 새
를 새장에 넣고 즐기고, 고기를 어항에 넣고 즐기는 기쁨과는 비교도 안
될 것이다.

5. 꽃에 대하여

꽃을 보고 즐기는 데에도 나무의 경우처럼 미리 등급을 정한 다음 그 꽃이 가지고 있는 분위기를 논하는 것으로 시작해야 될 것 같다. 가장 먼저 고려할 점은 꽃의 향기이다. 향기에는 재스민처럼 강렬하고 분명한 것, 라일락처럼 미묘한 것, 난초처럼 은은하고 품위가 있는 것 등 여러 가지가 있다. 한 가지 분명한 것은 향기가 은은하고 연할수록 귀품이라 할 수 있다.

그 다음으로 꽃의 색과 모습을 들 수 있다. 이것 또한 여러 가지이다. 무르익은 여인과 같은 꽃도 있고, 아주 청초하고 정숙한 숙녀 같은 꽃도 있으며, 건강미가 넘치는 꽃도 있다. 개중에는 자신의 매력으로 세상을 홀리려는 듯한 꽃도 있고, 혹은 자기도취에 빠져 비몽사몽 헤매는 듯한 꽃도 있다.

꽃을 보면 먼저 꽃이 피는 환경과 날짜를 생각해야 한다. 장미는 맑게 갠 봄날 같고, 연꽃은 새벽이슬이 내려 서늘한 여름을 연상하게 하고, 국화는 늦가을에 먹는 게의 맛을, 매화는 하얀 눈을 떠오르게 한다. 물론 어떤 꽃이든 자기에게 적합한 환경을 찾아야 그 가치가 돋보이게 되지만 꽃을 보는 사람의 입장에서는 그 꽃으로 인해 느낄 수 있는 계절의 특이한 정경을 연상함이 무엇보다 용이하다.

난(蘭, 란)과 국화와 연꽃은 소나무나 대처럼 고상한 품격이 있어 보인다. 따라서 문학에서는 군자로 상징된다. 난초는 특히 이국적인 아름다움 때문에 평가를 받고 있고, 매화는 앞 장에서도 간단히 설명했지만 새해를 맞아 가장 먼저 피어서 제1화(第一花)라 불리기도 한다. 이와 달리 당나라에서는 모란(牡丹)을 꽃 중의 왕으로 인정하는 등 다소 이론(異論)이 있기는 하지만, 일반적으로 모란은 그 흐드러짐으로 인해 부와 행복의 상징으로 받아들여지며, 매화는 고요하고 가난하나 맑은 선비의 꽃으로 알려져 있다. 모란은 물질적이고 매화는 정신적인 것으로 본다.

옛날에 어떤 학자가 모란을 크게 칭찬한 적이 있는데, 거기에는 다음과 같은 전설이 있다. 옛날 당나라의 무후(武后, 우허우)가 특유의 변덕을 부려 궁궐에 있는 모든 꽃들에게 엄동설한의 어느 날 한꺼번에 꽃을 피우라고 명령을 했다. 특별한 이유도 없이 그냥 그렇게 해보고 싶었기 때문이었다. 그런데 모란만이 다른 꽃보다 몇 시간 늦게 피어서 무후(武后, 우허우)의 자존심을 상하게 만들었다. 그래서 어명에 의해 수도에 있던 수천 개의 모란은 모두 다른 곳으로 추방당하고 말았다. 결국 임금의 은총을 빼앗겼지만 그 덕분에 모든 사람의 사랑을 받게 된 것이다. 중국에서 장미가 대접을 제대로 못 받는 이유는 꽃의 모양과 색은 모란과 비슷하지만 그 호화스러움에서 뒤떨어지기 때문이다. 중국의 고문헌에 의하면 모란은 약 90여 종이나 되고, 각기 아주 시적인 이름을 가지고 있었다 한다.

난초는 모란과는 달리 아주 은둔적인 아름다움을 가지고 있다. 사람의 손길이 닿지 않는 심산유곡에 피는 경우가 많기 때문이다. 난은 사람이 보든 말든 홀로 고독을 즐기는 듯 피며, 사람이 모종해 기르려 해도 난이 피는 조건이 맞지 않으면 말라 죽어 버린다. 사람의 눈에 띄지 않고 곱게 자란 처녀나 세상을 떠나 은거하고 있는 학자들을 '유곡란(幽谷蘭, 여우구란)'에 비유하는 이유도 이것 때문이다. 향기도 매우 담백해서 굳이 사람을 끌려고 노력하지도 않는 것 같아 보이지만 일단 난의 향기를 알게 되면 그 신비함에 어쩔 줄 모르게 된다. 그래서 난은 군자의 상징인 동시에 참된 우정의 상징으로 되어 있다. 고서(古書)에 '난이 가득 찬 집에 들어가 한참 있다 보면 그 향기를 전혀 알지 못한다.'고 나와 있는데, 이것은 바로 향기가 몸에 완전히 배기 때문이다.

이립옹(李笠翁, 리리웡)은 난을 즐기려면 방마다 난을 키우지 말고 방 하나에만 난초를 두어 그 방을 출입할 때마다 향기를 즐기는 것이 최상의 방법이라고 말한다. 양란은 이런 향기가 없는 대신 모양이 더 크고 화려하다.

　내 고향인 푸지앤성〔福建省〕은 '푸지앤' 란이라는 중국 최고의 난의 산지이다. 이 난의 꽃은 색이 엷은 녹색에 자주색 반점이 있으며, 모양도 아주 작아 꽃잎이 1인치가 넘지 않는다. 이 중에서도 가장 좋은 '천명량〔陳夢良〕'은 빛깔이 물과 꼭 같아 물에 담그면 눈에 보이지도 않는다. 모란은 대개 산지의 이름을 따서 품명을 정하는데, 난은 미국의 꽃들처럼 주인의 이름을 따서 '포통령(蒲統領, 푸퉁링)'이니 '이통판(李通判, 리퉁판)'이니 '황팔형(黃八兄, 황바슝)'이니 '허경초(許景初, 쉬징추)'니 하는 품명을 가지고 있다.

　모든 꽃 중에 난만큼 손이 많이 가고 기르기 어려운 꽃은 없다. 까딱 잘못하면 시들어 버린다. 그래서 진정한 난의 애호가는 항상 주의를 기울여 난의 손질을 절대로 하인에게 맡기는 법이 없다. 마치 부모를 모시듯 난을 모시는 사람을 주위에서 여럿 본 적이 있다. 멋있는 난이 있으면 이 난은 골동품이나 도자기처럼 누구나 탐을 내게 되어 난 한 뿌리 얻으려다 거절을 당하면 그 난 주인에게 좋은 감정을 가질 수가 없을 정도다. 한 뿌리 얻으려다 거절을 당하자 하나를 훔치고 옥에 갇힌 학자의 이야기도 있는데, 그의 이런 기분은 《부생육기(浮生六記, 푸성루지)》에 잘 표현되어 있다.

　난은 그 향기와 그윽한 기품 때문에 많은 사람의 사랑을 받지만, 일품을 얻기는 어렵다. 한 친구가 세상을 떠나며 내게 춘란(春蘭, 춘란)을 하나 보내 주었다. 생김새부터가 최상급 난이었기에 보석을 만지듯 집에서 아끼고 키웠다. 내가 집을 비울 때에도 운(芸, 윈)이 손수 손질을 했다. 잘 자라던 난이 2년쯤 지나자 갑자기 시들더니 말라 죽는 것 아닌가! 너무 안타까워 분을 파 보니 뿌리도 싱싱하고 별 이상이 없었다. 나는 난을 제대로 키우지 못한 내 성의 없음을 한탄하고만 있었는데, 후에 알고 보니 내게 한 뿌리를 얻어 가려다 거절당한 사람이 원한을 품어 화분에다 끓는 물을 부었던 것이다. 그 뒤로 나는 다시는 난을 키우지 않으리라 다짐을 했다.

　매화가 시인 임화정(林和靖, 린허징)의 꽃, 연꽃이 대유(大儒)인 주무숙(周茂淑, 저우마오수)의 꽃이라면, 국화는 도연명(陶淵明, 타오위앤밍)의 꽃이라 하겠다. 늦가을에 피는 국화는 '냉향(冷香)'이니 '냉수(冷秀)'니 하는 풍류 어린 호칭을 받는데 국화는 냉수함과 모란의 화려함을 비교해 보면 누구나 수긍이 갈 것이다. 수백 종이 넘는 국화의 이름을 붙이는 유행을 일으킨 사람은 송대의 범성대(范成大, 판청다)이다. 국화는 흰색과 황색이 정통파이고, 보라색과 붉은색은 변종으로 취급해서 그 격이 한 등급 아래이다. 백국과 황국은 '은령(銀鈴, 인링)'이니 '금령(金鈴, 진링)'이니 '옥반(玉盤, 위판)'이니 하는 이름은 물론 '양귀비(楊貴妃, 양궤이페이)'니 '서시(西施, 시스)'니 하는 역사적인 미인의 이름을 붙인 것도 있다. 향기도 품종에 따라 다르지만 사향 냄새가 나는 꽃을 최상으로 친다.

　연(蓮, 리엔)은 물 위에 떠 있는 줄기와 잎까지 함께 본다면 꽃 중에서 가장 아름다운 꽃인 것 같다. 연이 없는 여름은 상상하기도 싫다. 집 근처에 연못이 없다면 수반에 옮기면 되지만 이렇게 되면 넓게 퍼져 있는 연의 아름다움이나, 진주가 달린 듯 보이는 연잎에 맺힌 이슬 등의 아름다움은 찾지 못한다.(미국의 Water Lily는 이 연과는 다른 꽃이다.) 송대의 주무숙(周茂淑, 저우마오수)은 〈애련설(愛蓮說, 아이리앤쉬)〉이라는 수필에서 연은 진흙에서 자라면서도 더러움에 물들지 않는 군자다움 때문에 연을 사랑한다고 말했다. 사실 이용면에서 본다면 연에는 버릴 것이 없다. 연근(蓮根)은 음료나 음식을 만들고, 잎은 과일이나 음식을 찔 때 싸는데 사용되고, 꽃은 모양과 향기로 사랑을 받고, 연실(蓮實)은 선인(仙人)들의 음식으로 존경을 받는다.

사과꽃과 비슷한 해당화도 시인들 간에 사랑을 받고 있다. 다만 '두보(杜甫, 두푸)'는 그의 고향인 스촨(四川) 지방의 명물인 해당화를 칭찬한 글이 하나도 없다. 여러 가지 이유가 있었겠지만 두보의 어머니 이름이 해당(海棠, 하이탕)이었기에 일부러 해당화의 칭찬을 피한 것이라는 이유가 가장 설득력 있어 보인다.

향기로 따진다면 난보다 더 위에 놓고 싶은 꽃이 수선화이다. 한때는 중국에서 미국으로 수출하던 수선화 구근(球根)의 액수도 엄청났는데 미국의 농무성에서 수선화의 알뿌리에 병원균이 기생한다 해서 수입을 막아 미국 사람들이 수선화를 더 이상 즐길 수 없게 되었다. 선녀 같은 꽃의 흰 뿌리에 병원균이 있으리라고는 상상도 하기 싫은 일이다. 수선화는 진흙이 아닌 물을 담은 유리 화병이나 도자기 속에 잔돌로 받쳐 놓고 주의를 기울이며 키워야 한다.

진달래는 아름다움은 뛰어나지만 꽃의 유래 전설 탓인지 비극적인 꽃으로 알려져 있다. 진달래는 계모의 학대로 쫓겨난 형을 찾는 동생이 변한 뻐꾸기의 피눈물로 싹텄다는 전설이 있다.

꽃의 등급을 매겨 즐기는 것도 중요하지만 꽃병에 꽃을 꽂는 기술도 중요하다. 《부생육기(浮生六記, 푸성루지)》를 쓴 심복(沈復, 친푸)의 또 다른 글인 《한정기취(閑精記趣, 시앤징지취)》에서는 꽃꽂이 기술을 다음과 같이 얘기하고 있다.

매년 가을만 되면 국화를 좋아해서 어쩔 줄 몰라 한다. 나는 국화를 분에다 심지 않고 꺾어 꽃병에 꽂는 것을 즐기는데 분에 심기 싫어서가 아니라 국화를 심고 가꿀 틈이 없기 때문이다. 국화를 꽂을 때엔 항상 홀수로 해야 한다. 또 한 꽃병엔 한 색만 꽂아야 한다. 한 꽃병에 몇 송이를 꽂든 그 꽃은 전부 꼿꼿이 설 수 있을 만큼 병의 주둥이가 넓어야 한다. 너무 뭉쳐도, 너무 흩어져도 보기가 안 좋다. 특히 꽃병의 주둥이에 기대게 세우면 안 된다. 이렇게 자리를 잡는 것이 '건디[根締]'이다. 너무 단조로울 수도 있으므로 약간은 무질서하게 꽂는 것도 무방하다. 잎도 너무 많이 달리면 안 좋고, 줄기도 너무 딱딱하면 안 된다. 줄기를 받치려고 바늘을 쓸 경우에도 이 바늘이 겉으로 나오면 좋지 않다. '병 주둥이가 깨끗해야 한다.'는 말은 바로 이것을 의미한다.

꽃병 받침대의 크기에 따라 3~4개의 꽃병을 올려놓는다. 너무 많이 올려놓으면 거리에서 꽃을 파는 진열 같아 보인다. 받침대의 높이도 3~4치에서, 커야 2척5치를 넘지 않는 범위 내에서 자유로이 선택해 꽃병의 높이와 균형을 맞춰야 한다. 제일 큰 병을 중앙에 놓고 좌우에 작은 것을 놓는다든지 하는 규칙은 다 잘못된 폐습으로 각자의 미적인 기호에 따라 병을 놓으면 된다.

수반에다 꽃을 꽂으려면 송진에다 나무껍질과 밀가루를 섞은 것을 기름에 개어 뜨거운 재로 덥혀서 아교처럼 걸쭉하게 만든 뒤 이것을 가지고 동판에 침을 꼽은 후 완전히 굳으면 침에다 가지를 꽂으면 된다. 이때 너무 곧추세우지 말고 약간 가로로 비스듬하게 세워야 한다. 그런 후 수반에 물을 붓고 동판 위에 가는 모래를 덮어 동판이 밖에선 보이지 않도록 한다. 그러면 꽃이 수반의 밑바닥에서 직접 돋아난 듯이 보인다.

꽃가지를 직접 잘라서 꽃병에 꽂을 경우 꽂기 전에 어떻게 손질하면 좋을까를 항상 염두에 두는 것이 좋다. 우선 그 가지를 전후좌우로 살핀

후 가장 보기 좋은 위치를 선택해서 꽂는다. 이때 가지가 날씬해 보이도록 잔가지를 잘라 버리고 적당히 줄기를 구부리는 방법도 연구한다. 곧은 가지를 굽히려면 칼로 약간 흠집을 낸 후 그 틈에 깨진 기와나 돌 부스러기를 끼운다. 가지가 너무 약하면 줄기에 침을 서너 개 박으면 된다. 이렇게 하면 갈대나 엉겅퀴처럼 가는 가지의 식물도 훌륭한 모습이 될 수 있다. 구기자 열매에 푸른 대나무 가지를 몇 개 꽂든가, 풀잎에다 엉겅퀴 가지를 몇 개 섞어도 잘만 섞어 꽂으면 운치가 있어 보인다.

6. 원중랑(袁中郎, 위앤중랑)의 꽃꽂이 이론

꽃꽂이에 대한 가장 훌륭한 책은 원중랑(袁中郎, 위앤중랑)이 쓴 것이다. 16세기 말엽의 그는 다른 부분에서도 내가 가장 좋아하는 문인의 한 사람이다. 꽃꽂이에 대한 저서인 《병사(瓶史, 핑스)》는 일본에서도 높이 평가를 받고 있는데, 이 책의 서두에서 그는 이렇게 말하고 있다.

꽃·대나무·산·물 등은 세속적인 출세를 추구하는 속인들과는 관계가 없다. 출세를 쫓는 사람들이 이런 것에 신경을 쓸 여지가 없기 때문이다. 그러나 숨어 사는 학자는 자연의 모든 즐거움을 독점할 수 있는 입장에 있다. 그러나 꽃꽂이를 즐기는 일은 자연을 즐기는 일이라고 생각해서는 곤란하다. 이 취미는 도시에 사는 사람이 자연을 가까이하지 못하니 궁여지책으로 즐기기 위해 만들어 낸 편법에 불과하기 때문이다. 이것에 너무 빠져 진정한 자연을 즐기지 못하는 불행한 경우는 없어야 한다.

나아가 서재에 장식용으로 꽃을 꽂을 경우 신중하게 종류도 고려하고 배치도 생각해야지 잘못하면 안 하는 것만 못하다고 말하고 있다. 꽃병도 예부터 내려오는 청동화병과 도자기류 꽃병 두 가지가 있는데 대청이 넓고 천정이 높은 부잣집에서는 큰 청동화병에 키가 조금 큰 꽃가지를 많이 꽂는 것이 좋고, 학자들은 작은 꽃가지를 세련된 소형 화병에 꽂는 것이 좋다고 했다. 이 경우 모란과 연꽃은 꽃이 워낙 크니까 이런 규정에 예외라 할 수 있다.

　꽃에도 감정이 있고 활동과 수면의 주기가 있다. 아침저녁 적당히 물을 주면 꽃에게는 더없는 단비가 된다. 햇살이 따사롭고 구름이 높이 떠 있는 날이라 석양이 아름답고, 달빛이 밝은 밤은 꽃의 입장에선 아침이다. 바람이 불고, 비가 많이 오거나 추위 등은 저녁에 해당된다. 꽃을 놓은 받침대에 햇빛이 들어 바람에 흔들리지 않고 있을 때가 꽃으로서는 기분이 좋을 때이고, 안개가 짙게 끼거나 나른해 보일 땐 슬플 때이다.
　꽃이 아침일 때는 사람이 잘 있지 않는 정자나 큰 방에 놓아두면 좋고 저녁일 때엔 조그마한 방이나 별채에 옮겨 놓아두는 것이 좋다. 꽃에 물을 줄 때는 아침이 제일 좋고, 그 다음이 잠자고 있을 때, 그 다음이 기쁠 때이다. 꽃의 저녁, 즉 슬플 때에 물을 준다는 것은 꽃을 학대하는 이외엔 아무것도 아니다.
　꽃에 물을 주려면 술을 깨게 하는 가을비처럼, 혹은 이슬처럼 막 길어온 물을 살짝 뿌려 주는 것이 좋다. 꽃에 손을 대거나 만져 보는 일 따위는 절대 금물이다. 또 물 주는 일을 하인들에게 맡겨서도 안 된다. 각기 꽃에 어울리는 사람이 물을 주도록 하는 것이 좋다. 그러나 추운 겨울에 피는 꽃에는 물을 주지 말고 얇은 헝겊으로 싸서 꽃을 보호해 주는 것이 좋다.

원중랑(袁中郎, 위앤중랑)에 의하면 꽃에도 주종관계가 있다고 한다. 즉 귀부인이 시녀를 거느리듯이 두 가지 꽃을 나란히 놓고 보면 둘 다 아름답긴 하지만 하나는 귀부인 같아 보이고 하나는 시녀 같아 보인다는 것이다. 즉 안방이 크면 외양간도 커야 하듯이 어울리는 한 쌍이 있는 것이다. 매화가 귀부인이라면 동백이 시녀요, 해당화엔 사과꽃과 라일락이, 모란에는 장미, 작약에는 양귀비와 해바라기, 석류에는 백일홍과 무궁화, 연꽃에는 흰 옥잠화, 국화에는 가을 해당화 등이 그 어울리는 짝이라 한다. 그 어느 시녀도 아름답고 점잖지 않은 꽃이 없다. 시녀라 해서 이 꽃들을 무시하려는 뜻은 없다. 역사에 그 이름이 드높은 시녀들처럼 어떤 꽃은 맑고, 어떤 꽃은 선명하며, 또 어떤 꽃은 냉정하며, 내성적이고 현학적인 느낌을 주는 꽃들도 있다.

예를 들어 바둑이나 장기에서도 대가가 되려면 그 일에 미쳐야 하는데 꽃을 즐기는 화도락(花道樂)에 대해서도 원중랑(袁中郎, 위앤중랑)은 같은 식으로 생각하고 있다.

세상에는 얘기를 해도 재미가 없고, 얼굴도 보기 싫은 사람이 있는데 그런 사람들은 모두 즐기는 도락(道樂)이 없는 사람임을 알게 되었다. ……꽃에 흠뻑 빠진 옛 사람은 희귀한 꽃이 있다면 어느 곳이든 서슴지 않고 쫓아다니며 추위나 더위나 몸이 다침을 상관치 않았다. 심지어는 꽃이 피려고 시작하면 아예 잠자리를 꽃 아래로 옮기고는 꽃이 활짝 필 때까지 관찰을 계속하곤 한다. 잎의 냄새를 가지고 꽃의 크기를 짐작할 줄 아는 사람도 있고, 뿌리를 보고 꽃의 색을 맞히는 사람도 있다. 이런 사람들이 바로 꽃을 진정으로 사랑하는 꽃에 미친 사람이라고 할 수 있는 사람들이다.

꽃을 즐기는 것에 관해서는 이렇게 말하고 있다.

차를 마시면서 꽃을 즐기는 것이 최고이고, 대화를 나누며 보는 것이 그 다음, 술을 마시며 보는 것이 최하이다. 괜히 소란하고 쓸데없는 헛소리나 지껄여대는 짓은 꽃의 정신을 더럽히는 짓이다. 꽃을 즐기는 데에도 알맞은 때와 장소가 있어 이를 지키지 않으면 꽃을 모욕하는 행위가 되는 것이다.

겨울꽃은 눈이 내릴 때나 막 눈이 그쳐서 하늘이 개었을 때나 초승달이 떠 있을 때나 따스한 실내에서 보는 것이 좋다.

봄꽃은 맑은 날이거나 으스스 떨리는 날이나 화화롭고 널찍한 대청에서 즐겨야 한다.

여름꽃은 소나기가 한차례 지나고 난 후 상쾌한 바람을 쐬면서 녹음이 떨어지는 듯한 나무 그늘이나 대숲 혹은 물가의 좌대에서 보는 것이 좋다.

가을꽃은 서늘하고 쾌적한 달빛 아래에서, 혹은 저녁노을이 질 때 돌 층계에 앉아서, 이끼가 낀 뜰 사이의 오솔길에서, 고풍이 감도는 넝쿨이 엉킨 바위의 옆에서 즐기는 것이 좋다. 자연적 환경을 고려하지 않고 마음이 이미 꽃을 떠나 있을 때 꽃을 즐기는 것은 기생집에서 꽃을 보는 것과 무슨 차이가 있을까?

마지막으로 원중랑(袁中郎, 위앤중랑)은 14조의 '화결의(花決意, 꽃의 의미

를 결정하는 것'과 23개조의 '화절욕(花折辱, 꽃을 욕되게 하는 것)'을 밝혀 놓
았다.

화결의 14개조

밝은 창〔明窓〕
깨끗한 책상〔淨机〕
오래된 솥〔古鼎〕
송대의 벼루〔宋硯〕
송도의 계곡 물 소리〔松濤溪聲〕
꽃을 즐기고 시를 사랑하는 주인
차를 즐기는 친구인 스님의 방문
쑤저우〔蘇州〕 사람이 술을 들고 찾아옴
시흥이 있는 손님이 방에 있음
온갖 꽃이 활짝 피었을 때
허물이 전혀 없는 친구의 방문
꽃을 즐기는 방법에 대한 책을 쓰며
깊은 밤 화로에 물 끓는 소리
처첩과 꽃 이야기를 주고받을 때

화절욕 23개조

주인이 손님 대접하느라 틈이 없을 때

서툰 하인이 꽃의 배치를 흩어 놓았을 때

땡초 중과 선(禪)문답을 할 때

창 밑에서 싸움을 할 때

아이들이 길거리에서 노래를 부를 때

저속한 노래가 들려올 때

못생긴 여자가 꽃을 꺾어 머리에 꽂을 때

남의 출세에 대해 얘기할 때

사랑과 동정을 잘못 표현할 때

의례적(儀禮的)인 시답(詩答)

빚을 갚기도 전에 꽃이 활짝 필 때

집사람이 돈을 요구할 때

운(韻)을 검토하며 시를 지을 때

책이 찢어져 정신이 사나울 때

푸지앤[福建]의 중매쟁이가 나타났을 때

오나라의 가짜 그림

쥐들의 똥

달팽이가 지나간 흔적

하인들이 엉망으로 누워 잘 때

술을 마실 만하니 술이 떨어질 때

술집이 근처에 있을 때

아주 통속적인 시구가 책상에 놓여 있을 때

7. 장조의 경구(警句) 10개 조

자연의 즐거움이 시문이나 그림에만 국한한 것이 아니고 인생 전반에 걸쳐 존재함은 이미 밝힌 바 있다. 자연은 결국 모든 소리와 빛, 형태, 분위기 등을 종합한 것이다. 지혜로운 생활을 즐기는 사람은 먼저 알맞은 자연의 분위기를 골라 자기 기분과 조화시켜 살아간다. 이런 태도 중 장조(張潮, 장차오)의 《유몽영(幽夢影, 여우멍잉)》에 나타난 경구는 가장 뛰어난 표현이라 할 수 있다. 이 책은 중국의 문학적인 금언들을 모아놓은 것인데, 중국에는 이런 책들이 많다. 하지만 이를 따라갈 만한 책은 찾기 어려울 정도이다. 안데르센 동화가 덴마크의 옛 이야기와 관련이 있고, 슈베르트의 가곡이 민요와 관계가 있듯, 이 책도 중국에 전해지는 숨은 이야기와 관련이 있다. 여기서는 전편이 다 뛰어나지만 자연의 즐거움에 대한 뛰어난 몇 편만을 소개하기로 한다. 인생에 관한 경구가 대부분을 차지하고 있으므로 그 중 몇 편을 소개한다.

1) 본격(本格)이란 무엇인가

꽃에 나비가 있고, 산에는 물이 있듯 인간에게는 도락(道樂)이 있어야 한다.

꽃을 즐기려면 미인과 함께여야 하며, 달을 보며 마시는 술은 벗과 함께여야 한다. 눈〔雪〕의 아름다움은 고상한 선비들과 즐기는 것이 좋다.

사람은 높은 마루에 올라 산을 바라보며, 성 위에 서서 눈을 보며, 등불 밑에서 달을 보고, 방 안에서 미인을 대한다. 경치에 따라 그 즐기는 정취가 다르기 때문이다.

매화 옆의 바위는 이끼 끼고 오래된 듯해야 하고, 소나무 아래의 바위는 묵직해야 하며, 대나무 옆의 바위는 수려해야 하고, 수반의 바위는 정밀해야 한다.

푸른 물은 푸른 산에서 흘러오니 물이 산의 색을 닮기 때문이다. 훌륭한 시는 잘 익은 술에서 나오게 된다. 이는 시흥을 술에서 받기 때문이다.

좋은 거울이 추녀(醜女)의 손에 들어가고, 희대의 명 벼루가 세속적인 골동품상의 손에 들어가고, 명검이 평범한 장수의 손에 들어가면 만사는 그것으로 끝난 것이다.

2) 꽃과 여자에 대하여

꽃이 시드는 것과 달이 기우는 것, 미인이 박명(薄命)에 우는 모습은 볼 것이 못 된다.

꽃은 심어서 만발했을 때가 보기 좋고, 달은 보름달이 가장 좋다. 미인도 즐겁고 유쾌할 때 보아야지 그렇지 않으면 실망만 생긴다. 미인은 아침 화장이 끝난 후 보는 것이 아름답다. 사람들 중에는 추하지만 밉지 않은 얼굴을 가진 사람도 있고, 추하진 않으나 보기 싫은 얼굴도 있다. 문법에 맞지 않아도 좋은 시가 있고, 문법엔 다 맞아도 싫은 시가 있는 것과 마찬가지이다. 이런 부분은 얄팍한 사람들을 이해시키기엔 곤란한 것이다.

미인을 사랑하듯 꽃을 사랑하면 꽃의 아름다움을 느낄 수 있다. 또 꽃을 사랑하듯 미인을 사랑하면 부드럽고 사랑스럽다는 느낌을 받을 수가 있다.

미인은 말을 할 줄 알기에 꽃보다 낫고, 꽃은 향기가 있어 미인보다 낫다. 만약 이 둘을 다 가질 수 없다면 미인 쪽을 선택하는 것이 정상이다. 꽃병에 꽃을 꽂을 때에는 꽃병과 꽃의 크기와 높이가 균형을 이루어야 하며, 꽃병과 꽃의 색깔 역시 서로 조화를 이루어야 한다.

아주 요염한 꽃 중에서 향기가 없는 꽃도 많다. 대개 꽃잎이 여러 겹인 꽃은 보기가 싫다. 세상에 향기와 요염 두 가지 개성을 동시에 갖춘 꽃이라고는 연꽃뿐이다.

매화는 인간에게 청순함과 고상함을 주고, 난은 깊은 품위를, 국화는 소박함을, 연은 만족감을 준다.

미인이면서 목소리도 곱고, 달처럼 맑고 그윽한 영혼, 가을 호수 같은 잔잔함, 옥 같은 뼈, 백설 같은 피부, 더더욱 시심(詩心)까지 있다면 얼마나 좋을까?(그건 나 역시 바라마지 않는다.)

만약 세상에 책이 없다면 할 말이 없겠지만 책이 있으니 읽어야 한다. 술도 있으니 마셔야 하고, 명산이 없다면 할 수 없지만 있으니 찾아가야 한다. 이와 마찬가지로 꽃이 있고, 달이 있으며, 재자가인(才子佳人)이 있으니 이를 즐겨야 한다. 거울이 추녀가 비추어 본다 해도 변화가 없는 것은 거울에 감정이 없기 때문이다. 거울에 감정이 있다면 스스로 부서졌을 것이다.

금방 사온 꽃도 사랑스러운데 하물며 말하는 꽃에 대해선 말해 무엇하리!

시와 술이 없는 산수란 쓸데없는 것이고, 미인이 곁에 없다면 꽃과 달이 무슨 소용이랴? 대개 재원인 동시에 미모까지 갖춘 여인은 오래 살지 못한다. 이것은 신이 시기한 까닭도 있겠지만, 그 아름다움과 재치가 속세에서 오염될까 두려워 신이 빨리 목숨을 걷어가기 때문이다.

3) 산수(山水)란 무엇인가

세상 만물 중 사람을 가장 강하게 움직이는 것으로는 하늘의 달, 음악에는 동금(琴)이 있고, 새 중에는 뻐꾸기, 나무에는 버드나무가 있다.

달이 있으니 구름을 걱정하고, 책이 있으니 좀이 쓸까 걱정하고, 미인이 있으니 박명함을 한탄하는 것으로 이 마음은 다 부처님의 자비심과 일치한다.

세상에서 자기 마음을 알아주는 벗 한 사람만 있어도 죽을 때 후회가 없다.

옛날 어느 문인은 꽃과 달, 미인이 없는 세상엔 태어날 생각이 없다고 말했지만, 나는 거기에 덧붙여 필묵과 바둑, 술이 없는 세상은 살 가치도 없다고 얘기하고 싶다. 산과 물의 빛과 소리, 꽃의 향기, 미인의 표정, 훌륭한 글의 감흥 등은 사람의 마음을 끌어당긴다. 사람은 이런 것 때문에 꿈을 꾸고 잠 못 이루고 식욕마저 잃어버린다.

눈은 고귀한 학자를, 술은 뛰어난 검객을, 달은 깨끗이 사귄 벗을, 산수(山水)는 심혈을 기울인 시문을 생각하게 한다.

경치에는 지상의 경치, 그림 속의 경치, 꿈에 보는 경치, 마음속의 경치가 있다. 이 중 지상의 경치는 깊이와 파격적인 윤곽에 아름다움이 있고, 그림 속의 경치는 붓놀림의 자유로움과 호방함에, 꿈속의 경치는 기묘하게 변화하는 데에, 마음속의 경치는 모든 것이 있을 곳에 자리를 잡고 있는 데에 아름다움이 있다.

여행을 할 때에는 꼭 예술적으로 지나치는 경치를 따질 필요는 없지만, 평생 살 집을 고를 때에는 이를 따져야 한다.

죽순은 야채 중에 보물이고, 살구는 과일의 보배이며, 게는 물고기의, 술은 모든 음식물 중에, 송대의 시와 원대의 희곡은 문학 중 보배이다.

뛰어난 산수(山水)를 만나려면 운명적으로 행운이 있어야 한다. 아무리 근처에 훌륭한 산수가 있다 해도 운이 닿지 않으면 그 진가를 느낄 수는 없다.

거울에 비친 영상엔 색이 있지만 달빛에 어린 그림자는 먹 한가지로 그린 그림이다. 전자는 분명한 윤곽이 있으나 후자는 뼈대도 없는 그림이다.

4) 봄과 가을에 대하여

봄은 하늘의 뜻이 자연과 잘 어울리는 때요, 가을은 그 뜻이 바뀌는 때이다.

옛 사람은 겨울을 나머지 세 계절의 휴식기라 했지만, 내가 보기에는 여름이 그런 것 같다. 여름의 새벽은 밤의 연장이고, 여름밤에 깨어나 앉아 있다면 낮의 연장일 테고, 낮잠은 사교를 위한 가외의 일인 것이다. 나는 옛 시인의 말처럼 여름날이 긴 것을 사랑한다.

사람은 자신을 수련할 때에는 가을의 정신으로, 남을 맞을 때에는 봄의 정신을 가져야 한다.

훌륭한 문장과 당시(唐詩)는 가을의 기운을, 송대의 서정시와 원대의 희곡은 봄의 기운을 지녀야 한다.

5) 소리에 대하여

봄에는 새 소리, 여름에는 매미 소리, 가을에는 풀벌레 소리, 겨울에는 눈 내리는 소리에 귀를 기울일 것. 낮에는 바둑 두는 소리, 달빛 아래선 피리 소리, 산 속에선 소나무 스쳐가는 바람 소리, 물가에서는 잔잔히 물 결치는 소리에 귀를 기울일 것. 그러면 세상에 태어난 행복감을 느낄 수 있을 것이다. 그러나 깡패들 싸우는 소리나 마누라 바가지 긁는 소리에는 귀를 막는 것이 상책이다.

소리는 거리를 떼어놓고 듣는 것이 좋다. 한 가지, 금(琴)의 소리만은 가까이에서나 떼어 놓고서나 상관이 없다.

소나무에 기대앉아 금 소리를 듣고, 달빛을 받으며 피리 소리를 듣거나, 폭포 떨어지는 소리, 절에서 염불하는 소리를 들으면 귓가에 아득한 향기가 맴돈다.

물에는 네 가지 소리가 있으니 폭포 소리, 샘물 솟아나는 소리, 급류 내려가는 소리와 개울물 흐르는 소리가 그것이다. 바람에는 세 가지 소리가 있어 솔밭에 머무는 바람 소리, 낙엽이 지는 소리, 물 위를 휩쓰는 폭풍의 소리가 그것이다. 빗소리도 두 가지가 있다. 오동잎이나 연꽃잎에 떨어지는 빗소리와 처마 밑 낙숫물 소리.

6) 비에 대하여

비는 짧게, 밤은 길게 만드는 물건이다.

봄비는 승진을 알리는 칙서 같고, 여름비는 죄를 사해 주는 사면장(赦免狀)과 같고, 가을비는 장례시 부르는 만가(挽歌)와 같다.

봄비가 오면 책 읽기에 좋고, 여름비는 바둑 두기에 좋고, 가을비는 오래된 가방이나 서랍을 뒤지기에 좋고, 겨울비는 술을 마시기에 좋다.

내가 비를 관장하는 신과 친하다면 그에게 이런 부탁을 하겠다. 봄비는 정월 대보름이 지난 다음부터 청명(淸明) 열흘 전까지와 곡우(穀雨) 때엔 모내기를 위해 비를 내려 주면 좋겠고, 여름비는 매달 상순과 하순에 오면 좋겠고, 가을비는 7월과 9월의 상순과 하순에 내려 주면 좋겠다. 8월은 추석의 둥근 달을 보아야 하니 한 달 내내 비가 안 오면 좋을 것이고, 겨울엔 비라면 보기도 싫다고.

7) 달과 바람, 물에 대하여

사람들은 초생달이 너무 빨리 지고 하현달은 너무 늦게 뜬다고 화를 낸다.

달빛을 받으며 독경 소리를 들으면 점점 마음은 속세를 떠나고, 검법을 연마하면 용기가 더욱 생겨난다. 또한 달빛 아래에서 미인을 보면 고민과 번뇌가 더욱 생겨난다.

달을 바라보며 달과 함께 지내고자 한다면 밝게 올라왔을 때에는 낮은 곳에서, 안개나 구름이 많아 달빛이 밝지 못할 때에는 높은 곳에서 내려다보는 편이 좋다.

봄바람은 술이요, 여름 바람은 차(茶), 가을바람은 연기이며, 겨울바람은 생강과 같다.

8) 한가함과 우정에 대하여

세상 사람이 서둘 때 한가하게 있을 수 있는 사람만이 세상이 바쁠 때 한가할 수가 있다.

세상에 한가함처럼 좋은 것은 없다. 한가하다고 해서 무위도식(無爲徒食)한다는 의미는 아니다. 이 한가함이야말로 사람들로 하여금 책을 읽게 하고, 명승고적을 찾게 만들며, 친구와 사귀게 하고, 술을 마시고, 책을 쓰게 만드는 것이다. 그러니 이보다 더 좋은 것이 또 있을까?

햇빛이 구름과 만나면 안개가 되고, 계곡물이 벼랑을 만나면 폭포가 된다. 어떻게 누구와 만나고 답하느냐에 따라 이름이 달라진다. 우정이 바로 이렇기 때문에 소중한 것이다.

정월 대보름엔 무덤덤한 친구와 술을 마시는 것이 좋고, 단오에는 미인과 술을 마시는 것이 좋고, 칠석날 견우와 직녀의 만남을 축하하는 술자리엔 유쾌하고 활발한 친구가 어울린다. 또 추석에는 다정하고 착한 친구와, 중양절(重陽節, 중양지에)에는 높은 산에 올라 낭만적인 친구와 술을 마시면 좋다.

학문이 깊은 벗과의 대화는 희귀본 책을 읽는 것 같고, 시에 뛰어난 친구와 나누는 대화는 훌륭한 시문을 읽는 것 같으며, 신중한 벗과의 대화는 옛 성현의 경전을 읽는 것 같고, 재치 있는 친구와의 대화는 소설이나 기문(奇聞)을 읽는 것과 같다.

조용한 선비는 필히 몇 사람의 심우(心友, 마음이 통하는 벗)가 있다. 이 심우는 목숨을 같이 하기로 언약한 벗을 말하는 것은 아니다. 멀리 떨어져 있더라도 서로 상대방을 믿고, 나쁜 소문을 들었을 때 앞장서서 이 소문을 깨뜨리고, 어려운 일을 당했을 때 충고를 주며, 다소 벅차다 하더라도 과감히 결론을 내려 주기도 하는 벗을 심우라 한다. 심우는 처첩보다 어떤 경우는 더 낫고, 임금과 신하의 관계 같은 수직적 관계에선 찾기가 어렵다. 심우란 집안의 비밀을 서로 털어놓을 수 있는 친구이다.

시골에서 살면 좋은 벗들과 어울릴 수 있어 즐겁다. 곡식을 골라내고 날씨를 알아맞히기나 하는 농민들만 있다면 곧 싫증이 난다. 친구들 중에는 등급이 있으니 시를 잘 짓는 친구가 첫째요, 이야기 잘하고 잘 듣는 친구가 두 번째, 그림을 그릴 줄 아는 친구가 세 번째, 노래를 부를 수 있으면 네 번째, 술자리에서 어울릴 수 있다면 그 다음이다.

9) 책과 독서에 대하여

젊어 책을 읽는 것은 창살을 통해 달을 바라보는 것이고, 중년의 독서는 집 뜰에서 달을 보는 것이고, 노년의 독서는 대(臺) 위에서 달을 보는 것과 같다. 독서의 깊이도 경험의 깊이와 비례하기 때문이다.

문자가 없는 책(인생 그 자체에 관한 책)을 읽을 줄 아는 사람만이 높고 아름다운 말을 할 수 있다. 말로 표현하기 어려운 진리를 깨달은 사람만이 부처의 경지를 알 수 있다. 영원불멸의 명작은 모두 피눈물로 쓰인 것이다.

《수호전(水滸傳, 슈이후촨)》을 읽으면 비분강개에 젖고, 《서유기(西遊記, 시여우지)》는 마음을 깨우쳐 주고, 《금병매(金瓶梅, 진핑메이)》는 걱정과 탄식을 일으킨다.

문학은 책상 위의 풍경이고, 풍경은 이 세상의 문학이다.

독서의 기쁨은 최고의 기쁨이다. 하지만 역사책을 읽으면 기쁨보다 의분이 생긴다. 하나 그 의분 속에는 또 기쁨이 있다.

경전(經典)은 겨울에 읽을 것, 정신 집중하기가 쉽다. 역사책은 여름에 읽을 것, 가장 한가하고 여유가 있다. 철학책은 가을에 읽을 것, 생각하게 하는 것들도 많고 시간도 많다. 후배 문인의 글은 봄에 읽을 것, 봄에는 세상만물이 다시 살아나기 때문이다.

문사(文士)의 용병술은 그저 탁상공론일 뿐이다. 또 무장(武將)의 문학은 귀동냥에 지나지 않는다.

독서의 기술을 깨우친 사람은 세상 만물이 모두 책(冊)임을 안다. 산수도 책이 될 수 있고, 바둑, 술도 책이 될 수 있다. 현명한 여행자는 가는 곳이 모두 풍경임을 안다. 다시 말해 책을 통해서도 여행을 할 수 있다.

옛날 어떤 문인은 책 읽는데 10년, 여행에 10년, 읽은 책을 보존하고 여행을 정리하는데 10년을 바치고 싶다고 했다. 내 생각은 마지막 보존·정리에는 2~3년만 쓰고, 나머지는 독서와 여행에 돌렸으면 한다.

사실 욕심대로 하자면 독서와 여행에는 다섯 배쯤 쓴다 하더라도 부족할 것 같다. 물론 사람이 한 구백 살쯤 살 수 있다면 가능하겠지만⋯⋯. '시는 시인이 가난하거나 슬플 때에 더욱 좋은 시가 나온다.' 라는 말이 있다. 돈 많고 출세한 사람들이 빈곤 문제는 아예 제쳐놓고 바람·구름·달·이슬만 읊어댄다면 그게 과연 좋은 시이겠는가? 이런 사람들은 여행을 하며 눈에 띄는 것, 풍경을 읊는 수밖에는 시를 쓸 다른 방법이 없다. 하긴 이들이 자신의 노래를 위해 남의 슬픔을 갖다 쓴다면 구태여 가난뱅이가 되지 않더라도 좋은 시를 쓸 수는 있을 것이다.

제 11 장
여행의 즐거움

1. 유람(遊覽)이란?

옛날의 여행은 놀이였지만 요즘은 일이 되어 버렸다. 백 년 전쯤과 비교한다면 오늘의 여행은 편리해졌다. 정부에서도 관공서를 만들고, 덕분에 현대인들은 그들의 할아버지보다 여행을 많이 한다. 그렇지만 여행이 가진 예술성은 찾아보기가 어렵다. 여행의 참맛을 알려면 우선 잘못된 여행부터 밝히고 넘어가는 것이 좋겠다.

잘못된 여행의 첫째는 정신향상을 위한 여행이다. 인간의 정신이 그토록 쉽게 향상될 수 있다면 클럽이나 강연회에 참가만 하면 그대로 향상이 이루어지지 않을까? 만일 사람이 그토록 정신향상을 갈망한다면 1년에 한 번 있는 휴가 때만이라도 푹 쉬며, 정신을 정리하는 편이 나을 것이다.

여행을 이처럼 잘못 생각했기에 여행 안내인이 생겨났다. 이들처럼 이것저것 간섭이 심하고 정신없이 떠들어대는 사람은 없다. 한 번은 수녀들이 학생들을 인솔해서 어느 묘지로 구경 온 것을 볼 수 있었다. 어느 묘 앞에서 수녀는 학생들에게 그 사람(묘의 주인공)이 언제 태어나서 언제 죽었고, 생전에 무슨 일을 했다는 등 그야말로 여행의 즐거움을 앗아가 버리는 설명에 충실하고 있는 광경을 본 적이 있다. 여행 안내인을 따라다니는 충실한 구경꾼은 노트에 필기까지 하고 있었다.

중국을 여행하는 사람들 역시 미국을 여행할 때처럼 불쾌하고 짜증스럽긴 마찬가지이다. 다만 한 가지 틀린 점은 중국의 여행 안내인은 직업적인 안내인이 아니라 마부나 과일장수나 농부들이다. 미국의 안내인들보다 유쾌하지만 설명이 정확하지는 못하다. 전에 쑤저우〔蘇州〕의 지앤츠〔劍池〕를 구경 갔을 때였는데, 집에 와 생각하니 그곳에서 들은 사건이니, 연대니 하는 것이 모두 뒤죽박죽임을 알게 되었다. 지앤츠〔劍池〕의 위쪽에 돌 구름다리가 놓여 있는데 그 다리 중간에 구멍이 뚫려 있었다. 귤 팔던 소년의 말에 의하면 그곳이 바로 서시(西施, 시스)가 화장하던 곳이라 했지만 결론은 귤을 팔아달라는 것이었다. 하지만 서시가 화장하던 곳은 그곳에서 10리는 더 떨어진 곳에 있었다. 여기에서 나는 민간에 내려오는 전설 등이 얼마나 수식이 되고 과장이 되어 변형되는가를 잘 알 수 있었다.

다음 잘못된 여행의 두 번째는 나중 이야깃거리를 만들기 위해 여행하는 것이다. 차로 유명한 지방에서 찻잔을 입에 대고 자신을 찍는 모습을 본 적이 있는데, 물론 친구들에게 자랑이 되기는 할 것이다. 하지만 사진에 정신이 팔려 진짜 차 맛을 음미나 했을까? 한 번 이런 버릇이 들면 좀체 없어지지 않는다. 명승고적지를 가 보면 카메라를 든 사람들이 거의 대부분이다. 하지만 이들 역시 사진을 찍기에 전념하다 보면 진정한 명승과 고적을 즐길 수 없게 된다. 집에 와서 사진을 구경하는 재미는 있겠지만, 에펠 탑이나 트래펄가 광장의 사진은 중국에서도 얼마든지 구할 수 있다. 보다 많은 곳을 구경하면 보다 많은 화제가 생길 터이니 이들은 여행 계획표를 짜서 하루에 한 곳이라도 더 보려고 연필로 본 곳을 지워가면서 계속 강행군을 한다. 가장 능률적인 관람 운운하는데, 여행에서 능률이라는 것은 말도 안 되는 소리이다.

이렇게 바보스런 여행을 하다 보면 필연적으로 다음과 같은 세 번째 잘못을 저지르게 된다. 즉 '어디에는 몇 시 도착, 몇 시 출발, 체재 중엔 어디 어디를 구경하고, 호텔은 어디 몇 시에' 등의 완벽한 점검으로 스케줄의 노예가 되는 것을 말한다. 집에 있을 때에도 시계의 노예, 달력의 노예가 되어 고생하더니 여행을 가서도 여전히 시계에 사로잡힌다면 우습지 않을까? 참다운 여행은 이상과 같은 잘못된 여행과는 동기·과정이 모두 달라야 한다. 우선 참다운 여행의 동기는 속세를 떠나 사람을 피하는 것이어야 한다. 좀 더 시적으로 말하자면 잊기 위한 여행이어야 한다. 자기가 속해 있는 사회와 집단을 떠나 그곳에서 자신이 받았던 규칙이니, 인습이니 따위의 구속을 벗어나 자기 자신을 찾는 것이라고 볼 수 있다. 자신이 은행가라면 사회에서는 아무래도 평범한 사람 대접을 받기가 어렵다. 하지만 그도 여행을 떠나면 평범한 여행자 이외엔 아무것도 아닌 대접을 받게 된다. 물론 사업차 여행을 한다면 문제가 틀리지만, 이런 사업 여행은 아무래도 자신의 본래 모습을 찾는데 어려움이 있게 마련이니 진짜 여행이라 하긴 어렵다. 처음 찾은 타지에서 대접을 받으며 지내는 것도 좋기는 하겠지만, 그렇게 되면 혼자 숲을 자유롭게 돌아다니는 기쁨은 누릴 수 없다. 말이 안 통해 손짓, 발짓으로 음식을 주문하고 경찰관에게 길을 묻는 재미는 또 얼마나 훌륭한가? 이런 여행자는 운전수나 집사가 없어도 훌륭히 제 집을 찾아온다.

여행의 참맛은 방랑의 기쁨, 유혹, 모험심의 즐김에 있다. 사실 여행이란 방랑(放浪)이다. 여행의 본령은 책임도 의무도 없이, 정해 놓은 시간도 없이, 자신을 궁금히 여기는 이웃도 없고, 오라는 데는 없어도 갈 곳은 많은 데에 있다. 진정한 나그네는 목적지를 모르고 자신이 어디를 거쳐 왔는지도 모르고 심지어 성도 이름도 모른다. 이 점은 도륭(屠隆, 투룽)이 지은 이상적인 기행문인 《명요자유(冥蓼子遊, 밍미우즈여우)》에 잘 나타나 있다. 명요자(冥蓼子, 밍미우즈)는 타향을 떠돌아다니며 친구도 한 사람 못 사귄 것같았는데, 중국의 수도승답게 이렇게 말했다. "특별히 한 사람을 마음에 두지 않는다는 것은 모든 사람들을 마음에 두고 있다는 말이다." 그는 인간 모두를 사랑하여 세상을 떠돌며 사람들의 습관이나 아름다운 점들을 관찰하고 다녔던 것이다. 단체관광을 와서 전세 버스나 타고 다니는 관광객들로서는 얻기 어려운 즐거움이다. 그들은 호텔에서 묵으며 같이 온 일행들과 어울려 다니며 식사도 꼭 일정한 곳에서 한다. 미국에서 온 관광객들이 꼭 식사 때가 되면 일정한 식당에서 모이게 되는 것도 바로 이런 이유에서이다.

상하이(上海)에 관광을 온 영국 사람들도 마찬가지이다. 항상 영국식 조반이 나오는 영국 호텔에서 묵고, 양주집이나 찾으며 중국 식당에 가자거나 인력거를 타 보라고 하면 위생적이지 못해 안 되겠다면서 결벽증 환자처럼 군다. 그렇다면 무엇 때문에 상하이(上海)까지 왔단 말인가? 이런 사람들은 그 여행지의 일반 사람들의 마음속을 들여다보고 같이 호흡할 기회를 스스로 저버리는 사람들이다. 즉 여행이 주는 최고의 행복 하나를 잃게 된다.

방랑자의 마음을 가져야 사람들은 휴가를 자연과 가까이하는 데에 쓸 수 있다. 이런 사람들은 시간이 생기면 인적이 드물고 진정한 고독을 즐길 수 있으며, 자연과 조용히 만날 수 있는 휴양지를 찾아간다. 물론 이런 여행을 위해 백화점에 들러 수영복을 장만하는 짓 따위는 생각하지도 않는다. 그저 여자라면 입술연지 정도는 지참해도 무방하다고 해두자. 왜냐하면 이들 모두 '자연으로 돌아가라.'는 루소의 신봉자들일 테고, 입술연지 없이 자연이 준 빨간 입술을 간직하고 있을 여성은 거의 없을 테니까. 자, 그래서 깊은 골짜기 온천쯤으로 여행을 가선 "진짜 나는 혼자구나."라고 중얼거릴 것이다.

그러나 식사를 마치고 호텔의 라운지에 앉아 우연히 그 지방 신문을 보고는 자신이 잘 아는 A씨 부부가 그곳엘 오늘 도착했다는 사실을 알게 된다. 다음날 아침 산책을 즐기다가 A씨 부부를 우연히 만나게 되면 그걸로 끝이다. A씨 부인의 입을 통해 B씨 부부도 그날 도착할 것을 알게 되고, 그날 저녁은 B씨 부부의 도착 환영 티파티를 A씨 부인이 열 것이고, 또 그 답례로 B씨 부부는 트럼프 모임을 연다. 그러면 그 중 어느 부인이 이렇게 외칠 것이다. "멋지지 않나요? 꼭 우리가 뉴욕에 있을 때나 마찬가지잖아요?"

그러나 전혀 이런 여행과는 다른 여행도 있다. 오로지 새 소리와 다람쥐, 구름, 나무 이외에는 아무것도 보지 않는 여행 말이다. 나와 잘 아는 미국인 부인 한 사람이 중국 친구들과 아무것도 보지 않기 위해 산을 올랐던 얘기를 들려준 일이 있다.

그날 아침엔 유난히 안개가 짙었다 한다. 산을 오를수록 안개는 더욱 깊어지고 새 소리와 계곡에 물 흐르는 소리 이외엔 아무것도 들리지 않았다.

이 부인은 점점 실망이 되었지만 조금만 더 올라가면 정상에서 멋진 광경을 볼 수 있다는 중국 친구의 말을 듣곤 계속 산을 올랐다. 조금 더 올라가니 저 멀리 구름에 휩싸인 못생긴 바위가 보였다. 결국 그들이 말하던 멋진 광경이 저 바위였구나, 생각하곤 실망을 했지만 다시 주위에서 조금만 더 가면 진짜 훌륭한 정상의 경치가 있다고 얘기를 해서 마침내 정상에 오르게 되었다. 사방을 둘러보아야 안개만 피어오르고 저 멀리 산의 능선만이 어렴풋이 보일 뿐이었다. 그 부인이 무엇이 훌륭한 광경이냐고 속은 듯한 기분에서 묻자, 중국 친구 중 한 사람이 이렇게 대답했다. "바로 아무것도 보이지 않음이 훌륭한 거죠. 우리는 아무것도 보지 않으려고 산을 올랐던 것 아닙니까?"

무언가 보는 것과 보지 않는 것의 차이는 엄청나다. 무언가 보며 여행을 한다는 여행자는 사실 아무것도 보지 못하고, 아무것도 보지 않는 나그네가 오히려 많은 것을 보고 있는 셈이다.

'새 책을 쓰기 위해' 여행을 한다면 이건 또 얼마나 가증스러운 일인가? 그렇다면 자기가 살고 있는 지역이나 나라는 모두 다 보았기에 더 이상 작품의 소재가 될 게 없으니 외국여행을 간단 말인가? 이런 정신 나간 작자들 때문에 여행에는 관찰하는 능력이 있어야 한다는 철학을 펼쳐야 한다. 이 철학에 따르면 외국여행이나 정원을 거니는 거나 마찬가지라는 얘기가 되기 때문이다.

김성탄(金聖嘆, 친성탄)의 주장처럼 이 두 가지는 마찬가지이다. 그가 《서상기(西廂記, 시샹지)》 평론 중에서 밝히고 있듯 여행자는 필히 '가슴 속에 타고난 재주와 사물을 꿰뚫어보는 눈'을 가져야 한다. 이 두 가지만 갖추고 있다면 산 속에 머물지 않고 집에서 주위의 나무와 개울, 뜬구름 등을 관찰하면서도 산에 있는 듯한 즐거움을 맛볼 수 있는 것이다. 진정한 여행법을 그는 이렇게 말하고 있다.

　세상에 나와 있는 기행문을 읽어 보니 여행법을 제대로 알고 있는 사람이 없음을 알 수 있다. 물론 제대로 여행을 할 줄 아는 사람은 땅과 바다의 장관을 보더라도 그리 크게 놀라지는 않는다. 그러나 그런 놀라움을 얻고자 일부러 온 세상의 명승고적을 다 찾아다닐 필요는 없다. 가슴 깊은 곳의 재주와 빛나는 두 눈만 있다면 말이다. 하루는 다리품을 팔아 가며 눈과 마음까지도 고생시키며 한 석굴을 찾아간다. 다음날은 또 다른 명승지를 정력을 소비해 가며 찾아간다. 잘 모르는 사람은 매일 다른 곳을 찾아다니니 얼마나 좋겠는가 하고 부러워할지도 모른다. 그러나 잘 모르고 하는 얘기들이다. 그 두 석굴과 명승지 사이의 거리래야 얼마나 되겠는가? 2백 리, 3백 리쯤 될까? 아니면 겨우 5리, 10리 정도밖엔 안 떨어져 있을 수도 있다. 겨우 이 정도 떨어져 있다면 아까 말한 그 가슴 속의 재주와 관찰력 있는 두 눈을 가지고 있는 사람이 굳이 두 곳을 다 찾아야 할까?

　위대한 자연의 어머니께서 순식간에 석굴도, 기암도 만들었다고 생각하면 눈은 언제나 휘둥그레지고 가슴은 서늘해진다. 그러나 명승 구경을 가는 도중에 길 옆의 작은 풀, 새의 깃털, 물고기의 비늘 등을 바라보게 되면 자연의 어머니가 이런 작고 세심한 것까지 신경을 쓰셨나 하는 생각에 또 감탄하게 된다. 사자는 작은 토끼를 잡을 때에도 최선을 다한다고 하는데 자연이 배려하는 태도 역시 이와 마찬가지이다. 석굴이나 명승을 만드는 데에 신경을 쓰듯이 작은 풀잎 등을 만들어 내는 데에도 신경을 쓰신 것이다. 그러니 세상에서 눈을 놀라게 하고, 마음을 서늘하게 하는 것은 석굴과 명승뿐만은 아니다.

　게다가 석굴이나 명승지를 찾아갈 필요도 없다는 얘기가 된다. 기껏해야 2백 리와 3백 리, 어쩌면 5리 정도밖엔 안 떨어져 있는 두 곳을 찾는 길에도 아주 작은 자연의 조각들은 허심탄회하게 얼마든지 자신의 모습을 드러내고 있지 않은가? 볼품없고 구부러진 나무로 만든 다리, 대충 형태만 갖춘 나무, 물도 거의 없는 작은 연못, 집안의 개 등에서 우리가 찾아가는 석굴과 명승지의 신비가 그대로 담겨 있다는 사실을 누가 부정할 수 있는가?

가슴속에 특별한 재주와 뛰어난 관찰력을 지닌 두 눈이 필수적이라면 이 세상에 여행법을 제대로 이행할 수 있는 사람은 아무도 없을 것이다. 내 생각엔 무심코 흘러가는 일을 좋아하면 벌써 특별한 재주가 있다는 증거이고, 이렇게 배회하면서 유유자적할 수 있다면 이미 뛰어난 눈을 가지고 있다는 표시라고 본다……

석굴이나 명승을 탐방하겠다고 주장하는 사람은 결국 가보지 못한 곳이 많다고 고백을 하는 것과 마찬가지이다. 그리곤 결국에는 아무 곳도 가보지 못한 결과가 된다. 왜냐하면 사립문이나 개를 보며 신비함과 자연의 위대함을 느끼지 못하는 사람이 석굴이나 명승을 보았다 해서 그곳의 위대함과 신비함을 볼 수 있겠는가? 절대로 그렇지 않을 것이다.

제 12 장
교양(敎養)의 즐거움

1. 지식(知識)과 견식(見識)

교육이나 교양의 목적은 지식을 통해 견식(見識)을 기르고, 행동 가운데서 훌륭한 덕(德)을 쌓는 데에 있다. 교양이 있다느니, 교육을 잘 받았느니 하는 말은 책을 많이 읽어 아는 사람을 칭하는 것이 아니고, 사물을 바로 보고, 바르게 사랑하고 미워할 줄 아는 사람을 일컫는다. 바로 미워할 것과 사랑할 것을 구별할 줄 아는 사람이 견식이 있는 사람이다.

백과사전처럼 온갖 사건의 연대(年代)나 다른 나라의 시사문제에 정통한 사람이라도 태도나 견해가 잘못되어 있는 사람이라면 같이 자리하기가 여간 고역이 아니다. 그런 사람들과 만날 기회가 몇 번 있었는데, 그들은 화제에 대한 수치, 사실 등엔 모르는 것이 없었지만 그들의 견해는 한심하기 이를 데 없었다. 그들은 학식, 즉 지식은 있었지만 견식, 즉 감식(鑑識)이 없는 것이다. 지식은 정보를 머리에 집어넣으면 되지만 견식은 예술적이기까지 한 판단력의 문제이다.

중국에서는 학자를 학식·행위·견식 세 등급으로 분류한다. 예를 들어 어떤 역사책이 학식을 가진 역사가에 의해 씌어졌다고 하자. 이때 이 책의 내용이 단지 사실의 나열일 뿐 작가 자신의 통찰력이나 감식력이 전혀 들어 있지 않다면 그런 책은 이미 역사책으로써 가치가 없어지는 것이다. 정보나 사실을 모아 정리해 놓기는 아주 쉽다. 그러나 그 모아놓은 정보나 사실들의 경중(輕重)을 따지는 판단은 어려운 일이고, 또한 아주 주관적인 문제이기도 하다.

그러므로 교육을 잘 받은 사람은 호오(好惡)에 대한 판단력이 제대로 갖춰진 사람들이다. 이런 사람들의 견식에는 매력이 있다. 견식을 갖추려면 사물을 철저히 분석하는 능력, 독자적인 판단력을 가져야 하는 동시에 어떤 외부의 압력에도 굴복하지 않는 의연한 태도를 가지고 있어야 한다.

우리들의 생활은 수많은 기만(欺瞞)에 싸여 있다. 명성이나 종교, 독재자 등 주위에 우리를 속이는 일들이 얼마나 많은가? 어떤 정신분석학자는 어렸을 적에 내장이 어떻게 기능했는가의 여부가 성인이 되어서 욕심이나 진취성, 책임감 등에 영향을 미치며, 변비인 사람들은 대개 구두쇠가 많다는 등 학설을 내세우고 있다. 다소라도 견식이 있는 사람이라면 이 학설을 접하면 참 별것도 다 있다 생각하며 웃고 말 것이다. 어쨌든 잘못은 잘못이다. 유명한 사람이 읽은 책을 우리가 못 읽었다 해서 부끄러울 것도, 위압감을 느낄 필요도 없다.

그건 그렇고 견식은 용기(勇氣)와 떼려야 뗄 수 없는 관계가 있다. 지금도 중국 사람은 '아는 것[識]'과 '용기[擔]'를 연결 짓고 있다. 판단력이 독자적이라는 사실은 인간에게 있어 커다란 미덕인 셈이다. 이름을 떨친 사상가나 문인들은 어린 시절부터 용기가 있었고, 독자성을 유지하고 있었다. 이들은 어떤 시인이 당시의 유명한 시인이라 해서 무조건 그를 좋아하지는 않았다. 그러나 진정으로 그에게 감복을 하면 그 이유에 대해서 떳떳이 남들에게 이야기를 할 수 있는 용기가 있었다. 어떤 저자가 그를 감복시켰다면 저자가 옳은 것이고, 그렇지 못하면 그가 옳고 저자는 그른 것이다. 자신이 마음속으로부터 납득이 가지 않는 일에 대해서는 의연하게 대항했던 것이다. 앞서 말한 것이 예술적인 견식이고, 나중 것이 지적인 견식이랄 수 있다. 이런 용기와 판단의 독자성을 지키기 위해선 아주 단순하고 소박한 자신감이 필요하다. 이 자신감이야말로 우리가 목숨을 걸고 지켜야 되는 것으로 만일 학자가 이것을 버린다면 스스로 모든 세상의 기만을 인정하는 것이 되어 버린다.

공자(孔子, 쿵즈)는 사려 깊지 못한 학식이, 학식이 없는 사려 깊음보다 위태롭다고 생각했음에 틀림없다. '생각하되 배우지 않으면 사람이 경망스럽고, 배우되 생각지 않으면 사람이 위태롭다.' 이렇게 공자(孔子, 쿵즈)가 경고를 한 것을 보면 그 당시 많은 학자들이 다 후자와 같았던 모양이다. 이 경고는 현대의 학교에도 그대로 들어맞는다. 다 알고 있듯이 현대의 교육과 학교의 제도는 지식만을 강조하고 판단력은 무시하는 경향이 심하다. 그러고는 지식이란 개인적인 문제로 보아 많은 지식만 있으면 교양이 있는 것으로 생각하고 있다.

왜 학교에서 사색(思索)이 푸대접을 받고 있을까? 즐거워야 할 지식의 추구를 기계적이고 획일적이며, 수동적인 주입식으로 만들어 놓은 이유는 무엇일까? 그저 심리학이니 근세사니 경제학이니 하는 전공과목을 다 마쳤다고 대학교 졸업장을 주고는 그들을 교양인이라고 부르는 태도는 도대체 무엇일까? 학점이니 졸업장이니 하는 따위는 또 무엇인가? 혹시 이런 것들 때문에 학생들이 교육의 참 목적과 위치를 빼앗긴 것은 아닐까?

이유는 의외로 간단하다. 현대의 교육제도가 대량교육이 되어 공장과 마찬가지로 그 구성원 하나의 문제도 기계적으로 처리가 되어 버리기 때문이다. 상표를 고수하고 제품의 품질을 보증하려면 어쩔 수 없이 졸업장을 발부하는 것이다. 또 자기 제품 가운데 등급을 매겨야 되니 시험이 있고, 점수가 있다. 고리식의 완벽한 논리체계가 수립이 되어 있으니 빼려야 뺄 수도 없다.

하지만 기계적인 제도의 산물인 시험은 우리의 판단력이나 통찰력에 치명적인 해를 끼친다. 그저 기억력을 묻는 것 이외엔 아무것도 아니다. 나 역시 학생을 가르친 적이 있지만, 어떤 사실에 대한 의견을 묻기보다는 무슨 사건이 몇 년에 일어났는가를 묻는 것이 점수를 매기기도 편하고 채점하기도 편하다.

지금 이 순간에도 학문은 견식의 계발(啓發)이라는 교육 본래의 이상과는 다른 방향으로 흘러가고 있다. 여기서 공자(孔子, 쿵즈)의 다음 말을 음미해 볼 필요가 있을 것이다.

'기문지학(記問之學)은 사람의 스승이 되기엔 부족하다.'

셰익스피어 아니라 그보다 더 훌륭한 책이라도 필독서(必讀書)란 있을 수 없다. '교육을 받은 사람이라면 이 정도의 역사나 지리는 알아야 한다고 하면, 학교란 바로 이 최소한의 알아야 할 것을 가르치는 곳이다.' 라는 생각으로 요즘 교육제도는 운영되고 있는 듯하다. 나도 꽤 교육을 받았다 자부하지만 스페인의 수도가 어디냐는 질문을 받고 당황한 적이 있었다. 하지만 나는 그래도 꽤 교양이 있다고 자부하고 있다.

요즘의 학교식 사고방식으로 보면 스페인의 수도 따위는 나 정도의 교육을 받은 사람이라면 당연히 알아야 할 것이다. 필수과목을 규정하는 것의 맹점이 바로 여기에 있다. 배워야 할 내용은 모두 학교에서 배웠으니 졸업 후엔 공부도, 독서도 할 필요가 없다는 말밖엔 안 된다.

어떤 형태로도 사람의 지식을 시험하고 측정하는 일은 없어야 한다. 장자(莊子, 좡즈)의 다음과 같은 말을 상기해 보라.

'내 생명엔 한(限)이 있으나 지식에는 한이 없도다.'

결국 학문의 연구는 신대륙의 탐험과 마찬가지로 그 탐구심이 무엇인가 밝히려 하고, 호기심과 함께 모험적으로 구현되기만 한다면 절대로 고통스러울 리가 없다. 계속 즐거움으로 존재할 것이다.

일방적인 지식의 주입은 지양되어야 한다. 적어도 졸업장과 점수를 없앨 수 없다면 그저 그것 이상 어떤 의미를 부여하지 말아야 한다. 그래야만 학생들이 왜 공부하는가를 생각하게 되어 적극적으로 학문을 탐구하게 될 것이다. 그저 진급하기 위해 공부하는 학생들은 얼마나 보기가 딱한가? 하지만 학문의 탐구는 오직 자신의 일이지 남의 일은 아니니, 학문하는 원래 목적을 제외한 학문의 탐구는 남의 일이 아니라, 자신의 일이어야만 한다. 그래야 적극적이고 즐거운 교육이 이루어질 수 있다.

2. 오락(娛樂)으로서의 예술과 품위(品位)로서의 예술

예술은 창조인 동시에 오락이다. 이 두 가지 가운데 오락적인 의미에서의 예술이 더욱 중요하다고 나는 생각한다. 그림이든 건축물이든 간에 불후의 명작이라고 하는 작품들에 대해 그 예술적 가치는 인정을 하지만, 참된 예술적 정신이라면 보다 많은 사람을 즐겁게 하고 보다 일반적으로 예술을 보급시켜야 한다고 생각한다.

학교에서 축구 대표선수를 양성하는 것도 중요하지만, 전교생들이 운동을 즐길 수 있게 만드는 것이 더 중요하듯, 한 나라에서 한 사람의 로댕을 배출하기보다는 온 국민이 미술을 즐길 수 있게 만드는 것이 보다 예술을 그 본질에 가깝게 하는 일이다. 다시 말해 나는 모든 분야의 아마추어 주의를 제창하는 셈이다. 아마추어 철학가, 아마추어 시인, 아마추어 미술사에서 집을 스스로 짓는 아마추어 건축가까지. 친구가 그냥 멋대로 소야곡을 피아노로 연주하는 모습을 지켜보는 것은 전문가의 음악회를 지켜보는 것보다 오히려 더욱 뛰어난 흥취를 준다. 그 어떤 부모라도 셰익스피어의 극을 보기보다는 자신의 아들이 출연하는 아마추어 연극을 보고 싶어 할 것이다. 아마추어는 모두 자기가 하고 싶어 그 일을 한다. 그리고 예술의 참정신은 바로 이 자발적인 참여에 있는 것이다. 중국의 그림이 거의 전문화가에 의하기보다 문인들이 취미로 그렸던 그림에 의해 발전을 해왔다는 점이 내가 좋아하는 이유이다. 이런 예술을 즐기는 정신이 있어야 예술이 상업화되지 않는다.

그런데 사람은 노는 데 있어 이유가 없다. 바로 이것이 유희(遊戲)의 유희다운 특징이다. 논다는 그 자체가 바로 훌륭한 이유가 된다. 이런 것은 진화론으로도 증명이 가능하다. 아름다움은 생존경쟁의 원리로는 설명이 불가능한 것으로 실제로 사슴의 긴 뿔처럼 생존에 피해를 주는 것도 있다. 결국 다윈이 자웅도태라는 2차적인 논리를 세운 후에야 아름다움을 설명할 수 있었다. 예술은 육체적·정신적으로 힘이 남고 시간이 남아 자연스럽게 발생한 것으로 이 사실을 이해하지 않으면 예술의 본질을 이해할 수가 없어진다. 이런 견해가 '예술을 위한 예술'이라고 비난을 받긴 하지만 이 문제에 대해서는 정치가들도 아무 말 할 수 없다.

히틀러가 많은 현대예술을 부도덕하다고 금지시켰지만 그를 위해 박물관을 짓고 초상화를 그리는 예술가야말로 부도덕한 사람이다. 어찌 예술을 한다고 할 수 있을까? 단지 절개를 팔아먹는 짓에 불과하다. 상업적 예술이 창조성을 손상시킨다고 말을 하지만, 정치적 예술은 창조정신을 아예 말살시켜 버린다. 자유가 바로 예술의 참 얼인데, 독재자들이 예술을 정치의 도구로 사용하려고 하니 언어도단도 유분수다. 총칼을 가지고 예술을 찾는 행동은 창녀에게서 진실된 사랑을 구하겠다는 생각과 마찬가지인데, 그들은 이 사실조차 모르고 있다.

예술에 있어 충동이라는 말이 중요하게 쓰이고 있다. 단지 육체적·정신적 힘과 정력의 과잉으로 해서 예술이 생겨나긴 하지만, 이런 충동은 예술을 가장 예술답게 만들고 있다. 이런 충동의 근거가 되는 것이 영감(靈感)이라고 말들 하는 걸 보면 예술가 자신도 그 충동이 어디에서 생기는지 잘 알지 못하는 모양이다. 그저 내적인 감정의 표현이지, 달리 설명할 말이 없다.

요즘 생물학의 발달에 따라 인간의 정신생활의 중추세포, 조직이 밝혀지고 있다. 화나고 무섭고 하는 감정의 변화까지 아드레날린 분비의 가감에 의한 것이라니 그리고 보면 천재도 그저 분비액이 많아서 생겨난 존재는 아닐까?

현대적인 생물학의 지식이 없던 중국의 한 작가는 모든 인간 행동은 몸 안에 있는 벌레의 의해 결정된다는 그럴 듯한 추리를 했다. 간통은 창자를 물어뜯어 욕망을 채우게 만들고야 마는 벌레가 설쳐댄 탓이고, 야망이나 공격성, 명예욕 등은 그 목표가 달성될 때까지는 침착하지 못한 벌레가 저지른 장난이라 한다. 그렇다면 책을 쓰는 경우엔 쓰지 않고는 못 견디게 만드는 어떤 벌레가 설쳐댔기 때문인가? 호르몬과 벌레 둘 중 하나를 택하라면 나는 후자 쪽을 택하겠다. 그쪽이 훨씬 살아 있는 기분이 드니까.

　이런 벌레의 수가 많아지든지—아니 그대로라도 마찬가지이겠다—하면 무언가 창조하고 싶은 생각이 든다. 어린아이는 힘이 솟으면 걷지 않고 뛰어다니며, 어른이 힘이 남으면 걷지 않고 춤을 춘다. 춤이란 비능률적인 걸음에 불과하다. 여기서 비능률적이라는 것은 다만 물리적인 힘만을 따졌을 때 얘기이고, 미적 견해는 아니다. 직선으로 가면 가까울 거리도 춤을 추면 원을 그리고 돌아간다. 하지만 춤을 추며 국가의 장래와 국민의 해방을 꿈꾸는 사람이 있을까? 하긴 뛰어난 공산주의자는 목표한 곳에 최단거리로 도달해야겠지만, 그들에게 노동의 중요함만큼 유희의 중요함도 인식시킬 수만 있다면 세상이 어떻게 변할까? 그렇지 않아도 인간은 다른 동물에 비하면 과로하는 편인데 국가라는 괴물을 위해 한가함과 여유, 오락을 몽땅 빼앗겨야 한단 말인가?

　예술의 본질이 오락에 있다고 이해하고 나면 예술과 도덕의 관계는 쉽게 밝혀진다. 미(美)란 아름다운 모습(form)에 지나지 않는다. 그리고 이 아름다운 모습은 행동에도 나타난다. 예술 작품에 보이는 아름다움뿐 아니라 열심히 뛰는 운동선수에게도 아름다운 모습이 있고, 나이가 먹어감에 따라 그 모습도 변화해 간다. 심지어 중국의 노파들은 침을 뱉어도 우아한 모습으로 뱉도록 교육을 받는다. 이 같은 인간의 모든 행동에는 모습과 표현 내용이 있고, 모든 표현의 내용은 예술의 범위 내에 있다.

예술의 영역을 이처럼 넓히게 되면 행동의 아름다운 모습과 아름다운 예술의 개성은 밀접한 관계를 맺게 되고, 둘 다 중요한 것이 된다. 시가 무르익으면 운율에 멋을 부리게 되듯이, 우리의 행동도 힘이 남으면 멋과 모습을 찾게 된다. 어떤 일을 하더라도 보다 우아하고 침착하고 멋있게 처리하고 싶다는 생각은 그렇게 할 자신감과 동시에 보다 높은 곳을 지향하는 본능 때문이다. 있어선 안 되겠지만, 완벽한 살인이나 음모를 보면 아름답다는 생각을 하게 된다. 아주 자질구레한 일상사에서도 이런 생각을 하게 되고, 이를 실행하면 바로 '인생의 즐거움'이라고 표현하는 범주에 들게 된다.

말과 생활습관 등에 이런 예절을 요구하는 경향은 진(晉, A.D.3~4C)시대 말기에 절정을 이루었다. 그 당시는 부인의 옷의 장식이 가장 화려했었고, 단지 얼굴이 잘생겼다는 이유 하나로 유명해진 사람도 있을 정도였다. 멋진 수염이 유행했고, 남자들은 길고 풍성한 겉옷을 입고 일부러 어깨를 흔들며 걸어다녔다. 우아한 것이라면 무엇이든지 숭상했고, 말총으로 파리를 쫓는 진(塵, 천)이라는 파리채 같은 것이 유행해서 당시의 한담(閑談)을 진담(塵談, 천탄)이라고 하기도 한다. 대화 도중에 진을 우아하게 흔들다 보니 생겨난 말이다. 부채도 역시 이 시대에 유행을 했다. 대화 중 부채를 폈다 접었다 하는 광경은 상상에도 그럴 듯해 보인다. 미국의 노인이 연설을 할 때 안경을 썼다 벗었다 하는 것도 같은 이유다. 쓸모를 따진다면 이 진이나 부채 모두 별 볼 일이 없지만 대화를 보다 부드럽게 진행시키는 소도구였던 것이다.

서양에서도 이처럼 멋있는 예절을 본 적이 있는데 프러시아에선 신사가 귀부인에게 인사를 할 때 뒤꿈치를 탁하고 소리를 내며 부딪치는 것과 처녀들이 한쪽 다리를 뒤로 빼며 그대로 앉는 듯 절을 하는 모습 등이다. 그러나 이런 습관이 요즘엔 없어진 듯해서 안타깝다. 중국에서도 이런 사교를 위한 예절은 얼마든지 있다. 또 품위가 있는 기객(棋客)이 바둑알을 놓는 모습도 참으로 볼 만하고, 관리들이 화를 내며 방을 휑하니 나가는 데에도 특유의 몸짓이 있을 정도다.

교양이 있는 관리가 말하는 투도 듣기가 좋다. 베이징(北京)의 발음에는 음악적인 데가 있어 운율과 박자가 잘 어울리기도 한다. 이들은 앞서 얘기했듯 침을 뱉는 데에도 일정한 규칙이 있다. 대개 침은 3박자로 뱉는데 처음 2박자는 숨을 들이마시며 목의 가래를 깨끗이 입 안에 모은 후 마지막 1박자에 음악의 스타카토처럼 빠르고 힘 있게 뱉는다. 침을 뱉어도 아름답게 뱉기만 한다면 난 결핵균이 공기에 퍼진다 해도 개의치 않겠다. 지금까지 그런 모습을 여러 번 보면서도 별 탈 없이 살아왔으니 말이다. 그들의 웃음도 무질서하게 터져나오는 것이 아니라 처음에는 격식을 갖추어 일정하게 웃다가 나중엔 아주 너그럽게 들리는 웃음을 웃는다. 그 웃는 얼굴에 흰 수염이라도 있다면 더욱 근사하다.

배우들도 이런 웃음을 배우려고 애를 쓴다. 사람의 웃음은 여러 가지가 있지만, 가장 어려운 웃음이 체념 상태에서 나오는 웃음이다. 제대로 웃는 것도 보통 재주로는 어림없는 일이다. 중국에서는 연극을 구경할 때 배우들의 웃는 법, 손 놀리는 법, 걸음걸이 등의 타이부(臺步, stage steps)에 신경을 쓴다. 사소한 몸의 움직임도 다 노력을 기울여 연습한 것이다. 중국의 연극에는 동작에 치중하는 연극과 뮤지컬 두 가지가 있다. 전자의 경우 배우들은 마음에 안 들 때 머리 흔드는 법, 의심할 때 눈썹을 치켜올리는 법, 만족했을 때 수염 쓰다듬는 법 등을 모조리 터득하고 있어야 한다.

다시 예술의 도덕성으로 화제를 옮기기로 하자. 공산주의자나 독재자들은 창조의 주체로서 각 개인의 역할이나 개성 등에 신경을 쓰지 않고 오로지 국가가 모든 개인에 우선한다는 논리만을 전개한다. 그러다 보니 이런 체제하에서의 예술은 개인의 개성과 창조능력이 무시된 획일적인 선동의 수단 이외엔 아무것도 아닌 게 된다. 이런 상태라면 예술의 도덕성은 생각할 필요도 없어진다.

예술품은 그 창조자의 개성에 정비례한다. 스케일이 큰 사람은 커다란 예술품을 만들 것이고, 원래 에로틱한 사람은 선정적인 작품만을 만들 것이다. 결국 예술과 도덕의 관계는 간단해진다. 어차피 도덕이란 외부의 선동이나 압력에 의해 결정될 성질이 아니므로 예술가 자신의 내부적인 문제가 되는 것이다. 선택으로 결정될 사항이 아니라 필연적으로 그렇게 될 수밖에 없다. 백 번 죽었다 깨어나도 천박한 예술가는 그런 작품밖엔 만들 수 없다. 물론 그 반대의 경우도 맞다.

중국 사람들이 예술에 대해 품(品)을 매기는 것은 아주 재미있는 발상이다. 인품이니 품위니 하고 불려지는 바로 그 품인데, 예술가들에게도 그가 제1품이니 제2품이니 하는 식으로 등급을 매긴다. 또 차나 술을 맛보고 평가할 때에도 '차를 품한다.' 라고 말한다. 즉 어떤 한 부분의 행동이 전체 그 사람의 격을 결정하게 된다. 손버릇이 나쁜 도박꾼도 '도품(賭品)이 나쁘다.' 라고 욕을 먹으니 어느 정도인지 알 만하지 않은가? 중국에서 가장 오래된 시의 평론은 《시품(詩品, 스핀)》이란 제목이 붙어 있는데 시인의 품위를 매겨 놓은 책이다.

이 품의 개념에 의해 중국 사람에게는 예술가의 작품은 그 품위에 따라 결정된다는 신념이 생기게 되었다. 이 품위는 도덕적인 동시에 예술적이기도 하다. 굳이 영어로 표현한다면 품은 스타일(style)이나 매너(manner)의 뜻에 가깝다고 볼 수 있다. 어떤 예술가라도 자신의 도덕적이고 예술적인 품격이 뛰어나지 않으면 대접을 받지 못한다. 작품에 대한 평가는 기교에 있지 않고 예술가 자신의 품격과 관련해서 내려진다. 기교는 뛰어나더라도 품위가 없으면 영어로 말해 캐릭터(character)가 없는 작품일 뿐이다.

예술은 어찌 되었든 구체적인 형태를 가지게 되므로 기계적인 문제, 즉 꼭 습득해야 할 기법이 있기는 하다. 하지만 예술은 또한 정신적인 것이므로 창작에 있어 가장 중요한 것은 작품이 가지는 품위이며, 이 품위는 또 예술가가 지닌 품격에 의해 생성된다. 책을 예로 든다면 작자의 판단과 감정에 의해 생긴 스타일이 가장 중요하다. 하지만 이런 작품의 개성은 왕왕 기법만을 숭상하다 보면 손상을 입는 수가 많다. 어떤 예술의 장르든 초보자는 기법에 주로 의존할 수밖에 없으므로 어려움을 겪게 되는 것이다. 개성이 없는 형식은 좋다고 할 수 없다. 그리고 좋은 형식에는 항상 나름대로의 흐름이 있다. 결승점을 향해 전력 질주하는 육상선수나, 바람을 가득 받아 팽팽해진 돛으로 항해를 하는 요트나, 꿩을 쫓아 내리꽂히는 매 등 아름다운 모습에는 다 이런 흐름이 있다.

작품에 격(格)이 없으면 죽은 작품이다. 기법이 아무리 뛰어나고 심미안이 좋다고 해도 이것만으로는 살아 있는 작품을 만들 수 없다. 격이란 개성이 없으면 아름다움도 평범한 것일 뿐이다.

그저 영화배우가 되고 싶다 해서 유명 배우의 옷차림이나 몸짓 따위나 흉내내며 영화감독을 신경질나게 만드는 미국 처녀들은 이런 이치를 모르기에 그러할 것이다. 그저 얼굴이 예쁜 여자는 많으나 참신하고 개성적인 사람은 거의 없다. 개성의 아름다움을 함양하는 것이 모든 예술의 기본이다. 반드시 예술가의 격이 작품에는 나타나게 되어 있기 때문이다.

이런 품격은 도덕적인 면과 미적인 면 양쪽에 걸쳐 함양되어야 하고, 그러자면 지식과 교양이 동시에 필요하다. 창작에는 교양이 있으면 되지만, 남의 예술을 평가하고 그 속에서 무언가를 얻어내려면 지식이 있어야 한다. 옛 서예가들의 작품을 대했을 때의 태도를 보면 그 사람이 그 방면의 지식이 어느 수준인가를 알 수 있게 된다. 이런 지식에 자신의 격을 넣어 한 편의 작품이 이루어진다. 특히 서예작품을 보면 미의 여러 종류를 잘 볼 수 있음도 이 때문이다.

그러나 완성된 작품의 아름다움과 작자의 격에 따른 아름다움을 구별하기란 참 힘든 일이다. 그 속엔 자유 의미도, 자제 의미도, 온건함도, 낭만적이기도 한 가지가지 아름다움이 있다. 그러나 한 가지 눈에 보이지 않아 찾기 어려운 아름다움이 있으니 바로 열심히 세상을 살아가는 아름다움이다.

3. 독서(讀書)에 대하여

독서의 즐거움은 예부터 교양 있는 생활의 매력 중의 하나로 알려져 왔다. 특히 독서를 할 수 없는 사람들에겐 일종의 시샘어린 시선까지 받기도 했지만, 책을 읽는 사람과 그러지 못하는 사람의 생활을 비교해 보면 쉽게 알 수 있는 것이 평상시 책을 읽지 않는 사람은 시간적이든 공간적이든 자기만의 세계에 갇혀 지낸다. 항상 모든 생활이 정해진 틀에 의해 움직이기 때문에 만나는 사람도 늘 정해져 있고, 보고 듣는 것 역시 신변의 잡사뿐이고, 도저히 그 틀을 벗어날 수가 없다.

하지만 일단 책을 접하게 되면 그의 세계가 뒤바뀌어 버린다. 좋은 책을 골라 읽게 되면 즉시 먼 옛날이나 미래, 미지의 세계로 독자를 안내해서 마음속 고민이나 시름도 다 지워 버리고 새로운 세상을 보여 준다.

맹자(孟子, 멍즈)나 사마천(司馬遷, 스마치앤)도 하루 두 시간씩만이라도 다른 세상에 살며 고민을 잊을 수가 있다면 몸이 감옥에 있다 한들 무슨 대수

냐고 했다. 독서에는 여행의 효과와 비슷한 효과가 있다고 볼 수도 있겠다.

또한 독서를 즐기는 사람은 항상 사색과 반성의 세계를 드나들 수 있으니 비록 물질적인 면을 쓴 책을 보더라도 직접 경험을 한 사람과 책을 통해 경험한 사람에는 차이가 있다. 책에서는 이런 물질적인 일도 구경거리가 되고, 책을 읽은 사람은 구경꾼이 되는 것이다. 그러니 단지 사실만을 알리는 것이 아니라 독자로 하여금 생각을 할 기회를 주는 셈이다. 그렇게 보면 신문은 독서의 대상이 될 수가 없다. 신문은 그저 단순한 사건의 나열에 지나지 않기 때문이다.

독서의 본질을 가장 잘 표현한 사람은 소동파(蘇東坡, 수둥포)의 친구였던 황산곡(黃山谷, 황산구)인 것 같다. 그는 "선비가 사흘을 책을 안 읽으면 자신의 말이 무의미하고, 거울에 비쳐 보면 가증스럽다."라고 했다.

즉 독서의 목적은 독자에게 기쁨과 격을 주는 이외의 것은 없으며, 이 목적을 위해 독서를 할 때 독서의 기술(技術, art)이 생긴다는 말이다.

자신의 정신세계 수준을 높이기 위해서라는 것은 독서의 목적이 될 수 없다. 이런 쓸데없는 생각을 하게 되면 독서의 즐거움은 그대로 달아나 버린다. 틀림없이 '나는 교양이 있음을 알리기 위해서는 셰익스피어를 읽고, 소포클레스도 읽어야 하겠다.' 이렇게 생각을 하고 있을 테니 이런 사람의 학식이 높아질 까닭이 있는가? 밤을 새워 가며 억지로 《햄릿》을 읽어 봐야 누군가가 물어볼 때 '나는 그 책을 읽었다.' 라고 대답할 근거나 마련하는 정도지 남는 게 무엇이 있겠는가? 독서를 일이나 의무로 생각하는 것은 국회의원이 연설 전에 서류를 훑어보는 것과 다를 바가 없다.

황산곡(黃山谷, 황산구)에 의하면 독서의 목적은 외모에 매력을 주고, 대화에 맛을 주는 것이다. 그러나 여기서 외모라 하여 미남자가 된다는 말은 절대 아니다. 아무리 잘생겼어도 보기 싫은 사람이 얼마나 많은가? 한편 체스터턴처럼 온 얼굴이 가운데로 뭉쳐져 더 이상 보기 힘든 사람의 얼굴도 보고 있노라면 저절로 호감이 생겨나는 수가 있다. 바로 이런 얼굴이 황산곡(黃山谷, 황산구)이 좋아하는 진실된 사색으로 해서 생겨난 얼굴이다. 대화하는 가운데 풍겨나오는 멋도 역시 독서 여하에 달려 있다. 책의 멋을 흡수해서 내 것으로 만들면 곧 대화 중에도 그 멋이 풍기게 된다. 이러다 보면 자연히 글에도 그 멋이 풍기지 않겠는가?

그래서 나는 독서의 핵심적인 열쇠는 멋이나 취미 등에 있다고 본다. 취미는 음식의 기호처럼 개인에 따라 차이가 있는데, 가장 좋아하는 음식을 먹는 것이 이상적이듯 독서도 자기에게 맞는 책을 골라 읽는 것이 제일 좋은 방법이다. 같은 물을 마셔도 뱀은 독을 만들고, 젖소는 우유를 만들듯 한 사람에게 살이 되었다 해서 다른 사람에게도 살이 된다는 보장이 없다. 오히려 독이 될 수도 있다. 그러니 부모나 선생이라도 자신의 독서법을 아이들에게 강요해서 안 된다. 지금 읽는 책이 재미가 없다면 시간낭비일 뿐이다. 원중랑(袁中郞, 위앤중랑)의 말처럼 '마음에 안 드는 책은 버려서 남들이나 읽게 해야 한다.'

누구나 읽어야 할 필독서라는 것은 세상에는 없다. 다만 '어떤 사람이 어느 정도의 나이 때 이러저러한 상황이라면 읽어 볼만 한 책' 정도는 있을 수 있다. 오히려 나는 독서란 결혼처럼 연인이나 운명의 끈에 의해 결정된다는 생각을 가지고 있다. 성서(聖書)는 아마 만인 필독서로 꼽을 수 있을지 모르나 그것도 읽을 시기가 있는 것이다.

나름대로의 관점과 체험이 뒷받침되지 못한 상태에서 걸작을 읽으면 별 효과가 없다. 공자(孔子, 쿵즈)도 "《주역(周易, 저우이)》은 50이 넘어 읽어야 탈이 없다."고 말했지 않은가? 《논어(論語, 론위)》에 나오는 공자(孔子, 쿵즈)의 말은 대단히 원숙하고 따스한 품격을 지니고 있지만 읽는 사람이 그 경지에 이르지 못하면 아무 느낌도 없이 지루하기만 하다.

　같은 사람이 같은 책을 읽더라도 그 읽은 때에 따라 또 맛이 다르다. 간단한 예로 책의 저자를 한번 만나 이야기를 나누고 난 후 읽을 때와 그냥 읽을 때와 얼마나 차이가 있는가? 40세 때 《주역(周易, 저우이)》을 읽더라도 어느 정도 맛은 알 수 있겠지만 50이 넘어 다시 《주역(周易, 저우이)》을 읽으면 전에 느끼지 못했던 새로운 감흥이 생긴다. 그러니 양서는 여러 번 읽어 보는 편이 좋다.

　독서란 결국 저자와 독자 양쪽에서 이루어지는 행위이다. 저자의 체험과 통찰력을 얼마나 독자가 나름의 경험과 통찰력으로 흡수하느냐이다. 송대의 유학자인 정이천(程伊川, 정이촨)은 다음과 같이 말했다. "《논어(論語, 론위)》는 누구나 읽는다. 그러나 어떤 사람은 읽는 즉시 잊어버리고, 또 어떤 사람은 한두 구절만 기억하고, 또 어떤 사람은 기쁨에 춤을 추며 좋아하기도 한다."

　자신의 지식을 보다 발전시키기 위해서는 좋은 저자를 찾는 것이 중요하다. 서로의 영혼이 교감(交感)할 수 있는 저자를 찾아야 한다. 그것도 남의 힘을 빌리지 않고 자기 스스로 찾아야 한다. 어쩌면 자신도 모르고 넘어가는 수도 있지만, 남녀 간에 첫눈에 반했다는 말처럼 본능적으로 통하는 저자를 찾아야 한다. 몇백 년의 차이가 있어도 충분히 교감이 이루어질 수 있다.

　중국에서는 이런 경우 영혼이 재생(再生)했다고 표현한다. 소동파(蘇東坡, 수둥포)는 장자(莊子, 좡즈)나 도연명(陶淵明, 타오위앤밍)의 재생이요, 원중랑(袁中郎, 위앤중랑)은 소동파(蘇東坡, 수둥포)의 화신(化身)이라고 불린다. 소동파(蘇東坡, 수둥포)가 《장자(莊子, 좡즈)》를 처음 읽자 마치 자기가 오래 전부터 그렇게 생각했었던 듯한 기분이 들었다고 한다. 원중랑(袁中郎, 위앤중랑)도 어느 날 밤에 시집을 뒤적이다 그 당시까지 무명 시인이었던 동시대

사람인 서문장(徐文長, 쉬원창)을 발견하게 되었다, 그는 즉시 옆에서 자던 친구를 깨워 둘이 함께 서문장(徐文長, 쉬원창)의 시를 읽고는 기뻐서 날뛰니 이를 지켜보던 하인이 정신을 못차렸다는 일화가 있다.

서양에서도 이런 경우는 흔하다. 엘리엇은 루소를 대했을 때의 느낌을 감전(感電)이라 표현했고, 니체 역시 쇼펜하워를 처음 대했을 때 그런 느낌이 들었다고 한다. 그러나 쇼펜하워는 괴팍스럽고 까다로운 스승이었고, 니체는 너무 격정적이었으니 말년에 등을 돌릴 수밖에 없었을 것이다.

무언가 얻은 것이 있다면 바로 이런 저자를 만났을 때의 일일 것이다. 그의 모든 것이 좋아진다. 무조건 한 자라도 놓치지 않으려고 탐독을 하지만 이미 영혼의 교감이 이루어진 상태이니 몽땅 흡수하는데 아무런 문제가 없다. 저자가 주문을 외우면 독자는 마법에라도 걸린 듯 목소리, 웃음소리, 손짓까지 저자를 따라가게 되는 수도 있다. 이렇게 열심히 그 책에서 영양분을 다 뽑아 마법이 풀리면 다시 다른 연인을 찾아가는 것이다. 이렇게 서너 번 연인을 갈아치운 후엔 본인이 직접 저자가 되는 수도 있다. 하지만 이 세상에는 절대로 이렇게 열애에 빠지지 않는 독자도 많다. 이런 관점에서 보면 독서에 의무나 책임을 느낀다면 절대로 좋지 않다는 말이 된다.

중국에서 흔히 쓰이는 말 가운데 옛날 어떤 선비는 책을 읽다 잠이 오면 송곳으로 무릎을 찔러 잠을 이겼다는 얘기가 있다. 얼마나 어처구니없는 일인가? 책을 읽고 선현(仙賢)들과 대화를 나누다 졸리면 그냥 자면 그뿐이지 억지로 잠을 몰아내서 좋을 일이 무엇이 있는가? 이들이야말로 독서의 즐거움을 모르고 있는 사람들이다. 세상 이치를 아는 사람이라면 이런 극단적인 얘기에 의해서보다는 저절로 마음이 끌려 어쩔 수 없이 책을 읽는다.

그러면 자연히 독서에 알맞은 때와 장소가 무엇이냐는 문제에 대한 답도 얻어진다. 아무 곳에서나 아무 때에나 자기가 읽고 싶으면 읽으면 그뿐이다. 학교가 아니면 어떤가? 공부가 하고 싶다는 마음만 있으면 세상 모든 곳이 최고의 학교이다. 옛날 중국의 학자이자 장군인 증국번(曾國藩, 청궈판)은 동생이 서울에 올라와 공부를 더하고 싶다고 쓴 편지의 답장에서 이렇게 쓰고 있다.

'공부는 하고 싶다면 시골에서도 할 수 있다. 사막이나 시장 길에서도 할 수 있고, 소를 먹이고 나무를 하면서도 할 수 있다. 생각이 없는 사람은 신선이 사는 섬에서도 공부를 할 수 없다.'

세상에서는 책을 읽으려 할 때 책상에 앉아서는 거드름을 피우며 방이 춥다는 둥, 불이 어둡다는 둥 불평을 하는 사람이 있다. 그런가 하면 파리, 모기가 너무 많다, 너무 시끄럽다는 등의 핑계를 대며 글을 못 쓰겠다는 작가도 있다. 송의 구양수(歐陽修, 어우양셔우)[1] 같은 대학자도 글을 쓰기 좋은 곳 세 군데를 들었으니 침대 위, 말을 타고, 화장실에서가 바로 그것이다. 청나라의 유명한 학자인 고천리(顧千里, 구치앤리)는 한여름에 발가벗고 유서(儒書)를 읽는 습관이 있었다 한다. 하지만 책을 읽기 싫다면 어느 때라도 읽지 않으면 된다.

'봄에 책을 읽으면 봄의 참뜻을 해치고, 여름엔 잠이나 푹 자면 된다. 겨울이 빨리 가을에게 지나가라고 재촉하면 다음 봄까지 기다린들 어떠랴.' 참다운 독서법은 무엇인가? 대답은 아주 간단하다. 읽고 싶을 때 읽으면 된다. 표지가 부드러운 시집을 한 권 손에 들고 연인의 손을 잡고 강둑으로 책을 읽으러 간다. 하늘에 구름이 떠가면 책 대신 구름을 읽어도 좋다. 둘

---

1 1007~1072. 중국 북송(北宋) 때의 시인 · 사학자 · 정치가. 자는 영숙(永叔), 호는 취옹(醉翁, 쮀이웡), 시호는 문충(文忠, 원중). 송대 문학에 고문(古文)을 다시 도입했고 유교원리를 통해 정계(政界)를 개혁하고자 노력했다. 저서에 《오대사기》와 《신당서》가 있는데 전통 역사서의 형태와 범위를 확충했고, 간결하지만 정확한 기술과 도덕적 판단을 통하여 그 당시의 인물과 제도를 평했다.

다 읽으면 더욱 좋을 테고, 담배를 한 대 피워 물거나 차를 한 잔쯤 마실 수 있다면 더욱 좋을 것이다. 한밤중 화로에선 찻물 끓는 소리가 들리고, 담배 한 갑을 준비해 놓곤 책을 수북이 쌓아 둔다. 이 책 저 책 뒤적이다가 마음에 드는 부분이 있으면 담배를 꺼내 문다. 오죽하면 김성탄(金聖嘆, 진성탄)은 눈 오는 밤, 문을 닫아걸고 금서(禁書)를 읽는 것이 인생 최대의 기쁨이라고 했겠는가?

독서의 흥취는 진계유(陣繼儒, 전지루)가 한 다음 말에 잘 나타나 있다. '옛 선인(先人)들은 서화(書畵)를 유권(柔拳), 연첩(軟帖)이라 불렀다. 그러니 책을 읽고 화첩을 볼 때엔 유연하게 해야 한다.' 또한 이런 말도 있다. '진정한 대가는 역사책을 읽을 때 오자(誤字)에 신경 쓰지 않는다. 마치 뛰어난 등산가가 험한 길을 마음에 두지 않고, 설경을 보려는 사람이 다리[橋]가 낡음을 마음에 두지 않고, 꽃을 즐기는 사람이 술의 종류를 마음에 두지 않는 것과 마찬가지이다.'

독서의 즐거움은 중국 최고의 여류시인인 이청조(李淸照, 리칭자오, 호는 역안(易安, 이안), 1081~1141)의 자서전에 가장 잘 나타나 있다. 남편이 국비 장학생이어서 매달 생활비를 받으면 그녀는 남편과 함께 고서나 탁본을 팔고 있는 절을 찾아갔다. 오는 길에는 과일을 사서 먹으며, 사가지고 온 탁본이나 책을 서로 조사하며 읽곤 했다. 《금석록발문(金石錄跋文, 진스루바원)》이라고 불리는 그녀의 자서전 한 구절을 소개해 보자.

나는 기억력이 좋은 편이다. 저녁을 먹고 나서 조용히 궤이라이탕[歸來堂]에 앉아 차를 마시며 서가에 쌓아놓은 책을 가리키며 이러한 구절이 어느 책 어느 면 어느 줄에 있는가를 맞히는 놀이를 했다. 맞히는 사람이 먼저 차를 마시는 것이다. 맞혀서 기분이 좋으면 잔을 높이 들고 장난치다가 차를 옷에 쏟아 못 마시는 경우도 흔히 있었다. 이런 기분으로 우리는 가난하나 그 기(氣)만은 죽지 않고 떳떳하게 만족하며 살아나갔다. ……그러다 보니 점점 수집한 책이 많아져서 책이나 그림이 책상에도, 방 안에도 수북이 쌓였다. 이것을 눈과 마음으로 즐기면서 어떻게 이를 처리해야 하나 이야기하는 그 즐거움은 짐승을 기르는 재미나 음악의 즐거움과는 비교할 수 없는 즐거움이다.

4. 문장도(文章道)에 대하여

문장도(文章道)란 글을 쓰는 단순한 기법보다 훨씬 광범위한 문장을 만드는 법 그 자체를 의미한다. 사실 작가 지망자의 경우는 너무 기법에만 치중하는 경향이 있는데 이런 경향은 시정해야 한다. 우선 진정한 예술의 격을 기른 후 자신의 온 영혼을 작품에 쏟아 붓는 자세가 필요하다. 인격의 기초가 이룩되면 저절로 스타일이 생기게 되고, 지엽적인 기법 따위의 문제는 저절로 해결되는 것이다. 자질이 훌륭하면 다소 작품에 문제가 있더라도 문제 삼을 정도는 못 된다. 어떤 출판사나 교정만을 담당하는 사람이 있으니 문장이나 구두점에 약간 틀린 점이 있다 한들 무슨 큰일이겠는가?

프랑스의 철학자 뷔퐁이 말했듯이 '문체(文體)는 곧 사람이다.' 문체라 하는 것은 체제도 아니고, 단순한 장식도 아니고, 독자가 느끼는 작자의 품위와 깊이, 견식, 유머 등 모든 느낌의 총체인 것이다. 그러니 '유머를 사용하는 방법'이니, '실용적 상식' 등의 지침서 따위의 책은 다 쓸데없는 것들에 불과하다.

나는 표현주의의 전개와 발랄한 개성이 넘치는 산문을 중국에 전개하는 운동에 참여한 적이 있었다. 여기서 문장도 전반에 관한 의견을 펼치기 위해 수많은 논문을 쓰기도 했는데 다음에 소개하는 것은 〈담뱃재〉라는 제목으로 발표했던 문학에 대한 경구(警句)의 일부이다.

1) 기법과 개성

작문 선생이 문학을 얘기하는 것은 목수(木手)가 미술을 말하는 것과 마찬가지이고, 평론가가 기법에 의해 작품을 비평하는 것은 토목기사가 컴퍼스로 태산의 높이를 재는 것과 마찬가지이다.

문장에 기법이란 있을 수 없다고 내로라하는 중국의 작가들은 이구동성으로 말하고 있다. 기법에 집착하는 것은 속 좁은 사람이 아주 시시한 문제에 매달리는 꼴과 마찬가지이다.

초보자는 언제나 기법에 연연한다. 모든 예술의 성공의 기본은 개성에 있다는 사실을 그들은 모르고 있다.

2) 문학 감상

어떤 작가의 작품이든 읽고 난 후에 받은 느낌을 절대로 숨길 필요가 없다. 독자의 감상력이 올바로 작용한다면 말이다. 이렇게 광범위한 독서를 마치고 난 후에야 어떤 글에서 풍기는 우아함·섬세함·산뜻함 등의 본질을 이해할 수 있게 된다. 이런 수준에 도달하면 시시한 지침서 따위 없이도 훌륭한 문학을 구별할 수 있다.

문학 감상에 가장 우선하는 원칙은 모든 맛을 가능한 많이 느껴야 한다는 것이다. 가장 최상의 것이란 무르익음의 맛이지만 작가가 이런 경지에 도달하기는 참으로 어렵다. 사실 고요함과 무미건조함의 차이는 백지 한 장이다.

사색하지 않고, 독창성이 없는 작가는 무미건조함에 빠지게 된다. 마치 제 즙으로 요리의 맛을 내려면 생선이 싱싱해야 하듯이, 그렇지 못하면 갖은 양념을 다 써서 맛을 억지로 내야 한다.

뛰어난 작가라면 아무 화장도 않고 임금의 사랑을 받을 수 있는 양귀비 정도는 되어야 한다.

3) 문체와 사상

좋은 문장에는 정겨움과 독특한 맛이 있게 마련이다. 정겨움이란 무엇일까? 파이프에서 솟아나오는 연기와도 같고, 산 위에 걸린 구름 같기도 하다. 가장 좋은 문장은 소동파(蘇東坡, 수동포)의 문장과 같이 '행운유수(行雲流水)'로 흘러가야 한다.

문체는 말·생각·인격의 총체인데, 이 세상에는 말만으로 된 문체도 있다.

명확한 사상이 모호한 문체로 쓰인 경우보다는 애매모호한 사상이 명확하게 쓰여진 경우가 훨씬 많다. 후자의 경우야말로 분명하게 애매모호한 문체이다. 문체는 자기가 문학을 통해 사랑하는 연인을 닮게 된다. 바로 이렇게 때문에 초보자도 문체의 수련을 할 수가 있는 것이다. 수련을 하다보면 나름대로 자신을 발견할 수가 있다.

독자가 책을 싫어하게 되면 그 책에서 아무것도 배울 게 없다. 학교의 선생도 마찬가지이니 조심해야 한다.

사람에게 선천적인 성질이 있듯 문체 또한 그렇다. 누군가 좋아하는 작가가 있지 않는 사람은 영혼이 없는 사람으로 알을 낳아도 매번 무정란(無精卵)이나 낳는다. 좋아하는 작가는 영혼의 꽃가루가 되어 꽃을 피운다. 또한 좋아하는 작가는 누구에게나 있지만 이를 발견하려고 노력하지 않기 때문에 없는 것이다.

책은 인생의 그림이며 도시의 사진이다. 파리의 사진은 보았지만 실제 파리는 보지 못한 사람이 많다. 현명한 독자는 책 속에서 인생을 읽는다. 우주는 커다란 한 권의 책이요, 인생은 커다란 학교이다.

아주 뛰어난 독자는 저자를 분석한다. 마치 거지가 이를 잡으려고 옷을 뒤집어 보듯이 말이다.

무언가 연구를 할 때 최선의 방법은 우선 그 반대 입장의 책부터 읽는 것이다. 이렇게 하면 적어도 속지는 않는다. 비판적 눈을 기르는 가장 좋은 방법이다.

작가는 항상 말에 대해 본능적으로 관심을 가지고 있다. 모든 말에는 사전에 나와 있지 않은 생명과 인격이 있다. 좋은 사전은 항상 읽히는 사전이다. 그러니 포켓판 옥스퍼드 사전은 그 범주에서 빼야 한다.(옥스퍼드 사전에는 안 나온 의미란 없다는 말이다.)

말의 광산(鑛山)에는 새 광산과 헌 광산 두 개가 있다. 새것은 일반적으로 쓰이는 말에 있고, 헌 것은 책 속에 있다. 일류 작가라면 새 광산에서도 무언가 캐낼 수가 있다. 헌 광산의 광석은 이미 제련이 다 되어 있지만 새 광산의 광석은 원석 그대로인 것이다.

'전문가'와 '학자', 그리고 '작가'와 '사상가'는 구별이 된다. 전문가의 지식 폭이 더욱 넓어지면 학자가 되고, 작가의 지혜가 깊어지면 사상가가 된다.

학자들은 다른 학자들의 사상을 빌어다가 글을 쓴다. 인용하는 원전(原典)이 많으면 많을수록 학자답게 보이는 것이다. 그러나 사상가의 저술은 오로지 그에 의해 이루어진다.

학자는 새끼에게 먹이를 주려고 먹은 것을 다시 토해내는 새와 같지만, 사상가는 뽕을 먹고 비단을 토해내는 누에와 같다.

태아가 자궁 속에 일정 기간 머물듯 집필하기 전에 정신적인 임신 기간이 있다. 문학사의 연인이 정신을 일깨우고 흐름을 만들어 내면 이것이 수태(受胎)이다. 이 관념을 열 달이 지나기도 전에 인쇄하려 한다면 출산의 진통이 아닌 그저 설사에 의한 복통일 뿐이다. 작가가 자신의 양심을 팔고, 신념에 어긋나는 글을 쓴다면 이것은 낙태가 된다. 머리에 무언가 언뜻 떠오르고, 이를 글로 표현하지 않고는 못살겠다는 생각 때문에 글로 쓰니 마음이 놓였다면 이것은 예술적인 탄생이다. 작가는 자신의 작품에 진한 모성애를 느낀다. 그러므로 작품은 자기 것이 좋아 보이고, 부인은 남의 부인이 좋아 보인다.

펜(pen)은 쓰면 쓸수록 날카로워지는 송곳과 같다. 그러나 인간이 가지고 있는 사상은 가면 갈수록 원만해진다.

작가는 어떤 사람을 비판하기 전에 그 사람의 모든 면을 다 알아야 한다. 그렇지 못하면 비판할 자격이 없다.

4) 표현주의(表現主義)

16세기 말엽 원씨 3형제〔袁末道, 袁宏道(中郎), 袁中道〕는 '성령파(性靈派)' 혹은 '궁안파〔公安派, 궁안(公安)은 그들의 고향임〕'라는 한 유파를 만들어 냈다. 여기서 성(性)은 개성(個性)을 의미하며, 영(靈)은 생명력을 의미한다.

저술이란 자신의 품격의 표현이거나 생명력의 발휘일 뿐이다. 그러니 옛 사람의 책을 읽는 것은 옛 사람의 생명력의 흐름을 지켜보는 것이다. 작품 속에 활기가 없고 개성이 없으면 아무리 대가의 작품이라 할지라도 생명이 없는 작품일 뿐이다.

아침에 기분 좋게 눈을 떠서 차를 한 잔 마신 후 신문을 본다. 눈에 거슬리는 기사는 하나도 없다. 그리고 천천히 서재로 들어가 책상을 대하고 자리를 잡는다. 창으로 밝은 햇살이 비치고 바람도 고요하다. 이런 때라면 좋은 시나 좋은 편지, 좋은 그림을 그릴 수 있다.

개성(個性)은 사람이 가지고 있는 모든 육체적 · 정신적 자질의 총체이다. 이들 자질 중에는 저절로 갖추어지는 것도 있고, 훈련에 의해 이루어지는 것도 있다. 사람의 천성은 그러나 모두가 선천적인 것이다. 그러니 아무리 뛰어난 선생에게서 가르침을 받아도 그 개성의 기본형태를 바꿀 수는 없다. 그러나 개성의 구성요소 중 하나인 사상 · 관념 · 인상 등은 경험을 통해 생성되므로 계속 모순과 갈등을 겪으며 구체화된다.

사람은 각기 다른 개성을 가지고 있다. 그러므로 인간의 개성을 연구하는 일은 가장 복잡한 일의 하나이다.

표현주의란 자신의 사상과 감정을 숨김없이 문장에 표현하는 한 문예상의 사조라 할 수 있다. 장점만 보이고 단점은 숨긴다든지 하는 얄팍한 짓을 해서 손가락질을 받지 않고, 남들과 의견의 차이가 있어도 마음 상하지 않고 솔직히 자신을 표현하는 것이다.

《홍루몽》에 나오는 소녀인 임대옥(林黛玉, 린다이위)은 "좋은 시구가 떠올랐다면 그 구가 운율에 맞지 않는다는 따위는 문제도 아닙니다."라고 말하고 있다. 바로 표현주의의 정수를 그대로 나타내는 말이다.

표현주의는 자연히 수식이 많은 문제를 경원한다. 그리고 문장에 들어 있는 따스한 멋을 사랑한다. 표현주의자들이 가장 철칙으로 삼고 있는 말은 맹자(孟子, 멍즈)가 얘기했던 '츠다얼지(辭達而己, 문장의 궁극적인 목표는 자신을 표현하는 데에 있음.)' 라는 말이다.

그러나 표현주의는 몇몇 선인들의 예에서 보듯 몇 가지 위험에 빠질 염려가 있다. 원중랑(袁中郞, 위앤중랑)처럼 문체가 단조로워질 수도 있고, 김성탄(金聖嘆, 친성탄)처럼 기발함에 너무 치우칠 수도 있고, 이탁오(李卓吾, 리줘우)처럼 기존의 문학에 비겨 지나치게 파격적일 수도 있다. 바로 이러한 점에서 표현주의는 유교와 서로 배척을 하는 사이가 되었다. 하지만 중국 문학을 끔찍한 획일성에서 구해낸 것은 바로 표현주의이다. 틀림없이 멀지 않은 장래에는 중국 문학은 표현주의로 대표될 수 있을 것이다.

중국의 정통문학은 작가의 개성보다는 성현의 경지를 추구했기에 죽은 문학이고, 표현주의는 그 반대로 산 문학이라 할 수 있다. 이 파의 작가에는 긍지가 있고, 독창적인 기질이 있다. 공자(孔子, 쿵즈)나 맹자(孟子, 멍즈)의 얘기가 자신들의 양식에 비추어 아무런 저항 없이 받아들여지면 스스로 그들을 따르지만 양식에서 벗어났다면 제아무리 공자(孔子, 쿵즈)라 해도 그를 따르지 않는다. 그들의 긍지는 황금으로도, 온갖 박해로도 꺾을 수 없다.

진실한 문학은 온 우주와 인생에 대한 놀라움의 표시일 뿐이다. 사물에 대해 올바른 시각을 가진 사람이라면 이런 놀라움을 느낄 수 있다. 그러니 일부러 놀라움을 느끼려고 진실을 왜곡시킬 필요는 없다. 표현주의 작가들의 관찰이 항상 기발하게 보이는 까닭은 거의 모든 사람들이 왜곡된 시각에 오염이 되었기 때문이다.

표현주의 작가들은 다른 사람의 모방이나 문학의 기법 등에 반대하는 입장을 보이고 있다. 원중랑(袁中郞, 위앤중랑)은 '사람의 입과 손은 가만히 내버려 두는 것이 가장 좋은 모양을 이루는 것이다.' '문학에 있어 가장 중요한 것은 진실이다.' 라고 얘기했다. 또한 송대의 작가인 황산곡(黃山谷, 황산구)은 '문장의 모습은 벌레가 파먹은 나무의 구멍처럼 아주 우연히 이루어지는 것이다.' 라고 말했다.

5) 읽기에 편한 문체

읽기 편하다는 의미는 너그러운 기분이 들고 약점을 숨기는 법이 없다는 말이다.

작가와 독자의 사이가 엄한 기숙사 사감과 학생의 사이 같다면 안 될 것이다. 친구 사이처럼 온정이 있어야 한다.

솔직하지 못한 작가는 결코 성공할 수 없다. 나는 항상 진리를 얘기하는 사람보다는 거짓말쟁이가 좋다. 거짓말도 용의주도한 것이 아니라 경솔한 거짓말이 더욱 좋다. 이 경솔함이 바로 독자와 작가를 이어 주는 사랑의 표시이다.

나는 머리에 가장 이상적인 잡지를 그리고 있다. 격주 간으로 발행하는 이 잡지는 2주일에 한 번씩 작은 방에 훌륭한 좌담가들을 모아놓고 맘껏 지껄이게 한 후, 그 내용을 실어 내는 것이다. 독자는 그 좌담회를 구경하고, 시간은 한두 시간쯤 하면 좋을 것 같다. 그 모임이 끝나면 각기 자신의 일터인 은행으로, 학교로, 가게로 흩어지겠지만 이들의 얼굴에는 그 모임에서 얻은 즐거움이 깃들어 있다.

수십 명이 한꺼번에 들어갈 수 있는 화려한 연회장도 있고, 두어 명 들어가면 꽉 찰 술자리도 있겠지만, 나는 후자를 더욱 좋아한다. 전자와 같은 모임에는 가고 싶은 생각조차 들지 않는다. 작은 술자리에서 웃고 떠들며 술을 마시는 즐거움을 큰 연회에만 참석하는 사람이 어찌 짐작이라도 하겠는가? 이를 풍자한 재미있는 이야기가 있다.

'주자(周子, 저우즈), 정자(程子, 청즈), 주자(朱子, 주즈) 등이 모여 서로 절을 하며 인사를 나누고 있다. 갑자기 그 자리에 소동파(蘇東坡, 수둥포)

와 동방삭(東方朔, 동팡쉬)이 맨발에 옷을 거의 벗어 버리고 뛰어들어온
다. 그러고는 손뼉을 치며, 노래를 하고, 농담을 건다. 옆에서 보는 사람
이야 기가 찰 노릇이지만 의들 둘은 의기가 투합했으니 어쩔 것인가?

6) 아름다움이란?

문학은 물론이고 세상만물의 아름다움은 생명에 그 기초를 두고 있다.
살아 있다면 변화와 움직임이 있을 것이고, 움직임이 있다면 당연히 아
름다움이 생겨난다. 천연의 절벽, 계류에는 궁궐의 벽이나 운하에서는
느낄 수 없는 호방(豪放)한 아름다움이 있다. 더구나 그 아름다움에는 어
떤 계산도 들어 있지 않다. 하늘의 별은 하늘의 문학이고, 산과 강은 땅
의 문학이다. 바람이 구름을 몰아가면 새로운 무늬가 나타나고, 서리가
내리면 또 새로운 멋이 깃들게 된다. 하늘에 떠 있는 별들은 인간들이 그
들을 지켜보며 즐기고 있다는 사실을 알고 있을까? 이 모든 자연의 즐거
움이 신의 가벼운 손짓 한 번에 이루어진 것이다.

산 위에 걸려 있다가 갑자기 바람의 기습을 받아 허둥지둥 달아나는
구름이 사람에게 잘 보이려고 옷을 추스르고 머리를 매만지던가? 하지
만 구름은 사랑의 짧은 말과 글로 표현하기 어려운 가지가지 아름다운
모습을 연출해 낸다. 마찬가지로 서리를 맞고 초연히 서 있는 늦가을의
나무가 사람에게 잘 보이려고 분단장을 하던가? 하지만 그들의 모습은
가장 뛰어난 대가의 산수화보다 더욱 아름답다.

온갖 만물에는 다 예술적인, 아니 인간의 예술을 능가하는 아름다움이
있다. 담쟁이덩굴도 왕희지(王羲之, 왕시즈)의 글씨보다 낫고, 험준한 절
벽은 어느 집보다도 아름답다. 그러니 모든 예술의 아름다움은 하늘이
주신 아름다움에서 비롯되며, 그 천성을 다하는 자만이 아름다움을 이

루는 것이다.

　글에는 겉으로 보이는 아름다움이 아닌 내재적인 아름다움이 있다. 잘 달리도록 되어 있는 말의 발굽, 먹이를 얻기 좋게 만들어진 호랑이의 발톱 등 모든 동물의 기관은 생존에 필요하게 만들어져 있다. 또 이 동물들이 자신들의 기관이 아름답다고 스스로 느끼지 못함도 분명하다. 그러나 사람은 이들의 기관에서 훌륭한 아름다움을 느낀다. 코끼리 발은 예서(隷書) 같고, 뱀이 싸우는 모습은 흘려 쓴 초서(草書) 같기도 하다.

　이런 동물의 아름다움은 그 자세와 움직임에서 생겨나며, 기능과 잘 어울리는 몸을 가지고 있다. 문장에서도 이와 마찬가지이다. 자세에 필요한 것은 그려내고, 필요치 않은 것은 제거해야 한다. 그러니 걸작이라 하면 자연 그 자체의 움직임처럼 틀이 없는 듯 있고, 매력과 아름다움도 은연중에 생겨난다. 자세(姿勢)라 하면 움직임의 아름다움이지, 절제된 균형의 아름다움은 아니다. 살아 숨 쉬며 움직이는 것에는 모두 이 세(勢)가 있다. 그렇기 때문에 아름다움이 있고, 힘이 있으며 글이 있다. 즉 형태와 선의 아름다움이 있는 것이다.

제 13 장
신(神)에 가까운 사람은 누구인가?

1. 종교의 부활(復活)

신의 본질은 물론 어떤 행동이 신의 뜻에 따른 것이요, 어떤 행동이 그렇지 않은 것인가를 자기만큼 잘 아는 사람은 없노라고 우쭐거리는 사람이 요즘처럼 많은 적은 없었던 듯싶다. 바로 이런 요즘 내가 다음과 같은 문제를 제기한다면 아마 나는 신을 모독했다느니, 사이비 예언자니 하는 비난을 있는 대로 받아 중세 종교재판이 있는 시대였다면 화형감이 되었을 것이다.

신의 섭리에 의해 만들어진 거대한 우주의 몇억 분의 일에 불과한 지구, 그 지구에 사는 생물 중 또 몇억 분의 일도 안 되는 작기만 한 존재인 내가 감히 신을 알고 있다고 얘기하는 꼴이니 말이다.

그러나 우리 주위의 거대한 우주 속의 여러 생물들과 잘 어울리는 관계를 유지하지 못하는 한 어떤 인생철학도 완전치 못하며, 인간의 정신생활에 대한 어떤 개념도 그 자체로 충분하다고 말할 수는 없다. 사실 인간처럼 그 자체로서 중요하며, 그 자체가 연구의 대상이 되고 있는 존재는 없다. 다시 말해 인간은 곧 휴머니즘 그 자체인 것이다. 하지만 그 인간을 둘러싸고 있는 우주는 광대무변하며 인간 못지않은 신비에 싸여 있다. 따라서 인간 주위의 크나큰 우주의 기원과 그 운명을 도외시하고는 만족스런 삶을 꾸려 나갈 수가 없다.

지금까지의 정통 종교는 역사의 흐름을 계속해 오면서 엄격히 종교와는 구별되어야 하는 물리학, 천문학, 지질학, 범죄론은 물론 여성관 등과 뒤섞여 제 모습을 잃어버렸다. 이 점이 바로 정통 종교가 지닌 문젯거리이다. 종교가 계속해서 도덕률과 같은 범주에 머무르고 있었다면 종교의 위상 재정립과 같은 소란스런 일은 없었을 것이다. 신의 존재 내지는 그 자체에 대한 관념을 부수기보다는 천당과 지옥이라는 보다 구체적이고 부차적인 관념을 부수는 편이 훨씬 쉬운 일이다.

현대 과학은 기독교들에게 우주의 신비에 관한 새롭고 심오한 지식을 제공하였으며, 물질 자체는 언제나 에너지를 지니고 있다는 사실을 밝혀 주었고, 신 자체에 대해서도 다음과 같은 주장을 할 수 있도록 만들어 주었다.

영국의 저명한 천문학자이자 물리학자인 제임스 진스 경(卿)[1]의 말처럼

---

1. Sir James Hopwood Jeans, 1877~1946년. 영국의 물리학자·수학자. 물질이 전 우주에 걸쳐 지속적으로 생성된다고 처음으로 주장했다. 천문학 이론에서 다른 혁신적인 것도 발표했지만 천문학에 대한 대중적인 책들의 저자로 가장 유명하다. 《우리를 둘러싼 우주 *The Universe Around Us*》(1929)와 〈시간과 공간을 통하여 *Through Space and Time*》(1934)가 대표적인 저서이다.

'우주는 위대한 기계라기보다는 위대한 사상 그 자체'이다. 수학을 통해 우리는 도저히 숫자로는 표현할 수 없는 만큼의 영역까지 알게 되었다. 그러다보니 종교는 자꾸 뒷전으로 물러날 수밖에. 그저 누가 자연과학 쪽에서 밝혀진 사실을 들고 따지기라도 한다면 '그건 내가 상관할 바가 아니오.'라고 물러설 수밖에 없는 입장이 되어 버렸다.

인류의 역사가 몇 년이나 되었는가, 지구의 모양이 둥근가 직사각형인가, 지구가 인도 코끼리의 등 위에 놓여 있는가 아니면 중국산 거북이의 등 위에 있는가 하는 류의 논쟁을 온전히 정신적 경험의 타당성을 논하는 근거로 삼는다는 것은 더더욱 안 어울리는 짓이다. 종교는 어디까지나 정신적 영역에 머물러 있어야 한다. 또한 그렇게 될 것이다. 이 영역은 그런 곳이 존재한다는 이유만으로도 꽃, 물고기, 별의 움직임에 대한 연구와 맞먹을 만한 귀중함을 스스로 가지고 있다.

나는 현대를 살아가며 필요한 종교는 각자가 제 마음이 맞는 것을 교회에서 선택해야 한다고 믿는다. 무릎을 꿇고 기도를 올리는 그 엄숙하고 정중한 분위기라면 교리의 해석을 달리하는 교파의 차이는 느낄지 모르지만 어쨌든 위대한 성령의 존재함을 느낄 수는 있다. 이런 점으로 보면 예배란 참으로 심미적 체험의 하나일 수밖에 없다. 어찌 보면 어스름에 석양을 등 뒤에 받으며 가물가물 어둠 속으로 침몰해 가는 산허리의 숲을 보는 것과 비슷한 심미적 체험일 수 있다. 믿는 사람에게 종교란 그 사람이 지닌 의식의 최종적 사실이다. 어찌 보면 시와 비슷한 심미적 체험일 수도 있으니까.

그러나 요즘의 교회를 보고 경멸하지 않을 사람이 과연 있을까? 우리가 예배를 드릴 정도의 신이라면 적어도 사리사욕을 만족시키는 그런 시시한 존재일 수는 없다. 배를 북쪽으로 몰 때는 남풍을 불어주고, 남쪽으로 갈 때엔 북풍을 일으켜서 순조롭게 항해를 마치도록 도와주는 그런 존재라면 신이라 할 수 없다. 그렇다면 나와 반대방향으로 항해하는 사람은 신으로부터 버림을 받은 사람이란 말밖에 안 된다. 이런 정도의 이익을 구하고자 한다면 극히 이기적인 존재로서 신을 믿을 따름인 것이다. 또 그런 생각을 가지고 교회를 이해할 수는 없다. 종교가 겪어온 그로테스크한 변질을 놀라운 눈으로 깨닫게 되는 것도 이기적인 종교관을 버린 후의 일이다. 현재의 모습이 바로 그 종교의 참 모습이라고 생각한다면 정녕 헤어날 수 없는 미궁 속에 빠지게 되고 만다.

그렇다면 종교란 신비스러움을 온몸에 휘감고 영광스러움을 과시하는 그런 것인가? 아니면 성직자들로 하여금 적당히 먹고 살아갈 수 있게끔 적당히 신비하게 치장된 도덕이요 진리인가? 묵시와 종교는 광고에 등장하는 의약품과 특허의 관계처럼 불가분의 관계인가? 그것도 아니면 보는 사람들이 도저히 눈치 채지 못하는 교묘한 트릭을 구사하는 마술처럼 종교 역시 마술의 한 종류인가? 믿음이란 지식에 기초해서 생기는 것일까? 아니면 지식의 끝에서 출발하는 것일까? 아무나 힘과 기술만 있으면 손쉽게 얻을 수 있고, 또 쉽게 버릴 수 있는 그런 것일까? 아리안 민족이나 바이킹들의 호전성을 변호해 주는 합리화의 도구에 불과한가? 그저 이혼과 낙태 수술을 반대하는 단순한 반대자인가? 사회를 개선해 보자는 모든 움직임은 공산주의로 밀어붙이는 독선적인 존재인가?

내 생각엔 종교는 삶의 아름다움과 위대함, 그 깊은 신비 내지는 삶을 지켜나가는 의무에 대한 극히 단순화된 존경심으로만 남아 있을 뿐 오랜 세월 동안 신학이 애써가며 그 표면에 입혔던, 때론 지나치게 엄격하고 때론 가혹하기까지 한 부속물이나 신조 등은 다 떨어져나가 버린 상태로 존재하고 있는 듯싶다. 사실 그 이외에 다른 무엇이 종교에 필요하겠는가? 중세의 정교일치(政敎一致) 사상은 이미 퇴색한 지 오래이다.

종교가 사람을 끌어들이는 이유 중 두 번째인 사후세계, 즉 영생의 문제에 있어서도 대부분 현대인은 영생 따위는 염두에 두지 않고 오로지 현생을 즐기며 보람 있게 살다 죽겠다고 생각한다.

　아무 곳에서나 영생 운운하는 사람을 보면 웬일인지 어딘가 아픈 사람 같아 보인다. 죽기 마련인 사람인 주제에 어찌 영생불멸을 원한단 말인가? 아마 기독교의 영향 때문에 그렇게 된 모양이지만 영생이란 그저 문학작품 속에 등장하는 상상이나 꿈의 차원에서 얘기될 명제이지 그토록 진지하고 생명과 직결될 만큼 엄청난 얘기는 아니다. 단지 성직자의 경우에나 가장 중요한 관심사일까? 사실 세상 사람의 과반수는 그가 기독교이건 이교도이건 간에 죽음을 겁내서 할 일을 못하지는 않는다. 천당과 지옥 운운한다 해서 전전긍긍하거나 또 그다지 심각하게 생각하는 일도 없다. 자신의 묘자리나 비명(碑銘), 화장을 하느냐 매장을 하느냐 등을 심각하게 생각하는 삶도 있긴 하지만, 그렇다고 그들이 자신의 천당행을 확신해서 그러는 것 같지는 않을 뿐더러 죽음을 촛불이 꺼지는 정도로 솔직하게 받아들이는 사람들이 훨씬 많아 보인다. 위인으로 추앙받는 유명한 사람, 예컨대 H.G.웰즈나 아인슈타인, 아서 키스 경(卿) 등도 죽음을 그런 정도로밖엔 생각하지 않았다. 굳이 저명인사의 이름을 들먹일 것까지도 없이 죽음의 공포를 극복하는 모습은 평범한 사람의 삶에서도 쉽게 발견할 수 있다.

　대다수 사람들은 자신의 생명이 육체와 사후, 다시 영적인 삶을 누리게 된다는 개인적인 영생 사상보다 훨씬 신빙성이 있는 인류의 영생, 행동과 생각의 영생을 믿고 있다.

　우리가 죽더라도 우리가 하던 일을 누군가는 이어받아 할 것이고, 인류가 영원히 존재하는 한 이런 일은 계속 반복될 것이라는 믿음, 아울러 아무리 사소한 역할이라도 전체 사회를 움직이는 데에 자신의 영역이 있다는 사실을 믿고 따르는 생각이 바로 그것이다. 우리가 꽃을 꺾어 꽃잎을 낱낱이 뿌린다 해도 꽃의 향기는 공기 중에 남아 있는 법이다. 이렇게 생각하는 쪽이 보다 현명하고 이치에도 맞을 뿐 아니라 손해가 적다. 그런 점에 동의한다면 파스퇴르[2]나 버뱅크[3], 토머스 에디슨[4]이 우리의 삶에 더욱 커다란 영향을 끼쳤음을 깨닫게 될 것이다.

육체란 결국 여러 화학성분의 혼합체에 불과한 것이니 육체가 죽었다 해서 뭐 그리 큰일이란 말인가!

인간은 차차 자신의 삶이란 결국 끝없이 흐르는 큰 강 속의 물 한 방울이라는 생각을 가지게 되어 생명의 흐름에 자신의 모든 것을 맡기고 자신의 역할에 충실하게 된다. 지나친 욕심만 없다면 인생이 헛된 법은 없다.

2. 내가 이교도가 된 이유

종교란 언제나 개인적이다. 사람은 각기 자기 나름의 종교관을 가지고 있어야만 한다. 일단 진지한 종교관을 가지고 있다면 나중에야 어떻든 신의와 어긋나지는 않을 것이라고 나는 생각한다. 종교에 관한 경험은 어떤

---

2. Louis Pasteur, 1822~1895년. 프랑스의 화학자 · 미생물학자. 루이 파스퇴르의 과학적 업적은 과학사와 산업사에서 가장 다양하고 가치 있는 것 중의 하나이다. 그는 미생물이 발효와 질병의 원인이 된다는 것을 증명했으며, 광견병 · 탄저병 · 닭 콜레라 등에 대한 백신을 처음으로 만들어 사용했고, 프랑스의 맥주업 · 포도주업 · 양잠업을 구했다. 또한 그는 입체화학(stereochemistry)에서 중요한 선구자적인 연구를 수행했으며, 저온살균법(pasteurization)을 개발했다.

3. Luther Burbank, 1849~1926년. 미국의 유명한 육종학자.

4. Thomas Alva Edison, 1847~1931년. 미국의 발명가. 저압의 전류를 발생시키는 원시적인 전지가 유일한 전원이던 전기산업의 초창기인 1863년에 연구에 몰두하기 시작하여 1931년 죽기 전까지 전기시대를 여는 데 매우 중요한 역할을 했다. 축음기, 현대 전화기의 전신인 탄소송화기(炭素送話器), 백열전구, 가장 효율적인 혁신적 발전기, 최초로 상업화된 전등과 전력 체계, 실험적 전기철도, 가정용 영사기 등을 발명했다.

사람의 것이든 다 옳은 법이다. 옳다 그르다 논할 만한 문제가 아니기 때문에……. 그러나 종교와 관계된 문제로 고민한 적이 있는 사람의 정직한 체험담은 언제나 그 무엇인가에 도움이 된다. 내가 종교에 관한 얘기를 할 때마다 보편타당한 일반론보다 내 개인의 경험과 생각을 나타내는 것도 바로 이런 이유에서이다.

나는 기독교를 믿지 않는다. 이 말 속에서 기독교를 정면으로 부정한다는 어떤 뜻을 찾아내려는 사람들도 있을 것이다. 그러나 부정한다는 표현은 조금 지나친 표현인 듯싶다. 나 같은 경우 기독교를 내 것으로 만들기 위해 온갖 노력과 정성을 기울여보았던 경험이 있고, 또 어느 날 갑자기 기독교를 등졌다기보다는 차츰차츰 그렇게 된 사람이기 때문이다. 부정한다는 표현으로 이런 내 기분을 적절히 나타낼 수 있다고는 생각지 않는다. 나 스스로 기독교를 미워해서 부정한 것은 아니기 때문이다.

우리 집안은 아버지가 목사이셨고, 나 역시 당연히 선교사가 되리라는 생각으로 그런 교육을 받았다. 그런 이유로 내가 종교적인 문제로 방황하고 고민할 때에도 난 반기독교적이기보다는 친기독교적일 수 있었다. 오랜 동안에 걸친 감정과 이성의 싸움 끝에 나는 결론에 도달할 수 있었다. 그래서 일례를 들어 속죄설 같은 교리를 절대 부정하기에 이르렀다. 이교도의 입장에서 반박하기 가장 쉬운 교리가 이것 아닌가!

우주와 인생에 대해 앞서 말한 그런 결론에 도달하게 되자 나는 아무런 갈등도 느끼지 않게 되었고, 아주 편안한 삶을 누릴 수 있게 되었다. 이런 마음은 지금도 변함이 없다. 이 모든 경과는 나이가 차면 아이가 젖을 떼고, 사과가 익으면 떨어지듯 세월의 흐름과 함께 자연스레 어우러졌다. 누구도 익어 떨어지는 사과를 안 떨어지도록 막을 수는 없다. 결국 노장철학에서 얘기하듯 도를 지키며 살게 되었다. 이를 서양철학의 말을 빌자면 자신의 영혼에 부끄럼 없이 떳떳하고 진실한 삶을 살았다는 얘기이다. 자신에 대해 진지하고 지성적일 수 없다면 아무도 자연스럽고 행복할 수는 없다. 자연스럽다는 것 자체가 이미 그는 천당에 들어가 있다는 증명이다. 이렇게 생각하면 이교도는 곧 자연스럽다는 등식이 성립된다.

다소 소극적인 얘기로 들리겠지만 이교도라는 말과 기독교라는 말은 그저 글자 틀리는 정도 이외에는 별 특별한 차이가 없다. 일반 사람이 생각하기엔 이교도는 곧 기독교가 아닌 사람을 의미하고, 기독교라는 말이 아주 모호하고 광범위한 얘기이듯 이교도라는 말 역시 딱 부러지게 정의를 내리기 어려운 형편이다. 이교도가 종교도 없고 신도 믿지 않는 불한당처럼 해석된다면 어불성설(語不成說)이다. 신이 어떤 존재인지, 인생을 어떻게 살아야 종교적이라는 평을 듣는지조차 명확히 정의되지 않는 판에 그런 오해를 받는다면 너무 억울하지 않은가. 오히려 예로부터 위대한 이교도들은 언제나 자연을 존경하며 자연과 더불어 살아왔다. 그러니 우리는 이교도라는 단어를 교회에 가지 않고(단 교회에 정서적인 아름다움을 얻으러 가끔 간다면 이 또한 제외되어야 한다. 나도 그 정도의 목적이라면 지금이라도 교회로 갈 테니까), 어떤 기독교의 교파에 소속되지 않은 사람, 정통적 교의를 받아들이지 않은 사람 정도로 생각해야 할 것이다.

이 세상의 이교도 중 가장 긍정적인 이교도에 중국의 이교도가 있다. 이들이야말로 내가 그 어떤 이교도보다 친근감을 가지고 얘기할 수 있는 유일한 부류이다.

그들은 육체가 살아 있는 현생만이 자신들이 고려할 대상이며 또 고려해야만 하는 대상이라고 생각하고 있다. 살아 있는 동안은 맘껏 즐겁게 보내야 한다는 것이 그들의 생각이다. 물론 인생이란 슬픈 면도 있지만 기쁜 마음으로 이를 받아들이고, 인생의 아름다움과 선함을 만나면 정확한 눈으로 이를 지켜보며, 착한 일을 하는 그 자체에 만족하며 언제나 그 일을 통해 기쁨과 만족을 얻으려 한다. 누구처럼 천당에 가겠다는 목적이 있어 선행을 하지 않으니 천당의 유혹이나 지옥의 공포에서 언제나 자유로울 수 있으며, 오히려 목적 때문에 의식적인 행동을 하는 자칭 종교인들을 가벼운 연민과 동정어린 시선으로 바라볼 수 있다. 이런 부분은 내게도 수긍이 가는 면이다. 만약 이상과 같은 내 의견이 옳은 것이라면 미국에도 이교도는 수없이 많을 듯하다. 현대를 사는 재기발랄한 기독교도와 이교도와의 차이는 종이 한 장 차이이다. 다만 기독교의 입에서 신에 대한 이야기가 나오는 때엔 그 차이가 벌어지지만.

종교적 경험이 얼마나 엄숙하고 깊이 있는 것인지 나는 알고 있다고 자부한다. 그런 느낌은 추기경들만이 느끼는 것은 아니다. 만약 추기경이나 지고(至高)한 신학자가 되어야만 그 느낌을 알 수 있었다면 기독교는 별 볼일 없는 종교라고 손가락질 받으며 비하되었을 것이다. 내가 보기에 기독교와 이교도의 정신 상태의 차이는 다음과 같다고 생각한다.

기독교도는 언제나 신이 다스리고 신이 거두어 주는 세계에 살며, 항상 신과 교류하며 살고 있다. 즉 사랑에 가득 찬 아버지의 품 안에 사는 셈이다. 그러다 보니 그들의 행동 역시 신의 아들이라는 자신의 위치에 걸맞게 고상하고 품위 있는 경우도 있다. 물론 그들도 사람이니 그런 상태를 평생은 고사하고 하루라도 온전히 지키기는 어렵겠지만, 그저 인간의 평범한 수준과 신에 가까운 종교적 수준 사이를 왔다갔다하고 있는 정도일 것이다.

반면 이교도의 삶은 고아와 비슷하다. 하늘에 자신을 지켜주는 누군가가 늘 있는 것도 아니고, 기도라는 영혼의 교류를 통해 자신의 행복을 지켜 주기를 바랄 형편도 아니다. 기독교들의 삶과 비교해서 보면 도저히 덜 한가

한 삶이라곤 얘기할 수 없다. 그러나 그곳에는 고아만이 가질 수 있는 이점과 꿋꿋함이 있는 법이다. 필요에 의해 그들은 자립심을 가져야 하고, 자신을 지키는 법을 배우고, 이윽고 무르익을 대로 익은 원만함을 배우게 된다. 이 세상의 고아들은 다 그렇다. 내가 기독교를 버리고 이교도가 되려고 결심한 순간까지 나를 두렵게 만든 것은 이성과 지식에 의해 판단되는 종교적 문제가 아니었다. 마침내 나는 신의 품안을 벗어나 세상에 떨어져 내린 듯한 느낌이 바로 그것이었다. 그 순간 난 신이 없는 세상은 깊이를 알 수 없는 늪과 같다고 생각했다.

그렇지만 이교도만이 도달할 수 있는 세계도 있는 법이다. 그 세계에서 기독교의 세계를 보자면 상대 쪽이 훨씬 따스하고 더 즐거워 보이기는 한다. 그러나 훨씬 유치하고 미숙한 일면도 보인다. 기독교 세계에 젖어 사는 사람들을 그대로 놓아두면 그들에겐 유익하고 운신하기에도 좋긴 하겠지만, 그건 기독교라는 종교가 불교나 다른 종교보다 뛰어난 점이 있어서는 아니다. 아름답게 꾸며져 있기는 하나 엄숙하고 의연한 진실성이 부족해 결국은 한 단계 낮은 수준이라고밖엔 볼 수 없다.

나의 경우 어색하게 꾸며진 모습이나 실제적인 참 알맹이가 없는 것들을 보면 그 자리에서 충격을 받는다. 참 알맹이를 지키기 위해선 그에 따르는 대가를 지불해야 한다. 나중이야 어떻든 어쩔 수 없는 일이다. 사람을 죽였으면 처벌을 받아야 하듯, 당연한 말이지만 사람을 죽인 경우 다 그에 상응하는 이유가 있기 마련이니까. 사람을 죽이고 난 후 최선의 방법은 자수하는 일이다. 그처럼 이교도가 되기 위해선 이 자수할 줄 아는 용기가 필요하다. 하지만 죽음을 각오하고 자신의 살인을 자백한 살인범에게는 평안이 있다. 진정한 마음의 평안은 자신이 받아들여야 할 것 중 최악의 것을 받아들인 경우에 이룩된다.(사실 지금의 이 말은 내게 스며든 불교와 도교의 영향 때문임을 부정할 수 없다.)

기독교와 이교도 세계의 차이는 다음처럼 설명해도 괜찮을 듯싶다.

내 경우 기독교를 거부한 이유는 감정적인 면에서는 인간이라는 긍지 때문이었고, 이성적으로는 겸손함 때문이었다. 전반적으로 본다면 후자 쪽이 보다 결정적인 이유였지만 전자의 경우도 내겐 꽤 커다란 이유가 된다. 우리가 매너를 지키며 예의범절을 깍듯이 챙기는 이유는 우리가 인간이기 때문에 그럴 뿐이지, 다른 무슨 이유가 있어서는 아니다. 이런 내 생각을 전형적인 휴머니스트의 발상이라고 얘기해도 좋다. 꼭 그렇게 분류를 하고 싶다면 말이다.

후자의 경우, 즉 이성에 바탕을 둔 겸손함 때문에 기독교를 거부하게 되었다는 이유는 쉽게 설명할 수 있다. 우리 주위의 우주 중에서도 태양계는 수십억 분의 일밖엔 되지 않고, 그 태양계의 수억 분의 일인 지구, 지구의 수억 분의 일에 불과한 나 개인의 존재가 이 커다란 모든 우주를 창조하신 조물주의 눈에 과연 얼마나 커 보이겠는가? 내 짧은 천문학 지식으로도 쉽게 알 수 있는 얘기이다. 그러면서도 각기 인간들은 자기가 최고인 듯 오만방자하고, 교만하기 이를 데가 없다. 이런 주제에 자신보다 몇 수십억 배에 달하는 우주의 창조주를 어찌 평가하고 그 성격을 분석할 수 있단 말인가.

모든 사람의 인격을 존중하는 것이 기독교의 근본교리 중의 하나이지만 나는 그와 상반되는 모습을 여러 번 본 적이 있다. 여기 그 중 몇 가지를 소개해 본다.

내 어머니의 장례식을 나흘 앞두고 엄청난 비가 쏟아졌다. 그때가 7월이었으니 내가 살던 창저우〔常州〕 지방에선 흔히 있을 수 있는 일이었지만 우리 가족의 경우 많은 친척들이 멀리 상하이〔上海〕에서 왔으므로 장례식을 연기하기가 어려운 실정이었다. 그 친척 중 기독교의 열렬한 신자 한 사람이 있었다. 그 부인은 내게 자신이 하느님을 믿고 있으므로 하느님은 곤경에 처한 어린 양에서 축복을 내려 주실지도 모르니 이 비를 멈춰서 무사히 장례식을 끝낼 수 있도록 기도를 올리겠노라고 말했다. 진짜 그 부인의 기도 덕이었는지 비가 그치고 우리는 무사히 장례식을 예정된 시간에 마칠 수 있었다.

그러나 문제는 여기에서부터였다. 조금 극단적인 예 같지만 중국에 사는 기독교도라면 능히 누구라도 그럴 수 있었으리라. 그 부인은 하느님이 기독교로 뭉쳐진 이 작은 어린 양들의 가정을 어여삐 여겨 비를 그치게 해주신 거라고 말을 했지만 그 말투가 마치 우리 가족이 없었더라면 하느님은 일말의 가책도 없이 온 창저우〔常州〕 지방의 수만 명 주민들을 홍수로 쓸어 버리셨을 거라는 듯이 얘기하는 것이었다. 우리 가족은 온 창저우〔常州〕 사람들로부터 생명의 은인 대접을 받아야 마땅하단 얘기인가? 이토록 완벽한 자기중심적인 사고방식은 내게 큰 충격을 주었다. 이런 이기적인 어린 양을 신이 어디가 예뻐서 그런 크디큰 은총을 내리셨을까? 상상도 할 수 없는 일이다.

이와 비슷한 이야기가 하나 더 있다. 신을 찬미하려는 의도에서였겠지만 자신의 일상생활에도 하느님의 은총이 함께 하셨다는 체험담을 쓴 목사가 있다. 그 목사의 책 중에 이런 얘기가 있다. 미국에 가기 위해 배 삯으로 그는 600불을 준비했는데 그가 표를 끊던 날 하느님이 도우셔서 환율이 떨어지는 바람에 이익을 보았다는 얘기였다. 환시세의 변동으로 목사가 얻은 이익은 아무리 많아야 10불, 20불의 수준이었을 것이다. 그의 사랑하는 어린 양에게 20불을 벌게 하시느라고 하느님은 런던, 파리, 뉴욕 등지의 외환시장을 그렇게 뒤흔드셨단 말인가? 이러한 신에 대한 찬미는 사실 어떠한 기독교단에서든지 다반사로 일어나고 있다.

70년 살면 장수했다는 소리를 듣는 인간으로서 이 얼마나 뻔뻔스런 이야기인가. 인류 전체의 역사를 하나로 묶어 본다면 혹 가치 있고 뜻 깊은 무엇이 있을지 모르겠지만 각 개인의 역사란 소동파(蘇東波, 수둥포)가 말했듯 우주와 비교한다면 망망대해에 떨어진 좁쌀 한 알(渺滄海之一粟)이다. 아침에 나서 저녁에 죽은 하루살이와 다를 바가 뭐란 말인가. 그런데도 기독교도들 중에는 겸손하지 못한 사람이 너무나 많다. 묵묵히 그러나 끊임없이 바다로 흘러들어가는 양쯔(揚子) 강의 물결처럼 영원히 계속되는 생명의 흐름, 인류의 무한히 계속될 역사에 자신이 일부나마 참여하고 있다는 사실도 그들에겐 긍지를 일으키지 못하는 모양이다.

토기(土器)가 자신을 만든 도공에게 "왜 나를 이렇게 쉽게 깨지는 모양으로 만드셨습니까?" 하고 불평을 했다. 아마 토기는 자신이 깨진 후에도 계속 토기로 남아 있고 싶었던 모양이다. 이처럼 인간들도 이 세상 그 무엇보다 오묘하고 멋들어진 육체를 가진 것이 불만이다. 영원히 살고 싶다는 욕망을 이룰 만큼 육체는 오래 살 수 없으니까. 따라서 그들은 사는 동안 섭리와 같은 신의 인도를 그대로 따르기는 너무나 좀이 쑤신다. 계속 기도하고 매일매일 그 기도에 상응하는 선물을 조물주에게서 받으려고 애를 쓰는 모습을 볼 때마다 안타깝기 그지없다. 왜 신의 뜻에 자신을 얌전히 맡기지 못할까?

옛날 중국에 불교를 안 믿는 학자와 열심히 불교를 믿는 그의 어머니가 살았다. 날마다 어머니는 나무아미타불을 수천 번씩 외우며 부처님의 은혜를 기원했다. 일단 부처님의 이름을 외우기 시작하면 누가 뭐래도 막무가내인 어머니를 아들인 학자가 불렀다. 그러자 어머니는 자신을 부르는 아들을 귀찮아하며 마지못해 고개를 돌렸다. 그러자 아들이 "어머니, 어머니는 제가 한 번만 불러도 성가셔하시는데, 부처님을 한 번도 아니고 수천 번씩 부르시니 부처님이 귀찮아하시지 않을까요?"라고 말했다고 한다.

우리 부모님도 독실한 기독교도이셨다. 저녁에 아버지가 가족들을 위한 기도를 올리시는 걸 듣는 것만으로도 충분할 정도였다. 나는 또 상당히 예민한 감수성과 종교적 경건함을 지닌 아이였다. 아버님이 목사이셨으니 당연히 나는 손쉽게 종교교육을 받을 수 있었지만 그에 못지않게 불편함도 겪어야 했다. 나는 내가 받은 종교교육에 감사하며 불편함을 극복해낼 수 있었다. 애당초 중국의 인생철학에는 행운이니 불운이니 하는 것은 없었으니까.

나는 중국 고유의 경극을 볼 수도 없었고, 중국 노래를 듣거나 부를 수도 없었다. 또 중국의 위대한 전설이나 신화도 읽을 수 없었고, 그나마 가지고 있던 아주 어린 시절 아버지로부터 들었던 중국 고전의 이야기도 기독교 계통 대학에 진학하면서는 까맣게 잊고 살았다. 어쩌면 이런 것이 오히려 전화위복인지도 모른다. 그런 완벽한 절연이 있었기에 서구식 교육을 철저히 받은 후 다시 동양의 신비로운 나라로 돌아와선 처음 접하는 듯한 신선함과 흥미를 내가 태어나고 자란 나라에서 느낄 수가 있었으니까.

학생시절, 청년시절을 붓 대신 만년필을 사용한 것이 내겐 최대의 행운이었던 셈이다. 내가 나름대로의 가치관을 가지고 판단할 수 있는 나이가 될 때까지 동양의 심오한 정신세계는 전혀 손상되지 않고 보존되어 있었으니까 말이다. 베수비오 화산의 폭발이 없었더라면 오늘날의 폼페이 유적이 있을 수 없었던 것과 똑같은 이치이다. 내가 받은 대학교육은 내겐 베수비오 화산이었다.

그 시절 사색은 언제나 위험했고, 항상 악마와도 같은 유혹을 불러일으켰다. 누구나 그렇듯 그 시절의 나는 온통 종교적인 것에만 관심이 쏠려 있던 참으로 진지한 청년이었다. 기독교적인 생활을 통해 얻어지는 삶의 아름다움을 느끼는 감성과 모든 일을 다 이성으로 처리하려는 지성과의 치열한 싸움이 일어나곤 했다. 허나 이상하게도 톨스토이로 하여금 자살을 결행케 했던 정도의 고뇌와 절망은 없었다. 사실 당시 나는 항상 기독교도라는 생각을 아무 의심 없이 받아들였고, 그 신앙에 회의를 느낀 적도 없었다. 그저 톨스토이보다 조금 더 자유스럽고, 교의를 받아들이는 데 망설임이 없었던 셈이다. 물론 사소한 방황도 있었겠지만 나는 어렵지 않게 산상수훈으로 돌아갈 수 있었고, '저 들에 핀 한 송이 백합화'라는 시구가 너무 걸작이라는 생각을 할 수 있었다. 이 모든 것들이 당시 나를 지탱케 해준 최상의 의식이었던 것이다.

그러나 조금씩 기독교의 교의에 대해 회의를 느끼는 경우가 많아졌다. 우선 표면적인 문제를 극복하기가 어려워졌다. 서기 1세기에 예정되었던 예수 재림도 일어나지 않았고, 사도들의 육체도 부활하지 못했다. 아마 지금이라면 오히려 기독교에 대한 회의가 적었을 것이다. 왜냐하면 요즘 교무에선 이단으로 인정된 육체의 부활이 당시에는 정통교의의 하나로 위세를 떨치고 있었으니까.

신학과에 다니면서 가장 신성한 교의의 하나인 예수탄생, 즉 처녀 임신에 대한 회의가 고개를 들기 시작했고, 당시 내가 다니던 미국 신학교의 여러 교수들이 이 사실에 대해 각기 다른 해석을 내리고 있음을 알게 되었다. 기독교 신자라면 세례를 받기 전까지는 이 사실을 무조건 믿어야 할 정도로 가장 기본적인 교의였는데, 신학자라는 사람들이 그 절대적인 가치를 두고 왈가왈부하는 모습이 나를 화나게 했다. 아무리 생각해도 그런 그들의 태도가 진지한 학문의 태도라는 생각이 들지 않았고, 나아가 올바른 태도라는 생각도 들지 않았다.

게다가 하늘나라에 있는 수문(水門)의 위치와 같은 도대체 쓸모도 없는 사실들에 대한 신학적 해석을 공부해야 하는 경우가 닥치자 차라리 난 마음을 편히 가질 수 있었다. 신학에 온 일생을 바쳐 매달려보겠다는 생각은 완전히 사라져 버렸으므로 성적이 좋을 리가 없었다. 교수들 역시 내가 선교사가 되리라는 기대를 포기하게 되었고, 장로들도 내가 신학을 그만두는 편이 낫겠다는 생각까지 하게 되었다. 장래가 뻔한 학생에게 더 이상 미련을 둘 필요가 없었을 테니까.

지금 와서 생각해 보니 이와 같은 일련의 진행이야말로 내게 내려진 하느님의 최대 은총이었다. 만일 그때 그렇게 되지 못하고 성직자가 되었더라면 아마도 나는 지금처럼 내 자신에게 철저히 충실할 수는 없었을 것이다. 신학자들에게 요구되는 신앙과 이교도를 기독교도로 개종시키는 데 필요한 신앙은 어딘가 아귀가 맞지 않는 모순을 느끼게 한다. 이 모순점에 대해 나는 거의 무조건 반발을 느끼는데 그것은 단순한 반발이 아니라 반역에 가까운 느낌을 가지고 있다.

지금까지도 나는 신학자들이야말로 참 기독교의 암적 존재요, 적이라고 생각하고 있다. 아무리 애를 써도 나는 다음의 두 가지 모순을 극복할 수가 없었다.

그 첫 번째 모순은 신학자들의 말을 빌자면 인간 세상의 모든 근원이 사과 한 알에서 시작되었다고 하는데 난 이 사실을 이해할 수가 없었다. 만약 아담이 선악과를 안 따먹었다면 우리들의 원죄는 없었을 테고, 원죄가 없었으면 속죄가 필요치 않았을 테니 조그만 사과 한 알로 인해 온 인류가 이토록 번거로운 고통을 당했어야 할까? 제아무리 귀중한 가치를 상징한다고 해도 사과는 사과이다. 또 예수님 자신은 한 번도 원죄니 속죄니 하는 말을 입에 담으신 적도 없는데 제멋대로 갖다 붙인 해석은 아닐까? 여기저기 책을 뒤져봐도 나는 대부분 요즘의 미국인들처럼 원죄 의식을 느끼지도 않고 믿으려고도 하지 않는다.

신이 나를, 어머니가 나를 사랑하는 것의 절반만이라도 사랑한다면 나를 지옥에 떨어뜨리지는 않겠지 하는 것이 내가 가진 믿음의 전부이다. 어떤 종교를 대해도 난 항상 이런 정도를 진리로 믿고 있다.

그 두 번째 모순은 처음 것보다 훨씬 더 부자연스럽다. 아담과 이브가 서로 사랑을 나누다가 사과를 먹었고, 이에 크게 진노하신 하느님은 두 사람에게 벌을 주었다. 이 두 남녀의 사소한 실수로 인해 그 후손인 우리 인간들은 영원토록 죄를 등에 지고 다니게 되었다. 그런데 신에 의해 벌을 받고 있는 그 인간들이 하느님의 하나밖에 없는 아들인 예수를 십자가에 매달아 죽이자 하느님은 기뻐하시며 모든 인간의 죄를 사해 주었다. 글쎄, 다른 사람은 무어라고 해석할지 모르지만 도저히 내 생각으론 이해할 수가 없다. 이것이 두 번째 내가 풀지 못한 모순이다.

그렇지만 난 대학을 졸업한 후에도 여전히 기독교도로 남아 있었다. 자발적으로 베이징〔北京〕 소재 비기독교계 대학인 칭화대학〔淸華大學〕에서 주일학교를 맡아 운영했고, 내 주위의 친구들을 당황하게 만들었다. 주일학교에서 맞는 크리스마스는 내겐 가혹한 고문이었다. 진심으로 믿지도 않으면서 나는 환한 밤중에 아기예수의 탄생을 축하하는 노래를 부른 천사 이야기를 중국의 어린 소년·소녀들에게 해야만 했으니 말이다. 이미 이성적으로는 기독교와의 정리를 끝낸 상태였다. 다만 그동안의 사랑과 결별을 선언한 이후의 두려움만이 남아 있던 상태였다. 여기서 말하는 사랑이란, 그간에 믿고 섬겨왔던 신에 대한, 그리고 신으로부터 유일하게 발견할 수 있었던 평화와 휴식을 의미한다. 이 사랑이 없었다면 맹목적인 기독교라 할지라도 신 속에서 행복을 느낄 수 없을 것이다. 공포란 다름 아닌 갑자기 고아가 되어 버린 듯한 느낌 그것이었다.

마침내 그런 내게 구원의 손길이 닥쳐왔다. 어느 날 친구와 우연히 토론을 하던 중이었다.

"만약 신이 없다면 과연 사람들이 착한 일을 할 수 있고, 이 세상이 뒤죽박죽이 되지 않을 수 있을까?"

"이유가 뭔데?"

유교도인 친구가 반문했다.

"사람의 본성은 원래 착한 거야. 그러니 착하고 올바른 행동을 하는 것이고 그렇게 될 수밖엔 없지. 그 이상도 이하도 아니야."

친구의 인간의 존귀함을 알려주는 이 한 마디에 아직까지 끈질기게 남아 있던 기독교와의 인연의 끈은 떨어져 나갔다. 그 이후 나는 자타가 공인하는 이교도가 되어 오늘에 이르고 있다.

지금의 내 생각은 지극히 단순명료하다. 즉 이교도의 세계는 기독교도의 세계보다 훨씬 간단하다. 기독교와 달리 만약이란 단어가 필요 없다. 바른 생활과 바른 생각을 하는 이유는 그러고 싶기 때문일 뿐이다. 누구를 위해서도 아니고, 만약 그렇지 않으면 어떻게 될까 겁이 나서 그러는 것도 아니다. 착함은 이미 그 자체로 선이다. 원죄니 속죄니 십계명이니, 십자가가 어떻고 천당행 열쇠가 어떻고 하는 쓸데없는 얘기는 할 필요가 없다. 누구도 증명할 수 없는 그런 허황된 말들을 늘어놓는 기독교에 비해 이교도의 생활은 훨씬 인간적이고 단순하다. 이런 생활을 하는 이교도에게 앞서 말한 신학상의 미끼는 두서없고, 참 진리의 빛을 가리는 것으로밖엔 받아들여지지 못한다. 인간에 대한 인간의 사랑만큼 절대적이고 분명한 사실이 어디 있는가? 이 절대적인 가치를 추구하기도 모자라는 시간에 천당을 동경하고 지옥에 빠진 누군가를 긍휼히 여긴다면 이는 사치일 뿐이다. 기독교는 인간 사이의 자연스러운 도덕성을 오히려 난삽하고 어지러운 것으로 만들고 있는 것 같다. 또 죄에 대한 막연한 호기심을 불러일으켜 사람들로 하여금 그 죄를 저질러보고 싶은 충동을 가지게 만드는 것 같다. 적어도 이 교도의 세계는 그렇지 않다. 신학이 빼앗아간 인간성이 아름다움과 소박함을 인간에게 되돌려 주고 있다.

서기 초 얼마나 많은 신학적 가필이 기독교에 덧씌워졌고 산상수훈과 같은 간단하고 분명한 진리가 얼마나 독선적이고 복잡한 구성으로 바뀌었던가. 그 결과 성직은 하늘이 점지한 사람만이 할 수 있는 신성불가침의 영역으로 되어 버렸던가.

기독교에서 가장 많이 등장하고 가장 중요한 단어의 하나인 묵시(默示)라는 말을 생각해 보자. 예언자가 이를 받아 사도들에게 물려주어 그들로 하여금 죽음으로 지키게 만든 신의 신비, 특별한 계획인 묵시는 비단 기독교뿐 아니라 마호메트교, 라마교 등에서 에디 부인[5]의 크리스천 사이언스에 이르기까지 모든 종교가 내세우는 구원(Salvation)이라는 제품의 판매권을 얻기 위한 가장 효과적인 수단이었다. 성직자들은 모두 이 묵시를 먹고 살아간다. 그러다 보니 단순한 산상수훈에는 여러 가지 치장을 해야만 했고, 예수가 극찬한 흰 백합화에도 도금을 해야만 했을 것이다.

그들이 한때 금과옥조(金科玉條)로 여겼던 초기 기독교의 사도 바울식의 논리도 이젠 보다 절묘하고 심오한 현대의 비판에 힘을 잃은 지 오래고, 이미 귀납법이니 연역법이니 하는 논리의 전개 방법에 익숙해 있는 현대인들을 상대로 구태의연한 묵시 타령이나 하고 있기엔 기독교 자체의 약점이 너무 많다. 이제라도 모든 허식을 벗어 던지고 이교도의 세계와 같은 사고 방식을 가질 때에만 기독교는 보다 바람직한 원시 기독교의 세계로 되돌아

---

5. Mrs. Baker Eddy, 1821~1910년. 미국의 종교인. Christian Science의 창시자.

갈 수 있다.

이교도는 절대로 종교가 없는 사람이 아니다. 별나고 특수한 묵시를 믿지 않을 뿐이지 그들이 무종교는 아니다. 이교도들도 나름대로의 신을 믿고 있지만 오해를 살까 봐 그 사실을 밝히지 않고 있을 뿐이다. 중국의 경우 이교도들에게 가장 일반적인 신을 그들이 표현하는 대로 본다면 조물주(造物主)이다. 그러나 기독교도처럼 이 조물주를 눈이 부셔 바로 볼 수 없을 정도의 빛 뒤에 감춘다거나 신비의 커튼으로 가려놓지는 않는다. 정직하게 신을 직시하면서 나름대로의 존경과 사랑을 바칠 뿐이다. 우주의 신비함, 조물주가 창조한 온갖 피조물의 아름다움, 별의 오묘함, 그리고 가장 중요한 창조물인 인간정신의 존엄함을 그들도 잘 알고 있다. 그리고 알고 있다는 사실로 그들은 족하다. 인생의 고통이나 환난을 받아들이듯 그들은 죽음도 자연스레 받아들인다. 반면 세상에는 조물주가 내려준 은혜도 있는 법이다. 무더위를 헤치고 불어오는 한 줄기 바람, 산 위의 밝은 달, 이처럼 그들은 밝은 쪽도 어두운 쪽과 마찬가지로 자연스레 받아들인다. 그러면서 불평하지도 크게 감격하지도 않는다. 하늘의 뜻을 따르고, 그 뜻을 거역하지 않는 자세야말로 진정 종교적이고 경건한 태도가 아니겠는가? 이런 생활방식을 그들은 도와 함께 하는 길이라 부른다. 조물주 내려주신 생명이 70이면 기꺼이 70에 죽고, 하늘의 모든 도는 돌고 도는 것이라는 생각을 하며 이 세상에 근본적으로, 그리고 영원히 나쁜 것이란 아무 데에도 없다고 그들은 믿고 있다. 그 이상의 이치는 얻으려고 안달하지 않는다.

제 14 장
사고법(思考法)

1. 휴머니즘에 입각한 사고법의 필요성

사고란 기술일 따름이지 과학이라곤 볼 수 없다. 중국의 학문과 서양의 학문은 여러 면에서 비교가 되고 있는데 그 대표적인 예로 다음과 같은 사실을 들 수 있다.

중국 사람들은 사는 것에 대한 관심이 서양 사람들보다 월등히 높은 반면 체계화되고 전문화된 과학적 지식은 없다. 이와 반대로 서양 사람들은 과학 쪽에는 뛰어나지만, 인간에 대한 인간적 지식이 부족하다. 사람은 누구나 비슷한 천성을 갖고 태어나지만, 서양의 경우 지나친 과학에 대한 존중으로 인간적인 배려가 무시되고 있는 셈이다. 과학적 사고법의 특징으로 고도로 전문화된 학문과 그에 따르는 전문용어의 구사 등을 들 수 있다. 하긴 여기서 말하는 과학적 사고란 것도 참 의미는 아닌 그저 얼치기 정도일 수밖엔 없지만, 진짜 과학이라면 절대로 상상과 공상을 분리해서 가질 수 없기 때문이다. 그저 말하기 쉬운 과학적 사고방식이란 것도 아주 논리적이고 객관적인 동시에 그 시행방법도 극도로 미세한 분야를 대상으로 하고 있는 정도이니 본격적인 과학의 태도라면 얼마나 엄청날까? 결국 동양의 학문과 서양의 학문은 논리와 상식의 대결로 귀착되고 만다. 상식이 결여된 논리는 기계적이요, 논리가 없는 상식은 대자연의 신비를 벗겨 낼 능력이 부족하다.

중국의 문학과 철학을 살펴보면 어떤 결과가 나오겠는가? 아마 누구라도 중국에는 과학이 없고, 극단적인 논리나 독단에 가까운 자기주장이 없으며, 같은 문제에 대해 서로 상반되는 해석을 내리는 대립적인 학파가 없다는 점을 쉽게 발견하게 될 것이다. 상식을 존중하는 태도를 가진 사람들이 독단과 전횡(專橫)을 인정하기란 어려운 일이다.

중국의 학자들은 백낙천(白樂天, 바이러티앤)이 자신의 묘비에 쓸 비명으로 남긴 '밖은 유교로써 정돈하고 안은 불교로써 평정을 찾으며 대자연과 예술, 술로써 의지를 즐겁게 펼친다.'의 글에서처럼 세속에 담겨 있는 몸과는 달리 그들의 마음은 세속을 떠나 보다 높은 경지를 헤매고 있다.

그러다 보니 중국에는 온통 어떤 문제를 깊이 파고 연구하지 않는 그저 먹고사는 즐거움만을 추구하는 사람들로만 가득 차게 되었다. 철학 역시 상식의 차원에서 처리가 되어 서양 같으면 그 한 문제로도 수십 권의 책을 쓸 수 있을 대명제도 그저 두어 줄의 시로 처리되고 말았다. 중국은 아카데미즘과는 담을 쌓고 기계적은 합리주의는 배척받는 그런 나라가 되고 말았다.

철학계에서 뛰어난 이론가가 없듯 중국은 장사를 하는 실업계에도 법률가가 필요 없는 나라이다. 체계를 갖추고 논리를 펼치는 과학 대신 중국의 살아 숨 쉬는 모든 생명에 대한 따뜻한 사랑이 넘치는 나라이다. 칸트나 헤겔, 니체 같은 대철학가 대신 중국에는 수필가, 만담가, 선문답을 주로 하는 노승, 절묘한 비유법을 구사하는 도사들로 가득 차 있다.

중국 문학을 보아도 끝없이 이어지는 시와 수필만의 사막이 펼쳐 있는 듯싶다. 잘 모르는 사람들에겐 사막이 청량하고 가도 가도 변함없는 지루함 정도로 보이겠지만, 사막에는 나름대로 변화가 있고, 나름대로의 풍경이 있다. 우스운 얘기 같지만 중국에는 서양 초등학교 신입생들의 작문보다도 더 짧은 원고지 1~2매 정도의 분량에 자신의 온 인생관을 담으려고 노력하는 수필가들이 많고, 또 이들 중 그런 작업에 성공한 사람들도 많다. 이들의 글 속에는 거창하게 인생의 의미를 논한 글도 있고, 옆 동네에서 자살한 한 여자의 이야기, 달밤의 뱃놀이, 눈 속에서 벗들과 함께 대취했던 연회의 이야기 등 이루 헤아릴 수 없이 수많은 종류들이 담겨져 있다. 그 중간마다 왜 그런 일을 회상하고 이 글을 쓰게 되었는가를 밝혀 주는 아주 짧고 인상적인 구절을 덧붙인다. 그래서 중국에는 수필가이자 동시에 시인인 사람이 많다. 또는 짧은 글에 자신의 사상을 반영시키려고 노력하지 않는 우화 작가나 경구(警句) 작가, 편지의 필자들도 많다. 바로 이들이 중국에 체계적이고 전문적인 학파의 출현을 가로막는 사람들이다. 항상 자신의 양식에 의한 상식적 판단을 존중하고, 자신의 예술적 흥취인 감수성을 앞세워 지성을 뒤에 숨기고 있다. 사실 지성을 본심으로 신용하는 사람은 없는 법이다.

과학을 정복하는 힘을 가진 논리적인 능력이 인간이 가진 정신적 능력 중 뛰어난 것 중의 하나임은 분명하다. 그러나 서양의 경우 인간의 발전은 지금까지도 상식과 비판의식에 의해 이루어져 왔다. 이 비판의식이야말로 논리적 능력보다 위대한 것으로 서양에서 찾아볼 수 있는 가장 위대한, 그리고 거의 유일한 인간적인 사고방식의 정수라고 생각한다. 중국의 그것보다 서양에선 훨씬 뛰어난 양질의 비판정신을 가지고 있다. 내가 서양의 모든 학문이 다 약점투성이인 듯 얘기했지만 이는 사실 논리적 사고의 약점일 뿐이지 비판적 사고의 약점은 아니다. 하긴 워낙 논리적 사고로 똘똘 무장한 경우가 서양 사람들의 일반적인 경우이긴 하지만.

한편 논리적 사고에도 나름대로의 매력이 있다. 서양에서 발달한 추리소설을 보면 논리라는 것에 대해 흥미를 느끼지 않을 수가 없다. 당연히 이 장르의 문학은 중국에선 찾아볼 수가 없다.

서양의 학문은 철저한 전문화와 분업화라는 두드러진 특징을 갖는다. 그러다 보니 정치·경제와 같이 분류가 확연히 되는 현시적이고 전문화된 학문은 발달했겠지만, 철학과 같은 전반적인 학문은 퇴보하게 되어 누구라도 자신이 철학에는 깡통이라는 사실을 부끄럼 없이 인정하게 되었다. 교육을 받은 사람도 철학이란 그저 있어도 그만, 없어도 그만인 학문 중 가장 고결한 것 정도의 학문으로 치부해 버린다. 인간의 몸과 마음에 가장 밀착되어 있어야 할 철학이 가장 멀리 있는 것으로 인정되어 버린 현대를 보고 있자면 기괴하게 변형된 괴물을 보는 느낌이다. 철학자가 없고, 수사학이 발달하지 못한 중국에도 이처럼 철학이 무시되는 일이란 없었다. 내 생각으론 현대인이 철학 본래의 명제인 생활의 문제에 흥미를 느끼지 못했거나 철학이 의미하는 고유의 개념을 잘못 받아들이고 있거나 둘 중 한 가지 이유에서 이런 결과가 생긴 듯하다. 워낙 많은 전문가가 있고, 또 그에 버금가게 많은, 극히 미세한 전문분야가 있는 요즘 철학은 자진해서 연구하려고 하는 사람을 거의 찾기 어려운 한 학문의 분야 정도로 전락해 버렸다. 이런 현상은 다음의 예에서 극명하게 볼 수 있다.

미국의 어느 대학교 게시판에 '심리학과는 학생들의 편의를 위해 경제학과 3학년생들이 심리학과 4학년 강의를 들을 수 있도록 허가하는 바이다.'라는 공고가 붙어 있었다. 이는 바꿔 말하면 심리학과 4년생이 경제학과 3학년 과목을 수강해도 좋다는 이야기이다. 과연 그 결과가 어떻게 될까? 모르긴 몰라도 심리학과처럼 학생수가 적은 학과는 차츰 상대편 학과에 잠식당하고 지는 해처럼 스러져 가게 될 것이다. 몰락해 피난 다니던 옛날 중국의 황제들처럼 요즘의 철학은 완벽한 충성을 다짐하는 극소수를 제외하곤 영토도, 부하도, 백성도 없는 형편에 처하고 말았다.

지식 그 자체보다 그 지식이 어느 분야에 속해 있는가가 중요한 시대를 우리는 살고 있다. 세분화, 전문화는 있지만 종합이란 없다. 온통 세상엔 전문가뿐이고, 인간적인 지혜와 의지를 다루는 철학자는 없다.

또 한 가지 예를 들어보자. 옛날 중국의 한 부호가 왕조가 망하자 그 궁궐에서 주방 일을 하던 여자 한 명을 스카우트했다. 잔뜩 기대에 찬 이 부자는 친지 모두에게 훌륭한 궁정 음식을 대접하겠노라고 통지를 하곤 그 요리사에게 요리를 하도록 지시를 내렸다. 그러나 그 여자는 요리를 만들 줄 모른다고 대답하는 것이 아닌가? 당황한 부자가 묻자 그 여자는 자신은 궁중의 주방에서 만두를 만들었노라고 대답했다.

"정말이냐? 그러면 손님들께 궁중의 만두 맛을 보여드리면 되겠구나."

"전 만두도 역시 만들 줄 모릅니다. 전 폐하께서 드실 만두의 속에 들어가는 양파 다지는 일만 했거든요."

이와 비슷한 모습은 오늘날 아주 진지하고 학구적인 현대 학문에서 쉽게 찾아볼 수 있다. 인간의 본질과 인생에 대해선 거의 무지한 생물학자가 있기도 하고, 유인원이나 화석만 알고 있는 지질학자가 있고, 문명인의 심리는 전혀 모르면서 야만인의 심리에는 정통한 인류학자도 있다. 가끔씩 인간의 고귀함과 인생의 즐거움을 역사를 통해 가르쳐 주는 사학자가 있기도 하지만, 그 반대로 소음이 사람의 심리상태에 미치는 영향을 연구한답시고 심장의 박동 운운하는 생리학자도 있다. 상당히 진지한 연구이겠지만 얼마나 저급한 발상인가? 심리학자들은 그들의 주장이 틀렸을 때는 바보 같아 보이지만 그들의 주장이 맞았을 때에는 더 천치 같아 보인다.

중요한 것은 전문화와 더불어 이를 종합하려는 움직임 또한 필요하다는 사실이다. 이 필요성은 거의 요즘엔 인식되지 못한 듯 보이는데 간혹 그런 시도가 보이기도 한다. 그러나 서양의 과학자들이 보다 단순하고 보다 논리를 벗어난 사고방식을 갖지 않는 한 종합의 길은 멀고 험하다. 인간의 지혜란 단순히 전문화된 지식의 집합도 아니요, 통계에 의한 평균치 계산에 의해 산출되는 것도 아니다. 지혜란 오로지 경험에 의해 생겨나는 것이다. 상식과 반짝이는 재치, 솔직한 직관 등이 결합하여 비로소 지혜가 만들어진다.

얼핏 혼동할 수도 있지만, 논리적 사고와 합리적 사고에는 큰 차이가 있다. 시적 사고와 학문적 사고의 차이로 이해하면 무리가 없어 보인다.

전자의 경우 그 예가 될 만한 인물을 역사상 쉽게 찾을 수 있다. 고대 그리스의 아리스토텔레스나 플라톤과 같은 사람은 가히 현대사상의 창시자로 추앙받을 만하다. 간혹 휴머니스트 같은 구석이 있었고, 중용을 중요시한 점도 있었지만, 그들은 놀라울 정도로 현대 교과서 필자의 모범을 보여주고 있다. 의학·식물학·해부학·윤리학·정치학에 이르기까지 인간의 삶을 철저히 구분하고 분리시켜 놓는데 지대한 공헌을 했다. 동시에 어쩔 수 없이 그리 되었겠지만, 범인(凡人)은 도저히 이해할 수 없는 현학적인 잠꼬대를 쉴 새 없이 늘어놓기도 했다. 그 잠꼬대조차 요즘 미국에서 활동하는 사회학자나 심리학자의 것과 비교한다면 애교로 받아 줄 수 있겠지만……

플라톤의 경우 그는 참으로 뛰어난 인간적인 통찰력을 가진 사람이었다. 그러나 플라톤 학파에서 볼 수 있듯 관념론이나 추상적인 개념의 숭배 등을 초래한 사람이기도 하다. 이런 영향은 현대에도 면면히 이어져 내려와 요즘의 심리학자에게서 새롭게 꽃피고 있다. 그들은 일단 인간의 본성을 '이성·감정·의지' 등으로 명쾌하게 구분하던 과거의 전통을 무너뜨리는 데엔 성공을 했다. 또한 중세 신학에선 엄연히 실체였던 영혼을 학문에서 밀어내는 데에도 큰 공헌을 했다. 그러나 그들의 입을 통해 등장한 수많은 말들, 예컨대 '혁명당·왕당파·부르주아·프롤레타리아·자본주의자·제국주의자' 등과 같은 말들이 우리를 억누르고 비틀고 있다. 개인의 존엄성은 어느 새 사라지고 남은 건 '계급'이니 '국가'니 하는 지극히 논리적인 단어들뿐이다.

'인생을 전체로써 조감하고 감상할 수 있는 참신한 사고방식, 보다 엄밀히 말해 풍부한 시적 사고방식이 요구된다.'고 제임스 로빈슨 교수[1]의 경고를 귀담아들을 필요가 있다. '문명을 계속 유지하기 위해선 사상의 수준 향상이 절대적으로 필요하다. 현명한 사람이라면 누구라도 쉽게 이 사실을 알 수가 있다.' 나아가 그는 다음처럼 분명히 설파했다. '성실·정직함과 사리를 분별함은 얼핏 보면 서로 질투하고 모함하는 사이처럼 보인다. 그러나 이 둘은 곧 아주 친한 친구가 될 수 있다.' 현대의 경제학자·정치학자들은 대다수가 성실·정직하다. 다만 깊은 분별력이 없을 따름이다.

절대로 논리를 가지고 인간을 판단해서는 안 된다. 그러나 근대의 학문

---

1. James Harvey Robinson. 1863~1936년. 컬럼비아 대학의 역사학 교수.

지상주의의 영향으로 인간의 정신은 그 고귀함과 창조적인 모습을 잃어버리고 그저 연구 가능한 한 대상물로 전락해 버렸다. 그 결과 철학의 영역은 더욱 좁아질 수밖에 없었다. 그래도 일상생활은 좀 나은 편이다. 실제 벌어지고 있는 정치상황을 보라. 그곳에서 인간을 찾을 수 있겠는가?

2. 상식을 되찾자

중국 사람은 논리적 필연이란 말을 싫어한다. 인간의 일에 논리로 설명되는 필연이란 있을 수가 없기 때문이다. 이런 중국 사람의 경향은 첫째, 말에 대한 불신을 낳았고, 나아가 딱 부러지는 정의(定義)의 불신, 마지막으로 체계나 이론에 대해 혐오감으로 발전했다. 당연히 논리적인 철학이 발전할 수가 없었다. 철학이란, 말로 정의를 내리고 이를 체계화한 학문이기 때문이다. 중국의 학자인 공자진(龔自珍, 궁즈전)은 "성현은 말이 없고, 능통한 자는 말을 하고, 바보는 논쟁을 한다."라고 말했다.

철학자들이 침묵하는 부류에 들지 못하고, 말하는 사람에 속한다는 것은 슬픈 일이다. 철학자는 누구라도 자신의 소리를 듣고 싶어 한다. 조물주는 언제나 침묵하고 있다고 우리에게 가르쳐 준 노자(老子, 라오즈) 역시 다른 사람의 권유를 어기지 못해 5천 자의 글을 후세에 남겼다. 그가 한구관(函谷關) 밖에 은둔하기 전의 일이긴 하지만. 말하기를 즐겨한 철학자의 대표적인 사람이 공자(孔子, 쿵즈)이다. 그는 세상의 왕들을 상대로 자신의 이야기를 하기 위해 무려 72개 나라를 찾아다녔다. 자신의 질문에 대한 대답을 들으려고 온 아테네 시가를 휘젓고 다닌 소크라테스는 공자(孔子, 쿵즈)보다 한 수 위라 할 수 있다. 따라서 '성현은 말이 없다.'는 말은 상대적인 의미로 해석해야 한다. 성현 역시 말을 한다. 그러나 성현의 말과 능통한 자의 말은 차이가 있다. 성현은 자신이 직접 경험해서 얻은 인생을 말하고, 능통한 자는 성현의 말에 관해 이야기하고, 바보는 능통한 자의 말을 가지고 싸움을 벌인다.

고대 그리스의 궤변론자들은 단순히 말하기를 즐겨하고, 말을 주고받는 행위 그 자체를 좋아했던 사람들이었다. 자신의 지식에 대한 사랑에서 비롯된 이런 경향은 말에 대한 사랑으로 변했고, 이런 경향이 퍼짐에 따라 철학은 점점 인생의 곁을 떠나갔다. 세월이 흘러 철학자는 더욱 많은 말을 해야 했고, 글 역시 점점 길어지게 되었다. 촌철살인(寸鐵殺人)의 효과가 있는 경구는 문장으로 대치되었고, 문장은 논증으로, 논증은 논문을 거쳐 주석에 이르렀고, 주석은 각자의 철학적 연구로 발전하게 되었다. 자신이 쓴 글에 나오는 새로운 단어를 설명하기 위해 더욱 많은 말이 필요하게 되었고, 자신의 독특함을 과시하기 위해 새로운 유파가 끊임없이 생겨났다. 이 과정은 끝을 알 수가 없이 꼬리를 물고 진행되고 있다. 자연히 생활과 연결된 인간미 넘치는 친근한 감정은 간 데가 없어지고, 누구라도 '당신 지금 무슨 말을 하고 있소?' 라고 자신의 맘에 안 드는 얘기를 반박하게끔 만들어 놓았다.

서양의 사상사를 볼 때 이런 철학자들만 존재하는 것은 아니다. 괴테[2]나 새뮤엘 존슨, 에머슨[3] 등 스스로 체험한 자신의 인생을 가지고 독특하고 풍부한 사상을 펼친 철학자들은 종래의 말을 즐겨하는 이들의 잠꼬대를 일소

---

2. Johann Wolfgang von Goethe, 1749 ~1832년. 독일의 시인 · 비평가 · 언론인 · 화가 · 무대연출가 · 정치가 · 교육가 · 과학자. 세계 문학사의 거인으로 널리 인정되는 독일 문호. 주요 저서에 《파우스트 *Faust*》, 《빌헬름 마이스터 *Wilhelm Meister*》, 《시와 진실 *Dichtung und Wahrheit*》 등이 있다.
3. Ralph Waldo Emerson, 1803~1882년. 미국의 강연가 · 시인 · 수필가.

에 부치고 철학을 세분된 학문의 하나로 인정하기를 거부하였다. 그런 점에서 이들이야말로 인생의 깊은 의미를 아는 철학자라고 말할 수 있다. 그들은 논쟁 대신 경구를 즐겨 사용했고, 경구를 말할 능력이 없어졌을 때엔 가능한 짧은 글을 썼다. 짧은 글로 안 되면 의논을 하고, 의논도 안 되면 그때에야 비로소 논문을 썼다.

말하기를 즐겨하고, 말 자체를 사랑하는 것은 인간을 무지로 떨어뜨리는 첫걸음이다. 정의하기 좋아하는 건 두 번째 걸음이다. 정의가 많으면 점점 새로운 정의를 위해 불가능한 논리에 매달리게 되는데 이는 자신의 무지를 드러내는 가장 분명한 표시이다. 소크라테스는 이런 면에선 광적으로 정의하기를 좋아했던 사람이다.

셰익스피어는 또 이런 점에서 소크라테스와 구별이 된다. 그는 정의하기를 극도로 싫어해서 아직도 그의 말 속에는 살아 숨 쉬는 실체가 있다. 현대 작가들에게서 흔히 볼 수 있듯이 인간적인 비극과 장엄함 등의 결여를 그의 글에서는 찾을 수가 없다. 셰익스피어더러 "당신의 이상적인 여성상은 누구요?"라고 물을 수 없듯, 그의 글을 통해 이런 식의 정의를 발견할 수는 없다. 정의란, 항상 인간의 생각 자체를 질식시키고, 인간만이 소유한 상상력이라는 희귀한 재산을 말살시키기 때문이다.

말이 우리들이 표현코자 하는 사상을 방해하는 것에 지나지 않는다면 체계를 사랑하는 마음은 인생의 민감한 지각에 더 한층 치명적인 장애가 된다. 체계는 결국 외곬으로 쳐다볼 진리의 한 표현에 지나지 않는다. 어찌하다가 인간이 '이것이 진리다.'고 깨달았다 치자. 그 한 면만을 가지고 나름대로 진리를 체계화하고 논리적으로 이를 발전, 계승시키려고 한다면 결국 어느 한 일부분을 가지고 전체를 오판하는 실수를 저지르게 되는 법이다. 철학이 인생을 떠나간 이유도 여기에 있다. '이것이 진리다.'고 말을 한 그 순간 이미 진리는 상처받은 것이고, 그 진리를 증명하려고 한 순간 이미 진리는 왜곡되는 법이다. 자신이 무슨 학파라고 주장하는 사람은 진리를 땅에 묻는 사람들이다. 어떤 진리도 그것이 체계화되어 있다면 이미 여러 번죽어 묻힌 쓸데없는 주검에 지나지 않는다. 그들이 계속 이 진리를 외친다면 결국 "나만 옳고, 너희들은 모두 틀리다."라고 외치는 상두꾼의 소리 이외엔 아무것도 아니다. 어떤 진리를 묻느냐보다 진리를 파묻는다는 그 사실 자체가 중요하다. 진리를 파묻음으로써 그 진리는 다른 사람들이 손댈 수 없는 곳에 자리 잡게 되어 완고한 옹호자들로 둘러싸인 채 질식해가고 있다.

독일인들이 순혈주의 운운하며 자신들의 근본이 남과 달리 고귀하다고 주장하는 모습을 보고 있노라면 억지로 진리를 어리석고 우스꽝스러운 것으로 만들려고 노력하는 모습을 보는 듯하다. 아마 이들만큼 완벽하게 진리를 모독하는 사람들도 찾기 어려울 것이다. 이런 경향을 나는 많은 사상가들에게서 찾을 수 있었다.

이런 비인간적인 논리의 결과 비인간적인 진리가 등장한다. 오늘날 철학은 인생과는 점차 담을 쌓고, 인생의 의미와 생활의 지혜를 가르쳐야겠다는 생각조차 하지 못하고 있다. 이런 철학을 과연 철학이라고 부를 수 있을까? 윌리엄 제임스는 인생에 대한 친근감이야말로 그가 경험한 최고의 요소였다고 말했다. 왜 이런 철학이 보다 널리, 그리고 빨리 확산되지 못하는 걸까? 언젠가는 이런 철학이 서구를 강타해 마지않기를 기대한다. 그러려면 우선 논리의 전개 역시 인간적이어야 한다. 정확한 논리의 구성과 정연함을 앞세우기보다는 뜨거운 마음으로 현실을 접하고, 인생을 만지며, 인간성을 확인하려는 노력을 해야 한다.

데카르트의 '나는 생각한다. 고로 존재한다.'라는 말에서 볼 수 있듯이 전형적인 문제점인 사고의 중독 증상에서 벗어나 '나는 존재한다. 지금 이 상태가 가장 좋은 것처럼' 이라고 설파한 휘트먼의 세계로 들어서야 한다. 이 얼마나 인간적이고 현명한 생각인가? 인생이라는 가장 훌륭한 실체가 논리라는 기형적 괴물 앞에 무릎을 꿇고 잘 좀 봐달라고 아양을 떨며 애원을 할 필요는 전혀 없다.

의도하는 바는 아니었겠지만 윌리엄 제임스는 중국 사람의 사고방식을 증명하고 옹호하는 데 온 생을 바친 사람이다. 그러나 그가 중국 사람이었다면 그와 같은 자신의 믿음을 증명하기 위해 그토록 많은 말을 하고, 글을 쓰지는 않았을 것이다. 그저 3~4백 자 정도의 수필이나 일기 비슷한 글 서너 편이면 족했을 것이다. '나는 이것이 이렇게 때문에 이를 믿는다.' 그이상 무슨 부인이 필요하겠는가? 아마 말을 많이 하면 그만큼 오해를 받을 소지도 많다는 사실을 잘 알았을 테니 말도 그리 많이 하지는 않았을 것이고, 말에 대해 겁을 먹게 되었을 것이다. 어쨌든 그는 인생에 대한 뛰어난 지식과 인생 경험의 다양성을 가지고 있었고, 끊임없이 기계적인 합리주의에 반발하려는 마음이 있었다. 그는 끊임없이 자신의 사상을 흐르게 노력했고, 자신이 절대적이고 근본적인 진리를 발견했다고 생각하는 함정에 빠지지 않으려고 노력한 사람이었다. 이런 점에서 그는 영락없는 중국 사람이다. 또한 예술가의 감수성에 입각한 현실감을 지식에 의거한 개념적 현실감보다 높이 평가했다는 점에서도 역시 중국 사람이다.

진정한 철학자에게 빛나는 감수성 이상의 최고가치란 없다. 항상 생명의 흐름에서 눈을 떼지 않고, 신기하고 이상한 모순을 발견하면 이를 캐보려는 호기심, 세상 모든 것을 처음 대하는 듯이 바라볼 수 있는 어린아이와 같은 순수함을 갖춘 사람이 진정한 철학자이다. 체계화되었다는 그 사실 때문에 싫어하는 사람이 바로 그였다. 그는 철학을 겉만 번드르르한 공중의 호화로운 궁전에서 벗어나 인생 그 자체로 돌아오게 만든 사람이었다.

공자(孔子, 쿵즈)는 '도는 잠시라도 떠나면 안 되는 법이다. 떠나야 할 것은 도가 아니라 그 도를 지키는 사람이니라.' 라고 설파했다. 또 덧붙여 그는 '도가 사람을 닦는 것이 아니라 사람이 도를 닦는 것이다.' 라고 제임스의 입에서도 나올 법한 말을 하고 있다. 이 세상은 논리나 삼단논법이 아닌 실체이다. 우주는 침묵하고 있지만 모든 것을 알고 있다. 우주는 그렇다고 시시비비를 가리려 하지도 않는다.

영국의 한 작가가 한 말을 음미해 보자. '이성이란 그저 인간의 신비의 일부분에 지나지 않는다. 실로 건방지기 짝이 없는 의식의 뒤에서 이성과 회의는 서로 얼굴을 마주보고 있다. 논리적 필연은 썩어 문드러졌다. 그러나 회의와 희망은 아주 사이가 좋다. 우주에는 살아 숨 쉬는 야성이 있다. 매의 날개에서처럼 살아 있는 고기의 냄새가 난다. 그렇다고 이를 불행하다고 느낄 것인가? 대자연은 그 자체가 이미 기적이다.'

나는 서양의 논리학자들은 필히 다소 겸손해져야 한다고 생각한다. 그들은 헤겔과 같은 자만을 버려야만 구제될 수 있다.

3. 정리(情理)를 알아야 한다

논리의 상대편에는 상식이 있다. 아니 상식이라기보다는 정리라고 표현하는 편이 나을 듯하다. 내 생각엔 정리를 존중한다는 것은 인간이 이룩한 문화 중 가장 건전한 것이며, 이를 아는 사람이야말로 참 문화인이다. 사람이 완전무결할 수는 없다. 다만 바람직한 사람이 되려고 노력할 뿐이다. 언젠가는 사람들이 개인문제나 국가 간의 문제를 해결하는데 정리를 앞세울 시절이 오리라고 나는 믿고 있다. 정리를 아는 국민은 평화롭고, 이를 따르는 부부 사이는 행복할 수 있다. 그러니 사위나 며느리를 고를 때에 가장 먼저 고려해야 할 점이 바로 이것이다. 한 번도 싸움을 하지 않고 일평생 사는 부부는 있을 수 없다. 적당히 싸우고, 또 적당히 화해할 줄 아는 정리를 깨닫고 있는 부부가 있을 뿐이다. 모든 사람들이 정리를 지키고 있는 시대가 온다면 그야말로 태평성대를 구가하며 살 수 있는 시절일 것이다.

중국으로부터 서양이 배워야 할 최선의 덕목은 바로 이 정리를 존중하는 태도이다. 지금의 중국 재벌들이 50년 후의 세금까지 미리 징수하는 태도를 정리를 아는 태도라고 말할 수는 없겠지만 어쨌든 정리를 존중하는 태도는 중국 문명의 정수이며, 본질이라고 말할 수 있다. 내 이런 믿음은 오랫동안 중국에서 살았던 두 미국 사람에 의해 확인될 수 있었다. 중국에서 30여 년을 살았던 한 미국 사람은 중국의 모든 일상생활은 도리(道理)라는 말의 기초 위에 존재한다고 말했다. 중국 사람들이 싸움을 하다 마지막에 하는 말은 항상 "도리에 어긋나는 짓을 하고 있다고 생각하느냐?"이다. 상대방을 결정적으로 무너뜨리는 선고는 '도리를 모르는 놈'이라는 말이다. 자신이 스스로 도리에 어긋났다는 사실을 인정하는 순간 그 싸움은 진 것이 된다.

나는 《내 나라, 내 민족》이라는 책에서 다음과 같은 말을 한 적이 있다. '서양 사람들은 어떤 명제가 논리적 완벽함을 지녔다면 이를 받아들인다. 그러나 중국에서는 그렇지 않다. 그 명제에 논리와 동시에 인간적 향기가 있어야 한다. 인간적 향기는 논리보다 훨씬 중요한 문제이다.

영어의 reasonableness와 같은 뜻을 가진 중국어는 '정리'인데 이것은 정(情), 즉 인간적인 면과 리(理), 즉 하늘의 도리를 함축하고 있는 말이다. 정이 신축성이 있는 인간적 요소를 나타낸다면 리는 온 우주의 형성 원리를 나타내고 있다.

　교양 있는 사람이란 인간적 요소와 자연의 요소를 잘 조화시켜 나가는 사람이다. 누구라도 이 두 가지를 잘 이해하고 따르면 성인이 될 수 있다고 중국의 유학자들은 말하고 있다. 그런 면으로 보면 풍부한 인간미로 존경을 받고 있는 공자(孔子, 쿵즈)는 성인인 셈이다.

　인간미가 넘치는 사고방식은 바로 정리를 깨닫고 실천하는 사고방식을 의미한다. 논리적인 사람은 언제나 자신만이 옳다고 생각하기 때문에 인간미가 없다. 따라서 잘못된 것이다. 그러나 정리를 아는 사람은 혹시 자신의 잘못은 아닐까, 하고 회의하며 자신을 돌아보는 수가 있다. 그렇기 때문에 그가 옳다.

　편지의 추신을 보면 이 두 가지 대조가 생각나는 경우가 많다. 특히 본문과 전혀 성격이 다른 추신을 보면 특히 재미가 있다. 추신 속에는 본문을 쓰고 난 후 가슴에 손을 얹고 느낀 반성, 머뭇거림, 반짝이는 재치, 상식 등이 뒤엉켜 있다. 어떤 사실을 끈질기게 파고들다가 갑자기 어떤 직감이 떠올라 지금까지 본문에서 주장했던 논의와는 별개의 논리를 펴게 되는 경우를 대할 때마다 나는 상쾌한 기분까지 들곤 한다. 사실 이런 사람이야말로 진정 따뜻한 사상가라고 할 수 있다. 그리고 이런 사고방식이 소위 인간적인 사고방식이다.

　편지의 본문에서는 실컷 논리를 좇다가 추신에서 비로소 상식이 되돌아와 인간적인 면모를 보이는 편지를 상상해 보라. 어떤 아버지가 대학 진학을 고집하는 딸에게 편지를 쓴다고 가정하자. 왜 그가 딸의 대학 진학을 반대하는가, 하는 이유를 하나둘 조목조목 열거하며 누가 보아도 그럴싸하게 보일 편지를 쓴다. 이미 위의 세 오빠가 대학에 다니고 있고, 어머니가 병석에 계시니 어머니를 돌보아 줄 사람이 필요하다 등등의 이유를 늘어놓고 편지를 맺는다. 그러나 돌연 편지의 추신에서 '얘야, 어찌 되었든 내년 봄에 대학 갈 생각을 하고 그에 따르는 준비를 하여라.' 이 얼마나 통쾌한 돌변인가.

혹은 별거 중인 아내에게 이혼하자고 최후의 통첩을 내는 남편의 경우를 상상해 보자. 남편을 따뜻하게 대할 줄 모르고, 회사에서 지친 몸을 이끌고 집에 돌아와도 따뜻한 식사 한 번 차려 준 적이 없고, 언제나 남편을 무시하는 태도를 보인다는 등 모두가 당당하고 반론의 여지가 없는 이유들을 열거하며, 그 중에는 상대방 역시 인정하지 않으면 안 될 이유도 있다. 변호사에게 의뢰한다면 이보다 더욱 논리정연한 편지를 쓸 수 있을 것이고, 자신의 입장 역시 더욱 당당할 수도 있다. 그러나 편지를 다 쓴 뒤에 갑자기 마음이 변한다. 그래서 쑥스러운 듯 아주 작을 글씨로 '저, 사랑하는 소피, 나도 나 자신을 잘 모르겠소. 어쩔 수 없는 놈인 모양이오. 내 그대를 찾아갈 때에 꽃다발을 한 아름 안고 가겠소.' 라고 쓴다.

앞서 얘기한 두 경우, 본문은 완벽히 논리적이고 정당하며 그런 이야기를 전개하고 있는 주체는 논리적인 인간이다. 그러나 추신에서는 참된 휴머니즘을 지닌 인간적인 아버지요, 인간적인 남편이 되는 것이다. 인간사회의 정리를 조금이라도 깨닫는 사람이라면 쓸데없는 까다로운 논리에 매달리기보다 서로 상충되는 충동과 감정과 열망들이 끓어 넘치는 바다 속에서 건강한 균형을 지니려고 노력한다.

이것이 인간정신의 의무이다. 반박의 여지도 없는 완벽한 논리 앞에서도 인정은 통하는 법이고, 제아무리 자신이 옳더라도 사랑 앞에선 힘을 발휘하지 못한다. 모든 사람의 합의에 의해 이루어진 법률의 경우에도 그 조문이 지닌 절대적 정의가 불완전할 때도 있다. 그래서 거의 모든 나라의 법률에는 대통령에게 사면권을 주고 있다. 링컨 대통령은 자신에게 부여된 인간적인 특권을 아주 보기 좋게 사용하고 있다.

이처럼 정리를 존중하는 정신은 모든 사고방식을 인간적인 쪽으로 돌려
주고 자신만이 최고라고 생각하는 독선을 시정한다. 또한 우리들의 생각을
보다 깊고 원숙하게 만들어 주며, 모난 행동을 부드럽게 만들어 준다. 이와
대립되는 개념은 개인, 국가생활, 종교, 정치 등 제도화된 틀 속에서 행해
지는 사상과 행위, 즉 광신과 독단이다. 내가 장담컨대 중국은 모든 광신과
지적 독단의 전횡이 가장 적은 나라이다. 때로 중국의 폭도들은 역사상 가
장 흉포할 경우도 있지만, 대개의 경우 중국의 전제군주제, 종교, 여성의
차별 등을 보다 인간적인 차원에서 받아들이고 해결해 나가는 모습을 볼
수 있다. 정리에 의하면 중국의 황제나 신은 남편과 마찬가지의 위치, 즉
신의 지위를 빼앗긴 인간적 존경의 대상으로 전락하고 말았다. 중국의 황
제는 일본의 천황과는 달리 반신적(半神的)인 존재도 아니며, 그들의 통치
행위는 천명에 의한 것일 뿐 그들 자신이 하늘일 수는 없다. 황제가 실정을
하면 국민들은 주저 없이 그의 목을 친다. 이런 식으로 국민들에 의해 목을
잃은 전제군주가 너무나 많기에 이들을 신적 존재라고 부르기엔 어폐가 있
다. 중국의 성현들 역시 신으로 숭상되기보다는 지식의 스승으로서 존경을
받을 뿐이다. 심지어 중국의 신은 일반 관리나 시정잡배들처럼 돈으로 매
수할 수도 있고, 배짱과 기지로 그들을 속여 넘길 수도 있는 존재이다. 중
국에서는 정리를 벗어난 모든 것에 '인간성을 상실한 것' 이라는 낙인을 찍
는다. 너무나 성인답고 너무나 완전무결한 인간은 정신상태가 의심스럽다
해서 반역자 취급까지 받는 경우가 허다하다.[4] 중국 이외의 세상의 정치계
를 살펴보면서 나는 놀라는 경우가 많다. 그들 사이의 논리에선 전혀 인간

---

4. 이 사상은 사회를 개선하려 한 송의 재상인 왕안석(王安石, 왕안스)을 비난한 논문을 보면 잘 나타나 있
다. 이 논문은 소동파(蘇東坡, 수둥포)의 아버지에 의해 씌어졌다고 전해진다.

미를 찾아볼 수 없다. 나는 파시즘이나 공산주의의 이론 그 자체보다 이 이론을 끊임없이 그들의 국민에게 심으려는 맹목적인 광신이나 스스로 불합리한 상태로 이 이론을 끌어가는 사람들의 비인간적인 행동에 더욱 경악을 금할 수 없다. 그 결과 가치의 혼란이 오게 되고, 정치와 잘못 결합된 인류학의 왜곡된 모습이며, 예술을 선전의 도구로 사용하여 빚어진 예술의 왜곡, 애국심과 과학, 정부와 종교와의 결합 등을 통해 볼 수 있듯이 일그러지고 추한, 본래의 인간적인 모습을 잃은 기형아들만 낳게 되었다. 각 개인이 태어나면서부터 가지고 있는 인간의 존엄성이 신처럼 군림하는 국가라는 비인간적 조직에 의해 유전되는 모습도 유쾌한 구경거리가 아니다. 국가를 신성시하는 것은 좋으나 신 그 자체로 생각하는 것은 지나친 광신이며 개인의 사상 · 감정 · 행복의 추구에 대한 권리를 집어삼켜 새로운 미신을 만들어 낸다.

공산주의와 파시즘은 서양 정신세계 중 가장 어리석은 부분인 권력과 폭력에 그 유지 여부가 달려 있다는 점에서 가장 천박하고 저급하다. 또 논리의 필연을 믿고 숭상하기에 유치하다. 결국 오늘을 사는 서양 사람들은 오래 전 그들의 조상이 저지른 논리 중심의 사회운영의 죄에 의해 지금 고통받고 있다.

정리는 고사하고 이성조차 없이 오로지 맹목적 광신에 의해서 유지되고 있는 현재 서구를 보면 너나없이 신경과민에 걸려 있다는 듯한 느낌을 받는다. 단순히 국가의 이익이 걸려 있는 국경분쟁이나 독립을 꾀하는 식민지와 지배국 간의 민족적 투쟁 따위의 일은 건전한 이성만으로도 해결할 수 있다. 그러나 서구의 통치자들의 정신상태가 비인간적이고 국민들의 의식이 정리를 무시한 논리에만 집착한다는 데에 보다 근본적인 문제가 있다.

우리가 낯선 도시에서 택시를 탔다고 치자. 이때 운전수가 지리를 몰라

헤맨다면 불쾌할지는 몰라도 불안하지는 않다. 그러나 혼자 무어라고 중얼거리며 이상한 행동을 한다면 이건 불안의 차원이다. 게다가 이 정신병자처럼 보이는 운전수가 권총을 가지고 있어 승객이 마음대로 내릴 수도 없다면 과연 어떻겠는가? 이와 똑같은 상황이 지금 서구에선 벌어지고 있다.

이런 코믹한 모습은 그러나 과도기적이며 일시적인 모습에 불과하다고 나는 믿는다. 왜냐하면 나는 인간의 정신력을 믿기 때문이다. 원래 어느 정도 제한이 있긴 하나 인간의 정신력은 무모한 택시 운전수의 지능보다는 보다 고차원에 살기 때문에 언젠가는 평화로운 삶을 즐길 수 있으리라. 인간이 모든 사고방식을 정리에 의해 운영하는 시기가 곧 올 것이고, 또 그래야 한다는 사실을 언젠가는 배우게 될 것이니까……圖

임어당(林語堂, 린위탕)의 생애와 사상

세계적인 문명 비평가이며 작가인 임어당(林語堂, 린위탕)은 1895년 중국 푸젠(福建)성 룽시(龍溪)현에서 가난한 목사의 아들로 태어나 기독교적인 교육을 받으며 성장했다. 미국 하버드 대학과 독일 라이프치히 대학에서 언어학을 공부한 뒤 귀국, 교편생활을 하며 후진 양성에 주력했다.

임어당(林語堂, 린위탕)의 작품에 일관된 흐름은 자기 민족과 문화에 대한 따뜻한 애정이라고 말할 수 있다. 누구나 자신의 조국과 문화에 대한 애정을 가질 수는 있겠지만, 그처럼 어렵고 다난한 시대를 살아오며 급변하는 국제정세 속에서 자신의 것을 지키기 위해 노력한 사람은 찾아보기 어렵다.

당시로서는 드물게 보는 엘리트였으며, 거기에 기독교적인 유·소년기의 분위기로 의식이 일찍 깨어 있던 임어당(林語堂, 린위탕)이었지만 민족 위에 군림하기보다는 같이 호흡하기로 마음을 정한 것은 상당한 용기 없이는 어려운 일이었다.

이런 그의 모습은 귀국 후 그가 벌인 문화운동에서도 여실히 나타난다. 당시 중국의 상황은 호적(胡適, 후스), 루쉰(魯迅, 루쉰) 등이 '백화문(白話文, 바이화원)'이라는 구어체 문학을 보급하기 시작해서 막 퍼지고 있을 때였다. 임어당(林語堂, 린위탕)은 이런 문화적 상황을 보급하는 데에 그치지 않고, 루쉰(魯迅, 루쉰) 등과 함께 '어사사(語絲社, 위스서)'에 참여해서 당시 중국의 가장 큰 문제였던 봉건주의 잔재를 없애는데 그 특유의 독설을 아끼지 않았다.

이후 임어당(林語堂, 린위탕)의 교직생활과 저술 활동은 매우 주목할 만하다. 그는 잠시 정치 활동에 참여했지만, 결국 저술에만 몰두했다. 중국어로 책을 내는 이외에도 상하이(上海)에 칩거하며 그곳에서 발행되는 영자 신문에 영문 에세이를 기고했는데, 중국 국민 모두에게 자신들의 문화적 전통에 관심을 가지게 한 주옥같은 글들이었다.

이때쯤 그는 자신이 뿌리를 내리고 있었던 기독교에 대한 회의를 깊게 느꼈음에 틀림이 없다. 계속되는 외세의 중국에 대한 잠식, 여전히 고생을 하면서도 왜 이래야 되는지도 모르고 있는 국민 대다수, 또 그토록 믿었던 기독교가 국민에게 득보다는 실을 더욱 강요하는 것 같은 느낌을 가지게 한 중국 사람 특유의 현실감 등 이런 복합적인 이유에서 그는 자신에게 존재하고 있던 기독교적인 요소들을 몰아내고 오로지 중국적인 사고방식과 양식으로 모든 상황을 관찰하게 되었던 것이다.

이와 같은 그의 변화를 가장 여실히 보여 주는 작품이 바로 이 《생활의 발견 The Importance of Living》이다.

미국생활은 그가 고국에 대한 그리움을 느끼기에 충분했다. 그렇기 때문에 옛 중국의 고전을 아주 효과적으로 인용해서 불후의 명작을 남길 수 있었던 것이다. 이 작품에 대한 해설 이전에 그의 다른 작품세계에 대해서 몇 가지만 덧붙이기로 하자.

그의 《베이징의 추억 Moment in Peking》, 《폭풍우 속의 나뭇잎 A Leaf in Storm》의 연작 속에서 그는 의화단(義和團, 이허퇀) 사건에서부터 중·일전쟁에 이르는 동안 베이징(北京)의 한 상류 가정의 몰락을 그리고 있다. 여기서 몰락하는 가정이란 바로 중국 그 자체의 모습이었음은 누구나 쉽게 알 수 있다. 그 역시 국제적인 감각과 대세를 보는 눈을 가지고 있어서인지 냉정할 정도로 그 몰락의 과정을 그리고 있다고 생각하기 쉽다.

그러나 이런 생각은 아주 잘못된 것이다. 《생활의 발견》에서도 언급되어 있지만 관객에게 진정한 감흥을 주는 것은 배우의 표정 및 행동이 지극히 절제된 연극이라는 사실이다. 배우가 먼저 극에 몰입해서 표정과 행동에 그 모습이 보이게 되면 관객이 누려야 할 감정의 폭이 좁아지는 것이다. 이 처럼 그의 글 전편에는 냉철한 관찰과 기독교적인 색이 상당히 짙다.

그렇지만 이런 태도야말로 중국 사람 특유의 여유와 한가로움을 사랑하는 마음, 완벽한 현실주의자가 되고자 하는 민족성을 그대로 드러낸 것이다.

보는 사람에게 그의 나라 사랑하는 마음과 동포를 사랑하는 마음을 의심 하지 않게 하면서도 날카로운 칼을 들이대는 그의 모습에서 묘하게 비가 내릴 때도 뛰지 않고 걷는 중국 사람 특유의 느긋한 모습이 연상되는 이유 는 무엇일까? 중국 사람들은 뛰면 앞에 내리는 비를 먼저 맞게 되는 것이 니 그대로 걸어간다는 아주 모순적인, 그러나 유장(悠長)한 철학을 가지고 있다.

그의 작품 세계를 한 마디로 평가한다면 보이는 듯 숨어 있고, 숨은 듯 보이는 유연함과 긍지의 절묘한 조화라고 할 수 있다.

이 《생활의 발견》은 1937년 미국에서 발간된 이래 전 세계 수십 개 국어 로 번역되어 온 세상에 그 유례를 찾기 어려울 정도의 반향을 불러일으킨 책이다.

세상에 태어나 죽을 때까지의 세월은 길지만은 않다. 그 짧은 생애를 꾸 려가며 나름대로의 행복을 찾고 보람을 찾아야 한다면 어떤 태도가 가장 바람직할 것인가? 한 마디로 이 책의 핵심을 표현한다면 중용(中庸)이라고 할 수 있을 것이다. 즉 인본주의적 현실주의라고 말할 수 있다.

중세 이래로 기독교로 굳게 무장을 한 서구 문명의 철벽에 도전하는 그의 모습에서 일말의 무모함도 느낄 수 없음은 그가 이미 양쪽을 다 충분히 경험한 데에서 기인한다. 그 자신이 책에서 말했듯 어떤 책을 비판하려면 먼저 좋은 점을 살피고 난 후라야 비로소 자격이 있다고 말하지 않는가? 서구 문명의 가장 큰 장점으로 인식되어 온 능률과 합리적인 것의 추구를 그 역시 겪어 누구 못지않게 알고 있는 터에 이런 비판이 나온 것이므로 이에 이의를 제기하기란 특히 같은 동양 문화권인 우리로서는 어려운 일임에 틀림이 없다.

이런 류의 작품은 사실 세상에서 그 유례를 찾기가 어렵다. 짧은 생각으로도 이 《생활의 발견》은 서구 문화의 반강제적 유입이 동양권에 이루어진 이후 나온 최대의 서구 문명 비판서인 것 같아 보인다. 슈펭글러의 《서구의 몰락》이라는 자기 반성적인 문명 비판서가 그 안에서 나오고 있음도 주지의 사실이지만 사상·문학 등 각 분야에서 반성의 기운이 서구에서 생겨나기 시작했을 때에 나온 이 책은 작자 특유의 뛰어난 풍자와 독설로 인해 그 최고의 위치를 차지하게 되었다.

대개 동양 사람이 서구 문명을 비판한다면 두 가지 방법이 있을 수 있다. 하나는 서구식의 논리와 합리적인 사고방식으로 서구를 비판하는 것이요, 또 하나는 동양 사람 특유의 감성과 직관으로 서구 문명을 비판하는 방법이다. 임어당(林語堂, 린위탕)은 후자의 방법을 써서 서구 문명을 비판했지만, 이 책 곳곳에 나오는 조리(調理)를 본다면 임어당(林語堂, 린위탕) 자신이 전자와 같은 비판법을 일부러 피했다는 사실을 알 수 있다. 충분히 그럴 능력과 소양이 있음에도 불구하고 그렇게 하지 않은 작가의 태도에서 독자는 중국 특유의 여유와 배짱을 느낄 수 있다.

또한 후자의 방법이 훨씬 쉬울 수도 있으니까 그렇게 한 것이 아니냐는 반론이 제기될 수도 있다. 하지만 조금만 생각해 본다면 그 방법이 훨씬 더 어렵다는 것은 누구나 느낄 수 있을 것이다. 오죽하면 '중이 제 머리 못 깎는다.' 라고 했겠는가? 이런 어려움을 임어당(林語堂, 린위탕)은 절묘하게—이 말 이외에는 달리 표현할 적당한 말이 생각나지 않는다—극복해서 훌륭한 글을 이루어 놓았다.

《생활의 발견》이 그와 같은 성공을 얻을 수 있었던 가장 큰 이유는 서구를 비판할 때 아주 사소하고 간단한 문제에서 전체적인 면을 다루는 귀납적인 방법을 사용했기 때문이다. 하지만 이런 단순한 시각이야말로 서구 문명에 구속되어 있는 사고로는 얻어질 수 없다. 임어당(林語堂, 린위탕)은 중국 고대의 전통이나 습관을 떳떳이 생각하며 그 지혜를 통해 전체 서구 문명에 도전하는 가치를 올린 것이다.

그렇다면 임어당(林語堂, 린위탕)이 가지고 있는 단순한 관점은 무엇인가? 바로 인간의 행복에 관한 문제이다. 그런 의미에서 《생활의 발견》은 인간의 '행복론'이라 할 수 있겠다.

주어진 현실을 인정하며 나름대로의 행복을 찾겠다는 발상이야말로 동양 사상의 극(極)이요, 치(致)인 중용의 정신이다.

서구의 기독교 문화권에서는 인간의 행복을 현세에서 찾지 않고 죽은 후의 세계에서 영생을 누림으로써 찾겠다는 것으로 대표된다. 이에 대해 임어당(林語堂, 린위탕)은 살아 있는 동안 행복이 무엇인지도 모르는 사람이 영생을 한들 무슨 소용이 있겠느냐는 가장 일반적인 무신론적 쾌락주의의 입장을 취하고 있다. 그렇다고 그가 신의 존재, 즉 절대자의 존재를 의심하는 것은 아니다. 만물의 창조자인 신의 존재를 그는 그 누구보다 절실히 인정하고 있다. 다만 그 인정에 도달하기 위한 방법으로 그는 자동차를 사용하지 않고 우마차를 사용한 것이다. 서구 문명에 현혹되어 자동차를 타고 달리느라 초봄의 따스한 햇살의 반가움도 모르는 사람들에게 그는 우마차를 타고 가는 즐거움을 말하고 있다. 동시에 이 세상은 고난과 희생의 연속이라는 피해망상적 서구의 발상에 대해 인간의 행복이란 다름 아닌 이 세상에 있는 것이라고 그는 타이르고 있다.

이런 견지에서 그는 인간의 사고와 행동을 획일화시키는 모든 전체주의적 사조에 강한 반발을 한다. 항상 있는 그대로를 즐겨야지 억지로 만들어 낸 행복이란 의미가 없다. 존경도 스스로 마음에서 우러나야지, 눈을 가리고 하는 존경은 아무 쓸모가 없는 것이다. 자연인으로서의 인간을 주장하는 노장 사상의 전통과 사회적인 중용의 도에서는 어떤 전체주의적 발상도 용납될 수 없다.

임어당(林語堂, 린위탕)은 스스로도 서문에서 밝혔듯이 이 책은 자신만의 독창적인 것이 아닌 동서고금의 철인(哲人), 현인(賢人)들의 사상에 힘입어 이루어져 있다. '보석상의 진열대 위에 있는 커다란 진주를 쳐다보기보다는 차라리 쓰레기통에서 작은 보물을 찾는 편이 더 좋다.' 라고 하지 않은가?

우리 독자들과 비슷한 정신세계를 공유하고 있는 임어당(林語堂, 린위탕)의 책을 읽으며, 무어라 말할 수 없는 즐거움과 함께 약간의 반발도 느꼈던 사실을 숨김없이 고백한다. 여기서 반발이라 함은 도저히 그렇게 될 수 없는 경지에 대한 열등감일 수도 있고, 역자 자신이 이미 서구 문명에 깊이 물들어 있는 탓일 수도 있다. 하지만 이런 사소한 반발이 생길 우려가 있다 하더라도 특히 이 책을 청소년들에게 권하고 싶다.

요즘처럼 흑백논리에 의해 세상이 유지된다 싶을 정도로 양극화 현상을 보이고 있음에 비추어 '중용이 절대로 비겁은 아니며, 회색은 색이 아니다.' 라는 논리는 무리가 있음을 이 책은 명백하게 밝히고 있다.

누구나 다 느끼는 바이겠지만 남이 쓴 책을 옮긴다는 일은 어려운 일이다. 하지만 적어도 이 책을 옮기는 과정에선 그런 어려움이 비교적 적었음을 고백한다. 그의 말처럼 흥미를 불러일으키지 못하는 책은 남에게 주어 그 사람이나 읽게 해야 한다.

끝으로 도움을 준 주위의 많은 분들에게 깊은 감사를 드리며, 현지음 표기에 도움을 주신 조혜숙, 김낙철 선생께도 감사를 드린다.

— 전희직

임어당(林語堂, 린위탕) 연보

1895년   중국 푸젠(福建)성 룽시(龍溪)현에서 가난한 목사의 아
          들로 출생. 원래 이름은 옥당(玉堂, 위탕). 이후 기독교적
          인 환경에서 성장.

1916년   상하이(上海)의 세인트 존스 대학 졸업. 「Chinese Social
          and Political Review」 기자로 일함.

1919년   미국 하버드 대학 입학.

1923년   독일 라이프치히 대학에서 언어학 박사학위 취득 후 귀
          국. 베이징(北京) 대학 언어학 교수 겸 베이징(北京) 사
          범대학 강사 역임. 루쉰(魯迅) 등과 '어사사(語絲社, 위스
          서)'를 조직해서 반봉건 투쟁에 앞장서 날카로운 필봉을
          휘두르다.

1924년   중국어로 《전비집(剪拂集, 지앤페이지)》 발간.

1926년   군벌 정부의 탄압으로 사먼(廈門) 대학 교수로 자리를
          옮김.

1927년   광둥(廣東) 국민정부 외교부 비서. 광둥(廣東) 정부가 없
          어지자 상하이(上海)로 가서 중앙 연구원에 들어가다.

저널리즘에 투신, 유머를 통한 풍자적인 「논어(論語, 론위)」, 경쾌한 에세이를 주로 한 「인간세(人間世, 런지앤스)」, 「우주풍(宇宙風, 위저우펑)」 등의 잡지를 주간(主幹)함. 당시 중국에 팽배해 있던 좌익운동에 대항하는 에세이를 영자 신문에 기고함.

1934년   중국어로 《대황집(大荒集, 다황지)》 발간.

1935년   중국어로 《아적화(我的話, 위더화)》 발간. 상하이〔上海〕의 영자 신문에 《소평론, 중국에의 풍자와 스케치 *The Little Critic Essays, Satires and Sketches on China*》와 중국 문명의 위치를 높인 《내 나라, 내 민족 *My Country and My People*》 연재.

1936년   다시 미국으로 건너가서 뉴욕에서 '명생영편회사(明生影片會社, 밍성잉피앤훼이서)'라는 영화회사 주재원으로 근무.

1937년   영어로 《생활의 발견 *The Importance of Living*》 출간. 《베이징의 추억 *A Moment in Peking*》 출간.

1940년   《사랑과 아이러니와 더불어 *With Love and Irony*》 출간. 《폭풍우 속의 나뭇잎 *A Leaf in the Storm-A Novel of War-Swept China*》 출간. 이 책은 37년 간행한 《베이징의 추억》의 속편적인 특징을 띠고 있음.

1943년   민주주의 비판서 《제소개비(帝笑皆非, 디샤오지에페이) *Between Tears and Loughter*》 출간. 《중국과 인도의 지혜 *The Wisdom of Chinese and India*》 출간.

1945년	전쟁 중 중국 여행을 6개월 간 한 후 반공적인 기행문 《침과대단(沈戈待旦, 선거다이단 *The Vigil of a Nation*)》 출간.
1948년	유네스코 사무국 근무.
1952년	미국에서 중국어 잡지 「천풍(天風, 티앤펑)」 주재함.
1953년	유엔주재 중국(대만) 대표단 고문으로 일함.
1954년	싱가포르 남양대학(南陽大學) 총장에 취임.
1957년	《측천무후(則天武后, 저티앤우허우)》 출간.
1959년	자유중국 외교부 고문.
1963년	《비국교도의 쾌락 *The Pleasure of Nonconformist*》 출간.
1968년	한국 방문, 당시 시민회관에서 '전진 · 전진 · 전진' 이라는 제목의 강연을 함.
1976년	3월 홍콩에서 사망.

Lin yu-tang

▲ **임어당**(林語堂, 린위탕)

1895년 중국 푸젠(福建)성에서 태어나 상하이(上海) 세이트존스 대학을 졸업하고 기자로 일하다가 미국으로 건너갔다. 미국 하버드 대학과 독일 라이프치히 대학에서 언어학 박사를 취득한 후 베이징(北京) 대학에서 언어학 교수를 역임했다.

《생활의 발견》은 1937년 미국에서 발간된 이래 전 세계 여러 언어로 번역되어 그 유례를 찾기 힘들 정도의 반향을 불러일으켰다.